Le livre de
Dina

Ouvrage traduit avec le concours du *Centre National du Livre*, Paris, et du *Norwegian Literature Abroad* (NORLA), Oslo.

Herbjørg Wassmo

LE LIVRE DE DINA

Traduit du norvégien par
Luce Hinsch

roman

GAÏA EDITIONS

La trilogie *Le livre de Dina*
est aussi disponible chez Gaïa Editions en 3 volumes :
Les limons vides, Les vivants aussi, Mon bien-aimé est à moi

Dina, et la suite

Le lecteur qui aura été séduit par *Le livre de Dina*
pourra découvrir la suite avec *Fils de la Providence* (2 tomes)
puis *L'héritage de Karna* (3 tomes : *Mon péché n'appartient
qu'à moi, Le pire des silences, Les femmes si belles*).

Titre original : *Dinas Bok*
© 1989 by Gyldendal Norsk Forlag A/S
© Gaïa Editions pour la traduction française, 1994
ISBN : 2-910030-04-0

Illustration de couverture :

© 2003 Mandarin
Conception graphique © 2003 SND

A Bjørn

PROLOGUE

Beaucoup de gens proclament leur bonté ; mais un homme fidèle, qui le trouvera ?

Le juste marche dans son intégrité ; heureux ses enfants après lui !

Qui dira : j'ai purifié mon cœur, de mon péché je suis net ?

(Proverbes de Salomon, **20**, 6, 7 et 9)

Je suis Dina, qui regarde le traîneau et sa charge dévaler la pente.

D'abord, il me semble que c'est moi qui y suis attachée. Parce que la douleur que je ressens est plus forte que tout ce que j'ai ressenti jusqu'à présent.

À travers une réalité limpide comme le verre, mais hors du temps et de l'espace, je reste en contact avec le visage sur le traîneau. Quelques secondes plus tard, il s'écrasera sur une pierre verglacée.

L'animal a vraiment réussi à se libérer du traîneau, évitant ainsi d'être entraîné dans la chute ! Et si facilement !

Ce doit être tard en automne. Tard pour quoi ?

Il me manque un cheval.

Une femme se tenait au sommet d'une pente dans une froide clarté matinale. Il n'y avait pas de soleil. Les montagnes sombres montaient la garde autour d'elle. La pente était si raide qu'elle n'en voyait pas le bout.

De l'autre côté d'un large bras de mer, des montagnes encore plus escarpées se dressaient, comme des témoins muets.

Elle suivait chaque mouvement du traîneau. Jusqu'à ce qu'un gros tronc de bouleau l'arrête au bord du précipice.

Il bascula vers l'abîme. En dessous, il y avait le gouffre. Tout en bas grondait une chute d'eau.

La femme considéra les traces laissées par le traîneau dans sa course. Des graviers, des tas de neige, des touffes de bruyère, des branches cassées. Comme si un énorme rabot avait dévalé la pente et tout arraché sur son passage.

Elle était habillée d'un pantalon de cuir et d'une longue veste cintrée. Si ce n'avait été ses cheveux, on aurait pu, de loin, la prendre pour un homme. Elle était très grande pour une femme.

La manche droite de sa veste était déchirée. Il y avait du sang dans la déchirure. Provenant d'une blessure.

Sa main gauche était encore serrée sur un couteau à lame courte, de cette sorte que les femmes lapones portent à la ceinture.

La femme tourna son visage vers un bruit. Le hennissement d'un cheval. Cela sembla la réveiller. Le couteau disparut dans la poche.

Après une légère hésitation, elle enjamba résolument la bordure en pierres de la route. Vers le traîneau. Il vacillait moins maintenant. Comme s'il avait résolu d'épargner l'individu au visage écrasé.

Elle descendit rapidement la pente. Au passage, elle entraînait des pierres avec elle. Elles formaient de véritables avalanches en miniature et dépassaient le traîneau pour aller se perdre dans le gouffre. Elle les suivait du regard, dans le vide. Comme si elle continuait à les voir après qu'elles avaient disparu dans le précipice. Comme si elle les voyait atteindre le fond sous l'eau grondante de la chute.

Une seconde elle s'arrêta, quand une nouvelle avalanche dépassa le traîneau portant le corps inanimé. Mais seulement une seconde. Puis elle continua jusqu'à ce qu'elle pût attraper un coin de la peau de mouton qui recouvrait l'homme, pour en rabattre un côté.

Ce qui avait dû être un beau visage d'homme apparut. Un œil était enfoncé. Du sang frais s'écoulait à flots épais et réguliers de blessures à la tête. En quelques secondes, la tête de l'homme devint toute rouge. La fourrure blanche de la peau de mouton s'imprégnait de sang.

Elle avança une main longue et mince aux ongles roses bien dessinés. Souleva les paupières de l'homme. L'une après l'autre. Posa la main sur sa poitrine. Son cœur battait-il encore ? Hésita, sans trop savoir à quoi s'en tenir.

Le visage de la femme semblait un paysage couvert de neige. Aucune émotion. Seuls ses yeux remuaient par saccades sous les paupières mi-closes. Elle avait du sang sur les mains, elle les essuya sur la poitrine de l'homme. Recouvrit alors le visage avec la peau de mouton.

Elle rampa jusqu'à l'avant du traîneau, jusqu'aux points d'attache des limons. Là, elle enleva prestement le reste des cordes. Elle les ramassa avec soin et les mit dans la poche de sa veste, avec le couteau. Sortit deux lanières de cuir usées qu'elle mit à la place.

Une fois, elle se redressa. Écouta. Le cheval hennissait sur la route. Elle hésita, semblant se demander si le travail était bien terminé. Puis elle rebroussa chemin le long du traîneau. L'homme écrasé était toujours entre elle et l'abîme.

Le gros bouleau craquait sous le gel et sous la pression de son poids. Elle prit pied entre les pierres verglacées et appuya de tout son poids sur le traîneau. Calculant avec justesse, comme si ce mouvement lui était habituel.

Au moment même où le traîneau partait dans le vide, la peau de mouton glissa, laissant à nu le visage de l'homme. Il ouvrit alors l'œil qui n'était pas crevé et le fixa droit sur la femme. Muet. Un regard incrédule et désespéré.

Elle sursauta. Une ombre de tendresse maladroite passa sur son visage.

Puis tout ne fut plus que mouvements battant l'air. Allant très vite. Les sons se répercutèrent dans les montagnes longtemps après que tout fut fini.

Le visage de la femme était vide. Le paysage avait repris sa forme. Tout était pour le mieux.

Je suis Dina, entraînée à la suite de l'homme dans le tourbillon du torrent écumant. Puis il passe de l'autre côté. Je n'arrive pas à saisir le dernier instant, ce qui m'aurait fait découvrir ce que tout le monde redoute. Le moment où le temps s'arrête.

Qui suis-je ? Quand, où et à quel endroit ? Suis-je à jamais damnée ?

Elle se redressa et grimpa résolument la pente. Il était

plus dur de la monter que de la descendre, semblait-il. Deux cents mètres de montée sur le verglas.

Atteignant l'endroit où l'on pouvait voir le torrent grossi par l'automne, elle se retourna et le regarda. Il faisait un méandre avant de se jeter en chute. Des flots écumants. Rien de plus.

Elle continua à grimper. Rapidement. La respiration haletante. Elle avait visiblement mal à son bras blessé. Une ou deux fois elle faillit perdre l'équilibre et suivre le même chemin que le traîneau.

Ses mains s'agrippaient aux bruyères, aux buissons, aux pierres. Elle faisait attention de toujours s'assurer un appui avec une main avant d'avancer l'autre. Avec une agilité très sûre.

Elle leva la tête en s'agrippant à une borne bordant la route. Rencontra les gros yeux brillants du cheval. Il ne hennissait plus. Il la regardait seulement.

Ils restèrent ainsi face à face, haletants. Tout à coup le cheval montra les dents et se mit à arracher impatiemment quelques touffes d'herbe. Elle fit une grimace en se hissant des deux bras sur la route.

L'animal pencha vers elle son énorme tête. Les limons écartelés pendant de chaque côté. Tel un ornement superflu.

Elle s'agrippa enfin à la crinière du cheval. Durement, presque brutalement, elle se hissa vers la tête récalcitrante.

Cette femme avait dix-huit ans. Son regard était de pierre.

Le crissement des limons sur le sol était hors de l'image.

Le cheval piétinait les brins d'herbe gelée.

Elle enleva sa veste et releva les manches de son chandail et de sa blouse. La blessure ressemblait à un coup de couteau. L'avait-elle reçue en luttant avec l'homme sur le traîneau ?

Puis elle se pencha brusquement pour fouiller de ses mains nues le sol du chemin. En retira du sable et de la glace, des herbes et des saletés. Énergiquement frotta le tout sur la plaie. Son visage ne fut plus qu'une grimace de douleur. La bouche s'ouvrit pour laisser passer un râle guttural.

Elle recommença l'opération. Et le râle reprit à intervalles réguliers. Comme un rite. La main fouillait.
Ramassait gravier et sable. Frottait le tout dans la plaie.
Et recommençait. Enfin elle arracha le chandail et la
blouse pour les traîner sur la route. Elle déchira les
manches. Elle frottait et frottait.

Ses mains étaient ensanglantées. Elle ne les essuya
pas. Resta debout, dressée, en fine chemise de dentelle,
sur le ciel d'automne. Elle ne semblait pas ressentir le
froid.

Calmement, elle se rhabilla. Regarda la blessure à travers les vêtements troués. Arrangea les lambeaux d'étoffe
des manches. Fit une grimace de douleur en étendant le
bras et essaya de voir si elle pouvait s'en servir.

Son chapeau était resté dans le fossé. Brun, à bords
étroits, orné d'une plume verte. Elle lui jeta un regard
rapide avant de remonter vers le nord par le chemin
cahoteux. Dans une lumière basse et argentée.

Le cheval suivait, traînant les limons. Il la rattrapa
vite. Posa son museau sur son épaule, lui mordillant les
cheveux.

Alors elle s'arrêta et se mit tout contre l'animal.
L'obligea, d'une main, à s'agenouiller, comme un cha-
meau. Et s'installa à califourchon sur le large dos noir.

Le bruit des sabots. Le grincement des limons sur le
gravier. Le souffle réconfortant du cheval. Le vent. Qui
ne savait rien. N'avait rien vu.

C'était au milieu de la journée. Le cheval et la femme,
après avoir descendu le flanc raide de la montagne,
étaient arrivés à une grande ferme. Une large allée de
sorbiers allait de la grande maison de maître blanche
jusqu'aux hangars peints en rouge. Deux de chaque
côté jusqu'au débarcadère empierré.

Les arbres étaient déjà nus, portant des baies rouge
sang. Les champs étaient jaunes, parsemés de flaques de
neige et de glace. Le ciel se découvrit tout à coup. Mais
il n'y avait toujours pas de soleil.

Celui qu'on appelait Tomas sortit de l'écurie au
moment où le cheval et sa cavalière faisaient leur entrée

dans la cour. Il resta planté comme un piquet à la vue des limons vides et de la femme échevelée aux vêtements ensanglantés.

Lentement elle se laissa glisser à terre sans le regarder. Puis, chancelante, elle monta pas à pas le large escalier d'entrée de la maison. Ouvrit un des battants de la porte. Resta, de dos, en pleine lumière. Puis se retourna brusquement. Comme si elle avait peur de son ombre.

Tomas courut après elle. Elle restait là, entre la lumière chaude de la maison et celle du dehors aux froides ombres bleutées venues de la montagne.

Elle n'avait plus de visage.

Il y eut un grand remue-ménage. Hommes et femmes accoururent. Tous les domestiques.

Mère Karen sortit d'un salon, claudiquant sur sa canne, le monocle pendant au bout d'un ruban brodé. Un éclair de verre essayant de mettre une note mutine.

La vieille dame trottinait péniblement dans la grande entrée. Le regard doux et plein d'expérience. Savait-elle quelque chose ?

Tout le monde se pressait vers la femme devant la porte. Une servante toucha le bras blessé, voulant aider à enlever la veste déchirée. Mais elle fut repoussée.

Alors le silence fut brisé. Tout le monde se mit à parler en même temps. Les questions pleuvaient sur la femme sans visage.

Mais elle ne répondait pas. Ne voyait personne. N'avait pas de regard. Elle se contenta de prendre le bras de Tomas, le palefrenier, si brutalement qu'il en gémit. Puis elle vacilla vers celui qu'on appelait Anders. Un homme blond au menton volontaire. Un des fils adoptifs de la ferme. Elle le prit par le bras et l'entraîna, comme l'autre, avec elle. Sans dire mot.

Les deux chevaux restés à l'écurie furent sellés. Le troisième n'avait pas de selle. Il était épuisé et en nage après sa course en montagne. On le libéra de ses limons, on le bichonna et on lui donna de l'eau.

La grosse tête du cheval restait dans le seau, prenant son temps. Les humains n'avaient qu'à attendre. Il buvait à grandes gorgées. De temps en temps, il rejetait sa crinière et son regard allait de l'un vers l'autre.

La femme ne voulait ni se changer ni se laisser panser. Elle sauta en selle. Tomas lui tendit un manteau de drap qu'elle enfila. Elle n'avait toujours pas dit un mot.

Elle les conduisit à l'endroit où le traîneau avait dérapé. Les traces ne laissaient aucun doute. Le sol rasé, les buissons cassés, la bruyère arrachée. Ils savaient tous ce qu'il y avait au bout de la pente. Le ravin. La chute du torrent. Le précipice. Le gouffre. Le traîneau.

Ils allèrent chercher des renforts et firent des recherches dans le torrent bouillonnant. Mais ne trouvèrent rien d'autre que les débris d'un traîneau aux attaches usées.

La femme restait muette.

Les yeux de l'Éternel gardent la science, mais Il confond les paroles du perfide.

(Proverbes de Salomon, 22, 12)

Dina devait conduire Jacob, son mari, dont le pied était pris par la gangrène, chez le médecin, de l'autre côté de la montagne. On était en novembre. Elle était la seule à pouvoir maîtriser le jeune cheval fougueux. Le plus rapide. Il fallait faire vite. Le chemin était mauvais et verglacé.

Le pied de Jacob commençait à sentir mauvais. L'odeur en avait depuis longtemps envahi la chambre. La cuisinière la percevait jusque dans le garde-manger. L'horreur s'était installée entre les murs. L'angoisse.

Personne à Reinsnes ne dit mot sur l'odeur qui se dégageait du pied de Jacob. Tout au moins avant sa mort. Personne ne dit mot quand Lucifer, le cheval, retourna à la ferme les limons vides.

Ailleurs, les langues allaient bon train. Avec incrédulité et effarement. De ferme en ferme. Au sein des foyers de Strandstedet et le long de la côte. Chez le pasteur. De bouche à oreille et dans le plus grand secret.

On parlait de Dina, la jeune maîtresse de Reinsnes, la fille unique du commissaire de police Holm. C'était un vrai garçon manqué, folle de chevaux. Même après son mariage. C'était un bien triste sort que le sien.

On ne se lassait pas de raconter l'histoire. Elle était partie à toute allure, faisant voler les pierres sous le traîneau. Comme une sorcière. Malgré cela Jacob Grønelv n'était pas arrivé chez le docteur. Et maintenant il n'était plus. Le bon et généreux Jacob qui ne refusait jamais de travail à personne. Le fils de Mère Karen, venu tout jeune à Reinsnes.

Mort ! Un tel malheur semblait incompréhensible. En général, la fatalité voulait que les gens se noient ou se perdent en mer. A cela on ne pouvait rien. Mais une fin pareille était l'œuvre du diable. D'abord la gangrène à la suite d'une fracture. Et pour finir le traîneau culbutant dans le torrent !

Dina avait perdu la parole et Mère Karen pleurait. Le fils que Jacob avait eu d'un premier mariage, maintenant orphelin, errait dans Copenhague. Lucifer ne supportait plus la vue d'un traîneau.

Les représentants des autorités vinrent à la ferme pour enquêter sur les événements qui avaient conduit au décès. On devait tout dire, surtout ne rien cacher.

Le père de Dina, le commissaire de police, avait amené avec lui deux témoins et un registre. Il déclara avec fermeté qu'il n'était pas là en qualité de père, mais comme représentant des autorités judiciaires.

Mère Karen n'y voyait guère de différence, mais elle n'en dit rien.

Personne n'arriva à faire descendre Dina. Comme elle était grande et relativement forte, on n'osait pas risquer un incident en employant la force. Il fut donc décidé que l'interrogatoire se passerait à l'étage.

On installa des chaises supplémentaires. Et le rideau du lit à baldaquin fut soigneusement épousseté. Une lourde étoffe mordorée à grands ramages. Achetée à Hambourg à l'occasion du mariage de Dina et de Jacob.

Oline et Mère Karen avaient essayé de faire la toilette de la jeune femme, afin de lui donner une allure plus convenable. Oline lui confectionnait des tisanes fortement sucrées et enrichies de crème. Son remède universel aussi bien contre le scorbut que la stérilité. Mère Karen lui prodiguait des encouragements, brossait ses cheveux, se montrait discrètement aux petits soins.

Les servantes faisaient ce qu'on leur demandait, le regard effaré et fuyant.

Les mots ne sortaient pas. La bouche de Dina les formait mais le son ne suivait pas. Les autorités essayèrent toutes les méthodes.

Pour commencer, le commissaire prit une voix grave et neutre en regardant Dina droit dans ses yeux gris clair. Il aurait tout aussi bien pu regarder dans un verre d'eau.

Les témoins firent aussi quelques essais. Assis ou debout. Avec compassion ou avec autorité.

À la fin, Dina cacha sa tête brune ébouriffée dans ses bras. Elle émit un gémissement de chien à demi étranglé.

Les représentants des autorités, gênés, se retirèrent dans le salon. Pour discuter et se mettre d'accord. Sur le lieu de l'accident. Sur l'attitude de la jeune femme.

Ils en conclurent que cet accident était une tragédie pour toute la paroisse. Que Dina Grønelv était folle de chagrin. Qu'il fallait la considérer comme irresponsable et qu'elle avait perdu l'usage de la parole sous le choc.

Ils en conclurent aussi qu'elle avait conduit aussi vite que possible pour amener son mari chez le médecin. Qu'elle avait dû prendre le tournant près du pont à trop grande allure, ou bien que le cheval s'était emballé et que les courroies avaient craqué. Toutes les deux.

Tout ceci fut soigneusement inscrit dans le registre.

Au début, on ne retrouva pas le cadavre. On disait qu'il avait dû être entraîné vers la mer. Mais on ne comprenait pas comment. Car, avant d'atteindre la mer, il y avait bien dix kilomètres de vase et d'herbes dans le lit du torrent. Et aussi de pierres qui pouvaient retenir un corps.

Au grand désespoir de Mère Karen, les recherches furent petit à petit abandonnées.

Au bout d'un mois, un journalier qui venait à la ferme prétendit que le cadavre se trouvait dans « le Petit Bassin ». Une sorte de petite digue un peu en aval du gouffre. Jacob gisait là, recroquevillé sur une pierre. Raide comme du bois. Gonflé et bien mal en point, disait-il.

Effectivement, le journalier avait raison.

Les pluies d'automne ayant cessé, le niveau des eaux avait baissé. Et, par une journée sans nuage du début de décembre, le corps du malheureux Jacob Grønelv remonta à la surface. Juste devant le vieux journalier qui s'en allait par-delà les montagnes travailler dans une autre ferme.

Depuis, le bruit courait que le journalier était clairvoyant. Et même, qu'il l'avait toujours été. Cela lui assura une vieillesse heureuse. Parce que personne ne désirait être en mauvais termes avec un homme clairvoyant, tout journalier qu'il fût.

Dina était dans la salle, la plus grande pièce à l'étage. Tous rideaux tirés. Au début, elle n'allait même pas à l'écurie voir son cheval.

On la laissa en paix.

Mère Karen cessa de pleurer, simplement parce qu'elle n'en avait plus le temps. Elle avait dû faire face aux obligations des maîtres de maison. Morts tous les deux, en quelque sorte.

Dina était assise près d'une table en noyer et regardait fixement devant elle. Personne, au fait, ne savait ce qu'elle faisait. Elle n'avait aucun confident.

Les partitions de musique, auparavant empilées autour du lit, elle les avait rangées dans le placard. Chaque fois qu'on en ouvrait la porte, elles étaient balayées par les longues robes.

Dans la salle, les ombres étaient profondes. Dans un coin, un violoncelle prenait la poussière. Personne n'y avait touché depuis le jour où Jacob avait été mis sur le traîneau.

Un solide lit à baldaquin aux tentures généreuses prenait une bonne partie de la pièce. Il était si haut qu'on pouvait, tout en restant couché sur les coussins, voir le détroit à travers les fenêtres. On pouvait aussi se voir dans la grande psyché au cadre laqué de noir.

Le grand poêle rond ronflait nuit et jour. Derrière, un paravent sur lequel étaient brodés Léda et le Cygne dans une étreinte érotique. Des ailes et des bras. Et la

chevelure blonde de Léda qui la recouvrait pudiquement.

Tea, la servante, montait du bois quatre fois par jour.
Malgré cela, il en restait tout juste assez pour passer la
nuit.

Personne ne savait quand Dina dormait, ni même si
elle dormait. Elle déambulait nuit et jour, chaussée de
souliers de voyage aux talons ferrés. D'un mur à l'autre.
Elle tenait toute la maison éveillée.

Tea rapportait que la grande Bible noire, dont Dina
avait hérité de sa mère, restait toujours ouverte.

De temps à autre, la jeune maîtresse riait sourdement.
Ce n'était pas beau à entendre. Tea ne pouvait pas dire
si elle se moquait des textes sacrés, ou si elle avait autre
chose en tête...

Quelquefois, elle refermait les pages avec rage et
repoussait le livre comme elle l'aurait fait avec un
déchet de viande d'abattage.

Jacob ne fut enterré que sept jours après qu'on l'eut
retrouvé. A la mi-décembre. Il y avait tant de préparatifs
à faire. Tant de gens à inviter. La famille, les amis, les
relations importantes, tous devaient être priés d'assister
aux funérailles. En fait, le froid persistait et le cadavre
mutilé et gorgé d'eau pouvait se conserver dans le fenil.
Par ailleurs il fallut y aller à la barre à mine et au pic
pour creuser la tombe.

La lune envoyait des signaux à travers les lucarnes et
contemplait d'un œil stérile le destin de Jacob. Ne faisant aucune différence entre vivants et morts. Décorant
de blanc et d'argent le sol du fenil. Et en dessous, le
foin, symbole de chaleur et de satiété, de canicule et de
délices.

À l'aube d'un matin, ils s'habillèrent pour l'enterrement. Les bateaux étaient fin prêts. Un silence pieux
inhabituel régnait dans la maison. Personne ne comptait
sur la venue du jour à cette saison. Mais la lune prêtait
assistance.

Dina s'appuyait à l'encadrement de la fenêtre, se faisant d'acier, quand on vint pour l'aider à revêtir les vêtements noirs confectionnés pour l'enterrement. Elle avait refusé de les essayer.

Elle paraissait se concentrer sur chaque muscle, chaque pensée. Elle présentait un corps impassible aux sévères femmes en deuil.

Au début, elles ne lâchèrent pas prise. Il fallait qu'elle se change. Il fallait qu'elle suive l'enterrement. Toute autre chose était impensable. Mais elles durent se rendre à l'évidence. A l'aide de sons gutturaux inhumains, elle leur fit comprendre qu'elle n'était pas en état de jouer le rôle de la veuve à l'enterrement. Justement pas ce jour-là.

Les femmes sortirent de la chambre, effarées. L'une après l'autre. La plus âgée en dernier. Toute prête à excuser et à expliquer. Aux tantes, aux dames, aux autres épouses, et – surtout – au commissaire, le père de Dina.

Il fut le pire à convaincre. Il entra en trombe dans la chambre de Dina, sans frapper. La secoua et la gronda, et, avec une fermeté toute paternelle lui envoya une gifle tout en déversant un flot d'invectives.

La vieille dame dut intervenir. Quelques témoins assistaient à la scène, les yeux baissés.

C'est alors que Dina poussa à nouveau ses cris de bête. Tout en battant des bras et en s'arrachant les cheveux. Une atmosphère incompréhensible emplissait la pièce. Un halo de folie encerclait la jeune femme dépenaillée, la chevelure en désordre et les yeux hagards.

Ce cri rappelait au commissaire un événement qu'il n'avait jamais oublié. Qui le poursuivait nuit et jour. A travers ses rêves et jusque dans ses moindres occupations. Un événement qui, treize ans après, l'obligeait encore à chercher, sans trouver, quelqu'un ou quelque chose sur lesquels faire passer son désespoir.

Les témoins de la scène trouvaient que le père de Dina se montrait bien dur. Mais évidemment, il était inconvenant qu'une si jeune femme ne fasse pas ce que l'on attendait d'elle.

À la fin, elle les eut à l'usure. On décida qu'elle était trop malade pour assister à l'enterrement de son époux. Mère Karen le décréta bien haut et sans détours. « Dina

Grønelv est si malade et déprimée qu'elle ne tient pas debout. Elle pleure tout le temps. Et il est arrivé une chose terrible, elle a perdu l'usage de la parole. »

D'abord on entendit le son étouffé des voix de ceux qui embarquaient. Puis vint le grincement du bois contre le métal quand on cala le cercueil entre les branches de genévrier qui décoraient le bateau et les femmes en deuil, éplorées. Puis les sons et les voix se figèrent sur l'eau comme une mince couche de glace longeant la côte. Et se perdirent entre la mer et les montagnes. Ensuite le silence enveloppa la ferme, comme si c'était cette dernière qui conduisait le deuil. La maison retenait sa respiration. Laissait échapper un léger soupir entre ses solives, de temps à autre. Une maigre et triste plainte pour rendre un dernier hommage à Jacob.

Les œillets roses en papier glacé tremblotaient dans la brise du fjord entre les branches de sapin et de genévrier. Il était inutile d'aller plus vite avec un pareil fardeau. La mort et son irréel décor prenaient leur temps. Ce n'était pas Lucifer qui était attelé aujourd'hui. Et ce n'était pas Dina qui tenait les rênes. Le cercueil était lourd. Ils l'avaient bien senti, ceux qui l'avaient porté. C'était aussi le seul moyen pour transporter un tel fardeau jusqu'à l'église.

Six paires de rames grinçaient dans leurs tolets, la voile pendait mollement au mât, refusant de se gonfler. Des nuages gris-blanc passaient lentement. Une humidité glaciale s'installait petit à petit.

Les bateaux se suivaient les uns après les autres. Un défilé triomphal en l'honneur de Jacob Grønelv. Les mâts et les avirons pointaient vers la mer et vers le ciel. Les rubans des couronnes voltigeaient. Le temps de leur parade était limité.

Mère Karen ressemblait à un vieux drap jauni. Bordé de dentelles, il est vrai.

Les servantes avaient des allures de balles de laine mouillées, dans le vent.

Les hommes ramaient et avaient tellement chaud que la sueur dégoulinait derrière les moustaches et les barbes. Ils ramaient en mesure.

À Reinsnes, tout était prêt. Les canapés tartinés sur de grands plats. Les gâteaux étaient mis en réserve dans des boîtes posées sur le sol de la cave et, recouverts d'un linge, sur les étagères du garde-manger.

Verres et tasses étaient soigneusement alignés sur toutes les tables et dans l'office sous des serviettes de lin brodées des initiales de Dina Grønelv et d'Ingeborg Grønelv. On avait été obligé de se servir des trousseaux des deux épouses de Jacob Grønelv. Les verres avaient été astiqués sous la direction d'Oline.

On attendait beaucoup de monde après l'enterrement.

Dina chauffait avec rage, bien que les roses de glace sur les vitres aient fondu. Son visage, gris le matin même, reprenait couleur petit à petit.

Elle allait et venait avec impatience, un petit sourire aux lèvres. Quand la pendule sonna, elle leva la tête comme un animal aux aguets.

Tomas laissa tomber sa brassée de bois dans le récipient de fer forgé, avec le moins de bruit possible. Puis il enleva son bonnet et le serra, gêné, entre ses grosses mains. Follement intimidé parce qu'il se trouvait dans la salle, avec le lit à baldaquin et le violoncelle, là où dormait Dina.

« Mère Karen m'a demandé d'rester pendant qu'les autres ils accompagnent le Jacob à sa dernière demeure, murmura-t-il. C'est pour aider la Dina si elle a besoin de moi », ajouta-t-il.

Il ne dit pas que le commissaire et Mère Karen avaient de préférence choisi le solide gaillard qu'il était pour empêcher Dina de faire un malheur pendant leur absence.

Elle restait debout devant la fenêtre, ne daignant même pas se retourner.

La lune ressemblait à un pâle fantôme. Un avorton de jour essayait sans succès de percer vers le nord et vers l'ouest. Mais les vitres restaient noires.

Le garçon remit son bonnet et s'en alla, se croyant indésirable.

Mais quand le cortège fut loin sur le fjord, Tomas revint dans la salle, cette fois avec une carafe d'eau fraîche. « Si Madame voulait bien se servir. » Puis, comme elle ne remerciait pas et ne faisait même pas mine de le voir, il posa la carafe sur la table près de la porte et se retournant vers elle : « Madame n'veut pas d'mon aide l'jour de l'enterrement », dit-il tout bas.

Elle sembla tout à coup se réveiller. Rapidement, elle avança vers lui et se colla contre lui, le dépassant d'une demi-tête.

Puis elle leva la main et passa ses longs doigts sur son visage. Comme une aveugle.

Il eut la sensation d'étouffer. Il oubliait de respirer. Si près ! Il n'arrivait pas à saisir ce qu'elle voulait. Elle était là, tout contre lui, l'étourdissant de son parfum. Tandis qu'elle suivait de son index les lignes de son visage.

Lentement, il devint rouge. Et il ne pouvait plus la regarder. Il sentait son regard en attente. Il rassembla brusquement tout son courage et la fixa.

Elle inclina la tête, le questionnant des yeux.

Il hocha la tête – juste pour répondre – pensant prendre la porte.

C'est alors qu'elle sourit et se pressa encore plus contre lui. De deux doigts de la main gauche, elle commença à déboutonner son gilet usé.

Il recula de deux pas vers la porte. Il ne savait plus quelle contenance prendre, sans risquer d'être étouffé, ou brûlé vif ou de disparaître de la surface de la terre.

Elle s'arrêta une seconde et renifla l'odeur d'écurie qui émanait de lui. Les narines dilatées. Et vibrantes !

Alors il acquiesça à nouveau. Avec désespoir.

Cela devenait intenable. Le temps s'était arrêté ! Tout à coup, il se baissa pour ouvrir la porte du poêle et y jeter une bûche. Il rajouta trois branches de bouleau humides et crépitantes.

Se relever et rencontrer son regard demanda une force surhumaine.

Brusquement il sentit sa bouche sur la sienne. Ses bras s'agrippaient à lui comme des branches de saule pleines de sève printanière. Son parfum était si fort qu'il ferma les yeux.

Il n'aurait jamais pu imaginer chose pareille. Même dans ses rêves les plus fous, sous la couverture usée, dans la chambre des garçons de ferme. Et voilà où il en était maintenant, ne pouvant que se laisser faire.

Les couleurs des broderies de son peignoir, les murs dorés décorés de guirlandes peintes, le plafond aux épaisses solives, les rideaux rouge sang, tout vacillait. Les étoffes se perdaient dans les étoffes. Les membres s'emmêlaient. Les mouvements, les meubles, l'air, les épidermes.

Il se trouvait dans un état second. Et, cependant, présent.

L'odeur et le bruit sourd de corps en mouvement. La force d'une double respiration.

Les mains posées sur sa poitrine, elle le déboutonnait, lui enlevait ses vêtements un par un. Comme si elle n'avait jamais fait que cela.

Il se voûta, laissant pendre ses bras. Comme s'il avait honte de ses sous-vêtements pas très nets et des trois boutons manquant à sa chemise. En vérité, il ne savait plus où il était, ni comment il y était parvenu, ni ce qu'il était en train de faire.

Elle embrassa le garçon nu, ouvrit son peignoir et l'y enferma contre son grand corps ferme.

Il s'échauffa et reprit courage. Ressentant comme une douleur physique les étincelles de sa peau contre la sienne. Il avait la chair de poule.

Il restait les yeux fermés, mais cependant percevait chaque courbe, chaque pose du grand corps blanc, à en perdre la raison.

Quand ils furent nus tous les deux, assis sur la peau de mouton devant le poêle en fonte, il crut qu'elle allait parler. Il était étourdi de gêne et de désir. Les sept bougies du candélabre sur la table de toilette l'effrayaient, comme si elles étaient un présage de l'enfer. La lumière clignotante dans la glace reflétait leur image.

Elle commença par fouiller le corps du garçon. Au début avec une certaine douceur. Puis de plus en plus follement. Comme poussée par un appétit insatiable.

D'abord il eut peur. Il n'avait jamais été en présence d'une telle faim. Finalement, hoquetant, il se renversa sur la couche. La laissant verser de l'huile sur un brasier plus puissant qu'il ne l'avait imaginé.

Par éclairs il revenait à lui et se rendait compte qu'il la

serrait contre lui et faisait des gestes jusqu'ici inconnus. L'atmosphère était saturée de féminité.

Sa peur était énorme, comme la mer. Mais son désir aussi puissant que le ciel tout entier.

Au cimetière le cercueil contenant la dépouille de Jacob Grønelv, armateur et propriétaire, fut descendu dans la fosse, orné de ses fleurs en papier glacé.

Le pasteur dans son sermon fit ce qu'il put pour assurer à Jacob une place au paradis – sachant fort bien que, tout brave homme qu'il eût été, Jacob n'avait rien eu d'un enfant de chœur. Et cela malgré sa triste fin.

Certains dans le cortège ressentaient un vrai chagrin. D'autres pensaient au temps qu'il fallait pour le retour. D'autres étaient juste présents, écoutant à moitié. Tout le monde avait très froid.

Le pasteur récita les formules rituelles et jeta ses petits tas de terre parcimonieux au nom du Père. Et la cérémonie fut terminée.

Les hommes aux visages sérieux et ravinés pensaient au punch. Les femmes aux yeux noyés pensaient aux canapés. Les servantes pleuraient à chaudes larmes. Tout compte fait, l'homme couché dans le cercueil avait été un bon maître.

La vieille dame était encore plus pâle et plus transparente qu'à l'aller. Les yeux secs sous son châle noir à franges elle s'appuyait sur Anders et le commissaire. Tous deux avaient le chapeau à la main.

Le psaume était interminable et pas très mélodieux. On le percevait à peine jusqu'au moment où le sacristain l'entonna de sa rude voix de basse. Il était toujours là pour sauver la situation, le sacristain.

Dans la salle, tous rideaux tirés, le garçon de ferme Tomas était en flammes. A la fois au paradis et en enfer. Mais bien vivant.

Les vitres et la glace étaient recouvertes de buée. Une odeur forte régnait, imprégnant les épidermes, les coussins, les rideaux.

Le palefrenier Tomas prenait possession de la salle,

comme Jacob Grønelv l'avait fait quand la veuve de Reinsnes lui en avait ouvert la porte.

La veuve s'appelait Ingeborg. Elle mourut un jour où elle se baissait pour caresser le chat. Maintenant elle allait avoir de la compagnie, là où elle était.

La salle n'était qu'halètements, peaux et chaleur. Le sang battait dans les artères. Aux tempes. Les corps étaient comme des chevaux lancés dans les steppes. Ils chevauchaient vers l'infini. La femme était déjà une cavalière habile. Mais il la suivait de près. Les planchers grinçaient, les poutres gémissaient.

Les portraits de famille et les tableaux oscillaient légèrement dans leurs cadres ovales noirs. Les draps du lit restaient secs et abandonnés. Le poêle cessa de ronfler, restant dans son coin, sans vergogne, aux écoutes.

En bas, les verres et les canapés étaient posés en file d'attente interminable. Attendant quoi ? Attendant que Dina, la maîtresse de Reinsnes, arrive en glissant sur la rampe de l'escalier. Nue, ses cheveux noirs déployés comme un parapluie à moitié ouvert sur son grand corps parfumé ? Oui, justement !

Lui descendit l'escalier en courant derrière, entortillé dans un drap à dentelles, les jambes poilues, les gros orteils aux ongles sales. Il sentait la terre nouvellement labourée, à tel point que l'atmosphère vertueuse de la pièce sembla s'en offusquer.

Ils emportèrent des canapés et du vin. Un grand verre et une grande carafe. Un canapé chipé par-ci par-là sur les plats afin que personne ne s'en aperçoive. Ils jouaient à voler des nourritures défendues.

Avec adresse, Dina comblait tous les trous de ses doigts agiles qui sentaient le poisson et la terre salée. A la fin, elle recouvrit le tout du linge brodé d'initiales.

Ils se glissèrent comme des voleurs jusque dans la salle. S'installèrent sur la peau de mouton devant le poêle. Tomas en ouvrit les deux portes.

Léda et le cygne n'étaient qu'une pâle réplique du couple. Le vin pétillait.

Dina mangeait goulûment le saumon fumé et la viande salée. Le pain s'émiettait sur ses seins fermes et sur son ventre rond.

Tomas, se trouvant en présence de sa maîtresse, essayait de garder de bonnes manières. Mais il buvait des yeux le corps de Dina, soupirant, l'eau à la bouche.

Leurs yeux brillaient au-dessus du verre commun. Il était monté sur un très haut pied vert. C'était un cadeau de mariage fait à Ingeborg et son premier mari. Il n'était pas de très bonne qualité. Il datait de l'époque précédant la richesse venue des grands chalutiers, de la morue séchée et du grand commerce avec Trondheim et Bergen.

Bien avant le retour du cortège, ils rangèrent le verre et le reste du vin au plus profond du placard.

Deux enfants, l'un terrorisé et l'autre plein d'initiatives, avaient joué un tour aux adultes. Le jeu de dés chinois de Jacob regagna son étui de soie. Toutes traces furent effacées.

Enfin Tomas se retrouva rhabillé et bonnet à la main devant la porte. Elle griffonna quelques mots sur l'ardoise qu'elle avait toujours à portée de la main et le laissa lire avant d'effacer soigneusement d'une main ferme.

Il acquiesça et regarda nerveusement par la fenêtre. Écouta pour guetter le bruit des avirons. Crut les entendre. Et tout à coup comprit ce qu'il venait de faire. En endossa toute la responsabilité. Il sentait déjà la colère du Seigneur déferler sur ses épaules. Comme des coups de fouet. La bouche de Tomas tremblait. Mais il n'éprouvait aucun repentir.

Quand il se retrouva sur le palier sombre, il savait qu'il n'était plus protégé par personne. Tel un gladiateur, il tiendrait tête avec fierté. Et cela pour une seule et unique aventure ! Dépassant les limites du descriptible !

Il se savait condamné à coucher sur une paillasse, mois après mois. Où il continuerait à sentir l'haleine de la femme sur son visage. Couché, les yeux ouverts, revivant tout. La salle. Les odeurs.

Et l'ardeur de sa jeunesse, dans son rêve, fera se soulever la mince couverture.

Il se savait aussi condamné à la vision du cercueil de Jacob. Se balançant entre eux. Et à toutes ces impressions qui iraient se fondre en une seule grande vague qui l'enverrait dans les étoiles.

Il ne pourrait alors empêcher le flot de s'écouler sur sa pauvre paillasse.

Dina était pâle de poudre, et calme, quand les bateaux accostèrent. Elle était au lit, évitant ainsi de se montrer aux invités.

Mère Karen donna des nouvelles de Dina en descendant de la salle. Sa voix était de miel aux oreilles du commissaire. Elle se mêlait agréablement à la chaleur du punch.

La gravité de la situation, le chagrin même, étaient maintenant plus faciles à supporter, une fois les derniers devoirs rendus à Jacob. Le calme, avec le retour aux choses pratiques, s'installa lentement dans les conversations, au cours de la soirée.

Tout le monde partit tôt comme il est convenable de le faire en pareille circonstance.

Dina se leva et fit une patience sur la table en noyer. Elle réussit au troisième essai. Alors elle soupira, et émit un bâillement.

LIVRE I
Les limons vides

Chapitre 1

Au malheur le mépris ! C'est la devise des heureux ; à celui dont le pied chancelle est réservé le mépris.

(Livre de Job, 12, 5)

Je suis Dina. Qui suis réveillée par les cris. Ils restent accrochés dans ma tête. Parfois, ils me dévorent le corps.

L'image de Hjertrud a explosé. Comme le ventre d'un mouton écorché. Son visage, c'est les cris qui sortent sans arrêt.

Tout avait commencé quand le commissaire l'avait amené avec lui à son retour de l'Assemblée d'automne. Une vraie trouvaille, ce forgeron ! Natif de Trondheim. Un sorcier dans son genre.

Bendik savait forger les choses les plus curieuses. Vraiment un homme utile à toutes sortes de travaux.

Il installait au-dessus des meules à aiguiser un système qui versait sept cuillerées d'eau sur la lame de la faux tous les dix tours de manivelle. Il forgeait des serrures qui se coinçaient automatiquement si quelqu'un qui ne connaissait pas le mécanisme essayait d'ouvrir par l'extérieur. En plus, il fabriquait les meilleurs socs de charrues et de belles ferronneries.

On avait donné à ce forgeron le surnom de Longues Joues.

Dès qu'il arriva à la ferme du commissaire, on comprit pourquoi. Il avait un visage long et étroit, et deux yeux formidablement noirs.

Dina venait d'avoir cinq ans, et leva sur lui son regard gris pâle quand il entra dans la pièce, comme si elle voulait le devancer. Elle ne montrait pas exactement de la crainte. Simplement, elle trouvait inutile de faire connaissance.

Cet homme aux yeux noirs, qui, disait-on, était roma-nichel, jetait sur la femme du commissaire le regard de quelqu'un qui vient d'acquérir un objet précieux. Et en vérité, elle ne trouvait pas cela désagréable.

Aussitôt, le commissaire essaya de se débarrasser du forgeron, trouvant qu'il allait quand même un peu loin.

Mais Bendik restait, encouragé par le doux sourire de Hjertrud.

Il forgea des serrures compliquées pour les portes d'entrée et de placard, et un système d'arrosage pour la meule à aiguiser. Enfin il fabriqua de nouvelles poignées pour l'énorme bassine dans laquelle les femmes fai-saient bouillir le linge.

Sur les anses, il fixa un système qui permettait d'incli-ner la grande bassine à différents niveaux pour vider la lessive. Cela devenait simple et facile à l'aide d'une manivelle sur la suspension.

Finie la crainte de manipuler l'énorme bassine noire. Elle se laissait aisément baisser, tourner et incliner grâce à l'incroyable ingéniosité du forgeron.

On pouvait maintenant diriger l'opération sans avoir peur d'être trop près de la vapeur ou du liquide bouillant.

Dina suivit sa mère dans la buanderie, juste avant Noël. C'était un jour de grande lessive. Quatre femmes étaient à la tâche, ainsi qu'un garçon pour porter l'eau.

Les seaux arrivaient remplis de glaçons et de bouillie de glace fondante. Ils se vidaient gaiement, avec un plouf ! dans les grands tonneaux près de la porte. Ensui-te tout fondait dans la bassine et la buée remplissait la pièce comme une brume nocturne.

Les femmes étaient en chemise, le corsage débouton-né. Les pieds nus dans des sabots et les manches retroussées. Leurs mains étaient rougies comme des cochons de lait ébouillantés. Elles soulevaient, tapaient et gesticulaient.

Les visages étaient en liquéfaction sous les turbans serrés. La sueur coulait en ruisseaux le long des joues et des gorges. Elle se rassemblait en un seul cours d'eau qui coulait entre les seins et disparaissait dans les vête-ments humides jusque dans des profondeurs souter-raines.

C'est au moment où Madame Hjertrud était en train de donner des ordres à une servante que Dina eut envie de regarder de plus près le mécanisme dont tout le monde se vantait.

La lessive bouillait déjà dans la bassine. L'odeur de soude était anesthésiante et bien reconnaissable, comme l'est l'odeur des seaux de toilette par un chaud matin d'été dans le couloir du grenier.

Dina serra ses petites mains sur la manivelle. Juste pour la sentir dans sa main.

En un éclair Hjertrud vit le danger et se précipita.

Dina n'avait pas pris la précaution d'entourer sa main de chiffons, comme le faisaient les servantes. Elle se brûla fortement et retira vivement sa main.

Mais la manivelle s'était déjà déplacée. De deux crans vers le bas.

La direction dans laquelle était tournée la bassine fixa la destinée de Hjertrud. Comme le prévoyait le système, la bassine se vida juste d'une partie de son contenu. Ni plus ni moins. Et s'arrêta. Et continua de bouillir sur son trépied.

Le jet rencontra d'abord avec précision le visage et la poitrine. Mais se répartit vite en ruisseaux bouillants le long du corps de la malheureuse.

Ils accoururent tous de partout. Arrachèrent les vêtements de Hjertrud.

Dina se trouvait au centre d'images de vapeur et d'éclairs, où elle voyait la peau et une bonne partie de la chair ébouillantée suivre les vêtements imbibés de lessive.

Mais la moitié du visage était épargnée. Comme s'il était important qu'elle se présentât devant Dieu le Père avec assez de visage pour être reconnaissable.

Dina cria « Maman ! » Mais personne ne répondit.

Hjertrud avait assez de son propre cri.

Le trou rose s'agrandissait et la recouvrait presque. Elle était d'un rouge brûlant. De plus en plus, au fur et à mesure qu'on lui retirait ses vêtements et avec eux, la peau.

Quelqu'un versa sur elle seau d'eau glacée après seau d'eau glacée.

À la fin, elle s'écroula sur le plancher grossier sans que personne n'ose l'aider à se relever. On ne savait plus par où la prendre. Personne ne pouvait la toucher. Elle n'avait plus de surface.

La tête de Hjertrud partait en éclats. Ses cris étaient comme des lames aiguisées. Qui atteignaient tout le monde.

Quelqu'un entraîna Dina dehors dans la cour. Mais les cris traversaient les murs. Faisaient trembler toutes les vitres. S'implantaient dans les cristaux de neige. Montaient de la fumée épaisse des cheminées. Tout le fjord était aux écoutes. Une faible raie rose se montrait à l'est. Le ciel d'hiver aussi semblait ébouillanté.

Dina fut expédiée à la ferme voisine, où les gens la dévisagèrent. Interrogateurs. Comme s'il y avait quelque part en elle une cachette dans laquelle on pouvait découvrir quelque chose.

Une des servantes lui parlait comme à un bébé et la laissa manger du miel à même le pot. Elle en mangea tellement qu'elle en vomit sur le plancher de la cuisine. Et la servante nettoya, son visage exprimant le plus profond dégoût. Ses gronderies ressemblaient au piaillement d'oisillons effrayés sous les toits.

Pendant trois jours, la fille du commissaire resta avec des gens qu'elle n'avait jamais vus. Qui la fixaient sans arrêt, comme si elle venait d'un autre monde.

De temps à autre, elle s'endormait parce qu'elle ne supportait plus tous ces yeux braqués sur elle.

Enfin, le garçon de ferme vint la chercher en traîneau. L'emballa bien dans des peaux de mouton et la ramena à la maison.

À la ferme, tout était silencieux.

Plus tard, une fois qu'elle était oubliée sous une table à l'office, elle apprit que Hjertrud avait crié toute une journée et toute une nuit avant de perdre connaissance et de mourir. La moitié du visage était sans peau. Ainsi que le bras droit, le cou et le ventre.

Dina ne comprenait pas tout à fait l'expression

« perdre connaissance ». Mais elle savait ce que le mot connaissance voulait dire.

Et que Hjertrud avait des connaissances, elle le savait aussi. Surtout quand le père vociférait.

« On doit sa sagesse à Dieu. » – « Tous les dons viennent de Dieu. » – « Le livre saint est la parole de Dieu. » – « La Bible est un don de Dieu. » Ainsi parlait Hjertrud chaque jour.

Qu'elle soit morte n'était pas si terrible en soi. Le pire, c'était le cri, et la peau arrachée.

Parce que les animaux mouraient eux aussi. A la ferme, il y avait constamment de nouveaux animaux. Qui ressemblaient à s'y méprendre les uns aux autres, ils étaient pour ainsi dire les mêmes, année après année.

Mais Hjertrud ne revint pas.

Dina porta en elle une image de Hjertrud qui ressemblait à un mouton éventré. Pendant longtemps.

Dina était très grande pour son âge. Et robuste. Assez robuste pour provoquer la mort de sa mère. Mais pas assez quand même pour y assister.

Les gens retenaient leurs mots. Les maîtrisaient. Les mots étaient comme une nappe d'huile sur l'eau. La réalité se trouvait dans les mots. Les mots ne s'adressaient pas à Dina. Elle n'était personne.

Il fut défendu de parler de « l'affreux malheur ». On le faisait quand même. C'était justement la prérogative de tous les domestiques que de commenter les choses défendues à voix basse. Enfin, relativement basse. A l'heure où les enfants devaient être des anges endormis dont on n'était plus responsable.

On disait que Longues Joues avait cessé de fabriquer des mécanismes compliqués pour bassines à lessive. Il avait pris le premier bateau pour Trondheim. Avec tous ses outils de malheur rassemblés dans une malle. Sa renommée l'avait devancé. Celle d'un forgeron qui fabriquait des systèmes pour ébouillanter les gens à mort. On disait qu'il en était devenu bizarre. Oui, et même dangereux.

Le commissaire fit démolir la forge, la buanderie, sa cheminée et son poêle.

Cela avait demandé quatre hommes armés de grosses massues. En plus des quatre qui remblayaient le vieux quai en pierres avec les décombres. Il en fut rallongé de plusieurs aunes.

Aussitôt que le gel lâcha prise, il fit ensemencer le terrain. Plus tard, des buissons de framboises sauvages l'envahirent sans vergogne.

En été il partit pour Bergen avec le caboteur de Jacob Grønelv et il fut absent jusqu'à l'Assemblée d'automne.

C'est ainsi que Dina n'échangea pas un mot avec son père, depuis le jour où elle avait ébouillanté sa mère jusqu'à son retour neuf mois plus tard.

C'est alors que la servante raconta que Dina avait cessé de parler.

Quand le commissaire revint de l'Assemblée, il retrouva un oiseau sauvage. Avec un regard que personne ne pouvait capter, des cheveux jamais nattés, et allant pieds nus même s'il gelait déjà la nuit depuis longtemps.

Elle prenait de la nourriture où bon lui semblait et n'était jamais à table. Elle passait sa journée à jeter des pierres sur les gens qui venaient à la ferme.

Cela, bien sûr, lui valait bon nombre de gifles.

Mais dans un certain sens, c'était elle qui avait le dessus. Elle n'avait qu'à lancer une pierre et ils accouraient tous.

Dina dormait pendant plusieurs heures dans la journée. Dans la paille de l'écurie. Les chevaux, qui en avaient l'habitude, mangeaient avec précaution autour du corps endormi. Ou bien ils l'effleuraient à peine de leurs gros mufles pour retirer le foin sous elle.

Elle fit semblant de rien quand le commissaire mit pied à terre. Elle était assise sur un rocher, balançant ses longues jambes maigres.

Les ongles de ses orteils étaient incroyablement longs, crevassés de saleté.

Les servantes n'en venaient pas à bout, disait-on. L'enfant refusait obstinément tout contact avec l'eau. Elle criait et s'échappait, même si on s'y mettait à deux. Pour rien au monde elle n'entrait dans la cuisine si on était en train de faire cuire quelque chose sur le grand poêle noir.

Elles s'excusaient mutuellement, les deux servantes. Elles avaient trop à faire. Il était difficile de se procurer de l'aide. Il était difficile de venir à bout d'une enfant si sauvage et si abandonnée.

Elle était si sale que le commissaire ne savait par quel bout la prendre. Il surmonta sa répugnance au bout de quelques jours. Et il essaya de toucher le corps malodorant et rétif, si possible pour prendre contact, et la ramener à une existence chrétienne. Mais il dut abandonner.

En plus il revoyait sa malheureuse Hjertrud. Revoyait son pauvre corps brûlé. Entendait ses cris délirants.

La belle poupée allemande à tête de porcelaine resta là où l'on avait ouvert le paquet. Au milieu de la table. Jusqu'au moment où la servante qui devait mettre le couvert demanda ce qu'il fallait en faire.

« Dieu sait ! » dit l'autre qui se considérait comme le chef.

« Mets-la dans la chambre de la gosse. »

Bien plus tard, le garçon de ferme la retrouva dans la fosse à purin. Dans un tel état qu'on eut du mal à la reconnaître. Mais ce fut un soulagement. Depuis plusieurs semaines il régnait un certain trouble autour de l'histoire de la poupée. Le commissaire l'avait réclamée à Dina, mais comme elle ne faisait pas mine d'aller la chercher, on déclara la poupée perdue. Libre à chacun de se sentir soupçonné.

Quand elle fut retrouvée, le commissaire fit appeler Dina. Lui demanda sévèrement comment la poupée avait bien pu atterrir dans la fosse à purin.

Dina haussa les épaules et fit mine de s'en aller.

Alors elle reçut une fessée. C'était bien la première fois que cela lui arrivait. Il la renversa sur son genou et la fessa, le derrière nu. La sale gosse endurcie lui mordit la main, comme un chien !

Mais cela donna au moins un résultat satisfaisant. Depuis cet événement elle regardait toujours les gens droit dans les yeux. Comme si elle voulait tout de suite savoir à quoi s'en tenir, et si elle serait battue.

De longtemps, le commissaire ne lui fit plus de cadeau. Pour être exact, le suivant fut le violoncelle donné à la demande de Monsieur Lorch.

Mais Dina possédait un petit coquillage brillant de nacre, grand comme l'ongle de son petit doigt. Elle le conservait dans une tabatière, dans un vieux coffret de barbier.

Chaque soir, elle le sortait et le montrait à Hjertrud. Celle-ci était assise, détournant la tête pour cacher la partie abîmée de son visage.

Le coquillage, tout à coup, avait brillé à sa rencontre sur la plage. Il portait de toutes petites raies d'un rose nacré qui se terminaient en pointe, légèrement bigarrées vers le bas. Et il changeait de couleur avec les saisons.

À la lumière de la lampe, il était mat et nacré. Mais au jour, près de la fenêtre, il était dans sa main comme une petite étoile. Transparente, blanche.

C'était un bouton de la chemise céleste de Hjertrud ! C'était elle qui le lui avait jeté !

Personne n'imaginait que Hjertrud pût lui manquer. Puisque c'était elle qui l'avait expédiée dans l'autre monde.

Personne ne disait que c'était elle qui avait déclenché le système verseur de la lessiveuse. Mais tout le monde le savait. Le père aussi. Il était assis dans le fumoir. Ressemblait aux hommes sur les vieilles gravures du salon. Grand, imposant, grave. Le visage impassible. Il ne lui parlait pas. Il ne la voyait pas.

Dina fut envoyée dans une des métairies qui s'appelait Helle. Là il y avait profusion d'enfants et pénurie du reste. Alors un enfant qui rapportait n'était pas négligeable.

Le commissaire payait bien. A la fois en argent, en farine et en dispense de travaux.

On disait que la petite allait réapprendre à parler. Que cela lui ferait du bien d'être avec d'autres enfants. Et que cela évitait au commissaire de se rappeler chaque jour la fin de sa pauvre Hjertrud.

À Helle, ils essayèrent d'approcher la petite Dina, les uns après les autres. Mais son monde n'était pas le leur.

Elle semblait avoir avec eux le même rapport qu'elle avait dehors avec les bouleaux, ou les moutons qui paissaient les champs fauchés en automne. Ils faisaient partie du paysage familier dans lequel elle se mouvait. Pas plus.

À la fin ils abandonnèrent et retournèrent à leurs occupations. Elle fit partie du quotidien, exactement comme le bétail, qui demandait un minimum de soins, mais pour le reste était livré à lui-même.

Elle n'accepta aucune de leurs avances et refusa tout essai de contact. Et elle ne répondait pas par des mots quand ils lui parlaient.

L'année où elle eut dix ans, le pasteur prit le commissaire à part. Il l'exhorta à reprendre sa fille à la maison et à lui donner des conditions de vie dignes de son rang. Elle avait besoin à la fois d'éducation et de connaissances, pensait le pasteur.

Le commissaire baissa la tête et marmonna qu'il y avait pensé lui aussi.

De nouveau, Dina fut ramenée à la maison en traîneau. Aussi muette que lorsqu'elle en était partie, mais en bien meilleur état. Lavée et peignée.

Dina eut un précepteur qui répondait au nom distingué de Monsieur Lorch, et qui ignorait l'histoire de Hjertrud.

Il avait interrompu ses études de musique à Christiania pour rendre visite à son père mourant. Mais une fois le père mort, il n'eut plus d'argent pour y retourner.

Lorch apprit à Dina les lettres et les chiffres.

La Bible de Hjertrud, avec ses millions de signes à fioritures, fut utilisée avec assiduité. Et l'index de Dina suivait les lignes comme un chasseur de rats qui tirerait après lui ces crapoussines de lettres.

Lorch avait apporté avec lui un vieux violoncelle. Empaqueté dans un morceau de feutre. Débarqué dans ses bras, comme un trop grand bébé.

Une des premières choses qu'il fit fut d'accorder l'instrument et de jouer un simple psaume, sans partition.

Il n'y avait que les domestiques dans la maison. Mais ils racontèrent ensuite tous les détails à qui voulait les entendre.

Quand Lorch commença à jouer, les yeux gris clair de Dina se révulsèrent comme si elle allait s'évanouir. Les larmes coulaient à flot le long de ses joues, et elle faisait craquer les jointures de ses doigts au rythme du violoncelle.

Quand Monsieur Lorch vit l'effet que faisait la musique sur la petite fille, il s'arrêta, effrayé.

C'est alors que le miracle se produisit !

« Encore ! Joue encore ! Joue encore ! » Elle criait. Les mots étaient réels. Elle pouvait les dire. Ils étaient à elle. Elle était.

Il lui apprit la position des doigts. Ses doigts étaient au début beaucoup trop petits. Mais elle grandissait vite. En peu de temps, elle maîtrisa si bien l'instrument que Lorch se permit de dire au commissaire que Dina devrait avoir un violoncelle.

« Et qu'est-ce que la gamine en fera d'un violoncelle ? Il vaudrait mieux qu'elle apprenne à broder ! »

Le précepteur, à l'aspect malingre et timoré, mais en fait aussi têtu qu'une noix récalcitrante, fit remarquer en toute humilité qu'il ne pouvait pas lui enseigner la broderie. Mais par contre à jouer du violoncelle.

C'est ainsi qu'un violoncelle, coûtant de nombreux écus, arriva dans la maison.

Le commissaire désirait le garder au salon, pour que tous les visiteurs puissent s'exclamer d'admiration.

Mais Dina était d'un autre avis. Elle voulait le garder dans sa chambre à l'étage. Les premiers jours, elle le remontait chaque fois que son père avait donné l'ordre de le descendre au salon.

Mais au bout de quelques jours, la fatigue envahit le commissaire. Un arrangement tacite fut conclu entre le père et la fille. Chaque fois que des gens de qualité ou des invités de marque venaient, on descendait le violoncelle au salon. On allait chercher Dina à l'écurie, on la lavait, on l'habillait d'une jupe à volants et d'un corsage, et elle devait jouer des psaumes.

Monsieur Lorch, comme assis sur des épingles, tortillait sa moustache. Il ne lui venait pas à l'idée qu'il était probablement le seul dans la pièce à remarquer les petites fausses notes de Dina.

Dina comprit très tôt que Monsieur Lorch et elle avaient une chose en commun. Ils étaient mutuellement responsables de leurs imperfections. Petit à petit ce fut une sorte de consolation.

Quand le commissaire fulminait au-dessus de la tête baissée de Lorch parce que Dina, après trois ans d'enseignement ininterrompu, ne savait toujours pas lire autre chose que la Bible de Hjertrud, elle ouvrait alors la porte de sa chambre, plaçait le violoncelle entre ses cuisses et laissait la musique des psaumes préférés de son père déferler dans le bureau. Cela ne manquait pas de faire son effet.

Elle avait appris à compter si vite qu'elle faisait honte à l'employé de la boutique en calculant des additions à plusieurs chiffres avant même qu'il ait eu le temps de les noter. De cela, personne ne parlait. Sauf Monsieur Lorch.

Chaque fois que Dina lisait son catéchisme à haute voix devant son père, il se défendait avec une feinte humilité contre les accusations d'incapacité dans ses fonctions.

Parce que Dina inventait les mots qu'elle n'arrivait pas à lire, si bien que le texte était souvent méconnaissable, mais beaucoup plus coloré que l'original.

Les domestiques pinçaient la bouche et n'osaient pas se regarder de peur d'éclater de rire.

Non, les chiffres ! C'était contre nature pour une fille ! C'est son frère cadet qui aurait dû apprendre les chiffres, marmonna le commissaire, la voix brisée. Et il quittait la pièce. Tout le monde savait que sa femme était enceinte de plusieurs mois quand elle avait été ébouillantée.

Mais ce fut, pour être juste, le seul reproche indirect que Dina eût jamais reçu du commissaire.

Il y avait à Fagernesset un vieil harmonium. Au fond du salon. Drapé et décoré de vases et de coupes.

Mais il était si mauvais que Monsieur Lorch refusa d'apprendre à Dina à jouer dessus. Il suggéra au commissaire qu'il serait bon pour une maison qui recevait tant d'invités de marque, aussi bien de l'étranger que du pays, de posséder un piano. C'était en plus un beau meuble !

Et puis, un piano devait nécessairement rester au salon. De cette manière, le commissaire pouvait se venger de la ténacité de Dina à propos de la place du violoncelle.

Un piano-forte anglais, noir, arriva à la maison. Solennellement et avec beaucoup d'efforts, il fut enfin libéré de ses copeaux et de ses chiffons et sorti de sa solide caisse.

Monsieur Lorch l'accorda, remonta les jambes de son pantalon usé aux genoux, et se glissa avec précaution sur le tabouret.

Il y avait une chose que Monsieur Lorch faisait mieux que toute autre. C'était de jouer du piano !

Les yeux perdus dans le lointain il commença à jouer du Beethoven. La *Sonate appassionata*.

Dina était assise tout contre le dossier en velours de la chaise longue. Ses pieds se balançaient en l'air. Sa bouche émit un profond soupir quand les premiers accords emplirent la pièce.

Le visage de Dina n'était que rivières et ruisseaux. Un grand bruit se fit entendre et elle se retrouva sur le plancher.

Le commissaire ordonna d'arrêter. La petite fut envoyée dans sa chambre. Elle avait douze ans et aurait dû savoir se tenir convenablement.

Au début, Monsieur Lorch n'osait plus s'approcher du piano. Même si Dina suppliait, rageait ou faisait des promesses.

Mais un jour, le commissaire partit en réunion et devait être absent une semaine. Alors Monsieur Lorch ferma toutes les portes et les fenêtres du salon, malgré le soleil de mai qui chauffait.

Et à nouveau il remonta les jambes de son pantalon et se glissa avec précaution derrière l'instrument.

Il laissa ses mains reposer un instant sur les touches avant d'y poser ses doigts avec amour.

Au moins, il espérait que la réaction de Dina à la *Sonate appassionata* était passée. Ce jour-là il choisit une valse et la tarentelle de Chopin.

Mais il pouvait y aller de tout son répertoire. Parce que Dina continuait à pleurer et à sangloter.

Ils y passèrent la semaine entière. L'enfant avait les

yeux tellement rouges quand le commissaire revint qu'ils n'osèrent pas la montrer. Elle se plaignit d'être malade et alla au lit. Elle savait que son père ne viendrait pas dans sa chambre. Il avait une peur maladive de la contagion. Cela lui venait de feu sa mère, disait-il. Il ne s'en cachait pas.

Mais Monsieur Lorch avait un plan. Et une après-midi il en fit part au commissaire alors que les deux hommes étaient au salon et que le commissaire racontait des bribes de son voyage.

C'était quand même dommage, cet instrument coûteux. Et dont personne ne se servait. Le commissaire ne croyait-il pas que les pleurs de Dina cesseraient si elle s'habituait à écouter de la musique. Oui, quelqu'un qu'il connaissait avait un chien qu'il avait fallu habituer à la musique. Le premier mois, il ne faisait que hurler. C'était terrible. Mais petit à petit, il s'y était habitué. A la fin, il se couchait tranquillement pour dormir. Ah, c'était du violon qu'on jouait, c'est vrai. Mais quand même...

Le commissaire confia finalement à Lorch qu'il ne supportait pas les pleurs. Il y en avait eu assez quand son épouse avait disparu d'une manière si tragique. Elle avait crié toute une journée et une nuit avant d'être délivrée. Depuis, certains sons l'impressionnaient trop.

Et finalement, Monsieur Lorch eut droit à l'histoire de Hjertrud. Comment Dina avait déclenché le mécanisme qui avait fait basculer la bassine remplie de lessive bouillante sur sa pauvre mère.

Monsieur Lorch, qui n'avait pas l'habitude de recevoir des confidences, ne trouva aucun mot de consolation. Cela faisait trois ans qu'il habitait la maison sans savoir pourquoi il avait comme élève un chat sauvage.

Les détails donnés par le commissaire le rendirent malade. Mais il écoutait, habitué par un dur entraînement de musicien, à faire la part de l'art et de la sensiblerie.

Et bien des idées traversèrent la tête sensible de Lorch. Le commissaire, lui, avait bien, d'une certaine manière, surmonté la tragédie. Malgré son chagrin apparent.

Monsieur Lorch s'aventura jusqu'à dire, en termes posés, que c'était tout de même dommage que personne ne joue sur cet instrument coûteux. Il pouvait apprendre à Dina quand le commissaire était absent.

Après que le commissaire eut raconté l'histoire, se fut éclairci la gorge et eut fumé une autre pipe, ils se mirent d'accord.

Ensuite Monsieur Lorch fit une longue promenade. Le long des plages blêmes de fin d'hiver. La neige en bordure était hérissée de pailles sèches, et les oiseaux des mers voltigeaient et tournoyaient sans but.

Sans cesse, le visage durci de Dina était présent. Il l'entendait faire son calcul en vitesse à haute voix, comme une bravade, et sangloter quand il jouait du piano.

Il avait, en fait, pensé partir à Copenhague cet été-là pour reprendre ses études de musique. Il avait mis pas mal d'argent de côté chez le commissaire. Mais il resta. Un jeune homme desséché. Déjà un peu chauve et au visage marqué, avant même la trentaine.

Il avait en quelque sorte trouvé une vocation.

Dina continua à parler. Tout d'abord seulement à Lorch. Mais petit à petit aussi aux autres qui se trouvaient sur son chemin.

Elle apprit à jouer du piano. D'après les partitions de Lorch. D'abord des petites chansons et des exercices. Puis des psaumes et des morceaux classiques faciles.

Lorch était pointilleux sur les partitions. Il écrivit à Trondheim, Christiania et Copenhague pour avoir des morceaux qui convenaient à une débutante. Ainsi, il renoua également avec ses anciens amis musiciens.

Dina apprit à la fois à jouer et à écouter sans hurler comme un loup. Et la famille du commissaire eut la réputation d'être musicienne. Les visiteurs assis au salon écoutaient du violoncelle et du piano. Et buvaient du punch. Voilà qui était décent et d'une grande distinction. Le commissaire était très satisfait.

Monsieur Lorch, avec son apparence usée et morose, son style étriqué et gauche, sa personnalité renfermée et ennuyeuse, fut promu au statut d'artiste.

Lorch racontait à Dina des tas de choses bizarres venant du monde extérieur. Mais aussi des petites histoires sur la magie et la musique.

Un jour qu'ils étaient en barque sur une mer tout à fait calme, il raconta l'histoire du spectre marin qui devait apprendre à jouer au violoniste. Le son devait être si beau que la princesse en pleurerait et accepterait de se marier avec lui !

Oui, le spectre pouvait lui apprendre cela ! En compensation, il demandait de la bonne viande fraîche.

Et le spectre s'y mit. Le violoniste apprit si bien qu'il pouvait jouer sans même enlever ses gants. C'est alors qu'il se souvint qu'il n'avait pas de viande. Faute de mieux, il jeta un os rongé dans la mer.

« Qu'est-ce qui est arrivé alors ? » demanda Dina.

« Il n'aurait jamais dû essayer de tromper le spectre. Le spectre lui a alors chanté jour et nuit :

"Tu m'as donné un os avec rien dessus,
  tu sauras tes notes et rien de plus". »

« Qu'est-ce que ça veut dire ? »

« Qu'il savait très bien jouer, mais qu'il ne toucherait pas le cœur de la princesse. »

« Et pourquoi, puisqu'il savait bien jouer ? »

« Savoir jouer les notes ne veut pas dire qu'on a le pouvoir d'émouvoir. La musique a une âme, comme les gens. Il faut aussi la faire entendre... »

« Toi, tu sais », dit Dina fermement.

« Merci ! » dit l'homme en s'inclinant. Comme s'il était dans une salle de concert avec une princesse au premier rang.

Pour Dina, Lorch était quelqu'un sur qui on pouvait compter. C'était vers lui qu'elle allait quand quelque chose arrivait. Personne n'osait se moquer de lui quand elle était là.

Il apprit à supporter ses débordements d'affection. Simplement en restant debout tout droit, les bras ballants. Ses yeux étaient comme une toile d'araignée dans les ronces retenant des gouttes de pluie.

Pour elle, cela suffisait.

Monsieur Lorch emmena Dina sur la tombe de Hjertrud. Il y avait de si belles fleurs. Un parterre bordé de gros galets ronds recouverts de mousse.

Lorch parlait tout bas à Dina et lui expliquait des choses sans qu'elle le lui demande.

Que Hjertrud ne lui en voulait pas. Qu'elle était dans son ciel, bien contente d'échapper aux ennuis et aux chagrins de ce monde.

Que tout était en fait prédestiné. Que chacun était un outil dans la vie des autres. Que certaines actions pouvaient sembler terribles aux yeux de certains, mais pouvaient tout aussi bien être une bénédiction.

Dina planta deux yeux transparents sur lui, comme si tout à coup elle pensait avoir fait monter Hjertrud en grade. Oui ! elle l'avait délivrée ! En vérité, elle avait fait ce que personne n'aurait osé faire. Elle avait envoyé Hjertrud tout droit chez Notre Père au paradis. Là où il n'y avait ni chagrin, ni domestiques, ni enfants. Et Hjertrud renvoyait, en reconnaissance, des effluves d'églantines et de myosotis.

L'expression du visage de Dina obligea Lorch à changer de sujet. Il se dépêcha de décrire les différentes parties des fleurs.

L'été où Dina eut treize ans, le commissaire revint de Bergen avec une barbe remarquablement bien taillée et une nouvelle épouse.

Il la montrait avec fierté, comme s'il l'avait forgée lui-même.

« La nouvelle » emménagea dans la chambre de Hjertrud au bout d'une semaine. Tout le monde à la ferme et chez les voisins trouvait que c'était aller un peu vite.

Deux servantes se mirent à déménager les affaires de feu Hjertrud et à nettoyer la pièce. Elle était restée fermée pendant toutes ces années. Comme un coffre dont personne n'avait la clé et qu'il fallait oublier.

La pauvre Hjertrud n'avait plus besoin de cette pièce, il n'y avait donc aucun mal. Tout le monde le comprenait. Mais quand même. C'était plutôt la manière dont cela se faisait.

Les langues allaient bon train. On disait que le commissaire avait un besoin si pressant de femmes que les servantes ne restaient pas longtemps dans la maison. Si elles voulaient y échapper. De ce fait, la venue de cette Dagny était au moins une bonne chose.

C'était une vraie dame de Bergen. La taille mince comme une aiguille à tricoter, les cheveux relevés en une coiffure compliquée, et portant trois jupons à la fois. Elle aurait pu être une bénédiction pour tous, mais les choses n'allèrent pas si facilement.

Un des premiers visages que la nouvelle maîtresse des lieux rencontra fut un masque en plâtre de fabrication artisanale.

Dina s'était donné du mal. Elle s'était déguisée avec des draps blancs et ce masque pour faire une surprise à son père.

Le masque était son œuvre. Fait sur les instructions de Monsieur Lorch. Un moulage assez peu réussi du visage de Lorch. Il ressemblait plus à un mort que tout ce que Madame Dagny avait pu voir auparavant. Plus grotesque que drôle.

Le commissaire se mit à rire devant cette apparition à la porte du salon, tandis que Dagny portait la main à son front.

Dès le premier jour, une guerre froide et implacable se déclara entre Dina et Dagny.

Je suis Dina. Hjertrud m'a jeté un petit bouton de son manteau. Autrefois, elle n'aimait pas que j'aie les ongles sales. Maintenant elle ne dit plus rien.

Lorch dit que c'est un don que j'ai de pouvoir compter vite dans ma tête. Il dicte et j'additionne. Quelquefois, je fais des soustractions à plusieurs chiffres aussi. Ou des divisions. Monsieur Lorch calcule alors sur le papier. Et puis il siffle entre ses dents et dit : « Prima ! Prima ! » Et on joue ensemble. Et on ne lit plus les textes saints ou le catéchisme.

Les cris de Hjertrud déchirent les nuits d'hiver en minuscules bouts de chiffons qui voltigent devant ma fenêtre. Surtout juste avant Noël. Autrement elle marche en chaussons de feutre, si bien que je ne sais pas où elle est. On l'a mise à la porte de sa chambre.

Tous les tableaux sont enlevés. La commode est vidée. On a mis les livres chez moi. Ils vont et viennent dans les rayons au clair de lune. Le livre noir de Hjertrud a des bords souples. Et beaucoup d'histoires. Je prends sa loupe et tire les mots vers moi. Ils traversent ma tête comme de l'eau. Cela me donne soif. Mais je ne sais pas ce qu'ils me veulent.

Hjertrud a déménagé complètement. Nous avons un aigle qui tournoie au-dessus de nous. Ils en ont peur. Mais c'est seulement Hjertrud. Ils ne le comprennent pas.

Chapitre 2

Il délivrera même le coupable.

(Livre de Job, **22**, 30)

« Tomas ! T'sais pourquoi les chevaux, ils dorment debout ? » demanda Dina un jour.

Elle regardait de côté le garçon court et trapu. Ils étaient seuls à l'écurie.

Il venait de la métairie où Dina avait été placée pendant quelques années. Le temps passant, il était devenu assez grand pour gagner quelques sous chez le maître, en dehors des travaux imposés.

Il jeta alors le fourrage dans la mangeoire et resta les bras ballants. « Les chevaux, ils sont toujours debout quand y dorment », affirma-t-il.

« Oui, mais ils sont aussi debout quand y sont réveillés ? » remarqua Dina avec sa curieuse logique, et sauta dans le crottin de cheval tout chaud, le pressant entre ses orteils comme de gros vers de terre.

« Bon, bon. »

Tomas se rendait.

« Alors tu sais rien, toi ? » demanda Dina.

« Peuh ! »

Il crachait et fronçait le front.

« T'sais qu'j'ai brûlé ma mère, et qu'c'est pour ça qu'elle est morte ? » demanda-t-elle avec aplomb en le fixant.

Tomas restait là, planté. Il n'arrivait même pas à mettre les mains dans les poches. A la fin il fit un signe affirmatif. Avec recueillement.

« Maintenant toi aussi faut qu'tu restes debout quand tu dors ! » déclara-t-elle avec ce sourire étrange qui lui était particulier.

« Et pourquoi ? » demanda-t-il ahuri.

« J'l'ai raconté aux chevaux. Et ils dorment debout !
Maintenant tu l'sais toi aussi. Alors faut qu'tu dormes
debout ! Z'êtes les seuls à qui j'l'ai dit. »

Elle vira sur un talon sale et quitta l'écurie en courant.

C'était l'été.

La même nuit, Tomas fut réveillé par quelqu'un qui
ouvrait la porte de la chambre. Il pensa que c'était le
garçon d'étable qui avait changé d'avis et n'était pas allé
à la pêche.

Il la sentit tout à coup haletante au-dessus de lui. Il
regarda droit dans deux yeux grands ouverts et pleins de
reproche. Gris comme du plomb poli dans la lumière
nocturne. Profondément enfoncés. Semblant prêts à
tomber sur le lit.

« T'as triché ! » cria-t-elle en arrachant sa couverture.
« Tu d'vais dormir debout ! »

Elle remarqua alors la nudité du garçon qu'il essayait
de cacher avec ses mains.

« T'es drôle à voir ! » déclara-t-elle. Enleva complètement la couverture et commença à examiner l'intérieur
de ses cuisses.

Il essaya de se défendre par un timide grognement et
attrapa son pantalon posé sur le rebord du lit. En un
clin d'œil, il se retrouva debout au milieu de la pièce.
Mais elle avait déjà disparu. Tout cela s'était-il seulement passé dans sa tête ? Non. Il restait son odeur. Une
odeur d'agneau mouillé.

Il n'oublia pas la scène. De temps à autre, il se
réveillait au milieu de la nuit et sentait Dina dans la
pièce. Mais il n'avait jamais de preuves.

Il aurait pu fermer de l'intérieur, mais avait comme
excuse les autres qui pouvaient trouver cela bizarre.
Croire qu'il prenait ses distances.

Il alla jusqu'à s'imaginer que les chevaux le regardaient curieusement quand il leur donnait du fourrage.
Quelquefois, quand il leur donnait une croûte de pain et
qu'ils ouvraient tout grand leurs mâchoires et montraient leurs dents jaunes, il croyait les voir rire.

Elle était la première à l'avoir regardé. De cette
manière-là. Depuis tout était sens dessus dessous.

Il alla traîner vers l'étang derrière le petit bois. Il avait deviné qu'elle s'y baignait. Il se souvint tout à coup que, durant les chaudes après-midi, il l'avait vue les cheveux trempés.

Pendant les claires soirées de l'été, il s'imaginait entendre un bruissement dans le foin quand il devait passer à l'écurie.

Il pouvait jurer que quelqu'un bougeait dans les buissons quand lui-même se baignait dans l'étang le soir, le travail fini.

Un soir il se décida ! Sortit de l'eau, tremblant d'excitation et de froid et alla jusqu'à la pierre où il avait laissé ses vêtements. Tranquillement, sans courir avec les mains en bouclier, comme il en avait l'habitude. Et il avait posé ses vêtements sur une pierre bien éloignée de la rive. Comme s'il voulait qu'on le voie.

Ce désir explosa en lui quand il remarqua qu'il y avait vraiment quelqu'un dans les buissons. Quelque chose brilla. Une ombre ! Une étoffe claire ? Un instant, il n'osa pas regarder. Et puis, il commença à se rhabiller en tremblant.

Pendant tout l'été il n'eut qu'elle en tête. Elle inondait toutes ses pensées. Comme un fleuve indomptable.

Je suis Dina. Je n'aime pas les framboises. On les ramasse dans les ronces derrière le garde-manger, là où était la buanderie. Ces ronces font plus mal que les orties.

Hjertrud se trouve au milieu de l'étang, où flottent les nénuphars. Je vais jusqu'à elle. Mais elle disparaît. D'abord j'avale beaucoup d'eau, et puis je m'aperçois que je flotte parce qu'elle me tient. Maintenant je peux aller dans l'eau et dans la mer et je flotte, parce qu'elle me tient. Tomas ne peut pas. Personne ne le tient.

La taille de Dagny s'était arrondie à peine un mois après qu'elle fut devenue maîtresse des lieux.

La cuisinière prétendait que le commissaire n'avait pas dû épargner sa poudre en tirant son coup. Aux intimes, elle disait qu'elle espérait que cela l'avait calmé une fois pour toutes, qu'il laisserait les servantes tranquilles à l'avenir et qu'elle n'aurait plus à en changer tout le temps.

Le commissaire était tout guilleret. Il faisait de petites promenades dans le bois derrière la ferme, tenant le parasol de Dagny bien haut au-dessus de sa tête. Si haut qu'elle se plaignait du soleil et des branches de bouleau qui venaient égratigner la soie.

Dina posait des pièges. Après maintes réflexions.

Il arrivait que la porte de la chambre de Dagny soit fermée à clé et que la clé reste introuvable. Pour être plus tard retrouvée dans la chambre !

Elle arrivait à se glisser dans la chambre sans qu'on la voie quand Dagny était en bas, à fermer la porte de l'intérieur, laissant la clé dans la serrure. Elle sortait ensuite par la fenêtre.

Elle se servait de son corps comme d'un balancier. Semblable à celui de la vieille horloge du salon. Après avoir pris fortement son élan six ou sept fois, elle arrivait à s'agripper au grand bouleau pleureur devant la fenêtre.

C'était toujours Tomas qui, ensuite, devait aller chercher une échelle et se faufiler à travers les légers rideaux à volants pour aller ouvrir la porte.

On soupçonnait Dina.

On entendait le ton aigu et vexé de la voix de Dagny dans toute la cour.

Mais Dina se taisait. Elle regardait son père droit dans les yeux sans mot dire.

Il lui tirait les cheveux et lui donnait des claques sur les épaules.

Elle niait jusqu'à en écumer de rage. Et le commissaire lâchait prise. Jusqu'à la fois suivante.

Il arrivait que le livre de Dagny, ou son ouvrage de couture, disparaisse complètement. Toute la maisonnée était alors sur pied pour chercher. Sans résultat.

Mais un jour ou deux après, on trouvait le livre ou l'ouvrage à leur place habituelle.

Si Dina prétendait avoir été avec Tomas ou la fille de cuisine, aucun d'eux ne protestait. Ils mentaient sans savoir exactement pourquoi. Le garçon, parce que Dina avait une fois arraché sa couverture et qu'elle l'avait vu nu. Et parce que cela avait allumé en lui un feu qu'il ne pouvait éteindre. Et il savait instinctivement qu'il perdrait toute chance de jamais apaiser ce feu s'il refusait de l'avoir vue dans l'étable, juste au moment où les affaires avaient disparu.

Ce grand échalas de Dina avait aussi la poigne solide et l'humeur très coléreuse. Elle ne s'en était jamais prise à elle. Cependant la fille de cuisine la craignait.

Dagny mit au monde un fils. Et si le mariage avait eu lieu à Bergen, dans la plus stricte intimité, on fit du baptême une affaire d'État.

Coupes et candélabres en argent, nappes au crochet et autres fioritures encombrèrent le buffet et la desserte jour après jour.

Les servantes se demandaient s'il faudrait finalement poser les couverts et les plats par terre.

L'enfant, qui fut prénommé Oscar avec ostentation, criait beaucoup. Et cela, le commissaire ne l'avait pas prévu. Ses nerfs supportaient mal les pleurs.

Mais Dagny s'était agréablement arrondie, elle avait une belle poitrine et fut d'une humeur charmante dès que la bonne d'enfants arriva. Elle faisait venir des créations et des vêtements d'enfant de Trondheim et de Bergen.

Au début, le commissaire, ne voulant pas se montrer mesquin, ne lui refusait rien. Mais les commandes et les paquets ne prenant jamais fin, il s'impatienta. Lui rappela l'état de leurs finances, qui n'était pas brillant en ce moment. Qu'on ne lui avait pas encore payé le poisson expédié à Bergen.

Dagny se mit à pleurer. Oscar pleurait aussi. Mais au prochain arrivage de Trondheim, le commissaire soupira et se retira une heure ou deux.

Et le soir, il sortit de son bureau comme transfiguré, et de nouveau de bonne humeur. Tous ceux qui habitaient la maison du maître pouvaient en témoigner. Parce que le plancher qui séparait la chambre de feu Madame Hjertrud et le rez-de-chaussée avait grincé en cadence.

« Ils auraient pu attendre qu'on soit couchés », grogna la plus âgée des servantes avec mépris.

Mais le commissaire s'en tenait à sa femme. Il laissait tous les autres jupons aller en paix. Alors il fallait bien s'y habituer. Certains trouvaient même divertissants les bruits significatifs qui venaient d'en haut.

On n'avait jamais rien entendu de pareil du temps de

la pauvre Hjertrud. Elle avait été un ange. Une sainte. Personne n'arrivait à imaginer qu'elle avait pu faire ça avec ce cochon de commissaire. Mais le fait est qu'ils avaient eu cette gamine. Cette malheureuse Dina qui portait une si lourde faute. La pauvre, quelle infortune que la sienne !

Les femmes ne manquaient pas de parler de la pauvre Hjertrud. A voix basse. Mais assez haute quand même pour que seule Dagny l'entende. Mais pas le commissaire.

Et elles la décrivaient. Sa haute et fière allure. Son doux sourire et son admirable taille de guêpe. Ses mots pleins de sagesse étaient cités.

Quand Dagny se montrait à la porte, il se faisait un silence. Comme si on venait de souffler une lampe. Mais l'essentiel avait été dit, et entendu.

Dagny avait accepté la présence des nombreux portraits de la pauvre Hjertrud. Pendant plusieurs mois. L'un d'eux la regardait avec un léger sourire du haut de la tenture de velours du grand salon. Un autre la fixait gravement dans la cage de l'escalier. Encore un autre se trouvait sur le bureau du commissaire.

Un jour, elle en eut assez. Elle les décrocha des murs elle-même, les emballa dans une vieille taie d'oreiller et les rangea dans un coffre contenant certains objets provenant de la chambre de Hjertrud.

Dina tomba sur elle au moment où elle décrochait le dernier portrait. L'instant était chargé d'effluves de vitriol.

La gamine la suivit pas à pas. Vers l'armoire sur le palier du grenier pour chercher une taie. Dans le coin sombre où se trouvait le coffre de Hjertrud. Dagny faisait comme si la gamine n'existait pas.

Personne ne disait mot.

On venait de terminer un bon repas.

Le commissaire se prélassait dans le fauteuil en peluche verte sans avoir remarqué que les portraits avaient disparu.

C'est alors que Dina attaqua.

Comme un chef de troupe forçant des fortifications. L'étendard qu'elle agitait devant elle était la vieille taie d'oreiller et son contenu cliquetant.

« Et alors, qu'est-ce que c'est ? » demanda le commis-saire avec une irritation mal contenue.

« J'vais seulement accrocher les tableaux », dit Dina bien haut, jetant vers Dagny un regard entendu.

Elle se planta alors devant le commissaire et sortit portrait après portrait de leur enveloppe.

« Mais pourquoi les as-tu décrochés ? » demanda le commissaire avec brusquerie.

« J'les ai pas décrochés. J'vais les raccrocher ! »

Il se fit un grand silence. Tous les pas dans la maison ressemblaient à des bruissements de souris dans un garde-manger.

À la fin Dagny prit la parole. Parce que le commissaire avait remarqué les braises des yeux de Dina fixés sur elle.

« C'est moi qui les ai décrochés », dit-elle bravement.

« Et pourquoi ? »

Il n'avait pas eu l'intention d'être brusque. Mais il y avait quelque chose dans la manière d'être des femmes qui l'irritait au-delà de toute mesure.

Le commissaire avait des principes bien établis sur la manière de traiter les domestiques et les femmes. On devait leur parler comme à des chiens intelligents. Mais si cela ne suffisait pas, il fallait « garder le chien en laisse ». Alors on s'adressait à l'individu comme à un cheval intelligent. C'est-à-dire qu'il ne fallait pas élever la voix, mais la baisser d'un diapason. La faire sortir directement de la poitrine pour en emplir la pièce.

Mais il était rare qu'il mette en pratique cette règle de conduite. Il n'y arriva pas cette fois non plus.

« Je n'ai pas à m'expliquer là-dessus ! » cria Dagny.

Cela équivalait à l'aboiement d'un chien exaspéré, le commissaire le comprit et ordonna à Dina de sortir de la pièce.

Elle prit son temps, installa les quatre portraits aux pieds de son père, prit la taie et sortit.

Le matin suivant, les tableaux étaient à leurs places.

Dagny garda le lit avec la migraine. Si bien que le petit Oscar dut rester en bas toute la journée.

Le commissaire en avait assez de toutes ces querelles entre sa fille et sa femme. Il lui arrivait d'avoir envie de partir. En voyage solitaire le long de la côte, avec un ou deux hommes d'équipage, une pipe et de la gnôle. Il se prenait à désirer voir sa fille au loin. Mariée. Mais elle allait seulement sur sa quinzième année.

Il n'était pas très optimiste pour l'avenir. Non pas que Dina soit laide. Parce qu'elle ne l'était pas. Elle était grande et robuste pour son âge. Une bonne ébauche.

Mais elle avait en elle une sauvagerie qui n'était pas faite pour attirer les hommes en quête d'une épouse.

Il n'abandonna pas pour autant. Ce fut en quelque sorte une tâche à laquelle il s'attela. Chaque fois qu'il rencontrait un célibataire de bonne famille il se demandait tout de suite : ferait-il l'affaire de Dina ?

Au bout d'un certain temps Dagny en eut assez de son rôle d'épouse, de mère et de marâtre. Elle voulut aller à Bergen pour rendre visite « aux siens », comme elle disait. Alors le commissaire comprit qu'il fallait faire quelque chose, et vite.

Il voulut envoyer Dina à l'école à Tromsø. Mais personne de ceux qui connaissaient la famille ne voulut d'elle dans la maison. On trouva des tas de bonnes excuses. Allant de la tuberculose à des projets d'émigration. Et elle était bien trop jeune pour habiter seule dans une chambre.

Furieux, il pensait à tous ceux à qui il avait rendu des services d'une manière ou d'une autre. Mais ils l'avaient visiblement oublié. Il le ressassait à qui voulait l'entendre.

Dagny, irritée, répondit qu'on ne pouvait pas s'attendre à ce que quelqu'un prenne « ce numéro-là » chez soi !

Ah bon ! La fille du commissaire était « ce numéro-là » ! Il écumait de rage et de dignité blessée. N'était-elle pas la seule femme sachant jouer du violoncelle ? Ne portait-elle pas des chaussures ? N'était-elle pas la meilleure cavalière de la paroisse ? Ne calculait-elle pas plus vite que le meilleur commis de magasin ? Qu'avait-on à lui reprocher ?

Non, on n'avait rien à lui reprocher, sinon qu'elle était complètement déchaînée, foncièrement méchante, et compliquée !

Dagny jeta sa sentence au visage du commissaire, tout en tenant solidement son petit garçon qui pleurnichait, effrayé par tant de remue-ménage.

« Et qui aurait dû lui servir de mère ? » demanda le commissaire. Il était vraiment échauffé maintenant.

« En tout cas, pas moi », dit Dagny fermement, posant l'enfant à ses pieds, les poings sur les hanches.

Alors le commissaire sortit. Quitta le salon, descendit le large escalier et traversa la cour, se dirigea vers ses hangars bien-aimés.

La douceur de Hjertrud et sa main fraîche sur le front lui manquaient. Le souvenir n'avait fait qu'amplifier son calme angélique après sa mort.

Au crépuscule, le commissaire pria la pauvre Hjertrud de reprendre son enfant, parce que c'était vraiment trop dur pour lui. Elle le voyait bien. Il se dépêcha d'ajouter qu'il ne souhaitait pas la mort de sa fille, seulement un peu d'éducation.

« Parle-lui, toi ! » implora-t-il.

Il se moucha dans un mouchoir à monogramme, alluma sa pipe et s'assit lourdement sur un tonneau.

Quand la cloche du dîner sonna, il sentit qu'il avait faim. Mais il attendit quand même jusqu'au dernier moment.

Personne ne pouvait commencer un repas sans le commissaire présidant au bout de la table... C'était une règle immuable quand il était à la maison.

Dina ne vint pas à table. Elle avait grimpé dans le grand bouleau derrière le garde-manger. De là, elle pouvait tout observer, comme un faucon. Et les bruits de la ferme parvenaient à son oreille.

Elle-même restait cachée.

Au sommet de l'arbre pendait le tricot bleu pâle de Dagny. Étiré dans tous les sens et plein de trous là où les mailles avaient filé.

Les aiguilles à tricoter étaient plantées dans le nid de pies sous l'avant-toit du garde-manger. Les rayons du soleil les faisaient luire et lancer des éclairs.

Chapitre 3

Et elle dit : j'irai avec toi; mais tu n'auras point de gloire sur la voie où tu marches, car l'Éternel livrera Sisera entre les mains d'une femme.

(Livre des Juges, 4, 9)

Jacob Grønelv de Reinsnes était l'ami intime du commissaire. Ils allaient ensemble à la chasse en hiver, et à Bergen en été.

Il y avait bientôt vingt ans que Jacob était venu de Trondheim pour aider Ingeborg, la veuve de Reinsnes, à faire marcher son affaire de transports maritimes.

Reinsnes était déjà à cette époque un des comptoirs importants de la région et possédait deux beaux caboteurs.

Jacob n'attendit pas longtemps pour déménager dans la salle à l'étage. Ingeborg épousa tout aussi bien son jeune capitaine.

Cela s'avéra être un bon choix. Jacob Grønelv était un jeune homme capable. Quelque temps après, il demanda une licence pour ouvrir une auberge. Et il l'obtint, suscitant l'envie de bien des gens.

On racontait maintes histoires sur Ingeborg Grønelv. Et sur Karen, la mère de Jacob. Les femmes de Reinsnes avaient toujours été d'une certaine envergure. Même si différentes familles s'y étaient succédé au cours des temps, les femmes avaient une qualité commune, c'était d'elles dont on se souvenait le mieux.

On disait que personne n'avait jamais passé la porte sans qu'on lui offrît quelque chose à boire, quelle que soit sa condition. Si les femmes de Reinsnes avaient un défaut commun, c'était de ne pas procréer chaque année. En contrepartie, elles restaient jeunes et gardaient la peau lisse.

On aurait dit que le vent du sud-ouest et le grand
océan balayaient de leurs visages rides et marques du
temps. Cela devait tenir au lieu même. Parce que ce
n'était pas une question de constitution héritée de mère
en fille. Les familles changeaient continuellement à
Reinsnes.

Jacob Grønelv était travailleur, et bon vivant. Il était
arrivé, les cheveux au vent du large, venant de loin.
Avait pris Ingeborg, avec ses quinze ans de plus et toute
sa fortune. Mais il n'avait rien gaspillé.

Comme Ingeborg avait quarante ans à l'arrivée de
Jacob dans la maison, personne n'imaginait la venue
d'un héritier.

Mais on se trompait complètement.

Ingeborg, stérile avec son premier mari, en vint à
s'épanouir.

Comme Sara dans l'Ancien Testament, elle se mit à
procréer à un âge avancé. A quarante-trois ans, Ingeborg de Reinsnes mit au monde un fils ! On l'appela
Johan, du nom du père de Jacob.

La mère de Jacob, Karen, vint de Trondheim pour
voir son petit-fils. Mais elle ne tarda pas à faire venir ses
livres et son fauteuil à bascule, et à s'y installer.

Elle était la meilleure belle-mère qu'on puisse souhaiter dans une maison. Ainsi la souveraineté des femmes
de Reinsnes prit-elle une nouvelle direction. Une souveraineté douce et absolue. Qui embrassait toute la maisonnée dans un esprit de conciliation et créait de saines
habitudes de travail. Avoir été en service à Reinsnes
était considéré comme un avantage.

Le fait qu'Ingeborg ait eu deux fils adoptifs avant
d'épouser Jacob aurait pu poser un problème. Mais ils
grandissaient et donnaient satisfaction. Niels, l'aîné,
était brun et avait la gérance de la boutique. Anders, le
blond, avait la bougeotte. Il naviguait à bord d'un des
bateaux.

Ingeborg servait de conciliateur et répartissait les
tâches avec bonne humeur.

Juridiquement, Jacob avait tous les droits réservés au
seigneur et maître, mais en réalité, c'était Ingeborg qui
commandait et décidait de tout. Elle demandait des
conseils à Jacob. Et il arrivait même qu'elle les suive.

Le fait que Jacob soit un étranger ne gênait personne. Qu'il parte pour Bergen sur son caboteur tous les ans, et se promène d'un endroit à un autre, était considéré comme tout à fait normal.

Personne n'avait jamais entendu Jacob et Ingeborg se disputer. Ils avaient chacun leur domaine.

Les bateaux, c'était toute la vie de Jacob. Anders fut son élève assidu.

Ainsi Jacob et Ingeborg avaient chacun leur fils adoptif.

Les tâches et les responsabilités étaient endossées par un accord tacite. Soigneusement définies pour assurer la prospérité de la grande propriété. Toute autre chose était impensable.

Les prismes en cristal des abat-jour n'avaient jamais oscillé sous les querelles et les cris dans la maison. On avait la parole calme et cultivée.

L'influence d'Ingeborg se faisait sentir jusque dans les écuries et les hangars. On n'y entendait jamais un juron.

Jacob avait bien ses mauvaises habitudes quand il était en mer. Mais au moment même où il mettait pied sur le sol de Reinsnes, elles étaient comme envolées.

Il se faisait toujours beau avant de rejoindre Ingeborg au lit. A l'intérieur comme à l'extérieur. Et il ne fut jamais repoussé.

Même s'il lui arrivait de satisfaire son appétit à des escales le long de cette côte interminable, il revenait toujours à cette femme mûre. Il était toujours heureux de se retrouver dans le grand lit à rideaux et au ciel blanc.

Une légère rougeur envahissait les joues d'Ingeborg et couvrait ses taches de rousseur dès que le bateau passait le détroit. Cette rougeur pouvait durer des jours. Jusqu'à ce que Jacob reparte.

On allait tôt au lit et on se levait tard. Mais ce nouveau rythme ne gênait personne. Cela rallongeait les nuits pour les uns et pour les autres.

Ce Jacob Grønelv, il ne crachait pas sur la boisson. Et le commissaire non plus.

Quand le commissaire devint veuf, ce fut Jacob qui le consola. Qui l'emmena en visite dans la bonne société de Trondheim et de Bergen. Et qui arrangea la rencontre avec Dagny.

Ils se soutenaient mutuellement. Dans les affaires comme dans leurs aventures amoureuses. A un certain moment, ils rendaient visite, chacun à leur tour bien sûr, à la même alcôve au Helgeland, sans pour cela s'en formaliser.

Et un jour, sous le mélèze du jardin, alors qu'elle se baissait pour caresser son chat noir, Ingeborg tomba morte. Par terre, comme une pomme mûre. Et cessa d'exister.

Personne n'imaginait qu'Ingeborg pût disparaître, bien que la mort, régulièrement, frappât toutes les familles. En tout cas, personne n'imaginait que Notre Seigneur lui refusât la joie d'assister à l'ordination de son fils. Elle qui se faisait l'apôtre de la parole de Dieu tout au long de la côte et prenait toujours tout le monde en charge.

Après la mort d'Ingeborg, le mélèze et le chat noir furent considérés comme des reliques.

Jacob était inconsolable. Il était dans la même situation que beaucoup d'autres qui viennent de perdre quelqu'un. Il réalisait que l'amour ne pouvait ni se mesurer, ni se peser. Il venait à vous quand on s'y attendait le moins.

Jacob n'en fut conscient que lorsqu'il veilla le cadavre. Il avait cru que tout n'avait été qu'une affaire de sous et une affaire de lit. Mais finalement, c'était bien autre chose.

Pendant une année entière, l'idée qu'il n'avait jamais montré son véritable amour à Ingeborg le tortura jusqu'à le faire maigrir et lui faire perdre le sommeil.

Il négligea les devoirs que lui imposaient ses obligations d'aubergiste et se mit à boire plus d'alcool qu'il n'en vendait. Non seulement cela ne rapportait rien, mais en plus cela l'abrutissait et le rendait indifférent.

Ses fils adoptifs, perspicaces, n'eurent pas seulement beaucoup à faire, ils en acquirent aussi une certaine autorité.

Si Jacob n'avait pas été aussi beau, il aurait probablement éveillé le dégoût chez tout le monde.

Un halo de sensualité l'entourait. Cela produisait son effet sur tout le monde, comme cela avait impressionné Madame Ingeborg.

Mais Jacob était vagabond et marin de nature. Et le talent d'Ingeborg pour les affaires apparut clairement à tous quand elle ne fut plus là.

Les fils adoptifs arrivaient à subsister. Mais ils comprirent vite qu'il fallait ou bien prendre complètement les rênes, ou alors envoyer Jacob en mer faire des affaires ailleurs, là où il s'y connaissait le mieux. Sans cela c'était la faillite.

Jacob fut supporté et pardonné. Et protégé. Même la nuit où il transporta le lit à baldaquin dans le jardin.

Il avait vidé pas mal de verres et Ingeborg lui manquait de mille façons, et à tous points de vue. Il pensait ainsi se rapprocher d'elle. En tout cas, il verrait le ciel où elle se trouvait.

Mais le ciel ne lui prêta guère attention. La pluie se mit à tomber en trombes. Et le pauvre homme, dans son lit à baldaquin, ne récolta que tonnerre et éclairs.

Il avait eu assez de mal à démonter le lit, à le transporter dehors, et à le remonter.

Il n'avait pas accroché la soie du ciel de lit. C'était encore heureux. La pluie n'était déjà pas bonne pour les boiseries. Pour la soie, cela eût été une catastrophe.

Mais Jacob fut dégrisé. Comme par miracle.

Chapitre 4

**Les deux anges arrivèrent à Sodome sur le soir,
et Lot était assis à la porte de Sodome. Quand Lot
les vit, il les accueillit et les conduisit dans sa maison. Ils appelèrent Lot et lui dirent : Fais sortir les
étrangers pour que nous les connaissions.**

**Lot sortit vers eux à l'entrée de la maison, ferma
la porte derrière lui et dit : mes frères, je vous
prie, ne faites pas le mal ! voici, j'ai deux filles qui
n'ont point connu d'homme ; je vous les amènerai
dehors, et vous leur ferez comme il vous plaira.
seulement ne faites rien à ces hommes puisqu'ils
sont venus à l'ombre de mon toit !**

(Genèse, **19**)

Quand le commissaire eut connaissance de l'histoire
du lit à baldaquin, il décida d'inviter son ami à une
chasse, suivie d'une partie de cartes et d'un verre de
punch à Fagernesset.

Le veuf arriva sur un yacht blanc au bastingage peint
en bleu.

Le temps d'automne était frais, mais il faisait beau et
doux dans la journée. On avait observé des perdrix des
neiges. Le plumage tacheté, comme on pouvait s'y
attendre si tôt dans la saison. Et puisqu'il n'y avait pas de
neige, ces messieurs s'attendaient à une mauvaise chasse.

Mais là n'était pas l'important... comme on disait.

La rencontre fut bruyante et cordiale.

Jacob fit à Dagny des compliments sur sa robe, sa chevelure, sa taille et sa broderie. Il fit des compliments sur
le repas, les liqueurs, la chaleur du poêle et l'hospitalité.
Il fumait le cigare et n'ennuyait personne avec sa propre
histoire et son triste état d'âme.

Dagny resta avec ces messieurs après le repas et conta avec vivacité le séjour d'un Suédois qui avait habité chez eux une semaine. Il se promenait partout et étudiait les oiseaux, on se demandait bien à quoi cela pouvait mener.

« Vous n'aviez pas un oiseau sauvage dans la maison l'an dernier ? » plaisanta Jacob inconsidérément.

Les hôtes donnèrent des signes d'inquiétude.

« Elle est sûrement à l'écurie », répondit enfin le commissaire.

« Elle y était la dernière fois aussi », dit Jacob avec un rire contenu.

« Elle a du mal à grandir », dit Dagny.

« Elle avait les jambes assez longues la dernière fois que je l'ai vue », répliqua Jacob.

« Oh, là n'est pas le problème, soupira le commissaire. Mais elle est plus déchaînée et impossible que jamais. Elle a quinze ans et devrait aller à l'école, ou en apprentissage dans une bonne famille. Mais cela pose des problèmes... »

Jacob faillit dire que cela ne devait pas être facile d'être sans mère, mais il s'arrêta à temps. Ce n'était pas une chose à dire, il l'avait saisi.

« Mais alors, elle ne mange pas », s'étonna-t-il en remarquant les servantes qui débarrassaient la table dans la salle à manger.

« Elle mange à la cuisine », dit le commissaire avec gêne.

« À la cuisine ! »

« Elle fait toujours tellement d'histoires », dit Dagny en toussotant.

« Oui, c'est en fait à la cuisine qu'elle se plaît », dit le commissaire avec vivacité.

Jacob les regardait l'un et l'autre. Le commissaire n'était pas à l'aise. On changea de sujet de conversation. Mais l'atmosphère n'était plus la même.

Monsieur Lorch ne disait rien. Il avait la faculté de rendre sa présence invisible. De cette façon, il arrivait à la fois à irriter et à plaire.

Juste ce soir-là, le commissaire en eut des sueurs froides.

Jacob et le commissaire partirent à la chasse au lever du jour.

Dagny força Dina à s'habiller correctement et à jouer du violoncelle après le dîner. Pour une raison inconnue, probablement due à la stratégie incomparable de Lorch, elle accepta. Bien que la requête vînt de Dagny. Dina accepta même d'être à table avec les adultes.

Les hommes étaient de bonne humeur et se servaient largement du gigot. On buvait du vin. On riait et on conversait.

Monsieur Lorch ne se mêlait pas à la conversation masculine. La chasse n'était pas son fort. C'était un homme bien élevé, il savait écouter.

Ces messieurs ne cessaient de décrire l'insoutenable tension du chasseur.

Puis ils discutèrent la période de dépression qui était peut-être passée, ici dans le nord. Les prix du stockfisch avaient augmenté. Et le prix du poisson était monté à deux écus par lot.

La production du stockfisch était en pleine expansion, pensait le commissaire. Il avait le projet de faire nettoyer les rochers jusqu'à la lande. La couche de bruyère y était si mince qu'il pouvait employer des enfants, au besoin.

Jacob ne connaissait rien au séchage de la morue.

« Mais les rochers de Reinsnes s'y prêtent parfaitement ! Tu les as partout tout autour de toi. »

« Cela se peut bien, mais encore faut-il trouver de la main d'œuvre », dit Jacob évasivement.

Il était clair qu'il n'avait pas l'intention de s'adonner à ce genre d'occupation.

« Le commerce et le transport maritime sont préférables », assura-t-il.

« Mais le profit est plus grand si tu es toi-même producteur au lieu d'être acheteur. »

Dina suivait la conversation à sa manière en scrutant les visages et en remarquant les intonations. Ce qui se disait n'était pas toujours tellement important.

Elle était assise juste en face de Jacob et dévisageait ouvertement « le vieux veuf ». Par ailleurs, elle mangeait sans bruit et étonnamment proprement, ce qui n'était pas coutume.

Le jeune corps ferme était décemment empaqueté dans un corsage et une jupe longue.

« Tes cheveux sont devenus gris, Monsieur Grønelv », dit-elle tout à coup très haut.

Jacob était visiblement gêné, mais il se mit à rire.

« Dina ! » dit Dagny sévèrement à voix basse.

« Alors, y a du mal à avoir les cheveux gris ? » demanda Dina avec défi.

Le commissaire, sentant arriver la dispute, avant même qu'on en soit au dessert, commanda avec brusquerie :

« Va chercher ton violoncelle ! »

Si incroyable que cela fût, Dina obéit sans protester.

Monsieur Lorch sauta de sa chaise et s'installa devant le clavier. Il se tenait courbé, les mains sur les touches, en attendant que Dina trouve sa position.

La jupe en velours vert bordée de dentelle se divisa quand elle installa le violoncelle entre ses genoux. Ce geste n'avait rien de féminin. Sans charme et sans élégance. Une lourdeur toute physique emplit la pièce.

Le regard de Jacob se fit vague.

Ses yeux se posèrent sur deux jeunes seins resplendissants quand elle se pencha vers l'instrument avec son archer.

Son visage devint calme sous l'épaisse chevelure noire. Qui pour une fois était plus ou moins peignée et sans brins de foin. La grande bouche enfantine et gourmande était entrouverte. Le regard était perdu au loin. Lourd.

Jacob avait reçu un coup dans les entrailles quand elle s'était penchée en avant pour jeter les premiers accords. Il savait de quoi il retournait. Il était déjà passé par là. Mais cette fois, c'était plus fort que d'habitude. Peut-être parce qu'il était pris par surprise ?

Jacob avait la tête comme un nid d'hirondelles, où la musique cassait tous les œufs. Jaunes et blancs coulaient le long de ses joues et de sa gorge. Instinctivement, il se pencha en avant et laissa son cigare s'éteindre.

Les vêtements de Dina devinrent tout à coup un voile léger sur un corps de jeune femme. Que cette même jeune femme eût quelques difficultés à interpréter Schubert à la satisfaction de Monsieur Lorch dépassait son entendement. Quand elle faisait vibrer un accord, il ne voyait que l'étoffe vibrer sur ses cuisses.

Jacob se sentait devenir cordes sous ses doigts. Archet dans sa main douce et forte. Il était sa respiration sous son corsage. Il montait et descendait avec elle.

Cette nuit-là, Jacob ne dormit pas du tout. Il s'en fallut de peu qu'il ne se précipite tout nu dehors dans une des premières nuits de gel, pour éteindre son feu.

À quelques portes de là, Dina dormait. De tout son désir, il la déshabillait. Se sentait sur le point d'éclater en revoyant par la pensée la jeune et forte poitrine. En revoyant les genoux ouverts sur l'instrument lisse et brillant.

Toute la nuit durant Jacob Grønelv ne sut où se mettre.

Il devait partir le lendemain matin.

Le yacht était déjà fin prêt quand il prit le commissaire à part et lui dit, le regard fixe :

« Il me la faut ! Il me faut Dina pour épouse ! »

La dernière phrase sortit comme s'il venait de trouver à la minute la seule solution.

Il était tellement hors de lui à l'idée de la requête qu'il avait à présenter qu'il en oubliait de parler correctement. Il balbutiait les mots comme s'il ne les avait jamais entendus. Tout ce qu'il avait décidé de dire s'envola.

Mais le commissaire comprit.

Quand Jacob avait largué les amarres, il avait commencé à neiger. Très légèrement d'abord. Puis la neige s'amoncela.

Le jour suivant on fit venir Dina dans le bureau pour lui annoncer que Jacob Grønelv désirait l'épouser dès qu'elle aurait seize ans.

Dina était plantée, les jambes écartées dans son vieux pantalon de drap, au milieu du bureau. Il y avait déjà à ses pieds une mare de neige fondue mêlée de crottin et de foin.

Quand on l'avait fait venir au bureau, elle croyait qu'il s'agissait de rendre compte du dernier tour joué à Dagny, ou bien du fait qu'elle avait, plus tôt dans la journée, lâché son petit demi-frère dans la bauge du cochon.

Elle n'avait plus besoin de lever la tête vers son père quand elle lui parlait. Elle était aussi grande que lui.

Elle le considérait comme si elle faisait une estimation de son début de calvitie, ou de la nécessité de renouveler son gilet. Le tour de taille du commissaire avait pris de l'envergure cette dernière année. Il menait une bonne vie.

« Tu t'es élargi ! T'es devenu gros, père ! » dit-elle seulement, voulant s'en aller.

« Tu entends ce que je dis ? »

« Non ! »

« Jacob possède le comptoir le plus prospère de la région, il a deux caboteurs ! »

« Il peut s'les mettre où j'pense, ses caboteurs ! »

« Dina ! »

Le commissaire rugit. Déclenchant un écho qui se répercuta de poutre en poutre, de pièce en pièce dans toute la maison.

Le commissaire avait d'abord essayé la manière douce, en quelque sorte en conciliateur. Mais la réponse de Dina était d'une telle clarté qu'elle ne laissait de doute à personne, et il ne put le tolérer.

On entendit les gifles pleuvoir.

Mais ce que personne ne voyait, c'était que les gifles étaient réciproques. Dès la première, Dina se jeta sur son père. Avec la fureur de quelqu'un qui n'a rien à perdre. Qui ne connaît aucune limite. Ni celle de la crainte, ni celle du respect.

Le commissaire sortit de son bureau son gilet déchiré et une égratignure sur la joue. Il sortit et se dirigea en titubant vers les cabinets dans la cour, son cœur battant si fort qu'il crut en mourir.

La respiration lui revint par saccades.

Le hennissement d'un cheval et le bruit des sabots frappant le sol comme le tonnerre n'arrangèrent pas les choses.

C'était dur d'être le père d'une diablesse.

Il ne l'avoua jamais à personne. Mais il avait reçu une bonne trempe de sa solide progéniture.

Ils étaient à peu près à égalité, à ce qu'il paraissait. Ce qui manquait à Dina en force physique, elle le compensait par sa rapidité et sa souplesse, par ses ongles et par ses dents.

Le commissaire ne comprenait pas ce qu'il avait bien pu faire pour mériter un tel sort. Comme s'il n'avait déjà pas assez de soucis. Un enfant qui bat son père ! Seigneur Mon Dieu !

C'était bien la première fois que quelqu'un levait la main sur le commissaire. Il avait eu un père autoritaire, mais affectueux et quelque peu absent, et il était le fils unique de sa mère.

Ce n'était pas un homme dur. Assis aux cabinets, il pleura.

Pendant ce temps-là, Dina galopait à toute allure le long de la côte, remontait la lande et passait la montagne.

Elle connaissait plus ou moins la direction grâce à un sens de l'orientation inné qu'elle ignorait elle-même.

En fin d'après-midi, elle descendit la pente raide qui menait à Reinsnes.

La route zigzaguait entre de gros rochers, des broussailles et des touffes de genévriers. Un pont traversait la rivière d'automne aux flots tumultueux. Ici et là, la route était empierrée afin de résister aux inondations du printemps.

Il était évident que Reinsnes était plus accessible par bateau. Du sommet, on ne voyait que la mer au bout de la pente. Si raide était la descente.

Sur l'autre bord du large détroit, une série de montagnes grises se dessinaient sur le ciel.

Mais vers l'ouest, la mer et le ciel laissaient le regard se perdre en toute liberté.

Quand elle arriva plus bas, les champs se déployèrent à la fois à droite et à gauche. Entre des bois de bouleaux luxuriants et une mer grise et grondante.

Tout au loin le ciel et la mer se fondaient d'une manière qui lui était inconnue jusqu'ici. Elle retint le cheval après avoir passé le dernier ravin.

Des maisons blanches. Il y en avait au moins quinze ! Deux entrepôts et deux hangars à bateaux. Ce domaine était bien plus important que celui du commissaire !

Dina attacha son cheval à la clôture blanche du jardin, et resta là, à regarder un petit bâtiment à huit pans de mur et aux vitres colorées. Une vigne vierge formait portail au-dessus de la porte d'entrée et il y avait des sculptures élégantes à tous les angles.

Le solide portail d'entrée de la maison principale était décoré de guirlandes de feuillages sculptées. Un large escalier d'ardoise, flanqué de chaque côté d'une rampe en fer forgé et d'un banc, l'accueillit.

Cela avait un air tellement somptueux que Dina choisit la porte de la cuisine.

Elle demanda à une servante timide et décontenancée si Monsieur Jacob Grønelv était à la maison.

Jacob Grønelv était assoupi dans le grand fauteuil rococo près du poêle dans le fumoir. Son gilet était ouvert et il n'avait pas de plastron. Sa chevelure grisonnante et frisée était en désordre et tombait plus ou moins sur son visage. Et sa moustache pendait.

Mais il n'y pensa pas au moment où il vit Dina dans l'embrasure de la porte.

Elle sortait directement de ses rêves égarés. Il est vrai sans corsage et sans violoncelle. Il la sentait vibrer dans ses veines. Il lui fallut un certain temps pour comprendre que c'était bien elle qui se trouvait là.

Le cou et les oreilles de Jacob Grønelv tournèrent lentement au cramoisi. De la voir là était une trop rude épreuve.

Son premier instinct, avant de sortir complètement de son sommeil, avait été d'en faire sa proie sur le plancher. Là et tout de suite.

Mais Jacob était malgré tout formaliste. Et du reste, Mère Karen pouvait entrer dans la pièce à n'importe quel moment.

« L'père, il dit qu'on va s'marier ! » lança-t-elle, sans dire bonjour. Puis elle enleva un bonnet de peau de mouton gris, dans un geste garçonnier.

« Ben, ça n'se f'ra pas ! » ajouta-t-elle.

« Ne veux-tu pas t'asseoir un moment ? » dit-il en se levant.

Il maudit les façons du commissaire. Il avait dû affoler la gamine avec sa manière de commander, et sa dureté.

Jacob s'en voulait. Il aurait dû dire qu'il allait faire lui-même sa demande d'abord.

Mais c'était arrivé si vite. Et depuis, il ne pensait guère à autre chose.

« Ton père ne dit sûrement pas qu'on va se marier, il dit probablement que je désire te prendre pour épouse ? »

Le visage de Dina exprima tout à coup un sentiment d'insécurité. Une sorte de curiosité désuète.

Jacob n'avait jamais rencontré cela auparavant. Cela le rajeunissait et le rendait gauche. Il fit un nouveau mouvement vers la chaise sur laquelle elle venait de s'asseoir. L'aida à enlever sa veste. Elle sentait la sueur fraîche et la bruyère. De minuscules gouttes perlaient à la racine de ses cheveux et sur sa lèvre supérieure.

Jacob étouffa un soupir.

Puis il donna l'ordre de servir du café et des gâteaux, et de ne pas les déranger ensuite.

Avec un calme contenu, comme s'il s'agissait d'une relation d'affaires, il prit une chaise et s'assit droit devant elle. Dans l'expectative. Il faisait attention de la regarder dans les yeux tout le temps.

Jacob était déjà passé par là. Mais l'enjeu n'avait jamais été aussi gros, depuis sa déclaration à Ingeborg.

Pendant qu'ils buvaient leur café, que Dina lapait à grands bruits sur la soucoupe, elle avait toujours une ride de contrariété entre les sourcils.

Elle avait déboutonné sa veste en tricot, si bien que la modestie de sa blouse, trop étroite, n'arrivait pas à cacher sa poitrine.

Par devoir, Jacob fit venir Madame Karen et lui présenta Dina. La fille du commissaire. Qui avait traversé courageusement la montagne à cheval, pour apporter un message de son père.

Mère Karen considéra Dina à travers son monocle et un voile d'infinie bienveillance. Elle frappa des mains et donna l'ordre de faire la chambre du sud. D'apporter de l'eau chaude et des draps propres.

Jacob voulait absolument lui montrer toute la propriété ! Voulait rester seul avec elle !

Il la regardait. Parlait bas et avec insistance. De tout ce qu'il voulait lui donner.

« Un cheval noir ? »

« Oui, un cheval noir ! »

Jacob lui montra l'écurie. Les hangars à bateaux. La boutique. Dina comptait les arbres de l'allée.

Tout à coup elle se mit à rire.

Tôt le lendemain matin, un garçon de ferme fut envoyé pour ramener le cheval par la montagne.

Avant que Jacob ait largué les amarres pour la ramener en bateau, ils s'étaient mis d'accord. Ils allaient se marier.

Chez le commissaire, tout avait été sens dessus dessous. Personne ne savait où Dina avait bien pu aller.

Ils firent une battue pour la rechercher. Quand le garçon de ferme arriva de Reinsnes avec le cheval et un message, le commissaire écuma de soulagement, et de fureur.

Mais quand le bateau de Jacob Grønelv fut à quai et que Dina sauta à terre à marée haute avec le cordage d'amarrage, il était calmé.

Je suis Dina. Reinsnes est un endroit où le ciel et la mer ne font qu'un. Il y a douze grands sorbiers en rang, de la boutique à la ferme. Dans le jardin, il y a un grand merisier dans lequel on peut grimper. Il y a un chat noir. Et quatre chevaux. Hjertrud se trouve à Reinsnes. Sous le grand toit de la buanderie.

Du vent. Le vent y souffle toujours.

Le mariage devait avoir lieu en mai, avant le départ des caboteurs vers le sud.

À la ferme du commissaire, on remplissait coffres et valises avec le trousseau.

Dagny s'agitait, les joues rougies par une activité fébrile. Faisait les paquets et dirigeait. On cousait, tricotait et faisait de la dentelle.

Dina restait la plupart du temps dans l'étable ou à l'écurie, comme si tout cela lui était étranger.

Ses cheveux étaient imprégnés d'une lourde odeur animale. On la sentait venir de loin. Elle portait l'odeur de l'écurie comme un bouclier.

Dagny la sermonnait, elle ne pouvait pas continuer à sentir mauvais, elle qui allait devenir l'épouse du maître de Reinsnes. Les semonces s'évaporaient comme la pluie sur des pierres chaudes de soleil.

Dagny la prit maternellement à part pour l'initier aux mystères de la vie de femme mariée. Aborda prudemment la question de ses saignements menstruels. Que c'était un devoir et une joie d'être épouse et de devenir mère.

Mais Dina, peu curieuse, était presque condescendante.

Dagny avait la sensation désagréable que la gamine l'épiait en cachette pendant qu'elle faisait ses discours, et qu'elle en savait plus long qu'elle-même sur les difficultés de la vie.

Chaque fois qu'elle voyait Dina dégrafer ses jupes et grimper dans le grand bouleau près du garde-manger, elle ne pouvait se faire à l'idée qu'une fille de quinze ans puisse avoir à la fois un comportement aussi incroyablement infantile et un esprit aussi venimeux.

Cette enfant était dépourvue de coquetterie, n'avait pas le moindre intérêt pour l'effet qu'elle produisait sur les autres. Elle se tenait comme si elle avait toujours six ans. Elle n'avait aucune pudeur, ni dans la manière de s'habiller, ni dans la manière de parler.

Dagny se doutait bien qu'épouser une pareille créature n'était pas tout à fait dans l'ordre des choses. Mais à vrai dire elle ne savait pas pour qui ce serait pire : la gamine ou Jacob.

Toute cette histoire lui donnait une sorte de malin plaisir. Elle n'attendait que le moment où elle serait enfin maîtresse dans la propriété. Sans toute la discorde et toutes les épreuves que la présence de cette gamine infernale impliquait.

Mais elle cachait son soulagement d'être bientôt débarrassée de Dina sous une sollicitude fébrile et affairée. Elle le payait par un sentiment bien féminin d'apitoiement sur elle-même.

Le commissaire avait été d'excellente humeur à partir du jour où Jacob avait ramené Dina en bateau. Tout n'était que bénédiction, comme il disait.

Il ne cessait de répéter ce mot de bénédiction. Que ses propres intérêts aient pesé plus lourd que sa sollicitude envers sa fille ne lui venait pas à l'idée. On la mettait entre les meilleures mains.

Le fait qu'il rendait peut-être un mauvais service à son meilleur ami en lui donnant Dina le tourmentait cependant de temps à autre. Il n'y pouvait rien. Jacob, dans le fond, était bon... Mais puisqu'il y tenait, il fallait bien qu'il se débrouille.

Le commissaire, inconsciemment, était content que tant de montagnes, tant d'espace et un si long rivage séparent Reinsnes de Fagernesset.

Monsieur Lorch fut expédié vers le sud. A Copenhague. Aux frais du commissaire. Le commissaire lui avait clairement fait comprendre qu'on n'avait plus besoin de lui. De tels signaux valaient une lettre de congé.

Que Dina dans sa rage ait planté un couteau dans la belle table de jeu Louis XVI de son père ne servit pas à grand-chose. Le commissaire la sermonna. Mais sans frapper.

Pendant les années où Lorch s'était occupé de l'éducation de Dina, il lui avait donné une connaissance approfondie de la musique et appris à jouer du piano et du violoncelle. « Son jeu au piano laisse encore à désirer, compte tenu de ses aptitudes. Mais son interprétation au violoncelle est excellente, pour un amateur », écrivit-il au commissaire dans son rapport final.

Il pouvait servir de certificat, au besoin. En plus, elle avait reçu un enseignement convenable en histoire, ancienne comme moderne. Elle avait appris jusqu'à un certain niveau l'allemand, l'anglais et le latin. Mais n'avait pas montré grand intérêt pour ces disciplines. Par contre elle était remarquablement douée pour le calcul. Elle pouvait sans difficulté additionner et soustraire des opérations de cinq ou six chiffres, multiplier et diviser plusieurs nombres. Il ne disait pas grand-chose sur l'aptitude de Dina à la lecture. Seulement qu'elle manquait d'intérêt pour ce genre de passe-temps. En général elle préférait tout ce qui demandait un effort de mémoire.

« Elle sait l'Ancien Testament pour ainsi dire par cœur », ajouta Lorch, comme circonstance atténuante.

Il fit plusieurs fois remarquer au commissaire que Dina avait probablement besoin de lunettes. Il n'était pas normal qu'elle cligne des yeux chaque fois qu'elle ouvrait un livre ou devait regarder quelque chose de très près.

Mais pour une raison ou pour une autre, le commissaire oublia toute cette affaire. Une jeune fille avec un monocle, c'était par trop déplacé.

Quand Monsieur Lorch fut parti, avec son violoncelle bien emballé dans des courtepointes matelassées et ses modestes objets personnels dans une valise en carton, le piquant de l'existence disparut pour ainsi dire de la maison du commissaire.

Cet homme sec et silencieux possédait un tas de qualités auxquelles on n'avait pas fait attention en sa présence. Ce n'est qu'une fois qu'il fut parti qu'on s'en rendit compte.

Dina ne se montra pas dans la maison pendant trois jours. Elle continua à dormir dans l'écurie, et à l'habiter, longtemps après. Elle grandissait encore. Et en l'espace d'un mois, elle maigrit et son visage devint émacié. Comme si, en lui enlevant Lorch, on lui avait enlevé la dernière personne qui lui restait.

Elle refusait même de parler à Tomas. Le considérait comme une vieille loque crasseuse.

Mais puisque tout était plus facile pour Dagny quand elle n'était pas dans la maison, personne ne lui fit de reproches.

De la porte, de temps à autre, la cuisinière essayait d'attirer Dina. Comme on essaie d'attirer un chien errant. Seulement celui-là n'était pas facile à attraper.

Elle battait la campagne comme un loup. Afin de faire revenir Lorch. Il existait. Dans l'air qu'elle respirait. Dans les sons fragiles. Partout.

Je suis Dina. Quand je joue du violoncelle, Lorch l'entend de Copenhague, où il est. Il a deux oreilles qui entendent toute la musique. Il connaît tous les signes de la musique du monde entier. Mieux que Dieu. Le pouce de Lorch est complètement aplati et tordu d'avoir pincé les cordes. Sa musique est enfermée dans les murs. Il suffit de la libérer.

« Quels sévices peut-on employer envers quelqu'un qui ne craint aucune punition ? » demanda le commissaire au doyen qui avait reçu Dina à ses épreuves de confirmation.

« Le Seigneur a ses méthodes, dit le doyen d'un air entendu. Mais ces méthodes dépassent l'entendement d'un père terrestre. »

« Mais Monsieur le doyen admet que c'est difficile ? »

« Dina est une enfant rétive, une adolescente rétive. Il lui faudra bien courber la tête finalement. »

« Mais elle n'est pas mauvaise ? » suppliait le commissaire.

« De cela, c'est Notre Seigneur qui en décide », répondit rapidement le doyen. Il l'avait eue comme élève au catéchisme et préférait ne pas approfondir le sujet.

Elle était arrivée en 1841 à passer son examen de confirmation, qui pourtant ne comportait aucune formule de mathématiques ni aucune addition des bénéfices du commissaire.

Encore heureux. Parce que le printemps suivant, on la mariait.

Chapitre 5

L'homme prudent voit le mal et se cache, mais les simples avancent et sont punis.
(Proverbes de Salomon, **22**, 3)

Le mariage de Dina et de Jacob eut lieu fin mai, l'année de ses seize ans.

Elle fut transportée de Fagernesset à l'église en chaloupe décorée de feuillages. Par un temps ensoleillé, sur une mer d'huile. Malgré cela, assise sur une fourrure en peau de loup que le commissaire avait obtenue par troc chez les Russes, elle avait froid.

Dans la maison paroissiale, près de l'église, on l'habilla de la robe de mariée de Hjertrud en mousseline blanche bordée de fines dentelles. La jupe était drapée et galonnée. Formant quatre larges pans vers le bas. Le corsage garni de dentelles était drapé en forme de cœur sur la poitrine. Les manches étroites et transparentes comme une toile d'araignée bouffaient vers le haut.

La robe sentait la naphtaline et le renfermé, bien que nettoyée et aérée avec le plus grand soin. Mais elle était parfaitement à sa taille.

Bien qu'on l'ait pomponnée, qu'on ait fait ses bagages et envoyé toutes ses affaires dans des coffres et des valises à Reinsnes, elle se conduisait comme si tout cela n'était qu'un jeu.

Elle se secouait et s'étirait et se moquait d'eux quand on l'habillait. Exactement comme toutes les fois où Lorch et elle jouaient des rôles avec des masques en plâtre et échangeaient des répliques toutes faites.

Son corps était celui d'un animal bien développé. Mais la veille de son mariage elle grimpa dans le grand bouleau et y resta longtemps. Et elle avait des écorchures sur les deux genoux parce qu'elle était tombée en courant sur les rochers pour dénicher des œufs de mouette.

Le marié arriva en barque à cinq rameurs, à grand bruit et suivi de toute une escorte.

Malgré ses quarante-huit ans et sa barbe grisonnante, et bien que plus âgé, il paraissait plus jeune que le père de Dina. Le commissaire avait pris de l'embonpoint, grâce aux excès de table et de punch, tandis que Jacob était resté mince.

On avait décidé que la réception aurait lieu à Reinsnes. Parce que c'était plus près de l'église et on y avait plus de place pour loger les invités. En plus, ils avaient Oline, la meilleure cuisinière de la paroisse.

Ce fut une noce animée.

Après le repas, le marié voulut faire monter la mariée en haut : lui montrer la salle avec le splendide lit à baldaquin. Il avait fait faire de nouveaux rideaux et un nouveau ciel de lit. Les murs étaient retapissés de velours bordé d'une guirlande au-dessus des lambris. Elle devait absolument voir les chambres et les bibliothèques aux portes vitrées. Et la clé cachée dans une potiche chinoise sur le secrétaire. L'armoire à linge sur le grand palier sombre du grenier. L'oiseau empaillé. Jacob l'avait abattu lui même. Il avait été préparé à Copenhague et transporté dans un carton à chapeaux par Mère Karen. Mais surtout, la salle et le lit à baldaquin. Il tourna la clé, les mains tremblantes. Puis il s'approcha d'elle en souriant et la poussa vers le lit.

C'était depuis longtemps une obsession. Se frayer un chemin. La pénétrer.

Il se débattait avec les agrafes de la robe de mariée. Le souffle court, balbutiant de manière incohérente, il lui disait qu'elle était la créature la plus délicieuse jamais mise sur le chemin de Jacob Grønelv.

Au début, elle sembla prise d'une sorte de curiosité. A moins qu'elle ne désirât protéger la robe de Hjertrud contre les mains avides de l'homme. En tout cas la robe fut enlevée.

Mais tout à coup, la mariée sembla ne plus voir aucune relation entre les paroles et les actes de l'homme.

Elle le griffa de ses ongles. Et ses chaussures étaient

ferrées à la pointe. Ce fut un miracle que le coup de pied qu'elle lui lança ne le rende pas infirme.

« Tu es pire qu'un étalon », gronda-t-elle, pleurant et reniflant.

Il était évident que les prestations d'un étalon n'étaient pas chose inconnue pour elle.

Dans une course folle, elle était déjà en route vers la porte quand Jacob comprit ce qu'elle avait l'intention de faire. Son désir fut comme balayé quand il se rendit compte de la situation à laquelle il devrait faire face.

Un instant, ils se mesurèrent, essoufflés.

Elle refusait de remettre les vêtements que Jacob lui avait arrachés.

Il dut employer autant de poigne à lui remettre son pantalon que pour le lui enlever. Et les ganses de l'une des fentes furent arrachées. C'était un beau gâchis.

Il fut finalement confronté au pire. Elle se libéra pour aller se réfugier en bas, au salon. Auprès du commissaire et de tous les invités. Vêtue uniquement de ses dessous, de ses bas et de ses chaussures.

C'était la première fois qu'il se rendait compte qu'aucune limite n'existait pour Dina. Qu'elle ne craignait le jugement de personne. Qu'en un éclair, elle saisissait une situation et agissait en conséquence ! Et qu'elle avait un talent inné pour retourner sur les autres ce qui la frappait elle-même.

Cela le dégrisa immédiatement. Elle faisait ainsi de lui un malfaiteur le jour même de son mariage.

Dina descendit l'escalier en trombe et à grand bruit. En pantalon, et en courant, elle traversa la pièce devant trente paires d'yeux effarés.

Elle renversa le verre de punch que le commissaire tenait, ce qui fit de vilaines taches un peu partout. Puis elle grimpa sur ses genoux et déclara à haute et intelligible voix, afin que tout le monde l'entende :

« Et maint'nant on rentre chez nous à Fagernesset ! »

Le cœur du commissaire ne fit qu'un bond. Il donna à la femme de chambre l'ordre de faire en sorte que la mariée « retrouve une tenue convenable ».

Il était furieux parce qu'il comprenait que Jacob n'avait pas su se contenir et attendre le soir, quand tout le monde serait couché, comme il se doit.

Il était furieux contre Dagny qui n'avait pas préparé la gamine à ce qui l'attendait. Elle l'avait promis. Il était furieux contre lui-même, qui n'avait pas prévu le comportement de Dina. Maintenant c'était trop tard.

Le commissaire repoussa Dina assez brusquement et remit en ordre son plastron et son nœud de cravate. Tout était malheureusement taché de punch.

Dina se tenait comme un animal piégé, les yeux fous. Elle sauta alors dans le jardin. Rapide comme un lynx, elle grimpa dans le grand merisier près du pavillon.

Et elle s'y installa.

Dagny pleurait à chaudes larmes à ce moment-là. Les invités étaient pétrifiés, debout ou assis, dans la même position que lorsque Dina était entrée dans la pièce. Ils semblaient avoir oublié l'usage de la parole. Heureusement que le pasteur était déjà rentré à Sundet et ne pouvait rien voir ni entendre.

Le commissaire fut le seul à montrer un certain sens pratique. Il sortit et vociféra quelques injures en direction de la silhouette légèrement vêtue de blanc.

Ce qui aurait dû être un instant solennel et triomphant, le moment où le commissaire donnait sa fille à son meilleur ami, tournait au cauchemar.

Un peu plus tard, tandis que les invités et les domestiques se rassemblaient sous le merisier, le marié, et maître de Reinsnes, descendit.

Il avait pris son temps pour remettre ses vêtements, sa barbe et ses cheveux en ordre. Il imaginait le pire. Allant de la colère d'un père furieux à la froideur méprisante des invités de marque.

Il avait observé une partie de la scène par la fenêtre, derrière les rideaux. Il ne pouvait empêcher la honte de lui monter au front.

Son sexe pendait lamentablement dans ses vêtements quand il rencontra le regard soucieux de Madame Karen sur les marches du perron.

Elle se tenait dignement à l'écart de la comédie qui se jouait autour de l'arbre, et elle était en route pour aller chercher son fils.

Jacob contempla le rassemblement autour du merisier. Dina comme un grand oiseau blanc au long plumage noir sur la tête.

Il se tenait sur le large escalier en pierre aux rampes de

fer forgé et la vision qui se présentait n'avait pas son précédent. C'était incroyable ! Le groupe désorienté autour de l'arbre, les cris et les gesticulations du commissaire. Les rayons de soleil tardif à travers l'épais feuillage vert. Les marguerites dans la plate-bande en forme de cœur. La gamine dans l'arbre. Comme si elle y était depuis des siècles et comptait bien y rester quelques années encore. Elle regardait les gens comme s'ils étaient une caravane de fourmis désagréables. Jacob se mit à rire.

Il riait toujours en allant chercher l'échelle accrochée au mur de l'étable, et leur donna à tous l'ordre de regagner la maison pour le laisser opérer en paix. Il en oubliait d'avoir honte, attendant en riant que tout le monde soit rentré.

Alors il posa l'échelle contre l'arbre et y grimpa.

« Dina », appela-t-il. D'une voix douce et pleine de gaieté.

« Ne peux-tu pas descendre vers ce terrible bouc de mari ? Je vais te porter dans la maison avec autant de précaution qu'un livre saint. »

« Espèce de salaud ! » criait la mariée de son perchoir.

« Bon, bon ! »

« Pourquoi tu t'conduis comme un étalon ? »

« C'était plus fort que moi... mais je vais m'améliorer... »

« Qu'est-ce qui l'prouve ? »

« Je le jure ! »

« Quoi donc ? »

« Que je ne me conduirai plus jamais comme un étalon. »

Elle renifla. Il y eut un silence.

« T'as des témoins ? »

« Oui, Dieu dans le ciel ! » dit-il hâtivement, effrayé à l'idée que la fille du commissaire exige des témoins en chair et en os.

« Tu l'jures ? »

« Oui ! Et que j'en meure si je ne tiens pas ma promesse ! »

« C'est seulement que'que chose qu'tu dis pour m'faire descendre. »

« Oui, mais c'est vrai aussi. »

Elle se pencha en avant, à tel point que ses seins

faillirent sortir de son corset. Sa chevelure noire lui assombrissait le ciel par sa luxuriance.

Jacob se dit qu'il était probablement trop vieux pour cette mariée qui se sauvait dans les arbres. Cela demandait un autre physique que le sien. Mais il n'eut pas le courage de s'en faire une raison. Pas maintenant.

« Bouge-toi que j'descende », commanda-t-elle

Il rejoignit le sol et lui tint l'échelle. Ferma les yeux et la sentit passer. Très, très près.

Jacob était un joyeux clown. Devant Dieu et les invités. Il se contenta de son parfum le reste de la soirée. Cependant il se sentait comme un élu du Ciel. Il arriverait bien à l'approcher sans qu'elle se sauve dans les arbres !

Le commissaire ne comprenait rien. Il était étonné de constater que son ami était moins raisonnable avec les femmes qu'en affaires. Il considéra l'épisode comme une offense cuisante et personnelle envers lui, le maître de Fagernesset.

Madame veuve Karen Grønelv était, en revanche, très préoccupée. Elle voyait avec inquiétude, dans le futur, cette gamine détenir les clés du domaine de Reinsnes, administrer les biens et tenir la maison de Jacob.

En même temps elle était touchée. Cette Dina, sur laquelle on racontait tant d'histoires bizarres, l'intéressait. Ce n'était pas normal qu'une jeune fille de bonne famille soit si sans-gêne. Et surtout qu'elle ait si peu notion de ce qui se fait !

Mère Karen pensait que Jacob avait trop présumé de ses forces en se mariant inconsidérément. Mais elle n'en dit rien.

Johan Grønelv avait vingt ans. Juste rentré de l'école pour assister au mariage de son père. Il restait assis dans un coin pendant des heures et fixait une fente du plancher.

Jacob tint parole. Il s'approcha avec maintes précautions. Ils devaient dormir dans la salle dans le grand lit à baldaquin. Tout était prêt et coquettement arrangé. Les draps à entre-deux avaient été blanchis sur la neige en avril. Lessivés, rincés et étendus sur les fils en mai. Repassés et pliés avec des sachets de pétales de roses, et rangés dans la grande armoire à linge sur le palier du grenier en attendant la mariée.

Le soleil de minuit filtrant à travers les rideaux de dentelle. Les verres à hauts pieds verts. Les carafes en cristal remplies d'eau et de vin. Les fleurs plein les vases et les potiches. Nouvellement cueillies dans les champs et le jardin. L'odeur du feuillage nouvellement éclos passant par la fenêtre. Un lointain bruit de cascade et le bourdonnement venant des montagnes.

Jacob employa toute son intelligence. Il fit des approches avec des gants de velours. Il commença par lui enlever ses chaussures, dont il avait gardé un douloureux souvenir.

Il était encore endolori à un certain endroit. Et ressentait encore l'étourdissement écœuré au moment où le pied de Dina avait touché.

Elle était assise sur le grand lit haut et le regardait. Se soutenant en arrière par les bras. Le regardait jusqu'à le rendre gêné. Il ne pouvait pas se souvenir de la dernière fois où une femme l'avait intimidé. Ainsi accroupi devant elle et tirant sur sa chaussure, il était réduit au rôle de clown et de serviteur.

Humble, il sentit son cœur battre plus rapidement quand elle tendit la cheville pour l'aider à enlever la chaussure.

Le pire, c'est qu'il fallait la mettre debout pour lui enlever ses vêtements.

Les rideaux n'étaient pas complètement tirés. Il faisait beaucoup trop clair.

Et il voyait ces yeux clairs scrutateurs. Largement ouverts. Sur la réserve. Trop attentifs à sa prochaine manœuvre.

Il toussa légèrement. Pensant qu'elle attendait qu'il dise quelque chose. Il n'avait pas l'habitude de parler aux femmes en pareille circonstance.

Si encore il y avait eu l'obscurité de l'hiver dans tous les coins, au lieu de cette sacrée lumière ! Il se sentait déshabillé et exposé au cristal pur de son regard.

Avec son corps de quarante-huit ans, son début de ventre tout à fait visible, il était intimidé comme un gamin de seize ans.

Ses rides profondes. Les dernières années de veuvage avec leurs soucis et leurs déconvenues. Ses cheveux gris. Tout cela ne lui donnait aucun atout en pareille circonstance.

Tout à coup, il se souvint qu'elle en avait fait la remarque. Cette fois-là, chez le commissaire, quand il avait pris conscience d'elle avec son violoncelle entre les cuisses.

Jacob s'écroula. Il enfouit sa tête dans le giron de Dina, à la fois excité et honteux.

« Pourquoi tu fais ça ? » demanda-t-elle en se dégageant.

« Parce que je ne sais plus ce que je dois faire », répondit-il enfin.

« T'étais en train de m'déshabiller. T'as enlevé les chaussures... »

Elle bâilla et se renversa de tout son poids sur le lit.

Il restait là penaud, comme un chien abandonné.

« Oui », dit-il seulement, relevant la tête. Dégageant un œil d'abord, ensuite toute sa tête ébouriffée.

Il contemplait tous ces trésors. Les collines. Comme elle était couchée, la robe s'incrustait dans les vallons. Cela le rendait fou. Mais il sut se contenir.

« Ça va pas vite », dit-elle sèchement, et commença à se déboutonner.

Il tâtonnait comme s'il avait la fièvre. L'aidait à enlever ses vêtements l'un après l'autre.

Plus elle était proche, plus elle sentait l'écurie, le foin et les épices.

Il se glissa vers elle et remplit avec précaution ses mains de ses seins. Jouissant de la sensation de la peau chaude à travers l'étoffe. Il retint sa respiration un long moment. Avant de lui enlever sa robe, ses jupons, son corset et son pantalon.

Elle suivait des yeux avec curiosité tous ses mouvements. Une ou deux fois, elle soupira en les fermant. C'était au moment où, rassemblant toute la douceur dont il était capable, il lui caressa les épaules et les hanches.

Une fois nue, elle se dégagea et alla à la fenêtre. Et resta là plantée. Comme si elle venait d'une autre planète.

Il n'en croyait pas ses yeux. Une femme, une vierge !

qui se mettait debout toute nue par une nuit claire d'été. Et traversait tranquillement la pièce jusqu'à la fenêtre !

Elle y resta, les hanches et les épaules enrobées de lumière dorée. A la fois sorcière et ange. Personne ne l'avait possédée ! Elle était totalement à lui ! se promenait dans sa chambre, dans sa maison.

Le soleil de minuit baignait de miel son corps quand elle se retourna.

« Tu t'déshabilles pas, toi aussi ? » dit-elle.

« Si », dit-il la voix enrouée.

À toute vitesse il arracha ses vêtements, comme s'il craignait un empêchement inattendu avant d'atteindre son but.

À vrai dire, cela prit du temps. Il n'avait pas imaginé que cela se passerait ainsi.

Aussitôt au lit, il voulut tirer les couvertures sur eux et la serrer contre lui. Elle s'assit et arracha le drap.

Elle entreprit alors une sorte d'examen. Avec avidité et l'air de quelqu'un qui vient de découvrir un animal inconnu.

Il était si gêné qu'il se cacha avec ses mains.

« C'est différent du taureau et du cheval », dit-elle intéressée, le regardant droit dans les yeux. « Mais celui du taureau, l'est aussi différent de celui du cheval. L'est long, mince et rose. Celui du cheval, c'est que'que chose ! » ajouta-t-elle en connaisseur sérieux.

Il sentit son désir s'évanouir et sa virilité disparaître.

Il n'avait jamais rencontré quelqu'un manquant de pudeur à ce point. Quelques images lui vinrent à l'esprit. Les rares fois où il s'était adressé à celles qui se font payer. Leurs jeux appris et limités. Mesurés en argent. Il se souvint de sa tristesse quand il avait vu clair dans les gestes vides et mécaniques de la débauche.

Le pire, c'était leurs yeux.

Il comprit soudain que Dina, la maîtresse de Reinsnes, était une enfant. Cela le toucha et le rendit honteux. Et cela l'excita au plus haut point !

Ce fut un jeu qui dura très, très longtemps. Elle exigeait ceci ou cela. Voulait jouer tous les rôles. Se fâchait et le punissait en lui tournant le dos s'il n'obéissait pas à toutes ses injonctions.

De temps en temps, il avait le sentiment que cela était bestial et contre nature. Il se consolait, essoufflé, à l'idée que personne ne les voyait.

Et quand elle montra son plaisir, il prit encore plus de temps. Joua son jeu. Ayant l'impression qu'ils étaient le premier couple sur terre. Que tout était pour le mieux.

L'homme grisonnant ravalait ses larmes. C'en était trop pour Jacob. D'être un enfant aimant entre les arbres.

Quand il en arriva au moment de la pénétrer il retint sa respiration. Son rut devenait tout à coup comme un chat noir tapi dans l'ombre.

Au beau milieu de la brume rouge sang dans laquelle il se trouvait, il savait qu'elle pouvait le détruire complètement s'il lui déplaisait. Cela l'aida à passer le cap.

Elle poussa à peine une plainte, même si le drap fut complètement souillé.

Toutes les histoires qu'on racontait sur les nuits de noces et les mariées éplorées tombèrent en cendres.

Tout ce que Jacob Grønelv avait appris auparavant devait se réapprendre. Rien de ce qu'il avait entendu et vu n'était vrai.

Sa jeune mariée était comme une jeune jument. Lâchée sur un pâturage vert. Elle le pressait contre la barrière. Arrêtait tout à coup tous les jeux pour aller boire à même la rivière quand elle avait soif. Le mordait aux flancs quand il essayait maladroitement de sauter. Jusqu'au moment inattendu où elle se laissait prendre. Et avec le même calme lourd d'une jument qui s'abandonne, elle resta à quatre pattes sur les genoux et les bras. Le jeune corps frémissant se laissa ouvrir et accueillit ses coups prudents.

Jacob fut pris d'un sentiment religieux qu'il n'arrivait pas à définir. L'orgasme s'arrêta net. Il n'était pas pour lui.

Il fut impossible à Jacob de le cacher. Il pleurait.

Ils ne descendirent pas avant l'après-midi suivante. Les invités étaient partis. Le commissaire et sa famille aussi. Madame Karen avait elle-même déposé un plateau avec des victuailles près de la porte de la salle. Elle leur souhaita le bonjour. Montrant un visage doux, les yeux baissés.

Les domestiques ricanaient. Ils n'avaient jamais entendu parler de nuits de noces durant de deux heures du matin à cinq heures de l'après-midi le jour suivant.

Le rôti de renne était déjà gâché et trop cuit et les pommes de terre partaient en purée avant même que les jeunes mariés ne se montrent.

Dina très correctement habillée d'une des robes neuves de son trousseau. Mais les cheveux flottant comme d'habitude.

Jacob souriant et rasé de frais, ayant visiblement des difficultés à marcher et à se tenir droit.

Au cours du repas ils ne prêtèrent aucune attention à Mère Karen, ni à Anders, Niels ou Johan.

Éros occupait toute la pièce. Lourd et repu, il se rengorgeait le long de la tapisserie, jouait dans les boiseries et rendait mat le brillant de l'argenterie.

Le couple était visiblement en état d'ébriété, dès le plat principal. Dina avait goûté à son premier porto avant de descendre. Cela faisait partie d'un jeu nouveau qui laissait un goût sucré sur la langue. Madame Karen avait le regard vague et les yeux de Johan étaient pleins de dégoût horrifié. Niels contemplait Dina avec curiosité et mangeait avec appétit. Anders semblait être inconsidérément entré dans une pièce où il avait été obligé de se mettre à table avec des étrangers. C'était lui qui dominait le mieux la situation.

Dina avait appris un nouveau jeu. Elle l'avait vu se jouer dans l'enclos des chevaux. Dans le poulailler et chez les mouettes au printemps. Jacob était son jouet. Elle le regardait les yeux brillants comme du cristal taillé.

Chapitre 6

Tu seras remplie d'ivresse et de douleur ; c'est la
coupe de désolation et de destruction, la coupe de
ta sœur Samarie.

(Ezéchiel, **23**, 33)

Le 5 mars 1838, le vapeur à aubes *Prinds Gustav* avait
quitté Trondheim pour son premier voyage vers le nord.
Bon nombre de gens à l'époque considéraient ce genre
de voyage comme une pure folie. Mais par miracle, il
assura ensuite un service régulier.

Grâce à la Providence, tout semblait être pour le
mieux. Mais les difficultés n'avaient pas manqué. Tous
les passages difficiles, les courants et les remous. Le vent
qui soufflait dans toutes les directions et les passagers
qui ne venaient pas à bord à l'heure indiquée. Le fait
que sur le Foldhavet et le Vestfjord, rien, à part la rota-
tion de la terre et la force centrifuge, ne fonctionnait
comme on s'y attendait, était encore une circonstance
accablante.

Même maintenant, plusieurs années après, tout le
monde le long de la côte n'était pas encore persuadé
que ce *Prinds Gustav* crachant le feu et la fumée soit une
telle bénédiction.

C'était quand même contre nature qu'un bateau puisse
marcher contre vents et courants. Du reste, le vapeur
effrayait les poissons dans les fjords, prétendaient ceux
qui avaient étudié la question. Affirmation difficile à
réfuter.

Mais les gens arrivaient quand même à destination.
Ceux qui voyageaient beaucoup bénissaient le vapeur.
Un vrai paradis, comparé aux embarcations régionales
ouvertes ou aux cabines exiguës des caboteurs.

Les gens de condition élevée voyageaient en première

95

classe, les messieurs en cabine de dix couchettes, les dames en cabine de cinq. En seconde, il y avait une cabine commune de douze couchettes. En troisième classe, on avait à sa disposition le pont découvert au gaillard d'avant où il fallait, tant bien que mal, trouver un abri entre les caisses, les tonneaux, ou autres colis.

Mais par beau temps, les classes populaires voyageaient aussi comme des princes en troisième. Le prix du billet était bien un peu cher : 20, 10 et 5 shillings par mille. Mais il faut dire aussi que le trajet de Trondheim à Tromsø ne prenait qu'une semaine en été.

Les comptoirs où, par chance, le vapeur faisait escale, étaient des plus prospères ces dernières années. Et ceci malgré la tradition hospitalière du Nord, qui est de ne jamais faire payer le vivre et le coucher aux notables qu'on héberge.

On peut se demander comment ces auberges pouvaient autant rapporter. Mais les affaires, dans ces régions de la Norvège, se traitaient comme une partie d'échecs.

Les pions étaient en place à n'importe quelle heure du jour ou de la nuit. Et on prenait tout son temps pour réfléchir, en mangeant et en buvant. Mais on finissait par comprendre que l'adversaire avait aussi ses pions. Qui frappaient dur. L'hospitalité du Nord pouvait faire échec et mat quiconque ne faisait pas attention.

Une des premières choses que Jacob avait apprises à Reinsnes, c'était le commerce à longue échéance. Quand le *Prinds Gustav* arrivait avec des relations d'affaires, Jacob était fin prêt, muni d'une patience d'ange et d'un gigot cuit à point. De grands verres à vin et de bon tabac à pipe. Et aussi de copieux desserts de mûres jaunes qu'on allait chercher dans la cave et qu'on servait dans des coupes de cristal à pied.

Jacob savait ce qu'il devait à la navigation à vapeur.

Une semaine après son arrivée à Reinsnes, Dina vit ce bateau pour la première fois.

Elle sauta du lit quand elle entendit le premier coup de sirène. Le soleil de mai inondait la pièce malgré les stores.

Le curieux son rauque venait à la fois de la mer et des rochers.

Elle se précipita vers la fenêtre.

La silhouette noire glissait dans le détroit. La roue rouge écumait et grondait. Le bateau ressemblait à un énorme poêle de cuisine. Où le nickel, le cuivre, la tuyauterie et les casseroles étaient grossis à une très grande échelle pour être ensuite lancés à la dérive sur le fjord.

Il semblait qu'on chauffait à blanc ce poêle noir flottant. Il bouillait et bouillonnait et pouvait bien exploser à tout moment.

Elle ouvrit la fenêtre toute grande sans fixer les crochets.

Elle se penchait à moitié nue. Sans se préoccuper de ceux qui pouvaient la voir.

Il était probable que certains avaient déjà observé la jeune femme peu vêtue à sa fenêtre. Pour ceux-là, la vue d'une peau nue avait un effet surprenant, même à une telle distance.

La fantaisie servait de loupe. Elle grossissait chaque pore et la moindre nuance dans la couleur de la silhouette lointaine. Qui devenait de plus en plus proche. Pour finalement envahir le crâne de ceux qui regardaient. Ceux-là perdaient alors tout intérêt pour le vapeur.

Jacob était dans le jardin. Il la voyait aussi. Sentait son parfum. A travers le soleil, le vent et le bruissement du feuillage nouvellement éclos. Un picotement d'excitation, doublé d'étonnement impuissant, lui coupa tout à coup le souffle.

Niels et le commis de boutique étaient partis à la rame vers le vapeur. Niels avait interdit aux bateaux des fermes voisines de venir « troubler le chenal », comme il disait. Il n'y voulait pas d'autre animation que celle qu'il y amenait lui-même.

Le coup de sirène donné pour Reinsnes entraînait ainsi moins de vacarme et d'ambiance qu'à d'autres escales.

Jacob ne se mêlait pas de la discipline que Niels faisait régner sur les jeunes des fermes et des métairies des alentours. Car il savait bien qu'en empêchant les bateaux de s'approcher du vapeur, Niels les attirait ensuite sur les quais de Reinsnes et dans la boutique, pour voir qui était arrivé et savoir ce qu'on avait déchargé. Et on pouvait à la fois en tirer profit et se faire donner un coup de main.

Ce jour-là, il n'y avait pas grand-chose à décharger. Seulement quelques sacs de sucre pour la boutique et une ou deux caisses de livres pour Mère Karen. A la fin, un bonhomme à l'allure gauche descendit l'échelle et se mit debout dans la barque, comme s'il était sur le plancher d'un salon. L'embarcation se mit à tanguer dangereusement.

Alors, il sembla que Niels avait fait comprendre à l'homme qu'il était préférable de s'asseoir s'ils voulaient arriver sains et saufs à terre, avec le sucre.

Il se révéla que le bonhomme était un expert en oiseaux venu de Londres, à qui on avait recommandé Reinsnes.

« À c'qui paraît, l'vapeur, il crache les gens à terre à Reinsnes ! » dit Dina étonnée.

Mère Karen était montée à la salle pour qu'elle s'habille un peu plus rapidement et descende saluer le nouvel arrivant.

« Ici c'est une auberge, Jacob te l'a bien dit ? » répondit Mère Karen avec patience.

« L'Jacob et moi, on parle pas de ça. »

Mère Karen soupira et comprit qu'il y avait encore fort à faire.

« Tu pourrais jouer de la musique pour le professeur anglais après dîner », dit-elle.

« On verra », dit Dina avec légèreté en tripotant les boutons de son corsage.

Mère Karen s'approcha pour aider. Mais Dina se retira, comme si on venait de jeter un bâton enflammé sur elle.

« Il faut qu'on parle de la répartition des tâches dans la maison », dit Mère Karen sans se soucier d'avoir été repoussée.

« Quelles sortes de tâches ? »

« Et bien, ça dépend des habitudes que tu as eues ? »

« J'étais à l'écurie en compagnie du Tomas. »

« Oui, mais dans la maison ? »

« Là, y avait la Dagny. »

Il se fit un léger silence.

« Veux-tu dire que tu n'as pas appris à tenir une maison ? » demanda Mère Karen, en essayant de cacher sa consternation.

« Non, y avait tellement d'gens. »

Mère Karen se dirigea vers la porte en se passant la main sur le front.

« Et bien, on va commencer modestement, ma chère Dina », dit-elle gentiment.

« Avec quoi ? »

« En jouant de la musique pour les visiteurs. C'est un grand don que de savoir jouer d'un instrument... »

Dina retourna rapidement vers la fenêtre.

« Il vient souvent, l'vapeur ? » demanda-t-elle en suivant la fumée noire au loin.

« Non, toutes les trois semaines à peu près. Il vient régulièrement tout l'été. »

« J'veux voyager ! » dit Dina.

« Il faut d'abord apprendre un peu les tâches et les devoirs d'une maîtresse de maison, avant de se mettre à voyager », dit Mère Karen, la voix un peu moins douce.

« Ça, c'est mon affaire ! », dit Dina en fermant la fenêtre.

Mère Karen se tenait debout dans l'embrasure de la porte.

Ses pupilles s'étaient rétrécies comme des têtes d'épingles.

Personne ne parlait ainsi à Mère Karen. Mais elle avait du flair. Alors elle ne dit rien.

Comme une sorte de compromis entre elles, Dina joua du violoncelle pour le visiteur et toute la maisonnée après le dîner.

Mère Karen déclara qu'on allait acheter un piano anglais. Dina devait cultiver ses talents, à Reinsnes aussi bien que chez son père.

Niels leva la tête et fit remarquer qu'un pareil instrument coûtait une fortune.

« Les barques et les caboteurs aussi », dit-elle tranquillement en se retournant pour traduire en anglais les dernières répliques.

Il était visible que le prix des caboteurs impressionnait le visiteur au moins autant que la musique.

Johan se promenait dans le jardin, ses livres serrés dans une sangle ; ou bien, les journées chaudes, il se tenait dans le pavillon, à lire ou à rêver. Il évitait Dina comme la peste.

Il avait hérité du visage mince d'Ingeborg. Il avait aussi son menton carré et la couleur de ses yeux qui changeaient avec la couleur du ciel et de la mer. Il avait hérité d'Ingeborg ses cheveux raides, mais la couleur foncée lui venait de Jacob. Il était maigre et dégingandé, mais promettait.

Le plus important chez lui, c'était la tête, disait Jacob avec une fierté mal dissimulée.

Le jeune garçon n'avait pas d'autre ambition que celle de devenir pasteur. Il ne partageait pas l'intérêt de son père pour les bateaux et les femmes. Il avait en horreur le va-et-vient continuel dans la maison, et les gens qui ne faisaient rien d'autre que manger, fumer et boire.

Ils n'avaient guère plus d'éducation que ce qu'une petite sacoche en cuir pouvait contenir. Son mépris des gens, de leur comportement, leur costume et leurs gestes était sans merci et sans compromis.

Pour lui, Dina était le symbole de la débauche. Il avait lu certains livres sur le sujet, mais n'en avait jamais fait l'expérience. Dina était un exemple éhonté de la gent féminine, qui ridiculisait la renommée de son père et tournait en dérision le souvenir de sa mère.

Il l'avait vue pour la première fois durant ce mariage scandaleux. Et il pouvait difficilement rencontrer le regard des gens sans se demander s'ils y pensaient, s'ils s'en souvenaient...

Bien qu'il ait une opinion très ferme sur la femme de son père, cela ne l'empêchait pas de se réveiller la nuit de temps en temps dans un état de lourde ivresse. Et de reconstruire son rêve petit à petit. Il montait un cheval noir. Les rêves pouvaient varier un peu, mais ils se terminaient toujours de la même manière : le cheval rejetait sa grosse tête en arrière et devenait le visage sombre et buté de Dina. La crinière flottante était sa chevelure noire.

Cela lui faisait toujours honte et le tenait éveillé. Il se levait et se lavait à l'eau froide, qu'il versait lentement d'un broc en porcelaine dans une chaste cuvette blanche bordée de bleu.

Ensuite il s'essuyait soigneusement avec une serviette en lin lisse et fraîche, et il était sauvé. Jusqu'au prochain rêve.

Pour Jacob, c'était un travail à plein temps que d'être nouveau marié. Il ne se montrait ni sur les quais, ni dans la boutique, ni dans l'auberge. Il buvait du vin et jouait aux dominos ou aux échecs avec son épouse !

Au début, tout le monde souriait. Avec un hochement de tête entendu. Puis une certaine inquiétude et un certain embarras envahit toute la propriété.

Cela commença par Mère Karen et s'étendit comme un feu d'herbes sèches.

Était-il sous l'effet d'un sortilège ? N'allait-il plus jamais mettre la main à la pâte ? S'il continuait ainsi à user toute son énergie à remplir ses devoirs conjugaux dans le lit à baldaquin.

Madame Karen sermonna Jacob. Les yeux baissés, mais avec d'autant plus d'autorité dans la voix. Il n'était quand même pas pensable que toute la propriété périclite ? Sa conduite était pire qu'après la disparition brutale de la pauvre Ingeborg. A ce moment-là, il avait, il est vrai, passé le plus clair de son temps au cabaret ou à louvoyer le long de la côte. Mais maintenant, c'était encore pire. Il se faisait la risée de toute la paroisse. On se moquait de lui.

« Et ils ont raison », esquiva Jacob en riant, lui aussi.

Mais Karen ne riait pas. Son visage se durcit.

« Tu as quarante-huit ans », dit-elle sévèrement.

« Dieu a plusieurs milliers d'années et il vit encore ! » plaisanta Jacob, se préparant à monter.

« Je suis d'une si belle humeur en ce moment, chère mère ! » lui lança-t-il du haut de l'escalier.

Quelques instants après, on pouvait entendre jouer du violoncelle là-haut. Mais ce qu'on ne voyait pas, c'était Dina, vêtue seulement de son corset, le bas du corps nu et le violoncelle entre ses puissantes cuisses écartées. Elle jouait avec autant de sérieux que si elle avait été devant Monsieur le doyen.

Jacob était assis près de la fenêtre, les mains croisées, il la contemplait. Il voyait une image sainte.

Le soleil, cet omniprésent, avait décidé de faire voler l'air en éclats entre eux, il y avait de cela des années-lumière. Les grains de poussière faisaient écran au milieu du prisme. Sans oser se poser.

Jacob déclara qu'il allait emmener Dina à Bergen pendant l'été. Le premier caboteur avait déjà pris la mer. Mais la fierté de Jacob, le nouveau bateau baptisé du nom de Mère Karen, devait se mettre en route fin juin. On l'armait depuis le mariage.

Mère Karen prit Jacob à part encore une fois, et expliqua que ce n'était pas un voyage pour une jeune femme. En outre, Dina devait apprendre les rudiments du ménage et à se conduire convenablement. Savoir jouer du violoncelle n'était pas suffisant pour la maîtresse de Reinsnes !

Jacob pensait que cela pouvait attendre, mais Mère Karen n'en démordait pas.

Jacob apporta la triste nouvelle à Dina en levant les bras au ciel. Comme si la parole de Mère Karen faisait loi.

« Dans c'cas, j'préfère rentrer à Fagernesset ! » déclara Dina.

Il n'avait pas fallu longtemps à Jacob pour apprendre que Dina tenait toujours parole.

Il retourna voir Mère Karen. Il expliqua et supplia. A la fin elle se rendit.

Et il fut bientôt clair, pour Jacob, pour Mère Karen et pour tous les habitants de la ferme, que Dina n'avait aucune intention d'apprendre à tenir une maison. Elle montait à cheval, jouait du violoncelle, mangeait et dormait. De temps à autre, elle revenait avec quelques petits lieus noirs enfilés sur une branche de bouleau, sans que personne ne l'ait jamais vue partir en bateau.

Mère Karen soupirait. La seule tâche dont Dina s'acquittait avec plaisir, était de hisser le drapeau quand le bateau approchait.

Il fallait bien se consoler en se disant que tant que Mère Karen était en bonne santé, tout continuerait comme avant.

On racontait bientôt que la jeune épouse à Reinsnes grimpait tout en haut du plus grand arbre du jardin pour mieux voir le vapeur, ou bien pour regarder les montagnes à la jumelle. On n'avait jamais vu pareille chose.

On commença à chercher dans ses ascendances. Sa mère était devenue une sainte le jour même où elle avait trouvé la mort après avoir enduré les souffrances d'un corps ébouillanté. Une mauvaise hérédité de ce côté-là était donc exclue.

Mais la famille du commissaire fut sujette à des recherches et des fouilles qui engendrèrent les histoires les plus extravagantes. On racontait que le commissaire avait à la fois des Lapons et des romanichels parmi ses ancêtres. Et qu'il y aurait même eu quelque Italien naufragé qui aurait fait du troc avec une de ses aïeules, il y avait de cela des siècles. On pouvait imaginer quelle conséquence cela pouvait avoir sur la descendance ! Oui, le châtiment retombait maintenant, après de nombreuses générations.

Personne ne pouvait donner le nom exact des personnes qui auraient eu une influence aussi fatale sur la fille du commissaire, ni même les placer dans le temps. Mais ce n'était même pas nécessaire.

Une bonne femme mariée qui grimpait aux arbres, qui se promenait en sous-vêtements à son propre mariage, qui n'avait pas su lire avant l'âge de douze ans et encore rien d'autre que la Bible, et qui montait à cheval à califourchon et sans selle, devait nécessairement porter les fautes des générations antérieures.

Le seul fait qu'elle ne parlait jamais à personne et se trouvait toujours là où on l'attendait le moins était suffisant pour assurer, qu'en tout cas, c'était une romanichelle !

Johan entendait tous ces ragots. Il était vexé, et attendait avec impatience le moment d'échapper à tout cela et de commencer ses études.

Mère Karen l'aidait à rassembler son trousseau. Il en fallait des choses. Elle faisait elle-même les bagages et donnait des ordres dans toutes les directions.

Pendant deux mois, elle équipa le garçon des pieds à la tête. A la fin, trois grandes malles attendaient sur le quai d'être descendues à bord de la barque qui devait l'emmener au vapeur.

Tard un soir, alors que Johan était assis dans le pavillon, une silhouette apparut entre les arbres dans le jardin. Il en eut des sueurs froides.

Il pensa d'abord avoir rêvé, mais il se rendit compte qu'elle était bien réelle.

Il venait juste de pleuvoir. Des gouttes tombaient des branches. Sa chemise de nuit était lourde d'humidité dans le bas et moulait ses hanches.

Il était pris ! Sans possibilité d'évasion. Et elle se dirigeait droit sur le pavillon... Comme si elle savait qu'il était là. Caché par les vrilles de houblon et les lilas.

Elle s'assit sur le banc à côté de lui sans dire mot.

Il se sentait violé par son odeur entêtante. En même temps, il tremblait de dégoût.

Elle jeta ses jambes nues sur la table de jardin et siffla un air qu'il ne connaissait pas. Tout en le scrutant avec sérieux. La clarté de juin était faible dans le pavillon. Pas assez, cependant, pour le cacher, sentait-il.

Il se leva pour partir. Mais elle lui faisait barrage avec ses longues jambes sur la table. Il avala sa salive.

« Bonne nuit », dit-il enfin, espérant qu'elle allait retirer ses jambes.

« J'viens juste d'arriver », dit-elle moqueuse. Et ne fit pas mine de le laisser passer.

Il était comme un paquet auquel personne ne fait attention.

Tout à coup, elle avança la main et lui caressa le poignet.

« Écris quand tu s'ras dans le sud ! Raconte tout c'que tu vois ! »

Il hocha de la tête faiblement et retomba sur le banc à côté d'elle. Comme si elle l'avait poussé.

« Et pourquoi tu veux devenir pasteur ? » demanda-t-elle.

« C'était Maman qui le voulait. »

« Mais enfin, elle est morte. »

« C'est justement pour ça. »

« Tu l'veux toi-même ? »

« Oui. »

Elle poussa un profond soupir et se pencha vers lui, à tel point qu'il perçut ses seins à travers le tissu fin de la chemise humide. Il eut la chair de poule. Il n'arrivait plus à bouger.

« Personne m'demande de devenir pasteur », dit-elle avec satisfaction.

Il se racla la gorge et se ressaisit.

« Les femmes ne peuvent pas être pasteurs. »

« Non, heureusement. »

Il recommença à pleuvoir. Quelques petites gouttes éparses qui se posèrent comme de légères vagues sur l'herbe vert vif. Une lourde odeur de terre et d'humidité emplissait les narines. Se mêlant à celle qui émanait de Dina. Indissolubles à tout jamais de l'odeur de la femme.

« Tu m'aimes pas », déclara-t-elle brusquement.

« Je n'ai jamais dit ça ! »

« Non, mais c'est comme ça ! »

« C'est pas ça... »

« Ah ? »

« Tu n'es pas... Je veux dire... Le père n'aurait jamais dû prendre une femme aussi jeune. »

Elle eut un rire roucoulant, comme s'il lui venait à l'esprit quelque chose qu'elle ne voulait pas raconter.

« Chut, dit-il, tu vas réveiller les gens. »

« On va s'baigner dans la baie ? » chuchota-t-elle en lui secouant le bras.

« Se baigner ! Non ! C'est la nuit ! »

« Qu'est-c'que ça fait ? Il fait lourd. »

« Mais il pleut ? »

« Et alors ? J'suis déjà mouillée. »

« Ils peuvent se réveiller... et... »

« Y a quelqu'un qui t'attend ? » murmura-t-elle.

Son murmure l'étouffait. Le pressait contre terre. Pour le faire rebondir en l'air. Entre les montagnes. Et ensuite retomber sur le banc comme par un coup de poing.

Plus tard, il n'arriva jamais à séparer ce qui était arrivé en réalité de son rêve de tête de cheval.

« Mais le père... »

« Le Jacob, il dort ! »

« Mais il fait clair... »

« Tu viens, ou t'es une poule mouillée ? »

Elle se leva et se pencha sur lui, tout près, en passant. Se retourna une fois et attendit une seconde ou deux.

Son visage exprimait une sorte de chagrin qui ne correspondait ni à sa voix ni à ses mouvements. Elle entra dans un mur d'humidité qui absorba tout son corps et la rendit invisible. Mais il ne restait aucun doute sur la direction qu'elle avait prise.

Quand il arriva dans la baie derrière le monticule où l'on hissait le drapeau, il était trempé. Elle était nue entre les pierres. Elle avança de quelques pas dans l'eau. Se pencha pour ramasser quelque chose. L'étudia soigneusement.

Et brusquement ! Comme si elle avait senti son regard posé sur ses hanches, elle se retourna et se redressa entièrement. Elle avait la même expression de chagrin que dans le pavillon quelques minutes auparavant.

Il préféra croire que c'était la raison pour laquelle il avait cédé. Il enleva son pantalon et sa chemise. Gêné et excité à la fois. Et alla vers elle. L'eau était froide. Mais il ne le sentait pas.

« Tu sais nager ? »

« Non, pourquoi ? » dit-il et se rendit compte à quel point ça avait l'air bête.

Elle se rapprocha encore. Une pression épouvantable contre les tempes lui donna l'impression de se noyer, bien que l'eau lui arrivât aux genoux.

Tout à coup il comprit à quel point il avait l'air idiot dans ses sous-vêtements blancs. Frissonnant.

Elle vint tout près et le prit par la taille pour le forcer à entrer dans l'eau. Il se laissa faire. Se laissa entraîner assez loin pour que tous les deux flottent. Se laissa emporter vers les escarpements des récifs.

Elle se mouvait pour eux deux. En mouvements calmes et rythmiques du bassin et des jambes. Sans forces, il la laissait le soutenir. Les soutenir tous les deux.

L'eau glacée, la bruine douce, ses mains qui changeaient de prise sur lui, tantôt ici, tantôt là.

Le cheval de son rêve ! Dina, que son père avait épousée. Elle qui dormait dans la salle dans le lit de son père. Et au milieu de tout ça, qui était une autre.

Il eut tellement envie de lui raconter le trou noir du cimetière. Qui avait englouti Ingeborg. Raconter le père qui titubait à moitié ivre après l'enterrement.

Mais il n'avait pas appris les mots qu'il fallait. Ils étaient si accablants. Comme cette nuit.

Il aurait pu lui raconter tout ce qui aurait dû être dit à Ingeborg avant sa mort. Les noëls à Reinsnes. Quand la mère allait et venait. Affairée, avec des taches roses d'excitation sur les joues. Toutes les aiguilles qui le transperçaient quand il perdait le regard de sa mère parce que le père venait d'entrer dans la pièce.

Il aurait pu lui expliquer le chagrin qu'il ressentait chaque fois qu'il devait quitter la maison. Bien qu'il le désirât lui-même. S'en aller.

Dina était une walkyrie sortie du livre de mythologie de Mère Karen. Un être qui le faisait flotter. Qui, en secret, comprenait tout ce qu'il n'arrivait pas à exprimer.

Johan se laissa aller là où il n'avait pas pied. Son horreur pour Dina se noya. Sa nudité l'enveloppa comme une membrane.

Je suis Dina, qui tiens un poisson brillant. Mon premier poisson. Je dois moi-même le décrocher. L'hameçon est tordu. Il est assez abîmé. Je le rejette ensuite. Il n'a qu'à se débrouiller. C'est un jour bleu.

Ils n'avaient rien pour se sécher. Il s'essaya à un rôle dont il n'avait pas l'habitude, la galanterie. Il voulait qu'elle utilise sa chemise pour se sécher.

Elle refusa.

Graves et frissonnants, ils se rhabillèrent sous la pluie.

Tout à coup elle dit, comme si déjà elle était sur la rive, le regardant partir :

« Écris-moi ! »

« Oui », dit-il en jetant des coups d'œil inquiets vers le sentier qui montait à la maison.

« Je m'suis jamais baignée en compagnie avec d'autres. »

Ce furent ses derniers mots avant de remonter le sentier en courant.

Il voulut l'appeler. Mais il n'osait pas. Elle avait déjà disparu entre les arbres.

L'eau coulait des branches. Il accrocha son désespoir sur les branches. Qui laissaient tout retomber en grosses gouttes.

« Comment peux-tu savoir nager si tu ne t'es jamais baignée avec personne ? » La question le lancinait.

Mais il n'osait pas la lui crier. On aurait pu l'entendre...

Il s'en fit une armure. Pour se dissimuler le désir qui restait à la dérive sur la plage entre les algues. Dans la question : Comment sais-tu nager ?

Mais finalement, il ne put y tenir. Il se glissa sous un gros rocher qui lui avait servi de cachette pendant toute son enfance. Là, il prit dans sa main son sexe dur comme pierre et se laissa aller. Sans une pensée pour Dieu.

À partir de ce jour-là Johan se mit à détester son père. Profondément et de toute son âme. Toujours sans consulter son Dieu.

Jacob se réveilla quand Dina entra dans la salle.

« Où as-tu été, Seigneur Dieu ! » s'exclama-t-il quand il vit la silhouette mouillée.

« M'baigner. »

« En pleine nuit ! » s'écria-t-il incrédule.

« Y'a pas grand monde qui s'promène la nuit », dit-elle. Elle laissa tomber tous ses vêtements en un tas sur le plancher et grimpa dans le lit.

Il avait assez de chaleur pour deux.

« Tu as rencontré le spectre marin, espèce de sorcière ? » plaisanta-t-il à moitié endormi.

« Non, mais j'ai vu son fils ! »

Il eut un rire étouffé et poussa une plainte parce qu'elle était si froide. Jacob n'y voyait aucun mal. Il ignorait qu'elle savait nager.

Chapitre 7

Quelqu'un mettra-t-il du feu dans son sein sans que ses vêtements s'enflamment ?
Ou quelqu'un marchera-t-il sur des charbons ardents sans que ses pieds soient brûlés ?

(Proverbes de Salomon, **6**, 27 et 28)

Dina fut du voyage à Bergen cet été-là.

Mère Karen comprit que, de toute façon, l'éducation de Dina ne se ferait pas en une journée. Et une fois le bateau parti, elle avoua avoir aspiré au calme et à la paix. Le départ de Johan tout de suite après fut bien pire pour la vieille dame.

Dina était une enfant dévergondée qu'il fallait surveiller.

Plus d'une fois, l'équipage, gêné, resta paralysé par ses élucubrations.

Anders prenait tout avec calme et bonne humeur.

La première invention de Dina fut de déménager sa couche de la cabine sur le pont, dehors. Là, elle n'arrêtait pas de jouer aux cartes et de chanter des rengaines avec un gars inconnu qui s'était fait embaucher au dernier moment – et qui jouait d'un chétif instrument à cordes. Du type dont les marins russes se servent.

Ce gars noiraud parlait un mauvais suédois, et prétendait avoir roulé sa bosse de pays en pays pendant plusieurs années. Il était arrivé du nord avec un bateau russe et était descendu à Reinsnes. Il s'était installé là en attendant de trouver une occasion de s'embarquer vers le sud.

Jacob cria une fois ou deux au timonier de calmer le jeu. Mais cela ne servit à rien. Il se sentait comme un vieux grincheux. Et c'était un rôle qu'il ne supportait pas.

De guerre lasse, il finit par sortir pour participer aux festivités.

Le jour suivant il s'arrangea pour faire escale à Grøtøy dans la soirée. Là, ils furent bien accueillis et bien soignés.

Grøtøy était une nouvelle escale sur la route du *Prinds Gustav* et le maître du lieu faisait de grands projets de construction d'une nouvelle boutique et d'un bureau de poste.

Un artiste peintre venait d'arriver, pour faire les portraits des maîtres de maison. Et Dina se concentra aussitôt sur le chevalet. Elle courait autour comme un chiot et reniflait les couleurs et la térébenthine. Elle était pendue aux gestes du peintre et lui grimpait presque sur les genoux.

Tout ce sans-gêne était embarrassant. Les domestiques chuchotaient des racontars sur la jeune maîtresse de Reinsnes. Et ils hochaient la tête en parlant de Jacob Grønelv. Il avait ses problèmes...

L'intimité de Dina avec le peintre rendait Jacob comme un chien de garde hargneux. Elle lui faisait honte, quand elle ne se tenait pas convenablement.

Il essaya de prendre sa revanche au lit. Il se jeta sur elle avec la force et l'autorité d'un mari jaloux et blessé.

Mais on toussa si fort de l'autre côté de la cloison qu'il dut y renoncer.

Dina mit la main sur ses lèvres et lui fit signe de se taire. Puis elle remonta sa chemise de nuit et s'assit à cheval sur un Jacob abasourdi. Puis elle les dirigea plus ou moins silencieusement vers la béatitude.

Quand ils reprirent la mer, elle resta tranquillement dans la cabine. Et le monde prit une meilleure couleur pour Jacob.

Ils mirent ainsi le cap sur Bergen sans qu'il se présente d'autres écueils à contourner.

Le port foisonnant ! La forteresse, les maisons et l'église. La voiture. Les messieurs élégants et les dames sous les parasols.

La tête de Dina, comme montée sur un moyeu, tournait dans tous les sens. Elle faisait claquer ses chaussures neuves sur les pavés. Et dévisageait chaque cocher, assis bien haut, le fouet reposant sur un genou.

Les voitures avaient souvent l'air de gâteaux décorés, débordantes de robes d'été claires garnies de volants et de ruches. Et de parasols en dentelles. Cachant totalement la tête et le visage de leur propriétaire.

Il y avait aussi les jeunes gens. Élégamment vêtus de costumes sombres et de chapeaux melons, ou encore dans un genre plus osé, en costumes clairs et canotiers penchés sur le front.

Là se tenait un vieil officier en capote bleue aux revers rouges, s'appuyant sur une pompe à eau. Il avait ciré si fort sa moustache qu'elle semblait dessinée. Dina alla droit à lui et le toucha. Jacob la tira par le bras et toussota, gêné.

Ici, une affiche attirait le client en proposant un excellent vin de Madère avec en prime des cigares de la Havane ! Derrière les rideaux du café, on voyait les banquettes en peluche rouge et les abat-jour à pompons.

Dina voulait y aller pour fumer le cigare ! Jacob la suivait. Comme un père soucieux, il lui fit comprendre qu'elle ne pouvait pas fumer en public !

« Une aut'fois qu'j'irai à Bergen, c'est sûr qu'j'fumerai l'cigare ! » dit-elle, vexée, en avalant gloutonnement son madère.

Jacob avait acheté un élégant costume d'alpaga bleu, à col de velours et veston croisé, avec un pantalon à carreaux. Il portait un chapeau comme s'il n'avait jamais fait que cela.

Il prit tout son temps chez le barbier et chez le coiffeur. Et revint au logis les joues rasées. Il avait quelques bonnes raisons pour cela.

L'une était que le patron de l'hôtel lui avait demandé s'il voulait deux chambres. L'une pour Monsieur Grønelv et l'autre pour sa fille. D'autre part, il se souvenait aussi qu'un an auparavant, Dina avait remarqué qu'il grisonnait. Il n'y avait pas de raison de montrer plus de gris que nécessaire.

Dina essayait des chapeaux et des robes avec le même sérieux que lorsqu'elle essayait en cachette les robes de Hjertrud avant de se marier.

Les créations bergenoises faisaient des miracles. Dina semblait plus âgée et Jacob rajeunissait.

Ils étaient deux paons vaniteux se contemplant dans les vitrines et les flaques d'eau qui se trouvaient sur leur passage.

Anders souriait avec bonhomie de tout cet étalage de toilettes.

Dina évaluait, comptait, additionnait et divisait. Faisait fonction de machine à calculer pour Jacob et Anders au moment des achats et des ventes. Elle attirait l'attention.

Un soir Jacob, ayant trop bu, devint jaloux. Elle avait parlé avec un monsieur cultivé qui l'avait traitée avec respect parce qu'elle avait joué du Beethoven sur le piano de l'auberge.

Une fois seuls, Jacob lui lança qu'elle aurait toujours l'air d'une putain si elle continuait à laisser ses cheveux flotter.

Elle ne répondit pas tout de suite. Et comme il n'arrivait pas à s'arrêter, elle lui colla un coup de pied sur le tibia qui lui fit pousser un cri de douleur.

« Ça c'est bien l'avarice du Jacob Grønelv. Il peut pas souffrir que d'aut'voient mes cheveux. Not'Seigneur est pas aussi avare que le Jacob. Ou alors les aurait pas fait pousser ! »

« Tu t'exposes ! » dit-il en se frottant la jambe.

« Ben, si j'avais été un cheval ? ou un bateau ? Alors j'aurais eu l'droit d'me montrer ? Alors que la Dina, elle doit rester invisible ? »

Jacob n'insista pas.

Le dernier jour à Bergen, ils passèrent devant une palissade sur laquelle étaient collées différentes affiches.

Dina était comme une mouche attirée par une coupe de sucre.

On recherchait un voleur. L'homme pouvait être dangereux, disait-on. D'autres petites affiches annonçaient des réunions religieuses, ou des travaux de couture.

Un monsieur âgé, bonne situation, recherchait une dame pour tenir sa maison.

Au milieu de tout cela se trouvait une grande affiche noire et blanche, qui annonçait qu'on allait pendre un homme pour avoir tué sa fiancée.

Le portrait de l'homme, recouvert de boue, était devenu invisible.

« C'est heureux pour la famille », dit gravement Jacob.

« On va y aller ! » dit Dina.

« Au lieu de l'exécution ? » demanda Jacob, effaré.

« Oui ! »

« Mais Dina ! On va pendre un homme ! »

« Oui. C'est bien c'qui est dit sur l'affiche. »

Jacob la dévisageait.

« C'est horrible à regarder ! »

« Y a pas d'sang. »

« Mais il va mourir. »

« Tout l'monde il va mourir. »

« Mais Dina, je crois que tu ne comprends pas tout à fait... »

« Tuer l'cochon, c'est bien pire ! »

« Mais là, il s'agit d'un animal. »

« En tout cas, moi, j'veux y aller ! »

« Mais ce n'est pas un spectacle pour les dames. Du reste cela peut être dangereux... »

« Et pourquoi dangereux ? »

« La foule en colère peut lyncher les dames de la bonne société qui viennent par curiosité. C'est absolument vrai », ajouta-t-il.

« On louera une voiture. Comme ça on pourra vite se sauver. »

« On ne trouvera jamais un cocher qui acceptera de nous y emmener pour notre divertissement. »

« C'est pas pour nous divertir, répliqua Dina, furieuse, c'est pour voir comment ça s'passe. »

« Tu me fais peur, Dina ! Qu'est-ce que tu veux voir ? »

« Les yeux ! Ses yeux à lui... quand ils lui passent la corde autour du cou... »

« Chère, chère Dina, tu ne sais pas ce que tu dis. »

Le regard vague de Dina le traversa. Comme s'il n'existait pas. Il la prit par le bras pour continuer.

« Comment il prend ça, ça j'veux voir ! » dit-elle fermement.

« Est-ce vraiment quelque chose à voir, qu'un malheureux dans toute sa misère... »

113

« C'est pas une misère ! » coupa-t-elle avec irritation. « C'est l'instant le plus important ! »

Elle n'en démordait pas. Jacob comprit qu'elle était capable d'y aller seule s'il ne se pliait pas à sa volonté.

Ils louèrent une voiture et partirent le lendemain au petit matin. Le cocher n'était pas du tout réticent, contrairement à ce que Jacob avait prévu. Mais il demandait une belle somme pour rester là pendant l'exécution, afin de pouvoir mettre la voiture en route à la moindre injonction de Jacob.

Un flot régulier amenait les spectateurs autour de la potence. Les corps se pressaient les uns contre les autres. Serrés. L'excitation flottait dans l'air comme une vapeur écœurante d'huile de foie de morue.

Jacob frissonnait en regardant Dina.

Elle fixait ses yeux clairs sur le nœud de la corde qui se balançait. Elle tirait sur ses doigts en faisant craquer ses jointures. Elle avait la bouche ouverte. Sa respiration sifflait entre ses dents.

« Arrête ça », dit Jacob, posant la main sur ses doigts.

Elle ne répondit pas. Mais posa les mains sur ses genoux. La transpiration perlait lentement sur son front et coulait le long de ses narines. En deux puissants ruisseaux.

Les gens ne parlaient pas les uns avec les autres. Un murmure continu emplissait l'air. Une excitation dont Jacob se serait bien passé.

Il retint solidement Dina quand l'homme fut conduit en charrette sous la potence.

L'homme n'avait rien sur la tête. Il était en haillons, sale et pas rasé. Ses mains se crispaient et s'ouvraient dans les fers.

Jacob pensait ne jamais avoir vu un être humain dans un état aussi misérable.

Ses yeux fixaient follement la foule. Un prêtre était arrivé et dit quelque chose au malheureux. Quelqu'un cracha sur la charrette et lança des injures. Dont l'une était « Assassin ! »

L'homme eut d'abord un mouvement de recul devant le crachat. Puis tout fut comme s'il était déjà mort. Il se laissa enlever les fers qu'il portait aux mains et aux pieds, et on lui passa le nœud autour du cou.

Des gens s'entassaient entre la voiture de Dina et de Jacob et le barrage dressé devant la potence.

Dina se mit debout dans la calèche. Se tenant à la capote elle se penchait au-dessus de la tête des gens.

Jacob ne put voir ses yeux. Il avait perdu tout contact avec elle. Il se leva pour la retenir au cas où elle tomberait.

Mais Dina ne tomba pas.

Le cheval attelé à la charrette du condamné reçut un coup de fouet sur le flanc. L'homme pendit en l'air. Jacob saisit Dina. Les soubresauts de l'assassin se répercutaient en lourdes secousses dans son corps.

C'était fini.

Elle ne dit rien quand ils retournèrent au port. Resta assise tranquillement. Droite comme un i.

Le foulard de Jacob était trempé de sueur. Il retenait ses mains errantes sur ses genoux, et ne savait pas ce qui était pire. L'exécution ? Ou bien le désir qu'avait eu Dina d'y assister ?

« Il n'a pas fait trop d'histoires, celui-là », commenta le cocher.

« Non », dit Jacob faiblement.

Dina regardait droit devant elle, comme si elle retenait sa respiration. Puis elle soupira profondément et très fort. Comme si elle avait enfin terminé un gros travail entrepris depuis longtemps.

Jacob ne se sentait pas bien. Il ne quitta pas Dina du regard le reste de la journée. Il essaya de lui parler. Mais elle se contentait de sourire, avec une curieuse amabilité, et lui tournait le dos.

Le deuxième matin, en pleine mer, Dina réveilla Jacob et lui dit :

« Il avait des yeux verts qui m'regardaient ! »

Alors il la serra contre lui. La berça, comme un enfant qui n'avait jamais su pleurer.

Sur la route du retour vers le nord, ils s'arrêtèrent chez des amis de Jacob, propriétaires du vieux domaine de Tjøtta. Ils eurent l'impression d'arriver dans un palais. Tel était le style de la réception.

Jacob était anxieux de ce que Dina pouvait inventer. Mais en même temps, il était fier de montrer son précieux faucon de chasse. Tant pis pour les morsures si on ne le tenait pas avec un gant. Dina ne semblait pas impressionnée par le fait que leurs hôtes étaient en possession d'un domaine qui avait été le berceau de nombreux hauts fonctionnaires et qui, du temps de sa splendeur, couvrait l'étendue de deux ou trois paroisses. Elle ne s'exclama pas devant les imposants salons. Ni devant la maison de maître à deux étages et longue de trente-quatre aunes.

Mais elle s'arrêtait chaque fois qu'ils passaient devant les étranges pierres levées de l'allée d'entrée. Elle montrait presque du respect pour ces vieilles pierres et voulait connaître leur histoire. Elle courait dehors, pieds nus, pour guetter la lumière du crépuscule qui tombait si curieusement sur elles.

Le premier soir, la conversation fut animée autour de la table du punch. Le salon était rempli à craquer de jeunes comme de vieux. Les histoires passaient des uns aux autres autour de la table.

Le maître de maison racontait comment toute cette région du Nordland était tombée entre les mains du danois de haute lignée Jochum Jürgens, ou bien Irgens comme on l'appelait.

Ce gérant des biens de la couronne dans le Jutland devint chambellan de Kristian IV. C'était une fine mouche. Il avait vendu tellement de vin du Rhin et tellement de perles à la cour que lorsque vint le moment de payer, il n'y avait pas assez d'argent dans les caisses de l'État. On lui donna alors simplement à la place – par le décret du 12 janvier 1666 – les biens de la couronne situés à Helgeland, Salten, Lofoten, Vesteraalen, Andenes, Senja et Tromsø ! En paiement de quelques tonneaux.

Ceci représentait plus de la moitié des terres de la province du Nordland. S'y ajoutaient la résidence de Bodøgaard, celle de Steigen et la part de la dîme qui revenait au roi.

Cette histoire impressionna tellement Dina qu'elle voulait que Jacob arme son yacht immédiatement pour faire le tour du district qui avait fait les frais du vin du Rhin et des perles.

Et elle faisait de savants calculs devant les jeunes filles de la maison. Cherchant de combien de bouteilles ou de quarts de tonneaux il s'agissait. Ou encore de combien de grands tonneaux.

Mais comme personne ne pouvait lui donner le prix exact des perles ou du vin du Rhin au XVIIe siècle, elle n'arriva pas à trouver la solution à ses problèmes.

Jacob aurait préféré partir le lendemain.

Sur l'insistance des maîtres de maison, il se laissa convaincre de rester deux nuits de plus, comme il était de coutume.

Dina et Anders s'étaient alliés pour le faire céder. Bien que le capitaine du bateau, Anton, ait été de son avis.

Pendant tout le voyage, Jacob avait surveillé les faits et gestes de Dina quand ils se trouvaient en compagnie d'autres personnes. Il commençait à être fatigué. Les exercices nocturnes aussi étaient épuisants.

Ce fut donc avec un certain soulagement qu'il laissa Dina veiller avec les filles de la maison deux nuits de suite pour surprendre un revenant.

Celui-ci avait l'habitude de traverser les salons pendant la nuit. Dina entendit parler des signes avant-coureurs. Ils étaient plusieurs dans le domaine qui l'avaient vu. Ils en parlaient comme de la visite habituelle d'un voisin.

Mais les yeux de Dina se voilèrent et elle fronçait le front comme si elle avait un morceau de musique difficile à déchiffrer.

La deuxième nuit, une petite silhouette d'enfant traversa le grand salon pour aller se perdre derrière une vieille pendule. Toutes les jeunes filles étaient d'accord. Elles l'avaient toutes vue. Cette fois encore.

Dina était tout à fait muette. Si muette que cela frisait l'impolitesse.

Jacob était content que la visite se termine, sans que cela paraisse ostensible. Ils avaient passé trois nuits à Tjøtta.

Sur le chemin du retour, Jacob fit remarquer la curieuse familiarité de leurs hôtes avec les revenants.

Dina se détourna, fixa la mer et ne répondit pas.

« Et comment était-il ? » demanda-t-il.

« Il était comme tous les enfants abandonnés. »

« Et comment sont-ils ? » demanda-t-il avec un peu d'irritation.

« Tu d'vrais l'savoir. »

« Comment ça ? »

« T'en as eu plusieurs dans la maison ! »

Elle était comme un chat feulant prêt à l'attaque. Il fut tellement effrayé par la tournure que prenaient les choses qu'il n'insista pas.

Jacob raconta à Mère Karen la réaction de Dina sur les prétendus revenants de Tjøtta. Mais il ne raconta pas qu'il l'avait accompagnée à une exécution par pendaison à Bergen.

Mère Karen n'en pensa pas moins, sans en faire part à Jacob. Elle trouva que la gamine était plus réfléchie qu'elle n'en avait l'air.

« Tu en as plusieurs dans la maison » était une réflexion que Jacob devait prendre au sérieux, sans que personne n'ait besoin de le lui rappeler.

Jacob avoua à Mère Karen qu'il était plus fatigué par ce voyage qu'il ne l'était à l'habitude.

Elle ne dit pas que c'était à cause de Dina. Ne fit aucune réflexion déplacée.

Du reste, Mère Karen avait trouvé que ce voyage de Dina à Bergen avait eu du bon.

La gamine mal élevée avait maintenant une autre tenue. Elle semblait avoir découvert que le monde existait au-delà de l'horizon de Reinsnes ou de la ferme du commissaire.

Le visage s'était également transformé. Mère Karen ne pouvait pas dire en quoi. Quelque chose dans le regard...

De toute façon, Mère Karen comprenait bien plus de choses qu'elle n'en donnait l'impression. Et elle évita de répéter à son fils ce qu'elle avait dit quand il avait triomphalement annoncé que Dina Holm, âgée de quinze ans, allait devenir la maîtresse de Reinsnes.

Elle posa seulement légèrement la main sur l'épaule

de son fils et soupira avec compréhension. Et elle vit bien que des vêtements neufs et une nouvelle coupe de cheveux ne pouvaient dissimuler que Jacob grisonnait et qu'il avait perdu son petit ventre.

Il avait l'air d'avoir emprunté son gilet. De profonds sillons marquaient son front et des cernes bleutés le tour des yeux. Il était quand même incroyablement beau.

Sa fatigue résignée était plus seyante que la faconde qui le caractérisait à l'arrivée de Dina.

De lourds mouvements calmes. La manière qu'il avait de se redresser. Cette longue silhouette souple, tout à fait dépourvue de l'embonpoint habituel aux hommes de son âge.

Mère Karen voyait tout cela. A sa manière.

Oline allait et venait à la cuisine. Elle le voyait aussi. N'était pas sûre que ce nouveau Jacob, si chargé de responsabilités, lui plaise. Elle n'aimait pas trop Dina non plus. Oline aurait préféré que tout soit comme avant. Surtout Jacob.

Dina voulait faire le tour du Nordland avec le yacht pour voir tout ce qui avait servi à payer les quelques perles et les quelques tonneaux de vin de Kristian IV.

Elle ne pouvait pas comprendre qu'il était impossible d'entreprendre un voyage à cette saison.

Jacob avait dit calmement, mais fermement : non !

Il subit sa fureur en père raisonnable. Et il accepta les punitions infligées. Elles consistaient à l'envoyer dormir seul dans le cabinet attenant à la salle.

En vérité, il était tellement épuisé après ce voyage, pendant lequel il avait dû continuellement se montrer vigilant sur tous les fronts, qu'il dormit d'un sommeil de plomb sur la chaise longue inconfortable qui meublait la pièce. Sachant que la tempête s'apaiserait et que les bons jours reviendraient. L'important était de recouvrer son énergie et sa santé.

Chapitre 8

Car la prostituée est une fosse profonde, et l'étrangère un puits étroit ; elle dresse des embûches comme un brigand et elle augmente le nombre des perfides.

(Proverbes de Salomon, **23**, 27 et 28)

Ce nouveau mariage, décidé à la vue de deux cuisses fermes serrant le corps d'un violoncelle, et débutant par une dramatique chasse à la mariée réfugiée dans un arbre, retrouva le calme après le voyage à Bergen.

Une fatigue constante lancinait Jacob. Il devait continuellement faire des efforts pour participer au monde de Dina. Ne jamais la perdre de vue ni l'abandonner à d'autres en cours de route.

Il n'était pas assez conscient pour appeler cela de la jalousie. Il savait seulement que la tragédie les guettait s'il perdait Dina de vue trop longtemps.

Il était toujours en compétition avec quelque chose ! Les revenants de Tjøtta. Des peintres ou des musiciens. Oui, même un homme de l'équipage n'ayant pas de quoi payer son passage sur le vapeur et pris par pitié sur le chemin du retour moyennant du travail à bord, avait été une menace humiliante.

Dina avait joué aux cartes ! Et même fumé la pipe en compagnie de ce type sale et mal rasé.

Jacob commençait à comprendre que son dernier amour risquait bien de lui coûter plus que prévu. En tout cas, le repos nocturne.

Il ne pouvait même plus faire des virées avec ses copains de jeunesse. Il ne pouvait pas laisser Dina, et il ne pouvait pas non plus l'emmener. Rien que par sa présence, elle apportait le trouble dans une compagnie d'hommes.

Elle pouvait se montrer aussi grossière qu'un charretier et aussi compliquée qu'un juge d'instruction.

Sans parler de l'affichage de sa féminité, tout à fait étrangère aux us et coutumes des gens normaux. Elle promenait son grand corps ferme comme un jeune général. Qu'elle soit à cheval ou assise dans un salon.

Il émanait d'elle un mélange d'odeur d'écurie et d'eau de rose, et une froideur désintéressée qui attiraient les hommes comme des mouches.

Jacob en avait eu son compte pendant le voyage à Bergen. Cela lui donnait des sueurs froides et une infâme migraine.

Et puis il y avait cette musique...

Pour Jacob, le violoncelle de Dina éveillait des pensées érotiques et il était terriblement jaloux à l'idée que d'autres puissent la voir avec son instrument entre les cuisses.

Il alla jusqu'à lui recommander de tenir ses jambes réunies d'un seul côté du violoncelle ! Pour moins choquer les spectateurs.

Le rire de Dina était chose rare, pour ne pas dire inexistante. Mais il résonna dans toute la maison quand Jacob, rouge comme une pivoine, essaya de lui en faire la démonstration. On l'entendit jusqu'à la boutique et dans les entrepôts.

Ensuite, elle se mit à le séduire au beau milieu de la journée, toutes portes ouvertes. Il arrivait que Jacob se torture à penser qu'elle n'avait pas été si innocente. Que son manque total de pudeur, la ferveur de ses abandons et les examens minutieux qu'elle infligeait à son corps poilu ressemblaient plus au comportement vénal d'expériences antérieures qu'à celui d'une jeune fille de seize ans.

Cette idée le poursuivait jusque dans ses rêves. Il essaya de l'interroger, en laissant tomber une remarque par hasard...

Mais elle lui répondit par un regard chargé d'éclats de verre coupants.

Mère Karen et les fils adoptifs laissèrent Jacob jouer son rôle de jeune marié jusqu'à son retour du marché d'automne. Mais alors, ils lui firent clairement comprendre, en paroles et en actes, que les affaires et le domaine avaient besoin de lui.

Tout d'abord, il n'y prêta pas attention.

Mère Karen le fit appeler dans sa chambre et lui dit carrément qu'on ne savait plus s'il fallait rire ou pleurer de la vie qu'il menait, lui, un homme mûr.

Cela avait déjà été assez terrible après la mort d'Ingeborg, mais jamais à ce point-là. Il était temps qu'il se lève pour le petit-déjeuner, et qu'il se couche le soir à une heure chrétienne. Autrement, elle partirait. Parce que tout était sens dessus dessous depuis que cette Dina avait fait son entrée dans la maison.

Jacob prit la chose en fils respectueux. La tête baissée, plein de repentir.

Il avait manqué à tous ses devoirs aussi bien envers l'exploitation du domaine qu'envers les affaires. Dina l'absorbait entièrement. Les jours filaient en une sorte de ronde insensée, dans laquelle les caprices de Dina, les inventions de Dina et les besoins de Dina ne faisaient qu'un avec les siens.

Avec la seule différence qu'elle était une enfant qui n'avait d'autre rôle que d'être la femme-enfant de Jacob.

Jacob, depuis longtemps, se sentait inutile et fatigué. Les inventions de Dina lui pesaient. La bestialité de ses jeux dans le lit à baldaquin, ou n'importe où ailleurs, le privait du calme et du sommeil dont il avait tellement besoin.

Le soir même de sa conversation avec Mère Karen, il refusa la séance habituelle qu'ils passaient à boire du vin et à jouer ensemble, à moitié nus devant le poêle.

Dina haussa les épaules et remplit deux verres, se mit en chemise et s'installa devant la table de jeu.

Elle jouait contre elle-même et buvait des deux verres. Elle secoua bruyamment les portes du poêle et chantonna à mi-voix jusque tard dans la nuit.

Jacob ne ferma pas l'œil. A intervalles réguliers, il l'appelait pour qu'elle se mette au lit.

Mais elle pinçait la bouche et ne daignait pas répondre.

Juste avant le jour, il se leva. Étira son corps engourdi et alla vers elle.

Avec la patience d'un ange et le calcul d'un serpent. Il prit son temps pour l'amadouer. Trois tours de jeu pour être exact. Elle avait bu tout le vin depuis longtemps. Il alla chercher un peu d'eau tiède dans la carafe de cristal sur la table de nuit et s'en versa dans le verre vide qui lui était destiné. Puis il la questionna du regard.

Elle acquiesça de la tête. Il lui versa de l'eau aussi. Ils trinquèrent et burent l'eau tiède. Au vrai, il savait bien qu'elle ne parlait pas, et ne répondait pas, quand ses yeux étaient lourds de vin, mais il fit quand même un essai.

« Dina, ça ne peut pas continuer ainsi. Il me faut du sommeil, tu le sais. J'ai beaucoup à faire. Je veux dire, dans la journée. Tu devrais comprendre, ma chérie... »

Elle avait son petit sourire. Mais elle ne le regardait pas. Il s'approcha. La prit dans ses bras et lui caressa le dos et les cheveux. Avec douceur. Il était si fatigué qu'il n'avait pas le courage d'entamer une dispute ou une fâcherie. Du reste, Jacob n'était pas querelleur.

« La fête est finie Dina, il faut comprendre que nous, les maîtres de maison, il faut nous mettre au travail. Et pour cela, on a besoin de dormir la nuit comme tout le monde. »

Elle ne répondait pas. S'appuyait seulement lourdement contre lui, et restait tranquille sous ses caresses.

Il resta ainsi à boire de l'eau tiède tout en la caressant jusqu'à ce qu'elle finisse par s'endormir.

Tout d'abord, elle avait été comme un arc tendu, mais petit à petit, elle s'était détendue et abandonnée comme un enfant qui s'endort dans les sanglots.

Il la porta au lit. Grande et lourde comme elle était. Même pour un homme comme Jacob. La terre semblait l'attirer vers elle et vouloir le forcer à s'agenouiller devant le lit.

Elle gémit quand il se libéra et la recouvrit.

Il était l'heure de se lever. Il se sentait moulu, vieux et très seul en se rendant aux occupations qu'il avait abandonnées.

Jacob fit mettre en état le petit cabinet attenant à la salle. Il servait de garde-robe. Il y avait là une chaise longue recouverte d'un mauvais tissu couleur cognac aux franges usées. Il fit monter un vase de nuit supplémentaire et des draps et couvertures. C'est là qu'il allait dormir. Il prit comme prétexte ses ronflements qui empêchaient Dina de dormir.

À ces mots, Oline regarda Jacob avec étonnement. Mais elle ne dit rien, pinça seulement les lèvres, formant un éventail de rides autour de sa grande bouche. Ainsi, on en était là, à Reinsnes ; le maître de maison était relégué sur une chaise longue inconfortable, pendant qu'une gamine se prélassait dans le lit à baldaquin ! Oline tempêtait, et envoya une servante avec des draps, un duvet et un oreiller.

La nuit où Jacob déménagea dans le cabinet, Dina commença à jouer du violoncelle vers minuit, quand tout le monde était dans son plus profond sommeil.

Jacob sursauta, et sentit monter une violente colère avant même d'être complètement réveillé. Il entra dans la salle et la foudroya du regard en sifflant :

« Ça suffit maintenant ! Tu réveilles toute la maison ! »

Elle ne répondit rien, continuant à jouer. Il se traîna alors jusqu'à elle et la prit par le bras pour l'arrêter.

Elle dégagea son bras et se dressa de toute sa hauteur, aussi grande que lui. Elle posa avec précaution le violoncelle contre la chaise et déposa l'archet. Puis, les poings sur les hanches, elle le regarda droit dans les yeux, en souriant.

Cela le rendit furieux.

« Mais qu'est-ce que tu veux, Dina ? »

« Jouer du violoncelle », dit-elle froidement.

« Pendant la nuit ? »

« La musique, elle vit mieux quand tout l'reste est mort. »

Jacob comprit que cela ne menait à rien. Par intuition, il recommença ce qu'il avait fait le matin précédent. Il la prit dans ses bras. La caressa. La sentit devenir lourde. Si lourde qu'il pouvait la mettre au lit. Il se coucha contre elle et la caressa jusqu'à ce qu'elle s'endorme.

Il était étonné de constater comme cela avait été facile, mais il pensa qu'à la longue, ce serait épuisant d'avoir un si grand enfant dans la maison.

Ce désir qui l'avait consumé et brûlé nuit et jour avant leur voyage à Bergen, il s'était envolé. Tout était si différent et tellement plus compliqué qu'il ne l'avait imaginé. A cette seule pensée, il se sentait épuisé.

Mais il ne retourna pas dans le cabinet.

Il passa le reste de la nuit, fatigué à mort et perplexe, la tête de Dina posée sur son bras. Il fixait le plafond et pensait à la douceur d'Ingeborg.

Ils avaient vécu en paix et en harmonie et avaient tiré grand plaisir l'un de l'autre. Mais ils avaient chacun leur chambre. Il pensa à réintégrer son ancienne chambre. Mais chassa cette idée.

La vengeance de Dina pouvait être terrible. Il commençait à la connaître maintenant. Ce qu'elle voulait, c'était posséder les autres sans être elle-même possédée.

Dans la pénombre, il ne distinguait que son contour. Mais son odeur était présente, ainsi que sa peau nue.

Jacob poussa un profond soupir.

Il arriva alors quelque chose.

Cela commença par la crise de printemps de Mère Karen, comme on disait. Bien qu'on soit en octobre !

Cette crise était une crise d'insomnies. Cela lui arrivait chaque fois que le printemps montait à l'assaut des deux fenêtres de sa chambre. La lumière de mars était épouvantable, à son avis. Et elle se plaignait.

Oline ne disait rien. Mais elle se détournait avec une moue méprisante. C'était bien ça ! Ces gens du sud. Il suffisait qu'ils viennent de Trondheim pour se plaindre. De l'obscurité à l'automne et en hiver. Et quand enfin Notre Seigneur renversait la vapeur, ce n'était pas ça non plus ! Oline avait été à Trondheim dans sa jeunesse, et les nuits de printemps y étaient aussi claires qu'ici.

Mais il fallait toujours se plaindre de quelque chose. Ces dames de Trondheim se conduisaient comme si elles venaient d'Italie !

La crise de printemps de Mère Karen, qui pour tout le monde était un signe aussi sûr que le retour des oiseaux migrateurs, amenait le désordre. Cette année-là, elle arriva en octobre.

Ainsi, les marches de l'escalier se mirent à grincer pendant la nuit. Et la servante trouvait le matin dans la cuisine des restes de lait dans une casserole.

Parce que Mère Karen se faisait chauffer du lait avec du miel. Et elle restait attablée dans la cuisine vide à regarder la lumière du jour jouer sur le cuivre des casseroles au mur et glisser le long des planches peintes en bleu, révélant aussi que les tapis lirettes avaient bien besoin d'une lessive.

Mère Karen se réveillait juste après minuit. Elle descendait à la cuisine et retrouvait le calme grâce à quelques gouttes de lait et au silence de la grande maison endormie.

Mais cette fois, ce n'était pas à la bonne saison, et il lui fallait apporter de la lumière.

En passant devant la fenêtre de l'entrée, elle vit une lanterne allumée dans le pavillon du jardin ! Elle crut d'abord que la lune lui jouait un tour en dirigeant ses rayons sur les vitres colorées des fenêtres. Mais elle se rendit compte qu'elle ne se trompait pas.

Sa première réaction fut de réveiller Jacob. Mais elle se reprit. Enfila sa houppelande par-dessus sa robe de chambre pour aller voir.

Elle était à peine sortie sur le perron que la porte du pavillon s'ouvrit et une haute silhouette en pelisse de mouton apparut. C'était Dina !

Mère Karen se dépêcha de rentrer et de remonter dans sa chambre aussi vite que ses vieilles jambes le lui permettaient.

Il n'était pas question de recevoir les bruyantes explications de Dina à cette heure indue. Mais elle se promettait de parler à Dina le lendemain.

Pour une raison ou pour une autre, cette conversation fut remise.

Mère Karen était plus insomniaque que jamais. Parce qu'il lui fallait en plus surveiller Dina. Ce n'était quand même pas normal qu'une jeune femme s'installe dans le pavillon au beau milieu d'une nuit de gel, même habillée de fourrure.

Elle ne savait pas pourquoi, mais elle n'arrivait pas à en parler à Jacob.

Elle découvrit un certain rythme dans les allées et venues nocturnes de Dina. C'était toujours par des nuits claires et froides, au ciel étoilé plein d'aurores boréales, que Dina allait dans le pavillon.

Finalement, un jour où elles étaient seules au salon, elle remarqua comme en passant, tout en observant Dina :

« Toi non plus, tu n'arrives pas à dormir à cette saison ? »

Dina lui jeta un regard rapide.

« J'dors comme un loir ! »

« Je pensais avoir entendu... la nuit de vendredi, que tu t'étais levée ? »

« Ah, j'm'en souviens pas », dit Dina.

Il n'y avait plus rien à dire. Mère Karen en resta là. Ce n'était pas son genre de se mettre à discuter et de faire toute une histoire parce que quelqu'un n'arrivait pas à dormir. Mais elle trouvait curieux que Dina en fasse un mystère.

« Tu as l'habitude de la nuit polaire. »

« Oui », répondit Dina, se mettant à siffler.

Sur ce, Mère Karen quitta la pièce. Elle considérait cela comme une provocation de la pire espèce. Les dames de bonne famille ne sifflaient pas.

Mais son mouvement d'humeur ne dura pas. Elle revint dans le salon au bout de quelques instants. Regarda par-dessus l'épaule de Dina les partitions que celle-ci feuilletait, et dit :

« Oui, joue-moi plutôt quelque chose. Tu sais que j'ai horreur quand tu siffles. C'est une mauvaise habitude qui convient mal... »

Sa voix était douce. Mais le sens de ses paroles ne laissait aucun doute.

Dina haussa les épaules et quitta la pièce. Elle monta lentement vers la salle et se mit à jouer des psaumes toutes portes ouvertes.

Mère Karen avait l'habitude de faire sa tournée pour contrôler les achats ménagers.

Descendre dans la cave humide lui coûtait de grands efforts. Mais il le fallait. Elle inspectait les rayons chargés de bocaux de conserves et les tonneaux remplis de salaisons. Elle donnait l'ordre de nettoyer et d'enlever les aliments avariés ou périmés. Elle tenait les rênes du ménage d'une main ferme et douce. Savait toujours combien de groseilles ou de framboises il restait au printemps. Notait et calculait les quantités qu'il faudrait l'année suivante.

La provision de vin se faisait quatre fois par an. Jusqu'à présent cela avait suffi. Si l'on faisait abstraction de la période de deuil de Jacob, deux ans auparavant, la consommation restait raisonnable.

Un mardi matin, juste avant Noël, elle descendit pour faire l'inventaire. Et découvrit qu'il ne restait plus une seule bouteille du coûteux madère à soixante-dix-huit shillings ! Et il restait seulement deux bouteilles de vin du Rhin, un Hochheimer, à soixante-six shillings. Quant aux vins rouges de table, il n'y avait qu'un maigre reste de l'excellent saint-julien à quarante-quatre shillings. Deux bouteilles !

Mère Karen remonta résolument de la cave. Nouant plusieurs fois son châle sur elle, elle se dirigea en personne vers le bureau pour parler à Jacob.

Il était le seul à avoir la clé de la porte grillagée qui enfermait les rayons sur lesquels étaient posées les bouteilles. Elle avait dû elle-même la lui demander ce matin !

Mère Karen était plus que choquée. Jacob n'avait montré aucun signe de mauvaise conscience quand il avait appris qu'elle allait descendre faire l'inventaire.

Oline avait la consigne impérative de marquer d'un trait dans le registre des comptes du ménage la moindre bouteille que l'on ouvrait. Et ces comptes devaient correspondre avec la réalité.

Jacob était en train de fumer sa pipe de la journée quand elle arriva. Un peu rouge, et sans col, comme il en avait l'habitude quand il faisait ses comptes avec Niels. C'était un genre de travail qu'il n'aimait guère.

Dès que Mère Karen apparut, il sut qu'il y avait quelque chose. La petite silhouette menue donnait les signes de la plus profonde indignation sous les franges de son châle.

« Il faut que je te parle, Jacob ! Seul ! »

Niels obéit et sortit en fermant la porte.

Mère Karen attendit un peu avant de l'ouvrir d'un mouvement rapide pour contrôler qu'il avait bien traversé l'entrepôt pour aller à la boutique.

« Tu as repris tes mauvaises habitudes ? » demanda-t-elle sans détour.

« Ma chère mère, à quoi fais-tu donc allusion ? »

Il repoussa ses livres de compte et éteignit sa pipe, pour ne pas la provoquer encore plus.

« J'ai été dans la cave ! Il n'y a plus de madère et presque plus de saint-julien ! »

Jacob réfléchit, se tirant la moustache. Sa mauvaise conscience d'autrefois se réveillant, il était sur le point de croire qu'il avait vraiment bu tout ce vin.

« Ma chère mère, c'est simplement impossible ! »

« C'est pourtant ainsi ! »

La voix de Mère Karen tremblait quelque peu.

« Mais, depuis des siècles, je ne suis pas descendu sans qu'Oline le sache. Ça doit dater d'avant mon voyage vers le sud... »

Il était comme un petit garçon malheureux qu'on accusait injustement d'avoir fait des bêtises.

« En tout cas, les bouteilles ont disparu ! » affirma-t-elle et se laissa tomber dans le fauteuil des visiteurs placé devant le grand bureau. Elle était soulagée et le questionnait du regard. Jacob l'assura de son innocence. Ils discutèrent différentes éventualités. Mais aucune n'était satisfaisante.

Quand Dina revint de sa promenade à cheval, tout à la cuisine était sens dessus dessous. On faisait des recherches.

Oline pleurait. Tout le monde était soupçonné.

Le bruit des voix en colère attira Dina et elle se tint dans l'embrasure de la porte de l'office sans que personne ne la remarque. Habillée de ses vieux pantalons de cuir comme toujours, les cheveux emmêlés. Son visage était rougi après la course dans le vent glacé.

Pendant un moment, ses yeux allèrent de l'un à l'autre. Puis elle dit avec calme :

« C'est moi qu'ai pris les bouteilles. Y'en a quand même pas tant que Mère Karen prétend. »

Il se fit un silence de mort dans l'office.

La moustache de Jacob vibrait, comme toujours quand il ne savait quelle attitude prendre pour ne pas perdre la face.

Mère Karen pâlit encore plus.

Oline cessa de pleurer en avançant résolument sa forte mâchoire inférieure, si bien que ses dents s'entrechoquèrent.

« C'est toi ? dit Mère Karen abasourdie, à quelle occasion ? »

« Différentes occasions, j'm'en souviens plus très bien. La dernière c't'ait une nuit d'pleine lune avec aurore boréale, tout était sens d'ssus d'ssous, alors m'fallait quéqu'chose pour dormir. »

« Mais la clé ? » Jacob s'était ressaisi et s'avançait vers Dina.

« Ben la clé, elle est toujours dans l'coffret à barbe, tout l'monde le sait. Ou alors la servante pourrait jamais aller chercher l'vin. Et alors, c'est dans l'office qu'on va m'interroger ? On va p'têt' ben aller chercher le commissaire ? »

Elle tourna les talons et quitta la pièce. Mais le regard qu'elle lança sur Jacob ne présageait rien de bon.

« Seigneur Jésus ! » soupira Oline.

« Dieu nous préserve ! » renchérit la servante.

Mais il ne fallut pas plus de quelques secondes à Mère Karen pour dominer la situation et sauver l'honneur de la maison.

« C'est tout à fait autre chose, dit-elle calmement. Je m'excuse, Oline ! et tous les autres ! Je suis une vieille dame soupçonneuse. Je ne pensais pas que Madame Dina était descendue, comme il est de son droit et de son devoir d'assurer le bien-être des invités et de la maisonnée. »

Elle se redressa, croisa les bras sur la poitrine comme pour se défendre, et suivit Dina avec dignité.

Jacob restait la bouche ouverte. Oline semblait assommée. Et les servantes avaient le regard à l'affût.

Personne ne sut ce qui fut dit entre Dina et Madame Karen Grønelv.

Mais à la commande suivante de vins et d'alcools, on ajouta un quota destiné à la jeune femme. Dont elle disposait entièrement.

La vieille dame continuait quand même à surveiller la fréquence des commandes et le nombre de bouteilles de chaque sorte qu'on faisait venir.

À chaque pleine lune, et même plus souvent, Dina ne descendait pas avant que la journée soit bien avancée.

Mère Karen gardait ses soucis pour elle.

Puisqu'il n'y avait que Dina qui utilisait le pavillon en hiver, personne d'autre que Mère Karen ne comptait les bouteilles de vin à moitié vides et au contenu gelé qui s'accumulaient sous le banc.

Mais les fois où Dina chantait des psaumes à tue-tête, ce qu'on entendait de la maison et des communs, il était difficile de conserver sa dignité et faire comme si de rien n'était le lendemain.

Elle poursuivait aussi de longues conversations avec elle-même, faisant les questions et les réponses.

Pour être juste, ce n'était pas tellement souvent que cela arrivait.

Il était clair que cela coïncidait avec les mouvements de la lune dans le ciel.

Mais Jacob et Mère Karen assistaient, non sans préoccupation, à cette évolution. Surtout parce qu'il était impossible de la raisonner ou de la persuader d'aller au lit quand elle était de cette humeur.

Elle pouvait être prise d'une terrible fureur si l'on s'approchait d'elle.

Mère Karen avait timidement suggéré qu'elle pouvait tomber malade en restant ainsi au froid pendant la nuit.

Mais Dina riait silencieusement de toutes ses dents blanches, en guise de réponse insolente à la vieille dame.

Dina n'était jamais malade. Elle n'avait jamais rien eu pendant tous les mois passés à Reinsnes.

Finalement, les expéditions nocturnes dans le pavillon furent considérées comme une sorte de secret familial bien gardé. Et comme toutes les familles avaient leur particularité, on décida que c'était celle de la famille Grønelv.

Chapitre 9

Le cheval est équipé pour le jour de la bataille, mais la délivrance appartient à l'Éternel.

(Proverbes de Salomon, 21, 31)

Dina se mit à entrer et sortir dans les deux grands entrepôts, comme si elle cherchait quelque chose.

On l'entendait aller et venir. Tantôt en bas. Tantôt en haut. Quelquefois, on l'apercevait par l'ouverture qui servait au chargement au premier étage. A première vue, immuable, le regard perdu à la rencontre de l'horizon et de la mer.

Je suis Dina. Reinsnes engloutit les gens. Les gens sont comme des arbres. Je les compte. Plus y en a, mieux c'est. A distance. Pas contre les fenêtres. Alors tout devient sombre.

Je me promène à Reinsnes et je compte ! La chaîne de montagnes au-dessus de Sundet a sept sommets. Il y a douze arbres de chaque côté de l'allée !

Hjertrud était avec moi à Tjøtta. Elle était petite fille et est allée se cacher derrière l'horloge. Elle s'est faite toute petite parce que je n'étais pas seule. Elle a besoin d'un endroit. Il fait si froid le long de la plage de Fagernesset en hiver.

Ce que tu es, tu l'es pour toujours. La manière dont tu dois traverser une pièce ne compte pas.

Hjertrud respire à travers le plancher des entrepôts. Elle siffle entre les poutres quand j'ouvre les portes. Hjertrud revient toujours. J'ai le coquillage brillant de nacre.

Dina se promenait dans les grands bâtiments en planches à toute heure du jour et de la nuit. Quand il faisait noir, elle devait emporter une lanterne. Les gens s'habituaient à ses rites.

« C'est seulement la jeune maîtresse qui se promène... » se disaient-ils les uns aux autres quand ils entendaient du bruit dans les entrepôts ou voyaient de la lumière à travers les fenêtres.

L'écho changeait selon l'endroit où elle se trouvait. Selon les marchandises qui y étaient entreposées, selon l'étage, ou selon la direction du vent. Tout se confondait avec l'éternel bruissement, cependant changeant. Le vent, le flux et le reflux.

Le plus grand des entrepôts était en partie construit en rondins. Comme un solide et vigoureux noyau entouré d'une maigre charpente qui laissait passer les courants d'air. Dans la partie en rondins, on entreposait toutes les marchandises qui ne supportaient ni le gel, ni l'humidité, ni la chaleur. Autrement, chaque marchandise avait son emplacement. Les tonneaux de hareng salé, le stockfisch, le sel, le goudron.

Dans la partie en rondins, on gardait la farine et le blé. Les peaux, les coffres remplis de vêtements et les malles de voyage de toutes sortes. Au premier et au second étage, l'odeur du goudron n'était pas aussi forte.

Des voiles et des mâts étaient couchés sur les solives du premier étage. De toutes les couleurs, selon leur âge ou leur état.

Les voiles d'un blanc gris étaient comme des linceuls, en gros rouleaux soutenus par des claies sous le plafond. Ou bien elles étaient étendues pour sécher sur les grosses poutres du milieu et dégoulinaient en cadence magique sur le plancher tailladé. Il était plein de taches, formant différents dessins. De goudron, d'huile de foie de morue et de sang.

Dans le plus grand entrepôt, que l'on appelait le quai d'Andreas, du nom d'un lointain propriétaire qui s'y était pendu, on gardait une quantité de filets accrochés aux murs. Là se trouvait aussi la fierté de la ferme. Une seine à harengs marron foncé, toute neuve. Elle pendait, légère, au-dessus des doubles portes qui s'ouvraient sur la mer.

Les odeurs, fortes et concrètes, étaient régulièrement purifiées par la mer et le vent salé. Imprégnaient les narines d'une bonne odeur.

La lumière passait à travers les planches, et les rayons se croisaient. Ici et là.

C'est là que Hjertrud vint à Dina. Tard en automne. La première année à Reinsnes.

Elle apparut tout à coup à l'entrecroisement de trois rayons lumineux. Ils venaient de trois parois différentes.

Elle n'était pas brûlée, elle était entière. Les yeux vivants et pleins de bonté. Elle tenait quelque chose d'invisible dans les mains.

Dina se mit à parler d'une voix d'enfant, perçante :

« Y a longtemps que l'père, il a abattu la buanderie. La buanderie ici à Reinsnes, elle est pas dangereuse... »

Alors Hjertrud disparut entre les filets comme si elle ne supportait pas ce genre de conversation.

Mais elle revint. Le quai d'Andreas était le lieu de rencontre. Il était le plus exposé au vent.

Dina parlait avec Hjertrud de la petite fille cachée derrière l'horloge à Tjøtta, et de sa nouvelle occupation dans le pavillon.

Mais elle n'ennuyait pas Hjertrud avec des détails sans importance qu'elle devait régler elle-même.

Comme le fait que Jacob et Mère Karen n'étaient pas satisfaits de ses activités ménagères et qu'ils voulaient l'obliger à se faire un chignon et à discuter les menus de la semaine avec Oline.

Elle racontait à Hjertrud toutes les choses incroyables vécues à Bergen. Mais pas l'homme pendu à la potence.

Quelques rares fois, Hjertrud souriait en montrant ses dents.

« Ils s'habillent d'un fourreau d'étoffe et lancent des paroles en l'air, et personne écoute, c'qui les intéresse, c'est d'vendre vite et à bon prix. Et la dame, elle peut même pas faire une addition ! Ils savent pas comme c'est loin jusqu'à chez nous. Ils voient rien autour d'eux, à cause des grands chapeaux et des parasols. Et ils ont peur du soleil ! »

Au début, Hjertrud ne répondait que par monosyllabes. Mais petit à petit, elle lui fit part de ses problèmes. Par rapport au temps et aux lieux. Elle n'aimait pas être chassée du cabinet dans la maison du commissaire.

Mais elle parlait surtout de toutes les couleurs magnifiques de l'arc-en-ciel dont on ne pouvait voir qu'une pâle nuance ici-bas. Et de tous les ciels étoilés qui montaient en spirale tout autour de cette petite terre. C'était si énorme que cela dépassait l'entendement.

Dina écoutait la voix basse qu'elle connaissait si bien. Les yeux mi-clos, les bras ballants.

Le parfum de Hjertrud supplantait les odeurs des entrepôts et celle, persistante, du sel et du goudron. Juste avant qu'il devienne si intense que l'air en soit coupé, Hjertrud disparaissait dans les plis des filets.

Je suis Dina. Quand Hjertrud s'en va, je suis comme une feuille flottant sur un ruisseau. Puis mon corps se retrouve seul et a froid. Mais seulement un petit moment. Alors, je compte les poutres et les carreaux des fenêtres et les fentes du plancher. Et le sang revient dans toutes mes veines les unes après les autres. Je me réchauffe.

Hjertrud existe !

Jacob craignait que Dina ne se déplaise à Reinsnes. Une fois, il vint la chercher dans l'entrepôt.

Alors elle porta la main devant sa bouche et dit : « Chut ! » comme s'il la dérangeait au milieu d'une pensée importante. Elle semblait irritée de le voir, pas du tout contente comme il le croyait.

Après cela, il n'essaya plus de la suivre dans ses pérégrinations. Il l'attendait. Et petit à petit, il n'y fit plus attention.

La première année, Jacob était encore maître et seigneur dans le lit à baldaquin, bien que, quelquefois, il se trouvât dépassé par les événements, ce qui à la fois l'intimidait et l'effrayait.

Le temps passant, c'est avec tristesse qu'il constatait que la vie conjugale, commencée par lui-même avec brutalité et avidité, était devenue une chevauchée qu'il avait du mal à accomplir aussi souvent qu'il le désirait.

C'est ainsi que Jacob, qui, pendant toute sa vie

d'adulte, avait eu grand plaisir au lit, dut reconnaître qu'il n'était plus à la hauteur.

Et Dina était sans merci. Elle ne lui passait rien. Il se sentait parfois comme un étalon dont la propriétaire et la jument à couvrir ne faisaient qu'une.

Il se lançait dans l'abîme aussi souvent qu'il en avait la force. Mais elle était insatiable et sans limites. Ne se refusait aucune folie.

Jacob n'arrivait pas à s'y habituer. Vieilli et fatigué, il perdait sa fierté instinctive de chasseur.

Il se prit à rêver d'une vie calme, avec une épouse digne et responsable. Il pensait de plus en plus à la pauvre Ingeborg. Il lui arrivait de pleurer quand il était au gouvernail et qu'il y avait tellement d'embruns que personne ne pouvait voir les larmes séchées par le vent.

Mère Karen et lui-même pensaient que tout s'arrangerait si seulement Dina pouvait être enceinte.

Mais elle ne l'était pas.

Jacob fit venir à la ferme un jeune étalon noir. Il était sauvage et mal dressé. Étant la cause continuelle des jurons et des imprécations proférés dans l'écurie, il fut appelé Lucifer.

Dina envoya une dépêche au commissaire après Noël, sans demander l'avis de Jacob. Elle voulait que Tomas vienne l'aider à dresser le nouveau cheval.

Jacob se mit en colère et voulut renvoyer le jeune garçon.

Dina prétendit qu'une parole était une parole. On ne pouvait pas engager un fils de métayer un jour, pour le renvoyer le lendemain. Voulait-il perdre leur réputation ? N'avait-il pas les moyens d'entretenir un garçon d'écurie en plus du garçon de ferme ? Était-il moins riche qu'il ne l'avait laissé supposer quand il avait demandé sa main ?

Non, bien sûr...

Et Tomas resta. Il dormait dans les communs, avec les garçons.

On l'ignorait, ou alors on le taquinait. Et surtout, on l'enviait. Car il était le joujou de Dina. Il la suivait dans ses chevauchées en montagne. Il se tenait toujours deux pas derrière elle quand elle sortait. La suivait, les yeux baissés, quand elle montait dans la chaloupe, habillée d'un corsage collant et d'une cape à franges.

Dina de Reinsnes n'avait pas de chien. Ni de confident. Mais elle possédait un cheval noir – et un garçon d'écurie roux.

Chapitre 10

Le sort de l'homme sur la terre est celui d'un soldat, et ses jours ceux d'un mercenaire,
comme l'esclave qui recherche l'ombre, et comme l'ouvrier qui attend son salaire.

(Livre de Job, 7, 1 et 2)

« Il en va du mariage comme des cornichons trop fades ! Il faut un morceau de viande bien épicé en dessous pour les faire avaler ! »

Oline était formelle. Elle n'avait jamais été mariée. Mais elle avait vu cela de près. Elle pensait tout savoir sur le mariage. A partir des fêtes de fiançailles. En passant par les trousseaux et les dots. Pour en arriver aux bruits familiers de bon ou de mauvais augure, les lits qui grincent et les pots de chambre.

Cela avait commencé par ses propres parents, dont elle ne parlait jamais. Sa mère, fille d'un paysan de Dønna qui avait fait une mésalliance, avait été reniée par les siens. Et elle s'était retrouvée installée dans une métairie avec une flopée d'enfants et juste une petite barque pour aller aux commissions.

Le mari avait disparu en mer. C'est tout. Et son embarcation étant venue échouer sur la rive, on l'avait réparée. Mais que pouvait-on faire d'un bateau quand il n'y avait plus d'homme pour ramer ?

La mère se laissa mourir assez vite, et les enfants furent dispersés dans toutes les directions. Oline était la plus jeune. Du peu d'objets laissés par les parents il ne restait plus rien quand vint son tour d'hériter.

« Avec une bonne santé et de bonnes dents, tu peux avaler n'importe quoi ! » était sa rengaine. Cela ne l'empêchait en rien de cuisiner les perdrix les plus tendres, en sauce venaison. Délices incomparables accompagnées de baies de genièvre, de gelée de sorbier et d'un petit verre.

Mais l'histoire d'Oline ne se limitait pas à ses casseroles.

Elle avait appris l'art de la cuisine « comme par miracle » à Trondheim. Comment elle y était arrivée n'était pas moins miraculeux.

Mais Oline ne parlait guère d'elle-même. C'est pourquoi elle savait tout sur les autres.

Un beau jour, le mal du pays avait été si fort là-bas à Trondheim qu'il lui fallut trouver une solution. Il y aurait eu, paraît-il, un homme qui ne s'était pas conduit comme un monsieur...

Elle se trouva un caboteur remontant vers le nord. Et obtint son passage, toute femme qu'elle était. Elle avait avec elle un grand panier rempli de crêpes. Cela joua peut-être en sa faveur.

C'était un bateau de Reinsnes, et ce fut son destin.

Oline resta dans la cuisine aux murs bleus. Pour le meilleur et pour le pire.

Ingeborg avait apprécié son art culinaire et son autorité.

Mais quand Mère Karen arriva, elle eut un véritable connaisseur dans la maison.

Celle-ci avait assisté à « des festins » à Hambourg et à Paris ! Et savait qu'il fallait de l'amour et une certaine générosité pour bien faire la cuisine.

Mère Karen et Oline discutaient le « Menu » avec le même sérieux qu'elles mettaient à leurs prières.

La vieille dame avait dans sa bibliothèque des livres de cuisine avec des recettes en français. Elle les traduisait avec grande exactitude dans le langage d'Oline, ses mesures et ses poids. Et quand on ne trouvait pas les ingrédients, ni à Bergen, ni à Trondheim, elles arrivaient par un commun effort à leur inventer de bons succédanés.

Mère Karen avait créé un jardin d'herbes aromatiques, avec amour et patience. Et Jacob rapportait les graines les plus extraordinaires de ses voyages.

Le résultat confectionné par Oline atteignait de tels sommets que les gens se laissaient volontiers retenir à Reinsnes, qu'il fasse mauvais ou non.

La loyauté d'Oline envers ses maîtres était à toute

épreuve. Gare à ceux qui essayaient de jeter le discrédit sur la famille ! Ceux-là, ils s'en repentaient vite. Oline avait des relations. Elle savait toujours ce qu'il fallait savoir.

Les domestiques à Reinsnes étaient congédiés sans avertissement. On leur disait seulement de faire leurs paquets et de s'en aller. Cela pouvait arriver aussi bien à la saison de l'abattage que lorsqu'on préparait un voyage à Bergen.

On racontait que la fois où Jacob, pendant son deuil, avait déménagé son lit dans le jardin pour être plus près de feu Ingeborg avait coûté leur place à une servante et un garçon de ferme. Et seulement parce que l'histoire était revenue aux oreilles d'Oline.

« Avec mon aide et celle de Notre Seigneur les gens ont la place qu'ils méritent ! On garde sa tête sur ses épaules et on tient sa langue si on veut rester à Reinsnes ! » fut le certificat qu'elle leur délivra.

Elle avait été témoin du premier mariage d'Ingeborg. Sans enfants, solide et incolore. Comme un interminable jour d'automne, dépourvu de feuillage, de neige et de récolte. Son chagrin fut modéré quand le maître périt en mer.

Mais elle veilla sur la veuve comme sur un joyau. Passait des nuits blanches à lui faire des grogs à la cannelle. Mettait, sans qu'on le lui demande, des briques chaudes enveloppées de laine dans le lit à baldaquin.

Le scepticisme d'Oline se refléta sur son visage à la minute où elle apprit que Jacob, de quinze ans son cadet, allait épouser Ingeborg.

Elle entendit parler de lui pour la première fois quand Ingeborg revint de Trondheim et raconta qu'elle y avait rencontré un valeureux capitaine. Elle était partie pour suivre un procès au sujet de quelques îlots dont elle avait perdu le titre de propriété et que leurs habitants revendiquaient.

Elle gagna son procès. Et l'homme s'installa à la ferme ! Habillé de bottes cousues de manière artisanale et d'un pantalon en peau de chèvre emprunté à un copain de Møre. Il tenait son chapeau de cuir doublé d'un bonnet de laine grise chinée sous son bras, comme un corbeau mort.

Un capitaine habillé comme ses matelots, indifférent à la toilette.

Les premières nuits, il dormit dans la chambre réservée aux hôtes de passage. Mais ses boucles brunes et ses yeux noirs lançaient des éclairs et ne manquaient pas d'attirer l'attention de tout le monde. De longtemps on n'avait vu un si bel homme à Reinsnes.

On vit qu'il avait un corps bien bâti et souple quand il enleva ses vêtements de peau. Le pantalon apparut, de coupe étrange, large sur les cuisses. De même un gilet court en brocart rose, sur une chemise de lin blanc de bonne qualité. Elle était sans col et ouverte au cou, comme si l'on était en pleine chaleur de l'été.

Jacob franchit de nombreux obstacles importants. Une des premières choses qu'il fit, ce fut d'entrer dans la cuisine et d'aller vers Oline avec deux lièvres parfaitement faisandés. Il les dépiauta lui-même.

Il apporta bien d'autres présents à la cuisine. Venant tout droit du monde extérieur. De petits sachets en toile avec du café, du thé, des pruneaux, des raisins secs, des noix et de l'essence de citron. Ce dernier pour le punch et les desserts.

Avec une nonchalance naturelle, comme s'il savait depuis le début qui commandait à Reinsnes, il déposait ces trésors sur la table bien briquée d'Oline.

Et c'est pendant qu'il dépiautait les lièvres qu'Oline lui voua un amour inconditionnel. Elle l'entretint par la suite vivant et chaud, comme on soigne des poussins de neige tard en juin. Son amour était celui décrit par la Bible : il supportait tout. Absolument tout !

Madame Ingeborg aussi était tombée amoureuse. Même le doyen s'en était aperçu. Le jour du mariage, il parla de l'amour dans son prêche et dans son discours au cours du dîner.

Ingeborg accepta même que Jacob fasse venir sa mère à Reinsnes. Bien qu'elle ait tout ignoré de sa belle-mère, sauf qu'elle n'avait pu se rendre au mariage, bien qu'invitée trois semaines à l'avance. Qu'elle était à l'étranger et avait de nombreuses bibliothèques dont les portes étaient en verre biseauté ! Il lui fallait les apporter avec elle quand elle déménagerait dans le

Nordland, disait-elle dans sa première lettre.

Karen Grønelv fut une légende bien avant son arrivée à Reinsnes. Le fait qu'elle était veuve d'un négociant et commandant de bateau de Trondheim, en possession de bibliothèques à portes vitrées, inspirait déjà un certain respect. Mais on savait aussi que n'importe quelle dame de Trondheim ne pouvait se permettre de passer des années à l'étranger sans un homme à ses côtés pour la protéger.

Ingeborg devint mère à peine sept mois après son mariage. Et pour aller au devant des questions du pasteur, quand elle alla inscrire son fils au baptême si vite après le mariage, elle lui fit comprendre qu'elle n'avait pas eu une minute à perdre. Elle n'avait jamais eu d'enfant, bien que mariée la première fois à l'âge de dix-huit ans, et maintenant elle avait dépassé la quarantaine. Dieu devait comprendre son désir et sa hâte.

Le doyen hocha la tête. Il ne dit pas qu'aux yeux de Dieu cette hâte paraissait plutôt due au fringant promis qu'à son désir d'être mère. Il y a des choses qu'on ne dit pas.

On ne disait pas n'importe quoi à Ingeborg de Reinsnes. Elle donnait de larges aumônes pour les pauvres. Et les deux hauts chandeliers en argent portant une inscription qui décoraient le chœur de l'église venaient aussi de Reinsnes.

Alors, il lui donna sa bénédiction, et lui dit d'aller en paix et d'enseigner à son fils les commandements du Seigneur.

Il fut alors décidé qu'il serait le premier pasteur de la famille.

Niels avait quatorze ans et Anders douze ans quand ils perdirent leurs parents dans un naufrage. Grâce à leur lointaine parenté avec Ingeborg, et par charité, ils furent recueillis à Reinsnes.

Le temps aidant, ils semblèrent en avoir fait partie depuis toujours. Le manque d'héritier à Reinsnes y contribuait.

Quand Jacob réussit à engrosser Ingeborg et à donner

un héritier au domaine, Niels et Anders virent tous les rêves d'héritage de leur jeunesse engloutis comme un bateau chaviré.

Déjà du temps d'Ingeborg, Oline veillait sur tout le monde. Avec ses coups d'œil secs et dévoués et son inlassable sens de l'ordre.

D'avoir deux maîtresses lui était égal, tant qu'elles vivaient en bonne intelligence et la laissaient en paix.

Petit à petit, ce fut Jacob qui devint le centre de son intérêt. Si jamais quelqu'un y avait fait la plus petite allusion, il aurait été mis à la porte immédiatement.

Sa fierté et sa conscience sociale, aussi fortement ancrée que sa foi en la vie éternelle, la fit pleurer Ingeborg, les yeux rougis et avec sincérité, quand celle-ci mourut.

Mais on ne pouvait pas espérer une plus belle mort. Sous les meilleurs auspices. Les lilas fleurirent le jour de son enterrement. Et la récolte des baies jaunes fut excellente cet automne-là.

Le mariage avec Dina fut de mauvais augure pour Oline. Et cela ne venait pas seulement du fait que Dina ne mettait jamais les pieds à la cuisine pour dépiauter les lièvres.

Qu'elle se tienne à table comme un garçon de ferme, qu'elle grimpe dans les arbres et boive du vin la nuit dans le pavillon du jardin, passe encore.

Ce qui était impardonnable, c'est qu'elle ignorait complètement Oline.

Oline n'arrivait pas à comprendre ce que ce drôle d'oiseau venait faire à Reinsnes, toute fille de commissaire qu'elle fût.

Oline considérait comme une catastrophe ce mariage de Jacob sans rime ni raison.

Mais elle gardait cela pour elle, comme bien d'autres choses.

Et, dormant dans la chambre derrière la cuisine, juste en dessous de la salle et du lit à baldaquin, elle contrôlait totalement les bruits et les vibrations qui en provenaient.

Cette activité aussi débordante qu'indécente était pour elle une énigme. Cela la blessait plus que la mort d'Ingeborg.

Mais toute cette antipathie cachait une corde qui vibrait. Une curiosité. Celle de découvrir ce qui poussait les gens, comme Jacob, à de telles folies. Celle de découvrir comment une gamine pouvait prendre le contrôle de toute une propriété. Sans même avoir à lever un doigt.

Chapitre 11

Bois les eaux de ta citerne, les eaux qui sortent de ton puits !

Tes sources doivent-elles se répandre au-dehors ?

Tes ruisseaux doivent-ils couler sur les places publiques ? Qu'ils soient pour toi seul, et non pour des étrangers avec toi.

Que ta source soit bénie, et fais ta joie de la femme de ta jeunesse !

(Proverbes de Salomon, 5, 15-18)

Jacob se mit à faire des tournées « indispensables » avec sa chaloupe. Il allait retrouver de vieux amis. Il se trouvait des courses à faire à Strandstedet.

D'abord, Dina voulut absolument l'accompagner. Mais il la découragea en prétendant que ce serait ennuyeux pour elle. Qu'il ferait froid. Qu'il reviendrait tout de suite...

Il cherchait de bonnes raisons. Curieusement, elle n'eut aucune crise de rage. Elle prit seulement ses distances.

Il lui arrivait de trouver le matin la grande pelisse en peau de loup par terre sur le palier. Comme la dépouille d'un animal ensorcelé, qui était redevenu humain.

Elle ne lui demandait jamais où il avait été. Même quand il avait été absent toute la nuit. Elle ne venait jamais l'accueillir à la porte.

Elle passait souvent ses nuits dans le pavillon du jardin. Mais au moins, elle ne jouait pas du violoncelle.

Un soir tard, en rentrant de Strandstedet, Jacob vit de la lumière à la fenêtre du bureau.

Dina était en train de feuilleter les livres de comptes.

Elle les avait tous arrachés de leurs rayonnages et les avait étalés partout sur la table et le plancher.

« Qu'est-ce que tu fais ? » s'écria-t-il.

« J'essaie d'y comprendre quéqu'chose », répondit-elle sans le regarder.

« Mais ce n'est pas ton affaire. Il faut tout ranger ici, autrement Niels sera furieux, crois-moi. »

« J'pense pas que l'Niels il est capable de toujours compter juste », murmura-t-elle en se mordant l'index.

« Comment ça ? Il ne fait que ça depuis des années. »

« Ses chiffres disparaissent. L'Lorch il aurait dit que le résultat est faux. »

« Dina, ne dis pas de bêtises. Allons, viens, on va rentrer à la maison. Il est tard. Je t'ai apporté un gâteau. »

« Moi, j'veux revoir ces comptes. Dis, j'veux commencer à travailler ici au bureau. »

Ses yeux brillaient et elle respirait fort. Comme cela se passait quand, accidentellement, elle donnait un signe de satisfaction.

Mais Niels le fit comprendre clairement. Ou bien c'était lui, ou bien c'était Dina. Jacob essaya d'intervenir. Il pensait que Dina pouvait être d'une certaine aide pour les comptes. En effet, elle était pour ainsi dire géniale quand il s'agissait de chiffres.

Mais Niels, qui par ailleurs n'était pas bavard, dit non !

Dina approcha en souriant son visage tout près du sien. Elle le dépassait d'une demi-tête, et lui lança comme des couteaux bien aiguisés.

« Non, tu veux pas qu'on voie qu'tu sais pas compter ! Les chiffres disparaissent dans tes livres, comme la rosée sur l'herbe ! Hein ? Mais les chiffres disparaissent jamais pour toujours. Ça semble seulement comme ça à ceux qui comprennent pas... »

Il se fit un silence dans le bureau.

Niels tourna les talons et sortit, jetant par-dessus l'épaule :

« Ça s'rait jamais passé comme ça du temps d'Ingeborg ! Au bureau c'est moi ou "celle-là". »

Dina n'eut plus accès au bureau. En contrepartie, elle jetait des regards entendus sur Niels pendant les repas.

Il se mit à manger à la cuisine.

Jacob essaya de compenser son intervention en faveur de Niels. Il rapportait de ses voyages de petits cadeaux à Dina. Des savonnettes ou une broche.

Il essaya de l'inclure dans la communauté et dans les conversations.

Un soir où ils étaient tous au salon après dîner, il s'adressa directement à Dina pour lui demander ce qu'elle pensait du nouveau roi Oscar Ier.

« J'vais p'têt ben demander au nouveau roi la permission d'entrer au bureau de Reinsnes pour trouver où les chiffres ont pu passer ! » dit-elle avec une grimace.

Niels se leva et sortit. Mère Karen soupira. Jacob alluma sa pipe d'un mouvement brusque.

Jacob connaissait une veuve à Strandstedet. Elle avait le visage lourd mais non dépourvu de beauté et un chignon grisonnant et respectable sur la nuque. Elle avait un corps ferme sous son corsage ajusté. Et elle était seule dans sa petite maison où, en tout bien tout honneur, elle louait des chambres et faisait un peu de couture.

Jacob trouvait en elle une sorte de consolation. Chez elle, on pouvait se confier et bavarder.

Du temps d'Ingeborg, il prenait la chaloupe pour aller s'amuser et danser, avec de temps en temps une petite aventure, sans plus ; maintenant ce qu'il recherchait hors de Reinsnes, c'était la paix et l'harmonie.

C'était un besoin d'homme ! Insondable et imprévisible.

L'été 1844 arriva. Il était rempli de fourmis et de lumière. Il était vide de sens.

Mère Karen avait procuré à Dina un recueil de chansons populaires d'un certain Jørgen Moe et un livre rempli de contes païens rassemblés par Asbjørnsen et Moe. Mais elle ne l'ouvrit pas.

Le livre de Hjertrud avait de meilleures histoires. Et on ne pouvait pas en deviner la fin, comme on pouvait toujours le faire dans les contes.

« Les contes ont une autre morale, ma chère Dina », dit Mère Karen.

« Comment ça ? »

« Ce n'est pas la parole de Dieu. Ils se fondent sur le peuple et la morale populaire. »

« Quelle différence ça fait ? » demanda Dina.

« La parole de Dieu est sacrée. Il s'agit du péché et de la nécessité du salut. L'autre est seulement une histoire racontée par des gens. Où les méchants sont punis et les bons récompensés. »

« Mais le livre de Hjertrud, il est aussi écrit par des gens », dit Dina.

« Dieu a ses messagers. Ses prophètes qui transmettent sa parole », expliqua Mère Karen.

« Bon, bon. En tout cas, il raconte de meilleures histoires qu'Asbjørnsen et Moe ! » affirma Dina avec aplomb.

Mère Karen sourit.

« C'est très bien, chère Dina ! Mais il faut dire la Bible et non pas le livre de Hjertrud ! Et on ne peut pas comparer la parole divine avec les contes populaires ! » dit-elle, conciliante.

« Le livre de Hjertrud, enfin la Bible, elle gagne plutôt à la comparaison », fut-il sèchement répondu.

Mère Karen comprit qu'on pouvait difficilement entraîner Dina dans des discussions philosophiques ou théologiques. Il fallait bien l'admettre.

Dina jouait du violoncelle et montait à cheval avec Tomas. Elle rencontrait Hjertrud dans le hangar d'Andreas.

Chaque matin, la table du pavillon portait des marques rouges de verres.

Du merisier, elle surveillait la côte. Le vapeur amenait peu de visiteurs. Et ceux qui s'arrêtaient semblaient venir d'autres planètes.

Dina tira ses conclusions des occupations de Jacob à Strandstedet. La rumeur l'avait atteinte à travers les murs des communs, venant de directions différentes. Elle apprenait un couplet par-ci et un couplet par-là. Il arrivait que les chuchotements s'arrêtent quand elle entrait dans une pièce ou s'approchait. Même à la sortie de l'église.

Et elle rassemblait les morceaux épars.

L'automne arriva.

La mer était sombre, parsemée de crêtes blanches, et la bise envoyait des aiguilles de glace du fond du Gouffre Bleu. La pleine lune était blanche et l'aurore boréale chassait les mauvais esprits tout au long du ciel étoilé.

Il pleuvait et il neigeait alternativement, si bien que la route par la montagne n'était plus praticable, ni à pied ni à cheval. Heureux celui qui possédait un bateau. Même si la mer était fouettée par des vents étranges et difficilement prévisibles.

Tantôt ils venaient du nord. Tantôt ils venaient de l'ouest, amenant de lourdes vagues et des cormorans errants au plumage noir d'encre.

Dina veilla toute la nuit. Mais, contre son habitude, elle ne se leva pas pour aller en pelisse dans le pavillon.

La nuit était lourde de tempête. Le ciel clair et l'aurore boréale s'alliaient contre la bourrasque qui faisait rage.

Elle était dans le lit à baldaquin, tous rideaux écartés, et fixait les hautes fenêtres jusqu'à ce que la maigre lumière du jour fasse pâlir et reculer le ciel jusqu'à l'infini.

Jacob entra tout à coup à travers la porte fermée. Se dirigeant droit vers le lit. Boitant.

Le visage ravagé, il tenait les mains en avant comme s'il demandait grâce.

Il n'avait qu'une botte, et faisait un tel bruit qu'il aurait pu réveiller toute la maison.

La trahison était inscrite sur son visage blafard.

Elle l'avait appelé. Mais il n'avait pas entendu. Et il était trop tard. Seul son esprit annonciateur s'était montré. Elle garda son regard fixé sur le détroit, attendant le matin et le message de Strandstedet.

Je suis Dina. Jacob dit une chose mais en fait une autre. C'est un cheval qui ne veut pas être monté. Il sait qu'il est à moi. Mais il a peur que je voie qu'il préfère m'échapper. Sept fois, il a fait des mensonges pour m'échapper.

Il est tard. Les gens sont comme des saisons. Jacob est bientôt l'hiver maintenant. Je sens d'abord le coup. Je crois que ça fait mal. Mais ça disparaît dans tout ce que je porte en moi.

Je glisse de pièce en pièce, entre les meubles et les gens.

*Là, je peux faire chanceler les gens les uns après les autres.
Ils sont si mauvais joueurs. Ils ne savent pas qui ils sont. Par
un seul mot je peux faire vaciller leur regard. Les gens sont
inexistants. Je ne veux plus les compter.*

Une barque à quatre avirons, malmenée par un jeune
garçon frigorifié et trempé, arriva à la ferme. Jacob était
blessé et il fallait aller le chercher à Larsnesset.

Dina ne montra aucun signe d'étonnement. Elle se
mit simplement à enfiler des vêtements et donna l'ordre
d'atteler Lucifer au traîneau.

Anders insistait pour que l'on y aille en bateau. Ce
n'était pas l'affaire d'une femme de passer par la montagne.

Dina, comme un lynx feulant, était déjà en route.

Anders haussa les épaules. Avec une mer aussi
démontée, ce n'était peut-être pas une mauvaise solution.

Elle était apparue déjà habillée et fin prête pour aller
chercher Jacob, il ne lui resta plus qu'à enfiler une pelisse et s'entortiller dans un châle avant de s'asseoir dans
le traîneau.

Mère Karen et Oline s'inquiétaient plus pour Jacob
que pour la course hasardeuse de Dina.

C'est ainsi que Dina elle-même alla chercher Jacob
dans la chambre de la veuve.

Il avait été en bonne compagnie et devait finir la soirée
paisiblement et suavement là où il en avait l'habitude.

Malheureusement il glissa sur le verglas et dégringola
l'escalier. Sa jambe cassa comme une branche sèche au
premier coup de vent. La fracture était si importante
que les os transperçaient la peau.

Par chance dans toute cette malchance, le docteur se
trouvait par hasard à Strandstedet. Il fallut une bouteille
de rhum entière pour calmer les pires douleurs quand il
avait nettoyé la plaie et réduit la fracture.

Dina portait comme d'habitude des pantalons de cuir
et des snow-boots, comme un homme. Elle prenait

beaucoup de place dans la petite maison. Une ride marquait un profond sillon entre ses sourcils. Les mots restaient de glace.

Elle traita la veuve comme une domestique. Et elle ne daigna même pas commenter le conseil qu'on lui donnait d'attendre que la tempête s'apaise pour revenir en bateau.

Elle exigea de l'aide pour attacher Jacob sur le traîneau. Finalement il fut ficelé comme un saucisson dans les peaux de mouton.

« Il faut rembourser à Madame les frais de médecin et la chambre », dit Jacob faiblement avec une grimace de douleur.

Mais Dina ne dit ni au revoir ni merci à l'hôtesse de Jacob. Elle fit claquer sa langue pour mettre en route le cheval et sauta derrière dans le traîneau.

Le cheval allait à une allure endiablée. Les patins lançant une pluie d'étincelles, il fuit vers la montagne. La vitesse les aspirait.

Dina veillait comme un faucon sur son mari.

Il eut très peur quand ils descendirent la pente la plus raide sur le verglas.

La route avait été en partie balayée par les inondations de l'automne. Et son pied lui faisait mal quand ils devaient forcer les profondes ornières durcies par le gel.

C'était la première fois qu'il était totalement livré à Dina.

Jacob avait une connaissance minime des chevaux et des routes. Il était plus dans son élément en mer.

Il essaya de se plaindre qu'elle n'ait pas amené avec elle d'équipage pour ramener le bateau. Mais elle ne daigna même pas lui accorder un regard.

Jacob n'était pas seulement gravement blessé, il était aussi tombé en disgrâce. Il savait que les deux maux demandaient du temps. Mais il était à bout de patience.

La fracture était sérieuse, elle était mal réduite et en plus la plaie ne voulait pas se cicatriser.

On avait l'impression que toutes les malédictions

s'acharnaient sur cette pauvre jambe. Il devait garder le lit. Il criait et se plaignait, chuchotait et attirait la pitié.

On le déménagea avec son lit dans le salon, afin qu'il garde l'impression de toujours faire partie des vivants.

La ride de Dina entre les sourcils ne faisait que se creuser. Et elle cachait bien sa sympathie pour le malade.

Quand Jacob, en toute innocence, lui demanda si elle ne pouvait pas lui jouer quelque chose au lieu de boire tant de vin, elle se leva du fauteuil de cuir. Si brutalement qu'elle renversa le verre sur le napperon en dentelle.

Le vin forma une fleur rouge qui s'étendit de plus en plus. Le verre perdit son pied.

« Tu peux d'abord demander à la veuve à Larsnesset de r'mettre ta patte en place dans ta carcasse », jeta-t-elle en sortant.

Mais Anders ramena la chaloupe à Reinsnes. Et Mère Karen et Oline faisaient les infirmières et n'épargnaient pas leur peine.

Après cette réflexion de Dina, Jacob commença à comprendre. Mais il ne savait pas que c'était irréparable.

Pour lui, rien n'était irréparable quand il s'agissait de femmes. Même deux ans passés avec Dina n'avaient pu lui ôter cet optimisme indomptable.

Jacob n'allait pas mieux. La gangrène s'y mit. La couleur seule en témoignait. L'odeur se répandit comme une mauvaise rumeur. Un inévitable signe précurseur de catastrophe. Chaque seconde en était imprégnée.

Les heures commencèrent à compter.

Mère Karen se rendit compte que Jacob demandait des soins qualifiés. Et cela, rapidement.

Dina était la seule à savoir ce que de tels soins impliquaient.

Elle avait été témoin des effets de la gangrène avant. Un des hommes d'équipage chez le commissaire avait eu la gangrène dans un pied gelé. Il avait survécu, mais on le gardait par charité avec son moignon pointant dans le vide. Peu d'années après, il était si desséché par l'amertume et la haine contre tout et tout le monde que les servantes avaient peur d'aller lui apporter à manger.

Dina était allée le voir sans raison spéciale.

L'odeur du pied de Jacob commençait à se sentir jusque dans l'entrée. Mère Karen était assise au pied du lit. Oline laissait tomber ses larmes dans la soupe.

La mer était démontée avec des lames aussi hautes que les portes des hangars.

Anders dut se soumettre encore une fois, quand Dina déclara que Tomas et elle-même allaient amener Jacob par la montagne chez le docteur.

Si elle y était déjà arrivée seule avec le Lucifer récalcitrant une fois, elle y arriverait bien une seconde fois avec l'aide d'un garçon d'écurie.

C'était absolument le mieux. Et ainsi fut décidé.

Avec la seule différence que Tomas ne fut pas du voyage.

Il lui jeta un regard incrédule quand elle sauta dans le traîneau pour partir seule.

Jacob, tout pâle, lui faisait un signe de tête. Comme une prière.

Tomas se préparait à sauter aussi dans le traîneau.

« Non ! » siffla-t-elle en lui donnant un coup de fouet sur les mains. Et criant au cheval : Allez ! elle fut emportée sur les patins brillants d'étincelles.

Tomas resta par terre à quatre pattes sur le verglas de la cour. Avec des raies sanglantes sur la main droite et le souffle coupé.

Plus tard, il devait défendre Dina en prétendant qu'une troisième personne sur le traîneau était de trop. Et qu'elle n'avait pas de temps à perdre si elle voulait arriver à temps chez le docteur.

Comme tout ce que disait Tomas, cela semblait tout à fait plausible à ceux qui l'écoutaient. Il avait bien lu la peur dans les yeux de Jacob. Mais il lui en coûtait trop de s'en souvenir.

Tomas était un chien bien dressé – il ne hurla pas quand il en était encore temps.

Il noya ses pensées dans le tonneau d'eau dans la cour. Là il rinça ses mains et sa tête dans l'eau glacée. Il sentait la douleur du coup de fouet traverser son bras jusqu'à l'aisselle. Puis il s'essuya la figure avec sa main mouillée et alla retrouver Oline.

Le visage rougi par l'eau glacée, il fit remarquer que Jacob était au plus mal.

Oline s'essuya les yeux et renifla l'air discrètement. L'odeur de la jambe de Jacob était la seule chose qui leur restait.

Trois heures plus tard, Tomas recevait Dina et le cheval avec ses limons vides.

LIVRE II

Les vivants aussi

Chapitre 1

**Le cœur connaît ses propres chagrins, et un
étranger ne saurait partager sa joie.**

(Proverbes de Salomon, **14**, 10)

On ne fêta pas Noël à Reinsnes l'année de l'enterrement de Jacob.

Personne n'était tenté de rendre visite aux veuves de Reinsnes. Le verglas était une bonne excuse pour ceux qui préféraient se tenir à distance.

Oline prétendait que l'humidité sortant des murs s'était installée dans ses hanches et ne lui laissait aucun répit.

Le gel dura jusqu'à la mi-janvier. Toute la ferme était frappée d'une inactivité passive.

Tomas se trouvait des occupations sous les fenêtres de la salle. Il levait vers elle un œil bleu et un œil brun. Sans savoir qu'il priait.

Quand par hasard on l'envoyait en haut porter du bois, ses mains tremblaient tellement qu'il en perdait des bûches dans l'escalier.

Dina était toujours assise, le dos tourné, quand il déposait les bûches dans le panier derrière le paravent avec Léda et le cygne.

Il adressait ses prières à son dos, disait « La paix soit avec vous » et s'en allait.

Personne ne savait quand Dina dormait. Nuit et jour, elle déambulait sur le plancher, chaussée de souliers de voyage aux talons ferrés.

La Bible de Hjertrud était faite de minces pages qui tremblaient dans les courants d'air.

Mère Karen ressemblait à un joli petit oiseau migrateur qui, pour une raison ou pour une autre, aurait hiverné. Le chagrin la rendait transparente et semblable à du verre fragile. La nuit polaire marquait de ses ombres sa douceur naturelle.

Jacob lui manquait. Ainsi, sa tête frisée et ses yeux rieurs. Il lui manquait, tel qu'il était avant que tout soit mis sens dessus dessous à Reinsnes.

La vieillesse lui rendait facile le passage entre vivants et morts. Les domestiques pensaient qu'elle commençait à radoter. Elle se parlait à elle-même en claudiquant.

En réalité ce n'était que l'expression d'une immense solitude. Et du regret sans espoir de ce qui avait été.

Les gens et les animaux, l'étable, les communs et la boutique portaient la marque de cette solitude.

Toute la propriété retenait sa respiration et attendait que quelqu'un prenne la place de Jacob.

Reinsnes était comme un grand bateau à la dérive sans équipage et sans capitaine.

Le fait que Dina ne quitte pas la salle et y déambule en chaussures de voyage toutes les nuits n'arrangeait pas les choses.

Qu'elle ait cessé de parler était effrayant.

Anders s'évada de la maison en deuil pour se préparer à la pêche aux Lofoten.

Mère Karen écrivit à Johan que, bien qu'orphelin, il avait toujours un foyer. Elle prit une semaine pour trouver les mots qui convenaient. Et elle lui épargna les détails.

On avait tout fait pour sauver son père, écrivait-elle. Malgré cela, Dieu l'avait rappelé à lui. Peut-être, dans Son immense miséricorde avait-Il vu que ce serait trop dur pour Jacob de rester infirme avec un seul pied... Peut-être Dieu, dans Sa sagesse, comprenait-Il qu'il n'était pas fait pour une telle vie.

Après avoir envoyé la lettre annonçant le deuil, la vieille dame grimpa péniblement et alla frapper chez Dina.

Celle-ci était debout au milieu de la pièce quand Mère Karen entra.

Au moment même où elle prenait le chemin de la fenêtre pour lui tourner le dos, la douce voix de Mère Karen se fit entendre.

« Tu vas et tu viens ici dans la salle ! Mais cela ne sert pas à grand-chose. »

Peut-être était-ce à cause des narines blanches et tremblantes de Mère Karen. Ou de ses mains fébriles qui s'agrippaient à une frange de son châle.

Dina sortit de sa coquille et montra un intérêt étonné.

« La vie doit continuer, chère Dina. Il faut que tu descendes et prennes les gens en mains. Et... »

Dina fit un geste de la main et invita Mère Karen à s'asseoir près de la table au milieu de la pièce. Recouverte d'une nappe en peluche dorée à pompons qui remuait faiblement dans le courant d'air venant de la porte ouverte.

La vieille dame installa lourdement son petit corps menu sur la chaise au dossier ovale.

La table et les quatre chaises étaient venues de Bergen, la première année qu'elle avait passée à Reinsnes. Elle avait elle-même veillé à ce que ces meubles précieux soient transportés du bateau avec précaution.

Et tout à coup, la vieille dame redevint elle-même. Comme si ce n'était pas la solitude et les soucis qu'elle ne pouvait plus soutenir seule qui l'avaient poussée à monter.

Elle fixait attentivement les pieds contournés de la table. Comme si elle y voyait quelque chose d'extraordinaire. Et, sans préambule, elle commença à raconter lentement l'histoire de ce mobilier.

Dina traversa la pièce pour aller fermer la porte. Puis elle alla chercher son ardoise et son crayon et s'installa près de la vieille dame. Tout d'abord arborant son sourire comme un bouclier. Puis, redevenue elle-même, simplement écoutant. Comme si, toute sa vie, elle avait justement attendu cette histoire.

Mère Karen racontait l'histoire des meubles clairs recouverts de tissus précieux. Jacob trouvait qu'ils ressemblaient à des corps de femmes, au corsage sculpté et aux belles hanches.

Elle laissait ses doigts glisser sur le petit trou finement ciselé en forme de cœur tout en haut du dossier. Elle passait sa vieille main transparente sur la peluche de la nappe et s'arrêta tristement sur une marque de brûlure de cigare.

« Cela date des tristes jours du veuvage de Jacob », dit-elle dans un soupir.

Sans transition, elle se mit à raconter sa vie fabuleuse avec le père de Jacob. Les années passées à Paris et à Brême. Les innombrables voyages en mer avec ce mari bien-aimé.

Jusqu'au jour où elle l'avait attendu à Trondheim, de retour de Copenhague. En vain.

Ils avaient fait naufrage quelque part sur cette côte ouest de malheur. Jacob avait douze ans et était orphelin de père. Il prétendait qu'il allait partir en mer dès qu'il en aurait l'âge.

Mais surtout Mère Karen décrivait des tables brillantes à force d'être cirées dans de grandes salles de réception. Des miroirs rococo et des bibliothèques fantastiques. Des coffres à tiroirs secrets. Tout ceci, sans queue ni tête, et d'une voix monotone.

Elle revenait toujours aux meubles qu'elle avait fait venir à Reinsnes.

La table ovale et les chaises avaient été recouvertes de nouvelle peluche pour le mariage de Dina et de Jacob.

Jacob avait décidé de les faire transporter du salon dans la salle. Pour que Dina puisse, assise au milieu de la pièce, voir jusqu'au détroit, par beau temps. Elle devait pouvoir, d'un seul coup d'œil, embrasser toute la côte magnifique qui longeait Reinsnes !

Dina écoutait, impassible. La pendule du grand salon sonna soudain trois coups. Cela réveilla la vieille dame. Elle fixa son doux regard sur Dina et sembla oublier qu'elle était en train de raconter des histoires. Elle retomba brutalement dans sa solitude et ses soucis pour l'avenir.

« Il faut que tu t'occupes à quelque chose d'utile. Pas uniquement te laisser aller à ton chagrin nuit et jour. Toute la ferme est à l'abandon. Les gens ne savent pas quoi faire. Les jours passent. »

Dina leva la tête vers les poutres. Quelqu'un semblait avoir dessiné un sourire sur ses lèvres, sans grande conviction cependant.

« Et tout cela, il faut que je m'en occupe ? » écrivit-elle sur l'ardoise.

Mère Karen leva les yeux, avec embarras et désespoir.

« Mais c'est à toi tout cela ! »

« Où est-ce que c'est écrit ? » demanda Dina.

Ses doigts blanchissaient en serrant le crayon.

Une après-midi, Dina enfila sa culotte de cheval. Puis elle descendit en glissant sur la rampe, comme une gamine. Elle atteignit l'écurie sans être vue.

Lucifer écoutait le bruit de ses pas, la tête baissée. Quand elle arriva dans le box, il rejeta sa crinière, frappa le sol de ses pattes avant, lui mordilla l'épaule et lui montra les dents avec bonhomie.

Le cheval et la femme. Ils ne firent bientôt qu'un.

Personne ne les remarqua avant qu'ils ne dévalent le chemin vers la mer et qu'ils ne disparaissent derrière les hangars et les collines.

Ceux qui les avaient vus s'exclamaient. Demandaient au voisin s'ils avaient bien vu ? Si c'était bien Dina qui était à nouveau dehors ? Si c'était bien Dina qui montait Lucifer ?

Tout d'abord, ces questions laissèrent poindre un espoir. Puis l'inquiétude s'installa. Il était inhabituel que Dina se trouve ailleurs que dans la salle.

On envoya Tomas à sa recherche. Il sella son cheval plus vite que jamais. Elle n'avait heureusement pas choisi la route de la montagne. Elle se promenait seulement le long des plages noires. Il la rattrapa, mais se fit invisible. Ne commit pas la faute de crier quand elle mit son cheval au galop. Il se tint à bonne distance.

Ils continuèrent ainsi une sorte de jeu de cache-cache.

Mais tout à coup, elle en eut assez. Le cheval écumait. Devant l'écurie elle s'arrêta si brutalement que des morceaux de glace arrachés par les sabots atteignirent Tomas à la jambe, lui tirant un cri.

Il rentra les deux chevaux sans un mot. Les bichonna et leur donna de l'eau et du foin.

Dina resta un moment à regarder Tomas travailler. Cela rendait ses mouvements gauches et incertains.

Ses yeux suivaient les hanches étroites. Les mains solides. Les cheveux roux mal coupés. La grande bouche.

Elle rencontra alors son regard. Un œil brun et un œil bleu. Tout à fait sûre d'elle, elle se planta devant lui. Rassembla ses cheveux à deux mains au-dessus de sa tête. Et les laissa retomber en flots sur ses épaules. Tourna les talons et sortit vite de l'écurie.

L'aubergiste et armateur Jacob Grønelv avait laissé une sorte de testament. Mais il n'avait pas pensé qu'on en aurait besoin de si tôt, aussi ne portait-il ni tampon légal ni signature de témoins. Et aucune copie n'avait été déposée dans un bureau officiel.

Mais il avait parlé de ce document au commissaire. Car Jacob était non seulement son gendre, mais aussi son compagnon de chasse et son ami.

L'idée qu'il se trouvait quelque part un testament, si peu valable qu'il fût, inquiétait le commissaire. Parce que Jacob avait un fils adulte et deux fils adoptifs.

Bien qu'étant avant tout le père de Dina, il représentait la légalité. Il était de son devoir de veiller à ce que tout se passe correctement.

Quand la tempête se calma, le commissaire vint à Reinsnes. Pour parler à Dina en tête-à-tête. De ces dernières volontés de Jacob qui devaient se trouver quelque part. Probablement dans le grand bureau derrière la boutique.

Dina écoutait, le visage vide, mais ignorait tout des dernières volontés de Jacob, et n'avait vu aucun papier. Jacob et elle n'avaient jamais parlé de ces choses, marqua-t-elle sur l'ardoise.

Le commissaire hochait la tête et pensait qu'il fallait agir vite. Se mettre d'accord. Avant de prendre d'autres décisions. Autrement, on ne risquait que des disputes. Il avait assez d'expérience là-dessus dans son métier.

Une fois le commissaire parti, Dina descendit au bureau.

Niels fut pris au dépourvu par une telle visite. Il restait assis derrière la solide table en chêne. Les commissures de ses lèvres marquaient à la fois l'étonnement et l'antipathie. Son visage, avec une barbe de plusieurs jours et une moustache brune, était un livre ouvert.

Dina resta debout devant la table à le contempler un bon moment. Ne faisant pas mine de lui venir en aide, elle écrivit sur son ardoise noire. Demandant la clé du grand coffre-fort.

Il se leva à contrecœur et se dirigea vers le placard où l'on rangeait les clés, qui se trouvait placé entre les deux fenêtres.

Quand il se retourna, il vit qu'elle s'était installée dans le vieux fauteuil tournant. Il comprit tout de suite qu'il était de trop.

Et alors qu'il la fixait encore après avoir déposé les clés sur la table, elle lui fit aimablement un signe de tête en lui montrant la porte.

À contrecœur, il sortit. Avançant au milieu des tiroirs de la boutique, il passa devant le commis. Comme s'il n'existait pas.

Puis il se trouva mille occupations dans la ferme. Un vrai fléau. Faisant entendre que maintenant on était hanté par les femmes vivantes ! Et qu'elles pensaient s'y connaître en affaires et en livres de compte ! Mais elle pouvait bien s'installer là et faire l'importante, la dame ! Ce n'était pas lui qui allait la déranger ! Et on verrait bien le résultat. Elle aurait pu lui demander les livres, le prévenir qu'elle désirait étudier les papiers et les contrats. Il lui aurait tout trouvé et présenté en ordre. Bien entendu !

Niels était aussi brun et fermé que son frère Anders était blond et ouvert. Si Anders n'avait pas été aux Lofoten, il y aurait probablement mis son mot et donné quelques bons conseils. Anders avait toujours quelques solutions dans son sac.

Dina fit des recherches systématiques, avec obstination. Dans le vieux placard qui contenait les livres de compte, dans le coffre-fort, dans les tiroirs, sur les étagères. Pendant des heures.

La boutique se vida petit à petit et le calme s'installa. L'employé entra pour lui demander s'il devait éteindre la lampe dans la boutique. Dina lui fit un signe de tête affirmatif sans le regarder. Et continua ses recherches dans les paperasses et les chemises. De temps à autre, elle se redressait et se tenait le dos avec le poing.

Au moment même où elle allait arrêter ses recherches, ses yeux tombèrent sur un vieil écritoire en bouleau clair laqué qui était placé sur des étagères surchargées. A moitié enterré sous des fiches de commandes et une pile de tabac à priser.

Elle se leva rapidement, traversa la pièce sans hésiter, comme si Jacob était là pour la diriger. L'écritoire était fermé à clé. Mais la serrure céda tout de suite à un canif.

Sur le dessus, il y avait les plans du caboteur *Mère Karen* et un tas de vieilles lettres de Johan. En levant le tas de lettres, une enveloppe jaune glissa et resta quelques instants en équilibre sur chant. Pour finalement se coucher docilement sur la table.

Elle ne l'avait jamais vue, mais elle en était sûre. C'était le testament de Jacob !

Elle remit de l'ordre. Referma la serrure et remit l'écritoire à sa place. Puis elle glissa l'enveloppe sous son châle, éteignit la lumière et tâtonna dans le noir de la boutique pour sortir.

Le ciel était envahi par la lune et les étoiles. L'aurore boréale agitait son drap phosphorescent comme pour fêter sa découverte.

Elle traversa la cour verglacée à pas légers. Prit le sentier, et monta dans la salle. Sans rencontrer personne.

Mais la maison était en effervescence. Dina était descendue ! La jeune maîtresse était allée inspecter la boutique ! Niels prétendait même qu'elle avait vérifié les comptes !

« Dieu est bon », dit Mère Karen, folle de joie, à Oline. Et Oline opina de la tête tout en écoutant Dina passer derrière la porte.

Dina grimpa dans le grand lit. Tira les rideaux de tous les côtés et étala de ses doigts raidis les dernières volontés de Jacob sur ses cuisses.

Elle entendait le son de sa voix venir des murs et se mêler à tout. Elle avait oublié qu'il avait une belle voix. Un agréable ténor qui ne chantait pas très juste.

Elle sourit pendant qu'il lui faisait la lecture.

Aucune signature de témoin. Aucun tampon. Simplement les dernières volontés d'un homme. Écrites dans la solitude d'une soirée tardive. Comme dans un accès de clairvoyance. Le 13 décembre 1842.

Quoiqu'il en soit, il était difficile de ne pas en tenir compte. Car les dernières volontés de Jacob se résumaient ainsi :

Dina, son épouse, et Johan, son fils d'un premier lit, héritaient en commun selon la loi, tant que l'héritage restait indivis.

C'était la volonté de Jacob Grønelv que son épouse gère ses biens et ses affaires autant qu'elle le pouvait jusqu'à la fin des études de Johan, et, pour ce faire, qu'elle engage l'aide dont elle aurait besoin. Son fils Johan devait continuer ses études de théologie et recevoir une pension prélevée sur son héritage, et d'autre part considérer Reinsnes comme son foyer tant qu'il resterait célibataire et le désirerait lui-même.

Dina, son épouse, partagerait avec Mère Karen Grønelv la responsabilité des activités journalières concernant le ménage, le bétail et les domestiques.

Mère Karen jouirait d'un viager ainsi que de tous les droits et commodités jusqu'à sa mort.

Son fils adoptif Niels aurait la responsabilité de la boutique et des comptes aussi longtemps que cela serait jugé utile pour Reinsnes et pour lui-même.

Son fils adoptif Anders aurait la responsabilité des bateaux, de l'armement et du commerce.

Les deux fils adoptifs jouiraient d'un dixième des bénéfices procurés par leur travail.

Aucun de ceux dont il était le créancier ne devait être mis en adjudication forcée pour payer des dettes après sa mort. Il n'avait pas non plus oublié une grosse somme pour les pauvres. Dina employa le reste de la soirée à rendre honneur aux dernières volontés de Jacob. Elle écrivit un nouveau « testament ».

Mais elle n'essaya pas de falsifier le véritable, ni de prétendre autre chose que ce qu'elle croyait être la volonté de feu son cher mari, transmise oralement.

C'était à s'y tromper le même testament, à quelques points près : elle ne mentionnait pas le dixième des bénéfices pour les fils adoptifs. Par contre, ils devaient conserver leurs positions aussi longtemps que cela serait bénéfique pour Reinsnes ou que son épouse Dina le jugerait utile.

Elle ne mentionna pas non plus que Johan pouvait hériter de l'exploitation fermière s'il le désirait.

Par ailleurs, elle copia soigneusement tout, point par point. N'oubliant pas la somme pour les pauvres.

Puis elle fit un bon feu dans le grand poêle. Et alluma le chandelier à sept branches sur la coiffeuse.

Tout le temps que mit le testament de Jacob à brûler dans le poêle noir, Dina sourit.

Puis elle posa la feuille qu'elle avait écrite sur le bureau de noyer vernis. Ouverte, afin que tous ceux qui venaient puissent la voir.

Elle se coucha sur le grand lit à baldaquin tout habillée.

Tout à coup elle sentit le poids de Jacob sur elle. Il la pénétrait. Son haleine était étrangère. Ses mains dures. Elle le repoussa avec colère. Et Jacob ramassa son pantalon et son gilet de soie et disparut dans le mur.

Je suis Dina, qui sens un poisson bouger sous mes côtes. Il m'a joué un tour. Il appartient encore à la mer et aux étoiles. Il nage à l'intérieur et se suffit à lui-même tandis qu'il se nourrit de moi. Je le porte en moi tant qu'il le faudra. Il n'est quand même pas aussi lourd, ou aussi léger que Hjertrud.

Il ne s'agissait pas de savoir comment cela s'était passé, mais comment on croyait que cela s'était passé.

Elle se releva et regarda dans le poêle. Remit du bois. Resta là à surveiller que le feu finisse de consumer les restes carbonisés des dernières volontés de Jacob.

Cette nuit-là, personne n'entendit Dina déambuler sur le plancher avec ses chaussures ferrées.

Le commissaire avait avec lui un greffier et deux témoins quand il revint la fois suivante.

La vieille et la jeune veuve s'installèrent autour de la table ovale dans la salle, avec les hommes.

Le papier de Dina contenant les souvenirs des dernières volontés de Jacob fut lu aux personnes concernées en présence de témoins.

Johan était à Copenhague, mais Mère Karen était sa tutrice.

Dina était vêtue convenablement. Elle avait mis les vêtements noirs confectionnés pour l'enterrement. On avait fait venir toute la maisonnée.

Finalement, ils se tenaient tous, tête baissée, autour de la table et écoutaient la parole de Jacob à travers la grosse voix de basse du commissaire. Cela avait beaucoup de dignité. C'était même solennel.

Il ne vint à l'idée de personne qu'il manquait un testament. C'était un accident. Et arrivé si vite. Dieu bénisse le maître ! Le bienfaiteur.

Tout le monde eut sa part d'une manière ou d'une autre. Tout le monde fut reconnaissant à Jacob de ne pas les avoir oubliés.

Le commissaire trouvait qu'il n'était pas nécessaire d'inscrire que la pension de Johan serait prélevée sur son héritage, parce qu'il était du devoir des parents d'assurer de bonnes conditions à leurs enfants sans pour autant en faire une question d'héritage.

Mais Dina hocha la tête en souriant.

« Nous ne pouvons pas nier le fait que son père est mort », écrivit-elle sur l'ardoise.

Le commissaire regarda sa fille avec un respect étonné. Puis il dicta les vœux de Dina au greffier. Et Mère Karen opina de la tête. On apposa un tampon.

Le commissaire fit un discours en l'honneur de son gendre et ami défunt et de sa fille, et en appela à la bonne volonté de tous. L'héritage demandait une main ferme.

Mère Karen soupira de soulagement. La vie continuait. Dina était descendue.

Le soleil était de plus en plus haut. Bientôt, il allait colorer le ciel septentrional à minuit.

Les oiseaux des mers allaient revenir, les perdrix des neiges faire leurs nids et le merisier allait refleurir.

Mère Karen reçut une lettre de Johan.

Il envoyait ses condoléances avec une tristesse polie. Il ne pensait pas revenir à la maison avant d'avoir passé un examen important. De toute manière, il serait arrivé trop tard pour l'enterrement de son père.

Mère Karen lisait entre les lignes ce qu'elle savait déjà. Qu'il n'avait aucune aptitude ni pour l'agriculture ni pour le commerce. Qu'il n'avait aucune envie de moisir dans une boutique et qu'il ne connaissait rien à la comptabilité. Mais qu'il acceptait une pension prélevée sur son héritage pendant qu'il faisait ses études de théologie.

S'il avait du chagrin, en tout cas il n'en témoignait pas en voulant continuer l'œuvre de son père.

Mère Karen lut la lettre à Dina.

« Ma profonde sympathie à Dina dans cette douloureuse période », terminait Johan.

Chapitre 2

Et Jacob dressa un monument dans le lieu où Dieu lui avait parlé, un monument de pierres sur lequel il fit une libation et versa de l'huile. Jacob donna le nom de Bethel au lieu où Dieu lui avait parlé.

Ils partirent de Bethel ; il y avait encore une certaine distance jusqu'à Ephrata, lorsque Rachel accoucha. Elle eut un accouchement pénible ; et pendant les douleurs de l'enfantement, la sage-femme lui dit : Ne crains point, car tu as encore un fils ! Et comme elle allait rendre l'âme, car elle était mourante, elle lui donna le nom de Ben-oni (fils de la douleur) ; mais le père l'appela Benjamin (fils du bonheur).

(Genèse, **35**, 14-18)

Mère Karen entra un jour sans frapper dans la salle. Dina était en train de s'habiller au milieu de la pièce.

Il était évident qu'elle était enceinte. Le soleil entrant à flots par les hautes fenêtres dévoilait tout aux yeux avertis de Mère Karen. Dina était veuve depuis cinq mois.

La vieille dame était petite et menue. A côté de la robuste Dina, elle avait l'air d'une précieuse figurine de porcelaine, jamais sortie de sa vitrine et ignorant la poussière, non pas un être humain de chair et d'os.

Les rides de son visage étaient comme une mince toile d'araignée vibrant au soleil quand elle s'approcha de la fenêtre pour remercier le ciel.

Elle tendit ses deux mains vers l'autre. Mais les yeux de Dina déversèrent vers elle des flots d'eau glacée.

« Dieu te bénisse, Dina, tu vas avoir un bébé ! » murmura-t-elle, attendrie.

Dina enfila rapidement sa jupe et resta debout, tenant sa blouse comme un bouclier.

La vieille dame ne faisant pas mine de s'en aller, Dina, menaçante, mit un pied devant l'autre. A petits pas bien décidés.

Et avant même qu'elle ne s'en rende compte, Mère Karen se retrouva sur le palier sombre devant la porte fermée.

Le regard de Dina poursuivait la vieille dame. Pas seulement à l'état éveillé, mais aussi dans son sommeil et dans ses rêves. Elle ne savait comment approcher cet étrange individu.

Le troisième jour, ayant essayé sans résultat d'établir un contact avec Dina, elle alla trouver Oline à la cuisine.

Oline la reçut, assise au bout de la table. Enveloppée de deux tabliers, l'un sur l'autre.

La silhouette ronde à la ferme poitrine n'avait jamais allaité, même un chat. Ce qui n'empêchait pas Oline de se prononcer sur tout, comme si elle était une alma mater.

Elle savait, sans avoir besoin d'y réfléchir, que sa seule présence suffisait à donner une direction aux événements. Par l'expression des commissures de ses lèvres et son front rose tout plissé, débordant de sollicitude.

Oline pensait qu'il fallait laisser en paix la jeune maîtresse ! Une bonne nourriture ! Et des chaussons chauds au lieu de ces horribles souliers qu'elle portait sur ce plancher plein de courants d'air.

Qu'elle soit furieuse d'avoir un enfant quand elle n'avait pas de mari à ses côtés était naturel, pensait Oline.

« Il faut moins que ça pour mettre les bonnes femmes en colère », dit-elle en levant les yeux au ciel. Comme si elle se référait à une quantité d'exemples.

On ne pouvait pas s'attendre à ce qu'une si jeune dame considère comme une bénédiction de perpétuer la famille, après toutes les épreuves qu'elle avait traversées.

Ainsi Oline réduisait tout le problème à une question de temps et de soins.

Ceux qui avaient cru que Dina était descendue de la salle pour de bon, quand elle était allée inspecter le bureau, se trompaient.

Elle allait à l'écurie. Et au grand désespoir de Mère Karen, elle montait à cheval. Dans son état ! Mais autrement, elle restait dans la salle. Dina prenait ses repas dans la salle. Elle y habitait.

Si, de temps à autre, Mère Karen essayait de la faire descendre dans la salle à manger quand il y avait des invités, elle se contentait de sourire en secouant la tête. Ou bien elle faisait semblant de ne pas entendre.

Dina avait repris les habitudes de son enfance. A cette époque, elle mangeait seule. Parce que son père ne supportait pas sa présence. Surtout quand il mangeait.

Tomas essayait de capter le regard de Dina quand elle allait chercher son cheval pour le monter. Il l'aidait à grimper en nouant ses mains pour lui servir d'étrier. Il faisait cela depuis qu'il savait qu'elle attendait un enfant.

« Vous devriez monter avec une selle, jusqu'à ce que tout soit terminé... » dit-il une fois, laissant un regard timide glisser sur son ventre.

Elle n'avait pas besoin de répondre. Muette comme elle l'était.

On racontait ouvertement que Madame Dina était à la fois enceinte, muette et peu sociable.

On prenait en pitié la vieille Mère Karen qui essayait de gouverner le grand domaine. A plus de soixante-dix ans, avec les jambes qui flanchaient.

On racontait que Dina avait jeté une chaise sur le docteur qu'on avait fait venir, quand il était entré sans plus de façons dans la salle, pour soigner sa mélancolie.

On disait que Dina avait été menacée de l'asile si elle ne se conduisait pas mieux, mais qu'elle s'en moquait éperdument. Elle avait jeté un regard si mauvais sur le docteur qu'il avait jugé préférable de se retirer, sans lui donner de soins.

La vieille dame avait alors invité le docteur à un verre de punch et un repas de perdrix des neiges avec vins et cigares, pour réparer l'insolence de la jeune femme.

Dans sa solitude, Dina tempêtait et faisait claquer les tiroirs des commodes. Parce qu'elle n'entrait plus dans ses vêtements.

Son ventre et sa poitrine avaient grossi et donnaient à son jeune corps des dimensions qui auraient fait envie à celles qui étaient moins fortunées. Si elle s'était montrée.

Mais elle allait et venait sur le plancher de la salle, inaccessible à tout et à tous.

Finalement, Mère Karen arriva quand même à entrer quelques instants, et on fit venir une couturière de Strandstedet.

Les jours se succédaient. Reliés les uns aux autres par les nuits sombres. En chaîne serrée. Comme une fumée aigre venant d'un foyer mal entretenu.

Je suis Dina, qui lis dans le livre de Hjertrud. A travers la loupe grossissante de Hjertrud. Car le Christ est malheureux et veut que je l'aide. Il n'arrivera pas à trouver le salut tout seul. Il a douze jurés maladroits qui essaient de l'aider. Mais ils n'y arriveront jamais. Ils sont tous lâches, peureux et hésitants. Au moins Judas sait compter... Et il ose être vraiment méchant. Mais c'est comme s'il se laissait imposer un rôle. Comme s'il n'avait pas le courage de refuser le rôle du traître afin que tous les autres y échappent...

Le fait que Dina ne parlait plus faisait oublier qu'elle n'était pas sourde.

On bavardait dans les couloirs et derrière son dos. Et comme elle ne faisait pas mine d'avoir entendu, cela devint une habitude. Ainsi elle savait toujours ce qui se passait et ce que les gens pensaient.

Elle écrivait brièvement ses désirs et ses ordres. Avec un crayon d'ardoise sur un tableau noir. Elle commandait des listes de livres à la librairie de Tromsø.

Le vapeur lui amenait des caisses. Elle les ouvrait elle-même avec le pied-de-biche posé près du poêle.

La servante qui vidait les cendres et montait le bois trouvait plus que terrifiant un tel outil.

Mais elle fut bien plus effrayée le jour où l'outil ne se trouva pas à sa place.

Les livres étaient des manuels de comptabilité et de gestion. Oline prétendait que leur lecture mettait parfois Dina tellement hors d'elle qu'elle en avait cassé le poêle.

On fit venir un expert-comptable. Dina passa plusieurs heures par jour dans le bureau à se faire expliquer toute la comptabilité.

Cela fut un sérieux sujet de discorde entre elle et Niels. L'expert resta un mois. Il allait et venait entre la maison et le bureau comme un chien de garde.

« Il ne manque plus que Madame se mêle des commandes de la boutique », marmonna Niels en jetant un regard noir sur l'expert, Petter Olesen, qui ne montrait aucune intention de s'associer au sarcasme.

Il ne s'était jamais trouvé aussi bien qu'ici à Reinsnes. S'il n'en tenait qu'à lui, il aurait bien continué ainsi indéfiniment.

Le soir, il fumait une pipe dans le fumoir. La meilleure pipe d'écume de Jacob, comme si c'était la sienne.

Mais il devait se passer de la compagnie de Dina. Sauf quand il lui enseignait la comptabilité. En dehors de cela, elle restait dans la salle. Quand elle ne montait pas à cheval, ou quand elle ne notait pas ses ordres ou ses questions. Sur le sens desquelles il était impossible de se méprendre.

Personne ne pouvait dire qu'elle était aimable. Mais étant donné qu'elle était muette, elle ne disait rien de désagréable non plus.

Mère Karen était ravie de l'énergie de Dina. Mais elle eut le tort de lui reprocher son manque de précautions « dans sa situation intéressante ».

Cela provoqua les affreux sons gutturaux de Dina, qui en firent trembler les miroirs et les vitres de la salle, bien que le temps soit au beau fixe.

Si l'on redoutait quelque chose à Reinsnes, c'était de voir Dina penchée sur la rampe de l'escalier, proférant ces sons qui faisaient frémir tous ceux qui les entendaient.

On voyait bien de qui Dina tenait, disait Oline.

Mais le reste du temps, tout était paisible. Mère Karen s'assoupissait souvent sous son plaid dans le salon. Elle lisait et relisait les lettres sèches et régulières de Johan. Quelquefois à haute voix pour Dina. Elle se permettait de vieillir, car elle voyait que tout s'arrangeait, d'une certaine manière.

Cependant les chambres réservées aux visiteurs restèrent vides pendant plusieurs mois. Le deuil, le mutisme et la folie qui régnaient à Reinsnes, n'étaient pas pour attirer les gens. Une sorte de torpeur enveloppait le grand comptoir commerçant et son auberge.

Le caboteur *Mère Karen*, en tout cas, était de retour des Lofoten, ayant fait de bonnes affaires. Grâce à Anders. Ce qui avait valu des honneurs à Jacob n'était en fait dû qu'aux bonnes routines d'Anders.

L'enfant était le sujet de conversation et l'espoir de tous.

Dina ne pouvait évidemment pas prendre part aux conversations. Mais elle n'inscrivait aucun commentaire sur son tableau noir. Les servantes, Tea et Annette, confectionnaient de petits vêtements à leurs heures libres, et Oline s'inquiétait du fait que la sage-femme habitât si loin.

Un jour de temps lourd et d'orage, il arriva ce que la vieille dame redoutait.

Dina tomba de cheval.

Heureusement, Tomas, des champs où il se trouvait, vit tout. Il courut jusqu'à en avoir mal aux poumons et à en avoir un goût de plomb dans la bouche. Il la trouva couchée contre une touffe d'airelles en boutons. Sur le dos, les jambes et les bras écartés, comme crucifiée par terre. Le visage tourné vers le ciel et les yeux grands ouverts.

Tomas put constater une écorchure au front et une jambe égratignée par une branche de pin sèche qui avait trouvé bon de s'y enfoncer.

Il se dirigea vers l'étable d'été, parce qu'elle était la

plus proche. Et parce que, dans un accès de méchanceté, Notre Seigneur avait déclenché un gros orage.

Lucifer avait été effrayé par les premiers coups de tonnerre et avait rejeté Dina quand elle avait essayé de le calmer.

Tomas la soutenait, la portant à moitié jusque dans le bâtiment éventé. L'aida à s'allonger sur le foin. En attendant mieux. Car l'accouchement se déclencha pour ainsi dire entre ses mains.

Mais autrefois, Tomas avait aidé sa mère dans la même circonstance, dans la métairie éloignée où ils habitaient. Il savait ce qu'il avait à faire.

Lucifer ne se laissant pas monter, il ne lui restait qu'à courir chercher de l'aide à la ferme.

Là, on eut vite fait de mettre l'eau à chauffer et de trouver des draps. Les servantes se brossaient les mains sous les ordres brefs d'Oline.

Il n'était pas question de déplacer Dina, disait Tomas en faisant tourner son bonnet comme une roue.

Oline montait en se dandinant, à une allure incroyable, vers l'étable. Tomas courait derrière avec la brouette remplie des objets nécessaires.

Le ciel se vidait sur eux et menaçait de submerger tout ce qui se trouvait sous la toile cirée recouvrant la brouette.

Oline, essoufflée, criait que ça suffisait comme ça ! On n'allait quand même pas avoir une naissance et le déluge en même temps ! Elle voulait persuader les forces de la nature que c'était elle qui avait pris le commandement.

Tout se passa en une heure.

Le fils de Dina était trapu, mais petit. Né dans une étable tandis que le ciel se vidait et rendait fertile tout ce qui devait pousser.

Lucifer était à la porte, avec sa grosse tête, il montrait les dents et une impatience démonstrative.

Si cela n'avait pas tenu du miracle et du fait que Jacob était mort en novembre, Oline aurait assuré que cet enfant était prématuré !

Mais elle mit tout sur le compte de la jeune mère qui s'était conduite comme une gamine, « dans son état ».

Dina ne cria pas pendant l'accouchement. Se contenta de geindre, les yeux grands ouverts.

Mais c'est une fois l'enfant sorti, quand il n'y avait plus qu'à attendre le placenta, qu'elle poussa le cri le plus horrible qu'ils aient jamais entendu.

Dina se débattit, ouvrit la bouche et s'abandonna au cri.

Je suis Dina, qui entends un cri s'installer dans ma tête. Il bouche mes oreilles. Dans la buanderie, à Fagernesset, la vapeur sort de Hjertrud pendant qu'elle s'écroule et que son corps tout entier se répand sur le sol. Son visage se fend. Encore et encore. On dérive ensemble. Très loin...

Dina était lourde et silencieuse entre leurs mains.

Mère Karen, qui était arrivée, gémissait de désespoir.

Mais Oline donnait des claques sur les joues de Dina avec tant de force que la marque des doigts y restait comme une cicatrice.

Et son cri sortit d'elle à nouveau. Comme s'il était resté coincé pendant mille ans. Il se mêlait au vagissement grêle du nouveau-né.

On le lui mit au sein. Il s'appelait Benjamin. Il avait des cheveux noirs. Ses yeux étaient vieux, et noirs comme le charbon dans la roche.

Le monde retenait son souffle. Le silence fut soudain. Une libération.

Puis, tout à coup, du fond de la couche sanglante, une voix autoritaire se fit entendre :

« Fermez donc la porte ! Il fait froid ! »

Dina avait prononcé ces mots. Oline s'essuya le front. Mère Karen joignit les mains. La pluie se fraya un chemin à travers le toit de tourbe. En invitée prudente et humide.

La nouvelle atteignit Tomas. Assis sur une caisse sous un arbre, il était mouillé jusqu'aux os, sans s'en rendre compte. Se tenant à une distance respectueuse de l'étable.

Un sourire incrédule le couvrit en entier. Jusqu'à ses bras. Qui s'ouvrirent pour laisser la pluie remplir ses paumes.

« Qu'est-ce que t'as dit ? » gémissait-il avec bonheur quand Oline lui apporta la nouvelle.

« Fermez donc la porte ! Il fait froid ! » répétait-elle en riant et en agitant des bras roses et nus.

Et le rire éclata entre eux. La vieille dame souriait, épuisée.

« Fermez donc la porte ! Il fait froid ! » murmurait-elle en hochant la tête.

On transporta Dina dans une solide voile. Entre les poignes de Niels, du vacher, d'un client venu par hasard à la boutique, et de Tomas. Anders était à Bergen.

Ils descendirent le sentier vers la ferme, passèrent la porte d'entrée ouverte à deux battants et montèrent l'escalier jusqu'au lit à baldaquin dans la salle.

C'est alors que la sage-femme arriva pour constater que tout était comme il le fallait. Elle se montra satisfaite, et on servit la goutte sur un plateau d'argent, aussi bien à la cuisine que dans la salle.

Dina buvait gloutonnement pendant que les autres ne faisaient que tremper les lèvres. Puis elle demanda à l'une des servantes d'aller chercher les savonnettes dans le tiroir de la commode. Sa voix ressemblait au grincement de poulies rouillées.

Elle installa les savonnettes en rond autour du bébé couché sur son sein. Treize savonnettes à la lavande et à la violette. Un cercle magique de bonnes odeurs.

Ils s'endormirent immédiatement tous les deux.

Le lait ne voulait pas monter.

On donna d'abord de l'eau sucrée à l'enfant. Mais à la longue, cela ne suffisait pas.

Ces éternels cris d'enfant donnaient des sueurs froides à toutes les femmes.

Au bout de quatre jours ce ne fut plus qu'un hurlement continuel, entrecoupé de courtes pauses, quand l'enfant s'assoupissait d'épuisement.

Dina était pâle, mais ne se mêlait pas aux lamentations.

Ce fut Tomas qui finalement se rappela une Lapone habitant le sud de la paroisse, dont le nouveau-né venait de mourir.

Elle s'appelait Stine. Elle était maigre, avec de grands yeux et une belle peau dorée, et des pommettes saillantes.

Oline se lamenta sur la maigreur de la nourrice. Qu'elle soit lapone était de moindre importance.

Cependant, ses petits seins devinrent bientôt une source d'élixir de vie. Et le corps maigre et noueux était fait pour bercer un enfant.

Elle venait de perdre un petit garçon quelques jours auparavant. Mais elle n'en parla pas. Au début, elle se montra méfiante, elle avait trop de lait et elle était malheureuse.

On savait qu'elle n'était pas mariée, mais personne ne songeait à lui en faire grief.

Pendant les lourdes nuits de juillet, ce fut Stine qui ramena le calme et l'harmonie. Tout redevint silencieux.

Une odeur sucrée de nourrisson et de lait émanait de la chambre de Stine. Envahissait le couloir jusque dans les coins les plus reculés. Sans qu'on puisse l'expliquer, on sentait même cette odeur de femme et d'enfant jusque dans les communs.

Dina resta au lit sept jours. Puis elle se leva. Affairée comme une chèvre en train de grimper une côte.

« Quand c'est pas l'gosse, c'est elle », dit Oline.

Il faisait chaud. A l'intérieur des maisons comme dans la cour. On commençait à croire que tout allait redevenir comme avant. Du temps du pauvre Jacob où l'on offrait du punch à la famille, aux amis et aux hôtes de marque venant de près ou de loin.

Stine allaitait. Et se glissait comme une ombre. Sans bruit, ne faisant qu'une avec la brise d'été et la marée.

Oline avait donné l'ordre de ne pas raconter où l'enfant était né.

Mère Karen pensait que Notre Seigneur Lui-même étant né dans une étable, cela pouvait être interprété comme un signe.

Mais Oline n'en démordait pas. Rien de cette histoire ne devait transpirer. Bien entendu, cela se sut. Dina de Reinsnes s'était promenée en pantalon le jour de son mariage et maintenant voilà qu'elle accouchait dans une étable !

Dina recommença à circuler dans la maison cet été-là.

Un jour, à la cuisine, elle fit remarquer qu'Oline avait des pellicules sur les épaules.

Oline fut mortellement blessée. N'était-ce pas elle qui avait accouché cette effrontée dans une étable ? Elle leva les yeux au plafond quand Dina sortit, avec l'expression menaçante d'un chien méchant enchaîné.

Il existait une silencieuse connivence entre Stine et Dina.

Elles se retrouvaient quelquefois penchées ensemble sur le berceau – sans pour cela échanger beaucoup de mots. Elle n'était pas spécialement bavarde, cette Stine.

Un jour, Dina demanda :

« Et qui c'était l'père du gosse qu't'as perdu ? »

« L'est pas d'ici », fut la réponse.

« C'est-y vrai qu'il a femme et enfants ? »

« Qui c'est qui dit ça ? »

« Les gars à la boutique. »

« C'est des mensonges ! »

« Et pourquoi tu peux pas dire qui c'est ? »

« Ça sert à rien, l'gosse est mort... »

Cette rude philosophie semblait convenir parfaitement à Dina. Elle regarda Stine droit dans les yeux et dit :

« Non, t'as raison, ça sert à rien ! Ça r'garde personne qui c'est l'père. »

Stine avala sa salive, eut un regard reconnaissant envers l'autre.

« Not'môme, il va s'appeler Benjamin, et c'est toi qui vas l'porter au baptême ! » continua Dina en attrapant un petit pied nu qui battait l'air.

On l'avait délangé. Il faisait une chaleur étouffante à l'étage. La maison sentait le goudron chauffé par le soleil.

« C'est-y juste ? » demanda Stine effarée.

« C'est juste ! C'est toi qu'as sauvé la vie d'la p'tite crapule. »

« L'aurait pu prendre du lait d'vache coupé... »

« Dis pas d'bêtises ! Y t'faut une jupe neuve, une chemise neuve et un corsage neuf. Et l'pasteur s'ra invité au baptême. »

Le commissaire fut hors de lui quand il apprit qu'il ne tiendrait pas son premier petit-fils sur les fonts baptismaux et que celui-ci n'hériterait pas du prénom de son père.

« C'est Jacob qu'il devrait s'appeler ! grondait-il. Benjamin, c'est encore une invention de bonne femme, un de ces trucs incompréhensibles de la Bible. »

« Benjamin, c'est l'fils de Jacob, dans la même Bible », répliqua Dina avec entêtement.

« Mais personne, dans aucune des deux familles, n'a jamais porté ce nom ! » cria le commissaire.

« À partir d'dimanche prochain y'en aura justement un ! Veux-tu maintenant t'déménager dans l'fumoir, qu'on ait la paix ! »

Le commissaire resta là, planté, le visage cramoisi. A la cuisine, comme partout dans la maison, on avait été témoin de la scène. Il était venu pour remettre de l'ordre. Et voilà comment on le remerciait !

Et il fallait encore qu'il se retrouve à l'église côte à côte avec cette Stine, une servante lapone qui avait accouché d'un bâtard.

Le commissaire était si blessé qu'il n'arrivait pas à articuler sa fureur. Et quand enfin il lui donna libre cours, personne ne comprit le sens de ses cris.

À la fin il se retourna et déclara qu'il rentrait et quittait cette maison de fous. Et que Benjamin était un nom aussi peu masculin que Maria.

« En Italie, y a des hommes qui s'appellent Maria, fit remarquer Dina. Si tu pars, oublie pas ta pipe, elle est là. Et l'nom, c'est Benjamin ! »

Pendant ce temps, sur le palier, Stine pleurait silencieusement. Elle avait tout entendu.

Oline marmonna quelque chose à laquelle personne ne fit attention. Gênés, les ouvriers engagés pour faire les foins mangeaient leur bouillie du soir à la cuisine.

Mais pas plus loin que dans les communs le rire ne tarda pas à éclater. Et bien, elle était vraiment têtue cette jeune maîtresse ! Ils n'y pouvaient rien, mais ça leur plaisait plutôt. On ne trouverait pas dans toute la paroisse une maîtresse qui ose demander à une servante de présenter son enfant à Dieu le Père, simplement parce qu'elle l'avait allaité !

Le commissaire Holm retournait à sa chaloupe à pas lourds de fureur.

Mais au fur et à mesure qu'il avançait sur le gravier, il semblait reprendre ses esprits. Ses pas se ralentirent et il s'arrêta près du hangar à bateaux en soupirant.

Il fit alors demi-tour et, pour la deuxième fois dans la même journée, il rebroussa chemin. Fit grand bruit dans l'escalier et cria à travers la porte ouverte :

« Bon, pour l'amour du ciel, qu'il vive dans le péché et s'appelle Benjamin ! »

Mais Dagny prit mal la chose. Elle n'avait aucune intention de se montrer à l'église. Cet affront public ne lui laissait aucun repos.

Et quand le moment vint de s'y rendre, elle était enrhumée, mal en point, avec mal à la tête et les yeux rouges.

Les garçons ne pouvaient pas y aller sans elle. Il y en avait deux maintenant.

Le commissaire se sentit coupable un instant en rencontrant ses yeux accusateurs. Mais il se ressaisit, soupira et déclara que tout de même, il s'agissait de son premier petit-fils. Il était donc de son devoir de se rendre à l'église !

Il partit avec le cadeau dans sa poche en faisant l'important. Bien soulagé d'échapper aux reproches de Dagny et à son regard désapprobateur dont le sens était clair :

« Regarde un peu la fille que tu as, mon pauvre Lars ! Quelle honte ! »

Comme s'il ne le savait pas !

Le pire verdict était rendu par les yeux éloquents de Dagny, accompagné d'une petite réflexion sur sa conduite irréprochable quand elle était jeune fille « dans le sud ». Cela avait le don de déclencher une telle fureur qu'il l'aurait volontiers étranglée de ses grosses mains.

Mais ce n'était pas le genre du commissaire d'étrangler ou de battre. Il se contentait de planter deux yeux bleu sombre sur les gens. Et d'être profondément blessé et malheureux.

Avec bonhomie, et assez bruyamment, il arrivait

cependant toujours à ses fins dans le privé comme dans la vie publique. En tout cas depuis que Dina était sous bonne garde à Reinsnes.

Il lui arriva plus d'une fois d'envoyer une pensée reconnaissante à son ami mort et à Mère Karen. Mais il n'osait pas imaginer ce qui se passait à Reinsnes.

Peu de gens osaient lui colporter les ragots. C'était donc seulement quand Dagny voulait le punir pour une raison quelconque qu'il apprenait à quel point tout allait mal à Reinsnes. Avec une maîtresse de maison qui ne mettait jamais les pieds dans son salon, mais par contre sortait la nuit à cheval. Qui fréquentait les garçons de ferme et les servantes.

Il lui arrivait de penser à l'enfance de Dina. Aux années passées hors des règles du savoir-vivre. Jusqu'à l'arrivée de Lorch, ce drôle de type, qui n'était ni chèvre ni chou, comme disait Dagny.

Un vague sentiment de culpabilité lui traversa l'esprit un bref instant. Mais il lui parut offensant, et tout à fait nuisible. Aussi pensa-t-il être dans son bon droit en le repoussant.

Chapitre 3

Maintenant si ta parole s'accomplit, que faudra-t-il observer ? L'égard de l'enfant, et qu'y aura-t-il à faire ?

(Livre des Juges, **13**, 12)

L'odeur aigre-douce du nourrisson et du lait avait un curieux effet sur tous. D'autant plus qu'il y avait maintenant vingt-trois ans depuis la dernière fois.

Il arrivait à Oline de faire des comparaisons.

« Il ressemble au Johan ! » Ou bien : « C'est juste comme si on voyait l'Johan ! Il avait juste la même mine quand il faisait dans ses langes ! »

Elle exprimait un grand enthousiasme devant ses progrès. Et était très préoccupée par l'aspect des oreilles du petit Benjamin. Elle s'était mis dans la tête qu'elles étaient un peu saillantes. Et que cela représentait un élément étranger dans l'histoire de la famille. Elle fixait Dina, dont les oreilles étaient toujours cachées par les cheveux.

Elle devait se contenir pour ne pas aller voir si l'enfant avait hérité de sa mère ses oreilles pointues de faune.

Mais comme Dina n'était pas quelqu'un sur qui on mettait la main, elle se contenta de remarquer qu'elle avait oublié de regarder comment étaient les oreilles du commissaire.

« L'commissaire, on les lui a coupées, les oreilles, quand il était p'tit, tellement elles étaient laides », lança Dina avec insolence.

Oline fut vexée. Mais elle comprit l'allusion. Et cessa de commenter l'aspect de l'enfant quand Dina était présente.

Mais c'était Stine qui écopait. D'abord, elle s'inquiétait beaucoup parce que le petit n'avait pas un poil sur la tête. Ensuite parce qu'il avait une grande tache de vin sur l'épaule gauche.

Elle tourmentait Stine en prétendant que les cheveux ne poussaient pas parce que son lait n'était pas assez riche.

Et il ne servait à rien que Mère Karen et Stine aient plus d'expérience. Et se réfèrent à tel ou tel enfant qui était resté chauve jusqu'au moment où il avait commencé à marcher. C'était la nature qui en décidait.

Le premier été de Benjamin fut torride.

Les compresses que Stine mettait sur ses seins sentaient vite l'aigre et il en séchait continuellement une douzaine sur le fil derrière la buanderie.

Les lilas avaient fleuri si rapidement qu'on en avait à peine senti le parfum. La sécheresse devint un problème pour la récolte. La chaleur rendait les gens paresseux et irritables.

Cependant le jeune Benjamin mangeait, pleurait et dormait comme un chiot de bonne race. Il poussait à vue d'œil, à part ses cheveux.

Il dévorait littéralement sa petite nourrice maigrichonne. Elle eut mal aux dents. Et devint de plus en plus maigre malgré la crème et le beurre dont Oline la gavait, afin d'assurer une riche production de lait.

Le fait que Stine allait tenir Benjamin sur les fonts baptismaux avait conféré à la Lapone un statut social privilégié, tacitement reconnu bien au-delà de Reinsnes.

Dina, elle, sembla ne plus s'en souvenir après le baptême.

Et c'était Stine qui assumait les nuits de veille, l'allaitement, les couches et les langes et tout le reste.

Elle jouissait du respect qu'on lui montrait. Elle arcboutait son maigre dos contre les ragots des gens et se laissait servir le petit-déjeuner au lit, des mûres jaunes et de la crème épaisse au dessert. Ainsi que du beurre frais, et du lait sucré au miel pour aiguiser l'appétit.

Ce qui arriverait après le sevrage de l'enfant, elle évitait d'y penser. Elle avait plusieurs mois devant elle encore, et personne n'en parlait.

Chaque fois que Stine mettait l'enfant dans les bras de Dina, un cercle magique se refermait sur eux. Finalement il était impensable que Dina prenne l'enfant sans

186

que ce soit Stine qui le lui mette dans les bras. Stine était l'alpha et l'oméga.

Un jour où Mère Karen et Oline étaient toutes deux penchées sur Stine, qui allaitait le petit, Dina déclara :

« La Stine, elle va rester ici à la ferme tant qu'elle le voudra. On a pas seulement b'soin d'son lait. »

Mère Karen oublia vite qu'elle avait été vexée de ne pas avoir été consultée.

Ainsi fut-il décidé que Stine resterait en sécurité à Reinsnes, toute sèche que fût sa poitrine.

Tomas conservait le souvenir du jour de l'enterrement de Jacob. Comme d'un événement insensé.

Il revoyait Dina glisser sur la rampe. Grande et nue, sa chemise de nuit entre elle et le bois vernis.

Parfois il pensait avoir rêvé. D'autres fois, il n'en était pas sûr.

Et puis, par éclairs, il se revoyait, lui, Tomas, couché sur la peau de mouton dans la salle.

Secrètement il se sentait à la fois anobli et damné. Il ne faisait plus partie de la même classe sociale. Il importait peu qu'il fût seul à le savoir.

Il se tenait plus droit et avait une expression contemplative et hautaine dans les yeux qui convenait mal à un palefrenier, fils de métayer.

On s'en rendait bien compte, mais personne ne comprenait d'où lui venait cet air. Il était un étranger à Reinsnes. C'était Dina qui l'y avait amené.

Mais, pendant la moisson, personne ne s'aventurait à le tourner en dérision. Car il était impossible de suivre son rythme dans les champs. Les hommes évitaient de faucher à ses côtés.

Ils lui demandaient d'aller un peu plus lentement, mais il semblait ne pas entendre. Et il y avait toujours plusieurs mètres entre lui et son compagnon.

À la fin, ils trouvèrent un moyen de le tenir en respect. Ils le laissèrent toute la journée entasser le foin sur la charrette avec sa fourche. Puis ils lui firent faucher seul, le soir, les parcelles les plus difficiles. Ils l'envoyaient aussi chercher la pierre à aiguiser ou le bidon de lait caillé pendant les pauses.

Tomas ne protestait jamais. Car il se perdait dans les

images et les souvenirs. Les odeurs. Tandis que, pendant des heures, il soulevait de lourds fardeaux. Ou qu'il courait entre la ferme et les champs. Cherchant de nouvelles pierres à aiguiser ou bien faisant remplir des bidons de lait caillé par Oline.

Son corps était brun de soleil et luisant de transpiration, l'été où Dina accoucha.

Chaque après-midi, il plongeait la tête et le torse dans l'abreuvoir, dans l'enclos des chevaux, et se secouait ensuite, comme eux.

Cela ne l'empêchait pas d'être en feu. Il n'obtenait jamais rien de plus qu'une promenade à cheval. Son étrier était toujours entre eux quand il était près d'elle.

Tomas aurait donné son âme au diable pour supprimer ce bout de métal.

Dina se baignait souvent dans une petite crique profonde. Bien cachée entre des collines rocheuses et un bois de bouleaux. Et à bonne distance des champs et du débarcadère.

Elle était couchée dans l'eau fraîche jusqu'au menton tandis que ses seins flottaient, comme deux animaux indépendants essayant de nager par eux-mêmes.

Il arrivait que Hjertrud apparaisse à l'orée du bois et lui fasse un signe en levant le bras quand elle sortait de l'eau.

Alors Dina s'arrêtait, à moitié enveloppée de sa chemise ou de sa serviette. Elle restait debout. Jusqu'à ce que Hjertrud lui parle, ou bien disparaisse.

Ainsi, depuis que Dina s'était relevée de ses couches et avait recommencé à circuler, Tomas avait employé toute sa ruse pour savoir quand elle se baignait. Cela pouvait être aux heures les plus indues.

Il avait une sorte de sonnette d'alarme secrète. Et arrivait toujours à se libérer s'il était à la ferme.

Il se réveillait la nuit, prêt. Il avait un flair qu'un renard aurait pu lui envier pour dépister un bruit de pas dans l'herbe, passant devant les communs pour se diriger vers la crique.

Un jour il se retrouva tout à coup devant Dina. Après avoir attendu décemment qu'elle se soit rhabillée et remonte le sentier.

Les oiseaux voltigeaient à l'ombre entre les arbres.

Ils pouvaient tous deux entendre la cloche du dîner venant d'une ferme sur l'autre rive.

Le soir venait d'envelopper le précipice d'ombre bleu foncé, et les insectes bourdonnaient. Un parfum de bruyère et d'algues chaudes de soleil se mêlait à tout.

Dina s'arrêta et regarda l'homme devant elle. Interrogatrice. Comme si elle se demandait qui il était. Elle avait une ride profonde entre les sourcils. Il se sentit désarçonné. Mais il tenta le coup.

« T'avais dit qu'tu m'enverrais chercher... »

« Chercher ? Pour quoi faire ? »

« Qu'tu voulais m'voir... »

« Et pourquoi j'voudrais t'voir ? »

Il sentait chacun de ses mots lui briser les os. Cependant il ne se rendit pas.

« Parce que – euh – le jour où le Jacob... le jour dans la salle... »

Ce n'était qu'un murmure. Une plainte. Qu'il lui présentait comme une offrande.

« On a eu aut'chose à faire ! »

Elle arrêta son verdict comme elle aurait souligné de deux traits la somme finale des comptes de la boutique. Tant pour les bénéfices. Tant pour les arriérés. Tant pour les pertes à cause de mauvaises pêches.

« Oui... mais... »

Elle eut son sourire. Celui sur lequel tout le monde se trompait. Mais pas Tomas.

Car il connaissait une autre Dina. Celle de la salle. Depuis, il n'avait jamais été à l'aise quand elle souriait.

« Les temps ont changé. Les gens font ce qu'ils doivent faire », dit-elle en le regardant droit dans les yeux.

Elle avait les pupilles dilatées. Il voyait la tache ambrée de l'iris. Ressentait la froideur des yeux gris de plomb comme une douleur physique. Cela le paralysait. Il restait planté là. Bien qu'elle fît visiblement signe de vouloir passer. Il n'osait pas la toucher, alors qu'elle était si proche que seuls leurs vêtements les séparaient.

Puis elle sembla avoir tout à coup une idée. Elle leva

la main et la posa sur sa joue duvetée. Moite de chaleur, de tension et de honte.

« Il a fallu attendre que l'vent tombe, sans s'presser, dit-elle, absente. Mais t'es encore capable d'monter à cheval. »

Le soir même, ils allèrent à cheval jusqu'au col, les cheveux de Dina n'étaient pas encore secs.

Une ou deux fois, elle tint la bride haute à Lucifer jusqu'à le blesser de ses éperons.

L'automne commençait à s'installer. Les feuilles des arbres jaunissaient, et de loin les trembles semblaient en feu.

Il n'osa pas la tourmenter en se montrant exigeant. Il n'aurait pas supporté un nouveau refus dans la même journée.

Mais le feu qui le dévorait n'était pas éteint. Tomas dormit mal, faisant des rêves embrouillés qui n'étaient pas racontables.

Il pouvait s'arrêter au beau milieu d'un travail et sentir son odeur. Il croyait qu'elle se trouvait juste derrière lui et il se retournait brusquement. Mais elle n'était jamais là.

Pendant ce temps, les lauriers de St. Antoine envahissaient de leurs fleurs violettes les champs et les fossés.

Les oisillons savaient voler depuis longtemps. Les mouettes et les sternes se contentaient de roucouler sans conviction quand on ramenait à terre quelques petits lieus noirs. Et le puits menaçait d'être à sec.

Chapitre 4

Celui qui dérobera un homme, et qui l'aura vendu ou retenu entre ses mains, sera puni de mort.

(Exode, **21**, 16)

Depuis que Dina s'était enfermée dans sa solitude, Mère Karen voyait avec inquiétude qu'elle retombait dans ses mauvaises habitudes et ses manières inconvenantes.

Dina attirait l'attention parmi les étrangers. Elle se conduisait à peu près comme un homme aisé jouissant d'une grande estime. Sans sourciller, elle fumait le cigare après le dîner, si l'occasion s'en présentait. C'était comme si elle désirait choquer et provoquer.

Quand les messieurs se retiraient au fumoir, Dina suivait avec le plus grand naturel.

Elle s'allongeait sur la chaise longue, les jambes croisées. La main qui tenait le cigare paresseusement posée sur la peluche.

Il lui arrivait même d'enlever ses chaussures.

Elle ne disait pas grand-chose. Se mêlait rarement aux discussions, mais apportait quelques brèves corrections si elle trouvait cela nécessaire.

Les hommes se sentaient surveillés et mal à l'aise. Et le moment du punch et du cigare n'était plus ce qu'il avait été.

La présence de Dina et les expressions de son visage portaient sur les nerfs de ces messieurs. On pouvait difficilement lui faire poliment comprendre qu'elle était indésirable étant donné qu'elle était la maîtresse de maison. Et elle ne se laissait pas traiter en paria.

C'était comme si le pasteur était là. On n'était pas complètement à l'aise pour raconter de bonnes histoires.

191

Car Dina était là, avec son sourire, et écoutait. Leur donnant l'impression pénible d'avoir dit des bêtises.

Le plus ignominieux était quand elle interrompait pour corriger un chiffre, une date, ou ce qui pourrait être profitable, ou bien ce qu'on avait dit dans les journaux.

Au début, ils pensaient qu'elle allait se lever et partir si Benjamin se faisait entendre quelque part dans la maison. Mais elle ne levait même pas un sourcil.

Niels en eut assez à la fin. Il déménagea l'heure du punch dans son bureau. Installa peu à peu un petit salon dans un coin.

Mais Dina ne se laissait pas expulser pour autant. Elle suivait les comptes avec des yeux d'argus. Et buvait le punch du bureau.

Benjamin avait déjà bien un an quand Dina trouva Stine en train de pleurer sur la tête de l'enfant.

Les larmes coulaient. Sans un son. L'enfant regardait sa nourrice tout en tétant. De temps à autre il fermait un œil par réflexe, pour éviter qu'une larme ne lui tombe dessus.

En réalité il tétait seulement pour se faire câliner car Stine n'avait presque plus de lait. Et il était temps, pensait Karen. Après de nombreuses palabres, Dina finit par obtenir l'histoire de Stine.

Elle s'était laissé séduire. Elle ne pensait pas qu'elle pouvait être enceinte tant qu'elle allaitait. Mais on voyait bien que cette bonne vieille règle n'était pas faite pour des gens comme elle.

Elle ne voulait pas dire qui était le père. Mais Dina ne se laissa pas décourager.

« Si tu veux pas m'dire qui c'est l'père, pour qu'y fasse réparation, j'peux pas t'garder ici. »

« Mais c'est pas possible ! » pleurait Stine.

« Et pourquoi c'est pas possible ? »

« Parce que c'est un monsieur de bonne famille. »

« Alors il est pas ici à Reinsnes ? »

Stine pleurait.

« Il est de Strandstedet ? »

Stine se moucha et secoua la tête.

« Il est de Sandtorg ? »

Dina continua de la sorte pour finir par apprendre ce qu'elle savait déjà. Que c'était Niels qui était le père de l'enfant.

Le salon du bureau de Niels, dans la boutique désertée la nuit, servait visiblement à autre chose qu'à boire du punch.

« J'm'suis laissé dire que l'Niels va être père ! »

Dina ferma la porte du bureau derrière elle et mit les poings sur les hanches. Niels était assis derrière le grand bureau de chêne.

Il leva les yeux. Et son regard s'éteignit. Il avait du mal à soutenir son regard.

Puis il changea d'attitude et fit comme si c'était la première fois qu'il entendait cette histoire.

Avec précipitation, les excuses se déversaient comme du sucre d'un sac percé.

« C'est une accusation qui n'tient pas d'bout ! » affirma-t-il.

« T'es assez grand pour savoir c'que tu fais, j'ai pas besoin de l'dire. Mais un gosse n'se plante pas par l'opération du Saint-Esprit. En tout cas pas dans c'pays-ci. C'était au pays des Juifs. Et c'était une exception ! A c'qui paraît, c'est ici même qu't'as couché avec la Stine. Dans cette pièce ? »

Niels protesta avant même qu'elle eût terminé. Ils parlaient en même temps.

Les yeux de Dina lancèrent des éclairs. De fureur et de mépris mêlé aussi d'une sorte de satisfaction.

Elle s'avança lentement vers la table, tout en gardant son regard droit dans le sien. Puis elle se pencha sur lui et lui entoura légèrement les épaules de son bras. Sa voix était celle d'un chat ronronnant au soleil.

« Le Niels l'est assez grand pour choisir. D'ce jour, il peut choisir entre deux choses : il peut mener la Stine à l'autel au plus vite, ou il peut quitter Reinsnes pour de bon ! Avec six mois d'salaire ! »

Niels était comme pétrifié. Il avait peut-être deviné

que Dina n'attendait qu'une occasion de se débarrasser de lui. Il l'avait compris quand elle s'était mise à fouiller dans ses livres de comptes.

« Madame veut me chasser de la propriété de ma mère Ingeborg ! » dit-il, tellement altéré qu'il en employait des tournures distinguées.

« Y a belle lurette que l'Ingeborg en était la propriétaire ! » affirma Dina avec dédain.

« J'vais l'faire savoir au Johan, et c'jour même ! »

« Oublie pas d'lui dire aussi qu'tu vas être père dans six mois, et qu't'essaies d'te tirer en laissant la honte à la Stine ! Pour le Johan, qui va être prêtre, ça s'ra sûrement un grand exploit ! »

Elle se retourna tranquillement pour partir.

« L'Niels peut v'nir m'dire c'qu'il a décidé, avant ce soir », dit-elle sans se retourner. Ferma doucement la porte derrière elle, et fit un signe aimable de la tête à la vendeuse qui se tenait à l'écoute à une bonne distance de la porte.

Il monta la voir dans la salle dans la soirée pendant qu'elle était en train de jouer. Ils s'y étaient préparés. Tous les deux.

On ne pouvait quand même pas le marier à une Lapone ! Et qui en plus avait eu un enfant avec un autre, même si l'enfant était mort. Dina devait le comprendre.

À vrai dire, il avait autre chose en tête. Il s'était trouvé une fille de bonne famille. Il donna même le nom. Et sourit avec un regard scrutateur vers Dina.

« Mais t'aurais pu faire le difficile et t'souvenir qu'elle était lapone avant d'la coucher sur l'plancher du bureau ! »

« Oh, elle en a bien pris sa part ! »

« Bien sûr, et elle continue. Ça pousse et ça s'épanouit dans son ventre. C'est seulement l'Niels qui prend plus sa part. »

« Ça s'ra contre la volonté d'Jacob si j'dois partir. »

« Le Niels y sait rien d'la volonté d'Jacob, mais moi j'la connais. »

« Tu m'chasses par force ! »

Il s'écroula sur une chaise.

Dina s'approcha et lui caressa le bras. Pencha sa grande silhouette au-dessus de lui.

« On a seulement besoin d'toi le jour d'la noce. Après tu peux t'en aller – ou rester, dit-elle tout bas. Si tu restes, tu peux compter sur un salaire double, à cause de Stine. »

Niels faisait oui de la tête en passant sa main sur son visage. Il avait perdu la bataille.

Une tragique silhouette allait et venait sur le gravier entre les maisons ce soir-là. Il ne voulait pas dîner. Mais Niels avait appris qu'il fallait avoir des garanties tant que la place n'était pas assurée. Chaque maître avait ses lois.

Les lois de Dina ne ressemblaient à aucune autre.

Niels avait montré une grande intelligence pendant plusieurs années. Il faisait preuve d'un talent certain pour se trouver des revenus personnels. Ces bénéfices n'apparaissaient pas dans les comptes.

Il arrivait que des pêcheurs ou des paysans viennent trouver Mère Karen ou Anders pour se plaindre de la dureté de Niels quand ils ne pouvaient pas rembourser leurs dettes.

En vérité, il arrivait aussi que Mère Karen paie la dette du pauvre diable pour que Niels le laisse en paix.

Il prétendait qu'il ne pouvait pas laisser courir le bruit qu'il remettait une dette, parce qu'alors tout le monde viendrait lui demander la même chose.

Mais Mère Karen payait.

Dina ne se mêlait pas de ces différends, tant que la dette était notée dans les livres.

Il arrivait cependant que Niels retienne des sommes qui n'étaient pas inscrites. Par accord verbal, comme disait Niels.

Dina pinçait les lèvres et disait :

« Un chiffre qu'est pas marqué dans les comptes, c'est pas un chiffre ! On peut pas le retenir. »

Et Niels lâchait prise.

Il faisait attention ensuite de ne pas donner de sujet de plaintes.

Et le paiement était aussi bien caché que les trésors du ciel.

Tout le monde en effet avait oublié, même s'ils en avaient été témoins, que Niels avait entrepris de réparer des planches pourries dans le plancher du bureau. Sous la lourde table de toilette qui trônait, avec sa plaque de marbre, dans le coin derrière la porte.

Les servantes ne la déplaçaient jamais. Elle était si lourde. Elles se contentaient de laver autour. Passaient la serpillière sur le socle peint en bleu.

Avec le temps, une raie d'usure laissa le bois apparaître. Les billets de banque étaient en sécurité, placés sous la planche amovible. Dans une boîte en fer-blanc de bonne qualité. La fortune grossissait tranquillement.

Pour Niels, il n'y avait aucune différence entre jours fériés et jours de travail tant qu'il s'agissait de faire un bénéfice sur un achat ou une vente.

Stine avait disparu au moment où Benjamin devait se coucher. Il avait joué toute la journée avec les pelotes de laine de couleurs vives à l'étage des communs, parce que les servantes étaient en train de démonter un métier à tisser.

Elles commencèrent à s'énerver quand l'enfant, qu'on aurait dû venir chercher depuis longtemps, eut sommeil et devint casse-pieds.

On fit appeler Oline. On commença à la chercher.

Dina elle-même courait partout. Mais sans résultat. Il n'y avait pas l'ombre de Stine.

Au bout de trois jours, Dina la retrouva dans la petite cabane de pêcheurs d'où elle venait.

Tomas et Dina étaient venus en bateau pour la ramener. Stine était assise près de l'âtre en train de remuer la bouillie du repas quand ils arrivèrent. Le visage strié de larmes et de suie.

Tout d'abord elle ne voulut pas parler. Jetait seulement des regards peureux sur la famille réunie autour. Il y avait seulement une pièce dans la cabane. Aucun endroit où l'on pouvait parler tranquillement.

Mais quand son squelette ambulant de père toussota en la fixant avec douceur, elle finit par répondre.

« J'veux pas du Niels pour mari ! »

Elle préférait le châtiment et la honte plutôt qu'un contrat. Elle ne voulait pas être tourmentée toute sa vie par quelqu'un qui se serait senti obligé de l'épouser pour pouvoir rester à Reinsnes.

« Il est là depuis qu'il est devenu orphelin à quatorze ans ! » ajouta-t-elle. Avec un certain reproche dans la voix.

Je suis Dina. Je n'ai pas besoin de pleurer, car tout est comme il se doit. Stine pleure. Je la porte en moi. Lourde ou légère. Comme je porte Hjertrud.

Ceux qui étaient dans la pièce entendirent Madame Dina de Reinsnes demander pardon. Plusieurs fois.

Le vieux père de Stine était assis dans un coin. Sa plus jeune sœur la remplaça auprès de la marmite. Un garçon presque adulte allait et venait avec du bois.

Personne n'essayait d'intervenir. A la fin ils se mirent à table. Devant une soupe aux harengs et des galettes. La table était grossièrement équarrie. Toute blanche de récurage, comme un os de baleine nettoyé par les intempéries. Les sentiments pesaient lourdement sur la tablée, comme une buée.

La nouvelle se répandit. Comme les étincelles d'un pin desséché enflammé. Il pouvait être content de ne pas se trouver dans les communs, Niels. Parce que là, on ne l'épargnait pas.

Stine avait éconduit Niels ! Cela fit une belle histoire. Niels se traînait, essayant de recouvrer son autorité. Les servantes le fuyaient. Les garçons l'évitaient. Il était comme pestiféré. La justice des opprimés était impitoyable.

Mais Stine revint à la ferme. Elle grossissait. Elle avait les joues roses et était fraîche comme une fleur, une fois passées les premières semaines de nausées.

Elle chantait des chansons à Benjamin et avait bon appétit.

Mère Karen conversait avec les visiteurs venus de tous les coins du monde et racontait ses voyages en Europe. C'était toujours les mêmes histoires, mais cela ne faisait rien.

197

Elles étaient toujours nouvelles pour les hôtes de marque qui les entendaient pour la première fois.

Et les autres s'habituaient à ces récits, comme on s'habitue au retour des saisons. Mère Karen adaptait ses histoires au niveau de culture et au caractère particulier de chaque personne. Elle savait toujours s'arrêter à temps.

Souvent, elle se retirait au moment du punch avec un soupir condescendant, laissant comprendre qu'elle aurait aimé être plus jeune et plus fringante.

C'est là que les doigts impitoyables de Dina prenaient la relève. La musique était là. Comme une libération. Une fièvre ! Envahissait toute la ferme, jusqu'aux champs. Jusqu'à la grève. Atteignait Tomas sur sa couche dure dans les communs. Apportant joie ou tristesse. Selon l'humeur de l'auditoire.

Chapitre 5

Il nous faut certainement mourir, et nous serons comme les eaux répandues à terre et qui ne se rassemblent plus ; Dieu n'ôte pas la vie, mais Il désire que le fugitif ne reste pas banni de Sa présence.

(2ᵉ Livre de Samuel, **14**, 14)

Un jour le frère de Stine se retrouva dans la cuisine à Reinsnes. Il était habillé du simple costume des Lapons du littoral, fait de peau de renne, avec un bonnet bleu orné de rubans. Ses bottes en peau de renne étaient usées et trempées.

Il n'y avait plus de farine à la maison. Il s'était perdu dans la montagne en allant demander la charité à Reinsnes. Et il avait été surpris par un ours à Eidet.

Il avait eu tellement peur qu'un de ses skis s'était détaché et avait dévalé la pente. Il avait dû se frayer un chemin dans la neige profonde le reste du trajet.

Le garçon tenait ses mains devant lui comme si elles ne lui appartenaient pas. Il était petit et de stature grêle, comme sa sœur. Confirmé l'an passé, encore imberbe. Seulement du duvet par-ci, par-là, et une tignasse très noire retombant sur des yeux éveillés.

Oline vit tout de suite qu'il avait les mains gelées. Stine allait et venait en silence, en train de préparer quelque chose. Des chiffons de laine imbibés d'huile de foie de morue.

Stine était en train de bander les pauvres doigts quand Dina entra dans la cuisine. Cela puait l'huile de foie de morue, la sueur et les vêtements mouillés. Le garçon était assis sur un escabeau au milieu de la cuisine. Désemparé, il se laissait soigner.

« Qu'est-ce qui s'passe ? » demanda Dina. Pendant qu'on lui répondait, l'odeur de Jacob, l'odeur de chair pourrie, sortit de l'appentis. Cela ne ressemblait à aucune autre odeur.

Dina empoigna le chambranle de la porte et s'y appuya lourdement, pour reprendre son équilibre. Puis elle alla vers le garçon et regarda ses mains. A cet instant, la puanteur de Jacob s'évanouit.

Elle resta là pendant que Stine le soignait. Le garçon versait quelques larmes. Tout était tranquille dans la cuisine bleue. On entendait seulement les planches grincer sous les pas de Stine quand elle se déplaçait.

Grâce aux soins de Stine, les plaies guérirent. Le garçon resta à la ferme jusqu'à sa guérison complète. On l'avait mis dans la chambre de Tomas.

Il ne pouvait rendre aucun service. Mais il se mit à parler au bout de deux jours.

Tomas se montrait assez distant envers cette amitié inattendue. Mais il découvrit que cela pouvait le rapprocher de Dina.

Dina demandait des nouvelles du frère de Stine. Elle le chargeait de transmettre des vœux de meilleure santé.

Tomas avait appris à Dina à tirer avec un fusil lapon bien avant qu'elle ne parte pour Reinsnes. Cela s'était passé en grand secret dans les champs au-dessus de Fagernesset, quand ils allaient rassembler les perdrix des neiges prises au collet. A la ferme, on devait leur faire croire que c'était seulement Tomas qui s'exerçait au tir.

Le commissaire faisait grande confiance au garçon, et pensait qu'il ne gaspillait pas la poudre.

Plus tard, le commissaire offrit le fusil à Tomas. Il avait participé à une battue où un ours féroce avait été tué. Ce dernier avait massacré trois moutons des troupeaux du commissaire.

Tomas reçut le cadeau comme une consécration. Il voulait devenir chasseur d'ours.

Le fusil avait été fabriqué à Salangen. Par un Lapon qui connaissait son métier. C'était l'objet le plus précieux que Tomas possédait.

Et chaque fois qu'il était question d'un ours, Tomas s'arrangeait pour participer à la chasse. Il n'en avait pas encore abattu un tout seul.

Dina avait appris à tirer, mais n'avait jamais pratiqué la chasse.

Le commissaire supportait que sa fille sache se servir d'un fusil à condition qu'elle n'en parle pas trop quand il y avait des invités.

Jacob, au contraire, trouvait que ce n'était pas l'affaire d'une femme que de se servir d'une arme à feu. La poudre était aussi précieuse que l'or !

Mais comme il avait dû accepter que Dina fume le cigare, il fut bien obligé d'accepter qu'elle continue à s'exercer au tir après son arrivée à Reinsnes.

Le canon du fusil était court. Le mécanisme en était simple mais imparfait, si bien qu'il demandait un tireur averti.

L'amorce de l'arme n'avait pas de couverture et la poudre vous volait dans les oreilles.

Mais Dina connaissait toutes les astuces. Sa dextérité et son œil étaient en accord parfait avec l'arme. On aurait dit qu'elle maniait la poudre avec autant de rapidité que les chiffres.

L'histoire de l'ours du frère de Stine devait être vraie. Plusieurs personnes l'avaient vu. Et tout semblait faire croire qu'il était en marche vers la montagne. En tout cas, il ne semblait pas encore prêt à hiberner. Un ours féroce. Pas de très grande taille. Mais assez fort pour assommer deux moutons qui n'étaient pas rentrés des pâturages cet automne.

Un soir, Dina alla trouver Tomas dans les communs. Elle avait attendu qu'il soit seul dans sa chambre.

« On va à la chasse demain, Tomas. Faut qu'on attrape c't'ours qui s'promène ! » dit-elle.

« Ouais, l'idée m'en est bien venue. Mais Dina ! C'est pas ton affaire ! dit-il. J'vais trouver des gars... »

« Tais-toi ! l'interrompit-elle. Personne sait c'qu'on va faire. On s'ra les seuls à prendre l'ours ! T'entends, Tomas ? On dira qu'on va poser des pièges. »

Il se fit un silence.

Puis, il prit sa décision. Il fit un signe de tête affirmatif. Il était prêt à chasser l'ours tout seul pour être seul avec elle pendant des heures. De l'aube au crépuscule.

Ils rassemblèrent les pièges. Tomas cacha le fusil dans son sac.

Ils ne posèrent pas les pièges très loin de la ferme, car il y avait pas mal de perdrix cette année. Ils s'étaient arrêtés à la lisière du bois et ne semblaient pas être pressés d'arriver en montagne.

La neige était tombée tôt et recouvrait tout. Mais pas assez quand même pour aller à skis. Le terrain était trop accidenté et caillouteux. Une longue marche dans la neige demandait de gros efforts. Mais ils n'en parlèrent pas.

Les perdrix n'avaient pas encore changé de plumage, elles se détachaient nettement sur tout ce blanc.

Puis ils se mirent en route pour la chasse à l'ours.

Dina marchait légèrement penchée en avant, le regard fixé entre les arbres. Tomas allait devant, le fusil chargé.

Pendant des heures, ils fouillèrent la zone où l'ours avait été repéré. Mais ne découvrirent aucune trace. Ils ne l'entendirent pas non plus. A la fin, il fallut faire demi-tour, le jour commençait à baisser. Ils étaient fatigués. Tomas restait sur la déception d'avoir raté les traces de l'ours.

Ils retournèrent aux pièges pour, au moins, en rapporter les prises.

Tomas les décrochait et les mettait à sa ceinture.

Une perdrix s'était à moitié arraché l'aile en essayant de se dégager. Des gouttes rouge sombre s'enfonçaient dans la neige givrée. Une autre était encore vivante quand Tomas la prit. Les deux charbons ardents de ses yeux ronds clignotèrent sur eux une ou deux fois, puis Tomas tordit la petite tête sur son cou, et tout fut terminé. Les tourbières étaient recouvertes de givre. La buée de leur respiration laissait comme une trace de brume de gel dans l'air.

Ils n'avaient pas abandonné l'idée de l'ours, bien qu'ils soient descendus de la montagne. Ils marchaient sur la même ligne. A bonne distance l'un de l'autre.

En passant devant le piège à renards, ils y trouvèrent un lièvre. Sa patte arrière était très abîmée. Il arriva quand même à faire un bond quand Dina le libéra. Il chancelait entre les troncs des bouleaux et se cacha derrière quelques touffes. Tous les deux couraient derrière. Ce fut Dina qui le trouva.

Elle prit un bâton pour essayer de l'atteindre à la tête. Mais elle toucha l'arrière-train.

Il eut un sursaut avant de s'enfuir sur trois pattes. Mais une seconde après, il se retourna vers elle. Avec des gémissements d'enfant. Il se traîna vers elle sur ses pattes de devant, traînant son arrière-train. Pleurant dans l'air blanchi, rougissant lentement la neige autour de lui.

« Frappe ! » dit Tomas quand il resta inanimé aux pieds de Dina.

Elle resta là, le montrant du doigt. La mort s'était déjà installée dans les yeux du lièvre.

Je suis Dina, qui suis dans la buanderie à Fagernesset pendant que la vapeur n'arrive pas à étouffer les cris de Hjertrud. La déchirure s'agrandit. Résonne dans les fenêtres. Tremble dans tous les visages. Cliquète dans les morceaux de glace du tonneau. Le monde entier est rose et blanc de cris et de vapeur. L'épluchage de Hjertrud se fait lentement. Par à-coups et avec une grande force.

« Frappe ! » reprit Tomas.

Elle se tourna alors vers lui et le regarda comme si elle ne le connaissait pas. Tomas lui lança un coup d'œil étonné. Il retroussa les lèvres en un petit sourire.

Il avait enfin le dessus. Pour la première fois. Il visa et tira. Le coup était si fort qu'il souleva le lièvre. La tête et le petit corps se recroquevillèrent dans l'air devant eux. Un bruit doux et sourd.

Puis le silence revint. Et la fumée de la poudre les recouvrit. Dina se retourna. Des bouts de fourrure blanche traînaient au milieu de tout le rouge, écrabouillé. Tomas remit son fusil sur l'épaule. L'odeur âcre du sang était tenace.

Quand elle se retourna, l'homme, debout, la regardait. Avec un sourire d'initié.

Elle fut alors comme un lynx sautant à la gorge d'une grosse proie.

Le corps trapu de l'homme fit un bruit sourd en tombant sur la neige tôlée, sous le grand corps de la femme.

Tandis qu'ils roulaient l'un sur l'autre, elle lui déchira

ses vêtements et le mordit au cou. Se ressaisissant enfin, il essaya de se défendre. Ils respiraient fort tous les deux.

À la fin, il resta sous elle sans bouger et la laissa faire. Elle mit son membre à nu et le frotta de ses mains froides tout en murmurant des mots incohérents qu'il ne saisissait pas. Il eut une grimace de douleur et se recroquevilla. Puis il ferma les yeux et s'abandonna.

Son membre se raidissait petit à petit et une tête rouge ardent montra bientôt son empressement. Dina avait des difficultés à se frayer un chemin dans tous les vêtements. Elle finit par employer son couteau pour les déchirer.

Tomas sursauta en voyant l'éclair de la lame. Mais elle ne fit que s'asseoir lourdement sur lui, s'ouvrant à son fer de lance. Et elle le monta. En une folle chevauchée.

Elle se soulevait sur les genoux et se laissait retomber de tout son poids avec un grognement.

Il sentait sa chaleur l'engloutir tout entier. De temps à autre, l'air glacé passait quand elle se soulevait. Des aiguilles de glace le transperçaient.

Il l'avait empoignée par les hanches, de ses mains ensanglantées, et la tenait bien fort. Bien fort.

Ses cheveux recouvraient son visage comme une forêt sombre.

Le ciel du soir l'éblouit quand il essaya de la regarder. Le lièvre éclaté était témoin. Rouge et blanc.

Quand tout fut fini, elle retomba – et resta couchée sur lui de tout son poids.

Son visage se mouilla lentement. Des gouttes tombèrent sur le cou de l'homme. Il ne bougea pas. Pas avant de l'entendre pleurer. Alors il chercha dans sa chevelure et aperçut un de ses yeux. Une faille béante.

Il se souleva sur un coude et de sa bouche chercha son front. Et lui non plus ne put retenir ses larmes. La neige avait fondu sous lui et il était trempé, le froid l'envahissait tout à coup.

Il tremblait, et ce tremblement se répercutait dans le corps de Dina en longs frissons. Le soleil avait depuis longtemps plongé derrière les montagnes. La neige tôlée laissait des aiguilles de glace dans les paumes.

Ils se levèrent et retournèrent à la maison, main dans la main, jusqu'à ce qu'ils soient si près qu'ils risquaient d'être surpris. Alors leurs mains se séparèrent. Ils n'avaient rien dit.

Il portait les perdrix. Elle portait le fusil. Le canon paisiblement dirigé vers le sol se mouvait au rythme de ses pas.

Quand ils arrivèrent à la ferme, Tomas se racla la gorge et dit qu'il aurait préféré prendre un renard. Il avait pris un renard noir l'année d'avant. Qu'il avait vendu à des commerçants russes pour un bon prix. Dix écus représentaient un revenu supplémentaire appréciable.

Elle ne répondit rien.

La lune s'était levée. Il était tard.

Hjertrud restait absente. Elle ne se laissait attirer nulle part, même un bref instant.

Tandis que Jacob ne faisait que ressasser les mêmes plaintes. Et vers cinq heures du matin, elle alla chercher le lièvre qui pendait sous le toit des communs, aiguisa un couteau et dépouilla ce qui restait de l'animal. Il n'y avait rien d'autre à faire.

Elle tira pour arracher la membrane et la peau glissa. Récalcitrante, mais enfin... Les membres écorchés, bleutés, se recroquevillèrent contre le corps inanimé quand elle lâcha prise. Comme pour se défendre encore contre le coup de grâce.

Elle coupa les membres et commença à dépecer. Elle avait si peu d'entraînement à ce genre de travail que cela n'allait pas vite. A chaque morceau détaché, ressemblant à n'importe quel morceau de viande de n'importe quel animal, le cri assourdissant faiblissait.

Le vent sifflait autour. Le couteau crissait sur les os et les cartilages. Le cri se faisait de plus en plus faible. Jusqu'au moment où Hjertrud apparut à ses côtés, la tête indemne, et tout redevint merveilleusement calme.

Finalement, elle mit le lièvre dans de l'eau froide. Il était recouvert d'une membrane bleutée qui luisait comme un arc-en-ciel à travers l'eau.

Elle mit le récipient avec le lièvre sous un couvercle et

le posa sur un plan de travail dans le garde-manger. Nettoya la table. Recouvrit les déchets et la peau afin qu'aucun charognard ne s'y attaque.

Ses mains étaient gourdes d'effort et d'eau froide. Elle les réchauffa tout en les séchant, et se promena un moment à travers les pièces pendant que le jour se levait. Puis elle se déshabilla lentement et se mit au lit tandis que la ferme s'éveillait.

Chapitre 6

Vous aimerez l'étranger, car vous avez été étrangers dans le pays d'Égypte.

(Deutéronome, **10**, 19)

Reinsnes était sorti de sa torpeur. Il était impossible de dire à partir de quel moment exactement. Mais Mère Karen pensait que le sens des responsabilités, enfin éveillé chez Dina, en était la cause. Et elle ne manquait pas de faire son éloge.

« Tu es une habile veuve de commerçant, chère Dina ! » disait-elle. Sans ajouter qu'on aurait également bien besoin d'une maîtresse de maison.

Mère Karen commençait à prendre de l'âge. Elle avait déménagé dans une chambre derrière le grand salon. Elle n'avait plus la force de monter l'escalier.

On fit venir un menuisier qui abattit une cloison entre les deux chambres du bas. Ainsi Mère Karen put y placer son lit et sa bibliothèque.

Ces meubles, ainsi qu'un vieux fauteuil baroque à haut dossier, lui étaient indispensables.

La clé était toujours sur la porte de la bibliothèque, mais Mère Karen était seule à la faire tourner dans la serrure.

On tapissa et on repeignit en couleurs claires. En fait, Dina fut d'une grande aide pour Mère Karen. On peut même dire que cela créa un certain contact entre elles, à un moment donné.

Le sens pratique de Dina et la faculté qu'elle avait de faire avancer les travaux enchantaient Mère Karen. Et elle pensait, comme bien d'autres fois auparavant :

« Si seulement elle avait pu montrer autant de sens pratique et d'énergie pour tout ce qui touche à Reinsnes ! »

Ou bien elle marmonnait pour elle-même :
« Si seulement Dina pouvait épouser un garçon bien ! »

Benjamin grandissait, et commençait à explorer Reinsnes. Il avait élargi son champ d'activité jusqu'aux hangars, jusqu'à la boutique et, sur la hauteur, jusqu'à l'étable d'été. Tenace comme une branche de saule, il se baladait accompagné d'Hanna, la fille de Stine. A la découverte du monde par-delà la maison blanche de la ferme. Toujours avec une ride profonde creusée entre les sourcils.

On ne lui avait jamais appris à dire maman, ou bien mère. Et il n'avait personne qu'il pouvait appeler père. Mais il ne manquait pas de bras pour le bercer.

Chacun avait son nom. Et sa propre odeur.

Il pouvait, les yeux fermés, deviner de qui venait l'odeur qu'il reniflait. Tout le monde était là pour lui. Qu'ils aient quelquefois autre chose à faire lui importait peu. Il trouvait toujours quelqu'un quand il en avait besoin.

Stine était la meilleure. Elle sentait les algues rincées par la mer et les myrtilles mûres de soleil. Elle sentait le linge séché dehors pendant la nuit. Ses mains étaient douces et calmes. Bronzées, aux ongles courts.

Ses cheveux noirs et raides étaient serrés sur ses tempes. Ils ne frisaient pas autour du front quand elle transpirait, comme les cheveux de Dina. La sueur de Stine était la meilleure. Comme des tiroirs d'épices grands ouverts. Meilleure que les fraises des bois derrière l'enclos.

Mère Karen connaissait beaucoup d'histoires et la bonté émanait de ses yeux. Les mots sortaient de sa bouche comme une brise douce. Elle ressemblait à ses fleurs. Qui poussaient en pots sur le rebord des fenêtres, et languissaient en hiver.

Dina était aussi lointaine qu'un orage en pleine mer. Il était rare que Benjamin aille la trouver. Mais ses yeux lui disaient à qui il appartenait.

Elle ne racontait pas d'histoires. Mais quelquefois elle

lui serrait la nuque. Fort. Cependant il aimait bien ça.

Elle le mettait sur son cheval seulement quand elle avait le temps de l'accompagner en tenant le mors. Elle parlait calmement à Lucifer. Mais c'était Benjamin qu'elle regardait.

On disait que Hanna appartenait à Stine. Mais en réalité, elle appartenait uniquement à Benjamin. Elle avait des doigts potelés et des yeux comme des amandes écalées. Quand elle clignait des yeux, la frange de ses cils tremblait sur sa joue.

Benjamin avait quelquefois mal dans la poitrine en regardant Hanna. Il avait la sensation de quelque chose de déchiré à l'intérieur. Il n'arrivait pas à décider si ce qu'il ressentait était bon ou mauvais. Mais il le ressentait.

Un beau jour un artiste peintre débarqua avec son chevalet, une malle en osier et une sacoche en toile pleine de tubes et de pinceaux.

Il désirait seulement saluer la maîtresse de Reinsnes qu'il avait rencontrée à Helgeland quelques années auparavant. Il avait demandé au commandant de l'attendre pendant qu'on l'amenait à la rame. Juste une visite rapide...

Le commandant l'envoya chercher, le départ étant déjà retardé d'une heure, tout le monde commençait à montrer de l'impatience.

Mais le commandant fut obligé de débarquer les bagages de l'homme. Le *Prinds Oscar* partit sans lui vers le nord. Car il était installé au fumoir et écoutait Dina jouer du violoncelle.

La dernière année, Dina avait plusieurs fois descendu son violoncelle quand il y avait des visiteurs.

Ce soir d'été aux couleurs de glace, les îles de Sundet semblaient flotter dans le ciel.

L'artiste peintre appelait cela un miracle d'éblouissement !

Une illusion d'optique ! Il lui fallait rester jusqu'au prochain bateau, parce que la lumière était comme de la soie et de l'albâtre à Reinsnes !

Mais bon nombre de bateaux passèrent avant qu'il ait donné son dernier coup de pinceau.

Ce curieux personnage devint un nouveau Lorch. Bien qu'il fût totalement le contraire de Lorch.

Il arriva comme un volcan en éruption un jour de juin. Parlait une sorte de suédois avec un accent étranger, et avait avec lui son propre rhum dans une cruche munie d'un robinet.

Ses cheveux et sa barbe, d'un blanc de craie, auréolaient un visage hâlé plein de rides. Son nez pointait en l'air comme une crête de montagne.

Ses yeux sombres et rapprochés étaient très enfoncés. Il semblait les avoir protégés contre la bêtise et la méchanceté de ce monde pour les réserver à un sort meilleur.

Sa bouche était rose vif, comme celle d'une jeune fille, avec de grosses lèvres sensuelles. Les commissures de sa bouche se retroussaient continuellement.

Ses mains étaient comme badigeonnées de goudron. D'un brun foncé. Fortes et sensibles à la fois.

Cet homme se promenait en chapeau de feutre noir et en gilet de cuir en pleine chaleur. Le gilet portait une fente profonde sur la droite, à la place d'une poche. Elle servait à y mettre des pinceaux ou une pipe, selon les besoins.

Le rire de Pedro retentissait dans la maison et les communs. Et il parlait six langues. Du moins, à ce qu'il disait.

Mère Karen s'était bien rendu compte que ses connaissances en allemand et en français n'étaient pas excessives. Mais elle ne le démasqua pas.

Il s'était présenté sous le nom de Pedro Pagelli. Personne ne croyait à ce qu'il racontait sur ses origines. Parce que ses histoires et ses drames de famille changeaient de caractère et de contenu selon la position de la lune dans le ciel, ou selon les gens qui l'écoutaient autour de la table. Mais il avait l'art de raconter !

Ou bien il était d'origine romanichelle de Roumanie, ou alors d'une famille noble italienne. Ou encore venait de Serbie, d'une famille déchirée par des guerres et des trahisons.

Dina essaya de l'enivrer pour obtenir la vérité. Mais c'était comme si l'homme avait si bien appris ses incroyables histoires qu'il s'y laissait prendre lui-même.

Cela demanda un bon nombre de bouteilles de vin, dans le pavillon pendant la nuit, et dans le fumoir. Mais personne n'obtint jamais sa véritable histoire.

En revanche, ils eurent des tableaux. Pedro fit le portrait de tout le monde. Et il fit celui de Jacob d'après un autre tableau, si vivant, que Mère Karen s'exclama et offrit un verre de bon madère.

Un jour où il se trouvait avec Dina au quai d'Andreas pour chercher des toiles qui venaient d'arriver par le vapeur, il tomba en admiration devant le cône de lumière qui passait à travers les portes ouvertes au dernier étage.

« La Hjertrud, elle vient par là », dit Dina brusquement.

« Qui est Hjertrud ? »

« Ma mère ! »

« Morte ? » demanda-t-il.

Dina le regarda, étonnée. Puis son visage s'illumina. Elle aspira profondément et enchaîna :

« Elle a longtemps erré l'long de la côte. Mais maintenant, elle est là ! Elle entre par la porte du hangar et elle sort par la seine à harengs qui pend au premier. On descend tout l'escalier ensemble avant qu'elle disparaisse... »

Pedro hochait la tête avec enthousiasme. Voulait en savoir plus.

« De quoi avait-elle l'air ? Était-elle grande ? Aussi grande que toi ? Quelle était la couleur de ses cheveux ? »

Dina lui montra le portrait de Hjertrud le soir même. Elle lui parla des plis de sa jupe. De ses cheveux qui avaient un épi sur le côté droit...

Il fut tellement séduit par Hjertrud qu'il déménagea dans l'entrepôt et la peignit toute vivante au milieu des filets de pêche. Il réussit à reproduire ses traits.

Il lui parlait tout en la faisant revivre sur la toile.

Le jour où Pedro était en train de finir le portrait de Hjertrud, Dina arriva à l'improviste.

« Tu as les yeux de quelqu'un qui prend soin de son âme », murmurait-il avec satisfaction, s'adressant à la toile.

Dina se tint d'abord droite comme un pilier derrière lui. Il ne l'entendait pas respirer et il prit cela pour un bon signe.

211

Il se retourna avec effroi quand il entendit derrière lui un roulement de tonnerre et sentit le plancher vaciller.

Dina, assise sur le plancher plein d'entailles, hurlait.

Comme un loup abandonné et furieux. Sans retenue et sans vergogne. Un loup assis sur son derrière en plein soleil, psalmodiant son chant effrayant.

Finalement elle sembla se rendre compte de sa conduite inconvenante. Elle essuya ses larmes et se mit à rire.

Comme tous les clowns, Pedro savait que l'humour est le plus fidèle compagnon de la tragédie. Il lui laissa le temps de se reprendre. Se contenta de lui jeter un chiffon taché de peinture pour qu'elle s'essuie le visage.

Il continua jusqu'au dernier coup de pinceau. L'heure bleue était alors passée au blanc brumeux et les bruits de la ferme se transformaient en bourdonnement léger. Les ombres s'estompaient dans les coins comme des esquisses sur un vieux parchemin. Elles renfermaient les odeurs.

Le parfum de Hjertrud envahissait tout. Elle avait retrouvé son visage.

Hjertrud fut accrochée au mur du grand salon. Tous les visiteurs le remarquaient. Même Dagny.

« Une brillante œuvre d'art ! » dit-elle avec bonne grâce, et demanda à Pedro de faire les portraits de la famille du commissaire.

Pedro remercia en s'inclinant. C'est avec joie qu'il ferait le portrait de Madame. Dès qu'il en aurait le temps...

Il peignit Dina et son violoncelle. Elle avait un corps verdâtre, et sans vêtements. Le violoncelle était blanc...

« C'est la lumière », expliquait Pedro.

Dina regardait la peinture avec étonnement. Puis elle hocha la tête.

« Un jour, je l'exposerai dans une grande galerie à Paris, dit-il rêveusement. Il s'appelle : L'enfant qui tempère son chagrin », ajouta-t-il.

« Qu'est-ce que c'est que le chagrin ? » demanda-t-elle.

L'homme lui jeta un regard rapide, puis il dit :

« Pour moi, ce sont toutes les images que je ne vois pas clairement... Mais que je porte en moi quand même. »

« Oui, dit-elle. Ce sont les images qu'on porte. »

Je suis Dina. Jacob est toujours à mes côtés. Il est grand et tranquille et traîne la jambe qu'ils n'ont pas pu lui enlever. L'odeur a disparu. Jacob ne disparaît pas, comme Hjertrud par moments. Il est comme un vapeur sans fumée. Il dérive tranquillement en moi. Pesant.

Hjertrud est un croissant de lune. Tantôt croissant, tantôt décroissant. Elle flotte en dehors de moi.

Pedro et Dina gardèrent pour eux « L'enfant qui tempère son chagrin ». Ils avaient l'intuition qu'il n'était pas à mettre sous les yeux des braves gens.

Le tableau fut emballé dans un vieux drap et rangé dans le cabinet où Jacob avait dormi. Derrière la vieille chaise longue...

Pedro ne supportait ni la neige ni le froid de l'hiver. Il se ratatinait. Paraissait vieux et patraque, comme un cheval malade.

Quand vint le printemps, ils crurent qu'il allait mourir de toux, d'éternuements et de fièvre. Stine et Oline le gavaient d'aliments fortifiants.

D'abord, l'homme faillit trépasser de toute cette nourriture. Puis il se remit petit à petit, et recommença à peindre assis dans son lit. On comprit alors qu'il était sur le bon chemin.

Mère Karen lui faisait la lecture des journaux à haute voix, des lettres de Johan et de tout ce qui lui tombait sous la main.

Mais il ne voulait pas entendre parler de la Bible.

« La Bible est sacrée, grondait-il sombrement. Il ne faut pas y toucher en présence de mécréants ! »

Il était difficile de dire qui était le mécréant. Mère Karen choisit de ne pas prendre cela personnellement.

Benjamin se tenait souvent à la porte de la chambre, regardant le vieil homme avec toutes ses couleurs devant lui, sur un plateau. Il suivait avec enchantement la fumée de la pipe. Elle allait se poser sur les poutres du plafond entre chaque quinte de toux.

Le gamin restait à regarder jusqu'à ce qu'on lui fasse signe de s'approcher du lit, et une lourde main se posait alors sur sa tête.

Deux yeux rieurs rencontraient les siens. Alors Benjamin souriait. Et le regardait, plein d'espoir.

Et l'homme toussait, tétait sa pipe, donnait quelques coups de pinceau et commençait à raconter.

Benjamin préférait que Pedro garde le lit. Il savait alors où le trouver.

Dina ne pouvait pas le lui voler. Parce que Dina avait horreur des chambres de malades.

Pedro resta jusqu'à la fin septembre, l'année suivante. Puis le vapeur l'emporta.

Sur un seul coup de sirène, il disparut. Avec son chapeau noir et son gilet de cuir, avec ses couleurs et sa malle en osier. Et sa cruche de rhum avec un robinet. Qui avait été remplie à ras bord dans la cave de Reinsnes. Il méritait bien ce casse-croûte.

Je suis Dina. Tout le monde disparaît. « L'enfant qui tempère son chagrin » a disparu. J'ai décroché Hjertrud du mur. Ses yeux l'ont quittée. Je ne peux pas regarder un tableau sans yeux. Le chagrin, c'est les images qu'on ne peut pas voir, mais qu'il faut porter quand même.

Chapitre 7

Le jonc croît-il sans marais ? Le roseau croît-il sans humidité ?

Encore vert et sans qu'on le coupe, il sèche plus vite que toutes les herbes.

(Livre de Job, **8**, 11 et 12)

Le puéril secret de faire halte dans une grange, comme deux enfants fugitifs.

Tomas rassemblait des miettes et ne laissait rien perdre. Vivait sa vie solitaire dans les communs, parmi d'autres garçons avec qui il n'avait rien de commun.

Il avait sa récompense. Et travaillait pour deux pendant les récoltes. Comme s'il voulait lui prouver qu'il était un homme. Il ne cessait jamais de vouloir lui prouver quelque chose. D'un printemps à un autre. D'une chevauchée à une autre. D'une récolte à une autre.

Et au fur et à mesure, Tomas se mit à assumer la responsabilité des récoltes, du bétail, de l'étable et de l'écurie. Il rendit la présence du vieux vacher superflue. Il monta d'un grade avec la bénédiction de Dina.

Et Tomas rêvait. De Dina et de son cheval avec les limons vides, sans traîneau et sans époux. Il rêvait sa conscience.

Après, pendant longtemps, Lucifer eut les yeux de Jacob. Des yeux qui posaient des questions sur Benjamin. Tomas semblait être condamné à tout supporter.

Quand Dina, pendant de longues périodes, l'ignorait, il croyait flairer une odeur de sorcière quand elle passait. Il la comparait à d'autres filles plus minces qu'il avait vues. Des filles aux poignets étroits et aux yeux pudiques.

Mais les rêves revenaient l'envahir et détruisaient ses

défenses. Installaient le grand corps ferme contre le sien. Si bien qu'il pouvait enfouir son visage entre ses seins.

Chaque fois qu'il l'entendait aller et venir dans l'entre-pôt, pendant des heures, il ressentait une sorte de tendresse.

Une fois il se glissa jusqu'au quai et l'appela. Mais elle le repoussa avec fureur. Comme on repousse les avances d'un garçon d'écurie trop entreprenant.

Tomas ne pouvait s'empêcher de scruter les traits de Benjamin. Son teint. Ses mouvements. Était-ce là le fils de Jacob ?

Cela devint une idée fixe. Une pensée qui submergeait toutes les autres. Il voyait les yeux clairs et les cheveux noirs du gamin. Les traits de Dina. Mais mêlés à quoi ?

Une chose était certaine : l'enfant n'aurait jamais la forte stature de Dina et de Jacob.

Mais Johan non plus ne l'avait pas. Et Johan était le fils de Jacob...

Tomas attirait l'enfant. Gagnait sa confiance. Se rendait indispensable. Lui racontait qu'il ne fallait pas avoir peur de Lucifer, parce que ce cheval montait la garde au moment de sa naissance.

Benjamin venait souvent voir les chevaux. Parce que Tomas était à l'écurie.

Dina travaillait systématiquement à la découverte des chiffres cachés. Les chiffres ne disparaissaient pas d'eux-mêmes, comme pouvaient le faire les mots. Ils se trouvaient toujours quelque part, même si personne ne les voyait.

Les chiffres pouvaient être comme des agneaux égarés en montagne. Ils étaient là. Sous une forme ou sous une autre. Et il fallait bien que Niels les trouve ! Tôt ou tard. C'est lui qui avait la solution du problème.

Mais elle avait cessé de poser des questions. Elle cherchait seulement avec un regard de faucon. Dans les vieux livres de compte et les papiers.

Elle surveillait toutes les transactions de Niels. A la fois ce qu'il achetait, et ce qu'il semblait obtenir gratuitement.

Jusque-là, elle n'avait trouvé aucune irrégularité. Les dépenses que Niels pouvait faire pour sa toilette étaient plus que modestes. Il vivait avec austérité, comme un moine. Il possédait une tabatière en argent, et une canne au pommeau d'argent. Toutes deux cadeaux d'Ingeborg, bien avant Dina.

Cependant Dina ne lâchait pas prise.

Comme si cette chasse aux chiffres avait une valeur en elle-même. Ce n'était pas l'argent en soi.

L'expert-comptable venu de Tromsø après la mort de Jacob lui avait appris les rudiments de la comptabilité la plus simple.

Le reste vint petit à petit, avec l'habitude. Il se trouvait que Niels s'occupait des affaires journalières, et elle contrôlait.

Tout marcha assez bien jusqu'au jour où elle commença à s'intéresser aux stocks. Pas seulement les réserves pour les caboteurs et pour les voyages à Bergen, mais aussi celles de la boutique.

Ce furent finalement les chiffres soignés de Dina qui apparurent dans les différents livres. Elle avait une grande écriture qui penchait vers la gauche, ornée de simples boucles. Elle était impossible à copier.

La quantité de sel et de farine, de mélasse et d'eau-de-vie devait être fixée. Peu de choses, réservées au ménage. Il fallait aussi calculer l'achat de choses aussi importantes que des cordages et des outils de pêche pour l'armement des bateaux, autant pour eux que pour les métayers.

Anders avait fini par s'adresser à Dina quand il avait besoin de passer une commande. Et ce fut justement cela qui envenima les relations entre les deux frères.

Niels restait à l'écart les jours où Dina se trouvait au bureau.

Un jour, il entra, se croyant seul, et la trouva assise derrière le bureau.

« Autant que la Dina prenne en charge tous les comptes », dit-il sombrement.

« Et qu'est-ce que l'bon Niels fera pendant c'temps-là ? »

« La vérification des commandes de la boutique, et donner un coup de main », répondit-il vite, comme s'il s'était exercé à l'avance.

« L'Niels est pas d'ceux qui donnent des coups de main », dit-elle avec fermeté en claquant le livre de comptes. Puis elle changea d'avis et le rouvrit, en soupirant.

« L'Niels est vexé. Il est vexé depuis longtemps. J'pense qu'il lui manque quelque chose... »

« Ah ! et quoi donc ? »

« La nouvelle fille de cuisine dit qu'tu la pinces, qu'tu la déranges – quand elle fait le lit dans la chambre... »

Niels regardait de côté, furieux.

« L'Niels, y devrait s'marier », dit-elle avec lenteur.

Il fut pris d'une idée diabolique à ces mots. Son visage s'assombrit. Il montra un courage qui ne lui était pas habituel.

« C'est-y que la Dina fait sa demande ? »

Elle le regarda interdite pendant un instant. Puis ses lèvres se retroussèrent sur une sorte de sourire.

« L'jour où Dina fera sa demande, celui à qui elle s'adressera aura pas besoin d'poser de questions ! Il aura qu'à répondre. »

Dina signa quelque chose, le bout de la langue au coin des lèvres. Puis elle attrapa le bouton en argent du lourd buvard qui était toujours à portée de la main. Le roula sur « Dina Grønelv ».

Sa signature fut absorbée. A l'envers, mais tout à fait nette.

Je suis Dina. Niels et moi, nous comptons tout à Reinsnes. Les chiffres sont à moi, où qu'ils se trouvent. Niels y est condamné. « L'esclave compte. Le maître regarde. » Niels ne donne rien à personne. Même pas lui-même. Il ressemble à Judas Iscariote. Condamné à être ce qu'il est. Judas a fini par se pendre.

Niels laissa les servantes en paix. Il vivait sa vie solitaire, au milieu de tous.

Il lui arrivait de regarder la petite Hanna qui passait près de lui en trottinant. Il ne la touchait pas. Ne l'appelait pas. Mais lui donnait de la mélasse qu'il prenait dans un tiroir. Rapidement. Comme s'il avait peur qu'on le surprenne.

Ou alors il marmonnait un ordre au commis, qui coupait un gros morceau de sucre et le mettait dans la petite main.

Hanna avait la peau dorée de Stine et ses yeux sombres. Mais si quelqu'un l'avait blessée, il était facile de voir qu'elle se retirait avec les mêmes mouvements que Niels. Comme un louveteau effrayé par sa propre horde.

Des histoires sur Dina revenaient aux oreilles du commissaire.

En général, il s'agissait d'anciennes histoires, qu'il prenait avec le plus grand calme. Mais un jour, quelqu'un lui murmura à l'oreille que les femmes de Reinsnes, Stine et Dina, vivaient comme mari et femme.

Le commissaire fut tellement exaspéré qu'il alla faire un tour à Reinsnes.

Dina l'entendit arriver à grand fracas, comme la tempête dans le ravin bleu en hiver.

Quand il arriva dans le salon, exigeant de lui parler seul à seul, il était radouci. Il ne trouvait plus ses mots.

Le sujet était extrêmement délicat. Il ne savait plus où se mettre.

Finalement il lâcha tout, dans un langage grossier, et frappa du poing sur la table.

Les yeux de Dina étaient comme deux pointes brillantes enfoncées dans ceux du commissaire. Il les connaissait bien. Et il cala.

Il pouvait voir ses pensées travailler dans sa tête, avant même qu'il eût fini.

Elle ne fit aucun commentaire. Ouvrit seulement la porte de l'office et demanda à la servante d'aller chercher Niels. Et elle fit appeler Stine, Oline, Mère Karen et Anders.

Niels se présenta, par respect pour le commissaire.

Il entra tranquillement et, en homme bien élevé, mit les mains derrière le dos après avoir dit bonjour.

Ses manches de lustrine retombaient continuellement sur ses poignets, et il était rouge de gêne.

Dina le regarda presque tendrement en disant : « J'me suis laissé dire que l'Niels en sait un bout sur la vie qu'on mène, la Stine et moi. Qu'on est comme qui dirait mari et femme ! »

Niels chercha à reprendre sa respiration. Mais resta curieusement droit. Son col étroit le gênait tellement qu'il dut avaler sa salive. Pour se donner une contenance.

Le commissaire était plus que gêné. Les gens dans la pièce avaient le regard vide et les portes étaient ouvertes jusque dans la cuisine. La conversation fut plutôt courte. Niels niait. Dina était sûre de son fait. Elle l'écouta cependant patiemment quand il expliqua que tout cela n'était que des méchancetés pour semer la mésentente entre Dina et lui.

Tout à coup, Dina se pencha vers lui avec des yeux de glace. Et cracha sur la pointe de ses chaussures.

« C'est là qu'elle est la méchanceté, j'crois bien. Grand bien te fasse ! »

L'homme était pâle. Il recula. Voulut dire quelque chose. Mais changea d'avis. Ses yeux allaient continuellement de Dina au commissaire, désemparés.

Niels était allé d'auberge en auberge et avait laissé tomber quelques mots. Et la manière dont on les avait interprétés ne laissait aucun doute.

Le commissaire mobilisa toute la puissance de son appareil contre Niels. Il fit en sorte que les fautes de Niels soient mises au grand jour. Son incapacité à gérer la boutique, sa lâcheté quand il s'agissait de reconnaître sa paternité. Son âpreté au gain. Son rêve de devenir maître de Reinsnes en épousant Dina. Et qu'il avait été tristement éconduit.

Une fois tout ceci dit, Niels était un homme fini. Personne ne comprenait qu'il puisse même rester à Reinsnes.

Mais la paix s'installa entre Dina et lui. Il n'était plus un adversaire digne de ce nom.

Dina demanda à Oline de faire un gigot. Rose à l'intérieur, recouvert d'une croûte craquante. Elle fit monter du bon vin de la cave et invita à un repas de réconciliation toute la maisonnée et la famille du commissaire.

Niels refusa sans un mot. Il se contenta de ne pas venir.

Son couvert mis, et resté vide, prouvait bien à tout le monde qu'il n'en tenait qu'à lui.

Niels resta dans son bureau avec sa pipe et refusa de participer au festin.

En secret, Stine lui apporta un panier rempli de victuailles. Il ne la laissa pas entrer, et elle laissa le tout à l'extérieur.

Quand elle alla rechercher le panier avant de se coucher, tout avait été mangé et bu. Il ne restait que de la sauce et quelques bouts de garniture. Et le fond d'une bouteille.

Elle se glissa à la cuisine avec les restes. Oline ne demanda rien, la regarda seulement en coin en soupirant, et continua son travail.

On jouait du piano au salon. Les notes victorieuses arrivaient jusqu'à eux.

Un jour, Dina et Benjamin étaient en train d'aider Mère Karen à désembrouiller un écheveau de laine emmêlé par Hanna. Ils étaient dans la chambre de Mère Karen.

Benjamin demanda, en montrant les tableaux sur les murs, ce qu'était devenu l'homme qui avait habité chez eux et peignait des portraits.

« Il a écrit deux lettres, dit Dina. Il expose ses tableaux et il est content. »

« Et où il est maintenant ? »

« À Paris. »

« Et qu'est-ce qu'il fait là ? »

« Il essaie de devenir célèbre », répondit Dina.

Mère Karen décrocha le portrait de Jacob et laissa Benjamin le tenir.

« C'est Jacob », dit-elle solennellement.

« Lui qu'est mort avant qu'j'arrive ? »

« Celui qui est ton père », murmura Mère Karen avec émotion.

« Je te l'ai déjà montré... »

« Et comment il était, Dina ? » demanda Benjamin. Mère Karen faisait trop peur quand elle était émue, il valait mieux s'en tenir à Dina.

« C'était l'plus bel homme de la région. C'était l'enfant de Mère Karen, même s'il était grand et fort. On était mariés. Il est tombé dans la chute d'eau avant ta naissance. »

Benjamin avait entendu les mêmes mots avant. Il avait vu une partie des gilets et des chemises de son père. Ils sentaient le tabac et la mer. A peu près comme Anders.

« C'est un malheur pour lui qu'il soit mort si jeune », dit Mère Karen en se mouchant dans un minuscule mouchoir bordé de dentelle.

Benjamin la suivait des yeux. Quand elle était comme ça, comme un petit oiseau, il avait aussi envie de pleurer.

« C'est pas un malheur pour ceux qui sont morts. C'est un malheur pour les vivants », dit Dina.

Mère Karen ne dit plus rien au sujet du malheur des morts.

Mais Benjamin comprit qu'il y avait bien d'autres choses à dire et grimpa sur ses genoux. Pour la consoler.

Il sentait Dina comme un grenier sombre, et se tint à l'écart le reste de la journée.

Dina ne lui parlait jamais tant qu'il jouait avec ses jouets sur le plancher, ou qu'elle allait le chercher dans le jardin. Elle ne faisait pas d'histoires s'il était allé au bord de l'eau sans permission.

Un soir d'été, après la conversation sur l'accident de Jacob, Benjamin vit Dina assise dans le grand sorbier du jardin.

Il s'était réveillé et voulait aller voir si les poules avaient pondu des œufs, il pensait que c'était le matin.

Elle était assise tout à fait sans bouger et ne le voyait pas.

Il oublia les œufs et resta planté près de la clôture à la regarder.

C'est alors qu'elle lui fit signe. Mais il vit bien qu'elle n'était pas tout à fait elle-même.

« Et pourquoi la Dina grimpe dans les arbres ? » lui demanda-t-il quand elle descendit.

« La Dina, elle a toujours grimpé dans les arbres. »

« Et pourquoi ? »

« Ça fait du bien – d'monter un peu – vers le ciel. »

Benjamin entendit que la voix de Dina était différente. Une voix nocturne.

« C'est vrai, comme elle dit Mère Karen, que l'Jacob habite au ciel ? »

Dina le regarda enfin. Et il comprit que c'était ce qu'il attendait depuis longtemps.

Elle le prit par la main et l'emmena vers la maison. La rosée alourdissait l'ourlet de sa jupe. La tirait vers la terre.

« Le Jacob, il est ici. Partout. Il a besoin de nous. »

« Et pourquoi on peut pas le voir ? »

« Si tu t'assoies sur l'escalier ici, juste ici ! Alors tu le sens un tout petit peu autour de toi. Pas vrai ? »

Benjamin s'assit, ses petits poings bronzés posés sur les genoux, réfléchissant. Et hocha la tête affirmativement avec énergie.

Dina restait gravement à côté de lui.

Un coup de vent léger passa entre eux. Comme une respiration.

« C'est seulement ici sur l'escalier, Dina ? C'est seulement ici qu'il est ? »

« Non ! Partout. Il a besoin de toi, Benjamin », dit-elle. Comme si cette idée l'étonnait.

Puis elle lâcha sa main et rentra lentement dans la maison. Sans lui dire de venir avec elle, et d'aller au lit.

Benjamin sentit une grande et bonne nostalgie l'envahir.

Puis il traversa la cour nu-pieds jusqu'au poulailler. Là, ça sentait les graines et la crotte de poule. Il vit les poules installées sur leur perchoir et il comprit que la nuit n'était pas finie.

L'après-midi suivant, alors qu'il regardait les champs à

travers la fenêtre de la cuisine, il dit tout à coup à Oline, d'une voix haute et fière :

« Regarde la Dina à cheval ! Sacrée bonne femme ! La Dina elle va à une allure ! »

« À Reinsnes, les garçons disent pas "sacrée bonne femme"», dit Oline.

« Et l'Jacob y disait pas "sacrée bonne femme" ? »

« Le Jacob, c'était un homme. »

« Il a toujours été un homme ? »

« Non. »

« Alors il disait "sacrée bonne femme" quand il était pas un homme ? »

« Peuh ! fit Oline décontenancée, en frottant le dos de ses mains charnues sur son tablier. Y a trop d'monde pour t'éduquer. Tu resteras toujours un païen. »

« Un païen, qu'est-ce que c'est ? »

« Un qui dit "sacrée bonne femme" ! »

Benjamin se laissa glisser de l'escabeau et s'en alla. Puis il traversa la maison et alla trouver Mère Karen. Là, il déclara solennellement qu'il était un païen.

Cette déclaration ne fut pas sans causer un certain émoi.

Oline, cependant, n'en démordait pas. L'enfant ne recevait aucune éducation. Il allait devenir un sauvage ! Juste comme sa mère.

Elle le regardait en clignant les yeux. Cela transformait tout son visage qui ressemblait à une pomme de terre desséchée avec plein de germes blancs pendant de chaque côté. Des mèches de cheveux s'échappaient toujours de son foulard.

Les nuits de pleine lune, quand le sommeil l'abandonnait, Dina restait dans le pavillon jusqu'à ce que tout rentre dans le calme et que le monde s'évanouisse dans la ligne entre le ciel et la mer.

Elle passait sa main à travers la chevelure ébouriffée de Jacob. Comme si rien ne les avait jamais séparés. Elle lui disait qu'elle avait envie de partir. Au-delà de la mer. Elle avait une sorte de rage dans le corps. Qu'il comprenait.

Chapitre 8

Dieu est grand, mais Sa grandeur nous échappe, le nombre de Ses années est impénétrable.
Il attire à Lui les gouttes d'eau, Il les réduit en vapeur et forme la pluie.
Les nuages la laissent couler, ils la répandent sur la foule des hommes.
Voici, Il étend autour de Lui Sa lumière, et Il se cache jusque dans les profondeurs de la mer.
(Livre de Job, **36**, 26, 27, 28 et 30)

Les lettres de Mère Karen portaient la date de 1853. De temps en temps, le monde extérieur venait jusqu'à eux. Les jours où les journaux arrivaient par le vapeur. Louis Napoléon Bonaparte était devenu empereur en France. On disait que les monarchistes, les libéraux et les bonapartistes conservateurs s'étaient rassemblés autour d'un chef fort, pour combattre « le danger rouge ». Les vagues révolutionnaires s'étendaient de pays en pays.

Mère Karen avait peur que le monde soit en feu avant que Johan rentre au pays. Elle s'était fait beaucoup de soucis pour Johan ces dernières années. Il était tellement loin. Elle ne savait pas ce qu'il faisait. S'il passait ses examens. S'il reviendrait jamais.

Ses lettres ne lui apportaient pas ce qu'elle en attendait. Elle les lisait à haute voix à Dina pour obtenir consolation et commentaires.

Et Dina ne cachait pas ses sentiments.

« Il écrit quand il est fauché ! Il a dépensé le double d'son héritage. Mère Karen est bien trop bonne d'envoyer de l'argent de sa poche. »

Elle n'avait jamais dit que Johan, une fois, lui avait promis d'écrire de Copenhague. Cela faisait bientôt

225

neuf ans. Johan ne comptait plus. Si ce n'était sur le registre des pertes.

L'hiver commençait à battre en retraite et le dégel commençait en avril quand, en quelques jours, ils furent enfouis sous un mètre de neige, avec un vent violent qui balayait tout dans la mer.

Il laissa aussi beaucoup de veuves tout au long de la côte. La tempête ayant été suivie d'une période de gel, et les congères se dressant comme des murailles entre les fermes, on n'arriva pas à mettre les cadavres en terre avant juin.

La terre ne voulait pas dégeler. La pluie ne se décidait pas à venir achever l'hiver le plus long de mémoire d'homme.

Hjertrud ne se montra pas de tout le printemps. Dina allait et venait dans les entrepôts. Pendant des heures. Jusqu'à ce que le froid s'insinue sous la pelisse et emprisonne ses pieds dans un étau de glace, tellement gourds qu'ils retournaient d'eux-mêmes vers la chaleur.

Le printemps fut plus dur pour bétail et humains que l'hiver ne l'avait été. De sa chaire, le prêtre alla même jusqu'à prier le ciel d'envoyer le dégel, et on se lamentait sur le manque de pluie et le retard de la fonte des neiges au cours des veillées de prière en famille.

Les prières avaient rarement été formulées avec autant de ferveur, avec si peu de désir de nuire au voisin.

L'été vint à la mi-juin. Avec une vague de chaleur qui arriva comme un choc sur tout ce qui était vivant. Les bouleaux se tenaient bien droit sur leurs jambes d'écorce blanche à moitié enfoncées dans la neige. Leur frondaison, comme un voile inconvenant posé sur les branches élancées.

Ils oscillèrent légèrement d'abord, la nuit où le vent de sud-ouest se mit à souffler. Puis ils s'abandonnèrent. L'un après l'autre au long du flanc de la montagne. Se balançaient, emportés par le grand frémissement de la vie. Où tout allait si vite, si vite.

Puis arriva le dégel, et les inondations. L'eau recouvrait les champs, écumait dans le ravin. Emportait la route du col, se précipitait dans la même direction que Jacob et son traîneau avaient prise autrefois.

Puis tout se calma. Petit à petit. Une récolte tardive se mit craintivement à germer.

Hommes et bêtes commencèrent à sortir de leurs abris. Les bruits habituels de l'été se risquèrent à prendre la relève. Enfin, les journées furent saturées de soleil, de l'odeur du goudron et des lilas. Tardivement, mais d'autant plus bénéfique.

Je suis Dina. Les bruits arrivent jusqu'à moi comme de lointains appels ou des chuchotements gênants. Ou encore comme un bruit assourdissant qui dévore les tympans.

Je suis près de la fenêtre dans la salle à manger et je vois Benjamin qui joue au ballon dans le jardin. Je suis aspirée dans l'entonnoir de Hjertrud. En une spirale rapide. Je ne peux pas résister.

Voilà le visage de Lorch ! Si grand qu'il remplit la surface entière de la fenêtre, jusqu'au fjord, et encore au-delà. Benjamin est une petite ombre dans la pupille de Lorch, il y tourne à toute vitesse.

Lorch a peur ! Je le laisse entrer chez moi. On est le 7 juillet.

Une lettre de Copenhague arriva juste pendant la floraison tardive des lilas. Au nom de Dina, à l'adresse du commissaire. A l'écriture penchée et soignée.

Le commissaire l'envoya par un de ses garçons de ferme. Elle était courte. Comme si chaque phrase, gravée dans la pierre, avait coûté un gros effort.

Ma très chère Dina !
Me voici couché dans la métropole. Pour enfin mourir. Les poumons sont rongés. Je ne laisse rien derrière moi. Sauf des vœux pour toi. Chaque jour j'ai regretté d'être parti.
Je n'ai ni la force ni les moyens de revenir. Mais le violoncelle est là, Dina ! Peux-tu te charger de le rapatrier ? Fais-le avec précaution ! Il est de grande marque.

Ton fidèle Lorch.

227

Dina ne faisait que déambuler dans les entrepôts. Tous les trois, les uns après les autres. A tous les étages.

De toute la journée elle ne prêta aucune attention à Hjertrud. Jacob n'était qu'une spirale de poussière.

Elle hurla seule en toute tranquillité. Ses chaussures hachaient les heures en pièces. La lumière du jour était interminablement sans espoir. Se jetait à travers les petits carreaux des fenêtres sur le plancher.

Elle entrait dans le royaume des morts. Entrait et sortait des cônes de lumière. C'était un cauchemar et un beau rêve.

Puis, enfin, Lorch se pencha sur ses tempes.

Depuis ce jour, elle retrouvait toujours Lorch quand elle avait besoin de calme.

Il était dans la mort ce qu'il avait été dans la vie, timide et gauche.

Chaque année, à la floraison des lilas, il se promenait sur les sentiers du jardin nouvellement recouverts de débris de coquillages. Entre les plates-bandes bordées de gros galets égaux. La mer les avait polis et formés, léchés et rejetés.

Lorch était là. Elle les avait tous réunis à Reinsnes. Lorch aussi. Il était à elle. Cette découverte était comme un grondement de la mer. Un son de violoncelle mélancolique. Des tons de basse venant des éboulis et de la montagne. Une impression de désir et de besoin sans retenue.

Chapitre 9

A chaque fête, le gouverneur avait coutume de relâcher un prisonnier, celui que demandait la foule.

Le gouverneur, prenant la parole, leur dit : Lequel des deux voulez-vous que je relâche ? Ils répondirent : Barabbas !

(Évangile selon saint Matthieu, 27, 15 et 21)

Sur la liste des passagers publiée dans le journal « Tromsø Stiftstidende » on pouvait lire que le *Prinds Gustav* avait ramené de Trondheim, en première classe, Johan Grønelv, titulaire d'une maîtrise en théologie.

Mère Karen était folle de joie, et s'essuyait les yeux.

Les lettres s'étaient faites rares ces derniers temps. Mais on savait qu'il avait enfin passé ses derniers examens.

Il n'était jamais revenu à la maison pendant toutes ces années. Mais il avait écrit à Mère Karen qu'il reviendrait à la maison pour réfléchir à des choses simples et raisonnables et se reposer de toutes ces années passées le nez dans un livre.

Si Dina redoutait le retour de Johan, elle le cachait bien.

Le théologien avait tout juste fait allusion, dans sa dernière lettre, au fait qu'il avait, avec une certaine réticence et conscient de son manque de modestie, posé sa candidature pour une cure dans le Helgeland. Mais sans dire exactement où.

Dina pensait qu'il aurait dû essayer d'avoir une paroisse dans le sud. Elles étaient plus lucratives, ajouta-t-elle, en fixant Mère Karen droit dans les yeux.

Mais les paroisses lucratives importaient peu à Mère Karen. Elle essaya de se rappeler son aspect, sa façon d'être la dernière fois qu'elle l'avait vu. Mais ses pensées se paralysèrent. La mort de Jacob prit une plus grande importance. Elle soupira et feuilleta ses lettres. Se prépara soigneusement à le recevoir tel qu'il était devenu : un homme et un théologien.

Je suis Dina, qui connais un garçon aux yeux apeurés. Le mot DEVOIR est inscrit sur son front. Il ne ressemble pas à Jacob. Il a des cheveux blonds et raides pleins d'eau de mer, et des poignets fins. J'aime son menton. Il a une fossette et ignore le devoir inscrit au front. Quand il viendra, il aura un visage étranger pour se cacher de moi.

Mère Karen et Oline préparaient une réception somptueuse. Le doyen était invité avec sa famille ! Ainsi que le commissaire. Tous les gens importants !

On allait tuer un veau, et servir du bon madère. On passa en revue l'argenterie. Ainsi que les nappes et la vaisselle.

Oline dirigeait les préparatifs avec une joyeuse autorité. On allait fêter le fils de Jacob !

Elle prit Benjamin en mains et lui apprit à s'incliner devant son frère aîné.

« Ainsi ! » commandait-elle et claquait des talons comme un général.

Et Benjamin l'imitait avec sérieux et précision.

Mère Karen supervisait l'installation de la chambre mansardée du sud, celle dont elle avait déménagé. On n'avait pas le temps d'y faire les transformations qu'elle aurait souhaité faire.

Elle insista en tout cas, malgré les sourcils froncés de Dina, pour déménager de la salle deux fauteuils en cuir repoussé. Et la bibliothèque en acajou, avec ses rosettes en ivoire aux poignées, fut transportée de sa propre chambre dans la chambre du jeune théologien.

Les hommes, Tomas en tête, tiraient et poussaient tandis que Mère Karen, installée sur une chaise dans l'entrée, commandait de sa voix claire.

Elle faisait l'effet d'un léger coup de fouet sur la nuque des hommes qui transpiraient et soufflaient.

« Doucement maintenant, cher Tomas ! Non, non, fais attention aux lambris ! Tourne lentement là, oui ! Attention que les portes vitrées ne s'ouvrent pas ! »

Finalement, quand elle eut obtenu ce qu'elle voulait, Dina l'aida à monter l'escalier pour passer l'inspection.

Ou bien c'était l'âge qui lui avait joué un tour, ou bien c'était la chambre qui avait rétréci en longueur et en largeur, pensa-t-elle.

Dina dit carrément qu'il n'y avait pas de place dans la chambre du sud pour les meubles somptueux que Mère Karen trouvait dignes d'un prêtre !

Mère Karen ravala ses mots et s'assit sur la chaise près de la porte. Puis elle dit à voix basse :

« Il aurait dû avoir la salle... »

Dina ne répondit pas. Mit ses mains sur ses hanches et réfléchit en regardant autour d'elle.

« On va lui mettre le secrétaire qui est dans la salle, et le fauteuil qui va avec. Ça ira bien avec la bibliothèque. Et on remet en place ces deux fauteuils, là où ils étaient... »

Mère Karen laissa son regard perdu errer d'un mur à l'autre.

« La pièce est vraiment trop petite... »

« Il ne va quand même pas rester dans cette chambre tout le temps. Il va bien habiter toute la maison, Mère Karen ? Il a besoin d'une bibliothèque, d'une chaise, d'une table et d'un lit. Puisqu'il est seul, j'veux dire. »

Et ainsi fut fait. Mais Mère Karen voyait bien qu'un théologien aurait dû habiter la salle quand il revenait chez lui.

Le vent de sud-ouest soufflait avec de la pluie.

Le vent couchait les branches molles des quatre mélèzes, avec le vieux pigeonnier au milieu.

Les rosiers d'Ingeborg subissaient un véritable dressage le long du mur et autour du pavillon. Et la fierté de Mère Karen, la plate-bande de lys, avait l'air d'avoir été passée à la lessive pendant des heures.

Le vent avait rabattu trois fois la fumée du four. Oline était le jugement dernier en personne, laissant émaner des effluves de soufre suivies d'imprécations, de pleurs et de plaintes.

Les servantes rasaient les murs et oubliaient d'une minute à l'autre ce qu'elles avaient à faire. Car lorsqu'Oline, une ou deux fois l'an, perdait son sang-froid, c'était toujours pire que la fois précédente.

Anders passa en vitesse par la cuisine pour prendre un peu de café, après avoir dirigé la mise à l'abri des bateaux.

Quand il vit ce qui se passait, il remarqua avec bonhomie : « Un beau jour Oline va se casser en deux de colère. Mais ça fait rien, y'en a largement assez pour en faire deux ! »

« Ouais, mais seulement avec une jambe et un bras de chaque côté pour te servir ! Bouge-toi, espèce de chat de salon ! » répliqua-t-elle en jetant son sabot après lui.

Mais il eut son café. C'était la règle. Contre deux brassées de branches de bouleau.

Les hommes avaient mis les bateaux à l'abri et avaient tout attaché sur les quais.

Une misérable guenille de drapeau pendait au mât, le plus gros du bleu était arraché. On aurait dit que quelqu'un avait hissé un pavillon de pirate pour se moquer.

Le pire, c'était la pluie. Elle tombait en si grande quantité et faisait un tel bruit sur les toits et les gouttières que cela mettait les nerfs de Mère Karen à l'épreuve.

Dans les communs, on découvrit une fuite. Hommes et femmes se précipitèrent avec des récipients pour mettre les draps et les coffres à l'abri.

Tomas était à plat ventre sur le toit. Essayait de fixer de nouvelles ardoises sur les dégâts, mais fut bientôt obligé d'abandonner la partie.

À Sundet, le *Prinds Gustav* avait peiné pendant des heures, sans arriver à avancer vraiment.

On le surveillait au milieu de l'affairement. N'était-il pas plus près maintenant ? Oui, vraiment, on avait l'impression que ça avançait.

On avait discuté pour savoir s'il fallait descendre le malheureux drapeau. Mais c'était le seul qu'on avait. Mère Karen s'y opposa formellement. Le vent avait emporté la moitié du drapeau, cela personne n'y pouvait rien. Mais un mât nu était une offense.

Niels voulait envoyer Tomas emprunter un drapeau chez des métayers voisins.

Mais Dina s'y opposa. Johan serait arrivé avant le retour de Tomas, et on n'aurait alors plus besoin de drapeau.

Benjamin était déjà sorti deux fois sans ciré pour guetter le vapeur, et on avait dû le changer des pieds à la tête.

La deuxième fois, Oline cria dans toute la maison que cet enfant était un sauvage, et que Stine ferait bien de mieux le surveiller.

Mais Benjamin répondit, d'une voix haute et claire :
« Non, Oline, le Benjamin, c'est un païen ! »

La petite Hanna hochait du bonnet avec sérieux, et l'aidait à déboutonner ses innombrables boutons ici et là. Leur affection et leur solidarité étaient inattaquables. Hanna trottait derrière quand il allait devant. S'il tombait dans le ruisseau, Hanna y tombait aussi. S'il se couronnait le genou, c'était elle qui pleurait. Si Oline pensait que Benjamin était un païen, elle pleura jusqu'à ce qu'Oline admette qu'elle était aussi païenne que lui.

Les sons du violoncelle traversaient les portes, les fenêtres et les fentes. Se mêlaient aux rafales de vent qui allaient et venaient.

La pluie était une harpe d'eau qui jouait sa propre mélodie.

Dina se tenait au milieu de tout cela, la maison sens dessus dessous et toute la ferme en mouvement comme de la crème dans une baratte. Elle ne se mêlait pas au vacarme. Elle ne semblait pas troublée par le chaos.

À certains moments, les grands sentiments paraissaient nécessaires, semblait-il. Quand le vapeur sera tout près, ils l'appelleront. Ils martèleront l'escalier, feront crisser le gravier, secoueront les casseroles à la cuisine et à l'office, et claqueront les portes.

Puis tout deviendra silencieux dans la maison pendant qu'ils accueilleront le fils de Jacob sur la rive. Même quand les cris de joie et la sirène du bateau ne seront plus que des bruits lointains apportés par la tempête, ils lui parviendront nettement.

Il semblait que c'était le moment qu'elle choisirait. Pour alors descendre l'allée et agiter la main en signe de bienvenue. A bonne distance des autres. Afin de le rencontrer seul et de pouvoir constater qui il était devenu.

Mais rien ne fut comme ils l'avaient prévu, même s'ils avaient pris en considération et la tempête et les retards.

Le *Prinds Gustav* avait donné son coup de sirène bien connu avant de continuer sa route. Anders et Niels étaient eux-mêmes allés chercher le fils prodigue. Et un des garçons de ferme ayant attrapé la proue de la barque était en train de la tirer sur la rive entre les pierres.

La pluie s'était calmée et Dina était en place devant la porte, le regard fixé sur l'allée.

Johan suivait ses malles et, souriant, saluait de son chapeau tous ceux qui se pressaient entre les entrepôts et les pierres. Il avait à ses côtés un homme brun de haute stature habillé d'un ciré de cuir.

Au bord de l'eau, les foulards, les châles et les jupes faisaient courageusement obstacle au vent du nord-est. Au-dessus, dans le ciel en furie, les nuages passaient à une allure vertigineuse.

C'est alors que la foudre tomba. Des flammes. Rouges, épaisses et malfaisantes.

« Le toit de l'étable brûle ! » cria le garçon de ferme.

Dans le désordre qui suivit, personne ne savait ce qu'il fallait faire.

Mais, théologien ou pas, *Prinds Gustav* ou pas, on avait autre chose à faire !

Les gens coururent vers l'étable, aussi vite que possible. Leurs bras et leurs jambes passablement enchevêtrés.

Tomas fut immédiatement sur l'arête du toit, une hache à la main. Noir de suie, à coups de hache furieux, il taillait dans les planches enflammées. Et les jetait à terre dans un tourbillon d'étincelles. Personne ne savait d'où lui venaient ses forces et sa présence d'esprit. Personne ne lui en avait donné l'ordre.

Dina se trouva tout à coup au milieu de tout le monde et donnait des ordres brefs.

« Anders : Les bêtes ! Les chevaux d'abord ! Niels :

Des voiles mouillées sur le foin ! Evert : Va chercher d'autres haches ! Gudmund : Ouvre la grille. Les filles : Allez chercher chacune un seau ! »

Les mots claquaient dans le vent et le pétillement du feu sur le toit. Elle se tenait debout, les jambes écartées et les cheveux en un enchevêtrement noir.

Sa large jupe de mousseline de laine bleue, était comme une voile qui pressait son corps contre le vent.

Ses yeux étaient froids et concentrés. Ils étaient fixés sur Tomas, comme si elle pensait le maintenir debout rien qu'en le regardant.

Les mots sortaient d'une voix rauque. Grave et agressive.

Petit à petit, d'autres grimpèrent l'échelle que Tomas avait posée sur le pont menant à l'entrée de la grange, et apportaient leur aide.

La pluie, qui les derniers jours avait été une véritable catastrophe en mer et sur terre, s'était complètement arrêtée. Le vent était plein d'une sournoise malfaisance.

Ils devaient sans arrêt apporter des voiles et des sacs mouillés pour étouffer les étincelles qui trouvaient tout le temps quelque endroit sec à attaquer.

Plusieurs fois, des planches ou des bâtons enflammés étaient tombés dans le foin sec, menaçant de mettre le feu à toute la récolte.

« Anders ! Attention à la grange. Garde les voiles mouillées prêtes ! » cria Dina.

Les gens se rassemblaient en vitesse là où on avait le plus besoin d'eux. Les seaux qui, plus tôt dans la journée, avaient été rassemblés dans les communs pour recueillir l'eau du toit, furent utilisés. D'autres arrivèrent de la cuisine et de la cave.

Fort heureusement tout était détrempé à l'extérieur. L'herbe et les murs des bâtiments. Repoussant les étincelles, grésillant et bouillonnant.

« On dirait que Notre Seigneur en veut aux toitures aujourd'hui », murmura Anders en passant devant Dina, portant péniblement sur son épaule une voile mouillée. Mais elle ne fit pas attention à lui.

Le *Prinds Gustav* fut immédiatement mis à l'ancre et des embarcations mises à la mer. Rapidement l'équipage et les hommes parmi les passagers remontèrent l'allée pour venir à l'aide.

L'étable était le bâtiment le plus éloigné de la côte. En dehors de la cour de la ferme. Cela faisait loin pour aller chercher de l'eau de mer pour éteindre l'incendie.

Certains étaient allés chercher l'eau au puits qui se trouvait entre l'étable et la ferme. Mais cela prenait du temps, avec un seul seau à la fois, et ne servait pas à grand-chose.

Ils firent la chaîne, hommes et femmes. De la rive jusqu'en haut. Mais ils n'étaient pas assez nombreux pour faire une chaîne serrée et ils devaient courir quelques mètres les uns vers les autres.

Mais bientôt, les seaux passèrent de mains en mains à travers champs jusqu'au pont de la grange.

L'aide de l'équipage se montra efficace. On entendait des grossièretés. A la fois des jurons et des bravos.

Le commandant et son second participaient. Ils avaient enlevé leur vareuse et leur casquette et s'étaient mêlés à la foule ondulante.

Le machiniste était anglais et parlait son baragouin auquel personne ne comprenait grand-chose, d'une voix puissante. Mais il avait les épaules et la nuque d'un morse et l'habitude de mettre la main à la pâte.

Il y avait maintenant trois autres hommes sur le toit avec Tomas. Ils avaient une corde autour de la taille et se déplaçaient d'une curieuse manière tanguante, à la merci d'une rafale de vent et de leur propre résistance. Deux munis de hache et deux recevant les seaux.

Les haches se montrèrent les plus efficaces. Un quart de la couverture, à l'est, fut bientôt enlevé et gisait incandescent sur le sol.

Le vent eut prise petit à petit sur le foin qui était sous la toiture encore intacte et qui n'avait pas été recouvert de voiles mouillées.

Les bottes de foin commencèrent à se déplacer comme par enchantement. En formation d'entonnoir. En mouvement régulier où il semblait que chaque brin de paille avait reçu un ordre en même temps. Hors du bâtiment sans toit, et droit vers le ciel. Faisant une pirouette au-dessus de la cour et prenant la direction du sud par à-coups au-dessus des champs jusqu'à la mer.

« Niels ! Le foin ! Encore des voiles ! »

Les ordres de Dina s'entendaient si bien, malgré le vent, que le commandant leva la tête un instant, étonné.

Niels était occupé ailleurs et n'entendit pas l'ordre. Mais d'autres l'entendirent. Les voiles arrivèrent et le foin fut retenu en place.

Les heures passaient sans que personne n'y fasse attention.

Le *Prinds Gustav* était là-bas, seul et déserté.

Hanna et Benjamin couraient partout et s'imprégnaient de tout ce qui se passait avec avidité, les yeux aux aguets. La boue et la crasse avaient depuis longtemps recouvert leurs jambes et taché leurs vêtements du dimanche d'une manière catastrophique. Mais personne ne s'en préoccupait.

Quand tout sembla être sous contrôle, et que seules quelques petites colonnes de fumée sortant des planches sur le sol rappelaient qu'on avait évité un grand incendie, le regard de Dina lâcha le toit de l'étable. Elle tourna alors son corps endolori et courbatu, et déposa son seau.

Ses épaules retombèrent comme si on lui avait coupé le souffle. Son dos s'arrondit.

Elle rejeta ses cheveux en arrière comme un cheval qui veut voir le soleil. Il y avait une large déchirure bleue dans le ciel.

Elle rencontra alors un regard étranger.

Je suis Dina. Mes pieds sont des piliers dans le sol. Ma tête est sans poids et reçoit tout : les bruits, les odeurs, les couleurs.

Les images bougent autour de moi. Les gens. Le vent. Une odeur piquante de bois brûlé et de suie. D'abord il y a les yeux, sans tête ni corps. Comme faisant partie de ma fatigue. Dans lesquels se reposer.

Je n'ai jamais rencontré un tel homme. Un pirate ? Non ! Il vient du livre de Hjertrud ! C'est Barabbas !

Où ai-je été si longtemps ?

Chapitre 10

Oh! que n'es-tu mon frère, allaité des mamelles de ma mère!

Je te rencontrerais dehors, je t'embrasserais, et l'on ne me mépriserait pas.

Je veux te conduire, t'amener à la maison de ma mère; tu me donneras tes instructions, et je te ferai boire du vin parfumé, du moût de mes grenades.

(Cantique des Cantiques, **8**, 1 et 2)

Ses yeux étaient très verts. Dans un visage aux traits grossiers, avec une barbe d'une journée. Le nez pointait vers le monde, sûr de lui, les narines larges en forme de charrue.

Elle n'avait pas besoin de baisser la tête pour rencontrer son regard. Son visage était basané et marqué d'une grande cicatrice blanche au-dessus de la joue gauche. On pouvait le trouver à la fois effrayant et laid.

Sa bouche était grande et grave. L'arc des lèvres était joliment dessiné. Comme si le Créateur avait voulu l'adoucir d'un trait.

Ses cheveux bruns, mi-longs, étaient humides de sueur, et gras. Le plastron de sa chemise avait dû être blanc autrefois, mais il était trempé et plein de taches de suie. L'une des manches était déchirée et pendait autour du bras comme chez un clochard.

Il avait autour de la taille une haute ceinture qui retenait ses larges pantalons de cuir. L'homme était maigre et osseux comme un bagnard. Il tenait une hache dans la main gauche.

C'était Barabbas, remis en liberté. Il la regardait maintenant. Comme s'il allait frapper...

Tomas et l'étranger avaient manié la hache ensemble. L'un parce qu'il savait ce qui était en jeu. Pour Reinsnes. Pour Dina.

L'autre parce qu'il avait échoué par hasard sur cette presqu'île et avait rencontré un incendie qu'il s'était amusé à éteindre.

« On y est arrivé ! » dit-il simplement. Il était encore essoufflé par l'effort. Sa poitrine puissante travaillait comme un soufflet de forge.

Dina le regardait fixement.

« Es-tu Barabbas ? » demanda-t-elle avec sérieux.

« Comment cela ? » répondit-il avec autant de sérieux. On entendait à son accent qu'il n'était pas norvégien.

« J'vois que t'es relâché. »

« Dans ce cas, je dois être Barabbas », dit-il en lui tendant la main.

Elle ne la prit pas tout de suite. Il resta debout.

« C'est moi, la Dina Grønelv », dit-elle en prenant finalement sa main. Elle était moite de sueur, et sale.

De grandes paumes avec de longs doigts. Mais à l'intérieur, elle était aussi douce que la sienne.

Il fit un signe affirmatif comme s'il savait déjà qui elle était.

« T'as pas exactement l'air d'un forgeron », dit-elle en pointant le menton vers sa main.

« Non, Barabbas n'est pas un forgeron. »

Les bavardages et les murmures autour d'eux allaient bon train, il ne s'agissait que d'une chose. L'incendie !

Dina s'arracha à son regard et se retourna lentement vers les gens. Ils étaient bien trente en tout. Puis elle cria avec une voix qui exprimait un certain étonnement :

« Merci ! Merci tout le monde ! Maintenant, on a bien gagné de quoi manger et de quoi boire ! On va dresser des tables dans les communs et dans le grand salon. Faites comme chez vous, tout le monde est invité ! »

À cet instant, Johan s'avança vers Dina et lui tendit la main. Avec un grand sourire.

« En voilà une fête de bienvenue ! » dit-il en lui donnant une rapide accolade.

« C'est le moins qu'on puisse dire ! Sois le bienvenu, Johan ! Comme tu vois, on survit. »

« C'est Monsieur Zjukovskij. Nous nous sommes rencontrés sur le bateau », ajouta-t-il en faisant un geste vers l'homme.

L'étranger lui tendit la main à nouveau, comme s'il avait oublié que c'était déjà fait. Cette fois, il sourit.

Non, Barabbas n'était pas un forgeron.

Vers le soir, le vent tomba. Les gens rentrèrent chez eux. Mais le *Prinds Gustav* était toujours à l'ancre. Déjà en retard de plusieurs heures.

On organisa un tour de garde. Pour plus de sûreté. On espérait que la pluie avait cessé pour de bon. A cause du foin.

Anders et Tomas parlaient d'aller dès le lendemain à Strandstedet pour chercher des matériaux et de la main d'œuvre. Il fallait reconstruire le toit.

Le commissaire et Dagny étaient arrivés quand l'incendie était déjà éteint. Il gronda avec bonhomie parce que la propriété n'était pas assurée. Dina répondit calmement qu'elle allait y penser pour l'avenir. Cela ne se termina pas en dispute, car le doyen et le théologien s'en mêlèrent.

Mère Karen trottinait comme une perdrix. Comme par miracle, elle ne s'était pas sentie aussi bien depuis longtemps.

Oline était restée seule avec tous les préparatifs, parce que les servantes participaient à la chaîne. En contrepartie, elle eut plusieurs heures en plus devant elle.

Et Oline avait l'habitude de se débrouiller seule.

Le veau rôti entier était parfait, bien qu'elle ait fait la navette, paniquée, entre la cuisine et l'énorme four à pain dehors. C'était en fait une cheminée fermée par des portes modernes en fonte. C'était là qu'elle avait fait rôtir le veau.

On l'avait transporté de la buanderie dans un tonneau sous la pluie diluvienne, juste avant le coup de sirène du *Prinds Gustav*.

Et en plein drame, il ne restait plus que la claudicante Mère Karen pour l'aider à le ramener.

Elles avaient toutes deux vite compris qu'un repas de fête n'était pas à envisager avant un bon moment.

Oline avait continuellement arrosé le veau de jus et de graisse, pour qu'il ne se dessèche pas. Elle entretenait le feu doucement et avec beaucoup d'amour.

De toute façon, elle ne pouvait préparer la sauce qu'au dernier moment. Et avant, il fallait encore qu'elle se calme. On ne pouvait pas faire une sauce sans grumeaux avec un cœur qui battait la chamade.

Elle avait rabattu les côtes et ficelé les flancs autour des rognons avant de le mettre au four. Les rognons étaient sa fierté. Ils seraient servis avec. Coupés avec un couteau bien aiguisé, comme les meilleurs morceaux.

Les baies de genièvre étaient écrasées sur une planche et parfumaient la pièce. En réalité, le genièvre était réservé au gibier. Mais le rôti de veau d'Oline n'était pas un rôti de veau ordinaire. Il demandait des baies de genièvre et autres miraculeuses épices.

La gelée de groseilles et les mûres jaunes attendaient dans le garde-manger dans des coupes de cristal à pied, recouvertes d'un linge. Les pruneaux baignaient dans l'eau derrière la cuisinière. Ramollis à point. Elle en avait retiré chaque noyau avec des mains tremblantes, tout en courant de la fenêtre à la table.

Les pommes de terre nouvelles étaient encore petites, elles étaient brossées et préparées depuis la veille par les servantes. On les avait mises dans l'eau fraîche à la cave pendant la nuit. On allait les cuire au dernier moment dans quatre grandes casseroles.

Les seaux dans lesquels on avait mis les pommes de terre étaient depuis longtemps employés à éteindre l'incendie. Les servantes avaient en vitesse versé les pommes de terre dans un pétrin.

Une fois le danger passé, Oline se lamenta pour le pétrin. Il était sacré. On ne devait jamais y mettre autre chose que de la pâte. On risquait qu'un sortilège, une levure sauvage, ou pire, se mette dans la pâte, si on ne faisait pas attention à ce qu'on mettait dans le pétrin.

« Mais Seigneur, on a quand même eu un incendie ! » soupirait-elle épuisée, laissant retomber les pommes de terre nouvelles dans des récipients appropriés, c'est-à-dire des casseroles.

Une fois l'incendie maîtrisé et Johan accueilli avec les honneurs qui lui étaient dus, les gens allèrent se préparer à la fête pour la deuxième fois de la journée.

Certains ne possédaient qu'une seule chemise. Et n'avaient pas toujours eu le temps de l'enlever avant de se jeter dans les travaux de sauvetage. Mais en frottant un peu, ça pouvait encore aller. A condition de s'être lavé, quelques taches sur les vêtements n'étaient qu'un titre de noblesse.

Oline mettait la dernière main à son œuvre tout en donnant des ordres pour que l'on dresse une table pour l'équipage et les passagers qui avaient participé à l'extinction de l'incendie.

Mère Karen décida que le commandant, son second, l'officier mécanicien et le compagnon de voyage de Johan seraient à leur table dans le grand salon. Les autres furent répartis sans distinction dans l'annexe. On y dressa des planches sur des tréteaux, recouvertes de draps d'une blancheur de neige et décorées de fleurs des champs.

Oline était en nage, et d'excellente humeur. Ses mains effectuaient le travail avec une dignité calme et avec grande précision.

L'atmosphère était déjà très gaie dans l'annexe quand on apporta les mets. Car on avait mis du rhum sur la table. L'équipage, en veine de générosité, avait apporté à la rame une ration officielle, ainsi qu'une autre que l'on consommait en secret.

Personne ne s'inquiétait de savoir si le vapeur continuerait sa route vers le nord.

Les garçons de ferme aidaient au service, comme s'ils n'avaient jamais rien fait d'autre.

Mère Karen n'avait pas donné l'ordre de servir du vin ou autre boisson alcoolisée dans l'annexe. Mais le rhum ne prenait jamais fin, semblait-il. Comme la cruche de la veuve de Sarepta, d'une hospitalité inépuisable.

Mais il y eut beaucoup d'allées et venues vers le vapeur. Et tous ceux qui remontaient vers la ferme cachaient visiblement quelque chose sous leur blouson ou sous leur veste.

L'animation atteignait son comble. On s'envoyait des histoires à travers la table comme à une course de relais. Scandées d'éclats de rire et de grognements.

Le doyen, qui regrettait que la santé de sa femme l'ait empêchée de venir, présidait à sa place habituelle au bout de la table.

En pleine chaleur d'été, Dagny arborait un tailleur en velours à la dernière mode, à la taille cintrée avec un haut col de dentelle. Juste arrivé de Bergen.

Dina regarda plusieurs fois la broche qu'elle portait au col. Elle avait appartenu à Hjertrud.

Mère Karen était à l'autre bout de la table avec Johan entre elle et Dina.

Un couple de Suédois nobles faisait un voyage d'agrément dans le Nordland. On alla les chercher sur le bateau et on les invita, bien qu'ils n'aient pas participé à l'extinction de l'incendie. Le gentilhomme fut placé près de Mère Karen. A cause des changements qu'il avait fallu faire pour placer les nouveaux invités, Zjukovskij était assis face à Dina.

L'argenterie et les cristaux scintillaient sous la grande lampe.

L'heure était au crépuscule d'août. Marguerites, campanules et feuilles de lierre et de sorbier décoraient la nappe blanche. Des verres à hauts pieds trônaient, remplis de leur précieux contenu. Les parfums et la bonne chère rendaient les gens aimables, presque attrayants. Tout le monde ne se connaissait pas. Mais ils avaient deux choses en commun. Le repas et l'incendie !

Mère Karen arborait son filet de rides d'amabilité sur tout le visage. Elle souriait et menait la conversation. C'était Reinsnes comme au bon vieux temps ! Quelles réceptions on donnait alors ! Avec des tables de fête et le fumet d'un rôti de veau ou de gibier. Mère Karen sentait à quel point elle était heureuse de voir le bon vieux temps revenu. Elle était contente d'avoir appris à Stine à tenir le rôle de maîtresse de maison à Reinsnes. Dina n'était pas faite pour s'intéresser aux occupations ménagères. Et Reinsnes avait besoin d'une maîtresse dont les talents ne se limitaient pas à faire de la musique et à fumer le cigare. Ce soir-là, elle se rendit compte que Stine s'acquittait parfaitement de la tâche.

Il n'y avait pas à dire, la Lapone était douée et intelligente. Elle était avenante, alors que Dina était revêche.

Dina regardait Barabbas. Il avait une chemise propre. Ses cheveux étaient encore humides. Ses yeux étaient encore plus verts à la lumière de la lampe.

Dina avait proposé à Zjukovskij de faire sa toilette dans une des chambres d'amis. Il avait accepté en s'inclinant.

Quand elle l'entendit descendre avec Johan, elle s'était glissée dans la chambre qu'il venait de quitter. Là flottait une odeur de savon à barbe et de cuir.

Il avait laissé à moitié ouverte une grande sacoche de voyage en cuir. Elle y jeta d'abord juste un coup d'œil. Puis elle commença à soulever les vêtements et autres objets. Sa main tomba tout à coup sur un livre. Au dos de cuir solide, mais usé. Elle l'ouvrit. C'était probablement du russe. Sur la page de garde un nom était inscrit d'une écriture penchée et maladroite :

Лев Жуковский

АЛЕКСАНДР ПУШКИН était imprimé en gros caractères tarabiscotés. Cela devait être le nom de l'auteur du livre. Le titre du livre était également impossible à déchiffrer.

C'étaient les mêmes caractères contournés et incompréhensibles qui se trouvaient sur les caisses et les boîtes de marchandises russes.

« Incompréhensible... » marmonna-t-elle pour elle-même. Comme si elle était fâchée de ne pas comprendre de quel livre il s'agissait.

Elle mit le livre sous son nez et le renifla. Une odeur de papier humide qui avait voyagé longtemps. Une curieuse odeur d'homme. Sucrée, et âcre en même temps. De tabac, de poussière. De mer !

Jacob sortit du mur. Il avait besoin d'elle ce soir. Elle lui jeta quelques injures, pour y échapper. Mais il ne se découragea pas. La caressa. La supplia. Remplit la pièce de ses odeurs. Elle le repoussa de la main.

Puis elle reposa le livre exactement là où elle l'avait pris. Se redressa. Respira fortement. Comme si elle effectuait un lourd labeur.

Elle était à l'affût de pas dans l'escalier. Avait un alibi au cas où il reviendrait. Elle allait mettre de nouvelles bougies dans les chandeliers. Il ne savait pas que ce n'était habituellement pas là son travail. Elle avait déposé le panier rempli de bougies sur le plancher.

Jacob resta serré contre elle jusqu'à ce qu'elle ramasse le panier pour sortir. Dans le rayon de lumière de la lampe sur le palier, il lâcha son bras nu. Il traînait derrière lui sa jambe malade. Et se retira dans le coin sombre où se trouvait l'armoire à linge.

« On a sauvé le toit de l'étable ! Sans ton aide ! » sifflat-elle, pleine de colère rentrée, et descendit dans la salle à manger.

Je suis Dina, qui flotte. Seule ma tête se déplace dans la pièce. Les murs et le toit s'ouvrent. Le ciel est un tableau très sombre fait de velours et de verre brisé. Dans lequel je flotte. Je veux ! Et je ne veux pas !

Au début du repas, la dame noble fit remarquer que c'était extraordinaire de trouver un aussi beau jardin si près du pôle. Et les jolis sentiers entre les plates-bandes, recouverts de sable ! Elle les avait aussi remarqués avant de passer à table. Cela devait demander beaucoup de temps et de travail, dans une terre aussi pauvre.

Mère Karen pinça les lèvres mais répondit poliment qu'effectivement, on rencontrait quelques difficultés, et que les rosiers gelaient quelquefois pendant les hivers froids. Elle lui proposa de lui montrer son jardin d'herbes aromatiques le lendemain. C'était une spécialité de Reinsnes.

Puis on porta un toast au jeune théologien. Un autre à l'étable et au foin. Qui, grâce à Dieu, étaient sauvés des flammes.

« Et au bétail ! Que Dieu bénisse le bétail ! » ajouta Mère Karen

Ils portèrent donc un toast à la récolte et au bétail. Et ils n'en étaient qu'au potage.

Le monsieur noble se mit à chanter les louanges de la soupe de poisson d'Oline. Insistant pour qu'Oline vienne dans la salle à manger recevoir l'hommage qu'il rendait à sa cuisine. Cette soupe de poisson était la meilleure qu'il ait jamais goûté. Et il avait mangé des soupes de poisson partout dans le monde.

La soupe de poisson en France ! Quelqu'un avait-il goûté de la soupe de poisson en France ?

Mère Karen avait mangé de la soupe de poisson en France. Cela lui permit de parler de son séjour de trois ans à Paris. Elle faisait tinter ses bracelets en filigrane et gesticulait de ses deux mains.

Tout à coup, elle cita un poème en français et ses joues se couvrirent d'une rougeur juvénile.

Ses cheveux blancs bien coiffés, rincés dans une décoction de genièvre et frisés au fer pour la circonstance, brillaient de pair avec l'argenterie et les candélabres.

Quand Oline arriva enfin, elle avait dû s'arranger un peu et ôter un de ses tabliers, on était déjà bien loin de la soupe de poisson.

Le monsieur noble répéta son discours sur la soupe, mais avec moins d'inspiration. Ayant la parole, il en profita pour parler du plat de résistance. Au fur et à mesure, il devint si prolixe qu'Oline déclara, avec une révérence, qu'il fallait maintenant qu'elle s'en aille.

Il y eut un silence gêné.

Zjukovskij desserra légèrement son nœud de cravate. Il faisait chaud dans la pièce bien que les fenêtres aient été ouvertes sur le jardin.

Les papillons de nuit s'égaraient derrière les fins rideaux de dentelle. Pris par la lumière. L'un d'eux vola droit dans la flamme, devant Dina. Une courte flambée. Et ce fut tout. Un reste carbonisé – comme un grain de poussière sur la nappe.

Elle leva son verre. Les voix qui les entouraient s'évanouirent. Il leva aussi son verre en s'inclinant. Aucune parole ne fut prononcée. Puis ils prirent leurs fourchettes en même temps et commencèrent à manger.

Le rôti de veau était rose et succulent. La sauce à la crème comme du velours sur la porcelaine blanche. La gelée de groseille tremblait sur le bord de l'assiette.

Dina en posa un peu sur la viande. Les pommes de terre nouvelles étaient si bien brossées que toute la peau était partie. Il n'en restait que la rondeur farineuse. Elle piqua sa fourchette dedans, en coupa un morceau. Le promena lentement dans la sauce. Alla chercher un morceau de gelée et porta le tout à sa bouche. Elle rencontra son regard pendant qu'il était en train de faire la même chose.

Un instant, il eut un morceau de viande rose entre les lèvres. Ses dents brillèrent. Puis il ferma la bouche et commença à mâcher. De l'autre côté de la table, ses yeux brillaient comme la mer.

Elle rassembla ses deux iris sur sa fourchette et les mit dans sa bouche. Passa sa langue dessus. Doucement. Ils avaient un goût salé. Il ne fallait ni les avaler ni les mâcher. Elle les laissa tranquillement rouler sous son palais et les caressa du bout de la langue. Puis elle les rassembla au coin de sa bouche, ouvrit les lèvres et les relâcha.

Il mâchait tranquillement et avec un visible plaisir quand les yeux reprirent leur place. Son visage était haut en couleur. Comme si leur plaisir commun se reflétait sur sa peau. Ses yeux reprenaient leur place. Et clignaient vers elle !

Elle battit des paupières en réponse. Avec sérieux. Et ils continuèrent à manger. Ils se dégustaient l'un l'autre. Mâchaient. Sans voracité. Celui qui n'arrivait pas à se contrôler avait perdu.

Elle laissa échapper un soupir. Elle oublia de mâcher un instant. Puis elle sourit sans le savoir. Ce n'était pas son sourire habituel. C'était un autre, qui avait dû exister avant. Au temps où elle était assise sur les genoux de Hjertrud qui lui caressait la tête.

Il avait un visage dont la moitié était belle et l'autre laide. La cicatrice le partageait en deux. Faisait une courbe qui creusait un sillon profond dans sa joue.

Les narines de Dina vibraient, comme si quelqu'un la chatouillait avec un brin de paille. Elle déposa sa fourchette et son couteau. Porta la main à son visage et laissa un doigt caresser sa lèvre supérieure.

La voix du commissaire se fit entendre. Il demandait à Johan s'il avait postulé à une cure.

Johan regarda dans son assiette avec gêne et répondit que cela n'avait probablement aucun intérêt pour les invités. Mais le commissaire n'était pas du tout de cet avis.

Heureusement, le dessert arriva. Les mûres jaunes étaient savamment décorées de crème fouettée. C'était l'or de la récolte. Tomas les avait cueillies, spécialement pour cette occasion, sur les tourbières proches.

Tout le monde se rengorgeait. L'officier en second raconta qu'il avait assisté une fois, bien contre son gré, à un mariage à Bardu. Là, on n'avait pas servi de viande. Et aucun dessert. Il n'y avait que de la bouillie à la crème aigre et autres laitages. Et du mouton séché. Si salé que seul le maître de maison avait le droit de couper. Ils devaient avoir peur d'abîmer leurs couteaux !

Mère Karen prit un air pincé et dit que cela ne ressemblait guère aux gens de Bardu d'être aussi avares sur la nourriture.

Mais cela ne servit à rien. Même le doyen se mit à rire.

Tomas n'avait pas touché aux tonnelets des marins.

Il était l'un des rares qui n'avait pas eu le temps de se changer avant de passer à table. Il avait dû s'occuper du bétail qu'il avait fallu faire rentrer, organiser les tours de garde parmi les hommes et faire attention à ce qu'ils n'aient pas trop bu.

Anders et Niels disparurent vite dans la maison des maîtres. Et il ne les revit plus de la soirée. Ce qui revenait à dire que toute la responsabilité lui incombait.

Quand il entra dans l'annexe, la table était desservie et les convives étaient bien installés avec leur pipe, du café et du rhum.

Subitement, c'en fut trop. Il se sentit épuisé et exploité.

Dina était venue vers lui après l'incendie. En vitesse. Lui avait donné une tape amicale sur le dos, comme à l'habitude. « Tomas ! » avait-elle dit. C'était tout.

À ce moment-là, cela lui avait suffi. Mais au fur et à mesure que le temps passait sans qu'elle se montre, sans qu'elle lui adresse la parole, sans qu'elle le remercie devant les autres, tout s'était embrouillé pour lui. Tout.

Il savait qu'il avait eu le rôle le plus important dans la lutte contre le feu. Le premier sur le toit avec une hache. Cela aurait pu être bien pire s'il n'avait pas été là.

Il ressentit tout à coup une sorte de haine envers elle. Et aussi envers le grand étranger qui l'avait aidé sur le toit.

Tomas demanda aux matelots qui il était. Mais personne ne le savait, sauf qu'il parlait avec un accent et que, sur la liste des passagers, il avait un nom impossible. Comme s'il était chinois ! Il était monté à Trondheim. Passait son temps à lire et à fumer, ou bien à bavarder avec Johan Grønelv. Il devait aller jusqu'au nord, et continuer vers l'est ensuite. Il était peut-être finnois, ou d'un pays encore plus oriental ? En tout cas, il parlait bien le norvégien.

Tomas avait vu que l'homme s'était placé derrière Dina quand il était descendu du toit. Il fut à la torture quand il la vit lui serrer la main deux fois. Il fut encore plus à la torture quand l'étranger fut invité à la table des maîtres. Bien qu'il fût habillé comme un marin.

Tomas faisait son devoir, les dents serrées. Puis il se trouva une raison d'aller voir Oline, lui demander si elle avait besoin de quelque chose. Lui apporter du bois et de l'eau et rester à la cuisine. Il s'assit au bout de la table et se laissa servir en toute confiance. Il prétendit être trop fatigué pour tenir le coup dans l'annexe.

Il mangeait lentement et avec recueillement. Comme si sa pensée suivait chaque bouchée, de la bouche jusque dans l'estomac.

« Y'a plus d'soupe », se lamentait Oline. « Le gentilhomme suédois il en a mangé un quart de tonneau à lui tout seul ! »

Elle n'aurait jamais cru que des personnes de haute condition seraient assez mal élevées pour redemander une assiette de soupe. Ça ne devait pas valoir grand-chose, le domaine que ce type possédait.

Tomas opinait du bonnet, hébété. Courbé sur la table.

Oline le regardait de côté tout en décorant de crème les mûres jaunes. Le travail terminé, elle s'essuya soigneusement avec un torchon. Doigt après doigt. Comme si la crème était dangereuse.

Puis elle fit un tour dans l'office et en revint avec un verre du meilleur vin rouge.

« Voilà ! » dit-elle en posant le verre avec brusquerie devant Tomas, et reprit ses occupations.

Tomas goûta au vin. Et pour cacher qu'il était touché de sa sollicitude, il s'écria :

« Sacrée bonne femme ! »

Oline, bourrue, marmonna qu'il y avait longtemps qu'elle se doutait d'où Benjamin tenait ses expressions impies.

Tomas ricana sans conviction.

On se sentait en confiance et il faisait chaud dans la cuisine. La vapeur, l'odeur des mets et le bruit des voix venant des salons lui donnaient sommeil.

Mais quelque part dans sa tête, quelque chose se tenait sur ses gardes.

Dina ne se montra pas à la cuisine...

Stine se retira avec les enfants. Pendant un moment, des vociférations de garçon se mêlèrent aux cris aigus d'Hanna. Mais le calme revint petit à petit à l'étage.

Dagny, Madame Karen et la comtesse se firent servir le café au salon.

Dina s'installa dans la chaise longue au fumoir, alluma un cigare et remplit elle-même son verre de vin. Le comte la regarda d'abord avec étonnement, puis il reprit sa conversation avec les messieurs.

Au bout d'un moment, le doyen regarda Dina avec bonté et dit :

« Madame Dina devrait venir nous aider à accorder l'orgue ! »

Il avait la grande faculté de ne pas prêter attention aux manières peu convenables de Dina. Comme s'il savait qu'elle était en possession d'autres qualités, plus importantes.

Il aimait à dire qu'il fallait aller au-devant des gens dans le Nordland comme on allait au-devant des saisons. Si on ne les supportait pas, mieux valait ne pas sortir un bout de temps, et rassembler ses forces.

C'était aussi la règle de conduite de son épouse. C'est pourquoi elle n'avait pas eu la force de venir à Reinsnes assister au dîner donné en l'honneur de Johan.

« Monsieur le doyen sait que j'y connais pas grand-chose dans les orgues, mais j'peux toujours essayer », dit Dina.

« Vous avez réussi la dernière fois », dit le doyen.

« Tout dépend de l'oreille qui écoute », dit Dina, sèchement.

« Évidemment. Dina a l'oreille plus musicale que la plupart des gens ! Elle doit beaucoup – comment s'appelait-il donc ? Ce professeur qui lui a fait aimer la musique ? »

« Lorch », répondit Dina.

« Oui, c'est ça ! Où est-il maintenant ? »

« En route pour Reinsnes. Avec son violoncelle... » dit-elle. D'une voix à peine audible.

« Comme c'est intéressant ! Quelle bonne nouvelle ! » dit le doyen.

« Quand va-t-il arriver ? »

Dina n'eut pas à répondre car le comte s'emparait déjà du doyen.

Johan était le point de mire naturel au centre d'un cercle de personnes plus âgées. Mais il n'avait rien fait pour cela. Sa voix basse donnait l'impression d'être intéressée et présente. Il passait continuellement sa main droite dans ses cheveux blonds raides, sans s'en rendre compte. Une seconde après, les cheveux retombaient sur son front.

Il avait changé au cours de ces années. Pas seulement physiquement. Son langage était devenu étranger. Il s'était mis à "danoiser" quand il parlait. Et il se comportait comme s'il était un invité. Ne reconnaissait pas les choses du regard. Ne caressait rien de la main. Ne courait pas de pièce en pièce pour tout voir. A part sa participation à l'extinction de l'incendie, il n'avait mis les pieds nulle part ailleurs que dans la grande maison.

Anders demanda à Johan des nouvelles du Danemark. S'il avait participé aux réunions politiques des étudiants nationalistes qui avaient eu lieu à Copenhague.

Johan paraissait honteux d'avoir à dire non.

« Les Danois doivent être en fête depuis la bataille d'Isted ? »

« Ça doit leur faire plaisir d'avoir battu les Allemands », dit Zjukovskij.

« En effet, dit Johan. Mais ce n'est pas naturel d'incorporer le Slesvig au Danemark. Ils sont différents de culture et de langue. »

« C'était bien là le rêve du roi Fredrik ? » dit le Russe.

« Oui, et des nationalistes aussi », répondit Johan.

« J'me suis laissé dire que c'était le tsar Nicolas qui avait joué un rôle décisif », remarqua Dina.

« Oui, il a menacé les Prussiens de la guerre, s'ils ne se retiraient pas du Jutland, dit Zjukovskij. Mais le nouveau service militaire au Danemark y est aussi pour beaucoup. »

Ils continuèrent à parler du nouvel essor politique du Danemark.

« Vous vous y connaissez en politique », dit le commissaire à Zjukovskij.

« Oh, on glane par-ci, par-là », répondit l'homme en souriant.

« La plupart des gens au Danemark ne sont pas aussi bien informés », dit Johan, approbateur.

« Merci. »

Dina avait considéré les hommes pendant qu'ils parlaient.

« Mère Karen, elle avait peur que l'Johan soit pris dans une guerre ou une manifestation avant de rentrer. »

« Je ne suis pas assez intéressé par ces choses-là, dit Johan avec légèreté. Personne ne se laisse provoquer par un théologien. »

« Ce n'est pas si sûr, dit le doyen. Mais enfin tu es là », ajouta-t-il.

« Il y a théologien et théologien, dit Johan, honteux. Je peux difficilement croire que je puisse avoir une influence politique. Mais il en est bien sûr autrement de Monsieur le doyen. »

« Allons, allons, dit le doyen avec bonhomie. Je ne veux pas non plus représenter un pouvoir temporel. »

« Mais Monsieur le doyen le fait quand même. S'il m'est permis de l'dire ? » dit Dina.

« De quelle manière ? » demanda le doyen.

« Quand les pouvoirs publics font des choses qu'vous trouvez injustes, alors vous l'dites, même si c'est pas vos affaires. »

« Oui, cela peut arriver... »

« Et Monsieur le doyen gagne souvent la partie ? » continua Dina aimablement.

« Cela arrive aussi », dit le doyen en souriant de satisfaction.

La conversation avait pris un cours moins dangereux.
Et le commissaire se mit à parler des procès et des disputes à la dernière Assemblée.

Anders était celui qui était le plus étonné devant
Johan. Il ne retrouvait rien du garçon qu'il avait vu
grandir. L'excusait par le fait qu'il était si jeune quand il
était parti. Et par la présence de tout ce monde.

À table, Anders avait bien remarqué que Mère Karen
ne trouvait pas facile la présence du jeune pasteur dans
la maison. Elle faisait des efforts pour trouver des sujets
de conversation.

Johan était poli et aimable. Mais il était devenu un
étranger.

Le doyen, une fois sa pipe terminée, avait pris le chemin du retour après avoir proféré maintes excuses et
bénédictions. Il se réservait la musique pour une autre
fois, dit-il.

Dina raccompagna le doyen jusqu'à la porte. Quand
elle repassa par le grand salon, elle plaqua quelques
accords sur le piano. Juste un essai.

L'étranger arriva tout de suite. S'appuya contre l'instrument et écouta.

Dina s'arrêta et le questionna du regard.

Et tout se déclencha tout à coup. Il se mit à chanter
une chanson plaintive et mélancolique en russe.

Dina, qui avait l'oreille musicale, trouva vite la mélodie sur le clavier. Quand elle se trompait, il corrigeait en
lui trouvant la note juste.

La chanson était étrange. Pleine de tristesse.
L'homme se mit tout à coup à danser. A la manière des
marins russes quand ils ont un peu bu. Les bras tout
droit devant lui et sur les côtés. Les hanches souples et
les genoux pliés.

Le rythme devint plus endiablé et plus gai. L'homme
dansait tellement au ras du plancher qu'il avait des difficultés à tenir sur ses jambes. Les lançait sur le côté et les
ramenait sous lui. De plus en plus vite.

Une énorme puissance émanait de lui. Il était sérieux
et concentré. Mais cependant, il était visiblement en
train de jouer.

Un adulte qui jouait ! La marque blanche de la cicatrice était d'autant plus visible que son visage était rouge. C'était Janus aux deux visages. Tourbillonnant et montrant tantôt une joue abîmée, tantôt une qui ne l'était pas.

Dina surveillait les gestes de l'homme, tout en laissant danser ses doigts. Avec force et légèreté.

Mère Karen, Dagny et la comtesse interrompirent leur conversation distinguée. Les hommes dans le fumoir se levèrent l'un après l'autre pour mieux voir et entendre. Stine était devant la porte avec quatre gosses derrière elle.

Benjamin avait les yeux écarquillés et la bouche ouverte. Il entra dans le salon, bien que cela lui soit interdit.

Hanna et les fils du commissaire restaient timidement dans l'embrasure de la porte.

Finalement toute la pièce ne fut plus qu'un large sourire. Il sautait de l'un à l'autre comme un petit animal velu.

La joie entre les murs de Reinsnes était un miracle. Cela avait été si rare ces dernières années.

On entendait la chanson et la musique jusque dans la cuisine.

Une voix de basse et une curieuse mélodie coulante et des mots incompréhensibles remplissaient la maison.

Tomas bougeait avec inquiétude. Oline écoutait, la bouche à moitié ouverte. La servante qui aidait au salon revint à la cuisine. Échauffée et gloussante.

« Faut encore du punch. L'étranger, il a chanté des chansons russes et il a sauté en l'air, les genoux pliés, comme un forcené ! Il jodlait et se donnait des claques sur les talons ! J'ai jamais rien vu de pareil ! Et puis il va dormir dans la chambre du sud. La Dina en a donné l'ordre ! Faut remplir le broc et la carafe d'eau. Et faut mettre des serviettes propres ! »

Tomas sentit comme un coup de poing lui couper la respiration.

Zjukovskij s'arrêta de danser aussi brusquement qu'il avait commencé. S'inclina galamment devant les applaudissements, reprit sa respiration et retourna au fumoir pour retrouver son cigare éteint.

Des gouttes de sueur recouvraient son front. Il ne les essuya pas. Fronça seulement légèrement les sourcils et desserra un peu son col.

Jacob se frottait au bras de Dina. Il n'était pas content.

Dina le repoussa. Mais il la tenait encore quand elle alla vers Zjukovskij. Il s'était assis sur une chaise libre près de la chaise longue.

Elle lui tendit la main et le remercia de son numéro.

L'air entre eux était phosphorescent. Jacob enrageait.

Plus tard, quand tout fut rentré dans l'ordre, et que les voyageurs parlaient de cette extraordinaire lumière du nord, Zjukovskij se pencha avec témérité sur Dina et posa sa main légèrement sur la sienne.

« Dina Grønelv joue bien », dit-il avec simplicité.

L'antipathie de Jacob pour l'homme atteignit Dina entre les yeux. Elle retira sa main.

« Merci ! » dit-elle.

« Elle sait aussi organiser l'extinction d'un incendie… Et elle a de si beaux cheveux ! »

Il parlait très bas. Mais son ton pouvait laisser croire qu'il participait à la conversation générale sur le temps dans le Nordland.

« Ça leur plaît pas que j'fasse pas de chignon », répondit-elle.

« Ça, je veux bien le croire », dit-il seulement.

Les enfants et Stine étaient remontés.

Il commençait à se faire tard. Mais la clarté de la nuit passait à travers les rideaux de dentelle et entre les pots de fleurs.

« Tu as dit que ta belle-mère était musicienne, et nous venons de nous en rendre compte. Mais tu as dit aussi qu'elle jouait du violoncelle », dit Zjukovskij à Johan.

C'était la première fois que Dina s'entendait appeler belle-mère. Elle ouvrit la bouche comme pour dire quelque chose. Mais la referma.

« Oui, dit Johan avec enthousiasme. Joue-nous du violoncelle, Dina ! »

« Non, pas maintenant. »

Elle alluma un nouveau cigare.

Jacob était très satisfait.

« Quand c'est qu't'as raconté que je joue ? » demanda-t-elle.

« Sur le bateau. C'est le souvenir que j'avais de Dina », répondit Johan.

« Oui, tu t'souviens pas d'grand-chose... » murmura Dina.

Le regard de Léo Zjukovskij allait de l'un à l'autre. Niels leva la tête. Il n'avait presque pas dit un mot de toute la soirée. Mais il était en tout cas présent.

« Comment ça ? » dit Johan, incertain.

« Non, rien, seulement que t'as été longtemps absent... » répondit-elle.

Elle se redressa, et demanda si quelqu'un voulait aller faire un tour avant de se coucher, maintenant que la tempête était calmée.

Ils la regardèrent avec étonnement. Le seul à se lever fut Léo Zjukovskij. Johan les regarda. Comme un détail qui l'intéressait. Puis il tendit la main vers la boîte de cigares qu'Anders avait ouverte et offrait.

C'était son premier cigare de la soirée.

Tomas fit plusieurs tours de garde supplémentaires.

En allant de l'annexe à l'étable, il vit Dina et l'étranger se promener sur le sable blanc près du pavillon.

L'étranger, il est vrai, avait les pouces aux entournures de son gilet et se tenait à bonne distance. Mais ils disparurent dans le pavillon au bout d'un moment.

Tomas pensa sérieusement à se jeter dans la mer. Mais il y avait du pour et du contre. D'abord, il avait la responsabilité de ces tours de garde. Puis il y avait ses vieux parents. Et les petites sœurs.

À la fin, il resta assis dans le fenil, les genoux remontés et la paille le piquant à travers les vêtements. Il avait pris une décision. Il allait lui parler. La forcer à le regarder. Il pouvait l'attirer à la chasse !

On avait commencé à danser sur le quai dès que la chaloupe du doyen avait pris le large.

Tomas descendit au quai d'Andreas pour appeler celui qui avait le prochain tour de garde.

Puis il retourna dans la cuisine d'Oline. L'aida à mettre les restes du dîner dans la cave. Alla chercher encore du vin. Apporta encore de l'eau et du bois.

Une ou deux fois, Oline se retourna et le regarda.

« La Tea et l'Annette sont allées danser... » dit-elle, hésitante.

Il ne répondit pas.

« Tu danses pas tellement toi, Tomas ? »

« Non. »

« Y'a quéqu'chose qui t'chagrine, mon garçon ? »

« Oh, y a qu'on est fatigué », dit-il avec légèreté.

« Et t'es pas en humeur d'une causette, maintenant qu'on a fini not'journée ? »

« Ouais », dit-il gêné.

Puis il toussota, se dirigeant vers l'entrée, un seau vide à la main. Il avait rempli le tonneau d'eau jusqu'à ras bord, et le récipient derrière la cuisinière. Le bois était entassé soigneusement dans son coin. Le petit bois dans sa caisse.

« Viens donc t'asseoir près de moi », dit Oline.

« Tu vas pas te coucher ? »

« Ça ne presse pas tant ce soir. »

« Non, bien sûr. »

« Et dis donc, un café à l'eau-de-vie te dirait ? »

« Va pour un café à l'eau-de-vie. »

Ils restèrent assis à la grande table, chacun perdu dans ses pensées.

Le ciel s'était éclairci. Le vent n'était plus qu'un souvenir et un faible murmure. La nuit d'août était saturée d'épices et de lumière bleue. Qui passait à travers la fenêtre ouverte.

Tomas tournait soigneusement sa cuillère dans sa tasse.

Chapitre 11

Mets-moi comme un sceau sur ton cœur, comme un sceau sur ton bras ; car l'amour est fort comme la mort, la jalousie est inflexible comme le séjour des morts.

(Cantique des Cantiques, **8**, 6)

Il avait meilleure mine dans le clair-obscur de la nuit qu'à la lueur des lampes. Dina le scrutait sans vergogne. Ils avançaient sur le sable crissant. Lui, en manches de chemise et en gilet. Elle, un châle de soie rouge sur les épaules.

« Vous êtes pas né dans le pays ? »

« Non. »

Pause.

« Vous aimez pas parler d'vot'pays ? »

« Ce n'est pas cela. Mais c'est une longue histoire. J'ai deux pays et deux langues. Le russe et le norvégien. »

Il semblait gêné.

« Ma mère était norvégienne », dit-il, brusque, presque insolent.

« Et qu'est-ce que vous faites quand vous êtes pas en voyage ? »

« Alors, je danse et je chante. »

« On peut vivre de ça ? »

« Quelquefois. »

« Et vous v'nez d'où ? »

« De Saint-Petersbourg. »

« C'est une très grande ville, à c'qu'on dit. »

« Une très grande et très belle ville », dit-il, et commença à parler des églises et des places de Saint-Petersbourg.

« Et pourquoi vous voyagez tellement ? » demanda-t-elle au bout d'un moment.

« Ah, pourquoi ? C'est parce que j'aime ça, je pense. Et puis je cherche. »

« Cherche quoi ? »

« La même chose que tout le monde. »

« C'est quoi ? »

« La vérité. »

« Sur quoi ? »

Étonné, il la regarda presque avec mépris.

« Dina ne recherche jamais la vérité ? »

« Non », dit-elle avec brusquerie.

« Comment peut-elle vivre sans ? »

Elle se retira légèrement. Jacob était entre eux. Il était satisfait.

« Il le faudra bien un jour », dit-il à voix basse. Puis il lui prit le coude et repoussa Jacob hors du temps et de l'espace. Ils passèrent devant l'étable endommagée par le feu. Les vaches meuglaient là-dedans. Pour le reste tout était calme. Seulement une odeur de foin et de bois brûlé venait à leur rencontre.

Ils ouvrirent la barrière blanche pour entrer dans le jardin. Elle voulait lui montrer le pavillon. Il était comme une dentelle au milieu de toute cette verdure. Blanc avec un décor sculpté peint en bleu. Un bâtiment octogonal orné de têtes de dragons à chaque coin. Bien entretenu. Mais l'hiver avait emporté quelques-unes des vitres colorées.

Il dut baisser la tête pour entrer. Elle rit. Car elle devait faire de même.

Il faisait à moitié sombre dedans. Ils s'assirent l'un à côté de l'autre sur le banc. Il lui posait des questions sur Reinsnes. Elle répondait. Leurs corps étaient tout proches. Il avait les mains posées sur les genoux. Calmes. Comme deux bêtes endormies.

Il se comportait fort courtoisement, bien qu'étant tout proche. Jacob surveillait le moindre mouvement. Comme s'il s'en doutait, il fit remarquer qu'il commençait à se faire tard.

« La journée a été longue », dit Dina.

« C'était une journée fantastique, » dit-il.

Il se leva, attrapa sa main et la baisa. Ses lèvres étaient chaudes et humides.

Le lendemain matin, ils se retrouvèrent sur le palier. Tout près de l'escalier.

Il faisait encore sombre, et tout sentait encore la nuit, les seaux de toilette et le savon.

Il fut le dernier à quitter la maison. Les autres étaient déjà en route vers les bateaux.

« Je repasserai avant l'hiver... » dit-il en la questionnant du regard.

« Vous êtes le bienvenu ! » répondit-elle, comme s'il était n'importe qui.

« Je pourrai alors t'entendre jouer du violoncelle ? »

« Peut-être. Je joue presque tous les jours », répondit-elle en lui tendant la main.

« Mais pas hier ? »

« Non, pas hier. »

« Vous ne vous sentiez peut-être pas bien ? Il y avait eu l'incendie... »

« Il y avait eu l'incendie. »

« Et maintenant vous allez faire en sorte que le nouveau toit soit convenablement refait ? »

« Il le faut bien. »

« Vous avez de grandes responsabilités ? Beaucoup de gens à votre service ? »

« Pourquoi ces questions... maintenant ? »

Sa cicatrice se rétrécit. Son sourire était éblouissant.

« Je temporise. Ce n'est pas si facile. Je vous fais la cour, Dina Grønelv. »

« C'est chose inconnue pour Barabbas ? »

« Pas tout à fait... Alors c'est moi, Barabbas ? »

Ils riaient à pleine gorge l'un vers l'autre, découvrant leurs dents. Deux chiens en train de jouer et de se mesurer dans l'ombre.

« C'est toi, Barabbas ! »

« C'était un voleur », chuchota-t-il en se rapprochant.

« On l'a libéré ! » dit-elle dans un hoquet.

« Mais le Christ a dû mourir à sa place. »

« Le Christ doit toujours mourir... »

« Viens me faire un signe d'adieu de la main », murmura-t-il, restant sans bouger, indécis.

Elle ne répondit pas. Dans un éclair prit sa main entre les deux siennes et lui mordit fortement le majeur. Il émit un cri de surprise et de douleur.

Tout avait basculé. Tout au moins assez pour qu'il l'attire contre lui et enfouisse sa tête dans sa poitrine. Il respirait fort.

Ils restèrent ainsi un instant. Sans bouger. Puis il se redressa, lui baisa la main et mit son chapeau.

« Je vais repasser avant l'hiver », dit-il la voix enrouée.

Ils se séparèrent, marche après marche. Une ou deux fois il se retourna entièrement pour la regarder. La porte d'entrée se referma.

Il était parti.

Le vapeur avait un jour de retard.

Léo Zjukovskij était sur le pont, faisant un signe d'adieu de la main. Il faisait chaud. Il était en bras de chemise. Cela rendait ridicules les costumes habillés et corrects des autres.

Elle surveillait tout de la fenêtre de la salle. Il savait qu'elle était là.

Je suis Dina. Nous flottons le long des plages. Serrés. Sa cicatrice est comme un flambeau entre les algues. Ses yeux sont l'océan vert. La lumière sur les fonds de sable. Qui veut me montrer quelque chose. Et me cacher autre chose. Il part à la dérive, loin de moi. Derrière les péninsules. Les montagnes. Car il ne connaît pas encore Hjertrud.

Johan, debout sur un rocher au milieu des algues, criait quelque chose vers le vapeur. Léo Zjukovskij approuva de la tête et salua avec son chapeau.

Puis vint le coup de sirène. Les aubes se mirent en marche. Les voix se noyèrent. Elle accrocha les yeux verts autour de son cou.

La famille du commissaire était repartie très tôt. Anders et Niels les avaient transportés en bateau. Ils devaient de toute façon aller à Strandstedet pour chercher des matériaux de réparation. Il n'était pas question d'en prendre dans leurs propres forêts. Il fallait des matériaux bien secs et d'une tout autre dimension.

Ils prirent donc le caboteur pour pouvoir tout rapporter. On avait laissé au garçon de ferme de Fagernesset le soin de ramener tout seul les chevaux par la montagne, en pleine chaleur.

Mère Karen essayait de poursuivre avec Johan une conversation intime sur le sens de l'existence. Sur la mort. Sur l'avenir de Johan. Sa vocation.

Dina partit seule à cheval. Et ne revint que tard dans la journée.

Tomas prit cela pour un mauvais signe. Il pensa qu'il valait mieux attendre un autre jour pour lui parler.

Au milieu du chaos de l'incendie et du retour de Johan, personne n'avait dit à Dina qu'une longue caisse était arrivée.

Quand le garçon de la boutique vint la prévenir, elle descendit jusqu'au quai d'Andreas. Elle marchait à longs pas légers.

Elle l'ouvrit sur place. Elle était restée toute une journée dans l'entrepôt !

Lorch se sentait trahi. Mais il ne lui en faisait pas reproche. L'odeur était de plus en plus reconnaissable au fur et à mesure qu'elle approchait du violoncelle. Il était bien empaqueté.

Elle le sortit avec précaution de la caisse. Et essaya de l'accorder là, tout de suite.

Les cordes pleuraient vers elle. Elles refusaient de se laisser accorder. Elle en parla à Lorch. S'énerva d'impatience. Vissa et recommença. Mais tout n'était que plaintes désespérées.

De petites vagues fouettaient les rochers sous elle. Claquaient, avec une insouciance irritante. Luisaient entre les fentes du plancher.

Elle hurla, de colère et de déception, parce qu'elle n'arrivait pas à accorder le violoncelle.

Elle allait l'amener dans la salle. Il voulait sûrement être à destination avant de se laisser accorder.

Mais à la lumière du soleil, la vérité lui apparut. Il avait abandonné la partie pendant le voyage. Le violoncelle. Il était mort. C'était ainsi. Il était fendu !

Mère Karen essaya de la consoler. Dit que c'était à cause de la température, et de la différence d'humidité le long de cette côte interminable.

Dina le posa dans la salle. Dans le coin. Près du sien. Le mort et le vivant. Ensemble.

Chapitre 12

La chaleur me dévorait pendant le jour, et le froid pendant la nuit, et le sommeil fuyait de mes yeux.

(Genèse, **31**, 40)

Il y eut un moment de répit entre les foins et la récolte des pommes de terre. Il fallut alors terminer la réparation du toit, avant que d'autres occupations ne demandent de la main-d'œuvre ailleurs.

Les pêcheurs commençaient aussi à apporter leur morue séchée. Il fallait la trier soigneusement, la presser dans la presse à poisson en paquets de quarante kilos et l'entreposer en attendant le voyage à Bergen et l'exportation.

Le foie livré en même temps que le poisson était transformé en huile pendant l'automne. Tout le monde en était imprégné. L'odeur enrobait toute la ferme comme une calamité. Elle se fixait dans les cheveux et dans le linge lessivé. S'agrippait comme un maléfice aux malheureux qui participaient à la fabrication.

Tout prenait du temps. Et demandait de la main-d'œuvre. Mais cela apportait aussi des écus sonnants et la sécurité à tout le monde.

Il y eut des problèmes avec la jeune et nouvelle vachère. Elle avait, en fait, peur de la vache qui portait la clarine.

Depuis l'incendie, la vachère et l'animal semblaient se porter mutuellement sur les nerfs. Presque chaque jour, le lait était renversé dans la stalle et la vachère arrivait en larmes dans la cuisine d'Oline.

Un soir, Dina surprit le vacarme.

Elle alla à la cuisine, où on lui raconta la triste histoire du lait qui, encore une fois, s'était répandu sur le plancher de l'étable.

« Est-ce que t'as appris à traire comme il faut ? » demanda Dina.

« Oui », renifla la fille.

« J'veux dire, t'as appris à traire des vaches vivantes ? »

« Oui », dit la vachère avec une révérence.

« Et dis un peu comment tu fais ? »

« J'm'assoyons sur l'escabeau et j'prenons l'seau entre les genoux – et... »

« Et la vache ? Qu'est-ce que tu fais à la vache ? »

« J'... essuyons les pis... savez bien... »

« Et quoi d'autre ? »

« D'autre ? »

« Oui. Tu crois p't-être qu'tu traies un escabeau ? »

« Non... »

« Une vache, c'est une vache, et faut la traiter comme un animal vivant. Tu comprends ? »

La vachère se tortillait, inquiète.

« Elle est tellement mauvaise. »

« Elle devient mauvaise quand tu viens la traire. »

« Elle était pas comme ça avant. »

« Seulement depuis l'incendie ? »

« Mais qu'est-ce qui lui a pris alors ? »

« Y s'trouve que t'es brusque, t'as hâte d'aller voir c'qui s'passe dans les communs. T'es comme un incendie – pour la vache. »

« Mais... »

« C'est comme ça ! Viens ! On va aller à l'étable ! »

Dina alla dans l'entrée des communs chercher un vêtement. Puis elles allèrent ensemble vers la vache beuglante.

Dina déposa le seau et l'escabeau à une certaine distance de la stalle. Puis elle vint tout près, et posa sa main sur le cou de la vache. Pesamment et calmement.

« Ça suffit comme ça maintenant ! » dit-elle doucement, en caressant l'animal haletant.

« Fais attention, elle est mauvaise », avertit la vachère, inquiète.

« Et moi donc ! » répondit Dina, en caressant la vache.

La vachère écarquillait les yeux.

Dina entra dans la stalle et d'un geste invita la vachère

à en faire autant. Hésitante, elle mit un pied devant l'autre.

« Bon. Fais un câlin à la vache », commanda Dina.

Et la vachère caressa la vache. Inquiète tout d'abord. Puis plus calmement.

« Regarde-la dans les yeux », commanda Dina.

Et la vachère fit de son mieux. La vache se calma petit à petit et arracha quelques touffes de la balle de foin dans la mangeoire.

« Parle-lui comme à un être humain, dit Dina. Parle du temps qu'il fait et de l'été qu'on a eu. »

Et la fille entama une sorte de conversation avec la vache. D'abord avec anxiété et plaintivement. Puis avec plus de confiance, et finalement presque avec ferveur.

« Fais-lui voir le seau et le torchon, et continue à parler », dit Dina, se retirant de la stalle tout en les surveillant.

Finalement, la vache tourna sa grosse tête et considéra la vachère avec sollicitude et compréhension pendant que l'autre trayait.

La fille était radieuse. Le lait giclait en jets puissants et blancs dans le seau, écumant sur les bords.

Dina resta jusqu'à ce qu'elle ait fini.

Sur le chemin du retour vers la ferme avec les seaux, Dina lui dit avec sérieux :

« Parle à la vache de tes chagrins, ma fille ! De ton amoureux ! Les vaches, ça aime les histoires ! »

La vachère allait justement la remercier de son aide, mais resta interdite.

« Mais si on m'entend ? » demanda-t-elle, embarrassée.

« Alors ils seront frappés de la foudre et de la malédiction ! » dit Dina avec sérieux.

« Mais s'ils le racontent dans tout l'pays avant d'être frappés par la foudre ? »

« Ça n'arrivera pas », dit Dina, sûre de son fait.

« Et où c'que vous avez appris tout ça ? » demanda la vachère.

« Appris ? J'ai grandi dans l'étable et l'écurie du commissaire. Mais ça, faut pas l'dire, parce que l'commissaire, il est encore plus mauvais qu'une vache. »

« T'as appris à traire là-bas ? »

« Non, j'ai appris chez des métayers. Ils avaient seulement une vache. »

La fille lui lança un regard bizarre et ravala une autre question.

La jeune vachère ne tarissait pas d'éloges sur sa maîtresse. Racontait à qui voulait l'entendre. A quel point la maîtresse des lieux savait s'y prendre avec les animaux. Si gentille et si obligeante.

Elle enjoliva l'histoire, qui alla de ferme en ferme. Un triomphe à la fois pour Dina, la vachère et la vache.

Et il était clair que Dina de Reinsnes en savait plus long que son Pater. Et qu'elle avait pris parti pour les petites gens. On rappelait l'histoire du garçon d'écurie Tomas. Avec qui elle avait grandi. Il avait des responsabilités et était respecté à Reinsnes.

Et puis il y avait la Lapone, Stine. Avec ses deux bâtards, un mort et un vivant ! Faisant partie de la famille. C'est elle qui avait porté le petit Benjamin au baptême !

On inventait de petits détails qui rendaient les histoires plus savoureuses, et qui illustraient l'affection que Dina portait aux gens modestes. Son sens de la justice. Son grand cœur généreux.

Finalement, les histoires moins flatteuses sur Dina perdirent de leur impact. On les considéra plutôt comme des traits d'originalité qui distinguaient Dina des maîtresses de maison et autres bourgeoises. Et qui faisaient d'elle quelqu'un de spécial et de fort.

La bruyère colorait le sentier de violet. De grosses gouttes tombaient sur eux comme une averse quand ils passaient sous les arbres. Le soleil n'était qu'un disque sans force et sans chaleur. Et les fougères fouettaient mollement les jambes des chevaux.

C'est alors que Tomas entreprit de parler à Dina. Il sentait depuis longtemps qu'elle le regardait comme s'il n'existait pas.

« La Dina, elle veut peut-être que j'me trouve une aut'place ? »

Dina arrêta le cheval et se tourna vers lui. On voyait de l'étonnement dans ses yeux.

« Et qu'est-ce qui t'fait dire ça ? »

« J'sais pas, mais... »

« Qu'est-ce que tu essaies de dire, Tomas ? »

Sa voix était basse, pas du tout cassante comme il l'avait craint.

« J'pense... j'pense souvent à c'jour. La chasse à l'ours... »

Tomas s'arrêta là.

« Tu regrettes ? »

« Non ! Non ! Faut jamais croire ça ! »

« T'aimerais retourner chasser l'ours ? »

« Oui... »

« En haut, dans la salle ? »

« Oui ! » dit-il avec conviction.

« Et tu crois comme ça qu'tu ferais de vieux os à Reinsnes si on te trouvait tout le temps sur le palier ? »

« J'sais pas ? » Sa voix était enrouée. « Mais si tu voulais, tu pourrais... »

Il attrapa sa bride et la regarda dans les yeux, avec désespoir.

Tomas. Un cheval qui avait peur des grands obstacles. Et qui cependant sautait.

« Tu pourrais pas ? » répéta-t-il.

« Non, dit-elle, brutalement. Je suis Reinsnes. Je connais ma place. T'as du courage, Tomas ! Mais tu connais aussi ta place. »

« Et si c'était pas pour ça, Dina ? Alors t'aurais pu... ? »

« Non », dit-elle en rejetant ses cheveux en arrière. « Alors, j's'rais partie à Copenhague. »

« Qu'est-ce tu f'rais là ? »

« J'verrais les toits des maisons. Et les tours ! J'aurais étudié. Tout trouvé sur les chiffres. Où ils se cachent quand on les voit pas. Tu sais, Tomas, les chiffres, ils changent pas. C'est pas comme les mots. Les mots, ils mentent tout l'temps. Quand les gens les disent et quand ils les disent pas... Mais les chiffres ! Ils sont sûrs ! »

Sa voix. Ses mots. Comme un coup de fouet. Qui l'atteignait. Sans merci.

Quand même ! Elle lui parlait ! De ce qui l'occupait. Même s'il ne pouvait pas monter dans la salle, il pouvait au moins essayer de savoir à quoi elle pensait.

« Et le Benjamin, Dina ? »

« Le Benjamin ? »

« Oui, il est de moi ? » murmura-t-il.

« Non ! » dit-elle durement, donna un coup de la pointe de son soulier à Lucifer et s'envola au galop.

Je suis Dina. Les vivants ont aussi besoin de quelqu'un. Juste comme les animaux. Ont besoin qu'on leur caresse les flancs et qu'on leur parle. Tomas est comme ça.

Je suis Dina. Qui me caresse les flancs ?

Le monticule où l'on hissait le drapeau était un endroit de prédilection. Il y avait toujours du vent là-haut. Rien n'y était permanent, tout y était éphémère et constamment en mouvement. Les brins de paille et les fleurs, les oiseaux et les insectes. Les flocons de neige et les congères. Les vents l'habitaient.

Mais le sol en lui-même restait immuable. Ce monticule herbeux et éventé, ridicule, où, il y avait de cela des années, le maître de Reinsnes avait fait cimenter un mât pour le drapeau. Il tenait bon, même mieux que la plupart des autres mâts le long de la côte. Malgré son emplacement offert à tous les vents et à toutes les bourrasques.

On arrivait bien à raccommoder le drapeau. Mais il fallait quand même souvent en faire venir un neuf. C'était une dépense inévitable. Car le drapeau de Reinsnes était visible de très loin en mer, que l'on vienne du sud ou du nord.

Dina avait toujours aimé ce monticule éventé. Cet automne-là, elle semblait s'y être installée. Ou alors, elle se rabattait sur son violoncelle. Elle en faisait gémir les cordes. Les gens se bouchaient les oreilles et Mère Karen sortait en claudiquant dans l'entrée pour la faire descendre.

Ou bien elle grimpait dans le sorbier. Afin de faire revenir l'esprit de Jacob, pour pouvoir passer sa rage sur quelqu'un.

Mais les morts la fuyaient quand elle était de cette humeur. Ils semblaient comprendre qu'ils ne faisaient plus partie de son univers. Seul Barabbas y avait accès.

« Je reviendrai avant l'hiver. » Mais Dina ne pouvait attendre l'hiver. Elle n'était pas de celles qui peuvent attendre. Elle caressait le mufle de Lucifer plus souvent que de coutume. Elle installait des balançoires dans les arbres pour Benjamin et Hanna. Mais surtout, elle se tenait sur le monticule dès qu'une voile venant du nord apparaissait.

Et elle était là chaque fois que le vapeur faisait escale sur sa route vers le sud.

Elle essaya de tirer de Johan la destination vers laquelle ce Léo était parti.

Il hocha la tête, la regardant avec curiosité. Elle était démasquée. Il alla vers elle, lui mettant la main sur l'épaule. « Il ne faut pas attendre ce Léo. Il est comme le vent. Il ne revient jamais », dit-il avec arrogance.

Elle se redressa brusquement de toute sa hauteur. Avant même qu'aucun d'eux ne comprenne ce qui se passait, elle lui avait asséné un coup qui le jeta par terre.

Elle resta un instant debout à le regarder. Puis elle s'écroula sur le plancher et prit sa tête sur ses genoux. Gémissant comme un chien battu. « Toi qu'es pasteur et tout, tu dois jurer de rien. Tu comprends pas ça ? Tu comprends rien ? Rien... »

Elle essuyait le sang qui coulait de son nez et lui fit reprendre connaissance. Encore heureux que personne ne les ait surpris.

Ils ne racontèrent cet épisode à personne. Mais Johan avait un réflexe qui étonnait les gens. Chaque fois que Dina faisait un mouvement brusque et inattendu, il se baissait en un éclair. Il avait ensuite l'air honteux et malheureux.

La nomination de Johan se faisait attendre. Il avait postulé dans le Nordland et dans le sud. Mais on aurait dit qu'on avait oublié son existence.

Dina laissait Mère Karen et Johan à leurs occupations. Jacob ne se manifestait guère. Hjertrud apparaissait entre les rouleaux de cordages sans un mot. Cela se répétait sans cesse.

Benjamin se laissait prendre sur les genoux avec une expression étonnée dans ses yeux clairs. Mais il en avait vite assez de ses caresses brutales et insistantes, et glissait de ses genoux pour se sauver.

Elle était comme une somnambule. Elle lisait dans le livre noir de Hjertrud. Sur les justes et les injustes.

Qui frappaient fort. Avaient la caresse dure et juraient de se venger.

Les premières nuits de gel arrivèrent. Ainsi que les flaques d'eau verglacées et les groseilles oubliées sur les buissons. Un soir, la première neige tomba, comme un signe avant-coureur, suivie d'un grand souffle menaçant. On n'était plus « avant l'hiver ».

Dina reculait le moment habituel pour Oline d'aller chercher les édredons et les couvertures dans l'entrepôt.

« C'est trop tôt pour les affaires d'hiver ! » disait-elle avec entêtement.

Et ainsi elle se mêlait des affaires des autres d'une manière impardonnable. Oline perdait la face devant les autres. Dina et Oline étaient comme deux glaciers. Séparés par un fjord profond.

Une nuit, le froid traversa les couvertures de coton et les draps jusqu'à atteindre le plus profond de l'âme.

Le lendemain, Dina alla trouver Tomas dans l'écurie. Se penchant par-dessus le dos d'un cheval qu'il était en train d'étriller, elle lui donna une bourrade comme elle en avait l'habitude.

Leurs yeux, porteurs de messages différents, se rencontrèrent. Ceux de Tomas : étonnés, en attente, à l'écoute. Ceux de Dina : en colère, autoritaires, durs. Comme un coup de fouet, elle lui donna l'ordre de faire des rangements dans l'entrepôt et de transporter les affaires d'hiver dans la maison. Comme s'il était tombé en disgrâce.

Quand il demanda qui allait l'aider, elle répondit clairement qu'il serait seul.

« Mais Dina, ça va m'prendre toute la journée et même la soirée ! »

« Fais ce que j'te dis ! »
Il ravala une réponse.
L'hiver montrait les dents.

Tomas avait emporté une lanterne. Il venait à elle la tête penchée, ignorant sa présence. Il faisait attention à chacun de ses pas. Il restait quelquefois des choses oubliées sur le plancher qui pouvaient faire trébucher un pauvre diable.

Elle sortit brusquement de l'obscurité.

Les couvertures pendaient du plafond comme d'énormes et souples cloisons. Qui absorbaient les bruits. Les enterraient à jamais.

Dehors, il gelait et la pleine lune apparaissait derrière des nuages en continuel mouvement. Impénétrable à ceux qui y cherchaient un signe.

Sa fureur était solidement installée en elle.

« Je reviendrai avant l'hiver », ironisait la lune à travers les nuages et les vieux toits.

Elle agrippa le bras de Tomas comme un chien affamé. Lui donnant à peine le temps de la reconnaître, ils roulèrent tous deux entre les couvertures.

Il mit quelques secondes à saisir. Le premier cri de douleur lui échappa quand il sentit ses dents se planter sur sa gorge et ses bras l'entourer. Puis il se laissa entraîner entre deux couvertures de laine couleur d'écume. Il arriva tout juste à poser la lanterne. Elle les contemplait pudiquement.

Dina était à la fois douleur et plaisir. Qu'il soit dans la salle devant le grand poêle noir ou dans le grenier de l'entrepôt, cela revenait au même. Si le ciel lui tombait sur la tête comme un oiseau de proie, c'était quand même – le ciel.

Elle arracha son châle et déboutonna son corsage. Releva ses jupes jusqu'à la ceinture. Puis elle lui offrit son grand corps sans plus de préliminaires.

Il était à genoux sur une couverture et la regardait à la lueur jaune de la lanterne. Puis il défit ce qu'il fallait de vêtements à une telle vitesse qu'il s'embrouilla et dut accepter de l'aide.

À plusieurs reprises il eut envie de dire quelque chose.

Comme pris par un sentiment religieux. Il aurait pu tout autant réciter son pater.

Mais elle secoua la tête, et s'enfonça dans l'obscurité avec lui. Son corps était un rocher lisse au clair de lune. Ses odeurs le remplissaient et l'emprisonnaient. Tous ses muscles tremblaient et explosaient. D'un désir si vaste qu'il aurait rempli une église ! Qui déclenchait une véritable avalanche, une lame de fond. Écumante, puissante et mouillée.

Il fut porté par elle. Se laissa aller dans la tourmente. Les vagues lui passaient par-dessus la tête.

De temps à autre, il revenait à la surface et essayait de la maîtriser.

Elle le laissait faire. Puis elle l'entraînait à nouveau vers le fond. Vers la forêt d'algues. D'algues salées et de courants brusques. Elle le ramenait sur la rive d'où la mer s'était retirée et les varechs faisaient émaner des parfums excitants dans ses narines. Elle le pressait jusque dans les profondeurs, là où les poissons nagent en banc les uns contre les autres. Ventre contre ventre. Il sentait leur odeur. Sentait leurs éperons sur ses flancs. Comme ça !

Puis ils continuaient vers les profondeurs. Et il n'avait plus conscience de rien. Il était vidé de son souffle et de son suc quand elle le ramenait sur la rive. Il se sentait déchiqueté par mille hameçons dans la poitrine et dans l'aine. Son estomac n'était plus qu'un récipient fêlé. Il n'avait plus qu'à mourir. Il avait trouvé son havre.

Mais il ne mourut pas. Avec précaution, elle le laissa se reprendre. Dans le reflux. Il était comme une jeune branche de bouleau. Arrachée de son tronc par une forte tempête. Ayant encore conservé ses feuilles et ses couleurs. Mais ne possédant rien d'autre que de s'être donné – et d'avoir reçu.

Ils n'avaient pas échangé une parole. Dehors, le jour était d'un bleu violet. Des mouettes picoraient sur le toit. La fureur s'était exprimée. Ce n'était pas beau, mais c'était puissant.

Hjertrud les surprit en sortant de son coin, et essaya d'éteindre la lanterne. C'était pendant qu'ils reprenaient leur souffle, allongés l'un près de l'autre.

Elle se pencha pour souffler la flamme. Très, très près

du bras de Dina. L'ourlet de sa jupe balaya son bras.

« Non ! » cria Dina. Allongeant le bras pour attraper la lanterne.

Hjertrud hésita et disparut.

Dina s'était brûlé les doigts.

Tomas s'était relevé pour voir. Il la tenait contre lui. Et la consolait tout en soufflant sur sa main. Comme il l'aurait fait pour Benjamin...

Elle voulut reprendre sa main. Il n'avait pas vu Hjertrud ! N'avait pas compris qu'elle voulait leur assombrir le monde.

Dina se rhabilla lentement et soigneusement. Sans le regarder. Quand il la prit dans ses bras, avant de sortir, elle posa son front contre le sien un instant.

« Tomas ! Tomas ! » dit-elle simplement.

Cette année-là aussi, les couvertures et tout le reste furent transportés dans la maison.

Tomas portait des fardeaux aussi hauts que des meules de foin. Il y mettait toute son énergie. Sans une plainte. Avant le dîner, tout était en place. Il fit alors un trou dans la mince couche de glace qui recouvrait le tonneau d'eau dans la cour et y plongea la tête et la poitrine. Plusieurs fois. Puis il enfila une chemise propre et alla chez Oline manger sa bouillie du soir.

Il commençait à neiger. Par petits flocons prudents. Notre Seigneur était bon et discret. Le péché n'est pas toujours aussi grand que le pécheur l'imagine. Tomas était le pécheur le plus heureux du Nordland.

Son corps était courbatu par des gestes inhabituels. Chaque muscle était douloureux. Il en jouissait, heureux et harassé.

Chapitre 13

Avant que le jour se rafraîchisse et que les
ombres fuient, reviens, mon bien-aimé, tel le che-
vreuil ou le jeune cerf sur les montagnes qui nous
séparent.

(Cantique des Cantiques, 2, 17)

Stine apprenait à Benjamin et à Hanna à maîtriser
leur impatience en leur donnant des occupations conve-
nant à leur âge.

De temps à autre, ils se lassaient de sa sollicitude
maternelle et envahissaient la salle.

Dina les renvoyait rarement, mais il arrivait qu'elle
leur demandât le calme, ou bien refusât de leur parler.
Ou encore elle les mettait à compter tous les objets qui
se trouvaient dans la pièce.

Benjamin avait horreur de ce jeu. Il obéissait à Dina
avec l'espoir qu'elle allait enfin faire attention à lui, au
bout d'un certain temps. Mais il trichait avec les
chiffres, se souvenant de la fois précédente. Les
tableaux, les chaises et les pieds de table.

La petite Hanna ne comprenait pas grand-chose à
cette arithmétique et obtenait de piteux résultats.

Comme Johan n'avait toujours pas obtenu de cure, on
décida qu'il passerait l'hiver à Reinsnes et qu'il servirait
de précepteur à Benjamin.

C'était cependant Hanna qui était toujours fidèlement
sur ses talons. Benjamin n'arrivait pas à s'habituer à ce
grand frère qui devait continuellement lui prodiguer son
enseignement.

On était à quinze jours de Noël. La période la plus chargée de l'année. Oline donnait ses ordres. Anders, Mère Karen et Johan étaient partis faire les dernières courses avant les fêtes, quand Benjamin et Hanna allèrent trouver Dina dans la salle.

Ils se plaignirent de Johan qui avait ordonné à Benjamin de faire ses devoirs, alors qu'on avait décidé depuis longtemps que ce jour-là serait réservé à la fabrication des bougies de l'Épiphanie.

« La journée est assez longue. Le Benjamin, il peut à la fois faire ses devoirs et faire des bougies ! » dit Dina.

Hanna courait de pièce en pièce. Comme un chiot qui bouscule tout sur son passage. Dans sa course elle arracha l'étoffe qui recouvrait le violoncelle de Lorch.

Dina regarda fixement l'instrument. La fêlure avait disparu ! Il était entier !

Hanna se mit à pleurer, croyant avoir fait une grosse bêtise, quand Dina se mit à pousser des exclamations.

Stine accourut en entendant des pleurs.

« Le violoncelle du Lorch, il est redevenu entier ! » cria Dina.

« Mais c'est impossible ! »

« En tout cas, il est entier ! »

Dina s'installa avec le violoncelle sur la première chaise venue. Lentement, sans prêter attention aux autres, elle se mit à accorder l'instrument.

Quand les sons purs emplirent la maison, tous levèrent la tête et Hanna cessa de pleurer.

C'était la première fois qu'on entendait le violoncelle de Lorch à Reinsnes. Il avait un timbre plus profond que celui de Dina. Un son plus sauvage et plus puissant.

Pendant des heures, personne ne prêta attention à d'autres bruits. Même pas celui du vapeur qui se dirigeait vers le sud.

Seul Niels était à son poste comme d'habitude. Il neigeait fort. Le bateau avait plusieurs heures de retard.

Il n'y avait pas beaucoup de passagers, aussi tard dans la saison. Seulement une haute silhouette sombre portant à la main un sac de voyage en cuir et sur l'épaule, un sac de marin. Avec son magnifique bonnet en peau de loup et sa pelisse, il était difficilement reconnaissable dans l'obscurité de l'Avent.

Mais Tomas se tenait à la porte de l'écurie quand l'homme remonta de la rive avec Niels. Ils traversèrent la cour, allant vers le perron d'entrée.

Tomas fit un salut emprunté à l'étranger quand il reconnut la cicatrice sur la joue gauche. Puis il rentra dans l'écurie.

Léo Zjukovskij demanda poliment à être hébergé quelques jours. Il était fatigué de plusieurs jours de voyage en pleine tempête dans le Finnmark. Il voulait surtout ne pas déranger. Il avait compris que Madame faisait de la musique...

Pendant tout ce temps, on entendait le violoncelle de Lorch venant de là-haut. Son ton grave et harmonieux, comme s'il n'avait jamais été fêlé.

On servit Léo Zjukovskij en toute simplicité dans la cuisine d'Oline, sur sa demande expresse.

On lui raconta l'histoire du violoncelle. Qui pendant des mois avait porté la marque d'une fêlure et qui, comme par miracle, était redevenu entier. Et la joie de Dina en retrouvant ce vieil instrument dont elle avait hérité du pauvre Lorch.

Niels lui tint compagnie un moment. Mais quand Stine entra avec les enfants, il prétendit avoir du travail à faire, et s'en alla.

Stine voulut prévenir Dina de l'arrivée du visiteur. Léo Zjukovskij s'y opposa fermement. Mais si l'on pouvait ouvrir les portes afin de mieux entendre la musique...

L'homme mangeait de la bouillie, accompagnée du sirop de framboises fait par Oline. Il lui était très reconnaissant de l'avoir accueilli dans sa cuisine, et la remercia du repas servi en s'inclinant légèrement pour lui baiser la main.

Personne n'avait fait la cour à Oline depuis la mort de Jacob. Elle commença à s'agiter. Parla fiévreusement de la maison, des gens et des récoltes. Une heure passa. Oline vaquait à ses occupations, allait et venait.

Léo était aux écoutes. En même temps, son regard allait vers la porte. Ses narines vibraient. Mais il cachait ses pensées derrière un front sérieux et poli.

Oline était enthousiasmée par la simplicité avec laquelle il rajoutait de lui-même des bûches dans le poêle. Sans faire d'histoires. Elle eut un hochement de tête admiratif vers l'homme.

Le violoncelle de Lorch se lamentait. Tomas ne vint pas manger son dîner. Le Russe était à la cuisine !

Dina était en train de descendre pour aller chercher du vin, pour fêter le violoncelle de Lorch. Elle ne connaissait pas la pelisse de loup jetée sur une chaise.

Mais elle reconnut le sac de voyage en cuir. A sa vue et à son odeur, elle vacilla et dut s'agripper.

Elle pencha tout son grand corps par-dessus la rampe. Recroquevillée, comme atteinte d'une forte douleur. Ses mains, qui s'agrippaient au bois lisse, furent mouillées de transpiration en un instant. Elle s'assit sur une marche, tempêtant contre Jacob qui commençait à s'en mêler.

Mais il n'était pas bon à grand-chose. Aussi pris de court qu'elle l'était elle-même.

Lentement, elle remonta ses jupes, écarta les genoux pour placer ses pieds sur la marche en dessous. Fermement. Sa tête pendait entre ses mains, comme si on la lui avait remise après l'avoir coupée.

Elle resta ainsi assise jusqu'à ce qu'elle s'habitue à l'obscurité de l'entrée éclairée seulement par une bougie sur la console. Puis elle se leva avec une infinie lenteur et descendit l'escalier. Attrapa avidement le sac de voyage. Comme pour s'assurer de la réalité de son existence. Puis elle l'ouvrit et fouilla son contenu. Trouva un livre. Cette fois encore. Soupira et le cacha sous son châle. Et referma le sac.

La flamme de la bougie tremblait quand elle se releva. Elle avait pris un gage.

Elle remonta l'escalier. Silencieusement. Cessa d'entretenir le feu. Pour que personne n'entende la porte du poêle qu'on refermait.

Et elle se coucha tout habillée, le regard rivé sur le loquet de la porte. De temps à autre, ses lèvres bougeaient. Mais elles ne proféraient aucun son. Il ne se passait rien. Et Jacob, assis au bord du lit, la regardait.

Stine accompagna le visiteur jusqu'à sa chambre. Il n'avait pas voulu que l'on chauffe à cause de lui. Il se sentait parfaitement bien et avait très chaud, avait-il prétendu.

Stine alla chercher des serviettes de toilette et remplit les brocs d'eau chaude et d'eau froide.

Il s'inclina en remerciant, tout en étudiant la chambre. Comme s'il s'attendait à voir quelque chose surgir des murs.

Une des servantes, Tea, était venue chercher quelque chose. Elle lambinait près de l'armoire à linge et jetait des regards furtifs dans la chambre. Elle voulait sa part de l'étranger, elle aussi.

Quelque chose chez cet homme intimidait Stine. Elle se dépêcha et se retira à reculons vers la porte ouverte en murmurant bonne nuit.

« Dina Grønelv est allée se coucher ? » demanda-t-il au moment où elle allait disparaître.

Stine perdit contenance.

« Elle jouait, il n'y a pas longtemps... Faut-il aller voir ? »

Léo refusa de la tête. Il s'avança vers elle et resta sur le seuil de la chambre.

« C'est là qu'elle dort ? » murmura-t-il, en hochant la tête vers l'obscurité, en direction de la salle.

Stine fut si étonnée qu'elle n'eut même pas le temps d'être choquée par l'inconvenance de la question. Elle acquiesça d'un signe seulement, se retirant avec force révérences dans le noir, jusqu'à la chambre où dormaient les enfants.

Le silence s'installa dans la grande maison. Dehors, la nuit n'était pas tellement froide. Mais noire, avec un ciel plombé. Dedans, il y avait un palier sombre et deux portes fermées.

Des communs, on observait les lumières de la salle. Pour Tomas, la nuit fut un enfer. Elle lui tint au corps comme une sangsue, jusqu'au lever du jour.

Tea racontait que le Russe à la cicatrice était arrivé par le vapeur, le soir précédent. Elle était montée à la salle pour allumer le feu le matin.

« Lui qu'était là c't'automne quand l'étable a brûlé ! » ajouta-t-elle.

« Ah bon ! » disait Dina du fond de ses oreillers.

« Il avait avec lui son sac de marin et son sac de voyage. Il voulait pas déranger Madame. Il demandait d'ouvrir la porte pour entendre le violoncelle... Il est resté assis dans la cuisine pendant des heures. L'Oline l'était morte de fatigue, l'feu était éteint, et tout ! »

« Et l'Niels, l'était pas là ? »

« Ouais, un moment, l'temps d'une pipe ou deux. Mais pas d'punch... »

« À la cuisine ? »

« Oui. »

« Il a dit c'qui l'amenait ? »

« Non, il demandait juste à être nourri et hébergé, il avait eu très gros temps dans le nord. Il disait pas grand-chose, juste questionnait. Sur tout. Et l'Oline n'faisait que bavarder sur tout ! »

« Assez avec Oline ! Il attend l'prochain vapeur ? »

« J'en sais rien. »

« Et la Stine était pas là ? »

« Ouais, c't'elle qui l'a accompagné dans la chambre avec l'eau et tout... J'l'ai entendu demander si Madame dormait là, et... »

« Chut ! N'fais donc pas tant de bruit avec la porte du poêle ! »

« J'ai pas fait exprès... »

« Bon. »

« J'voulais dire seulement qu'il – qu'il avait envie de bavarder... »

« Tu voulais dire c'que tu voulais dire. Mais arrête de claquer la porte du poêle. »

« Bon. »

Tea continua. Presque sans bruit.

La chaleur commença à envahir la pièce. Ça grondait et ronronnait dans le grand ventre noir.

Dina resta couchée, toujours tout habillée, jusqu'à ce que Tea s'en aille pour aller frapper à la porte de l'étranger.

Elle se leva alors et lança sur une chaise les témoins de cette nuit bizarre. Vêtement après vêtement. Elle fit couler de l'eau tiède sur sa peau nue, et tint Jacob à distance.

Elle prit son temps pour brosser ses cheveux et pour s'habiller. Choisissant une jupe de drap noir et un corsage rouille. Sans broche, ni fioriture. Nouant un châle en tricot vert mousse autour de ses épaules et de sa taille, à la manière des servantes. Puis elle aspira profondément et descendit lentement pour prendre le petit-déjeuner.

Mère Karen venait de rentrer de Strandstedet, et se lamentait de n'avoir pas été là, la veille au soir, quand il leur était arrivé un visiteur.

Oline paraissait vexée, on se demandait bien de quoi, et pinçait les lèvres, ce qui n'annonçait rien de bon.

Dina remarqua en bâillant que ce n'était pas si grave que ça, cet homme n'était ni un haut fonctionnaire, ni un prophète. On pouvait toujours réparer en lui offrant un bon dîner en plein Avent.

Mère Karen commença par ordonner de servir un petit-déjeuner plantureux, avec des tas de bonnes choses.

Oline lui jeta un regard furieux, et pensa à tout ce qu'elle avait à faire dans la matinée. La femme qui venait aider à la pâtisserie allait venir le lendemain. Tout était en retard. Il y avait eu des maladies dans toute la province qui avaient tenu les gens au lit pendant des jours et des jours. Toutes les aides qu'on attendait d'ailleurs étaient retardées. Et la nouvelle vachère n'avait pas encore beaucoup d'expérience, malgré sa bonne volonté. Stine avait bien assez de travail avec les enfants, et Dina n'y connaissait rien aux travaux du ménage.

Comment une pauvre malheureuse comme elle pouvait-elle s'en sortir ?

Un petit-déjeuner plantureux ! Ah ouiche !

« Alors, Léo Zjukovskij nous a rendu visite avant l'été ? » La voix de Dina était glacée.

Elle l'avait entendu descendre l'escalier, et se trouva une occupation dans l'entrée.

Le sourire qu'il lui destinait se figea.

« Peut-être qu'on ne reçoit pas de visiteurs juste avant Noël ici à Reinsnes ? » demanda-t-il en s'avançant les deux mains tendues.

« À Reinsnes on reçoit tous les visiteurs, ceux qui ont promis de venir et les autres... »

« Alors je ne dérange pas ? »

Elle resta debout à le contempler sans répondre.

« D'où arrivez-vous ? » demanda-t-elle en lui tendant la main.

« Du nord. »

« Le nord, c'est vaste. »

« Oui. »

« Allez-vous rester longtemps ici ? »

Il tenait sa main entre les deux siennes, comme s'il voulait la réchauffer.

« Jusqu'au prochain vapeur, si on m'en donne la permission ? Je vais essayer de ne pas déranger. »

« Avez-vous toujours les mêmes bons cigares ? »

« Oui. »

« Alors on en fume un à jeun, avant le petit-déjeuner ! Du reste, y a un livre plein de signes incompréhensibles en russe qui m'est arrivé dans la salle. Cette nuit. »

Ses deux yeux souriaient, mais son visage était grave.

« Tu peux le garder... Les livres supportent mal l'humidité, les reliures se défont pendant tous ces voyages en mer. Mais je voudrais traduire les poèmes. Ce sont des joyaux. Dans un monde en folie. Je vais en faire une traduction que tu pourras y joindre. Connais-tu Pouchkine ? »

« Non. »

« Je suis prêt à en parler, si cela a quelque intérêt. »

Elle fit un signe affirmatif. Ses yeux étaient encore pleins de rage aveugle.

« Dina... » dit-il doucement.

Le gel avait déposé de la dentelle sur toutes les vitres. Une vague odeur d'encens venait du salon.

« Barabbas n'est pas un forgeron », chuchota-t-elle en frottant son index sur le poignet de l'homme.

Chapitre 14

Il ouvrit le rocher et des eaux coulèrent ; elles se répandirent comme un fleuve dans les lieux arides.

(Psaumes, **105**,41)

Niels restait dans le sillage de Léo, comme s'il recherchait la protection du Russe. Il venait même assister aux repas dans la maison des maîtres, et passait la soirée dans le fumoir. Ils poursuivaient tous deux des conversations à voix basse.

Anders était très occupé par les préparatifs de la pêche aux Lofoten, qui commençait après Noël. Il était en continuels déplacements. Un de ses bateaux ayant ramené d'Andenes une grosse quantité de loup noir, on le surnommait ces dernières années, dans toute la région et bien au-delà, « le roi du loup noir ». On avait fait l'achat de nouvelles seines, aussi bien pour les grands fonds que pour la remorque.

Un jour où la famille du commissaire était en visite, Anders arriva avec des plans au moment de se mettre à table. Fier comme un coq, il les déplia sur un coin vide de la table.

Le plat de petit salé attendait, fumant, pendant que tout le monde se pressait pour contempler la merveille.

Anders voulait construire une cabine sur la barque à cinq rameurs et y installer un poêle, pour éviter d'aller à terre pour manger. De cette manière, ils pouvaient naviguer nuit et jour et dormir à l'abri à tour de rôle.

Le commissaire hochait la tête en tirant sur sa barbe. Il pensait que ça avait une allure plutôt bizarre, mais que ça pouvait en effet être utile. Avait-il, au fait, demandé l'avis de Dina ?

« Non », dit-il en jetant vers Dina un regard furtif.

Niels trouvait que c'était de la folie. Et comme le bateau en serait enlaidi ! Trop haut sur l'arrière et difficile à manœuvrer.

Léo pensait que c'était une bonne idée. Les bateaux de pêche russes n'étaient pas très élégants non plus, mais cela ne les empêchait pas de bien tenir la mer. Il regardait les plans présentés par Anders avec un hochement de tête approbateur.

Dina donna une bourrade dans l'épaule d'Anders et dit avec bonne humeur :

« Anders est un malin. Il aura sa cabine sur la barque. »

Ils se regardèrent un instant. Puis Anders replia ses plans et s'assit. Il avait obtenu ce qu'il voulait.

Je suis Dina. Ève et Adam avaient deux fils. Caïn et Abel. L'un tua l'autre. D'envie.
Anders ne tue personne. Mais c'est lui que je veux garder.

La présence de Niels à table et sa manière de s'adresser continuellement à Léo agaçaient Dina comme une couche d'insectes qui se serait posée sur son assiette. D'abord, elle le contempla avec son petit sourire, puis elle exigea l'attention d'Anders et de Léo.

Stine était également sur ses gardes tant que Niels était présent. Chaque fois que c'était nécessaire, elle s'adressait aux enfants à voix basse et impérative. Elle les traitait comme des chiots, avec une douce autorité. Contrairement aux usages, ils étaient à table avec les adultes. Ils avaient le droit de la quitter dès la dernière bouchée avalée. On avait des difficultés à les mettre au lit. Mais l'usage du martinet était inconnu à Reinsnes. C'était Dina qui en avait décidé ainsi. Si on pouvait dompter un cheval sauvage rien qu'en lui montrant le fouet, on pouvait mater deux petits gosses par un seul regard.

Stine n'était pas toujours du même avis, mais elle n'en disait rien. Les fois où elle devait tirer les oreilles de Benjamin, cela restait entre eux.

Benjamin acceptait les punitions de Stine parce qu'elles étaient toujours justes. En plus, il émanait de Stine une odeur spéciale quand elle faisait un effort.

Benjamin était habitué à cette odeur depuis sa plus tendre enfance.

Sa poigne lui était familière, dans la colère comme dans le calme, et était aussi inévitable que les changements de temps ou de saisons. Il n'était pas rancunier et les larmes le soulageaient immédiatement.

Hanna était différente. Celle-là, il ne fallait pas la punir sans lui expliquer pourquoi. Sans cela, on risquait un déluge de cris, de panique et d'imprécations. Et personne n'arrivait à la consoler, sauf Benjamin.

Juste le jour où le commissaire et sa famille étaient en visite, Benjamin en profita pour très mal se tenir à table.

Le commissaire marmonna avec irritation que c'était vraiment trop de deux enfants à Reinsnes qui grandissaient sans autorité paternelle.

Stine baissa la tête, écarlate de honte. Niels contempla le mur, comme s'il venait d'y découvrir un insecte rare au beau milieu de l'hiver.

Mais Dina se mit à rire et renvoya Benjamin et Hanna, leur donnant l'ordre d'aller terminer leur repas chez Oline à la cuisine.

Ils prirent leurs assiettes, et s'en allèrent ravis, sans montrer le moindre regret.

« J'peux pas dire qu'mon père ait été nécessaire à mon éducation. Ça, tout l'monde le sait. »

Ce fut comme si on venait de cracher en pleine figure du commissaire.

Mère Karen jetait des regards désespérés aux uns et aux autres. Mais elle ne trouvait rien à dire. L'atmosphère prit un goût de graisse rance quand Dina ajouta :

« La petite Dina, elle a guère senti la main de son père quand elle était en nourrice dans la métairie à Helle. Et la voilà quand même maîtresse de Reinsnes. »

Le commissaire était sur le point de se lever, en fureur. Mais Dagny le prit fermement par le bras. Elle l'avait prévenu. S'il n'arrivait pas à éviter les disputes avec Dina pendant leurs visites à Reinsnes, elle n'y mettrait plus jamais les pieds.

Car les mots vengeurs et méchants de Dina, quand le commissaire lui faisait des observations, retombaient aussi sur Dagny. Oui, en fait, il n'y avait qu'elle qui se

sentait humiliée. Car le commissaire était aussi imperméable aux piques qu'un morse en chaleur.

Il fit un sérieux effort pour se contenir et murmura
quelque chose pour faire croire que ce n'était qu'une
plaisanterie. Puis il se lança dans une conversation animée avec Anders sur la construction de la cabine du
bateau.

Pendant tout le reste du repas, les yeux de Léo reposè-
rent comme deux faucons sur tous les convives autour
de la table.

Tout le monde semblait paralysé par tout ce que Dina
n'avait pas dit quand elle avait lancé sa réponse effrontée.

Stine ne leva pas les yeux avant de quitter la pièce une
demi-heure plus tard.

La soirée fut brève. Tout le monde alla se coucher tôt,
et la famille du commissaire repartit le lendemain matin.

Mère Karen essaya d'arranger les choses. En envoyant
de nombreux cadeaux et en bavardant aimablement
avec Dagny avant leur départ.

Dina fit en sorte de ne pas se réveiller à temps, si bien
qu'elle dut leur crier au revoir de la fenêtre pendant
qu'ils descendaient vers l'embarcadère.

« Et joyeux Noël », cria-t-elle tout aimable en leur faisant signe de la main.

Cette période d'avant Noël se distinguait par des
changements continuels, depuis les matins noirs d'encre
jusqu'à la magie des après-midi sombres sur les traces
verglacées dans la neige. Une activité fébrile glissait lentement vers le calme des lourdes soirées. Les animaux
aussi étaient influencés par ce rythme, même s'ils ne
voyaient pour ainsi dire pas le jour.

Tard dans la soirée, le violoncelle de Lorch se faisait
entendre, et il y avait des bougies à toutes les fenêtres. Il
n'était plus question de faire des économies sur l'éclairage. Autrement en hiver, on réservait pour tous les
jours six bougies au salon. Deux allumées en même
temps. En plus des quatre grandes lampes.

Cela sentait bon le savon noir et la pâtisserie, les bûches de bouleau et l'encens. Oline avait de l'aide pour confectionner les gâteaux. Une odeur délicieuse flottait dans la cuisine et dans l'office. Mais, par exemple, elle ne confiait à personne la confection de la pâte feuilletée. Elle était pétrie de ses propres mains enfarinées, sur la grande table de l'entrée de service. La porte grande ouverte sur la nuit glacée de décembre.

Elle trônait comme un grand animal affairé, habillée d'une pelisse et les cheveux protégés par un fichu. Son visage blanchissait petit à petit, avec deux roses de froid sur les joues.

Les crêpes étaient rangées dans leurs boîtes, dans le grenier de l'entrepôt. Les gâteaux dans l'énorme garde-manger. Les roulés de viande sous presse dans la cave. Pendant une journée entière, on entendait le bruit du hachoir dans le fournil, avant qu'Oline ne prépare les saucisses. Les laitages étaient versés dans de grands bols et recouverts de cannelle et d'un linge. Les pains étaient rangés dans les panetières, et il devait même y en avoir suffisamment pour la pêche aux Lofoten.

Il y avait assez de pièces et de place à Reinsnes. Dina aurait pu se réserver une certaine intimité avec Léo Zjukovskij, si elle l'avait voulu. Mais il y avait beaucoup de portes. Que l'on ouvrait ou que l'on fermait, auxquelles on ne frappait jamais. De ce fait, Léo appartenait à tout le monde.

On n'attendait pas le vapeur avant Noël. Peut-être même pas avant le nouvel an !

Léo Zjukovskij discutait politique ou religion avec Johan. Avec Madame Karen, il parlait de littérature ou de mythologie. Il feuilletait ses livres. Mais il avouait lire plus facilement le russe ou l'allemand que le norvégien.

Il devint, pour tout le monde, Monsieur Léo. Il glissait des pièces à Tea, qui lui allumait son poêle le matin. Mais personne ne savait d'où il venait, ni où il allait. Quand on le lui demandait, sa réponse était convaincante, mais évasive, sans précision de date ou d'endroit.

À Reinsnes, on avait l'habitude des étrangers, aussi on acceptait cela avec une politesse tranquille. On essayait plutôt d'interpréter tous les signes du Russe, selon ses capacités ou ses intérêts.

Dina avait compris qu'il avait dû aller en Russie entre-temps, car il avait avec lui des livres russes. Une fois ou deux, elle s'était glissée dans sa chambre, quand elle savait qu'il était à la boutique. Elle reniflait son odeur. De tabac et de cuir.

Elle feuilletait les livres. Il y avait des passages soulignés, mais pas de notes en marge, comme Johan avait coutume de le faire. Seulement de minces traits au crayon.

Un des premiers jours, Anders demanda à Léo quand il avait été à Bergen la dernière fois.

Léo répondit seulement :

« J'y étais cet été. »

Puis il se mit à chanter les louanges du caboteur *Mère Karen*, qui était en cale sèche et attendait d'être mis à la mer pour partir aux Lofoten.

« Les bateaux du Nordland, ce sont de vrais bateaux ! » disait-il.

Et les yeux d'Anders se mettaient à briller, comme si le bateau était à lui.

Léo tombait la veste, dansait et chantait le soir. Sa belle voix de basse emplissait la maison. On venait de la cuisine et des communs pour l'entendre et le regarder. On ouvrait les portes, et les yeux papillotants, accoutumés à l'obscurité de l'hiver, se mettaient à briller à la chaleur et au son du chant.

Dina avait appris les mélodies à l'oreille, et elle les jouait au piano.

Le violoncelle de Lorch ne descendait jamais de la salle. Elle prétendait qu'il ne supportait aucun changement.

Le soir de Noël, la neige remplissait le ciel d'un blanc laiteux. Le temps s'était tout à coup mis au dégel. Cela n'annonçait rien de bon pour le déroulement des festivités. La couche de neige nécessaire aux traîneaux pouvait fondre en moins d'une journée, et la mer était déjà agitée. Une tempête de neige menaçait, sans vouloir vraiment éclater. On ignorait de quelle force elle serait.

À cheval, Dina longeait la grève, parce que les pattes traversant la neige poreuse se blessaient sur la couche de verglas en dessous.

Elle laissa Lucifer aller à sa guise, fixant l'horizon couvert au loin.

Elle avait pensé inviter Léo à une promenade à cheval, mais il était déjà parti dans la boutique. Elle voulait l'obliger à se déclarer. Mais il n'avait pas répété les paroles dites sur le palier le lendemain de l'incendie.

Le front barré d'une ride, elle contempla la ferme un instant.

Les bâtiments se serraient les uns contre les autres et envoyaient des rayons de lumière jaune de toutes les fenêtres. Les baies gelées des sorbiers et les gerbes d'avoine recevaient la visite des moineaux, petits mendiants venus du ciel, à coups d'ailes rapides. La trace des bêtes et des hommes, fumier et détritus, était déposée en tas gris et bruns autour des maisons au milieu de tout ce blanc. Les glaçons dégoulinant des toits jetaient des ombres dentelées sur les congères.

Dina avait l'air sombre.

Mais elle souriait une heure après, en s'arrêtant devant l'écurie.

Cela inquiéta Tomas. Il prit les rênes et retint Lucifer, tandis qu'elle sautait à terre et donnait au cheval une tape sur le flanc.

« Donne-lui une portion en plus... » murmura-t-elle.

« Plus que les autres ? »

Elle le regarda étonnée.

« Fais comme tu veux. »

« J'peux avoir un ou deux jours de congé pendant les fêtes ? » demanda-t-il. Il donnait des coups de pied dans un tas de crottin glacé.

« Fais seulement attention qu'il y ait quelqu'un à l'écurie et à l'étable », dit-elle aimablement, sur le point de partir.

« Il va rester longtemps, M'sieur Léo ? »

La phrase découvrait ses intentions. Demander des

comptes... s'arroger le droit de poser des questions.

Dina était sur le point de donner une réponse cinglante. Mais elle se contint tout à coup.

« Non, pourquoi rester à Reinsnes, Tomas ? »

Elle se penchait vers lui.

Il pensa aux premières herbes que l'on mâche au printemps. A l'été nu...

« Les gens vont et viennent à Reinsnes... » ajouta-t-elle.

Il ne sut que dire. Flatta d'une tape indifférente le cheval.

« On lui souhaite un joyeux Noël ! »

Des yeux, il caressa sa bouche. Ses cheveux.

« Mais tu vas manger un morceau avant d'partir », dit-elle avec insouciance.

« J'préfère apporter avec moi quelques bons morceaux, si ça peut s'faire. »

« L'un n'empêche pas l'autre. »

« Merci. »

Tout à coup elle s'emporta.

« Faut pas avoir l'air si malheureux, Tomas ! »

« Malheureux ? »

« T'es comme une calamité ambulante ! lança-t-elle. Quoi qu'il t'arrive, t'as une tête d'enterrement. »

Il se fit un grand silence. Puis l'homme aspira profondément. Comme s'il se préparait à souffler toutes les bougies en une fois.

« Une tête d'enterrement, Dina ? » dit-il finalement en insistant sur chaque mot.

Il la regardait droit dans les yeux. Ironiquement ?

L'instant passa. Les épaules râblées s'affaissèrent. Il fit rentrer le cheval et lui donna de l'avoine, comme elle l'avait demandé.

Léo sortait de sa chambre au moment où elle montait l'escalier.

« Viens ! »

Elle lança ça comme un ordre, sans préambule. Il la regarda étonné, mais la suivit. Elle ouvrit la porte de la salle et l'invita à entrer. C'était la première fois qu'ils se retrouvaient seuls depuis son arrivée. Elle indiqua du doigt l'une des chaises près de la table.

Il s'assit et de la main voulut la faire asseoir sur la chaise la plus proche. Mais Jacob y était déjà installé.

Elle commença à enlever sa veste. Il se leva pour l'aider. Déposa avec précaution la veste sur le grand lit.

Elle ne porta pas attention à Jacob et s'assit devant la table. Ils semblaient être les personnages d'un tableau. Jacob en était le spectateur.

Personne n'avait dit mot.

« Dina a l'air grave », dit Léo en guise d'introduction. Et il croisa ses cuisses l'une sur l'autre, tout en regardant les deux violoncelles. Laissa son regard errer sur la fenêtre, la glace, le lit. Pour revenir ensuite sur le visage de Dina.

« J'veux savoir qui tu es ! »

« Juste aujourd'hui ? Juste la veille de Noël ? »

« Oui. »

« J'essaie tout le temps de trouver qui je suis. Et si j'appartiens à la Russie ou à la Norvège. »

« Et de quoi tu vis en attendant de te décider ? »

Il y eut un éclair dans les yeux verts.

« De la même chose que Madame Dina, des biens et de la fortune de mes ancêtres. » Il se leva, s'inclina et se rassit.

« Madame voudrait accepter le règlement de ma note tout de suite ? »

« Seulement si Monsieur devait partir demain. »

« Ma dette va augmenter au fur et à mesure que les jours passent. Vous voulez peut-être une garantie ? »

« Je l'ai déjà. Les poèmes de Pouchkine ! Et du reste, c'est pas dans nos habitudes ici, chez nous, d'faire payer les visiteurs. C'est même bien pour ça qu'on veut tellement savoir qui on a dans la maison. »

Cela travaillait dans sa tête. Il serrait tellement les mâchoires que deux boules apparaissaient. Une de chaque côté.

« Dina semble peu aimable et ennuyée », dit-il tout de go.

« C'était pas mon intention. Mais tu te caches. »

« La communication avec Dina n'est pas facile... sauf quand elle joue. Et alors ce n'est pas le moment de lui parler. »

Elle ne releva pas l'ironie.

« Tu as dit... avant de partir... que tu m'faisais la cour. C'était seulement une plaisanterie ? »

« Non. »

« Qu'est-ce que tu voulais dire ? »

« C'est plutôt difficile à expliquer, pendant un interrogatoire comme celui-ci. Vous avez l'habitude de recevoir les réponses que vous désirez, n'est-ce pas ? Des réponses concrètes à des questions concrètes ? Mais quand on fait la cour à une femme qu'on rencontre, ce n'est pas concret. C'est un défi sentimental. Qui demande du tact et du temps. »

« C'est le tact et le temps qu'il te faut quand t'es tout l'temps en train de conspirer avec le Niels dans le bureau ? »

Léo se mit à rire. Découvrant toutes ses dents.

« C'est exactement ce que je voulais », siffla-t-elle en se levant.

« Tu peux t'en aller », ajouta-t-elle.

Il baissa la tête, comme pour cacher son visage. Puis il le releva tout à coup et dit humblement :

« Ne sois pas si fâchée ! Joue-moi plutôt un morceau, Dina ! »

Elle secoua la tête, mais se leva quand même et alla vers les instruments. Laissa sa main glisser sur le violoncelle de Lorch, tout en regardant l'homme.

« C'est de quoi que vous parlez, le Niels et toi ? » demanda-t-elle brusquement.

« Vous voulez tout savoir de tout le monde ? Tout contrôler ? »

Elle ne répondit pas. Laissa seulement sa main caresser les instruments par de grands mouvements circulaires. Suivait les lignes de leurs corps. Cela faisait un bruit ténu dans la pièce. Comme un murmure venant de l'au-delà.

« On parle de Reinsnes. De la boutique. Des comptes. Niels est un homme modeste. Très seul... Mais vous savez tout ça ? Il dit que Madame Dina est autoritaire et se mêle de tout. »

Pause. Dina se taisait.

« Ce matin, on disait que ce serait une idée d'agrandir la boutique, pour en faire un local plus moderne. Plus clair. Avec de la place pour plus de marchandises. Qu'il serait possible d'établir des contacts avec la Russie, pour obtenir des marchandises qui sont introuvables ici dans le pays. »

« Tu discutes de Reinsnes avec un de mes employés, et pas avec moi ? »

« Je croyais que vous aviez d'autres intérêts. »

« Et quels intérêts ? »

« Les enfants. La tenue d'une maison. »

« Alors tu sais vraiment pas quelles charges reposent sur les épaules d'la veuve d'un maître aubergiste. J'préfère qu'tu discutes de Reinsnes avec moi, pas avec mes employés ! Et quel intérêt a Reinsnes pour toi, au fait ? »

« Cette sorte de société m'intéresse. C'est tout un monde, pour le meilleur et pour le pire. »

« C'est pas la même chose dans le pays d'où tu viens ? »

« Non, pas tout à fait. Les gens sont moins libres quand ils ne possèdent pas de terre. Les petites gens ont moins de raison de montrer de la loyauté, comme chez vous. Les temps sont difficiles en Russie. »

« C'est pour ça que t'es ici ? »

« Entre autres ! Mais il m'est arrivé une fois d'éteindre un incendie à Reinsnes... »

Il s'approcha. La faible lumière du jour marquait les profonds sillons de son visage sévère.

Ils étaient debout, le violoncelle entre eux. Il posa sa main sur l'instrument lui aussi. Lourde comme une pierre chaude de soleil.

« Pourquoi t'as mis tant de temps à venir ? »

« Tu as trouvé le temps long ? »

« Ce n'est pas seulement une idée. Tu devais revenir avant l'hiver, tu l'avais dit. »

Il eut l'air amusé.

« Tu te souviens si bien de ce que j'ai dit ? »

« Oui », gronda-t-elle.

« Alors tu pourrais être gentille quand je suis là », murmura-t-il. Juste contre son visage.

Ils restèrent ainsi, se regardant dans les yeux. Longtemps. Se mesurant. S'interrogeant gravement.

« Quelle gentillesse faut-il montrer à un Barabbas ? » demanda-t-elle.

« Il n'en faut pas tellement... »

« Quoi donc ? »

« Un peu d'amabilité. »

Il lui prit le violoncelle des mains et le replaça contre le mur. Avec précaution. Puis il saisit ses poignets.

Quelque part dans la maison quelqu'un cassait

quelque chose. Cela fut suivi des pleurs de Benjamin.

Un instant, il vit quelque chose passer dans ses yeux. Puis ils glissèrent ensemble contre le mur. Il n'aurait jamais pensé qu'elle possédait tant de force. Sa bouche, ses yeux ouverts, son souffle, son grand corps généreux. Elle lui rappelait les femmes de son pays. Mais elle était plus dure. Plus entreprenante. Plus impatiente.

Ils étaient comme un nœud dans l'obscurité du mur. Un nœud serré et mouvant dans le tableau de Jacob.

Léo la tint légèrement à distance et murmura :

« Joue quelque chose, Dina ! Pour nous sauver. »

Elle eut un cri sourd de bête. Elle se serra un instant contre lui. Puis elle attrapa l'instrument, l'amena à la chaise et ouvrit les cuisses pour l'accueillir.

L'archet se leva vers la lumière grise du jour.

Les sons sortirent. D'abord incertains et sans harmonie. Puis le bras prit de l'assurance et de la souplesse. Elle était lancée. Et Jacob avait disparu.

Léo, les bras ballants, contemplait sa poitrine contre l'instrument. Ses longs doigts qui tremblaient parfois pour donner de la profondeur au son. Son poignet. Les pantalons de cuir qui trahissaient la généreuse fermeté de ses cuisses. Sa joue. Puis ses cheveux retombèrent en avant et cachèrent son visage.

Il traversa la pièce et prit la porte. Qu'il ne referma pas derrière lui. Il ne ferma pas la sienne non plus. Une ligne invisible était tirée sur les larges lattes du plancher. Entre la chambre du visiteur et la salle.

Chapitre 15

J'étends mes mains vers toi, mon âme soupire après toi comme une pierre desséchée.

(Psaumes, **143**, 6)

Madame Karen avait préparé tous les paniers et toutes les caisses qu'on devait distribuer aux trois métairies, ou à certains nécessiteux de sa connaissance.

Occasionnellement, elle les faisait parvenir aux destinataires, ou bien en informait ceux qui venaient à la boutique acheter le strict nécessaire pour les fêtes.

Oline les recevait à la cuisine. Là, il faisait bon, et l'ordre y régnait jusqu'aux moindre détails.

Bottes, snow-boots et manteaux étaient soigneusement alignés près de la grande cuisinière noire et ventrue. Il fallait les faire dégeler, sécher et réchauffer pour le chemin du retour. Il y avait toujours de l'eau chaude dans le réservoir derrière la cuisinière. Nouvellement astiqué et étincelant, il se reflétait sur toute la batterie de casseroles quand on enlevait les rondelles pour y mettre la cafetière.

Toute la semaine, des gens étaient venus et repartis. Avaient mangé et bu. Avaient passé un moment à la boutique, assis sur des escabeaux, des tonneaux ou des caisses, attendant un bateau.

Il n'était pas question d'être strict sur les heures d'ouverture. La boutique était ouverte tant qu'il y avait du monde. C'était comme ça. Niels et le garçon allaient des uns aux autres.

Il fallait continuellement déplacer les rondelles du poêle à étage pour y faire chauffer la cafetière. L'eau bouillonnait jusqu'à en déborder par le bec.

Après beaucoup de vacarme et de vapeur, on finissait par retirer la cafetière du feu pour y verser le café.

Il y avait sur le plancher une pierre plate où la poser.
Le café y infusait et tous ceux qui entraient, venant du
noir, du froid et des embruns, recevaient ce parfum en
plein nez.

Après le dernier client, on rinçait vaguement des
tasses à fleurs bleues bordées d'un filet d'or, au nombre
de six, pour servir les nouveaux venus. Un grain mal
moulu se collait comme une coque de bateau sur le
bord de la tasse. Oscillait quand un malheureux, transi,
prenait la tasse pour se réchauffer et porter l'amer nec-
tar à ses lèvres. On offrait aussi du sucre roux et des
gâteaux secs.

À certains on offrait la goutte, mais dans une autre
pièce. Mais c'était plutôt chose rare à Reinsnes. Niels
pensait que c'était une habitude à conserver.

Dans la cuisine bleue d'Oline on ne servait aucun
alcool. Mais Oline s'octroyait de temps à autre un solide
café à l'eau-de-vie, bon pour sa circulation.

Il était rare que quelqu'un vienne goûter le sherry de
Mère Karen dans le salon.

Dina recevait elle-même peu de visites. Ceux qui
venaient, elle les recevait au salon comme des invités de
la maison.

Niels aimait bien la période avant Noël. On faisait un
chiffre d'affaires maximum sur d'excellentes marchandises au choix varié. Par une curieuse habitude, plus le
commerce était florissant, plus il fronçait le front.

Cette veille de Noël, ses rides étaient spécialement
profondes pendant qu'il passait en revue les rayons à
moitié vides et les réserves et entrepôts vides. Il avait
l'air d'un homme acculé à la ruine.

Quand Anders entra en sifflant, habillé de sa chemise
des dimanches, Niels fit remarquer sur un ton plaintif
qu'il restait si peu de farine qu'il n'y en avait plus assez
pour les provisions de la pêche aux Lofoten.

Mais Anders se mit à rire. Il prenait avec bonne
humeur les prétendues inquiétudes de Niels à propos
des caisses et des rayons vides. Mais il arrivait qu'il
s'étonne que les bénéfices ne soient pas plus importants.
Car ils avaient de nombreux et solides clients. Et ceux
qui s'armaient pour la pêche étaient presque sans

exception tous des gens honnêtes, qui payaient ensuite en argent ou en poisson.

Quand tout fut bouclé derrière le dernier client, Niels s'enferma seul pour une messe solitaire. Dans le bureau de la boutique, derrière une porte verrouillée et des rideaux tirés.

Soigneusement, il empaqueta ses offrandes dans deux épaisses enveloppes qu'il posa sur la table. Il baissa ensuite la mèche de la lampe à pétrole et se dirigea vers l'autel avec l'une des enveloppes.

La table de toilette était un solide meuble en chêne recouvert d'une plaque de marbre épais, avec une cuvette et un porte-savon en émail.

Solennellement, il pressa de tout son poids sur la table de toilette et la poussa de côté. La planche amovible était toujours là, fidèle, le fixant de ses innombrables nœuds.

Peu après, une boîte en fer blanc fut soulevée dans la faible lumière et reçut la dernière offrande.

Puis tout fut remis en place.

Il enferma ensuite dans le coffre en fer les billets comptabilisés.

Enfin, considérant l'évolution des choses, Niels se tenait au milieu de la pièce, une pipe allumée aux dents. Tout allait bien. C'était fête.

La seule chose qui l'inquiétait, c'était une carte d'Amérique qu'il s'était procurée et qui avait disparu. Il l'avait toujours sur la table. Et elle n'y était plus !

Il avait cherché partout. Et il avait demandé à Peter, le commis de magasin. Qui prétendait n'avoir rien vu ni entendu.

Niels savait qu'il ne pourrait jamais amener une femme à Reinsnes tant que Stine et la gosse étaient là. Cette triste constatation l'avait poussé à prendre une grave décision. Se procurer une carte d'Amérique. Et maintenant elle avait disparu.

On servait toujours du bouillon à cinq heures la veille de Noël. Accompagné de fines galettes recouvertes de mélasse, que l'on trempait dans le liquide, et le tout arrosé de bière et d'aquavit. Tout le monde essayait d'en avoir terminé avec ses occupations à ce moment-là.

Niels en fit de même. Grâce à ce Russe, il trouvait un certain plaisir à manger avec les autres.

Et puis il y avait cette carte d'Amérique. On pouvait peut-être deviner qui l'avait prise en épiant les autres.

La table était mise pour tout le monde dans la salle à manger. Personne ne mangeait à la cuisine la veille de Noël. Une tradition instaurée par Mère Karen.

Mais tout le monde n'était pas toujours à l'aise dans la salle à manger. Certains osaient à peine se parler de peur de sembler impolis, ou de dire une bêtise.

Léo et Anders détendirent l'atmosphère en faisant des pitreries avec les enfants. Ainsi, cela donnait l'occasion de rire. On avait quelque chose en commun.

Les plats se suivaient. La vapeur venant des mets fumants mêlée à la chaleur interne des convives faisait luire les peaux.

Mère Karen était assise devant l'arbre de Noël allumé. Cela sentait la fête dans toute la maison. Dans les paniers de papier tressé, il y avait des raisins secs, des biscuits au gingembre et du sucre candi. Personne ne devait y toucher avant que Mère Karen n'en donne la permission.

Elle avait présidé au bout de la table, dans son fauteuil, et avait lu l'Évangile après le repas. D'abord en norvégien. Puis en allemand, pour faire plaisir à Monsieur Léo, avait-elle dit.

Mais Benjamin et Hanna ne tenaient plus en place tant ils étaient impatients de recevoir leurs cadeaux et leurs friandises. Pour eux, l'Évangile de Noël ne fut pas seulement doublement long, ils le considérèrent comme une punition imméritée de Notre Seigneur.

Plus tard, en signe de connivence, ils prirent l'habitude de dire : « Elle va sûrement faire la lecture en allemand aussi ! »

Dina était comme un large fleuve, coulant à travers la pièce. Dans sa robe de velours bleu roi avec un empiècement de damas au corsage. Elle regardait les gens droit dans les yeux, et paraissait presque aimable. Elle joua les psaumes de Noël comme si elle caressait les touches.

Léo dirigeait le chœur, en chemise de lin blanc à larges manches et manchettes de dentelle. Il avait une broche en argent au col, et un gilet noir.

Les deux chandelles à trois branches de l'Épiphanie, toujours posées sur le piano le soir de Noël, étaient allumées. Les plats d'argent, sur lesquels étaient posés les chandeliers, scintillaient. Ils étaient là pour ramasser la cire qui coulait des bougies. Au cours de la soirée, la cire fondue avait durci et formait tout un paysage sous les bougies.

Les chandelles de l'Épiphanie étaient l'œuvre de Stine. Une pour Hanna et une pour Benjamin. Même si Mère Karen insistait sur le fait qu'elles étaient là en l'honneur du Christ.

Étant donné que le cordonnier était venu à la ferme avant Noël, il n'était pas difficile de deviner ce que contenaient les paquets offerts par les maîtres. Bientôt tous les domestiques furent occupés à essayer leurs chaussures.

Léo se leva et chanta en russe une comptine sur tous les souliers qui s'affairaient dans le monde.

Benjamin et Hanna chantèrent aussi. Complètement faux et dans un russe invraisemblable. Mais avec le plus grand sérieux.

Mère Karen, avec son col de dentelle empesé et ses cheveux soigneusement frisés, sentait la fatigue l'envahir. Hjertrud traversa tout à coup la pièce pour aller caresser la joue blanche et ridée de Mère Karen. Et Mère Karen ferma à demi les yeux et s'assoupit légèrement.

Ce soir, Oline se laissait servir. Elle avait une plaie ouverte sur une cheville. Cela avait empiré au cours des préparatifs de Noël.

Stine lui avait appliqué un onguent de miel et d'herbes aromatiques de sa fabrication. Mais il restait sans effet.

Léo avait dit qu'elle devait rester assise et se laisser servir jusqu'à ce que la plaie cicatrise. Depuis, Oline ne lâchait plus Léo du regard. Comme autrefois Jacob.

Stine se sentait lourde de calme. De temps à autre, elle contemplait Niels comme elle l'aurait fait d'un plancher bien nettoyé. Pensivement et avec satisfaction. Ses yeux étaient plus sombres, son visage plus doré que d'habitude. Ses cheveux étaient serrés par une natte tordue en chignon. Mais cela ne suffisait pas à cacher la très jolie nuque de Stine.

Tous les souvenirs de Noël de Johan se rattachaient à Reinsnes, sauf ceux des années d'études. Il était perdu dans ses souvenirs. Ingeborg allumant les bougies et Mère Karen lisant la Bible à haute voix. Le visage animé de Jacob quand il buvait un verre avec les gens avant les fêtes.

Ce soir, il s'était senti trahi comme un enfant quand Mère Karen avait pris Hanna et Benjamin sur ses genoux. Il en avait honte et essayait de se racheter en montrant une grande amabilité, surtout envers les deux enfants.

Il constatait l'emprise définitive que Dina avait maintenant sur Reinsnes. Elle influençait Anders et Niels. Ils étaient des marionnettes sous son regard. La vieille dame était tout ce qui lui restait.

Anders, ce soir-là, n'était qu'un frère souriant. Il était à l'écoute de Mère Karen, de Johan et de Léo. De temps en temps, son regard croisait celui de Dina. Il lui fit même un signe de la tête, comme s'ils partageaient un secret. Il était évident que rien ne pesait sur sa conscience.

Niels faisait de courtes apparitions dans le grand salon. Autrement, il vaquait à de mystérieuses occupations dont personne ne se préoccupait. Il lui arrivait d'offrir des cigares ou de remplir des verres. Mais les mots restaient figés sur ses lèvres. Il regardait les gens dans la pièce avec des yeux de proscrit.

Je suis Dina. Hjertrud est dans le salon du commissaire et pleure ce soir. Elle a accroché des anges et des guirlandes et a lu dans le livre noir. Mais cela ne sert à rien. Les fêtes rendent certains méchants. C'est pourquoi Hjertrud pleure et cache son visage abîmé. Je l'ai prise dans mes bras et je compte des chaussures.

De temps à autre, les yeux de Dina et de Léo se rencontraient. Elle avait perdu sa dureté. Comme si elle avait oublié qu'il était arrivé trop tard. Oublié leur conversation sans conclusion dans la salle, le jour précédent.

Mère Karen se retira. Les enfants s'étaient endormis. Agités, le front moite, gavés de friandises et de gâteaux – et remplis de joie mêlée de terreur, comme tous ceux de huit et six ans qui avaient avant eux fêté un soir de Noël à Reinsnes. Toutes les histoires de lutins, toutes les mains et tous les genoux. Les voix, la musique, les cadeaux.

Les domestiques, ayant terminé leur journée, étaient allés se coucher. Les filles dans la soupente au-dessus de la cuisine, les garçons dans les communs. Oline montait la garde contre les éventuels soupirants. Elle dormait la porte ouverte sur la cuisine.

Les bruits nocturnes émis par Oline étaient ceux d'un instrument. Le jour où il s'arrêtera, l'horloge principale de la ferme aura disparu.

Niels avait quitté la maison. Personne ne se demandait s'il était allé dans l'annexe, où il avait ses deux pièces, ou dans son bureau. Personne, sauf Stine. Mais elle ne le montrait pas. Elle gardait ses pensées pour elle derrière sa chevelure sombre et lisse, sans ennuyer personne. Elle se déshabilla lentement devant le miroir et étudia son corps à la faible lueur de la bougie.

Mais pas avant d'avoir tiré la tenture devant le lit sur lequel dormaient les enfants.

La soirée n'avait rien apporté de nouveau dans sa vie. A l'exception d'une chose : elle avait commencé à exiger la part d'héritage de son enfant. Lentement, mais sûrement. C'est pourquoi elle avait caché une carte d'Amérique dans le dernier tiroir de sa commode.

Elle avait appris certaines choses rien qu'en regardant Dina : ce qu'on avait à faire, on le faisait. Sans demander de conseil à personne, tant qu'on pouvait se débrouiller seule.

Anders, Johan, Léo et Dina étaient encore dans le fumoir.

Dina était assise, renversée en arrière, et jouait avec les franges de soie qui ornaient les accoudoirs. Elle fumait des havanes doux. Et soufflait, de manière peu féminine mais avec grand talent, des ronds de fumée au-dessus de leurs têtes.

Anders parlait de ses préparatifs pour la pêche aux Lofoten. Il avait pensé envoyer d'abord un caboteur en éclaireur. Si la pêche était bonne, il pourrait alors armer le second. Il pensait trouver assez de monde pour l'équipage. A en croire les prédictions, on s'attendait à une pêche extraordinaire. Léo voulait-il s'y joindre ?

Léo sembla y réfléchir, puis il dit avec lenteur qu'il ne croyait pas être fait pour ça. Du reste il avait à faire à Trondheim.

Dina le mesura du regard. – Pouvait-on savoir ce qu'il avait à y faire ?

« Je dois aller chercher un prisonnier et l'accompagner jusqu'à la forteresse de Vardø. On l'a exempté du bagne et il va purger sa peine dans la forteresse. »

« Tu veux dire par là qu'tu t'promènes avec des galériens ? » demanda Dina.

« Oui », dit-il avec simplicité, avalant une gorgée du punch et les regardant avec malice les uns après les autres.

« Est-ce que c'est une occupation ? » demanda Anders incrédule.

« C'est une occupation comme une autre. »

« Mais les malheureux dont il s'agit ? »

Dina se redressa en frissonnant.

« On a tous nos prisons », dit Léo.

« Il y a quand même une différence », répliqua Anders.

Il essayait de cacher que les occupations du Russe l'avaient bouleversé.

« C'est souvent que tu voyages avec des galériens ? » demanda Dina.

« Non », dit-il, sans plus.

« Mais qu'est-ce qui t'a incité à faire un tel travail ? » demanda Johan.

Il était resté silencieux jusque-là, bien que profondément choqué.

« Le goût de l'aventure et la paresse ! » dit Léo.

« Mais pourquoi ne te lances-tu pas dans un commerce honnête... au lieu d'un commerce de prisonniers », dit Anders.

« Ce n'est pas du commerce. Le commerce ne m'intéresse pas. Il s'agit de rapports avec des gens dans des conditions difficiles. Les gens m'intéressent. Ils m'apprennent toujours quelque chose sur moi-même. »

« Je n'y comprends rien », dit Anders gêné.

« Et qu'est-ce que t'apprends d'un galérien ? » insinua Dina.

« Que tes actions ne montrent pas toujours qui tu es ! »

« On dit dans la Bible que ce sont nos actions qui montrent qui nous sommes. N'est-ce pas, Johan ? » dit Dina.

Elle se tenait très droite maintenant.

« C'est vrai, ajouta Johan en toussotant, mais bien sûr, nous ne savons pas tout de la destinée malheureuse des gens. »

« Niels, par exemple, il fait des choses contre son gré, parce qu'il se sent étranger dans ce domaine. S'il s'était senti chez lui, il aurait fait tout autrement », dit Léo.

Anders le regardait la bouche ouverte.

Dina se pencha en avant.

« Le Niels est pas plus étranger que moi ! » répliqua Anders en jetant un regard rapide sur Dina.

Dina se rallongea sur la chaise longue et dit :

« Parlez-nous un peu de ça, Léo Zjukovskij ! »

« On m'a raconté comment Niels et Anders sont venus ici. Leur histoire. Qui est parallèle. Cependant il y a quelque chose dans cette maison qui fait de Niels un exclu, au contraire d'Anders. »

« Et c'est quoi ? » demanda-t-elle aimablement.

« Je crois que c'est l'attitude de Dina, que tous les autres sont obligés de copier. »

On pouvait entendre la neige bruire autour des fenêtres. Comme un lent avertissement.

« Et pourquoi j'exclurais le Niels ? »

« Je n'en sais rien. »

« Faudrait p't-être lui demander, à lui ou à d'autres ? »

« J'ai déjà demandé à Niels. »

« Et qu'est-ce qu'il dit ? »

« Qu'il ne l'a jamais remarqué. »

« Et ça montre pas que qué'que chose remue dans la conscience du Niels ? Comme la vermine dans un lit propre. »

« C'est bien possible », dit Léo.

Anders se sentait mal à l'aise. Cette conversation lui semblait déplacée.

« Il a engrossé Stine et il a pas voulu reconnaître le gosse ! » lança Dina avec mépris.

« Les hommes commettent souvent de telles infamies. Le temps est révolu où les gens allaient en prison pour ça. »

« C'est vrai, mais on devrait peut-être punir de prison ceux qui font croire qu'ils veulent se marier », dit Dina.

« Peut-être bien. Mais alors les prisons seraient pleines. Et qu'est-ce qu'on ferait des meurtriers ? »

« Les meurtriers ? »

« Oui. Ceux qu'on considère comme dangereux. Ceux qu'il faut exclure, qu'on le veuille ou non. »

Elle chercha quelque part sur son corps une main à laquelle s'accrocher. Hjertrud n'était pas là ! Lorch ! Il restait dans le noir.

« Il se fait tard », dit-elle avec légèreté en se levant.

Johan tirait sur les revers de sa veste. Il trouvait que la conversation n'était pas digne d'une soirée de Noël.

« Je n'arrive pas à croire que quelqu'un ici à Reinsnes a pu mal se conduire vis-à-vis de Niels. Il a notre confiance – son travail, le vivre et le coucher. Il faut bien admettre qu'il est un peu bizarre. Mais ce n'est pas la faute de Dina », dit Johan en conclusion.

Il toussota plusieurs fois.

« Je crois qu'il se sent à tel point exclu qu'il envisage de partir en Amérique », dit Léo, en l'air, comme s'il n'avait pas entendu la dernière réplique de Johan.

« En Amérique ? » dit Anders, incrédule.

Le visage de Dina était comme un masque.

« Il avait devant lui une carte d'Amérique un de ces derniers jours avant Noël. Je l'ai surpris ainsi et je lui ai demandé s'il pensait partir. A ce que j'ai pu comprendre, l'idée ne lui était pas étrangère », dit Léo.

« Mais il n'en a jamais rien dit ! Et où prendrait-il l'argent ! » murmura Anders.

« Il a peut-être des économies », dit Léo.

À cet instant, les yeux de Dina s'éveillèrent. Elle se rassit. Et l'une de ses chaussures qu'elle avait à moitié enfilée, se mit de travers sous son pied.

Les chiffres ? Les chiffres se dressaient en colonnes sur les lambris de la pièce. Et s'avançaient dans l'ombre le long de la tapisserie en soie. Ils étaient si évidents !

Dina, le visage ouvert, était à l'affût et écoutait.

« Des économies ? Quelles économies ? » demandait Anders. « Je gagne plus que lui, puisque j'ai un pourcentage sur le cabotage, et je n'ai rien mis de côté ! Le Niels, il a seulement sa paye... »

Il regardait Dina et Johan avec un air d'excuse, au cas où ils trouveraient qu'il abusait de son franc-parler.

« Sa manière de vivre est différente de la tienne,

Anders, et ne lui coûte pas grand-chose. Il a pu faire des économies depuis des années ! » dit Dina avec dureté.

Puis elle enfila ses chaussures et les laça convenablement, pour éviter de se casser une jambe. Rassembla ses jupes et se remit debout.

Elle se sentait aussi proche de Léo que de la Grande Ourse.

« Il se fait tard », répéta-t-elle, en se dirigeant vers la porte. « Mon avis est que, si vous avez besoin de Niels à la boutique, il faut alors l'intégrer à la communauté. Ou alors vous allez le perdre », dit Léo lentement et à haute voix dans le dos de Dina.

« Il y a du vrai là-dedans, marmonna Johan. J'ai bien remarqué qu'il y avait quelque chose. Il a écrit de drôles de lettres... pendant que je faisais mes études. »

Dina se retourna si brusquement que ses jupes voltigèrent.

« Celui qui sait pas s'conduire et qui prend pas ses responsabilités, il trouvera la paix nulle part », dit-elle. Tout à coup essoufflée.

« Mais ce n'est pas aux hommes de juger », répondit Johan.

« Personne ne juge ! » insista-t-elle.

« C'est pas tout à fait vrai, murmura Anders. Le Niels sait plus sur quel pied danser. Tout est devenu impossible. Il pouvait quand même pas s'marier avec la Stine – seulement à cause de c'gosse. »

« Et pourquoi pas ? » siffla-t-elle.

« Mais mon Dieu... » insistait Anders.

« C'est vrai qu'il a fait le mal, mais on passe tous par là, à un moment ou à un autre, dit Johan avec calme. Et tout s'est arrangé pour Stine maintenant », ajouta-t-il.

« Rien n'est arrangé pour la Stine ! Elle se morfond ici. Pendant qu'lui s'prépare à aller en Amérique ! Mais j'vais vous dire : ça vaut mieux comme ça ! Pour tout l'monde. L'air sera enfin nettoyé. Et on pourra respirer. »

« Mais la boutique ? »

Johan n'arrivait pas à trouver d'arguments. Mais il lui fallait dire quelque chose.

« On trouvera bien quelqu'un, tu vas voir, dit Dina, sûre d'elle. Mais il est pas encore parti ! »

« J'ai entendu dire à la boutique que c'était Madame Dina que Niels voulait », dit Léo.

Il ne lâchait pas, semblait-il. Dina aurait déjà dû être de l'autre côté de la porte. Mais c'était trop tard. Il lui fallait rester.

« Ah bon alors ! Et Léo Zjukovskij veut sans doute qu'j'me marie avec lui pour qu'il se sente plus mis à l'écart ? »

Son petit sourire lui servait de rempart.

« Pardon ! C'était une remarque irréfléchie ! » dit Léo en se levant pour s'incliner. Puis il se précipita pour lui tenir la porte. Il lui souhaita bonne nuit et la referma sur eux.

La bougie dans l'entrée s'était consumée dans le chandelier. Il faisait noir. Les rayons de lune passaient à travers la haute fenêtre et dessinaient les croisillons des carreaux comme une grille sur eux.

Il avait le visage et les épaules prises dans la grille. Ils se déplaçaient dans cette même grille.

Il l'enlaça tout en montant l'escalier. Les marches grinçaient, comme elles l'avaient toujours fait. Leurs hanches se frôlaient. Les paroles qu'il venait de prononcer, et tout le sens qu'elles comportaient, s'étaient envolées. Étaient tout bonnement anéanties.

Il ne restait plus qu'une certaine lourdeur. Profonde, dans son ventre.

« Fais grâce à Niels », murmura-t-il quand ils atteignirent le premier étage.

« C'est pas mon affaire », répondit-elle, irritée qu'il retourne au sujet.

« Cela lui assurera la paix. »

« J'ai pas besoin de paix ! »

« De quoi as-tu besoin alors ? »

Saisissant alors ses hanches de ses deux mains, elle le plaqua contre elle. Puis elle ouvrit sa chemise sur sa poitrine et y glissa ses mains.

Elle serrait dans sa main la broche qui avait fermé son col, jusqu'à s'en blesser.

Puis elle se dégagea et se glissa dans la salle. Ceci se passa si vite. Il faisait si noir. Cela n'était peut-être qu'un rêve. Qu'ils avaient rêvé chacun de leur côté.

Chapitre 16

Poussez vers l'Éternel des cris de joie, vous tous, habitants de la terre ! Servez l'Éternel avec joie, venez avec allégresse en Sa présence ! Sachez que l'Éternel est Dieu ! C'est Lui qui nous a faits, et nous Lui appartenons.

(Psaumes, **100** : 1, 2 et 3)

Ils partirent pour l'église le jour de Noël. En barque à cinq rameurs. Johan s'était chargé de faire le sermon au dernier moment, le doyen étant malade.

C'était un grand jour, et Mère Karen, soigneusement emballée, fut transportée comme un paquet précieux.

Elle ne faisait que sourire et saluer à droite et à gauche, débordante de fierté.

Le doyen gardait le lit, mais son épouse était là.

Mère Karen fut installée au premier rang avec elle. Dina et les autres habitants de Reinsnes s'assirent au deuxième rang.

Léo se mit de lui-même au fond de l'église.

Les épais murs de pierre. Les candélabres. Les ombres présentes dans les recoins sombres qu'aucune lumière n'atteignait, ni celle du jour, ni celle des chandelles. Les chants. Les gens paraissaient petits sous l'énorme voûte. Ils se serraient les uns contre les autres pour se tenir chaud.

L'Évangile selon saint Jean : « La lumière étant venue dans le monde, les hommes ont préféré les ténèbres à la lumière », « Il revint chez les siens, mais les siens ne le reconnurent pas. »

Johan s'était bien préparé les derniers jours. Il avait essayé son sermon sur Mère Karen. Il était très pâle, les yeux suppliants. Mais sa voix était d'airain.

Il parlait de la grâce donnée par la foi. De la révélation et du salut. De l'impuissance du péché devant la lumière. Le Christ et la grâce étaient le plus grand miracle de l'humanité.

Mère Karen opinait du bonnet en souriant. Elle savait chaque mot par cœur. Bien que très vieille, sa tête fonctionnait encore comme une commode. Si elle y rangeait quelque chose, elle le retrouvait toujours quand elle en avait besoin.

Le sermon avait fait son effet et les gens se bousculaient autour de Johan à la sortie de l'église après le service.

« C'était vraiment à vous donner la paix de l'âme », dit l'épouse du doyen en serrant la main de Johan.

La buée sortait de chaque bouche. Elle se rassemblait en un nuage au-dessus de leurs têtes. Le groupe se dirigea lentement vers le presbytère et la collation qui les y attendait.

Dina prit son temps. Elle alla d'abord aux cabinets. Seule.

Le calme revint enfin autour de l'église. Elle suivit le sentier de neige piétinée autour de l'église et atteignit le côté vers la mer. Elle grimpa sur la congère entassée contre le rempart. C'était une église fortifiée. Avec une vue ouverte sur la mer, et des murs épais.

Pendant que Dina contemplait la chaîne de montagnes de l'autre côté du fjord, Hjertrud jeta dessus des millions de coquillages nacrés. Ils brillaient tellement que les bruits venant du presbytère s'évanouirent. Les bateaux arrimés étaient des monstres marins à l'affût.

Personne ne pouvait la voir là où elle était. Avec l'énorme église en pierre entre elle et les autres.

C'est alors qu'il brisa de ses pas l'apparition de Hjertrud.

Ils entrèrent dans l'église vide par la sacristie. Cette entrée n'était pas visible du presbytère. Il faisait assez sombre à l'intérieur maintenant que les cierges étaient éteints.

L'écho de leurs pas était renvoyé par les murs en pierre. Ils traversèrent toute l'église, du chœur jusqu'à la porte. Côte à côte, sans échanger un mot. Montèrent l'escalier jusqu'à l'orgue. Là, il y faisait encore plus noir qu'en bas. L'orgue s'étendait au-dessus d'eux, silencieux et lourd.

« Je crois que nous avons besoin d'une bénédiction », dit-il.

« Oui, mais c'est à nous-mêmes de faire la lumière », répondit-elle la bouche enfouie dans son cou.

Il aurait dû y avoir des tentures en soie et des cierges allumés dans le chœur. Il aurait dû faire un temps d'été avec des branches de bouleau dans des vases le long de l'allée centrale. En tout cas le dur plancher aurait dû être balayé. Mais on n'avait pas le temps de faire des préparatifs.

Ils ne voyaient pas grand-chose l'un de l'autre. Mais le sang battait fortement dans toutes leurs veines. Le temps était compté. Il suffisait cependant pour une consécration.

La cicatrice qu'il portait était son point de repère dans le gros de la tempête. Il n'y avait plus de retour possible.

Léo avait remarqué, avant d'arriver sur le mur d'enceinte, que le sacristain était parti. Les témoins seraient pour une autre fois. Ils n'avaient pas choisi l'endroit. Mais à tout prendre, il n'y avait pas de plus belle cathédrale dans tout le Nordland.

Au presbytère, la réception se déroulait avec dignité.

Le commissaire et Johan étaient placés de chaque côté d'un marchand de Bergen qui s'était installé dans la paroisse et avait obtenu une licence d'aubergiste. Ceci à la grande irritation de beaucoup de gens qui voyaient en lui un concurrent.

La conversation portait sur les glaciers. Le bourgeois de Bergen s'étonnait qu'il y ait si peu de glaciers ici dans le nord, car il y avait de si hautes montagnes. Et une telle évaporation de la mer à toutes les saisons ! Dans le Vestlandet, surtout du côté du Sognefjord, le climat était plus doux et il y avait cependant de grands glaciers.

Le commissaire donnait son avis en expert. La mer ici n'était pas aussi froide qu'on voulait bien le dire. Il y avait des courants chauds.

Johan était de l'avis du commissaire. Il ajouta même qu'il faut monter au-dessus de la limite des forêts dans le sud pour trouver des mûres jaunes et des bouleaux nains, tandis qu'ici dans le nord ils poussaient jusqu'au bord de mer. Et les mûres jaunes on les trouvait dans les îles jusque sur les plages !

Mais personne ne trouvait d'explication satisfaisante à un problème de botanique aussi compliqué.

Mère Karen pensait que Dieu avait sa manière à lui de privilégier les gens. Il s'était rendu compte qu'il était nécessaire de laisser pousser les mûres jaunes et les bouleaux nains jusque sur la côte dans le nord. Et Il avait voulu épargner aux gens du nord la présence de ces terribles glaciers, parce qu'ils avaient déjà assez de problèmes comme ça. Avec tout ce froid. Toutes ces tempêtes d'automne et ces mauvaises pêches ! Et les déplacements incompréhensibles des bancs de poissons. En fin de compte, Dieu montrait une grande sagesse !

Madame la doyenne approuvait avec un mouvement de tête plein d'amabilité. Les habitants des alentours, à l'esprit moins éclairé, opinaient également du bonnet – après que l'épouse du doyen avait donné un signe d'assentiment. C'était dans l'ordre des choses.

Mais Johan ne voulait pas se mêler de l'interprétation théologique que Mère Karen donnait à l'existence et l'emplacement des glaciers. Il se contenta de la regarder avec tendresse, tout en se taisant.

Le marchand, sans courtoisie, ne prêta aucune attention à la vieille dame. Il déclara que c'était quand même curieux que l'on ne trouve pas de glaciers sur toutes les hautes montagnes. Cela semblait tenir du hasard et ne suivait aucune loi.

Dina entra sans bruit dans la pièce et une servante en tablier blanc de voile léger lui servit du café et des crêpes. Elle s'assit sur une chaise à haut dossier près de la porte, déclinant l'invitation à venir rejoindre les autres à la table.

Le commissaire pensait que la théorie de l'humidité de l'air était à rejeter. Pour autant qu'il en savait, le glacier de Jostedal était justement dans une des régions les plus sèches du Sogn, tandis qu'on ne trouvait pour ainsi dire aucun glacier dans les montagnes du Romsdal et du Nordland, qui étaient en bord de mer !

C'est à peu près à ce moment-là que la chose se passa. Une inquiétude générale. Qui n'avait rien à voir avec les glaciers de Norvège. Il était difficile de savoir d'où cela était parti. Mais en quelques instants une vague odeur se répandit dans la pièce. Une certaine vapeur liée à la terre. Cela perturbait les gens.

Léo arriva quelques minutes après, et dit son admiration pour la magnifique église. Cela ne contribua pas à étouffer cette odeur salée de mer et de terre. Que l'église avait enregistrée depuis un moment déjà.

Cela rappelait quelque chose que l'on avait ressenti une fois ou deux. Dans un passé lointain ? Dans sa prime jeunesse ? Quelque chose qui depuis longtemps était resté en friche au plus profond de l'âme ?

Cependant, certaines narines vibraient à l'approche du grand Russe. Ou quand les cheveux et les mains de Dina les frôlaient. Les messieurs perdaient alors le fil de la conversation. Ils se penchaient sur leur tasse de café.

Le commissaire demanda distraitement comment allait le doyen. Le pauvre, couché au premier avec sa toux. Madame la doyenne hochait la tête, désemparée. Le commissaire lui avait déjà posé la question, et elle avait répondu qu'il était toujours couché avec sa toux et de la fièvre. Et qu'il était peu raisonnable de monter le voir. Mais qu'il les saluait.

Cette fois elle répondit brièvement : « Merci, très bien » en chassant un minuscule grain de poussière sur la manche de sa robe.

On passait et on repassait les plats de gâteaux. On versait le café. Une sorte de satisfaction ensommeillée planait sur toute la compagnie. Et les narines vibraient entre chaque bouchée.

Même si les gens avaient assez d'imagination pour comprendre de quelle odeur il s'agissait, ils n'étaient pas assez téméraires pour trouver d'où elle provenait. Tout simplement parce que c'était impensable pour ces braves gens.

Mais elle était là. Aiguisait l'appétit. Interrompait de manière inattendue les conversations, de telle sorte que les mots restaient en suspens un instant et les regards se faisaient vaguement béats. Elle s'étendait comme un baume excitant sur les paroissiens, se dissipant vers la fin de la réception. Pour rejaillir dans un autre souvenir beaucoup plus tard. On se demandait avec étonnement ce qui avait bien pu rendre l'atmosphère aussi agréable au presbytère le jour de Noël.

Madame la doyenne avait aussi ressenti quelque chose. Elle se mit à renifler l'air dans la pièce après le départ des paroissiens.

Cela avait été, grâce à Dieu, une bonne réunion !

Elle monta voir son mari malade et lui prodigua tous ses soins et sa consolation.

Dina était assise dans le bateau, s'abandonnant librement au vent.

Léo ! Sa peau l'avait marquée à travers tous ses vêtements, comme un fer rouge. Son corps était une baguette de coudrier tendue au-dessus d'une source cachée dans la roche.

Elle arrangea la couverture autour d'elle et s'adressa à Johan et à Mère Karen. Elle remercia Johan de son sermon. Et elle loua Mère Karen d'être allée à l'église bien que souffrante ces derniers temps.

Ses yeux gris plomb étaient deux trous brillants dans l'air. Léo rencontra son regard. C'était plonger dans l'infini d'horizons bleuâtres.

Dina était installée entre un Johan attentif et Léo qui protégeait son dos des embruns.

Chapitre 17

Il m'a fait entrer dans la maison du vin ; et la bannière qu'Il déploie sur moi, c'est l'amour.

(Cantique des Cantiques, 2, 4)

Il était impossible de cacher qu'il se passait quelque chose. Comme il est impossible de cacher les saisons à ceux qui ont l'habitude de la nature.

Johan fut le premier à saisir quelque chose dans le regard de Léo et de Dina. Il se rappelait l'intérêt de Dina pour les déplacements de Léo après son départ de Reinsnes.

Pendant qu'il faisait ses études, le souvenir de l'épouse de son père avait écorché ses pensées. Comme un insecte incongru sur une page de la Bible. Elle était comme les boîtes de gâteaux d'Oline pendant son enfance. Haut placées sur une étagère, et interdites. Un nid pour les pensées inavouables.

Il rêvait d'elle, éveillé comme endormi. Nue et luisante au clair de lune, des gouttes d'eau coulant lentement le long de son corps. Debout jusqu'aux hanches dans l'eau, avec la chair de poule et les bouts de seins hérissés. Telle qu'il l'avait vue la nuit où il s'était baigné avec elle avant de partir.

À son retour, il avait neuf ans de plus. Et se croyait à l'abri. Cependant quelque chose le faisait souffrir et l'excitait chaque fois qu'il la regardait. Mais Dina appartenait à son père devant Dieu et devant les hommes. Même si Jacob était mort et enterré. Elle avait mis au monde son demi-frère et gérait leurs biens communs en quelque sorte comme une mère.

Les regards échangés entre Léo et Dina inquiétaient Mère Karen. Mais cela l'émouvait aussi. Et elle régla ses comptes avec la mémoire de son fils. Et admit qu'elle souhaitait pour Dina un mari vivant.

D'autre part, elle doutait que ce Russe ait quelque fortune. Et elle ne pensait pas non plus qu'il était fait pour diriger un commerce et une auberge.

Mais en y réfléchissant bien, Jacob lui-même n'était qu'un marin à son arrivée à Reinsnes... Enfin, elle se réjouissait déjà à l'idée qu'elle allait pouvoir discuter d'art et de littérature avec quelqu'un dans la maison. Quelqu'un qui parlait allemand et français et qui avait voyagé jusqu'à la Méditerranée – à ce qu'il paraissait.

Niels fut pris au dépourvu et resta stupéfait quand il s'aperçut de cette attirance manifeste. Pour une raison ou pour une autre, qu'il ne se donna pas la peine d'analyser, il en fut inquiet. Comme si l'amour en lui-même représentait une menace personnelle.

Anders contemplait tout cela avec étonnement. Mais il avait des difficultés à les prendre au sérieux.

Stine restait dans l'expectative, et gardait le silence sur ce qu'elle savait, ou pensait. Pour elle, la bonne humeur de Dina et son agitation fébrile n'avaient rien d'inquiétant.

Oline, par contre, se mit à vanter la supériorité de feu Jacob un jour où Léo était à la cuisine. Il écouta poliment avec intérêt. Approuva et demanda des détails sur ce héros qui avait été le maître de Reinsnes.

Oline décrivait les qualités de Jacob. Son beau visage, son endurance à danser une nuit entière, sa sollicitude pour les domestiques et les pauvres. Et surtout ses cheveux bouclés et sa jeunesse de caractère.

Sans le savoir, Oline s'était laissé séduire par Léo, qui savait écouter. Elle put enfin donner libre cours à trente ans de passion. Elle finit par pleurer son chagrin et sa nostalgie sur l'épaule de Léo, et devint sa fervente adepte.

Tomas revint trois jours après Noël et trouva Léo à la cuisine en train de chanter de tristes complaintes russes pour égayer Oline en larmes. Il se sentit comme un étranger.

Il commença immédiatement à se faire souffrir en épiant. En écoutant le rire roucoulant de Dina le soir, quand on ouvrait les portes entre la cuisine et le salon.

Et il cherchait des traces dans la neige devant le pavillon, car on attendait la nouvelle lune. Et il en eut une preuve déchirante. Deux grandes taches de glace fondue sur le banc. Si près l'une de l'autre qu'elles ne faisaient qu'une. Deux silhouettes habillées de pelisses... De pelisses qui s'ouvraient devant.

Alors elle y avait amené ce Russe ! Là où elle sacrifiait à ses rites au clair de lune !

Il se glissait aussi devant la façade, à bonne distance, pour voir combien d'ombres on apercevait à travers les rideaux de la salle. Mais les lourds rideaux de velours gardaient bien leur secret. N'arrivant pas à déceler des ombres, il se faisait souffrir en pensant au manque de lumière.

Il imaginait le corps blanc de Dina dans les bras de l'autre devant le grand poêle, à la lueur du candélabre sur la console. Et la vision du lit à baldaquin le poursuivait jour et nuit, à tel point qu'il toucha à peine aux repas de fête opulents et bien préparés.

Tomas se mit à éviter la cuisine, sauf pour les repas, sachant alors le Russe dans la salle à manger.

Il y eut finalement deux ombres dans la salle. Elle alla le chercher une nuit, juste avant le nouvel an. Risquant ainsi de se trahir aux yeux de toute la maisonnée. Ceux de Johan. Ceux de Mère Karen ! Le rut était le plus fort. Chez d'autres, il était peut-être plus discret et moins ostensible, mais chez elle, c'était comme une gueule rouge aux dents pointues et aiguisées dégageant une forte odeur. Avec une rage d'appétit inassouvi.

Ainsi elle se leva et se rhabilla. Passa un peigne dans ses cheveux et se glissa sur le palier sombre qui était sans fenêtre. Bâillonnant Jacob derrière l'armoire à linge, elle se dirigea vers la bonne porte. Pressa avec précaution le loquet grinçant et se faufila à l'intérieur.

Il l'attendait comme une sentinelle. Bien que sans bottes et le torse nu, seulement en pantalons. Comme s'il avait monté la garde en lisant, l'oreille attentive au moindre signal.

La chambre d'amis n'était pas faite pour deux. Les cloisons trop minces risquaient de révéler leur présence à Johan et à Anders. La salle, au contraire, était flanquée de pièces vides de chaque côté. De deux doigts elle éteignit la bougie. Très rapidement et sans se mouiller les doigts auparavant.

« Viens ! » murmura-t-elle.

Comme si tout était prévu, l'homme la suivit.

Quand ils furent entrés dans la salle, elle tourna la clé dans la serrure avec un soupir et poussa l'homme vers le lit. Il voulut dire quelque chose, mais elle lui imposa le silence en formant un chut silencieux contre sa bouche.

Le rire scintillait dans les yeux verts. D'un sérieux souriant comme un Bouddha en prière.

Il ferma les yeux une ou deux fois en découvrant sa gorge. Elle était si près, si près. Mais ce n'est pas lui qui la toucha le premier.

Le vieux lit à baldaquin de Jacob n'était pas bâti pour une telle épreuve, il leur fallut donc aller sur le plancher. Mais ils avaient des édredons de duvet recouverts du meilleur damas, et des draps.

Il se servit en jouant, mais avec avidité. Entra en elle en riant. Sans bruit et plein de convoitise. Comme une vieille montagne qui étouffe son écho pour ne pas effrayer le soleil. Ou comme des nuages glissants, qui ne veulent pas effrayer la rosée sur les branches d'airelles et les oisillons dans la faille du rocher.

Elle était un fleuve qui portait un chaland à la lourde coque. Dont l'étrave était faite pour forcer les courants et les pierres. Ses berges étaient avides et omnivores et s'agrippaient à ses flancs.

Juste avant que la dernière chute d'eau ne l'engloutisse, le fond se déchira et l'emporta avec lui.

Les bancs de sable n'étaient que murmure. Mais l'eau déferlait et grondait et elle était insatiable. Alors il remonta le bateau. La quille en l'air et sans rames, mais avec force et volonté. Un grand animal sauta de la rive et le mordit profondément, à mort.

Puis il sombra dans la chute d'eau.

Le lit à baldaquin se tenait tranquillement au milieu de la pièce, comme s'il s'était résigné à la faiblesse de son âge.

Il n'avait jamais rien vu de pareil. Il semblait prêter tout son poids à cet instant. Les quatre colonnes et le chevet s'employaient en silence, et avec une sollicitude inattendue, à atténuer le chant qui montait dans la pièce.

Mais ce que le lit n'arriva pas à faire, ce fut de tenir Jacob à distance. Il se faufila entre eux comme un enfant solitaire. Il ne servait à rien de le chasser.

Et Jacob resta là jusqu'à l'appel des animaux à l'étable, quand le matin monta comme un mur hivernal derrière le Ravin Bleu.

Ce furent des jours et des nuits de froid. Le ciel retournait ses tripes. Une aurore boréale vert acide, avec des villosités rouges et bleues sur les bords. Dans un mouvement de vague contre le ciel noir.

Le *Prinds Gustav* fut un monstre indésirable quand il revint.

Dina reprit ses visites à l'entrepôt.

LIVRE III
Mon bien-aimé est à moi

Chapitre 1

Tel, qui donne libéralement, devient plus riche ; et tel, qui épargne à l'excès, ne fait que s'appauvrir.

(Proverbes, **11**, 24)

La jeune couturière qu'ils avaient engagée avant Noël était restée. En fait, elle ne savait pas où aller, une fois son travail terminé.

Après qu'elle eut rangé toutes les bobines et balayé toutes les peluches dans les communs, Stine la trouva en larmes, son bagage ficelé et le manteau sur le dos. On l'avait payée et elle allait partir.

Personne ne put obtenir de Stine le fond de cette triste histoire. Mais, ce qui était certain, c'est qu'on ne pouvait pas la chasser de la ferme l'avant-veille de Noël. Cela se saurait dans tout le pays et ne serait pas à l'honneur de Reinsnes.

La fille fut mise à nettoyer la boutique et le bureau après tout le va-et-vient des derniers jours. Les planchers tachés de chique étaient difficiles et récalcitrants à la brosse. Mais elle ne se plaignit pas.

Un jour où Dina passait devant l'office, elle entendit la couturière bavarder avec Annette. Le nom de Niels fut cité.

« Il arrive toujours quand j'fais le ménage dans le bureau », disait la fille.

« Aie pas peur, engueule-le. C'est pas un monsieur », disait Annette.

Dina restait derrière la porte ouverte.

« C'est pas qu'j'aie peur. Mais c'est embêtant. Et même, il est pas tout à fait normal non plus, dit-elle gravement. Une fois il s'est mis à déménager la table de toilette, comme un dingue. »

« La table de toilette ! »

« Oui, celle qu'elle est dans l'bureau. La veille de Noël que c'était, quand l'Oline m'a envoyée voir le poêle, au cas que personne avait pensé au feu, dans c'te ferme où la foudre avait déjà frappé dans l'étable... Oui alors j'l'ai vu ! Il avait tiré les rideaux, mais j'l'ai vu faire. Il tirait sur la table de toilette ! Courbé en deux, il regardait quéqu'chose dans l'coin. Et il a r'mis tout en place et il s'est mis à fumer. C'est pas la conduite de quelqu'un qu'a toute sa tête ? »

On en était aux jours faiblement bleutés de février.

Elle entra dans le bureau de Niels sans frapper. Il releva à peine la tête de ses papiers et dit bonjour. Il faisait chaud dans la pièce. Le poêle rendait des soupirs grésillants et trônait, brûlant, dans le coin.

« Le Niels travaille aussi les jours de repos ? » dit-elle en préliminaire.

« Oui, j'pensais mettre les comptes à jour avant que l'Anders revienne avec les siens. Y a beaucoup à faire... »

« En effet. »

Elle alla vers la solide table et resta debout les bras croisés sur la poitrine. Il se mit à transpirer. Les mots et les pensées paralysés par une moiteur désagréable.

« Qu'est-ce que je voulais dire... ? Ah oui, c'est vrai – on m'a dit comme ça qu'tu penses à l'Amérique ? »

Il pencha la tête imperceptiblement. Les cheveux légèrement grisonnants de ses tempes étaient un peu ébouriffés. Il était en bras de chemise, le gilet déboutonné. Son cou était nerveux et maigre, ses mains aussi.

Il était loin d'être laid. Son torse était puissant et musclé pour quelqu'un qui travaillait dans une boutique. Il avait le nez droit et des traits qui auraient pu être ceux d'un gentilhomme.

« Qui raconte ça ? » demanda-t-il en s'humectant les lèvres.

« Aucune importance. Mais j'voudrais bien savoir si c'est vrai. »

« C'est Dina elle-même qui a pris la carte d'Amérique sur mon bureau ? »

Il avait rassemblé son courage pour une sorte d'attaque. Et se sentit satisfait un instant.

« Non. Alors t'as une carte ? T'en es déjà là ? Et bien, où c'est que tu vas aller ? »

Il la regarda avec méfiance. Ils se tenaient de chaque côté de la table maintenant. Il s'appuya des deux mains sur le rebord et leva la tête vers elle.

Il se leva, si brusquement qu'il faillit renverser l'encrier.

« La carte a disparu ! Sans traces ! Elle était encore là l'avant-veille de Noël. »

Il fit une pause.

Dina le regardait en silence.

« Non, j'y ai seulement pensé... » répondit-il enfin.

« Ce sera cher, ce voyage », dit-elle à voix basse.

« C'est juste une idée... »

« T'as peut-être obtenu un prêt à la banque ? Peut-être as-tu besoin d'une caution ? »

« J'y ai pas pensé... »

Niels changea de couleur, et se passa la main dans les cheveux une ou deux fois.

« T'as peut-être de l'argent à toi ? »

« Non, pas exactement... »

Niels s'en voulait de n'avoir pas prévu la situation. De n'avoir pas de réponses toutes prêtes.

C'était toujours comme ça avec Dina. Elle fonçait comme un requin et frappait par tous les moyens là où l'on s'y attendait le moins.

« J'ai attendu trop longtemps pour te parler d'une chose, Niels », dit-elle d'un ton engageant, semblant changer de sujet.

« Ah oui ? » dit-il soulagé.

« C'est les chiffres... ceux qui existent, mais qu'on trouve pas. Ceux qui sont en plus. Ceux qui apparaissent seulement quand je compte les chargements et les déchargements, et quand je parle avec les gens de ce qu'ils doivent et de ce qu'on leur doit. J'ai pris quelques notes. C'est pas à mettre devant le commissaire ou le juge, mais j'ai compris où les chiffres sont partis, Niels. »

Il avala sa salive. Puis il mobilisa toute son indignation et la regarda droit dans les yeux.

« Tu m'as déjà accusé de trafiquer les comptes ? » siffla-t-il entre ses dents.

Juste trois secondes trop tôt.

« Oui ! presque », murmura-t-elle en lui prenant le bras. « Mais cette fois, j'en suis sûre ! »

« Et quelle preuve as-tu ? » Il avait la vague sensation que c'était sérieux.

« J'crois que j'la garde pour moi pour l'instant, Niels ! »

« Parce qu'il y en a pas. C'est seulement de la méchanceté. De la méchanceté et des mensonges, tout. Depuis cette histoire avec la môme de la Stine... »

« La môme du Niels », corrigea-t-elle.

« Appelle-la comme tu veux ! Mais depuis c'temps-là j'n'ai plus ma place à Reinsnes. Et maintenant on veut me faire passer pour un malfaiteur ! Où sont les preuves ? » cria-t-il.

Son visage était pâle à la lumière de la lampe, et son menton tremblait.

« Tu dois bien comprendre que je ne vais pas gâcher mes preuves en te les racontant. Avant de savoir si tu feras ce qu'il faut pour qu'on soit quittes. »

« Qu'est-ce que tu veux dire ? »

« Montre à Dina où sont les chiffres, en argent pour de vrai ! On s'mettra d'accord sur le reste et la caution pour ton voyage en Amérique. »

« J'ai pas d'argent ! »

« Si, tu en as ! T'as même volé ton propre frère des dix pour cent qui lui revenaient sur les affaires à Bergen. T'as inscrit des chiffres qu'ont rien à voir avec ce qu'Anders a transporté. C'est là que t'as commis ta plus grande faute. Tu l'as rejetée sur ton frère. Au pire, on pouvait croire que les malhonnêtetés venaient de lui. Mais t'oublies une chose, c'est que moi, je vous connais tous les deux ! »

Il lui montrait le poing et, en fureur, voulait contourner son bureau.

« Assieds-toi ! dit-elle. Tu crois qu'ça aurait été mieux si j'étais allée chercher le commissaire et un gendarme et tout déballer ? Réponds ! »

« Non, dit-il, à peine audible. Mais y a rien de vrai dans tout ça... »

« Tu m'amènes les chiffres, autant que possible en argent pour de vrai, et plus vite que ça ! Tu l'as dépensé ou tu l'as enterré ? Parce qu'il n'est pas dans une banque. »

« Qu'est-ce qui te le fait dire ? » demanda-t-il.

Elle sourit. Un sourire effrayant. Qui lui donna la chair de poule. Il se referma sur lui-même. Comme s'il avait peur qu'elle le pénètre par tous les pores et le détruise de l'intérieur.

Niels s'écroula sur une chaise derrière son bureau. Son regard allait sans qu'il le veuille vers la table de toilette. Il avait les yeux d'un petit garçon qui avouait où il avait caché le cheval de bois chipé à un camarade.

« Tu les as enterrés ? Ou tu les as sous ton matelas ? »

« J'ai rien ! »

Elle planta ses yeux dans les siens. Ils s'enfonçaient comme un soc de charrue.

« Très bien. Je te donne jusqu'à ce soir. Ensuite, j'envoie chercher le commissaire », dit-elle durement. Et se retourna pour partir.

Elle eut tout à coup une idée et se retourna vers lui en un éclair.

Ses yeux fixaient la table de toilette !

Alors il comprit qu'il était observé.

« Du reste, je suis venue pour vérifier les comptes. Tu peux t'en aller », dit-elle lentement. Un chat. Qui encore une fois brusquement montrait ses griffes. Il se leva et s'obligea à sortir le dos redressé.

Elle ferma la porte à clé derrière lui, sans se soucier qu'il l'entende. Puis elle retroussa ses manches et s'attaqua à la besogne.

L'énorme table de toilette et sa lourde plaque de marbre se laissaient à peine bouger. Du chêne et du marbre. Solide à toute épreuve.

Elle y mit tout son poids.

Niels marchait de long en large dans la boutique tandis qu'elle ouvrait la boîte et comptait l'argent sous la lampe.

Le lendemain matin, Dina partit à cheval par la montagne. Avec des raquettes pendues comme un bât sur le sac de voyage, pour elle et pour le cheval.

Niels remontait juste de la boutique au moment où elle passa devant la forge.

La vue de cette grande femme à cheval, en route pour la montagne, le fit chanceler. Il savait où elle allait.

Ses entrailles s'étaient révoltées dès l'instant où il l'avait entendue fouiller le bureau. Cela était sorti des deux côtés et si brusquement qu'il avait eu du mal à arriver jusqu'aux cabinets. Il avait dû se pencher sur l'un des trous pour vomir, tout en étant assis sur un autre pour se vider.

Dans la soirée, il avait plusieurs fois pris la direction de la salle pour demander grâce. Mais sans y parvenir.

La nuit fut un enfer vide, pleine de cauchemars de mort et de naufrage.

Il se leva le matin, savonna ses poils grisonnants et se rasa comme si c'était la chose la plus importante du monde.

Il se demandait encore s'il allait monter et supplier l'intraitable Dina Grønelv.

Mais il n'arriva pas à se décider. Reculant de minute en minute. Même quand il la vit partir, il avait encore une chance. En courant après elle et en retenant son cheval.

Il avait déjà mesuré sa force. Il savait qu'elle ne montrerait aucune miséricorde tant qu'il ne ramperait pas.

Et cela, il en avait été incapable.

Il aurait dû partir à temps ! Il n'aurait pas dû traîner pendant les fêtes, seulement parce qu'il était venu un homme avec qui on pouvait parler.

Et la carte ! Pourquoi s'était-il imaginé que la condition pour partir en Amérique était de posséder une carte ? Maintenant, il n'avait plus ni carte ni argent.

Il se trouva une raison d'aller à la cuisine, où il entendit Oline dire que Dina était partie pour Fagernesset.

« Elle a probablement un compte à régler avec le commissaire », dit Oline avec un rire sec.

Une capuche noire se resserrait sur sa tête. Il ne voyait plus clair. Entendait déjà la voix du juge tonner vers lui.

Il refusa le café servi par Oline.

Il faisait clair et beaucoup trop chaud dans la cuisine. Il reprit sa respiration en retournant dans l'annexe.

Plus tard, quand une des servantes vint voir ce qu'il devenait, puisqu'il ne s'était pas montré, il se plaignit d'être malade et ne laissa entrer personne dans sa chambre. Il n'avait pas touché à la nourriture quand elle revint pour chercher le plateau déposé devant sa porte.

La fille haussa les épaules. Niels faisait toujours des simagrées quand il était malade. Il était comme un gosse.

Dina chevauchait dans la montagne avec une belle somme d'argent à mettre à la caisse d'épargne.

À certains endroits, le cheval et elle-même devaient se servir de raquettes. Dans la montée du chemin verglacé et à demi bloqué par les congères, c'était le cheval qui menait la marche.

Elle s'arrêta au sommet, là où la rivière, presque toute l'année, se jette dans le précipice pour tomber avec un éternel grondement dans un trou. Ce jour-là, il y avait peu d'eau. Des glaçons verdâtres pendaient comme une décoration compliquée sur les bords.

Elle resta à contempler la pente raide le long de laquelle, il y avait de cela longtemps, le traîneau s'était renversé.

Je suis Dina. Jacob n'est pas dans le torrent. Il est avec moi. Il ne pèse pas très lourd. Il est seulement encombrant. Il souffle tout le temps sur moi. Hjertrud n'est pas dans les buissons de framboises sur le terrain de la buanderie à Fagernesset. Le cri y est. Ça coule sur le sol quand j'écrase les baies dans ma main. Et le visage de Hjertrud est réparé. Comme le violoncelle de Lorch. Je compte et je choisis pour eux tous. Ils ont besoin de moi.

Elle se jeta sur le dos du cheval sans préparer l'animal, comme elle en avait l'habitude. Le cheval sursauta et se mit à hennir. Il ne se plaisait pas devant le précipice. Il devait avoir des souvenirs dont il ne pouvait pas se débarrasser. Elle rit tout haut et lui caressa le col.

« Hue ! » cria-t-elle en tirant sur la bride.

La course fut dure. Elle n'arriva pas à destination avant la fin de l'après-midi. Par endroits, elle devait piétiner le sol devant le cheval parce qu'il s'enfonçait dans la neige pourrie.

Quand elle atteignit les premières fermes, les gens sortirent pour voir, comme c'était l'habitude dans le pays.

On reconnut vite Dina de Reinsnes à son cheval noir sans selle. Une dame en pantalons comme un homme. Les femmes l'enviaient et en même temps la réprouvaient. Mais avant tout, elles étaient malades d'envie de savoir ce qui l'amenait à cheval chez son père au beau milieu de l'hiver.

Elles envoyèrent des enfants et des garçons de ferme à sa rencontre. Mais on n'en sut pas plus. Dina se contentait de saluer, et passait son chemin.

À un endroit, juste au-dessus de la ferme du commissaire, elle s'arrêta pour chercher la perdrix des neiges qui, elle le savait, nichait là.

Elle ne s'envola pas quand Lucifer et elle arrivèrent essoufflés. Elle se coucha seulement les yeux papillotants, se croyant invisible.

Elle fit un détour jusque-là pour la faire voltiger un peu sur la neige. Puis elle eut un rire découragé et, comme un enfant, se mit à courir après. A la fin, elle réussit à la faire roucouler et siffler en s'approchant trop près.

Ce jeu, elle l'avait joué avec Tomas pendant les hivers à la métairie. Ils posaient aussi des pièges.

En hiver, les perdrix qui nichaient dans les broussailles aux alentours de Fagernesset étaient aussi apprivoisées que des poules. Elles n'avaient pas peur quand on les poursuivait.

C'était autre chose au printemps et en été, quand elles avaient des petits. Alors elles pressaient leurs corps dans la bruyère, ou bien se mettaient à voltiger bas autour de la tête des gens pour les attirer et donner le temps aux oisillons de s'enfuir.

Tout en poussant leur cri enroué. « Ké-béu-ké-béu ! » Qu'une créature si petite puisse avoir tant de courage !

Elle savait qu'il y avait des ours à Eidet. Elle avait donc le fusil lapon de Tomas sous la cuisse, pour plus de sûreté. Mais il était rare que l'ours sorte de sa tanière à cette saison.

Le commissaire eut un choc. Il jeta un regard myope à travers les vitres de son bureau quand il entendit le cheval. Lâcha tout ce qu'il avait dans les mains et se précipita sur le perron les bras grands ouverts.

Il l'accueillit avec chaleur, mais en grondant. Elle

n'avait pas prévenu ! Elle montait sans selle pour une longue course par mauvais temps ! Et elle, qui était mère de famille et veuve, ne savait pas encore s'habiller comme il convenait à une femme !

Il ne fit aucune allusion à leur dernière entrevue à Reinsnes, où ils ne s'étaient pas quittés dans les meilleurs termes.

Mais il insista sur le fait qu'elle était venue seule dans la nuit noire et jetait la honte sur toute la famille. Avait-elle seulement rencontré quelqu'un, et qui ? L'avait-on reconnue ?

Dina retira sa pelisse et la laissa tomber par terre près de l'escalier. Elle répondait aux questions comme un oracle réfléchi. Sans faire d'histoires. Pour mettre fin à ce flot de paroles.

« J'suis gelée ! Vous avez du punch dans la maison ? Me l'faut bouillant comme l'enfer ! » cria-t-elle pour en finir.

Ils arrivèrent alors, Dagny et les garçons. Oscar était devenu une longue asperge, et était visiblement l'aîné, celui qui avait reçu le plus d'éducation et de responsabilité. Il avait déjà la nuque courbée et ne regardait pas les gens dans les yeux.

Dina le prit par le menton et le regarda. Les yeux fuyants, il essaya de se dégager. Mais elle le tenait ferme. Puis elle hocha gravement de la tête et dit en regardant le commissaire :

« T'es trop sévère avec ce garçon. Il va finir par se sauver un jour, tu vas voir. Viens à Reinsnes, si ça d'vient trop dur », dit-elle à voix basse, mais intelligible, au-dessus de la tête du garçon.

Puis elle s'écroula sur une chaise près de la porte.

Egil, le plus jeune des fils du commissaire, se plaça comme un chien entre Dina et son frère.

« Bonjour, Monsieur Egil Holm, quel âge que t'as à c'jour ? »

« Bientôt dix ans », répondit-il, rayonnant.

« Alors reste pas là à glander, tire-moi mes bottes, qu'on puisse voir si la gangrène a pris mes pieds gelés ! »

Et Egil se mit à tirer comme un grand. La botte lâcha prise et il alla s'étaler contre le mur. Il était aussi court et brun que son frère était blond et dégingandé. Il se comportait tout différemment.

Il adorait Dina avec une hardiesse inlassable qui ne se laissait arrêter par rien, ni personne. Et qui ne manquait pas de provoquer des bagarres et des disputes avec Benjamin quand ils se rencontraient.

Dina ne s'en mêlait jamais.

Dagny ne goûtait pas spécialement les transports d'affection de son fils envers Dina. Mais elle se plaignit avec politesse de n'avoir pas su que Dina venait, ils auraient préparé un dîner de fête.

« J'suis pas v'nue pour un dîner de fête, mais pour affaires ! » dit Dina.

Dagny sentit le ton méprisant, mais elle ne répliqua pas. Elle avait toujours la sensation désagréable que Dina se moquait d'elle et la trouvait bête.

Dagny avait les joues rouges d'humiliation quand Dina emmena avec elle le punch et le commissaire dans le bureau.

Une fois la porte fermée, Dina exposa le but de sa visite. Elle voulait qu'il mette de l'argent à la caisse d'épargne.

Le commissaire croisa les mains et soupira quand il vit la liasse de billets qu'elle comptait devant lui.

« Et d'où vient tout cet argent liquide ? » demanda-t-il, retenant sa respiration et d'un ton solennel, tout en la regardant. Et en plus en dehors de tous les comptes réguliers ! Au beau milieu de la pêche aux Lofoten – et avant les ventes à Bergen ! Est-ce que la fille du commissaire cache de l'argent dans les tiroirs de sa commode à notre époque ?

Dina se mit à rire. Mais elle ne voulut pas dire d'où venait l'argent. C'était seulement une réserve qu'elle avait ignorée jusqu'à ce jour...

Elle ne voulait pas aller elle-même à la banque. Elle ne voulait pas s'abaisser à apporter une enveloppe avec des billets. C'était à son père de le faire. Et il devait garder la quittance jusqu'à son prochain séjour à Reinsnes. Un tiers devait être mis au nom d'Hanna, un tiers au nom de Benjamin et un tiers à son nom à elle.

Le commissaire avait une mission à remplir. Il la prenait très au sérieux. Mais au début, il refusa d'accepter qu'elle donne tant d'argent à un gosse lapon conçu dans le péché ! Comme si ce n'était déjà pas assez d'avoir l'enfant à sa charge, et d'assurer son existence et celle de sa mère ? Sans gaspiller encore tout cet argent sans rime ni raison.

Dina souriait, tandis que des yeux elle lui aurait bien arraché la moustache de fureur.

Cette manœuvre fit comprendre au commissaire qu'il n'y avait rien à faire. Mais il bouillait d'impatience, comme un gosse le soir de Noël, de lui faire dire d'où venait l'argent.

Quand ils furent à table, il ne put s'en empêcher :

« Tu n'as quand même pas vendu un bateau, ou de la terre ? »

« Pourquoi demandes-tu cela ? » dit Dagny.

« Non, pour rien... Comme ça, une idée. »

« J'ai essayé d'lui faire dire quel prix il donnerait pour Reinsnes », répliqua Dina calmement en s'essuyant la bouche avec le revers de la main. Ceci afin d'encourager les garçons à en faire autant et pour irriter Dagny.

La présence de Dina avait mis le commissaire de bonne humeur. Il se complaisait à raconter une affaire qu'il avait avec le préfet de la province à Tromsø. Le commissaire trouvait que le préfet prêtait trop d'attention aux commissaires qui avaient fait du droit, ces bons à rien qui venaient du sud et ignoraient tout des gens et des coutumes du Nordland. Tandis que de vieux travailleurs, qui connaissaient la paroisse et la mentalité des gens, n'étaient plus pris au sérieux.

« C'est quand même pas leur faute si les gens ont fait des études », dit Dina, taquine. Elle savait parfaitement que c'était là le point faible du commissaire.

« Non, mais qu'ils ne se rendent pas compte que d'autres ont aussi des connaissances, grâce à l'expérience et à la sagesse ! » dit le commissaire, vexé.

« Tu parles peut-être tellement qu'ils en perdent le fil », dit Dina en clignant de l'œil vers Dagny.

« Il a vraiment essayé d'arranger les choses », dit Dagny.

« Mais il s'agit de quoi ? » demanda Dina.

« Un jugement de mécréant, siffla le commissaire. Une veuve de métayer a été condamnée à deux mois de prison pour avoir volé un foulard à fleurs, trois fromages et de l'argent dans une ferme où elle était obligée de travailler ! J'ai fait appel au tribunal de première instance à Ibestad. J'ai protesté contre le jugement et les témoins. Mais ils s'étaient déjà mis d'accord avec le préfet. »

« Fais gaffe, père, ce sont des ennemis dangereux », dit-elle en riant.

Le commissaire lui lança un regard vexé.

« Ils traitent les petites gens comme du bétail ! Et les vieux commissaires fidèles comme des poux ! C'est l'époque, je vais te dire. L'époque qui ne montre aucun respect. »

« Non, l'époque montre aucun respect », acquiesça Dina en bâillant ouvertement.

« Et mon père, il a aucun jugement injuste sur la conscience ? »

« Non, que Dieu me pardonne ! »

« Et le jugement sur Dina ? »

« Le jugement sur Dina ? »

« Oui. »

« Quel jugement ? »

« L'histoire de la Hjertrud ! »

Tout le monde s'arrêta de mâcher. La servante partit à reculons vers la cuisine. Les murs et les plafonds s'agrippaient les uns aux autres.

« Dina, Dina..., dit le commissaire d'une voix enrouée. Tu dis les choses les plus bizarres. »

« Non, ce sont les choses les plus bizarres que je ne dis pas. »

Dagny poussa les enfants dehors et suivit. Le commissaire et Dina de Reinsnes restèrent seuls sous le lustre. Les portes furent fermées, le passé ravivait une blessure ouverte.

« On ne peut pas accuser un enfant », dit le commissaire avec tristesse sans la regarder.

« Pourquoi elle a été accusée, alors ? »

« Mais qui l'accuse ? »

« Toi ! »

« Mais enfin, Dina... »

« Tu m'as renvoyée. J'étais rien. Jusqu'à ce que tu me vendes à Jacob. C'était heureusement un être humain, lui. Tandis que moi j'étais devenue un louveteau. »

« Tu en as une audace ! Te vendre ! Comment peux-tu... »

« Parce que c'est vrai. J'étais gênante. J'avais aucune

éducation. Si le doyen t'avait pas fait la morale, je s'rais encore à traire les vaches et les chèvres à Helle. Tu crois que je l'sais pas ? Et tu as pitié d'étrangers qui volent un foulard à fleurs et de l'argent ! Tu sais c'qu'il dit le livre noir à Hjertrud sur des gens comme toi ? »

« Dina ! »

Le commissaire s'était dressé de toute sa hauteur, faisant tinter les couverts et renversant son verre.

« C'est ça, mets-toi en colère ! Mais tu sais pas c'qui est dit dans le livre à Hjertrud. Tu es commissaire et tu sais rien ! Tu fais collection des pauvres diables qui te connaissent pas. Comme ça, tu peux t'les accrocher à ta chaîne de montre. Et tout l'monde peut voir que le commissaire Holm de Fagernesset c'est un homme respectable. »

« Dina... »

Le commissaire se recroquevilla tout à coup sur la table et devint tout blanc derrière sa barbe. Puis il s'écroula avec élégance sur sa chaise avant de tomber sur le sol. Ses jambes et son corps étaient comme les lames d'un canif dont la fermeture était trop lâche.

Dagny se précipita dans la pièce. Elle pleurait et serrait son mari dans ses bras. Dina le remit sur une chaise, lui donna de l'eau de son propre verre, et quitta la pièce.

Le commissaire se remit vite. C'était le cœur qui avait battu la chamade, expliqua-t-il tout honteux.

Ils étaient à nouveau réunis au complet pour le dessert, en toute harmonie, presque une heure en retard.

Le commissaire avait fait descendre Dina, l'appelant d'une voix suppliante tout en s'agrippant à la rampe de l'escalier tant il se sentait mal.

Les garçons fixaient Dina avec une admiration mêlée de crainte quand elle descendit et se rassit à table.

Les garçons ne devaient rien entendre, rien voir. Mais aujourd'hui ils avaient encore une fois vu Dina maîtriser la colère du père. Et elle n'en était pas morte. Au contraire. C'était le commissaire qui était tombé par terre.

Dagny changeait constamment d'expression quand Dina était là. Quand elle regardait le commissaire, elle avait l'air d'un bouton d'or dans une rivière. Quand elle se retournait vers Dina, elle devenait une algue pourrie.

Je suis Dina, mes pieds prennent racine dans le plancher pendant que, en chemise de nuit, je regarde la lune rouler sur le ciel de Hjertrud. Elle a un visage. Des yeux, une bouche et un nez. L'une de ses joues est un peu creuse. Hjertrud est toujours au-dessus de mon lit et pleure, quand elle croit que je dors. Mais je ne dors pas. Je passe dans le ciel et compte les étoiles pour qu'elle me voie.

Dina s'amusait à déménager des objets quand elle venait en visite. Les remettant à leur emplacement initial. Là où ils étaient avant Dagny.

Dagny ravalait sa colère. Elle avait l'habitude de Dina. Elle ne voulait pas lui donner l'occasion de triompher en se fâchant. Elle attendait seulement son départ, les dents serrées.

Cette fois, elle n'eut qu'à attendre le lendemain matin. Alors elle courut avec fureur de pièce en pièce remettre tout en place. La boîte à ouvrage, du fumoir au petit salon. Les portraits de la famille de Hjertrud, de la salle à manger au palier du premier étage.

Dina les avait remplacés par un plat en porcelaine décoré du portrait du prince Oscar, en bleu avec un filet d'or.

Et malheur à celui qui se trouvait sur le chemin de Dagny, ou faisait des commentaires.

Plus tard dans la journée, quand le commissaire alluma son cigare d'après dîner sans se douter de rien, elle ne put plus se contenir :

« Il faut vraiment chercher longtemps pour trouver quelqu'un d'aussi impertinent et aussi dépourvu de tact que Dina ! »

« Allons, allons, qu'est-ce qu'il y a maintenant ? »

Il en avait assez de ces histoires de femmes. Il n'y comprenait rien. Il ne voulait rien savoir et surtout ne pas prendre parti. Il se sentait quand même obligé de poser la question.

« Elle t'engueule ! Gâche tout le dîner ! Déménage les objets comme si elle habitait toujours ici. Elle fait mousser la famille de Hjertrud pour me narguer », dit Dagny d'une voix plaintive.

« Dina a un caractère difficile... Elle ne veut pas de mal... »

« Et qu'est-ce qu'elle veut alors ? »

Il soupira sans répondre.

« Je suis content de n'avoir qu'une seule fille », murmura-t-il.

« Et moi donc ! » gronda-t-elle.

« Ça suffit comme ça, Dagny ! »

« Oui jusqu'à la prochaine fois où elle s'amènera à cheval comme un palefrenier, à califourchon et sans selle, à travers tout le pays, et s'installera comme si elle était la propriétaire ! Et en plus, elle te donne des palpitations ! »

« Ça n'arrive pas si souvent... »

« Encore heureux, et Dieu merci ! »

Il se gratta la tête et emporta sa pipe avec lui dans son bureau. Il était las de faire régner la discipline. Il avait honte de n'avoir pas remis sa femme à sa place pour obtenir la paix dans la maison. Il se sentait devenir vieux, il ne supportait plus grand-chose. En même temps, il reconnaissait que le passage de Dina avait été rafraîchissant. Il allait lui rendre un service ! Que personne d'autre ne pouvait faire pour elle. Elle était quand même la fille du commissaire. Il ne manquait plus que cela ! Et puis, ça ne faisait pas de mal de s'empoigner de temps à autre. Les gens étaient tellement délicats !

Il soupira, se laissa tomber dans le grand fauteuil à oreilles, posa sa pipe sur la table et attrapa sa tabatière.

Le commissaire avait les idées plus claires quand il prenait une prise de tabac. Et juste maintenant il avait besoin de poursuivre une idée jusqu'au bout. Mais il ne savait au juste par où commencer.

Il y avait cette chose à propos de la pauvre Hjertrud... Qu'est-ce que Dina avait dit ? Qu'est-ce qu'il y avait dans son livre ?

Chapitre 2

Voici, il passe près de moi, et je ne le vois pas, il s'en va et je ne l'aperçois pas. S'il enlève sa proie, qui s'y opposera? Qui lui dira : que fais-tu?

(Livre de Job, **9**, 11 et 12)

Tel un mur, Dina rencontra le silence quand elle fit son entrée dans la ferme.

Une lumière tremblotante venait de l'annexe. Une lueur blanche sur la neige bleutée. Les fenêtres étaient voilées de draps. La mort s'était installée à Reinsnes. Une ombre à travers les vitres gelées. Tomas l'avait dépendu. Il restait un bout de corde. Qui pendant long-temps resta là à pendiller.

Niels avait trouvé une fente entre les poutres du pla-fond et le plancher du grenier. Il avait dû avoir du mal à faire passer la corde, car la fente était très étroite.

Puis il s'était pendu.

Il n'avait pas pris la peine de quitter la maison chaude pour faire comme la plupart des gens qui avaient ça en tête. Aller se pendre dans l'entrepôt. Là il était facile de trouver une poutre et assez de place.

Dans ses derniers moments, il avait choisi de rester à la chaleur du poêle. Les entrepôts étaient trop solitaires et trop hauts de plafond. Il y avait largement de la place pour autant de corps qu'on voulait.

Mais Niels s'était pendu près du poêle. Dans une pièce si basse de plafond que la hauteur était à peine suffisante pour pendre un homme adulte.

Il n'avait pas été effrayant à voir, compte tenu des cir-constances. N'avait ni les yeux révulsés ni la langue pen-dante. Mais la couleur n'était pas belle à voir.

Il était évident que la tête ne tenait plus au reste du

corps. Son menton pointait vers le sol. Il se balançait légèrement d'un côté vers l'autre. Il avait dû se balancer longtemps.

Tomas était entré en trombe, le cœur comme une machine à vapeur.

La vieille maison commençait à s'agiter, et Niels suivait le mouvement. Une mèche brune pendait sur son front. Comme s'il avait bu quelques verres de trop. Les yeux étaient fermés. Les bras pendaient tout droit le long du corps.

C'était seulement maintenant qu'il montrait qui il était. Un commis de boutique très seul, avec de nombreux rêves secrets. Mais qui avait finalement pris une décision.

On avait allongé Niels sur une planche posée sur la table en attendant de pouvoir lui offrir un cercueil convenable.

Anders était aux Lofoten. Mais on lui avait déjà fait parvenir un message.

Johan l'avait veillé avec Stine. Avait surveillé les cierges toute la nuit.

Stine ne faisait que couvrir et découvrir le corps de Niels, sans arrêt. Ne faisait attention à personne qui entrait dans la pièce. Même pas à Mère Karen, qui était venue en boitant et en pleurant poser sa maigre main sur son épaule. Ni à Johan, quand il lisait des versets de la Bible à intervalles réguliers.

Stine tournait ses yeux sombres d'eider vers la mer. Ses joues étaient moins dorées qu'à l'habitude. Elle ne partageait ses pensées avec personne. Les rares paroles qu'elle avait prononcées le jour où ils décrochèrent le père de la petite Hanna étaient adressées à Johan :

« C'est à toi et à moi, en tant que proches, de lui faire sa toilette. »

Dina considéra pensivement le visage de Niels, à peu près comme on regarde du bétail qu'on a décidé de ne pas acheter. Mais son regard n'était pas hostile.

Les habitants de la ferme étaient rassemblés. Les visages exprimaient l'incrédulité et l'impuissance, avec un mélange d'effroi et un rien de culpabilité.

Dina hocha la tête en silence, confrontée aux dernières pensées désemparées de Niels qui encore flottaient dans la pièce. Elle lui donnait enfin son approbation.

Johan dut employer toute son intelligence pour persuader Mère Karen que Niels serait enterré en terre consacrée. Malgré le péché qu'il avait commis envers Dieu et les hommes.

« S'ils veulent pas du Niels au cimetière, on l'mettra dans l'jardin », coupa Dina.

Cela fit frémir Johan, et Mère Karen se mit à pleurer silencieusement.

Si Niels fut accepté au cimetière, ce fut pour plusieurs raisons. D'abord un enterrement était impossible à envisager avant six semaines, que la terre soit consacrée ou non. Car il se mit à geler comme jamais auparavant, autant qu'on s'en souvienne. Chaque motte de terre à piocher était comme du ciment.

D'autre part le bruit courait que Niels était tout simplement mort. Les conversations que Johan et le doyen avaient eues entre eux, et avec Dieu, avaient été fort utiles.

En plus, la rumeur publique s'était calmée pendant le temps qu'il fallait pour creuser une tombe. Niels prit la place qu'on lui avait réservée, derrière l'église. Dans la plus stricte intimité.

Tout le monde savait qu'il s'était pendu en se servant d'une mince fente dans le plafond de l'annexe à Reinsnes. Avec la corde flambant neuf qu'Anders avait fait venir de Russie, ou de Trondheim, ou d'ailleurs. Mais on savait aussi que les gens de Reinsnes étaient puissants et faisaient ce que bon leur semblait.

Stine se mit à dire à la petite Hanna : « C'était trois semaines avant la mort de ton père… », ou bien « C'était l'hiver après la mort de ton père. »

Elle, qui n'avait jamais parlé de la paternité de Niels tant qu'il était vivant, ne ratait maintenant pas une occasion de souligner qui était le vrai père d'Hanna. Cela eut un résultat étonnant.

On accepta très vite le fait que le père d'Hanna était mort, malheureusement, et que Stine était mère d'une orpheline.

Niels, par sa mort, lui donnait la réparation qu'il n'avait pas été capable de lui donner de son vivant.

Dina fit quelques allusions. Les gens de la ferme, qui avaient entendu, firent de ces mots une réalité : Niels s'était ressaisi les derniers temps. Il avait demandé à Dina de mettre ses économies à la banque pour faire une rente à vie à Hanna. Cela se propagea plus vite qu'un feu d'herbes en mai. Après les Lofoten, personne ne l'ignorait.

On comprit que Niels n'était pas si mauvais que ça. Et qu'il avait droit à sa place auprès de Notre Seigneur, bien qu'il en ait pris l'initiative lui-même.

Un jour, le caboteur revint des Lofoten avec une bonne prise. Mais Anders avait le teint gris et les traits tirés.

Il alla droit dans la salle voir Dina, il voulait savoir ce qui s'était passé.

« Il pouvait quand même pas faire une chose pareille, Dina ! »

« Mais si, il pouvait », dit Dina.

« Mais pourquoi ? Qu'est-ce que j'aurais pu faire pour lui ? »

Il entoura Dina de ses bras et cacha son visage sur son épaule. Ils restèrent longtemps ainsi. Cela ne leur était jamais arrivé.

« J'crois qu'il était forcé », dit Dina sombrement.

« Personne l'est forcé d'faire ça ! »

« Certains, si ! » dit Dina.

Il laissa couler un flot de larmes entre leurs visages.

Elle lui prit la tête dans ses mains. Le regardant longtemps dans les yeux.

« J'aurais dû... » commença-t-il.

« Chut ! Il aurait dû. Chacun doit prendre la responsabilité de sa propre vie ! »

« T'es dure, Dina. »

« Certains doivent se pendre, d'autres se doivent d'être durs », répondit-elle en se dégageant de son étreinte.

Chapitre 3

L'âme bienfaisante sera rassasiée, et celui qui arrose sera lui-même arrosé.

(Proverbes, **11**, 25)

Mère Karen avait un livre spécial dans sa vitrine. Écrit par un certain juge de Drammen, Gustav Peter Blom, portant le titre honorifique de « Commissaire Général au Cadastre ». Il avait décrit son voyage dans le Nordland. Il y avait là des réflexions intéressantes sur les gens du Nordland en général et sur les Lapons en particulier.

« Les Lapons ne ressentent ni la douleur ni le regret », et « Les gens du Nordland sont superstitieux, probablement parce qu'ils sont dépendants des forces de la nature », affirmait Monsieur Blom.

Mère Karen n'arrivait pas à comprendre en quoi il y avait superstition à remettre son destin entre les mains de Dieu, et à faire confiance à la nature plutôt que de croire à de fausses promesses. Mais n'ayant pas l'occasion de discuter de la chose, elle ne chercha pas plus loin.

Il considérait qu'on comptait peu d'esprits éclairés ou cultivés là-haut autour du pôle. Il n'aimait pas du tout le physique des Lapons.

Il n'avait pas vu Stine de Reinsnes, pensait Mère Karen. Mais elle ne dit rien. Se contenta de placer le livre en travers, derrière les autres. Au cas où Stine enlèverait la poussière.

Car Mère Karen avait voyagé de par le monde avec son époux. Jusqu'à la Méditerranée, et à Paris et à Brême. Elle savait que l'être humain est nu devant son Dieu, avec ses nouveaux péchés, à quelque famille qu'il appartienne.

Mère Karen avait personnellement veillé à ce que Stine apprenne à lire et à écrire, quand on s'était aperçu qu'elle ne le savait pas.

Elle apprenait vite. C'était comme si elle mettait un verre à ses lèvres et buvait le savoir. Mère Karen s'était aussi mise en guerre contre Oline. Après un long siège, elle arriva à la persuader des talents naturels de Stine pour mener une grande maison.

Petit à petit, comme Oline et Tomas, Stine eut une position toute spéciale qui inspirait le respect.

Mais en dehors de la ferme, elle restait la Lapone recueillie par Dina. Que Dina lui ait demandé de porter Benjamin au baptême ne changeait en rien l'opinion qu'on avait des filles lapones.

On disait maintenant que Niels était mort parce qu'elle lui avait jeté un sort. Et tandis que le bétail et les écus ne faisaient que prospérer à Reinsnes, la maîtresse qui l'avait chassée de son ancien poste à Tjelsund était morte. La servante lapone rendait la monnaie de la pièce.

Stine quittait rarement Reinsnes. Elle déplaçait son corps noueux de pièce en pièce avec une énergie silencieuse.

Elle paraissait tellement écrasée de chagrin qu'il lui fallait continuellement faire travailler son corps, pour qu'il ne s'écroule pas.

Tout l'héritage de ses ancêtres tenait dans ses muscles. Elle avait transmis aux servantes en apprentissage cette manière calme et glissante de se déplacer.

Elle montrait rarement ses sentiments. Son visage et ses yeux avaient un sombre rayonnement qui indiquait : je supporte d'être dans la même pièce que toi, mais je n'ai rien à te dire.

Ses pommettes saillantes et son accent chantant trahissaient son origine. Elle portait en elle les hauts plateaux et le rythme des torrents.

Elle ne portait plus sa tunique de toile en été et de peau en hiver. Mais elle avait toujours, pendillant à la ceinture, comme le premier jour à Reinsnes où elle avait allaité Benjamin, un étui de cuir contenant un couteau et des ciseaux, un étui de cuivre pour les aiguilles, et divers anneaux de cuivre.

Une fois, Dina lui avait demandé d'où elle venait. Elle avait alors raconté sa brève histoire. Elle venait d'une famille lapone de Suède, qui avait perdu tous ses rennes dans une avalanche avant sa naissance. Ils avaient longtemps vécu en camp volant en Suède. A rassembler les rennes sauvages, pêcher et chasser.

Mais le père et le grand-père avaient mauvaise réputation. Celle de voler les bêtes des troupeaux des autres.

Toute la famille dut alors se réfugier de l'autre côté de la frontière.

Ils s'installèrent finalement dans une hutte à Skånland, se procurèrent un bateau et commencèrent à pêcher. Mais des Lapons sans rennes qui s'adonnent à une pêche misérable n'inspirent aucun respect.

Ils furent considérés comme de pauvres « Lapons des plaines » par les Norvégiens, et ne figuraient même pas sur les listes de recensement.

Stine dut gagner son pain dès l'âge de douze ans. Elle travaillait à l'étable dans une ferme de Tjeldsund. Quand elle accoucha d'un enfant mort-né, ce fut la fin de tout. On ne pouvait pas l'accuser de meurtre d'enfant. Il s'agissait seulement d'une coucherie coupable.

Le maître eut un mot en sa faveur. Mais la maîtresse ne voulait plus la voir. Elle dut quitter la ferme. Les seins gonflés de lait et des chiffons sanglants entre les cuisses.

« Les femmes déchirent quelqu'fois les gens en p'tits morceaux. Et après, elles courent à l'église ! » fut le commentaire de Dina.

« Où t'as pris ça ? » demanda Stine avec hésitation.

« Chez l'commissaire. »

« Personne est comme ça à Reinsnes », dit Stine.

« Non, mais les hommes ici sont pas des commissaires non plus », affirma Dina.

« La mère à Dina, elle était comme ça ? »

« Non ! » répondit Dina en quittant la pièce.

Pour Stine, chaque saison avait ses rites. La vannerie, le tissage, le ramassage de plantes médicinales et la teinture des laines. Dans sa chambre, cela sentait l'osier, la laine et une fraîche odeur d'enfant.

On lui avait réservé des étagères dans le garde-manger. Où elle faisait refroidir ses décoctions. Ou bien les laissait reposer avant de les mettre en bouteille. Pour faire face à toute éventualité.

Après qu'on eut décroché Niels du plafond de l'annexe, elle ne fut plus qu'une bête de labeur. Pendant longtemps.

Un soir, Dina la fit appeler. Tard, quand tout le monde était allé se coucher, Stine frappa chez Dina et lui tendit une carte d'Amérique.

« J'aurais dû t'donner sa carte depuis longtemps, mais ça n's'est pas trouvé », dit-elle.

Dina la déplia sur le lit, se pencha au-dessus et l'étudia avec soin.

« J'savais pas qu'c'était toi qu'avais la carte du Niels. C'était pas d'ça que j'voulais parler... Tu d'vais partir avec ? »

« Non ! » dit Stine avec force.

« Alors pourquoi t'as la carte ? »

« J'l'ai prise. Il pouvait pas partir sans ! »

Dina se redressa et rencontra le regard de Stine.

« Tu voulais pas qu'il parte ? »

« Non. »

« Et pourquoi tu voulais l'garder ici ? »

« Pour Hanna... » murmura-t-elle.

« Mais s'il l'avait demandé, tu s'rais partie en Amérique ? »

Il se fit un silence dans la pièce. Les bruits du reste de la maison les recouvrirent comme un couvercle posé sur un seau en fer blanc. Elles se trouvaient dans le seau. Enfermées l'une avec l'autre. Et avec elles-mêmes.

Stine commençait à comprendre que cet interrogatoire avait un but précis.

« Non », répondit-elle finalement.

« Pourquoi pas ? »

« Parce que j'veux rester à Reinsnes. »

« Mais vous pouviez avoir une bonne vie. »

« Non. »

« Tu crois qu'c'est pour ça qu'c'est arrivé ? » demanda Dina.

« Non... »

« Pourquoi tu crois qu'c'est arrivé ? qu'il s'est pendu ? »

« J'en sais rien… C'est pour ça que j't'ai apporté la carte. »

« J'sais pourquoi il a fait ça, Stine. Et ça avait rien à faire avec toi ! »

« Les gens disent que j'lui ai jeté un sort pour l'faire mourir. »

« Les gens disent des conneries », gronda Dina.

« Ça s'peut bien… qu'les gens ont raison… »

« Non ! »

« Comment t'es si sûre que ça ? »

« Il avait d'autres raisons, j'suis seule à savoir. Il pouvait pas rester ici. »

« C'était parce qu'il voulait la Dina ? » demanda Stine brusquement.

« Il voulait Reinsnes. C'était tout c'qu'on avait de commun, Stine. »

Leurs yeux se croisèrent. Dina hocha la tête.

« Tu sais jeter des sorts, Stine ? »

« J'sais pas… » répondit-elle à peine audible.

« Alors t'es peut-être pas la seule, dit Dina. Mais les gens n'ont qu'à faire attention, hein ? »

Stine regardait fixement.

« Dina est sérieuse ? »

« Oui ! »

« Tu comprends… y a des forces… ? »

« Y a des forces ! Comment on s'en s'rait sorties autrement ? »

« Ça m'fait peur. »

« Peur… Et pourquoi ? »

« Parce que c'est… le Diable… »

« Le Diable s'occupe pas de vétilles. Demande un peu à Mère Karen. »

« C'est pas une vétille que le Niels se soit pendu. »

« T'as de l'attachement pour le Niels ? » demanda Dina.

« J'sais pas si j'en avais. »

« Un attachement cesse pas parce que quelqu'un se pend. »

« Non, c'est sans doute vrai. »

« J'crois qu'ça peut sauver l'Niels, de tout, et de lui-même, si t'as de l'attachement pour lui. Alors il s'est pas pendu pour rien. »

« La Dina croit vraiment ça ? »

« Oui. Et l'Niels a au moins fait une chose. C'est pour ça que j't'ai fait venir. Il a mis un peu d'argent à la banque pour Hanna. T'es sa tutrice. Y en a assez pour aller jusqu'en Amérique. »

« Seigneur Dieu, murmura Stine en contemplant les carreaux de son tablier. J'en ai entendu parler, mais j'croyais que c'était des mensonges, comme tout c'qu'on dit sur moi. »

« Qu'est-ce que j'vais faire de l'argent ? » murmura-t-elle.

« Vous aurez jamais besoin d'mendier quoi que ce soit, même si jamais le Diable devait s'installer à Reinsnes », répondit Dina avec force.

« Le Diable a jamais été à Reinsnes », dit Stine gravement.

Puis elle se referma à nouveau sur elle-même. Se leva tranquillement pour partir.

« Il a dû penser à Hanna – avant d'le faire... »

« Il a sûrement pensé à toi aussi. »

« Il aurait jamais dû faire ça ! » dit Stine avec une force inattendue.

« Vous donner l'argent ? »

« Non, se pendre. »

« C'était p't'être bien la seule façon qu'il avait d'vous donner quelque chose », dit Dina sèchement.

L'autre avala sa salive. Puis son visage s'éclaircit. La grande porte aux panneaux rococo et à la lourde poignée de cuivre se referma avec précaution sur elle.

C'était ce que Mère Karen appelait « le miracle du printemps ».

Chaque printemps, depuis que les seins de Stine étaient à sec. Tout avait commencé quand Stine avait remarqué la quantité d'eiders qui nichaient sur les îles et les îlots le long de la côte. Et qu'elle avait entendu dire qu'autrefois il y avait pas mal à gagner si on ramassait le duvet d'eider.

Stine prenait ses aises avec la nature. De ses propres mains elle construisait des abris pour les eiders. En branches de genévrier tressées, pour leur donner un aspect naturel. Elle les nourrissait et leur parlait.

Mais surtout elle surveillait que personne ne dérange les oiseaux ou ne vole leurs œufs.

Les oiseaux revenaient par centaines année après année. Ils arrachaient le duvet de leur poitrine pour en calfeutrer leurs nids.

Dans toute la paroisse, on racontait comment la Lapone montait la garde devant les eiders. Et les sommes qu'elle gagnait en ramassant le duvet dans les nids abandonnés après l'éclosion des œufs prirent des proportions vertigineuses.

C'était devenu un gagne-pain si lucratif que la Lapone avait mis de l'argent à la banque. Elle devait même partir en Amérique pour s'y installer.

Il y avait bien quelques bonnes femmes qui, à l'occasion, avaient essayé de faire comme Stine. Mais sans grand résultat. Parce que la Lapone avait jeté un sort sur tous les eiders de la paroisse pour les attirer à Reinsnes ! Elle avait plus d'un tour dans son sac, disaient ceux qui s'y connaissaient.

Pendant la couvaison, il y avait des têtes d'eiders qui apparaissaient dans tous les endroits possibles et imaginables. Une année, une mère eider entra par la porte ouverte du fournil et s'installa dans le grand four.

Ce fut une lutte acharnée entre Oline et Stine pendant les semaines de la couvaison, à qui l'emporterait d'utiliser le four ou de laisser l'oiseau en paix.

Oline perdit la partie sans un échange de mots.

Quand elle envoya le garçon de ferme pour déménager le nid et chauffer le four, Stine arriva sur lui avec la rapidité d'un éclair. Elle prit le garçon brutalement par le bras et dit quelques mots en lapon, les yeux étincelants.

Ce fut suffisant. Le garçon revint pâle dans la cuisine, secouant la tête.

« J'veux pas d'une malédiction sur moi ! » déclara-t-il.

L'affaire en resta là.

Et la porte du fournil et du four resta ouverte pour laisser la mère eider aller en quête de nourriture.

Cela remuait derrière chaque touffe et sous chaque toit.

Stine commençait à ramasser le duvet dès que les oiseaux avaient pondu et se mettaient à couver. Ses jupes balayaient entre les nids.

Elle ne prenait pas tout le duvet tout de suite. Elle en arrachait seulement un peu par-ci, un peu par-là.

De temps à autre deux regards sombres se croisaient. Les yeux bruns qui étaient les siens et les yeux noirs et ronds de l'eider. L'oiseau restait calme tant qu'elle prenait le duvet sur le bord du nid.

Quand elle s'en allait, l'oiseau se secouait un peu, gonflait ses ailes et rassemblait les œufs sous lui. Puis arrachait rapidement et avec dextérité un peu de duvet de sa poitrine pour remplacer ce que Stine avait pris.

Elle avait la garde de centaines d'animaux domestiqués durant ces semaines d'avril et de mai. Ils revenaient année après année. Ceux qui avaient éclos à Reinsnes revenaient aussi. De cette manière le miracle du printemps se faisait de plus en plus volumineux.

Aussitôt les œufs éclos, Stine portait les pelotes ébouriffées à la mer dans son tablier de jute. Pour aider l'eider à les protéger des corneilles.

Les eiders acceptaient tranquillement cette escorte. Ils se dandinaient derrière Stine et piaillaient bien fort. Comme s'ils lui demandaient des conseils sur l'éducation.

Elle restait assise sur un rocher à surveiller la petite famille, jusqu'à ce qu'ils soient tous réunis sur l'eau. Les mâles s'étaient déjà défilés. Vers la mer et la liberté. Les femelles étaient restées seules. Stine s'associait à la solitude des femelles.

Et les petites boules de duvet changeaient de couleur, il leur poussait des plumes et elles apprenaient à trouver de la nourriture. En automne, tout le monde s'en allait.

Mais les paniers de duvet étaient vidés et le duvet était nettoyé et cousu dans de la toile pour être transporté à Bergen.

Le duvet d'eider était une marchandise très recherchée. Surtout si on pouvait entrer en contact avec les marchands de Hambourg et de Copenhague.

Anders ne faisait pas trop attention à son pourcentage

quand il s'agissait de Stine. A vrai dire il ne prenait rien pour le transport ni pour son intervention.

Les yeux de Stine ressemblaient de plus en plus à ceux de la mère eider abandonnée, ronds et humides, quand le mâle s'envole vers le grand large.

Elle craignait que les corneilles ne viennent mettre fin à ces petites vies dont elle avait la responsabilité.

Stine ignorait que, d'après le livre de Mère Karen, « les Lapons ne connaissent ni la douleur ni le regret ».

Chapitre 4

'

Car voici, l'hiver est passé ; la pluie a cessé, elle s'en est allée. Les fleurs paraissent sur la terre, le temps de chanter est arrivé, et la voix de la tourterelle se fait entendre dans nos campagnes.

(Cantique des Cantiques, 2, 11 et 12)

Dina avait fait reclouer la planche mobile dans le bureau. Et, pour plus de sûreté, elle avait demandé à la servante de déplacer la table de toilette chaque fois qu'elle faisait le ménage le mercredi.

Niels ne la dérangeait que quelques rares fois. Plutôt quand elle se demandait si les listes de marchandises étaient complètes, ou si elle avait oublié des choses importantes. Ou bien quand elle voyait Hanna traverser la cour nu-pieds, avec Benjamin sur ses talons.

Niels pouvait tout à coup apparaître devant elle et refuser de bouger. Alors il lui fallait revoir les listes. Jusqu'à ce qu'elle soit bien certaine de l'exactitude des détails et des chiffres.

Quelquefois, il l'obligeait à prendre la petite orpheline sur ses genoux.

Niels avait été d'une certaine utilité pendant qu'il occupait le fauteuil tournant dans le bureau. Mais il n'était pas irremplaçable.

Dina apprit à faire les listes de commandes et à tenir les comptes journaliers. Elle mit de l'ordre dans tout le bric-à-brac qui s'était accumulé au cours des années. Elle fit des rangements sur les étagères et dans les placards. Mit au clair les créances arriérées.

Elle fit venir ceux qui, elle le savait, pouvaient payer, et envoya un avertissement à ceux qui avaient tellement honte de leurs vieilles dettes qu'ils évitaient de venir à

Reinsnes pour faire leurs provisions pour les travaux des champs et pour les pêches. Ils allaient plutôt à Tjelsund ou ailleurs.

L'avertissement ne laissait place à aucun malentendu : tant qu'elle les voyait venir faire leurs courses à Reinsnes, elle ferait en sorte qu'ils aient de quoi vivre tant qu'ils seraient démunis. Mais si on les surprenait à proposer leurs fourrures ou leurs poissons ailleurs, elle n'attendrait pas pour recouvrer ses créances.

L'effet fut radical.

Il y avait beaucoup de monde dans la grande maison. Ça grouillait et bougeait derrière chaque mur et dans chaque lit.

À n'importe quelle heure du jour ou de la nuit il était impossible que Dina se déplace sans rencontrer quelqu'un qui allait soit aux cabinets, soit à la cuisine, ou n'importe où ailleurs.

Le pire, c'était toutes ces femmes. Elles papillonnaient dans tous les coins. Affairées, tricotant, bavardant, tournant en rond, ces femmes embrouillaient tout. Et cependant, elles étaient indispensables.

Cela irritait Dina.

Elle voulait aménager l'annexe et s'y installer.

« Comme ça, le Johan il pourra déménager dans la salle avec tous ses livres », dit Dina à Anders.

Il fut le premier à qui elle confia ses projets. Et d'un utile soutien.

Anders partit à Namsos chercher les matériaux pour construire la cabine sur sa barque à cinq rameurs.

Au grand effarement de tous, il revint avec tout un radeau de matériaux en remorque. Il avait des relations, de telle sorte que le bois était de première qualité et à bas prix.

Comme il n'y avait que lui qui était dans le secret, ce fut un choc pour toute la ferme d'apprendre que Dina voulait aménager la malheureuse maison où Niels s'était pendu.

Oline fondit en larmes. Elle avait toujours pensé que

l'annexe devrait être démolie et oubliée. Seulement, elle n'avait pas osé le dire. Pas avant maintenant.

« C'est-il un endroit pour un être vivant, cette maison de malheur ? En tout cas, Mère Karen n'ira pas là ! Y a assez d'pièces dans la maison principale ! » gronda-t-elle.

Dina et Anders expliquèrent et montrèrent les plans. Décrivirent la véranda vitrée qu'ils feraient construire face à la mer. Où l'on pourrait s'asseoir tranquillement à contempler les pies quand elles se dandinaient en remontant le champ à la recherche de vers de terre, tôt le matin au printemps. Ils parlèrent de la cheminée qu'on allait reconstruire. Et des fenêtres qu'il fallait changer à cause du vent du sud-ouest.

Et surtout il fut clairement dit que c'était Dina qui allait s'y installer.

Mais cela ne suffit pas à calmer Oline. Ce fut alors sur le sort de Dina qu'elle pleura. Et celui du petit Benjamin qui allait habiter avec sa mère dans la maison de la mort.

« Que la foudre tombe sur une pareille maison ! Et qu'elle disparaisse ! » dit-elle avec force.

C'est alors que Mère Karen intervint. Personne n'avait le droit d'exprimer de pareils vœux. Et Oline n'avait qu'à rentrer ses désirs indignes d'une chrétienne et à promettre de surveiller sa mauvaise langue. Si Dina pensait pouvoir habiter l'annexe, il devait bien y avoir une raison à cela. Les jeunes avaient besoin d'avoir un endroit et du temps à eux. Dina avait de grandes responsabilités et beaucoup de soucis. Pour l'exploitation de la ferme, le commerce et les chiffres.

Mère Karen trouvait de nombreuses excuses.

Oline continua à grogner. Trouvait que Dina pouvait tout aussi bien penser à ses chiffres et ses responsabilités là-bas dans le bureau. Et basta !

Dina perdit patience à la fin, et dit carrément qu'elle n'avait pas l'intention de demander l'avis des domestiques sur la construction d'une maison. Ce fut comme une flèche empoisonnée dans la poitrine d'Oline. Elle baissa la tête immédiatement, mais ne l'oublia jamais !

Dina, depuis longtemps, avait commandé à Trondheim des vitres de couleur pour la véranda et à Hambourg un poêle en faïence blanche.

Elle se servait des économies de Niels, que le commissaire allait retirer de la banque au fur et à mesure des besoins.

De cette manière, l'annexe était aménagée pour lui aussi. Et il n'avait aucune raison de se plaindre.

La fente entre la poutre et les planches du plafond fut remplie. A la demande expresse de Mère Karen. Elle ne supportait rien qui lui rappelât, chaque fois qu'elle entrait dans l'annexe, les derniers moments du pauvre Niels.

Il fallait préparer les repas pour les ouvriers et les gens de la ferme. Ce fut une lourde tâche pour Oline.

Mais elle prenait son temps. Sans se dépêcher. Il valait mieux que les gens aient faim une demi-heure de plus en attendant un bon repas, que d'être gavés de restes et de saletés, pensait Oline.

De ce fait, c'est Oline qui décida que le petit-déjeuner serait servi à l'aube, à cinq heures.

Et celui qui n'était pas là aux trois coups de la cloche ne devait pas s'attendre à un service spécial.

« Une fois le plat enlevé, y a plus rien sur la table ! » psalmodiait-elle en regardant sévèrement le malheureux qui devait partir travailler à jeun.

Il ne vint pas à l'idée de Dina ou de Mère Karen de se mêler de la discipline de fer d'Oline. Car le résultat était concluant : tous les travaux étaient terminés à temps avant le soir.

Il arrivait que certains ouvriers, n'ayant pas l'habitude d'une telle férule, demandent à s'en aller.

Alors Oline remarquait avec sécheresse :

« Le foin pourri, autant que l'vent l'emporte avec lui ! »

Le *Prinds Gustav* arriva lentement un jour où Dina, installée sur le monticule où flottait le drapeau, comptait les sommets montagneux avec Hanna et Benjamin. Le nouveau commis de boutique était parti à la rame chercher la poste et les marchandises.

C'était lui ! Habillé comme un marin. Avec son sac et sa sacoche de voyage. Il fallait imaginer son visage.

La barque glissait vers le débarcadère tandis que le vapeur sifflait – et se dirigeait vers le nord.

Dina tira les cheveux de Benjamin tout en comptant les sommets vers le nord d'une voix retentissante. Elle les nommait tous par leurs noms. A toute vitesse, en entraînant les enfants dans le sentier vers les bâtiments. Puis elle les congédia avec au visage l'expression de quelqu'un qui ne les aurait jamais vus.

Elle arriva dans la salle. Ne trouva aucun costume. Aucune brosse à cheveux. Ni même son propre visage. Se prit les pieds dans le tapis.

Et l'annexe qui n'était pas terminée pour recevoir les gens qu'elle voulait se réserver !

Pendant ce temps, il était arrivé jusqu'à la cuisine bleue d'Oline. Sa voix montait dans la cage de l'escalier à travers les portes ouvertes. Lui entrait dans les oreilles. Comme la myrrhe qui se dégageait du livre de Hjertrud.

Elle l'accueillit comme un ami de la famille, devant tout le monde. Mais Oline et les servantes savaient à quoi s'en tenir. Ils n'étaient pas nombreux ceux que Dina accueillait en les embrassant. Elles tournèrent le dos et se trouvèrent une occupation, tout en veillant à rester dans les parages.

Stine salua le nouveau venu et commença à organiser un grand repas. Johan et Anders arrivèrent dans l'entrée portant entre eux le sac de marin de Léo. Ils le laissèrent tomber près de l'escalier avant d'entrer au salon.

Anders passa la tête du côté d'Oline, demandant s'il était possible de servir un verre de bienvenue.

Johan criait de l'entrée. Posait des questions sur le temps et la santé, tout en se débarrassant de son manteau.

Les enfants, qui avaient reconnu l'étranger, entrèrent. Deux petites souris qui sortaient de leur trou, tout le temps à l'affût du chat qui pouvait venir pour les chasser.

La conversation était animée autour de la table.

« Où c'est qu'il est, le prisonnier ? » demanda tout à coup Dina.

Deux yeux verts et deux yeux de glace se rencontrèrent.

« La grâce lui a été retirée », dit-il, avec un regard scrutateur. Comme s'il s'étonnait qu'elle n'ait pas oublié l'histoire du prisonnier.

Il était assis, tout proche. Sentait le goudron et le sel des embruns.

« Et pourquoi ? » demanda-t-elle.

« Parce qu'il s'est mal conduit et a attaqué un gardien avec une bûche. »

« Et a blessé l'gardien ? »

« Oui, à peine », répondit-il en clignant de l'œil à Benjamin, qui écoutait la bouche ouverte.

« Quelle sorte de prisonnier ? » dit Benjamin sans réfléchir en s'approchant du genou de Léo.

« Chut ! » dit Dina sans sévérité.

« Un que je devais emmener avec moi à la forteresse de Vardø, puisque je devais repartir vers le nord », répondit Léo.

« Et qu'est-ce qu'il avait fait ? »

« Des choses terribles », dit Léo.

« Quoi donc ? » Benjamin ne lâchait pas prise. Malgré les gros yeux que faisait Dina, qu'il ressentait comme s'il avait touché le poêle sans faire attention.

« Il avait tué sa femme à coups de hache. »

« De hache ? »

« De hache. »

« Sacré nom d'une pipe ! dit Benjamin. Et pourquoi ? »

« Il était probablement en colère. Ou bien elle le dérangeait. Qui sait ? » Léo ne savait pas trop comment prendre la curiosité du gamin.

« Tu l'aurais amené ici chez nous s'il avait pas cogné sur l'gardien avec une bûche ? » demanda Benjamin.

« Non, dit gravement Léo. On n'amène pas des gens comme ça ici. Alors, je ne me serais pas arrêté. »

« Alors, c'était pas si bête qu'il ait cogné ? »

« Non, pas pour moi. Mais, pour lui, c'est grave. »

« Est-ce qu'il a l'air comme tout le monde ? » Le garçon voulait savoir.

« Oui, quand il se lave et quand il se rase. »

« Et qu'est-ce qu'il faisait avant d'la tuer ? »

« Je ne sais pas. »

« Qu'est-ce qu'il va lui arriver maintenant ? » voulait-il savoir.

« Il devra rester là où il est pendant longtemps. »

« C'est pire là qu'à la forteresse de Vardø? »

« C'est ce qu'on dit », dit Léo.

« Tu crois qu'il va recommencer ? Tuer quelqu'un ? »

« Non », dit Léo, toujours très grave.

« Le Niels il s'est pendu ! » dit Benjamin tout à coup en levant la tête vers l'homme.

Le bleuté de la cicatrice était visible sur la peau brunâtre.

« Mais l'Tomas dit qu'ça fait bientôt dix ans qu'il est mort quelqu'un à Reinsnes, continua Benjamin. La fois d'avant, c'était le Jacob », ajouta-t-il d'un ton averti.

Le gamin était debout au milieu de la pièce et regardait les adultes les uns après les autres. Comme s'il cherchait des explications. Le silence se fit pesant.

Dina avait ses yeux des mauvais jours. Ses jupes bruissaient dangereusement et elle arriva sur lui comme un navire toutes voiles dehors.

« Tu vas emmener Hanna avec toi et aller jouer dehors ! » dit Dina avec un calme inquiétant dans la voix.

Benjamin attrapa la main d'Hanna. Et ils disparurent.

« Non, Niels n'est plus », dit Mère Karen qui était sortie de sa chambre inaperçue. Elle serrait la poignée en argent de sa canne, tandis qu'elle repoussait la porte avec précaution derrière elle. Puis elle se retourna, traversa péniblement la pièce et prit la main de Léo.

Il se leva comme un somnambule et lui offrit son siège.

« Mais nous autres, nous devons continuer à vivre. Soyez le bienvenu de nouveau à Reinsnes ! »

On raconta l'histoire. Avec des mots simples. Mais cela laissa sur les visages comme une couche de poussière.

Ce fut Mère Karen qui se mit à la tâche. On entendit une fois un soupir entre les phrases. Une autre fois : « Mon Dieu ! »

« Mais pourquoi... » demanda Léo, incrédule. Il regardait Dina.

Stine allait et venait en silence. Anders leva deux mains hâlées devant son visage, comme une coque de bateau. Johan serrait la bouche, les yeux perdus. Mère Karen bénit la mémoire du pauvre Niels.

« Pourquoi a-t-il fait cela ? » reprit Léo.

« Les voies du Seigneur sont impénétrables », dit Mère Karen.

« Il ne s'agit pas du Seigneur, Mère Karen. Il s'agit de la propre volonté de Niels. Il ne faut pas l'oublier », dit Johan calmement.

« Mais le Seigneur ne laisse aucun oiseau tomber sur terre sans qu'Il ait une raison », dit Mère Karen avec entêtement.

« Oui, tu as raison en cela, chère Mère Karen », dit Johan conciliant.

« Mais pourquoi a-t-il fait ça ? Qu'est-ce qui n'allait pas ? Pourquoi ne voulait-il plus vivre ? » continua Léo.

« Peut-être bien qu'il lui manquait une raison de vivre », dit Anders.

Il avait la voix enrouée.

« On peut toujours en trouver une, et quelque chose a dû aveugler Niels », dit Johan.

Léo les regardait les uns et les autres. Et il n'essayait pas de cacher son émotion. Tout à coup il se leva, s'appuya au bord de la table et se racla la gorge comme s'il allait faire un discours. Et il se mit à chanter.

Une mélodie triste et étrange. Le chagrin coulait de lui comme d'un enfant. Il rejetait la tête en arrière et ravalait ses larmes, mais continua à chanter. Longtemps. Un refrain revenait tout le temps :

Погасло дневное светило,
Maintenant le jour s'éteint
 на море синее вечерный пал туман.
Sur la mer tombe la brume du soir.

Шуми, шуми, послушное ветрило,
Bruisse, bruisse, obéissante voile,
 волнуйся подо мной, угрюмый океан.
Berce-moi, océan sombre.

Ils n'avaient jamais rien vu ni entendu de pareil. Il leur était envoyé pour les aider à surmonter ce qu'ils s'étaient caché les uns aux autres pendant des semaines. Une terrible question personnelle :

« Suis-je coupable ? »

Après le repas, Dina et Léo partirent à cheval, suivis par le regard désemparé de Tomas.

La lumière de printemps était comme un couteau aiguisé jusque tard dans la soirée.

« Vous faites du cheval ensemble, toi et Tomas ? » demanda Léo.

« Oui, si ça se trouve. »

Il y avait encore des plaques de neige çà et là.

Elle prenait la route de la montagne.

« Il y a longtemps qu'il est là, Tomas ? »

« Oui, pourquoi ? »

« Il a des yeux de chien. »

« Ah bon, dit-elle en riant. Ils sont seulement un peu particuliers – un bleu et un brun... C'est un travailleur. On peut compter sur lui. »

« Je le crois volontiers. Mais il a le même regard que Niels quand il regarde Dina... »

« Arrête avec le Niels ! » jeta-t-elle et mit son cheval au galop pour monter la pente raide.

« Tu mènes les hommes très loin ! » cria-t-il derrière elle.

Elle ne se retourna pas. Ne répondit pas.

Il la rejoignit et attrapa sa bride. Lucifer prit peur et se cabra avec un hennissement de fureur.

« Lâche ! Le cheval n'aime pas ça ! » dit-elle. Sa voix semblait avoir été étouffée pendant des heures.

« Tu sais ce qui a poussé Niels dans la mort ? » demanda-t-il avec insistance.

« Oui, c'est qu'il s'est pendu ! » siffla-t-elle en se dégageant.

« Tu es dure ! »

« Mais qu'est-ce que tu veux que j'dise ? Que c'est moi, parce que je n'voulais pas d'lui ? Tu crois vraiment que c'est la vraie raison, Léo Zjukovskij ? »

Il ne répondit pas.

Ils se taisaient et restaient secrets.

Je suis Dina. Pourquoi amener l'envoyé de Hjertrud ici ? Est-ce pour qu'il voie l'endroit ? Le traîneau dans le torrent ? Et quand il aura vu, se taira-t-il alors ?

Quand ils atteignirent le sommet au-dessus du ravin, là où Jacob et son traîneau avaient versé, Dina retint le cheval et dit :

« T'as été à Trondheim tout ce temps ? »

« Non. »

« Où t'as été alors ? T'as jamais envoyé un mot. »

Elle sauta du cheval et le laissa se promener comme il voulait. Léo suivit son exemple avant de lui répondre.

« Je croyais que j'allais reprendre la route du nord beaucoup plus tôt. »

« Et d'où ça ? »

« De Bergen. »

« Qu'est-ce que tu f'sais là, Léo ? T'as une veuve là aussi ? »

« Non, aucune veuve à Bergen. Aucune veuve à Trondheim. Aucune veuve à Arkhangelsk, seulement à Reinsnes. »

Elle ne répondit pas.

Lucifer hennissait, inquiet, revenait vers Dina. Posa son mufle dans ses cheveux.

« Pourquoi est-il si inquiet ? » demanda Léo.

« Il aime pas c't'endroit. »

« Ah ? Pourquoi ? Il a peur du bruit de la cascade ? »

« Le Jacob, il a versé ici. Le cheval et moi, on est restés sur le bord. »

Léo se retourna et la regarda avec insistance.

« Et ça fait presque dix ans, comme Benjamin l'a dit ? »

« Oui, l'cheval s'fait vieux. Va falloir m'en trouver un autre. »

« Cela a dû être – terrible... »

« C'était pas la joie », dit-elle brièvement en se penchant au-dessus du ravin.

« Tu tenais à Jacob ? » demanda-t-il après un moment.

« Tenais à lui ? »

« Oui, à ce que j'ai compris, il était beaucoup plus âgé que toi ? »

« Plus âgé que mon père. »

Il la regarda avec une expression de curiosité et d'étonnement jusqu'à ce qu'elle demande :

« À qui tient-on, parmi tous ceux qu'on rencontre ? Tu dois l'savoir, toi qui as tant voyagé ? »

« Il n'y en a que quelques-uns... »

« Toi, qui as la hardiesse de m'demander si je tenais au Jacob, tu peux bien me dire à qui tu as tenu, de tous ceux que tu as rencontrés. »

« Je tenais à ma mère. Mais elle est disparue. Elle ne s'est jamais adaptée à la Russie. Elle a toujours regretté Bergen. La mer, je pense… Et puis j'ai eu une épouse, quand j'avais une vingtaine d'années. Je l'ai perdue aussi. »

« Tu la vois quelquefois ? »

« Si par cela tu veux dire que je pense à elle… Oui, de temps en temps. Comme maintenant… puisque tu me demandes. Mais je ne tenais pas à elle comme j'aurais dû. Nos familles pensaient que nous étions de bons partis. J'étais seulement un étudiant en médecine irresponsable, qui se voulait progressiste et fréquentait les artistes et les riches charlatans à la cour du tzar. Je lisais et je buvais du vin… faisais des discours politiques, et… »

« Quel âge tu as ? »

« Trente-neuf ans, dit-il en souriant ; tu trouves ça vieux ? »

« C'est pas l'âge qui compte. »

Il riait très fort.

« T'es de famille noble ? T'avais accès à la cour ? » demanda-t-elle.

« J'ai essayé. »

« Pourquoi t'as pas réussi ? »

« Parce que Pouchkine est mort. »

« Celui avec les poèmes ? »

« Oui. »

« Pourquoi il est mort ? »

« Dans un duel. Une affaire de jalousie, dit-on. Mais il a été la victime d'intrigues politiques ; en vérité, la Russie est pourrie de l'intérieur. Cela nous atteint tous. Pouchkine était un grand artiste qui était entouré de gens médiocres. »

« À c'qu'on dit, il était un peu médiocre lui aussi », affirma-t-elle.

« On est tous médiocres quand il s'agit d'amour. »

Elle lui jeta un regard rapide et dit :

« Tu pourrais tirer sur quelqu'un par jalousie ? »

« Je ne sais pas. Peut-être… »

« Où a-t-il été touché ? »

« Au ventre... »

« Un mauvais endroit », dit-elle sèchement.

« Tu ne montres pas souvent de la commisération, Dina ? » dit-il avec une irritation subite.

« Comment ça ? »

« Pour une femme, tu supportes bien la souffrance et la mort. Quand tu parles de ton mari mort... de Niels... et maintenant de Pouchkine. C'est inhabituel. »

« J'connais pas ce Pouchkine. »

« Non, mais les autres... »

« Tu t'attendais à quoi ? »

« Un peu de compassion dans la voix d'une femme. »

« Mais ce sont les femmes qui s'occupent des morts. Les hommes s'couchent seulement et meurent. On peut pas pleurer sur l'imbécillité d'une blessure de duel au ventre. Du reste, les hommes chez nous terminent pas comme ça. Ils se noient. »

« Ou bien ils se pendent. Et les femmes du Nordland pleurent bien aussi. »

« C'est pas mon affaire. »

Ce n'était pas seulement par ses mots qu'elle paraissait cassante.

« Ta mère est morte aussi ? De mort violente ? » continua-t-il, sans se soucier de ce qu'elle avait dit.

Dina se baissa et ramassa une pierre d'une bonne grosseur. Elle rejeta le bras en arrière et la lança avec force dans le ravin.

« Elle a reçu sur elle des quantités de litres de lessive bouillante, affirma-t-elle sans le regarder. C'est pour ça que l'commissaire a fait détruire la buanderie à Fagernesset et qu'il préfère me voir à Reinsnes l'restant d'mes jours. »

Puis elle siffla le cheval en mettant deux doigts entre ses dents.

Léo restait les bras ballants. Quelque part dans ses yeux verts naissait tout à coup une infinie tendresse.

« J'avais compris qu'il y avait quelque chose... La scène avec ton père à Noël. Tu n'es pas très amie avec ton père, Dina ? »

« C'est lui qu'est pas ami avec Dina ! »

« C'est infantile de dire cela. »

« C'est quand même la vérité. »

« Raconte ton histoire. »

« Raconte la tienne d'abord », dit-elle, renfrognée. Mais cela vint un peu après :

« Qu'est-ce que t'aurais fait, si ça avait été ton enfant qu'avait touché la manivelle qu'a fait déverser toute la lessive ? Et qu'est-ce que t'aurais fait si ta femme était morte avant que t'aies eu le temps d'lui montrer un peu d'amour, après l'avoir tourmentée pendant des années ? »

Léo marcha vers elle. La prit dans ses bras. La serra contre lui. Et l'embrassa aveuglément et avec force.

La chute du torrent était comme un bruit d'orgues. Le ciel cachait le cheval. Jacob était seulement un ange. Car le nouvel envoyé de Hjertrud était là.

« Tu fais des marques dans tes livres, c'est pas joli », dit-elle tout à coup, pendant qu'ils chevauchaient dans la descente.

Il cacha très vite son étonnement et répondit :

« Tu espionnes les gens. Tu fouilles les sacs de voyage et les livres. »

« Oui, quand ils veulent pas raconter qui ils sont. »

« J'ai raconté... »

« Des histoires sur ce Pouchkine, que tu admires comme un dieu. Tu m'avais promis une traduction. »

« Tu l'auras. »

« Ça doit être juste le livre que tu m'as donné. »

« Ce n'était pas celui-là. Tu l'as pris ! C'était l'autre que je t'avais donné. »

« Tu avais deux livres pareils. Un avec des marques, et un sans. J'aimais mieux celui avec des marques. »

« Elle est bien informée », dit-il, comme s'il se parlait à lui-même.

Elle se retourna sur le dos du cheval et le regarda, taquine.

« Faut faire plus attention ! »

« Oui, dès maintenant. Ce livre en fait était important... » dit-il, mais il s'arrêta brusquement.

« À qui tu donnes des livres russes dans c'pays ? »

« À toi, par exemple. »

« J'ai pris le livre que je voulais. »

« Tu ne te gênes pas », dit-il sèchement.

« Non. »

« Pourquoi as-tu pris le livre avec des marques ? »

« Parce qu'il avait le plus d'importance pour toi ! »

Il ne dit plus rien. Elle l'avait épuisé.

« T'as l'autre livre avec toi ? »

« Non. »

« Où est-il alors ? »

« Une veuve l'a volé. »

« À Bergen ? »

« À Bergen. »

« Tu es fâché ? »

« Oui, je suis fâché. »

« Tu viendras dans la salle ce soir pour traduire ce que tu aimes le plus dans le livre de Pouchkine ? »

« Est-ce bien convenable ? »

Alors elle se mit à rire, tandis que son corps sautait sur le dos du cheval en descendant le chemin raide. Elle était à califourchon. Ses cuisses serraient avec fermeté et douceur les flancs du cheval, et ses hanches se balançaient au même rythme que l'animal.

L'homme aurait aimé que ce soit l'été. Sans tout ce froid. Alors, il aurait attaché le cheval à un arbre.

Le troisième jour, il s'en alla. Dina recommença à se promener pendant la nuit. Et le printemps arrivait péniblement.

Chapitre 5

Tu ne découvriras point la nudité de la femme de ton père. C'est la nudité de ton père.

(Lévitique, **18**, 8)

À Reinsnes, les femmes étaient semblables aux bateaux. Amarrées au même rivage. Mais suivant d'autres destinations quand le vent soufflait. Avec des chargements différents. Tenant la mer d'une autre manière.

Mais tandis que les bateaux avaient un capitaine, les femmes hissaient elles-mêmes la voile selon le vent. Apparemment n'en faisant qu'à leur tête et jouissant chacune d'une autorité particulière.

Certains croyaient que Stine avait le pouvoir de maîtriser le vent. D'autres que Dina était de connivence avec le Malin. Autrement, pourquoi passerait-elle des nuits d'hiver au clair de lune, en pelisse de loup, à boire du vin dans un pavillon d'été enseveli sous la neige ?

D'autres encore prétendaient qu'il y avait équilibre entre les forces du bien et les forces du mal à Reinsnes. Mais que ce serait une catastrophe le jour où Mère Karen disparaîtrait.

La vieille dame s'accrochait à la vie. Elle ressemblait à une écorce de bouleau claire et souple. La peau blanche tachée de brun. Ses cheveux étaient soigneusement mis en plis chaque jour par Stine. Lavés chaque semaine dans une décoction de genévrier, ils avaient toujours un reflet doré. Et ils étaient doux comme de la soie à peigner.

Son nez aquilin très marqué tenait le monocle en place. Elle lisait trois heures chaque jour. Les journaux, des livres, d'anciennes ou de nouvelles lettres.

Elle pensait qu'il était important, dans la vieillesse, de conserver toute sa tête.

Elle faisait sa sieste dans la bergère à oreillettes, un plaid lui recouvrant les genoux. Elle se couchait en même temps que les domestiques et se levait au chant du coq. Ses mauvaises jambes la faisaient souffrir. Mais elle n'en faisait aucun cas depuis qu'elle avait sa chambre derrière la salle à manger et n'avait plus à monter l'escalier.

Mère Karen avait été opposée aux projets de Dina d'agrandir et de rénover l'annexe. Mais comme Dina n'en démordait pas, et que les ouvriers étaient déjà sur place, elle changea d'avis.

L'annexe réparée et remise en état devint finalement un véritable bijou.

Le jour où les travaux se terminèrent et les affaires de Dina furent déménagées, Mère Karen traversa la cour pour venir tout examiner.

Elle avait décidé de faire peindre la maison en jaune ocre, avec les encadrements de fenêtres et les ornements en blanc.

Dina était d'accord. L'annexe serait jaune ocre ! Une grande maison blanche était suffisante. Et il ne fallait pas non plus que l'annexe ait l'air de faire partie des communs peints en brun rouge.

Ce qu'il y avait de mieux dans la maison, c'était la nouvelle véranda vitrée donnant sur la mer. Avec des têtes de dragons et des vitres colorées. Une porte à doubles battants et un perron aux larges marches. Où l'on pouvait s'asseoir, ou bien entrer et sortir sans être vu des autres bâtiments.

« Une véranda vitrée avec double porte sur le sud-ouest ! Ça veut dire pas mal de bois de chauffage et des courants d'air partout ! affirma Oline. Et les piédestaux avec fougères et buissons de roses survivront pas un jour d'hiver ! »

« La folie des grandeurs », dit le commissaire, de passage. La véranda vitrée s'accorde mal avec le toit recouvert de tourbe, pensait-il. Mais il souriait.

Anders prenait le parti de Dina. Il trouvait la maison agréable.

« Une véranda vitrée est de toute façon mieux qu'un

pavillon de jardin pendant l'hiver », dit-il en clignant de l'œil vers Dina. Ainsi, il osait mettre le doigt sur le point faible de Dina.

Mère Karen offrit ses plus belles boutures de géranium pour les nouvelles fenêtres du salon.

Le jour du déménagement, elle contemplait la merveille, assise dans le fauteuil à bascule. Elle ne fit jamais allusion à la mort de Niels dans l'annexe.

« Si Jacob avait pu voir ça, Dina ! Grand Dieu ! » s'écria-t-elle en frappant des mains.

« Le Jacob voit c'qu'il voit », dit Dina en versant du sherry dans deux petits verres.

Les hommes étaient partis, une fois le travail terminé, et les avaient laissées seules. Annette avait allumé le poêle. La fumée s'étalait doucement sur le toit, et s'en allait vers Sundet. Comme une petite motte de lichen sur l'immense surface du ciel.

« Non, maintenant il faut aller chercher Oline et Stine ! » dit la vieille dame.

Dina ouvrit la nouvelle fenêtre et appela à travers la cour. Elles furent là tout de suite. Quatre femmes sous les poutres de l'annexe. Oline jeta un coup d'œil vers le plafond d'où l'on avait décroché Niels.

« Ça sent autrement qu'avant dans la maison ? » dit-elle en faisant tourner le petit verre entre ses doigts robustes.

« Ça sent le bois neuf – et aussi un peu le poêle neuf », remarqua Stine.

« C'est un vrai miracle ! Un poêle blanc ! Y a sûrement personne dans toute la paroisse qu'a un poêle blanc ! » dit Oline avec fierté.

Dina avait fait attention à ne pas vider la salle de tous ses meubles. Elle avait refusé le lit à baldaquin. Johan pouvait le garder. Mais la table ovale et les chaises que Mère Karen avait apportées avec elle eurent la place d'honneur dans le salon. Cela allait bien avec la toile claire des murs et le vert d'eau des lambris. De même, le miroir et sa console, et le candélabre d'argent.

Elle commanderait de nouveaux meubles à Bergen pour les remplacer.

À Hanna et Benjamin elle avait fait miroiter qu'elle allait acheter un secrétaire avec un tiroir secret pour y mettre l'or, l'argent et les pierres précieuses.

Pour son propre usage, elle avait décidé de faire venir un bon et large lit de veuve.

La cuisine avait été équipée avec le strict nécessaire. Personne ne pensait que Dina aurait grand-chose à faire dans cette pièce, mais on ne le disait pas.

Les violoncelles étaient à leur place dans le salon. Tous les deux. D'un air menaçant, elle les avait transportés personnellement à travers la cour, par cette journée ensoleillée.

Quand son verre fut vidé, elle ouvrit la porte sur la véranda et s'y installa avec le violoncelle de Lorch entre les cuisses.

Le dos tourné aux autres, le visage vers la mer, elle joua des polonaises. Derrières les vitres colorées de la nouvelle véranda. Tandis que la mer se montrait rouge sang, jaune doré, bleu pâle ou verdâtre, selon le carreau à travers lequel elle regardait. Le monde changeait de couleur continuellement.

Dans le salon, les femmes de Reinsnes étaient assises sur des chaises, les mains jointes, écoutant. C'était la première fois qu'elles s'étaient libérées en même temps pour faire quelque chose ensemble.

Je suis Dina. Il traverse mes pièces nouvellement peintes. Il baisse la tête au-dessus de la table et écoute le violoncelle de Lorch. Il a un épi dans les cheveux sur le côté gauche, tellement prononcé que tous ses cheveux ont l'air de jaillir de cet unique point, pour ensuite se répandre en vagues brunes sur toute la tête. Ses cheveux sont comme l'eau d'un glacier transformée en fils de soie dans sa route vers la mer. Ils éclaboussent mes yeux.

Léo!

Il est comme les vieilles pensées qui reviennent constamment. Comme d'être à l'extérieur de l'étable à Helle et de chauffer ses pieds nus dans des bouses de vache chaudes tard dans l'automne. Quand il traverse la pièce, je m'étonne de pouvoir bouger, dire des mots, sentir le vent dans mes cheveux. Ou placer un pied devant l'autre. D'où vient la force? D'où vient toute cette sève, toute cette humidité? Tout ce qui est frais au début mais finit par devenir dégoûtant, gluant et puant. Et la pierre? Qui a donné à la pierre cette puissance irrésistible? Celle de rester là, toujours. Et les répé-

titions. *Qui a décidé de toutes ces répétitions ? Les sons qui se répètent tout le temps suivant le même modèle. Les colonnes interminables de chiffres en règle. Et les mouvements de l'aurore boréale dans le ciel ! Toujours dans un circuit que je ne comprends pas. Mais il y a un système. Qui est un mystère. Je suis prise d'un étonnement plus facile à supporter quand l'homme à l'épi est chez moi. Il les chasse tous. Car il a vu le précipice. Il connaît l'histoire de Hjertrud. Et il a quand même parlé.*

Reviendra-t-il ?

Qui suis-je ? Moi qui pense ces pensées ? Suis-je Dina ? Qui fait ce qu'elle veut ?

On entendait le violoncelle de Lorch venir de l'annexe pendant la nuit. Dina commençait à se ratatiner comme une vieille pomme de terre prise par le gel.

Oline fut la première à s'en apercevoir, avec ses yeux de lynx. Elle le dit carrément : c'était la malédiction qui pesait sur elle, car elle habitait la maison de la mort. Personne ne pouvait, sans en être puni, habiter sous de telles poutres. Il ne suffisait pas de camoufler un tel péché avec de la toile, de la tapisserie et de la peinture. Il y restait imprégné à tout jamais. Amen.

Mais tout le monde vit aussi que la malédiction avait eu un autre effet sur Dina. Elle s'était mise à travailler comme un journalier. Elle se levait à l'aube. Et bien après minuit, on pouvait encore voir des ombres derrière les fenêtres et entendre de la musique venant de la véranda vitrée.

Tomas était enchaîné aux besognes quotidiennes de Reinsnes. L'odeur de Dina lui parvenait à travers les tonneaux de harengs, la fabrication de l'huile de foie de morue et les fournées de pain d'Oline. Il bénissait le jour où le Russe était parti et où Dina s'était mise à travailler comme une bête.

Tomas la sentait, voyait ses hanches, s'étonnait de la minceur de ses poignets. Du manque d'éclat de sa chevelure.

Elle ne voulait même plus l'emmener dans ses chevauchées. Elle avait cessé de jouer. Son regard était devenu aussi aigu que celui d'un chef de pêche. Et sa voix rare, mais inévitable comme un coup de tonnerre.

Quand elle avait déménagé dans l'annexe, il s'était attendu à ce qu'elle le fasse venir.

On ne pouvait voir la porte de sa véranda que de la mer.

Un jour, il arriva une lettre cachetée de cire. Pour Johan.

C'était un jour de printemps, plein d'agitation et de cris de mouettes, parce qu'il y avait là tous ceux qui devaient aider à remettre le caboteur à flot pour le voyage à Bergen.

Au milieu de tout ce vacarme, Johan était resté dans la boutique, la lettre à la main. Il n'y avait personne juste à ce moment-là. Il ouvrit donc la lettre. Elle lui annonçait qu'il avait enfin obtenu une cure. Dans un endroit perdu sur la côte du Helgeland.

Il sortit entre les entrepôts. Embrassa du regard les quais, les communs, la grande maison, l'annexe qu'on commençait à appeler la maison de Dina. Écouta le bruit venant du bord de mer, où les gens étaient occupés au renflouement. Les métayers, les enfants, des visiteurs venus par hasard. Pour aider ou pour regarder. Anders et le capitaine dirigeaient les opérations. Leurs voix étaient pleines d'autorité.

Les champs étaient devenus verts aussi haut qu'on pouvait le voir vers le petit bois et la montagne. La baie bleu-vert et les montagnes derrière une brume de beau temps.

Fallait-il quitter tout cela ?

Au moment même où il se retournait vers la grande maison, dont les fenêtres de la salle scintillaient comme des yeux, Dina descendait l'allée vers lui, en blouse rouge sang et les cheveux au vent.

Ses yeux se remplirent de larmes tout à coup, et il dut se retourner pour le cacher.

Cette lettre qu'il n'osait presque plus espérer, il la ressentait brusquement comme une sentence.

« T'es là à broyer du noir ? » demanda-t-elle, s'approchant.

« On m'offre une cure », dit-il d'une voix blanche en essayant de capter son regard.

« Et où ? »

Il nomma l'endroit et lui tendit la lettre. Elle se mit à la lire lentement, puis la replia et le regarda.

« T'es pas obligé d'accepter », dit-elle seulement en lui rendant la feuille.

Elle l'avait deviné. Elle avait compris tous les signes qu'il avait donnés. Signes dont il était presque inconscient lui-même.

« Mais je ne peux quand même pas rester comme ça ici ? »

« On a besoin de toi », dit-elle brièvement.

Leurs yeux se rencontrèrent. Elle, exigeante. Lui, incertain. Plein de questions auxquelles elle ne répondait pas.

« Les enfants ont besoin d'un instituteur », continua-t-elle.

« Mais ce n'était pas ça que ma mère voulait... »

« Ta mère pouvait pas prédire l'avenir. Elle savait pas qui aurait besoin de toi. Elle voulait seulement que tu deviennes quelqu'un. »

« Tu ne crois pas qu'elle serait déçue ? »

« Non. »

« Mais enfin toi, Dina ? Un pasteur sans paroisse ? »

« Un pasteur peut toujours servir, dit-elle avec un petit rire. Du reste, cette paroisse qu'on t'a donnée, elle est si p'tite que c'en est un affront », ajouta-t-elle.

Plus tard dans la journée, Dina était occupée à contrôler les listes d'équipements pour Bergen. Elle allait et venait sur les quais, complétait les manques.

C'est alors que Jacob sortit du mur, sans vêtements. Il avait son gros membre en érection, devant lui comme une lance.

Elle se moqua de lui parce qu'il s'offrait. Mais il s'entêta et resta là, à la tenter.

Avait-elle oublié comment il était, le vieux Jacob ? Avait-elle oublié comment il savait se glisser si délicieusement jusqu'au plus profond d'elle-même qu'il arrivait à lui faire mordre les draps tant le désir lui arrachait des cris ? Avait-elle oublié comment il la caressait ? De quelle manière ce Russe bavard, qui allait et venait comme une bouée à la dérive, pouvait-il concurrencer le membre en érection de Jacob ? Pouvait-elle le dire ? Pouvait-elle prouver que le Russe était mieux équipé ? Ou qu'il avait les mains plus douces que Jacob ?

Elle avait le corps en effervescence.

« Qui donc es-tu, qui attends un avorton qui ne sait pas s'il va aller à Arkhangelsk ou à Bergen ? » disait Jacob avec mépris.

Son membre avait pris de telles proportions qu'il envahissait les listes de marchandises. Les papiers tremblaient dans sa main.

Je suis Dina. Johan entre dans l'eau avec moi. On se laisse flotter. Mais il ne le sait pas. Je flotte. Parce que Hjertrud me tient. On châtie ainsi Jacob. On châtie Barabbas.

Le même soir, sous prétexte de discuter de Reinsnes et de l'avenir de Johan, elle alla chercher une bouteille de vin et invita Johan dans la véranda vitrée en plein soleil de minuit.

Elle voulait lui faire visiter la maison, lui montrer comment elle s'était installée.

La chambre donnant sur la mer, là où elle dormait, il fallait absolument qu'il la voie.

Il la suivit. D'abord il ne savait pas comment la repousser sans la vexer. Parce qu'il n'était pas certain qu'elle avait les mêmes pensées que lui... Dina était si directe. Elle faisait les choses les plus inconvenantes au grand jour. Comme de montrer sa chambre à coucher à son beau-fils. Toute seule. Comme de venir si près de lui qu'il ne savait plus où se mettre. Il en oubliait de prononcer les mots les plus simples.

Elle le captura comme un oiseau avec lequel un chat s'amuse après l'avoir à moitié assommé. Le tint quelques instants entre ses griffes. Le fit chanceler entre les rideaux de dentelle et le lit. Et s'approcha de plus en plus. Pour finalement l'attraper.

« Dina ! Non, Dina ! » dit-il fermement.

Elle ne répondit rien. Tendit l'oreille seulement un instant vers la cour. Puis elle lui ferma la bouche avec avidité.

Jacob sortit du mur pour essayer de sauver son fils. Mais c'était trop tard.

Il avait hérité de Jacob son outil. Bien qu'il fût plus gringalet de carrure.

Son membre se dressa étonnement puissant. D'une belle forme et strié de veines bleues. Comme un filet destiné à retenir une explosion.

Elle le guida.

Il n'avait pas grand-chose à lui offrir. Sinon un membre de belle taille. Dès qu'elle l'eut déshabillé, il se fit un grand vide dans son âme. Qu'il essaya de dissimuler, et pour elle et pour lui. Avec gêne. Mais il était doué. Il ne tenait pas seulement de Jacob, mais du vieil Adam. Quand il s'était enfin laissé prendre.

Après, il resta allongé dans la lumière changeante qui filtrait à travers les rideaux blancs, reprenant sa respiration et conscient d'avoir trahi son Dieu, sa vocation et son père ! Et il se sentait planer, sans poids, comme un aigle au-dessus de la mer.

Il se laissa d'abord submerger par la honte, parce qu'il s'était laissé aller à ce point. Il s'était vidé non seulement en elle, mais sur elle, il était à moitié nu et dans un piteux état. Et il n'arrivait pas à reprendre son souffle.

Il se rendit compte, en la regardant, qu'il devait seul en prendre la responsabilité. Et finalement, il comprit sa nostalgie ardente du pays, pendant toutes ces années passées à Copenhague, et pourquoi il n'avait pas osé rentrer.

Elle était assise en chemise et les cuisses nues, en train de fumer un gros cigare, et le regardait en souriant. Puis elle commença tranquillement à lui raconter la première fois où elle avait couché avec Jacob.

Tout d'abord, Johan se sentit écœuré et mal à l'aise. Tout était si irréel. Les mots qu'elle employait. La manière dont elle parlait de son père. Petit à petit l'histoire l'excita. Cela faisait de lui un voyeur qui regardait son père par le trou de la serrure.

« Pour toi, c'est du temps perdu que de devenir pasteur », dit-elle en se renversant dans le lit.

Furieux, il l'attrapa. Lui tira les cheveux. Tordit sa chemise. Lui griffa le bras.

Elle l'attira alors vers elle – et enfouissant son visage entre ses seins elle se mit à le bercer. Elle ne dit plus rien. Il était dans son élément. Ça ne pouvait guère être pire.

Le pire était arrivé – c'était irréversible.

Il ne sortit pas par la porte de derrière, quand il la quitta enfin. Bien que tout le monde soit encore éveillé et qu'on puisse le voir. Dina était formelle.

« Celui qui passe par-derrière a quelque chose à cacher. T'as rien à cacher. Mets-toi ça dans la tête. T'as l'droit d'aller et venir chez moi quand ça m'chante. C'est nous les propriétaires de Reinsnes. »

Il était comme un naufragé nu qui aurait gagné une côte recouverte de pierres tranchantes.

Le soleil s'était déjà baigné dans la mer. Maintenant il remontait le long des champs.

Johan ne comprenait pas les enfants. Il n'en avait connu aucun.

Le fait qu'il n'avait aucune expérience était une chose. Mais il n'arrivait pas à capter leur attention à temps.

Ils étaient continuellement en mouvement. Avant qu'on ait eu le temps de se retourner, ils étaient déjà ailleurs, au propre et au figuré. Et hors d'atteinte.

Johan trouvait que son enseignement donnait peu de résultats.

Benjamin trouva vite comment distraire l'attention du maître et agiter Hanna. Ou bien la faire rire.

Ils étaient installés à la table du salon et n'apprenaient pas grand-chose, à part l'art de l'intrigue et des signes secrets.

Ce n'était qu'échanges de clins d'œil, impertinences et agitation.

Ils peinaient sur le catéchisme et les commandements.

« Tu ne convoiteras point la femme de ton prochain. Et tu ne convoiteras point la maison de ton prochain, ni son serviteur, ni sa servante, ni son bœuf, ni son âne, ni aucune chose qui appartienne à ton prochain », psalmodiait Hanna de sa voix aiguë – le doigt glissant le long des rangées de lettres.

« Pourquoi t'as ni femme ni biens, Johan ? » demanda Benjamin dès qu'Hanna s'arrêta pour reprendre sa respiration.

« Je n'ai pas de femme, mais j'ai des biens », répondit-il sèchement.

« Où ils sont tes biens, Johan ? »

« Je possède Reinsnes », dit Johan absent, faisant signe de continuer à lire.

« Non, Reinsnes, c'est à Dina », affirma le petit garçon.

« Oui, Reinsnes est à Dina et à moi », corrigea Johan.

« Vous êtes pas mariés ! »

« Non, elle était mariée avec Jacob, qui était mon père et le tien. »

« Mais elle est pas ta mère, la Dina ? »

« Non, mais on a Reinsnes ensemble et c'est nous qui décidons. »

« J't'ai encore jamais vu décider quelque chose à Reinsnes », dit l'enfant laconiquement en fermant le catéchisme d'un coup sec.

Johan lui avait allongé une gifle avant même de s'en rendre compte. Un trait rouge apparut sur la joue de Benjamin. Ses yeux devinrent deux boutons noirs.

« J'te rendrai ça ! » siffla-t-il en se précipitant sur la porte. Hanna glissa de sa chaise et le suivit comme une ombre.

Johan resta debout derrière sa chaise, la main droite à demi ouverte, encore cuisante.

Johan se rendait compte que cela ne pouvait pas durer. Il ressortit la lettre avec le cachet royal et réfléchit à sa situation avec dépit.

Il avait subi les regards et les questions des uns et des autres, s'il n'y avait toujours pas de poste vacant, ou bien s'il arrivait à tuer le temps à Reinsnes. Lui qui avait passé des examens et avait si bon entendement.

Le commissaire avait tout bonnement déclaré que de s'installer comme précepteur chez sa belle-mère n'était pas la place d'un homme adulte et de bonne famille. Et Johan s'était recroquevillé, sans répondre. Le fils d'Ingeborg et de Jacob n'avait jamais appris à se défendre.

Johan écrivit qu'il acceptait la cure. Il fit attention de ne pas avoir à aller au bureau, ou à se retrouver seul avec Dina.

Les derniers jours et la veille du départ, Dina et Johan restèrent étrangers l'un à l'autre. Il alla vers la porte et marmonna que les adieux seraient pour le lendemain. Anders et Mère Karen étaient désemparés. Sa décision d'accepter la cure était arrivée trop brusquement. L'air était dense.

Stine se leva et alla vers l'homme pâle, habillé de noir, prit sa main dans les deux siennes et lui fit une profonde révérence.

Johan, ému, se retourna et sortit.

Dina se leva vite et le suivit sans souhaiter bonne nuit à personne. Elle le rejoignit à la moitié de l'escalier. En un éclair, elle le retint par ses vêtements.

« Johan ! »

« Oui. »

« J'crois bien qu'on a quelque chose à se dire. »

« Ça se peut. »

« Viens avec moi ! »

« Non », murmura-t-il en regardant les murs autour de lui, comme s'ils pouvaient l'entendre.

« Johan... » appela-t-elle.

« Dina, c'était un tel péché... »

Il mit un pied devant l'autre. Monta l'escalier. Une fois en haut il se retourna et la regarda. Il était trempé de sueur. Mais sauvé.

Par la suite elle resta pour lui la pécheresse sacrée. Le symbole de tous ses désirs. Elle pouvait rester à Reinsnes et tout prendre en main tandis que lui irait servir le Seigneur comme sa mère l'avait désiré. Il emmènerait avec lui son péché et ferait pénitence. Mais elle était si vulgaire dans sa sensualité, si dépravée, sans penser qu'elle aurait dû remplacer sa mère, qu'il se trouvait une excuse. Peut-être le Tout-Puissant comprenait-il que la résistance d'un homme avait ses limites.

Ils le virent partir par le vapeur le lendemain. Dina l'accompagna aussi jusqu'à la barque. Ce qui était une exception. D'une certaine façon, elle se conduisait comme s'il était un visiteur de passage.

Johan monta dans la barque et souleva son chapeau en signe d'adieu. Puis Peter, le commis de la boutique, largua les amarres.

Benjamin devait frapper quand il allait voir Dina. C'est Stine qui le lui avait dit. Les premiers soirs après que Dina eut déménagé dans sa maison, il pleurait et ne voulait pas s'endormir. Il mettait tout en œuvre et déployait tout son charme pour exploiter tour à tour les femmes qui restaient dans la maison. Commençait par Stine, qui voyait clair dans son jeu et le mettait au pas par un seul regard.

Puis il s'accrochait aux genoux de Mère Karen. Elle était sa grand-mère. Pas vrai ? Elle était seulement sa grand-mère à lui ! Pas celle d'Hanna. Seulement la sienne. Ainsi il arrivait à faire pleurer Hanna, parce que Mère Karen était sa propriété privée. Avec la poignée en argent de sa canne, son chignon, son col de dentelle, sa broche et tout. Et Hanna comprenait une fois de plus que sa position dans la maison dépendait du bon vouloir des autres, qui ne devaient pas se poser trop de questions sur qui elle était et quels droits elle avait.

Mère Karen gronda Benjamin, mais convint qu'elle était la grand-mère d'Hanna seulement pour rire.

Enfin venait le tour d'Oline. Elle ne se laissait pas manipuler par des histoires de liens familiaux, mais elle se laissait charmer jusqu'à en oublier ses bonnes intentions. Le résultat était que l'on pouvait rester à la cuisine à boire du thé au miel, bien après l'heure où l'on aurait dû être au lit. Si on se déplaçait silencieusement et nu-pieds, et si, en écoutant à la porte, on s'était assuré qu'Oline était seule, on avait le champ libre n'importe quand.

Tomas offrait aussi des possibilités. Mais cela devait coïncider avec l'heure où il donnait à manger aux bêtes. Car Tomas était un peu partout et n'était pas facile à atteindre. Il lui arrivait de regarder Tomas avec de grands yeux graves et de lui demander gentiment de monter sur le cheval pendant qu'on l'attelait ou qu'on l'emmenait aux champs. Si ce n'était pas encore suffisant, il pouvait toujours rester en glissant sa main dans la grosse patte de Tomas.

Benjamin avait pris l'habitude de monter sur une chaise et d'ouvrir la fenêtre qui donnait sur l'annexe. Grimpé sur le rebord, il restait là à contempler les fenêtres de Dina.

Stine finissait toujours par arriver, le faisait descendre sur le plancher et refermait la fenêtre. Sans un mot.

« J'voulais seulement parler un peu à la Dina », disait-il misérablement en voulant regrimper.

« La Dina n'parle pas aux enfants quand il est si tard », disait Stine en le mettant au lit.

Et finalement il se sentait trop fatigué pour se mettre en colère. Il pleurnichait seulement un peu et restait tranquille pendant qu'elle disait la prière du soir et le bordait.

Et la nuit n'était que lumière et cris de mouettes. Et il restait seul avec les lutins et les gnomes. Il devait se forcer à entrer dans le sommeil pour leur échapper.

Chapitre 6

Sur ma couche, pendant les nuits, j'ai cherché celui que mon cœur aime; je l'ai cherché et je ne l'ai point trouvé...

Je me lèverai, et je ferai le tour de la ville, dans les rues et sur les places; je chercherai celui que mon cœur aime...

Je l'ai cherché et je ne l'ai point trouvé.

(Cantique des Cantiques, **3**, 1 et 2)

La lumière gênait Dina plus que d'habitude cette année-là. On l'entendait aller et venir. Comme un animal.

Cela commença après le départ de Léo.

Un événement particulier lui fit comprendre que Léo ne reviendrait pas cet été-là. Un chalutier russe avait mouillé au large de Sundet. Le patron et le capitaine étaient allés à terre avec quelques marchandises. Ils avaient avec eux des caisses et des tonneaux que l'on croyait être destinés à la vente ou au troc. Or, c'étaient des cadeaux envoyés par un ami anonyme.

Pour Dina, l'expéditeur ne faisait aucun doute, et il envoyait des cadeaux parce qu'il ne venait pas.

Il y avait de beaux cordages pour Anders et une grosse caisse de livres en allemand pour Mère Karen. Pour Oline, un col d'élégante dentelle française. Dans un rouleau de cuir portant le nom de Dina il y avait des cahiers de musique pour violoncelle et piano. Des chansons folkloriques russes, et du Beethoven.

Dina s'enferma et abandonna les marins russes à Mère Karen et à Anders.

Mais les Russes se plaisaient tant qu'ils restèrent. Le capitaine parlait une sorte de norvégien, racontait des histoires et posait des questions.

Il était au courant de la politique et du commerce dans le nord et dans l'est. Il y avait des problèmes entre la Russie et l'Angleterre. Et la Turquie donc ? Il y avait du reste depuis longtemps des incidents avec ces Turcs. Mais il ne pouvait pas expliquer de quoi il s'agissait.

Anders avait entendu dire que le tzar russe était tyrannique vis-à-vis des Turcs.

« On peut quand même pas faire c'qu'on veut, même si on est tzar », affirma-t-il.

Le deuxième soir, Dina vint manger avec eux. Elle leur joua au piano quelques-uns des morceaux. Les Russes chantaient à tue-tête. Et le punch se laissait boire facilement.

Le capitaine avait un puissant visage barbu et des yeux vifs. Il n'était plus très jeune, mais vigoureux. Il avait des oreilles étonnement grandes, qui débordaient inévitablement du fouillis de cheveux et de barbe. Ses mains se servaient des couverts et des verres comme d'un service de poupée.

Ce fut en fin de compte une soirée fort animée. La fumée de cigare remplissait le salon longtemps après que Mère Karen fut allée se coucher.

Les mouettes criaient à travers les fenêtres ouvertes. Et la lumière se posait, légère comme des plumes, sur le drap grossier des vareuses. Révélait la peau tannée des marins, jouait sur les joues dorées de Stine et ses yeux noirs. Sautait sur les mains de Dina quand elles couraient sur les touches. Et caressait l'anneau d'or de Jacob que Dina portait au médius gauche.

Les eiders de Stine écoutaient les voix et le bruit des verres venant de l'intérieur, la tête penchée, les yeux brillants et le duvet frémissant. C'était en mai et le ciel d'été venait de naître.

Dina essaya de faire parler les Russes pour savoir d'où les cadeaux de Léo avaient été embarqués. Mais aucun d'eux ne semblait comprendre. Elle essaya plusieurs fois.

Finalement, le capitaine raconta que les cadeaux étaient venus à bord à Hammerfest. Venant d'un autre chalutier qui s'en allait vers l'est. Personne ne pouvait dire qui en était l'expéditeur. Mais on leur avait bien expliqué où les marchandises devaient être débarquées. Et on leur avait assuré qu'ils seraient royalement reçus !

Le nouveau gérant de la boutique approuvait avec enthousiasme. C'était un homme maigre et légèrement chauve, d'environ trente ans. Un peu voûté et le regard fixé sur deux choses différentes en même temps. Il portait un monocle et une chaîne de montre sans montre. Maintenant, après un bon repas et trois punchs, le polisson se montrait sous un jour inconnu. Il riait !

Et il se mit tout à coup à raconter l'histoire d'un commerçant de Brême qui avait remarqué que les Russes emportaient avec eux de grandes quantités de crucifix, faits de bois ordinaire coloré et dont le Christ était fait de laiton formé au tour. Ils les apportaient quand ils venaient avec leurs chalutiers.

L'année suivante, il avait dans sa boutique un coffre rempli d'images semblables, espérant faire de bonnes affaires. Mais les Russes n'en voulurent pas. Quand il en demanda la raison, on lui expliqua que le Christ penchait la tête vers la gauche et était imberbe comme un enfant ! Les Russes n'acceptaient pas ce Christ blasphématoire venant d'Allemagne. Il ne pouvait être d'aucune aide à un marin russe. Le commerçant avait cependant plusieurs tours dans son sac. Il s'adressa immédiatement aux gens du Nordland qui crurent faire une très bonne affaire quand il leur proposa les crucifix à moitié prix. Ils étaient assez bons luthériens pour ne pas avoir besoin d'un Christ barbu. Et très vite, ce crucifix se retrouva dans chaque maison le long de la côte.

Tout le monde rit de bon cœur. Anders croyait en avoir observé un ou deux au passage. L'histoire pouvait donc être vraie.

Le capitaine russe avait une autre expérience du commerce avec les gens du Nordland. Toute barbe mise à part.

On porta un toast aux relations commerciales et à l'hospitalité. Ensuite ils portèrent un toast à l'orge qui pousse sur la presqu'île de Kola, qui est d'une qualité spéciale et mûrit plus vite qu'ailleurs.

Petit à petit, la compagnie se mit en route pour aller voir le soleil de minuit. Il était coincé dans le précipice – là où Jacob avait perdu la vie.

Dina essaya encore une fois de questionner le capitaine qui parlait un peu norvégien sur Léo.

Mais l'homme secouait la tête pour s'excuser.

Elle donna un coup de pied dans une pierre, au passage, lissa sa jupe d'un mouvement irrité et lui demanda de saluer Léo et de lui dire qu'on l'attendait avant Noël. S'il ne venait pas, ses cadeaux n'avaient aucune valeur.

Le capitaine s'arrêta et lui prit la main.

« Patience. Dina de Reinsnes. Patience ! »

Sur ce, Dina souhaita bonne nuit. Elle alla à l'écurie détacher Lucifer. Il était de mauvaise humeur.

Elle trouva un morceau de ficelle pour attacher ses jupes, sauta sur le cheval et monta lentement vers le bois de bouleaux. Elle se servit de la pointe de sa botte sur le flanc de l'animal. Lucifer tendit le col et se mit à hennir. Puis sa crinière se déploya au vent de printemps. Ils volaient.

Debout sur les rochers nus de l'embarcadère, les marins russes regardaient la maîtresse de Reinsnes. Elle était plus russe que leurs femmes russes, prétendait le capitaine en se lissant la barbe. Elle est un peu trop hommasse, pensait le patron. Elle fume le cigare et se tient comme un gars !

« Mais elle a de jolis ongles roses », dit l'officier en second avec un rot sonore.

Puis ils entrèrent dans leur barque et ramèrent vers le lourd chalutier. Il était là, à se rengorger sur une mer d'huile.

Les chants à plusieurs voix remplissaient l'air et portaient loin. Rythmés, plaintifs et étranges. Presque tendres. Comme s'ils s'adressaient à un enfant.

Tout fut décidé pendant cette nuit de mai. Elle irait à Bergen avec le caboteur. Une fois cette décision prise, la nuit pouvait servir à dormir.

Elle fit faire demi-tour au cheval et rentra.

Les tourbières se préparaient à fleurir. Les feuilles en oreilles de souris avaient éclos sur les bouleaux le long du torrent.

Une mince fumée montait du côté de la cuisine dans la grande maison. Oline était donc sur pied et préparait le petit-déjeuner pour les journaliers.

Jacob se montra quand elle était en train de retirer ses bottes. Se souvenant du voyage qu'ils avaient fait ensemble à Bergen. De la chevauchée dans le lit à Helgeland, au retour.

Mais Jacob était anxieux de ce voyage. Car il y avait des hommes à Bergen. Des hommes tout le long de la côte. Des hommes et toujours des hommes.

Quand l'armement du caboteur fut terminé, Dina déclara qu'elle partait avec eux.

Mère Karen exprima son effarement à cette nouvelle, juste trois jours avant le départ.

« C'est imprudent de tout laisser comme ça subitement, chère Dina ! Le gérant de la boutique n'a pas assez d'expérience pour prendre la responsabilité de la comptabilité et des marchandises. Qui va surveiller la fenaison et l'étable, quand Tomas sera parti ? »

« Un homme qui peut traverser les montagnes chaque samedi pour aller voir son père, et revenir chaque dimanche, par tous les temps, est capable d'être responsable de choses inanimées sur les étagères et dans les placards. Quant au Tomas... il sera pas du voyage. »

« Mais Dina, il ne parle que de ça ces derniers temps. »

« Ce s'ra comme j'ai dit. Si je pars, on a d'autant plus besoin d'Tomas ici. Il reste ! »

« Mais pourquoi tant de hâte à aller à Bergen ? Pourquoi ne l'as-tu pas dit avant ? »

« Tout m'étouffe ! » dit Dina irritée, voulant s'en aller.

Dina avait été appelée chez Mère Karen. La vieille dame était assise près de la fenêtre dans la douce lumière du soir. Mais elle ne semblait pas en être influencée.

« Tu as eu trop à faire. Tu as besoin de journées plus tranquilles. Cela je le comprends... Mais un voyage à Bergen n'est pas un voyage de plaisance. Tu le sais bien. »

« J'peux pas rester à pourrir à Reinsnes ! Année après année ! Il faut que j'voie autre chose ! »

Les mots sortaient comme des cris saccadés. Comme si elle venait juste de se rendre compte de sa situation.

« J'ai bien vu que quelque chose n'allait pas... mais à un tel point... je ne savais pas. »

Dina hésitait à prendre la porte. Restait là, comme sur des charbons ardents.

« Tu as beaucoup voyagé dans ta jeunesse, Mère Karen ? »

« Oui. »

« Est-ce que c'est juste que j'sois condamnée à rester là toute ma vie ? Faut que j'suive ma volonté, autrement j'deviendrai dangereuse. Tu le comprends ? »

« Je comprends que tu trouves que la vie ne t'apporte pas grand-chose. Peut-être devrais-tu te trouver un mari ? Aller un peu plus souvent en visite à Strandstedet ? Chez le commissaire ? Chez des relations à Tjelsund ? »

« Y a pas grand-chose à trouver là. C'est pas dans les buissons de Tjelsund ou de Kvæfjord qu'on peut trouver à ramener une bonne ébauche d'homme ! lança Dina avec sécheresse. Mère Karen elle-même est restée veuve tout le temps qu'elle a passé ici. »

« Oui, mais je n'étais pas propriétaire d'une ferme, d'une auberge et de caboteurs. Je n'avais pas la responsabilité de tant de gens, de bétail et d'affaires. »

« J'vais pas m'promener le long de la côte pour trouver quelqu'un avec qui m'disputer sur la manière de faire, tant qu'il y a assez de monde ici. Je pars plutôt pour m'amuser... »

« Mais tu t'es décidée si brusquement, Dina... »

« Faut s'lancer, avant de commencer à douter », dit-elle.

Puis elle disparut.

Tomas avait fait sa malle. Il n'était jamais sorti de la paroisse. Son corps était aiguillonné par toutes les impatiences. C'était comme d'être couché sur un buisson de genévrier.

Il avait parlé de son voyage aux gens qui venaient à la boutique. Il était allé chez lui à Helle et avait reçu la bénédiction de ses parents et un trousseau de ses sœurs. Oline et Stine, chacune de leur côté, avaient fait en sorte que sa malle fût pleine de bonnes choses. Il était en train d'étriller les chevaux et d'instruire le garçon d'écurie des habitudes et des consignes.

C'est alors que Dina fit son entrée dans l'écurie.

Elle resta un moment à regarder, puis dit avec amabilité :

« Quand t'auras terminé, tu pourras venir sur la véranda prendre un verre de sirop de framboise, Tomas. »

« Bien, merci ! » dit Tomas en laissant tomber l'étrille. Le garçon d'écurie clignait des yeux vers lui. Plein de respect à l'idée qu'on puisse être invité sur la véranda vitrée de Dina.

Tomas allait au-devant de ce qu'il croyait être une approbation. Un rendez-vous. Mais qui se résuma en quelques phrases brèves lui enjoignant de ne pas partir, parce qu'on avait besoin de lui ici.

« Mais Dina ! Comment ça peut s'faire, maintenant que tout est organisé, que j'ai distribué les tâches et engagé un nouveau garçon qui servira à l'écurie et à l'étable ? Et mon père qui va v'nir aider aux foins, et le Karl Olsa qui vient d'la métairie de Nesset avec ses deux fils et fait bien plus que ce qu'il doit. J'comprends pas ! »

« Y a rien à comprendre ! coupa-t-elle. C'est moi qui vais partir. Alors faut que tu restes ! »

Tomas était assis sur une chaise près des portes grandes ouvertes de la véranda, un verre de sirop de framboise à moitié bu sur la table devant lui.

Le soleil le frappait en plein visage. Il sentait la sueur couler sous sa grossière chemise.

Alors il se leva. Prit son bonnet et repoussa le verre au milieu de la table.

« Ah bon, la Dina va partir en voyage ! Et c'est pour ça que l'Tomas peut pas partir ? Depuis quand l'est indispensable, le Tomas ? Si c'est permis de demander ? »

« L'Tomas est loin d'être indispensable », dit Dina tout bas. Elle se leva aussi. Le dépassant d'une tête.

« Qu'est-ce que tu veux dire ? Alors pourquoi... »

« C'est seulement ceux qui font ce qu'ils doivent, qui sont indispensables ! » dit-elle avec force.

Tomas lui tourna le dos. Il partit. Passa la porte. Descendit les marches du perron. En se tenant à la rampe peinte en blanc, avec des barreaux jaune ocre. Comme si c'était un ennemi qu'il voulait supprimer. Puis il alla droit vers les communs, s'assit sur son lit et réfléchit à la situation. Il voulait prendre son sac, sa malle et tout le bataclan et aller à Strandstedet trouver du travail. Mais qui voudrait d'un homme qui avait fui Reinsnes sans aucune raison ?

Il alla faire une courte visite dans la cuisine d'Oline. Elle était déjà au courant. Elle ne posa aucune question. Lui prépara seulement un grog corsé au beau milieu de la journée. L'homme aux yeux pairs n'avait pas bonne mine.

Après qu'il fut resté le temps qu'il fallait pour mélanger une pâte à brioche, sans avoir prononcé un mot, Oline finit par dire :

« Pour un rouquin, j'dois dire que t'es quelqu'un de patient et de sage. »

Il leva les yeux vers elle. Pleins de désespoir. Malgré cela il se mit à rire. Un rire amer venant du plus profond de ses entrailles.

« La Dina, elle a tout d'un coup trouvé bon d'partir à Bergen, et alors j'peux pas être du voyage ! Oline l'a entendu dire ? »

« Oui, Oline a entendu dire beaucoup d'choses ces temps-ci... »

« Tu peux m'dire c'qui se passe ? » dit-il sombrement.

« La Dina a entrepris d's'attaquer au Tomas, maintenant que l'Niels n'est plus là. »

Tomas pâlit brusquement. La cuisine devenait un endroit intenable. Il remercia et partit. Mais pas pour Strandstedet.

Tomas était au bois le jour où le caboteur leva l'ancre.

Chapitre 7

J'ai ouvert à mon bien-aimé; mais mon bien-aimé s'en est allé, il avait disparu. J'étais hors de moi, quand il me parlait. Je l'ai cherché, et je ne l'ai point trouvé; je l'ai appelé, et il ne m'a point répondu.

(Cantique des Cantiques, 5, 6)

Tout le monde parlait de la guerre. Elle était tout à coup venue jusqu'aux pétrins. La mer Blanche était bloquée cet été-là et les chalutiers russes n'apportaient plus de farine. Le bruit avait couru que la situation étant à ce point grave, les commerçants de Tromsø envisageaient d'aller eux-mêmes chercher la farine à l'est. On ne pouvait, avec la meilleure volonté du monde, comprendre qu'une guerre se passant en Crimée ait des répercussions jusque dans le Nordland.

Entre-temps le caboteur *Mère Karen* était prêt à partir pour Bergen. Il avait coûté à Jacob trois mille écus de six livres. Il l'avait acheté l'année où il avait vu Dina jouer du violoncelle à Fagernesset.

Il avait vingt-quatre aunes de quille et portait ses quatre mille tonneaux de poisson.

Jacob avait trouvé qu'il avait fait une bonne affaire, et avait été enchanté.

L'équipage était habituellement de dix.

Les années avaient passé. Sa couleur était devenue plus foncée, mais il pouvait toujours, en pleine charge, embarquer encore les dernières boîtes de provisions, les malles et les passagers. Il était bien construit pour tenir son chargement par tous les temps. La coque large bordée à clins, et aux solides rivets de fer.

Sa poupe tronquée portait une cabine peinte en blanc avec des hublots ronds. Jacob avait demandé à une de ses connaissances de la décorer d'ornements rococo, à l'ancienne mode. Car Jacob n'aimait pas cette idée moderne de hublots carrés. Le carré n'a rien à voir avec un bateau, affirmait-il. Cela allait à l'encontre de la foi et de la superstition.

Anders n'avait pas protesté. Il avait été plus occupé par la voilure, le gouvernail et la capacité de charge. Il en était toujours de même. Dans la cabine, il y avait deux couchettes et une table. Les couchettes étaient munies de rideaux, et on pouvait à la rigueur y coucher à deux.

C'était là que Dina et Anders allaient s'installer. Presque sans préavis, le capitaine avait dû déménager en proue, dans la cabine étroite de l'équipage. Le capitaine Anton l'avait bien pris.

Au-dessus de la cabine, il y avait un pont avec une petite plage arrière. Autrement, le bateau était ouvert, construit pour transporter des marchandises plutôt que pour le confort des passagers et de l'équipage.

Il était maintenant soigneusement chargé par des gars qui n'étaient pas des novices dans leur métier.

Au fond, les lourds tonneaux d'huile de foie de morue et les balles de peaux. Le poisson séché était entassé le long du mât. Il dépassait le bastingage et était recouvert pour être protégé contre l'humidité et les embruns.

Une solide virure le long du plat-bord, entre la cabine et le pont, protégeait le chargement contre les vagues et le mauvais temps.

Le mât avait été la fierté de Jacob. En une seule pièce, il s'élevait haut au-dessus de la rambarde. Il avait été lui-même à Namsos pour le choisir. Il était consolidé par des haubans de toutes sortes. Le mât descendait jusque dans la carlingue où il était fixé à un gros bloc de bois.

La voile carrée avait douze mètres de large et seize mètres de haut. Si c'était nécessaire, on amenait les bonnettes, selon les besoins. Par gros temps, il fallait en sacrifier jusqu'à quatre.

Mais en cas de besoin, on pouvait aussi hisser la voile de flèche. Il fallait alors que tout l'équipage s'y mette.

Au mât d'artimon flottait encore le pavillon danois portant le lion norvégien. C'était en l'honneur de Mère

Karen. Elle n'avait jamais pu se faire au roi suédois Oscar. Il ne pesait pas lourd, prétendait-elle, sans aller plus loin dans ses explications. Elle avait eu plusieurs discussions à ce sujet avec Anders. Mais le « danebrog » resta hissé sur le *Mère Karen*, bien que cela fît sourire tout le monde le long de la côte sud vers Bergen. On respectait son désir, car être en désaccord avec la marraine pouvait porter malheur.

Le capitaine s'appelait Anton Dons. Un homme court et trapu, en possession de beaucoup de bon sens et d'encore plus d'humour. Cependant personne n'osait le provoquer. Car il pouvait être difficile. Et une explosion annuelle avait lieu au cours du voyage à Bergen. Surtout si l'un des hommes jouait un mauvais tour.

L'alcool en mer était formellement banni. Si nécessaire, il flanquait lui-même une volée à la crapule. N'attendait jamais que le malheureux ait retrouvé assez d'esprit pour se défendre. Ainsi, un lendemain de cuite sur le *Mère Karen* sous le commandement d'Anton Dons équivalait à sept lendemains de cuite à terre, auprès de son cheval et de sa bonne femme.

Il n'était pas toujours facile de trouver un capitaine aussi capable, il fallait donc soigner Anton Dons. Il connaissait la côte comme le doyen connaissait la Bible, avait-on coutume de dire.

Il tenait bon contre les coups de vent, mais par tempête il s'alliait aux bonnes comme aux mauvaises puissances.

On racontait qu'une fois dans sa jeunesse, il avait échoué sur un écueil et y était resté trois jours avant qu'on le retrouve. Cela lui suffisait pour le restant de ses jours.

La grande embarcation, avec sa forme lourde et son gréement, n'était pas facile à manœuvrer. Surtout par grand vent, quand les voiles pressaient violemment. Il ne s'agissait pas seulement de virer lof pour lof, il fallait un capitaine expérimenté. Un qui connaissait les récifs et les écueils et savait interpréter la direction du vent.

On disait qu'Anton avait conduit un caboteur en six jours de Bergen à Tromsø. Pour y arriver il fallait un peu plus que du vent en poupe, plaisantait Anders.

Benjamin était à la fenêtre de l'annexe et regardait les préparatifs autour du *Mère Karen*. Il était furieux et inconsolable.

La malle de Dina avait déjà été transportée à bord et déposée dans la cabine. Elle allait partir loin en mer, jusqu'à Bergen ! C'était insupportable.

La place de Dina était à Reinsnes. Ou alors, tout était sens dessus dessous.

Il avait essayé sur elle toutes sortes de tactiques. Les pleurs et les jurons. Depuis qu'il avait appris son prochain départ, tout le corps du petit garçon n'était que protestation.

Sa fureur ne la faisait pas rire. Elle se contentait de prendre avec force sa nuque dans la main droite, et de la presser, sans dire un mot.

Il ne savait pas ce que cela signifiait, tout d'abord. Puis il comprit que c'était une forme de consolation.

Elle ne dit pas qu'elle allait lui acheter des choses, ni qu'elle reviendrait vite. Ni qu'il fallait qu'elle parte.

Et quand il lança qu'aucune femme ne partait à Bergen, elle répondit simplement :

« Non, Benjamin, aucune femme ne part à Bergen. »

« Mais alors pourquoi la Dina doit-elle partir ? »

« Parce qu'elle l'a décidé, Benjamin. Tu peux habiter dans ma maison, et garder les violoncelles et tout le reste, pendant que j'suis pas là. »

« Non, y a des morts dans la maison de Dina. »

« Qui dit ça ? »

« L'Oline. »

« Tu pourras dire à l'Oline de ma part qu'il y a pas plus de morts qu'elle peut en mettre dans son dé. »

« Le Niels s'est pendu à la poutre du salon ! »

« Oui. »

« Alors y a un mort, non ? »

« Non. On l'a décroché et on l'a mis dans un cercueil et on l'a emmené au cimetière. »

« C'est sûr ? »

« Oui. Tu t'en souviens bien. »

« Comment elle sait, Dina, que les morts reviennent pas ? »

« Elle habite là et voit la poutre jour et nuit. »

« Mais tu dis que l'Jacob est toujours là, même s'il est mort... »

« C'est autr'chose. »

« C'est quoi ? »

« L'Jacob, c'est ton père, mon garçon. Il peut pas compter seulement sur les anges pour te garder, toi qu'es si turbulent. »

« J'veux pas du Jacob ici ! C'est un mort lui aussi. Dis-lui d'partir avec toi à Bergen. »

« Ça va pas être pratique. Mais j'vais l'faire – pour toi. J'l'emmène ! »

Le gamin essuya ses larmes et sa morve avec la manche de sa chemise propre – ne se souvenant pas que Dina ne se laissait pas irriter pour autant. C'était Stine que cela fâchait.

« Mais la Dina peut changer d'avis et rester à la maison ! » hurla-t-il quand il s'aperçut que la conversation avait pris un tour inattendu.

« Non. »

« Alors j'vais aller dire au commissaire que tu pars ! » lança-t-il.

« L'commissaire s'intéresse pas à ça. Remonte tes manches et aide-moi à porter ce carton à chapeaux, Benjamin. »

« J'vais l'jeter dans la mer ! »

« Je ne le conseille pas. »

« J'vais l'faire ! »

« J'ai entendu. »

Il attrapa le carton à chapeaux à deux mains et se mit à le traîner sur le plancher et vers la porte avec une fureur contenue.

« J's'rai pas là quand tu r'viendras », dit-il triomphant.

« Où tu s'ras alors ? »

« J'le dirai pas ! »

« Alors ça s'ra difficile de t'trouver. »

« J's'rai peut-être mort et disparu ! »

« En voilà une vie courte. »

« J'm'en fous. »

« Personne ne se fout de sa vie. »

« Si, moi ! Et j'ferai l'revenant ! Dis-toi bien ça ! »

« J'espère bien, comme ça j'te perdrai pas complètement. »

Il ravala le reste de ses larmes tandis qu'ils descendaient vers le débarcadère et les entrepôts.

Une fois tout près du groupe de ceux qui attendaient

pour dire adieu, il dit plaintivement : « Et quand tu reviens, Dina ? »

Elle se baissa vers lui et le prit de nouveau par la nuque, tout en lui ébouriffant les cheveux de sa main libre.

« Avant la fin du mois d'août, si tu pries pour que le vent nous soit favorable », dit-elle avec douceur.

« J'veux pas rester à faire des signes d'adieu à la Dina ! »

« Non, ce serait trop demander, dit Dina avec sérieux en tournant son visage vers le sien. Va plutôt jeter des pierres, ça soulage. »

C'est ainsi qu'ils se quittèrent. Il ne l'embrassa pas. Il grimpa seulement la montée en courant. Les pans de sa chemise comme des ailes.

Il ne voulut pas voir Hanna ce jour-là.

Le soir, il devint impossible et se cacha, et ils durent aller à sa recherche. Il attira sur lui beaucoup de gronderies et l'attention de tout le monde. Finalement il se laissa consoler sur les genoux de Stine.

« La Dina, c'est une merde ! J'me fous complètement d'elle ! » grognait-il avant de s'endormir.

Le *Mère Karen* de Reinsnes avait déjà pris la mer plus tôt dans la saison. Anders était allé aux Lofoten assister à la pêche. Il avait armé des gens de Salten et de Helgeland.

Il avait fourni vingt équipes de pêche, et rapporté un grand chargement de poisson, de foie de morue et de laitances. Il avait aussi loué une ou deux équipes et de cette façon avait eu sa part du lot.

Dina lui avait donné une bourrade de satisfaction à son retour. Ils se comprenaient sans mots.

Anders faisait attention à ce que l'affréteur ait un solide contrat pour les marchandises transportées. S'il n'avait pas de place, il garantissait le transport des marchandises en demandant à un autre armateur d'effectuer le transport.

Avec l'aide de Dina, on faisait aussi attention à ce que

l'affréteur respecte son contrat, et n'aille pas proposer ses marchandises ailleurs.

Une fois, Dina avait exigé une amende en compensation de marchandises promises. Un affréteur de Strandstedet avait roulé Anders, et était allé chercher un bateau à Kvæfjord pour transporter son stockfisch.

Le bruit avait couru qu'il était plus facile à la fille du commissaire de faire infliger une amende.

Ils formèrent tout un convoi de caboteurs qui mettaient le cap sur Bergen. Deux venaient du nord et les rattrapèrent parce qu'ils avaient eu bon vent. Trois autres les rejoignirent dans le Vestfjord. Le temps était convenable, le vent soufflait du nord-est.

L'atmosphère était bonne. Chacun avait sa tâche, et la responsabilité d'une partie du chargement. Les nuits claires faisaient qu'ils n'étaient pas obligés de naviguer seulement de jour. L'équipage prenait le quart de jour et de nuit.

Toute la récolte de Reinsnes pesait sur les claies. Dix bons tonneaux de plumes et de duvet. Nettoyés et emballés par Stine. Cinq bidons de mûres jaunes, ramassées par les gens de la ferme et sucrées par Oline. Qui les avait surveillées tout l'hiver dans la cave. Il ne devait y avoir aucune moisissure. Cinquante peaux de renne et deux bidons de viande de renne, échangés ou achetés aux Lapons de passage qui voulaient des provisions. Tomas envoyait des perdrix des neiges et des peaux de renard. Il y avait soixante-quinze tonneaux d'huile de foie de morue et plus de trois tonnes de stockfisch.

Dina était souvent sur le pont à regarder passer les montagnes et les îles. Elle était métamorphosée. Le vent lui était bénéfique et tout ce qui l'avait irritée et mise en colère à Reinsnes, était d'un seul coup balayé.

« Tout le monde devrait vivre comme toi, Anders ! Ça c'est vraiment la vie ! » criait-elle de la porte de la cabine, au moment où le Vestfjord s'ouvrait dans la mer.

Anders se retourna et la considéra en plissant les yeux dans la forte lumière du soleil. Son menton volontaire pointant en avant. Puis il continua ce qu'il était en train de faire.

Ils partageaient la même cabine et la même table, et ils vidaient quelques verres ensemble. Il régnait entre eux une atmosphère d'aisance affectée. Curieusement, d'avoir une femme dans sa cabine ne semblait pas le gêner. Il n'en faisait pas une histoire. Mais il avait un respect inné des habitudes féminines. Il frappait toujours et attendait une réponse avant d'entrer. Et il faisait attention d'accrocher son ciré dehors sur le pont.

La première fois que Dina était partie avec Anders, il avait été obligé de partager la cabine de l'équipage. Jacob et elle s'étaient vautrés dans la cabine tout au long du voyage. Si bien qu'ils n'avaient même pas remarqué le vent qui soufflait dans le Vestfjord. Maintenant Jacob était relégué sur le pont. Tandis que Dina observait le prognathisme têtu d'Anders et la douceur de sa bouche, avec les sens d'une louve en éveil.

Chapitre 8

Mais Dieu sauve le malheureux dans sa misère, et c'est par la souffrance qu'Il l'avertit.
(Livre de Job, **36**, 15)

La brume coiffait les sept sommets comme des bonnets en peau de mouton. Le capitaine savait à quel quai il fallait accoster. Les odeurs et les images allaient au-devant d'eux, bien connues et séduisantes. Ils avaient dû les laisser en attente quelques mois. Elles se pressaient maintenant. Un flot de vieilles espérances – à nouveau.

Les gars faisaient leur travail tout en jouissant de la vue de la terre promise. Les quais ! La ville ! Les caboteurs et les navires étaient serrés les uns contre les autres. De joyeux commandements et le roulement des voitures sur le pavé traversaient la baie.

Les palans gémissaient au-dessus des portes ouvertes des entrepôts. Ils étaient alignés côte à côte. Majestueusement et évidents comme un vieux paysage, ils s'appuyaient les uns aux autres tout au long de la baie. La forteresse grise de Bergenhus était un géant qui s'était installé là pour le restant de ses jours. Au beau milieu du reste. En parent immuable de la montagne.

Avant même qu'il ne trouve un poste à quai, de petites embarcations se glissaient le long du caboteur.

De joyeuses et effrontées commères venaient proposer leurs bretzels. On les aidait à grimper à bord avec force cris et plaisanteries.

Elles tenaient solidement leurs paniers. Et elles semblaient résolues à se jeter à l'eau plutôt que de donner un bretzel en trop. Mais une fois le marché conclu, ce n'était que larges sourires sous les fichus et les bonnets. Et on ne lésinait plus sur le flirt et quelques bretzels en plus.

Une toute jeune fille enjamba le bastingage. En bonnet de soie bleu vif, parée d'un boa de plumes rouges sur une robe de serge vert pomme. Elle faisait honte à toutes les élégantes de Bergen.

Dina frémit à cette vue. Et elle échangea avec Anders un regard amusé, quand Anton fit des frais autour de la fille et de ses bretzels.

Le soleil était comme une pièce neuve dans une bourse aux couleurs criardes. Les hommes s'étaient changés et avaient mis des chemises blanches. Les cheveux peignés à l'eau et sans bonnet pour la circonstance.

C'était fête d'être arrivés.

Dina était habillée d'un costume de voyage vert, avec un chapeau à larges bords. Pour une fois, elle avait remonté ses cheveux. Ils retombaient un peu par hasard en lourdes mèches sous le chapeau.

Anders la taquina sur son costume et sa coiffure.

« Maintenant t'as l'air d'une vraie veuve de patron ! » dit-il, admiratif, quand elle sortit sur le pont.

« Tu vas faire monter le prix de notre cargaison », ajouta-t-il.

Elle le regarda, les yeux brillants, et sauta à terre par la passerelle posée sur le bateau voisin. Mais pendant leur promenade le long des quais, elle le tint solidement, la main enfouie sous son bras.

Des odeurs étranges chatouillaient le nez. Même la mer avait une autre odeur ici. Mêlée à la pestilence des pourritures et des caniveaux, à l'odeur de goudron des bateaux et du poisson. Tout ceci composait cette indéfinissable puanteur de la ville.

Devant un atelier, qui visiblement vendait et réparait des voitures, un monsieur élégamment habillé se tenait en pleine canicule.

Il s'appuyait sur un parapluie fermé tandis qu'il engueulait le patron. Montrait du doigt, furieux, le cheval dételé, qui, le mufle dans son sac, mâchait son foin. Il accusait l'artisan de lui avoir fourni des pièces d'attelage pourries.

Dina tira Anders par le bras et s'arrêta pour écouter la dispute. L'artisan se mettait à répondre. Mais il n'avait pas l'habileté de l'autre.

Tout à coup Dina s'approcha.

« Faudrait employer du saule pour les pièces d'attelage », interrompit-elle.

Les hommes levèrent la tête comme sur commande et la fixèrent. Le monsieur fut tellement décontenancé qu'il en oublia où il en était dans son réquisitoire.

L'artisan, au contraire, se racla la gorge et s'inclina, disant qu'en effet...

« C'est résistant. Le saule », continua Dina en allant vers les limons pour étudier les pièces d'attelage.

Les hommes la regardaient. Mais ne trouvaient rien à dire. L'engueulade s'était évaporée au soleil.

« La cheville est brisée sur un nœud », dit-elle. Ramassa les morceaux et les tendit.

L'artisan les prit dans une poigne imprégnée de goudron. Dina salua de la tête se dirigeant vers Anders, sans se retourner.

Il se fit un silence derrière elle.

Les débits de bière se touchaient. Il en était de même des auberges et des hôtels.

Un veilleur allait et venait en criant qu'il savait où il fallait habiter. Il nomma quelques noms, d'une voix profonde et impérative, accompagnée de grands gestes. Il était clair qu'il était payé pour cela.

Le marché aux poissons était une véritable fourmilière. Là, l'odeur était plus forte que devant la fosse à purin, quand on en ouvrait les portes au soleil de printemps. Les poissonnières criaient leurs prix. Des voix aiguës et des visages rougis. De fortes poitrines sur lesquelles un châle était croisé malgré la chaleur.

La différence de condition sociale était plus visible ici qu'à l'église le dimanche au pays. Les costumes bigarrés des poissonnières et des filles de joie avaient le dessus. Ici et là, on pouvait cependant voir une robe de dentelle blanche sous un large chapeau de paille. Décorée de nœuds, de rosettes et autres fioritures. De petits souliers de soie ou de cuir se mêlant au claquement des sabots.

Une voix répétait sans arrêt qu'il fallait servir du saumon fumé et de la langue pour le dîner.

Un peu plus sur la hauteur, ils atteignirent les allées qui menaient aux belles villas. Aux larges entrées et aux haies bien taillées.

Dina avait une expression de dédain envers quelque

chose d'indéfinissable pendant qu'ils marchaient. Anders n'arrivait pas à saisir envers quoi. Mais il était embarrassé quand ils rencontraient quelqu'un.

Elle se mit subitement à raconter en riant la fois où Jacob et elle avaient habité un hôtel qu'on disait être de première classe.

Là, ils s'étaient amusés à se plaindre de la cuvette qui n'était pas plus grande qu'un plat à pommes de terre ! Et de la crème que l'on versait dans le café avec une cuillère, au lieu de la servir dans un pot.

En plus, le patron n'avait jamais entendu parler de coquetiers.

À cause de toutes ces plaintes, faites avec politesse mais hautainement, le bruit avait couru à la cuisine qu'ils étaient anglais.

Mais Jacob, ne voulant pas garder cette étiquette, alla se présenter à la cuisinière.

Tout le personnel de l'hôtel devint immédiatement plus aimable. Et le dernier jour, on leur servit la crème dans un pot.

Au beau milieu de cette histoire, un cocher arrêta sa voiture et leur proposa de les conduire à destination moyennant une certaine somme. Elle secoua la tête, et Anders refusa en remerciant.

Ils grimpèrent les ruelles raides, qui se rétrécissaient au fur et à mesure. Les chaussures de Dina étaient dures et tenaient chaud, si bien que, trouvant un banc à l'ombre d'un arbre, ils s'y installèrent. Ils avaient vue sur la ville. Anders expliquait en pointant le doigt. La forteresse de Bergenhus avec le palais royal et la tour. Le port avec tous les caboteurs réunis les uns aux autres par des passerelles. Une quantité de bateaux avaient mouillé au large. Deux vapeurs avançaient au moyen de leur roue à aubes, jetant de la fumée noire sur le ciel clair. Un caboteur arrivait, toute voile baissée, et glissait silencieusement à sa place.

Lentement, ils commencèrent à descendre et trouvèrent une voiture pour les ramener sur les quais. Ils devaient faire attention à l'heure. Ils étaient invités dans l'arrière-boutique du marchand. C'était un geste qu'il ne fallait pas négliger.

« Il s'agit de respecter l'étiquette », dit Anders.

Quand ils arrivèrent sur les quais, Anders montra du

doigt les caboteurs de Kjerringøy, Husby et Grøttøy.

Juste derrière les quais, il y avait une église au profil dentelé sur le ciel, avec deux tours.

« C'est Sainte-Marie », dit-il.

Leurs regards se croisèrent. Comme s'ils ne s'étaient jamais vus.

« J'ai jamais voyagé en compagnie ! » s'écria-t-il décontenancé.

« Tu veux dire qu't'as jamais voyagé en compagnie d'une femme ? »

« Oui. C'est différent. »

« Comment ? »

« J'vois des choses que j'pensais être sans importance. J'savais pas que j'pouvais répondre à tes questions. »

« T'es un drôle de type ! remarqua-t-elle. Le Niels avait bien d'la chance de t'avoir pour frère. »

Les marchands et les aubergistes servaient d'intermédiaires entre les grands négociants de Bergen et les affréteurs.

Les prix à Bergen étaient rarement en baisse ou en hausse dramatique, mais on était toujours anxieux des pourcentages à rapporter. Pour les affréteurs, c'était un avantage de ne pas avoir à marchander les prix.

Il était arrivé plus d'une fois qu'un pêcheur ait été roulé, à la fois sur les prix et la quantité.

Le marchand et le patron du caboteur, au contraire, connaissaient les combines. Ils avaient assez de temps et d'expérience pour attendre la meilleure proposition. Et ils savaient avec quels bourgeois de Bergen il était préférable de négocier.

Les responsables des cargaisons étaient servis dans l'arrière-boutique. Une bouillie de céréales avec de la mélasse. On leur offrait aussi des pipes en terre, et la conversation allait bon train.

Le marchand était ventru et affublé d'un menton en plus de celui que le Seigneur lui avait donné. Il ballottait par-dessus le jabot de dentelle quand il gesticulait ou se mettait à rire.

Dina se souvenait de lui, depuis son voyage avec Jacob. On parlait souvent de lui à Reinsnes. Monsieur Rasch ! Pendant des années, elle avait comptabilisé ses factures.

La dernière fois que Dina l'avait vu, il avait à ses côtés une mémère imposante et de forte poitrine.

Elle était morte d'une maladie bizarre dont personne n'avait jamais entendu parler, raconta-t-il. Elle s'était simplement ratatinée comme une pomme oubliée. Certains disaient que la nervosité et les maladies mentales étaient une tare familiale. Mais le marchand n'avait jamais rien remarqué, et prétendait que c'étaient des ragots qui avaient amené les gens à de pareilles conclusions... En tout cas, il était maintenant veuf, et cela depuis quatre ans. Son épouse avait eu des parents aisés dans le Hardanger, dont elle avait eu un bel héritage. Mais le marchand assurait qu'il ne fallait rien exagérer.

Dina, Anton et Anders n'avaient jamais entendu parler de cet héritage, mais prêtaient attention aux racontars auxquels un malheureux citoyen de Bergen pouvait être exposé de nos jours.

On n'avait plus de respect pour rien, dans ce monde. On bavassait sur les chagrins et les malheurs des gens, comme si cela ne comptait pas ! C'était une mauvaise habitude !

Le visage du marchand rosit pendant ce long monologue. Le menton en surplus s'étalait tristement sur le jabot. Tantôt ici, tantôt là.

Dina le regardait sans vergogne. Mais il semblait qu'elle avait décidé qu'il lui plaisait.

Lui, de son côté, se souvenait de la jeune Madame Grønelv.

« Ce n'était pas difficile ! » susurrait-il avec un air de flirt.

Au fur et à mesure que la soirée s'avançait, Anders, Anton et Dina, contrairement au reste de la compagnie, furent invités dans son « salon privé », comme l'appelait Monsieur Rasch.

Comme Anders l'avait prévu, on mit immédiatement le punch sur la table. Le marchand demanda qu'on apporte du madère pour la dame, mais Dina refusa. Elle voulait un petit punch et une pipe.

Le marchand fut abasourdi, mais le cacha bien. Il lui bourra lui-même une pipe, tout en parlant d'une noble Danoise qu'il avait rencontrée dans sa jeunesse. Elle fumait la pipe et portait des chapeaux d'homme.

« Sans comparaison, du reste », s'adressant aimablement à Dina.

« Et celui-ci n'a probablement pas été acheté dans le nord ? » demanda-t-il.

« Non, il a été fait sur commande à Brême. On achète nos chapeaux et nos poêles à Brême, et nos livres et nos partitions à Hambourg. Et nos tableaux à Paris. A cause des goûts de Mère Karen ! » ajouta-t-elle en souriant.

Anders lui lança un regard inquiet. Mais elle se collait au marchand et lui glissait familièrement le bras sous le sien.

Après quelques secondes d'hésitation, il sourit en lui allumant sa pipe. Puis il leur demanda de prendre place dans le salon, afin de discuter « des choses temporelles », comme il disait.

Dina suivait avec attention Anders, qui se mettait d'accord sur les prix et les mesures. Il présentait les quantités et les qualités du poisson et des laitances, des peaux et du duvet.

Mais elle ne se mêlait pas à la conversation.

Les yeux d'Anders étaient si honnêtes qu'ils pouvaient rendre n'importe quel marchand soupçonneux. Mais il était évident que ces deux-là avaient déjà fait des affaires ensemble.

Le visage d'Anders était lisse comme un clair de lune quand il proposait un prix. Et aussi regrettablement honnête quand il secouait la tête parce que le prix offert était trop bas. Aussi poli que s'il s'adressait au pasteur. Avec autant de fermeté que s'il s'adressait à l'équipage.

Le marchand soupirait et disait qu'ils allaient attendre... que les prix indicatifs soient fixés. C'était le même rite. Chaque année. Cela avait toujours été ainsi. Le marchand donna une bourrade à Anders, s'inclina devant Dina et dit avec bonne humeur :

« Peut-être bien que Dina Grønelv de Reinsnes est la plus riche de nous deux, tout compte fait. »

« Il est pas question de richesse, mais d'un marché », lui rappela Dina.

Anders recommença à se tortiller d'inquiétude.

« La richesse peut être beaucoup de choses. Il s'en trouve même à qui on donne de l'amour pour rien », dit-elle en regardant le marchand dans les yeux.

Il baissa les yeux. L'homme ne savait absolument pas comment prendre la situation. Il n'avait pas l'habitude des femmes dans les affaires. Mais cela avait un côté qu'il ne pouvait pas s'empêcher de trouver agréable. Il n'arrivait pas à comprendre cette veuve du Nordland. Il avait la sensation désagréable qu'elle se payait sa tête. Sans pour cela en avoir des preuves. Mais ce furent de bonnes affaires, surtout pour le stockfisch. Exactement comme l'avait prévu Anders.

On commanda la machine à coudre pour Stine par l'intermédiaire du marchand, en obtenant un rabais important.

En compensation, on apporta à terre un tonneau de mûres jaunes pour la consommation personnelle du marchand, « franco de port et d'emballage », comme disait Anders.

Dina se promenait seule en ville, en attendant qu'on finisse de décharger et de charger.

Elle voulait voir l'hôpital des lépreux, dont Mère Karen avait souvent parlé.

Elle alla trois fois devant la porte. Pour faire un effort. Pour pouvoir raconter à Mère Karen qu'elle avait tenu sa promesse, et envoyé à Dieu une prière pour les malades.

Mais quant aux prières, il valait mieux ne pas en parler.

Je suis Dina. Dans le livre de Hjertrud, on dit que Job s'étonnait que Dieu puisse être si sévère avec les humains, qui ont une vie si courte et si difficile. Job a eu tant de malheurs. Il ne comprend pas que Dieu punisse les justes et laisse passer les incroyants. Job emploie beaucoup de temps à se poser des questions sur son destin. Ici, ils tournent en rond avec leurs plaies. Ils ne font pas tous autant d'histoires que Job.

Il y avait un seau devant chaque maison à Bergen. A la fin, Dina demanda à une vendeuse dans une boutique à quoi cela correspondait.

C'est à cause de l'incendie de cette année, fut la réponse. Tout le monde avait peur du feu.

« Vous n'êtes pas de Bergen ? » ajouta la jeune fille.

Dina sourit. Non, elle n'était pas d'ici.

« Mais Grands Dieux, z'êtes bien naïfs de croire que quelques gouttes d'eau dans un tonneau peuvent vous sauver si ça brûle. »

La femme pinça les lèvres, mais ne répondit rien.

Dina emporta de l'extra-fort, des dentelles et des boutons, et ce que Stine avait mis sur sa liste.

Dina loua une voiture pour passer devant les terrains incendiés. Le 30 mai, cent vingt maisons étaient parties en fumée. Il n'y avait plus rien, mais c'était excitant.

Les terrains étaient là, comme des plaies de lépreux, au milieu de la ville palpitante de santé tout autour. Des mendiants y traînaient, à la recherche de quelque trésor. Ils marchaient en ligne, se baissaient et fouillaient rapidement avec un bâton. De temps en temps, ils se redressaient et fourraient quelque chose dans leurs ballots.

« Ici c'est plein de gens pauvres et de miséreux ! En plus des lépreux ! » dit Dina à Anders quand ils se retrouvèrent le soir dans la cabine.

« Et de prostituées ! ajouta-t-elle. Elles tournent autour des hommes qui vont à terre, ou elles grimpent à bord. »

« Ça doit pas être un métier drôle. Pas d'quoi s'engraisser à ce qu'il semble », dit Anders.

« Job a en tout cas pas eu besoin de s'prostituer ! » dit Dina.

Anders la regarda avec étonnement.

« Où t'as été aujourd'hui ? » demanda-t-il.

Elle lui raconta les prières devant l'hôpital des lépreux et les terrains incendiés.

« Tu devrais pas t'promener sur ces terrains. Ça peut être dangereux », dit-il.

« Dangereux pour qui ? »

« Pour les femmes seules », répondit-il.

« Pas pour les hommes ? »

« Pour les hommes aussi », dit-il avec douceur.

« Qui sont-ils ? » entama-t-elle.

« Qui ? »

« Ceux qui vont avec les prostituées. »

Anders leva timidement la tête.

« C'est des types qu'ont pas c'qui leur faut, pour une raison ou pour une autre », dit-il avec lenteur. Comme s'il n'y avait jamais pensé avant.

« Tu veux dire qu'c'est plus facile pour celui qui a personne d'en avoir plusieurs ? »

« Oui », dit-il, gêné.

« Et autrement ? Ils sont à la recherche de quoi, les hommes ? »

Il se frottait la nuque et tirait sur ses cheveux.

« Différentes choses », dit-il enfin.

« Et toi, t'es à la recherche de quoi ? »

Il la regarda. Comme il regardait le marchand de Bergen. Transparent d'honnêteté.

« J'suis à la recherche de rien du tout ! » dit-il tranquillement.

« Jamais ? »

Il rougit lentement sous son regard.

« Qu'est-ce que tu veux ? »

« J'sais pas, Anders. J'crois que j'veux savoir de quoi sont faits les gars... ce qu'ils pensent... »

Il ne répondit pas. La contempla seulement.

« Tu vas chez les prostituées ? » demanda-t-elle.

La question lui brûla le visage. Mais il ne s'esquiva pas.

« C'est arrivé », dit-il finalement.

« Comment c'était ? »

« Pas de quoi en faire un plat, dit-il tout bas. Au vrai, j'suis pas comme ça », dit-il encore plus bas.

Anton frappa à la porte car il voulait parler à Anders. La bruine caressait le toit. Dina avait encore une question restée en suspens.

Le chargement s'était bien passé, et le prix du stockfisch n'avait jamais été aussi élevé ces dernières années. Le plus gros du lot avait été vendu comme produit de première qualité.

L'équipage était satisfait et le bavardage allait bon train quand ils revinrent à bord. La dernière nuit, Dina, Anton et Anders revinrent coucher sur le bateau. Les autres jours, ils avaient loué des chambres. Juste pour s'offrir le luxe d'habiter en ville, disait Anders.

Les bruits de la ville étaient différents sur le bateau. Avec le clapotis des vagues et le grincement des bateaux à l'ancre, en plus de tout le reste. Cela devenait une obsession. Comme une fièvre latente qui resurgissait chaque fois que l'on revenait dans le port.

Chapitre 9

Je lève mes yeux vers les montagnes... D'où me viendra le secours ?

(Psaumes, **121**, 1)

Ils eurent le vent en poupe pour le retour vers le nord. Tout était calme et la bonne entente régnait à bord.

Le « Timonier », la fierté et l'ornement du bateau, se tenait au sommet de la barre, en grande tenue et avec son panache, le regard méditatif « fixé » sur l'horizon. Et le « danebrog » flottait en direction du nord-ouest comme une nappe empesée.

Juste quand ils eurent passé le cap de Stadtlandet, Dina lâcha sa bombe. Elle voulait passer par Trondheim. Anton et Anders se tenaient sous le pont arrière quand elle leur fit cette déclaration.

« Trondheim ! cria Anton, avec un regard incrédule. Et qu'est-ce qu'on va aller faire à Trondheim ?! »

Elle avait quelque chose à y faire, répliqua Dina. Et du reste, elle voulait voir la cathédrale. Oui, elle avait l'intention d'aller y faire un tour.

Anton et Anders parlaient à la fois. Anton de plus en plus fort. Anders avec une voix grave et pressante. Savait-elle à quoi elle les exposait ? Traverser dans toute sa longueur ce maudit fjord de Trondheim alors que tous les autres caboteurs profitaient du vent favorable pour rentrer ? Être aux prises avec les remous à l'intérieur du fjord, sans le moindre vent pour s'en sortir ! Avait-elle envisagé que cela demanderait dix jours en plus, au moins ?

« Et nous sommes déjà à la fin d'août ! » dit Anders.

« Non, j'ai pas compté les jours. Mais rien ne presse. On rentrera toujours à temps ! »

Anton en oublia qu'il était ordinairement de bonne composition. Il écumait. Le vent avait prise dans ses moustaches passées à la cire et menaçait de les arracher.

Anders était plus calme. Il avait vu Dina casser des branches plus résistantes qu'Anton.

« On met le cap sur Trondheim ! » dit tout simplement Dina. Elle ramassa ses jupes et regrimpa dans la cabine.

Toute la nuit, Anton resta à la barre, fou de colère. Il était tellement furieux qu'il accepta tout juste qu'Anders vienne prendre le quart pour qu'il aille dormir.

« C'est pas nécessaire qu'on perde la tête, tous autant que nous sommes ! » dit Anders d'un ton sec.

« C'est encore une de tes sacrées bonnes idées d'emmener une bonne femme à bord ! » cria Anton contre le vent.

Il était tête nue, en vareuse de drap bleu marine achetée à Bergen. Les boutons de métal doré brillaient au soleil levant. Le col était remonté et les épaules rembourrées larges comme une armoire.

« On appartient à la Dina, nous et le bateau », coupa Anders en prenant la barre.

Les jurons sortaient d'Anton, crépitant comme de l'eau sur une enclume chaude. Mais il alla se coucher et ronfla toute la matinée, à en faire craquer la cabine de l'équipage dans ses assemblages.

La première nouvelle qui les attendait à Trondheim était l'attaque de la base navale russe par les bateaux de guerre français et anglais, à Bomarsund sur les îles Åland. Les chantiers navals et les entrepôts de bois sur la côte finlandaise étaient en flammes.

Les Finlandais restaient loyalement du côté des Russes, disait-on. Ils défendaient comme des lions leurs propres intérêts et ceux des Russes. Les gens bien informés prétendaient que le roi voulait y mêler la Suède et la Norvège.

Les Finlandais préoccupaient Anders. Il avait de la famille dans le nord de la Finlande. Il disait que ce n'était pas parce que les Finlandais sympathisaient spé-

cialement avec les Russes. Mais parce qu'ils en voulaient à la marine étrangère de démolir leurs côtes et de
confisquer leurs bateaux.

« Qui ne se défendrait pas quand des imbéciles viennent foutre le feu dans l'escalier de ta maison ? » disait-
il, furieux.

Dina ne comprenait pas ce que les Anglais et les Français venaient faire dans la Baltique.

Anton s'était repris et était redevenu communicatif.
Mais l'affaire ne l'engageait pas outre mesure. Il se
contentait de parler de ce qu'il connaissait, disait-il. Ce
n'était pas l'affaire des bonnes femmes et des marins de
discuter la politique mondiale. Mieux valait terminer ce
qu'on avait à faire et rentrer.

« Léo disait quelque chose, dit Dina pensivement sans
prêter attention à Anton. Il disait que les Français et les
Anglais prenaient parti pour les Turcs dans cette guerre
interminable entre la Russie et la Turquie, et que c'était
dangereux... Il disait que les Finlandais ne seraient
jamais du côté des Suédois, de toute manière. Que le
roi était bête de ne pas comprendre ça. Il disait aussi
que le tzar Nicolas n'avait pas inventé la poudre lui non
plus. Que la guerre avait commencé par une dispute
idiote entre deux moines. L'un orthodoxe et l'autre
catholique. »

« Sur quoi ils s'disputaient ? » demanda Anders.

« Ils s'disputaient pour savoir qui possédait les lieux
saints dans le pays des Juifs », dit Dina en riant.

« Mais quel rapport avec la guerre ? » dit Anton avec
irritation.

« La sainteté a toujours quelque chose à faire avec une
guerre quelconque, dit tranquillement Dina. La Bible,
le Christ, la Sainte Vierge, les lieux saints chez les
Juifs... »

Tout à coup, elle se recroquevilla, comme si elle avait
reçu un coup dans le ventre.

« T'es malade ? » demanda Anders.

« Non », coupa-t-elle.

« Mais qu'ils arrivent à entraîner le roi et le tzar dans
cette histoire ? » continua-t-elle en se redressant.

« Y en a toujours qui s'contentent de regarder et de
recevoir de beaux cadeaux, ou bien de s'débarrasser de
leurs ordures, quand y a la guerre », dit Anton.

« D'où il l'avait prise, Léo, cette histoire sur qui avait commencé la guerre ? » demanda Dina en s'adressant à Anders.

« Il voyage beaucoup. Il entend tellement d'choses. »

Dina passa à l'arrière-plan. Et la guerre fut plus proche qu'on ne l'aurait souhaité.

Entre Kongensgate et Erling Skakkesgate, sur un terrain cédé par le roi, il y avait de cela longtemps, on rassemblait toutes les existences misérables qui autrement auraient erré dans les ruelles ou dans les cours.

C'étaient les lépreux, les indigents, les fous, les vieillards et les orphelins. De solides bourgeois de la ville de Trondheim avaient légué de quoi mettre de l'ordre dans toute cette misère.

Des constructions rassurantes, en pierre et en bois. De nombreux bâtiments remplis de déchets humains et de misère. Cela avait l'air fort convenable. Vu de l'extérieur.

Dina trouva le poste de garde dont la façade s'ouvrait sur Vollgate. Avec des arcades et un imposant mur crépi. Il y avait une large cour entre le poste de garde et la prison. Mais les clôtures étaient hautes et l'entrée était gardée.

On la laissa passer quand elle expliqua sa démarche. C'était un monde à part. Caché au reste du monde. Caché pour tous ceux qui n'étaient pas, pour une raison ou pour une autre, obligés d'y venir.

Des maisons de bois à étages. Quelques bâtiments en pierre par-ci, par-là. Des toitures de tuiles rouges imposaient à ces bâtiments une sorte de destin uniforme.

« L'asile des criminels », encore appelé « l'esclavage », était un grand bâtiment à étage aux cadres de fenêtres et de portes de style empire.

On fit entrer Dina dans une salle ovale au rez-de-chaussée. Des bruits divers venaient des pièces attenantes. Elle avait la respiration haletante, comme si elle s'attendait à quelque chose, ou était inquiète.

La première personne qu'elle vit, à part le gardien, fut un énorme être ressemblant à un homme, en train de tripoter des chiffons dans une caisse. Il montrait le mur du doigt, tout le temps, et se parlait à lui-même, discutait s'il était nécessaire d'aller en ville ou non. Il faisait les questions et les réponses avec deux voix différentes. Comme s'il jouait deux rôles. L'une était tremblante d'indignation et grossière, l'autre douce et traînante. De temps à autre il faisait un mouvement de la main et disait : « Paf ! Paf ! » comme pour souligner qu'il venait de donner un coup de poing.

Il avait la tête rasée, comme s'il sortait de l'épouillage. Mais une barbe de plusieurs jours recouvrait ses joues creuses.

Dina resta plantée. Une sorte d'épouvante l'envahit. Elle se raidit, se préparant à ce qui pouvait arriver quand l'homme aurait mis les yeux sur elle. Mais rien ne se passa.

Le gardien revint et dit que le directeur était sur le point de sortir, mais qu'il pourrait lui parler ici. Il allait venir à l'instant. On rejetait clairement sa requête. Il ne savait pas qui était Dina Grønelv. Et il n'appréciait guère qu'elle ait demandé quand Léo Zjukovskij arriverait.

Elle posa des questions sur la prison en attendant. Le gardien racontait volontiers. Il y avait un atelier, un réfectoire et une chapelle au rez-de-chaussée. « Ceux-là », autrement dit « les pensionnaires », étaient à l'étage dans des cellules. Certaines étaient complètement sombres, lui dit-on.

«"Le cachot" est noir comme dans une tombe, dit le gardien en découvrant, par un sourire sans méchanceté, une dentition plutôt éparse. Ceux qui sont au grenier, on peut pas grand-chose pour eux ! dit-il. Mais chacun a son poêle en fonte, faut pas croire ! »

Les bruits leur tombaient sur la tête. Des grattements, des coups et une voix forte et furieuse.

« Tout c'qui vient d'en haut n'est pas toujours le meilleur », plaisanta-t-il.

Le malheureux aux chiffons continuait son monologue sans faire attention à eux. Le gardien suivit son regard et dit :

« Le Bendik, il est claqué aujourd'hui. Mais il est pas dangereux, claqué ou pas. »

« Qu'est-ce qu'il fait ici ? »

« Dingue ! Mais il est pas dangereux. On parle d'une sale histoire dans le Nordland. Qué'que chose avec une bonne femme qu'est morte de brûlures. C'est là qu'ça a

415

commencé. Il a jamais fait d'mal à une mouche chez nous. Il suit son idée, seulement. C'est aut'chose avec ceux du grenier. Ceux-là, j'voudrais pas m'retrouver seul à seul avec ! »

Dina cherchait quelque chose dans son réticule. Il était noir, profond et insondable comme une tourbière.

« Ce doit être une affaire importante pour amener Madame dans un tel lieu ! Et du Nordland encore ! »

Dina se redressa. Et raconta avec dignité qu'elle était en voyage, de retour de Bergen, avec son caboteur. Il était donc facile de faire un détour par Trondheim.

« Madame est propriétaire d'un caboteur », dit-il, ravi, en la considérant avec respect. Eh bien, pour sa part, il avait connu une dame qui était propriétaire d'un vapeur à aubes. Il lui lança un regard en biais, inquisiteur.

Voyant que Dina ne faisait aucun commentaire, il ajouta :

« Elle est aussi la plus riche veuve de la ville ! »

Dina regarda les murs en faisant comprendre qu'elle n'avait nullement l'intention de parler de riches veuves et de leurs bateaux à vapeur. A la place, elle demanda d'un ton sec :

« Quel est votre rôle ici ? »

« Je surveille les crapules, pour qu'ils se sauvent pas ! » répondit-il vivement.

« Et ils sont accusés de quoi ? Ceux qui sont là ? »

« Meurtre et incendie, folie et vol », dit-il comme s'il récitait un verset par cœur.

« D'où ils viennent ? »

« Surtout du quartier sud en ville. Autrement, de partout ! »

Juste à ce moment, le malheureux arriva sur eux en traînant ses chiffons.

C'était arrivé si vite. Avant que le gardien puisse l'en empêcher, il avait attrapé Dina par le bras et la regardait. Le gardien lui fit lâcher prise. Le géant restait les mains tendues. Dans ses yeux passaient des nuages gris. Et au fond, Dina pouvait voir se refléter son image.

Elle eut l'air d'avoir tout à coup une idée. Leva sa main gantée et la posa sur l'épaule de l'homme.

Il s'illumina, comme s'il venait de trouver quelque chose d'important. Son visage s'éclaira, et il lui adressa un sourire édenté. Le dos puissant était courbé sous le poids d'un fardeau invisible, qu'il devait porter depuis des années.

« Elle est – elle est enfin venue... » marmonna-t-il en essayant de la saisir à nouveau. Rapide comme l'éclair.

Le gardien bouscula l'homme en lui parlant durement.

Dina restait debout. La mâchoire serrée, elle devint lentement toute blanche. Elle se libéra de la poigne de l'homme, mais pas de son regard.

Le gardien entraîna le fou dans la cour avec lui.

Je suis Dina. Il y a un poêle avec dessus une lessiveuse bouillante! Je suis dans la vapeur. C'est pourquoi je transpire. On racle ma peau tout le temps. On me lave jusqu'à me dissoudre. Tandis que Hjertrud crie sans arrêt.

Le directeur apparut tout à coup. Comme s'il avait pris forme à ce moment même. Traversa dignement la pièce et lui tendit la main.

Un grand homme maigre, qui portait une barbe sévère soigneusement taillée. Elle semblait avoir été collée sur lui.

Il ne souriait pas et ne donnait aucun signe d'amabilité. Sa poignée de main était sèche et correcte, comme le reste de sa personne.

Une épaisse chevelure noire était peignée avec soin autour de sa tête ronde comme une bille.

Il courba la tête galamment et reprit sa canne dans la main droite. Que pouvait-il faire pour elle ? Il fit s'évanouir les restes de vapeur qui entouraient Dina. Sa voix était calme et profonde.

Les yeux gris de Dina laissèrent passer quelques éclairs d'antipathie. Il ne lui avait rien fait. A part l'avoir sortie de la vapeur.

Elle expliqua ce qui l'amenait. Le paquet avec le livre de Pouchkine et la lettre pour Léo était cacheté à la cire. Mais elle hésitait à le sortir.

Le directeur montra un étonnement un peu trop rapide. Il ignorait l'existence d'un Léo Zjukovskij, qui serait à leur solde pour transporter des prisonniers. Absolument. De tels transports avaient eu lieu seulement une ou deux fois depuis qu'il était là. Et un Russe ? Non !

Dina ne prêta aucune attention à sa réponse et lui demanda depuis combien de temps il était directeur de « cet endroit ».

« Trois mois », répondit-il sans se troubler.

« C'est pas très long... »

L'homme toussota, comme s'il était pris en train de tricher.

« Léo Zjukovskij n'a pas l'air d'un Russe, dit-elle. Il parle le norvégien ! »

Sa voix resta figée dans la pièce.

Je suis Dina. Les grands bouleaux à l'extérieur bruissent désagréablement. Ils serrent leurs branches autour de ma tête et m'empêchent de penser. Des cloches sonnent à toute volée. Tout près. Je compte toutes les portes qui donnent sur cette pièce. Mais le chiffre disparaît dans tout le vacarme qui vient des cellules. Un directeur de maison de fous, est-ce un être humain ? Pourquoi dit-il ne pas connaître Léo ?

Le directeur pensait qu'elle devait demander à la prison, ou au directeur de la maison de correction. Il pouvait l'y conduire, si elle le désirait. C'était tout près. Mais il valait mieux qu'il l'accompagne pour traverser la cour.

Dina partit avec l'homme. Une promenade inutile à travers de lourdes portes sinistres. Passant devant des gardiens au regard vide. Cela ne la rapprocha pas de Léo. Personne ne connaissait un Russe du nom de Léo Zjukovskij, qui parlait le norvégien et accompagnait des prisonniers à Vardø.

Quand ils se retrouvèrent dans la pièce ovale, elle sortit son paquet. Le pressa dans la main molle du directeur, qui fut finalement forcé de le prendre.

Elle le regarda, comme s'il était un des garçons de ferme à Reinsnes. D'un ton ferme, elle donnait ses ordres. Auxquels il ne pouvait qu'obéir sans risquer d'être parfaitement impoli envers une dame.

« Quand Monsieur Léo Zjukovskij viendra, on lui donnera ce paquet. Il est cacheté à la cire, comme on peut le voir... »

Le directeur secoua la tête, mais resserra les doigts sur le paquet pour qu'il ne tombe pas par terre.

Elle redressa son chapeau, remonta son réticule sur

son bras. Tira sur son gant droit et remercia. Puis elle prit congé et se dirigea vers la sortie.

Un peu plus haut dans la rue, la voiture dépassa un bâtiment en forme de croix, avec de grandes fenêtres et un grand toit de tuile. Le portail d'entrée était imposant. Et le corps de bâtiment principal avait deux étages avec une grande lucarne en demi-lune en haut.

Dina se pencha en avant pour demander au cocher ce que c'était.

«"Tronka", l'hôpital des fous », répondit-il d'un ton indifférent.

« Pourquoi "Tronka"? »

« On dit que ça a un rapport avec un tronc pour les oboles qui se trouvait à la porte. "Tronc", c'est un mot français, qu'ils disent. »

Le cocher se réveillait en parlant.

« Et pourquoi l'hôpital avait un tronc français ? »

« Les gens d'aujourd'hui aiment les mots distingués. Ce tronc a probablement été fait à Trondheim. Et de toute façon, français ou pas, derrière les murs, y a que des dingues et de la racaille ! »

Il claqua de la langue pour activer le cheval qui avait ralenti. Il y avait des bourdonnements intenses quelque part. Le cocher se retourna une ou deux fois. Car la femme était devenue silencieuse. Elle était recroquevillée sur elle-même et se balançait légèrement d'avant en arrière.

Au bout de quelques instants, il arrêta la voiture et demanda si elle était malade.

Elle répondit, les yeux vides. Mais elle paya largement quand elle descendit.

Suis-je Dina ? Les cauchemars sont-ils réels ? Bendik le forgeron ? Pourquoi est-ce que je trouve tout, sauf Léo ? Suis-je Dina ? Qui m'arrache une partie du cœur et le remets entre les mains d'un directeur d'asile de fous ? Pourquoi suis-je ici quand j'ai une blessure qui ne veut pas saigner ? Où est Hjertrud maintenant ?

Dina ne sortit pas de la cabine le reste de la journée.

La nuit suivante, Anders fut réveillé plusieurs fois par les gémissements que poussait Dina derrière son rideau. Il essaya de lui parler.

Mais elle ne répondait pas.

Le matin, elle était grise, le visage fermé.

Mais ils louèrent une voiture pour aller à la fabrique au bord de la rivière acheter une cloche pour le grenier.

La vieille cloche était fêlée depuis longtemps. Pendant la fenaison, la moitié de la cloche était tombée et avait endommagé sérieusement la toiture.

Ils en trouvèrent une de taille appropriée et de belle sonorité, portant la date de sa fabrication.

Le propriétaire de la fabrique avait été un ami de Jacob, dans le temps.

Dina avait annoncé sa visite à l'avance. De ce fait, la réception fut parfaite, on leur servit quelque chose et on leur fit faire une visite guidée. Huitfeldt déplora l'absence de son associé, Monsieur l'ingénieur, qui, étant en Angleterre, ne pouvait présenter ses respects.

Il ignora complètement Anders. Il était évident que les règles de politesse des marchands de Bergen n'avaient pas cours dans la bourgeoisie de Trondheim.

Anders fit bonne contenance. Il connaissait cette sorte de gens. Qui ne comprenaient pas qu'il était impossible d'amener avec soi son bateau pour montrer qu'on était quelqu'un.

Le propriétaire de la fabrique ne leur épargna rien, décrivant l'expansion extraordinaire de l'entreprise dans la fabrication des poêles, des cloches de fermes et de pièces de machines.

Les temps modernes lui étaient favorables, dit-il en riant. Et pour couronner le tout, on lui avait confié la lourde responsabilité de couler les pièces des machines du vapeur à aubes *Nidelven*.

Anders et Dina échangèrent un regard quand ils regagnèrent la voiture.

« J'sais pas si ça vaut la peine d'en parler. Mais les gens de Trondheim sont d'une race à part. »

« Mis à part que tous les gens, à Trondheim, ne sont pas de Trondheim », dit Dina.

Ils se mirent à rire.

Dina lui donna un coup de pied de la pointe de sa chaussure.

« Pourquoi tu t'laisses impressionner par une pareille folie des grandeurs ? »

« Ben, j'sais pas...Ça vaut probablement mieux. A la longue. »

« En vérité, t'es un commerçant, Anders ? »

« P't'être bien... En tout cas sans capital. »

« T'aurais aimé en avoir ? Du capital ? »

« Non, tu vois bien comment ils sont. Ceux qu'ont du capital. »

« Et moi, j'suis aussi comme ça ? » demanda-t-elle subitement.

« Non. Mais t'as certains côtés. Puisque tu veux le savoir », dit-il avec honnêteté.

« Quels côtés ? Avare ? »

« Non, mais regardante. Et têtue. Vois un peu ce détour par Trondheim ! »

Elle ne répondit rien.

Les roues cognaient sur les pavés. Les bruits de la ville les entouraient.

« T'es partie t'promener toute seule hier... On peut savoir où ? »

« J'ai fait un saut jusqu'à la prison. »

Anders se retourna vers elle, pas seulement le visage, mais de tout le corps :

« Tu plaisantes ! Qu'est-ce que t'allais faire là ? »

« Déposer un paquet pour Léo. Un livre qu'il avait oublié... Il a l'habitude d'oublier des livres... »

« Mais il était là ? »

« Non, mais il viendra bien. »

« Comment tu l'sais ? »

« Parce qu'ils ont dit qu'il viendrait pas... » dit-elle pensivement.

« Ils ont dit qu'il viendrait pas... et c'est pour ça que tu crois qu'il viendra ? Mais qu'est-ce que tu veux dire, Dina ? »

« Y a quelque chose qui cloche. L'directeur a pas aimé ma visite. Que j'sache qu'il allait venir. »

« T'es devenue un peu bizarre pendant c'voyage. »

« Tu t'souviens que Léo, il disait qu'il allait accompagner un prisonnier à la forteresse de Vardø? »

« Oui... Quand j'y pense... Mais c'était juste quelque chose qu'il disait. »

« N'importe, il va à la prison quand il est à Trondheim. »

« Comment tu l'sais ? »

« Je l'sais », coupa-t-elle.

Ils restèrent silencieux, pendant que le cocher discutait avec un cortège qui ne voulait pas laisser la place.

Anders suivit un moment tout ce qui se passait autour d'eux. Puis il dit :

« La Dina s'est décidée pour le Russe ? »

« T'y vas pas par quatre chemins quand tu poses des questions, mon cher Anders ! »

« Non. Et qu'est-ce que tu réponds ? »

« Que mes décisions s'ront pas annoncées sur la place publique. »

« Mais c'est lui qu'tu veux. Ça, j'l'ai bien vu. »

« Si tu l'as vu, t'as pas besoin de l'demander », répondit-elle.

Il croisa les bras sur la poitrine et ne dit plus rien.

« On parlait de capital... » dit-elle au bout d'un moment.

« Oui », dit Anders avec bonne volonté.

« Tu sais ce qu'il a fait, ton frère ? »

« L'Niels ? Tu veux dire comment... il a terminé ? »

Il la regarda avec surprise.

« Et toi et moi, on sait comment il a terminé, dit-elle avec autorité. C'est aut'chose que j'voulais dire. »

« Et quoi, alors ? »

« Il a détourné des fonds pendant des années, ton frère ! »

Elle regardait droit devant elle.

« Qu'est... qu'est-ce que tu dis ? » Il la regardait, les yeux écarquillés.

Elle ne répondit rien.

Au bout de quelque temps, il attrapa ses deux mains. L'artère battait sur son cou, son visage était blême.

« Pourquoi tu dis des choses pareilles, Dina ? »

« Parce que c'est vrai », dit-elle brièvement, et raconta à Anders la cachette sous les planches.

Les mains d'Anders s'accrochaient aux siennes en les serrant.

« Combien c'était ? » dit-il d'une voix enrouée.

« Assez pour aller en Amérique. »

« Et où est-il maintenant ? L'argent ? »

« À la banque. »

« Mais, nom de Dieu, pourquoi a-t-il... ? »

« Il voulait avoir un capital. »

Anders la fixait.

« C'est à ne pas croire ! »

« Il avait en quelque sorte une raison », continua-t-elle. Les mots vinrent d'eux-mêmes.

« Raison ? »

« La honte était sur lui. A cause de la petite Hanna. »

« Mais Seigneur ! »

« Il fallait qu'il s'en aille. Très loin. Voulait pas s'en aller comme un miséreux. Léo avait dit qu'il voulait aller en Amérique. Stine avait trouvé une carte... C'était bien pour ça. Il pouvait pas aller en prison. Hjertrud l'aurait pas permis... »

« Hjertrud ? Mais ma pauvre... Pourquoi il est pas parti ? Pourquoi ? »

« Il s'est pendu parce qu'il savait que j'savais. »

« Que tu savais ? »

« J'lui avais donné un délai pour rendre l'argent. »

« Tu veux dire qu'il s'est suicidé parce que... »

« Il avait honte. »

« Il croyait que t'allais le dénoncer ? »

« Y avait pas d'raison de croire autre chose. »

« Dina ! Tu l'as poussé ? »

Il s'arrêta. Ses mains serraient de plus en plus fort. Ses ongles s'enfonçaient dans la peau.

Elle s'appuya sur le dossier. Comme si elle se rendait.

« J'sais plus », dit-elle avec colère en fermant les yeux.

Il l'entoura alors de ses bras et la serra contre lui.

« Pardonne-moi ! supplia-t-il. Bien sûr que ce n'est pas d'ta faute ! Ceux qui font quelque chose de honteux en sont eux-mêmes responsables, je sais bien. Mais que le Niels... qu'il ait pu faire ça ! Sans m'en dire un mot... »

Il soupira. Mais ne la lâcha pas.

Deux enfants frappés d'un même malheur ancien.

Pendant longtemps ils restèrent dans leurs pensées.

« Les rues à Trondheim sont plus larges qu'à Bergen », lança Dina en l'air.

« Ça rend le chargement encore plus difficile, et la sortie et l'entrée du fjord sont de vrais cauchemars. »

Anders était reconnaissant de l'interruption.

« Le port est pas assez profond ! » ajouta-t-il avec insistance.

Ils regardaient tous les deux la fumée épaisse sortant du vapeur qui arrivait.

Ils entrèrent dans une ruelle étroite bordée de petites maisons misérables. Un matelot chancelait devant les chevaux, et une femme hystérique criait à un gros monsieur au veston trop étroit qu'il fallait se dépêcher, car le vapeur était déjà en marche. Il respirait comme un soufflet de forge et perdait un carton à chapeaux. Ils couraient devant les chevaux, comme s'ils demandaient à être renversés.

La voiture s'arrêta, et ils payèrent le cocher. Ils firent à pied le reste du chemin.

Sur les quais, le couple en train de se chamailler reparut. La femme força un passeur à les amener au vapeur. Ils trébuchèrent sur les bancs. A un certain moment, il sembla qu'ils allaient renverser la mince embarcation. Tout en continuant à se disputer et à crier.

Le quai long de trente aunes, avec les locaux d'expédition, était noir de monde. Au fur et à mesure, il y en avait d'autres qui demandaient à être transportés jusqu'au bateau. Le vapeur n'avait pas l'autorisation d'accoster au quai à cause des risques d'incendie, disait-on.

Anders était soulagé de pouvoir passer son désespoir sur quelque chose.

« Ce port est grand comme une soucoupe ! » grondait-il, sans que personne ne lui ait rien demandé.

Dina le regardait de côté sans rien dire.

Un homme courait nu-pieds sur les planches du quai, brandissant un couteau de boucher, derrière un jeune garçon qui tenait une bouteille de rhum serrée contre lui. La police arriva et s'empara d'eux après force cris. Les gens faisaient le vide pour ne pas être mêlés à l'histoire. Certains étaient tellement pressés sur les bords qu'ils risquaient de tomber à l'eau.

Anders était en deuil. Les blessures de Dina ne voulaient pas saigner. Le ciel couvert avait de larges ouvertures, mais il n'y avait pas de soleil. Les pensées tombaient comme de la pluie.

Ils levèrent l'ancre le lendemain matin.

Le vent était favorable. Mais Anton n'était pas en forme.

« J'ai de la tempête coincée dans la hanche », dit-il. Il se tenait au gouvernail comme un taureau blessé.

Ils le laissèrent faire la tête, sans plus d'histoires.

Anders et Dina avaient d'autres soucis. Une tension s'était installée entre eux, pour le meilleur et pour le pire. C'était nouveau. La conversation dans le fiacre avait tourné court. Avait mis en route quelque chose qui rendait difficile la vie en commun dans la cabine.

Les yeux d'Anders étaient un texte biblique grossi à la loupe. Il disait : Nous sommes frère et sœur ! Quelque chose est venu troubler nos rôles. Nous devrions pouvoir compter l'un sur l'autre.

Il s'avouait certaines choses. Que, pendant des années, il avait rêvé que Dina lui fasse des confidences. Lui demande des conseils.

Maintenant, elle lui avait confié que Niels avait été une fripouille. Il était décontenancé et honteux du fait que la confidence de Dina comptait plus pour lui que les derniers jours de Niels.

Dina était comme un hibou assis dans son arbre, évitant la lumière du jour.

Chapitre 10

L'Éternel répondit à Job du milieu de la tempête et dit : qui est celui qui obscurcit Mes desseins par des discours sans intelligence ? Où étais-tu quand Je fondais la terre ? Dis-le, si tu as de l'intelligence. Qui en a fixé les dimensions, le sais-tu ? Ou qui a étendu sur elle le cordeau ? Sur quoi ses bases sont-elles appuyées ? Ou qui en a posé la pierre angulaire, alors que les étoiles du matin éclataient en chant d'allégresse, et que tous les fils de Dieu poussaient des cris de joie ? Qui a fermé la mer avec des portes, quand elle s'élança du sein maternel ; quand Je fis de la nuée son vêtement, et de l'obscurité ses langes ; quand Je lui imposai Ma loi, et que Je lui mis des barrières et des portes ; quand Je lui dis : tu viendras jusqu'ici, tu n'iras pas au-delà ; ici s'arrêtera l'orgueil de tes flots ! Depuis que tu existes, as-tu commandé au matin ? As-tu montré sa place à l'aurore ?...

(Livre de Job, **38**, 1-2 et 4-12)

Ils sortirent du fjord de Trondheim et mirent le cap vers le nord. Anders vit la pluie et la tempête se préparer devant eux. C'était presque un soulagement.

Quand ils ne purent plus voir à droite la côte plate d'Ørland ni sur la gauche le phare d'Agdenes et furent livrés à eux-mêmes, il y avait encore une légère brume et grand vent.

Cela n'avait pas l'air de vouloir s'arrêter. Cela arrivait du nord-ouest avec la pluie par paquets gris de plomb.

Le *Mère Karen* se faisait rincer l'étrave. Et le large navire était jeté au fond des vagues comme une tasse sans anse à la dérive.

Le précieux chargement fut arrimé encore une fois et recouvert autant qu'il était possible.

Un gamin d'une des métairies de Reinsnes était déjà couché. Le malheureux avait vomi dans ses couvertures. Au grand scandale ponctué d'engueulades de la part de celui qui partageait sa couchette. Mais personne ne s'en mêlait. Chacun avait suffisamment à faire.

Ça grinçait et bringuebalait dans le ventre du solide bateau. Des plaintes et des pleurs venaient de la voilure et du gréement.

Les heures passaient, plutôt sous l'eau que par-dessus. Mais malgré cela, Anton ne voulait pas chercher un havre. Il pressait le navire sur la mer, comme s'il s'agissait d'une épreuve de force.

C'est alors que tout commença.

Dans la cabine, Dina était seule, cramponnée au rebord de la table.

Les murs changeaient de direction continuellement.

Elle se fourra une taie d'oreiller entre les cuisses quand elle vit le sang qui s'égouttait sur le plancher. Puis elle retomba au plus vite sur le bord de la table.

Une mare de sang cherchait son chemin sur les planches mouvantes. Coulant vers l'est ou l'ouest, le nord ou le sud selon les mouvements du bateau. Elle devint petit à petit comme un ruisseau brunâtre et gluant entre les fentes du plancher.

Suis-je Dina? Qui hier soir était un orgue. Avec des milliers de corail en train de quitter son corps! Parce que je l'ai voulu! Aujourd'hui des couteaux m'arrachent morceau par morceau. Je suis une rivière qui ne sait pas où va son cours. Il n'y a là même pas de cris. Je flotte tellement tranquillement. Où est Hjertrud maintenant?

L'effigie de Mère Karen, sous la forme d'une femme à forte poitrine, à la chevelure retenue par un nœud souple, disparaissait dans la fureur des vagues.

Mais elle se redressait avec fierté. Secouait l'écume dégoulinant. Encore et encore. Les yeux avaient été finement sculptés au couteau par un artiste local de Vefsn. Ils fixaient d'un regard vide soit le fond de l'abîme, soit le ciel.

C'était la mer de Folda sous son implacable et véritable jour. Au moins deux mois trop tôt.

Anton donna l'ordre de faire amener les bonnettes et de réduire la voile. Anders montait la garde au milieu des rafales, comme un faucon.

C'était un temps sans merci. Il n'était pas question de se diriger vers la terre. Ils étaient entourés d'écueils et de paquets d'eau.

Anton se préparait à naviguer en pleine mer. Il n'y avait rien d'autre à faire.

Le vent était variable et capricieux, mais dut se rendre parce qu'Anton et Anders, depuis des années, avaient appris à lui tenir tête.

Chaque fois qu'ils relevaient le bateau, et qu'Anders sentait qu'ils avaient le dessus, il ressentait comme une morsure sur la nuque. Dina ! Lui mordait la nuque.

Chaque fois, cette lutte contre les bourrasques le remplissait de bonheur. Cela dura pendant des heures. Ils maîtrisaient les lames, maîtrisaient le vent. Le bateau, et la voile.

Il n'avait jamais vécu une telle remontée de vent. Sa lèvre inférieure avançait. Ses sourcils s'embroussaillaient de sel. Extérieurement, il était trempé comme une soupe, mais intérieurement, il était de fer. Parce que, tout compte fait, il savait manœuvrer une voile !

Dina était couchée derrière le rideau et ne voyait rien à travers les hublots couverts d'embruns.

Tout ce qui n'était pas attaché dansait librement. Elle avait mis un imperméable sous elle dans la couchette, et se cramponnait à deux mains entre les douleurs.

Alexandre Pouchkine apparut à la fenêtre et lui parla de la mort. Quand elle touchait une malheureuse dans ses entrailles ! Il avait avec lui son livre de poésies. Un cadeau de Léo. Il riait à en faire vibrer toute la coque du bateau. Puis il poussa avec force le livre sur son ventre. Sortait et entrait par le hublot rond de la cabine et apportait chaque fois un nouveau livre. Ils pesèrent de plus en plus lourd et leurs coins étaient de plus en plus coupants.

À la fin son ventre ne fut plus qu'une masse sanglante qui pendait en lambeaux par-dessus le bord de la couchette.

Elle essayait de les rassembler, mais n'y arrivait pas. Il était si rapide cet homme brun avec ses livres qui blessaient.

Il criait sa haine des femmes à voix haute et désespérée, ou bien l'appelait, les dents serrées, « putain du cavalier de bronze » et « ma chère Natacha ».

Il avait la voix de Léo, et sortait directement des bourrasques à grand bruit. Comme s'il employait un mégaphone. Il faisait éclater sa tête en mille morceaux.

C'était un spectre marin ! Avec les mains du forgeron et la cicatrice de Léo sur le visage. A la fin il sortit le fusil lapon de Tomas de son manteau et la visa. Pan !

Mais c'est sur Hjertrud qu'il avait tiré ! Hjertrud était dans un coin, le visage comme un grand trou ! Comment cela était-il arrivé ?

Ça coulait chaud entre les cuisses de Dina. Une chaleur qui se transformait petit à petit en linceul de glace.

Le vent s'était un peu calmé.

Dina s'était levée et avait rassemblé le drap entre ses jambes. Puis elle était allée, vacillante, jusqu'à la porte et avait crié le nom d'Anders. Le cœur battant dans la gorge. Ses cris étaient comme ceux des sorcières allant au diable. Portant à travers les embruns et le vent.

Il n'y avait pas de doute. Il se passait quelque chose.

Anders était gelé, épuisé et avait les yeux brûlants. Mais il trouva quelqu'un pour le remplacer. Et se fraya un chemin vers la cabine où Dina hurlait son nom avec fureur.

Une fois à l'intérieur, il reprit sa respiration. Les gouttes coulaient de son ciré à un rythme régulier.

Son suroît s'était envolé dans la bourrasque il y avait de cela plusieurs heures. De véritables ruisseaux venant des cheveux clairs et raides de sel lui coulaient sur le visage et sur le cou. Sa chevelure collée au crâne le faisait ressembler à un phoque en colère. Il avançait le menton plus que de coutume.

Il fixait la femme sur la couchette. Tout d'abord incrédule.

La lumière du jour forçait les embruns sur la vitre et découvrait les cuisses nues de Dina. Le drap blanc imbibé de sang. Ses gémissements étaient ceux de mâts détachés de leur gréement par grande tempête. Elle tendit les bras vers lui. Les yeux suppliants.

« Mon Dieu ! » Il glissa sur les genoux devant elle.

« Aide-moi, Anders ! »

Elle n'essayait pas de se couvrir. Il la saisit, en plein délire, tout en émettant des grognements désespérés.

« J'suis à bout. Tout est déchiré là-dedans... » murmura-t-elle en refermant les yeux.

Anders se remit debout, se précipitant vers la porte pour aller chercher de l'aide. Parce que cela dépassait son entendement.

Elle ouvrit alors les yeux, et, le regard dur, elle siffla entre ses dents :

« Tais-toi ! Dis rien ! Pas un mot ! Aide-moi ! »

Il se retourna, la regardant d'un air désarçonné. Puis il comprit le message. Une ou deux histoires lui revinrent à l'esprit. Des histoires de femmes. Leurs tourments. Leur destinée. Leur honte.

Cela le rendit muet un long moment. Et, pâle, il fit oui d'un mouvement de tête. Ouvrit la porte de la cabine, racla de sa gorge six heures de tempête et hurla ses ordres à Anton.

« La Dina, elle est malade. L'Tollef prend ma place ! Demande au gamin d'faire chauffer de l'eau ! »

Anton était furieux, en bas, en pleine bourrasque. Les bonnes femmes à bord, qu'elles aillent au diable ! Elles ne savaient qu'être malades et vomir, mais faire escale à Trondheim, ça elles le pouvaient ! Tonnerre de Dieu !

Le gamin qui avait le mal de mer arriva avec de l'eau fumante dans un récipient en bois, mais il en avait renversé la moitié en route. Anders le reçut à la porte. Ils étaient tous deux tremblants et pâles. Pour des raisons différentes.

Anders ne le laissa pas entrer, et il avait tiré le rideau devant la couchette de Dina. Ayant enlevé son ciré, et torse nu, il prit l'eau tant bien que mal. Ordonna brièvement d'apporter encore de l'eau.

Le garçon était épuisé. Mal en point après le mal de mer, effrayé et las. Sur son visage, on lisait comme la souffrance d'une main nue sur une barre de fer en plein gel.

« Grouille-toi, salopard ! » cria Anders. Cela lui ressemblait si peu que le garçon sortit en courant.

Elle était calme maintenant. Le laissant la rouler sur le côté pour enlever les draps pleins de sang. Ça avait tout transpercé, pensait-il.

Une odeur douceâtre et fade émanait de tout ça. Il eut mal au cœur un instant. Mais se reprit.

« Qui, nom de Dieu, avait bien pu planter ça ? Qui donc ? Le Russe ? »

Les pensées tournaient dans le crâne d'Anders pendant qu'il la lavait et s'occupait d'elle. Il n'avait jamais été si près d'une femme. Pas de cette façon... Il était maladroit, gêné, et en fureur.

Il mit un vieux ciré sous le drap propre qu'il avait trouvé dans la malle de Dina, et la fit basculer dessus. Elle était lourde et inanimée. N'ouvrant plus les yeux, elle se contentait de respirer lourdement et de lui serrer les poignets. Il dut se libérer pour pouvoir l'aider.

Le sang ne coulait plus aussi fort. Mais il continuait en flot régulier. Il repoussa de sa botte les draps souillés dans un coin.

Tout à coup, il remarqua quelque chose de bleuté, comme une membrane au milieu de tout ce rouge. Il frissonna. A qui, nom de Dieu, devaient-ils ça ? Il serra les dents pour ne pas crier.

Elle avait déjà perdu connaissance. Elle avait dû saigner longtemps. Il ne manquerait plus qu'elle... Il n'alla pas jusqu'au bout de sa pensée. Se contenta d'avancer sa lèvre inférieure et de presser un gros chandail entre ses jambes. La laine aspirait tout. Il continua à le presser, disant toutes les prières qu'il avait apprises.

Elle reprenait connaissance de temps à autre et plantait sur lui un regard vitreux. L'horreur s'installait sournoisement entre eux.

Alors il baissa la voix pour dire ses prières.

Le vent tombait et le bateau avançait, flanquant des coups aux grosses lames.

Anders se rendit compte qu'ils arrivaient à manœuvrer

les voiles sans lui. Cela fut un soulagement. Mais elle continuait à saigner.

Ils voulaient entrer. Les uns après les autres, les hommes de l'équipage. Mais il les recevait à la porte. Commandait seulement de la soupe chaude et de l'eau chaude.

À la fin, Anton lui cria qu'il n'avait qu'à faire monter la dame de Reinsnes sur le pont, pour qu'elle vomisse dans la mer comme tout le monde.

Anders ouvrit la porte et lui montra le poing. Puis il claqua la porte si bien que le grand nez du capitaine avait risqué un instant d'y rester pris.

Le calme revint dehors. Le bateau labourait les vagues. Le bidon de soupe arriva. L'eau aussi. Les gars venaient seuls à bout des difficultés. Ils commençaient à comprendre que c'était plus grave que le mal de mer. Ils s'enfonçaient dans la routine à nouveau.

Les heures passaient. Le soleil apparut sur le ciel, et le vent avait tourné vers le sud.

Dans la cabine, Dina somnolait continuellement. L'hémorragie s'était enfin arrêtée.

Anders, qui avait abandonné tout espoir de la tenir au sec, put enfin la mettre sur le côté et nettoyer le vieux ciré. Elle le tenait par le cou pendant qu'il la soulevait. Il surveillait en même temps que l'hémorragie ne reprenne pas.

Elle n'essayait même pas de se cacher. Après tant d'heures dans la même mare, ce n'était plus la peine.

Dina ne semblait pas en faire une question de dignité. Elle se reposait entièrement sur l'homme. De temps à autre elle s'évanouissait. Puis elle revenait à elle et l'appelait tout bas. Une fois elle marmonna quelque chose qu'il ne put entendre. Elle semblait faire appel au brigand de la Bible. En effet, Barabbas !

Il lui fit prendre un peu de soupe. Elle buvait de l'eau avidement, à grosses gorgées. Cela coulait au coin des lèvres et laissait des taches humides sur sa chemise. Ses cheveux étaient collés par la sueur. Mais ne sachant pas comment s'y prendre, il les laissa ainsi.

De temps en temps, il la secouait doucement pour voir si elle était en vie. Et quand il s'aperçut que la lumière la gênait, il tira les rideaux sur les fenêtres. Dans la pénombre il pouvait quand même voir son teint jaunâtre. Elle avait des cernes noirs autour des yeux, qui lui mangeaient la moitié des joues. Son nez pointait. Têtu, les narines blanches.

Anders n'était pas guérisseur. Il ne savait pas très bien prier non plus. Mais dans cette matinée de dimanche, dans une odeur de sang, il pria pour la vie de Dina.

Pendant ce temps-là, l'équipage remettait le chargement en place et le caboteur *Mère Karen* dépassait Vega sur sa route de retour.

Que ce soit grâce aux prières ou non, sa respiration se fit plus régulière. Ses longs doigts blancs reposaient sur la couverture. Il pouvait voir les veines se diviser en réseau, jusqu'aux ongles roses.

Il toucha légèrement ses sourcils pour voir si les paupières bougeaient. Elle ouvrit alors les yeux et le regarda. De très, très près. Comme si elle sortait du brouillard.

Il crut qu'elle allait se mettre à pleurer. Mais elle aspira seulement profondément, dans un énorme soupir, et ferma les yeux.

Il se demanda quand elle serait capable de pleurer, si ce n'était maintenant.

Il y avait quelque chose d'horrible dans cette initiation à la vie des femmes. Mais il lui était en quelque sorte reconnaissant de ne pas pleurer.

« Qu'est-ce que c'était que cette maladie de merde dans la cabine ? » demanda Anton. Il s'était calmé au fur et à mesure que le vent tombait. Maintenant il voulait avoir des nouvelles.

Anders referma la porte et sortit sur le pont avec lui.

« Elle est malade. Sérieusement. A vomi et perdu beaucoup trop de sang. C'est l'estomac. Quelque chose... qui s'est mis dans l'estomac. Elle est complètement épuisée. La pauvre... »

Anton se racla la gorge et s'excusa, disant qu'il n'avait pas compris que c'était si grave. Mais il avait toujours dit : Les femmes à bord...

« Elle aurait pu y passer ! » dit Anders en donnant un coup de pied à un tonneau qui roulait.

« Occupe-toi de mettre le gamin à tout attacher, pour que ça ne parte pas à la mer. Ravale ta bile ! S'agit pas de toi ! »

« J'savais pas que c'était si grave... Que c'était si... »

« Maintenant tu l'sais ! »

Anders rentra dans la cabine. Comme si, jamais plus, il ne lui viendrait à l'idée de prendre le quart.

Anders était arrivé à se débarrasser des draps en les jetant par-dessus bord. Il avait attendu que la tempête se calme, pour éviter que tout le monde soit sur le pont pour surveiller le chargement. Il profita d'un moment où personne ne pouvait voir ce qu'il faisait.

Dentelles et broderies. Il jeta tout à l'eau. Le tas géla-tineux et bleuté fut enfoui à jamais.

Ils n'en avaient pas dit un mot, entre eux. Mais ils l'avaient vu tous les deux.

Elle le fixait de ses yeux d'eau claire. Il s'assit près d'elle. Le rebord de la couchette était haut. Il était mal assis. Les gréements gémissaient au-dessus de leurs têtes.

Il avait ouvert l'un des hublots pour qu'un peu d'air frais lui parvienne.

La sueur perlait à la racine de ses cheveux bruns et le long de son cou. Elle avait des cernes bruns autour des yeux, ses pupilles vacillaient.

Une tache rouge vif apparaissait sur le haut de chacune de ses joues cireuses. Ce n'était pas bon signe.

Anders en avait vu pas mal. Du scorbut, de la vérole et de la lèpre. Il savait que pareilles taches étaient signes de fièvre. Mais il ne dit rien. Il se contenta de tremper un gant dans de l'eau et de le lui passer sur le visage et le cou.

Une expression qui pouvait être de la reconnaissance passa un instant dans ses yeux. Mais il n'en était pas sûr. Avec Dina, on n'était jamais sûr de rien. Cepen-dant, il osa lui prendre la main.

« Tu poses pas d'questions ? » murmura-t-elle.

« Non. C'est pas exactement l'moment », répondit-il en évitant de la regarder.

« Mais t'es pas assez bête pour pas comprendre ? »

« Non, j'suis pas assez bête... »

« Qu'est-ce que tu vas faire avec c'que tu sais, quand on arrivera ? »

« Transporter la Dina à terre, et m'assurer qu'on s'occupe des marchandises et du bateau. »

Il donna de l'assurance à sa voix.

« Et après ? »

« Quoi après ? »

« Quand ils vont demander ce qu'elle a, la Dina ? »

« Alors j'leur dirai qu'elle a une maladie dans l'estomac, qu'elle a rendu plein de sang. Que le sang coulait par les deux côtés. Mais que c'est fini maintenant, et que j'suis sûr qu'c'est pas contagieux ! »

Il toussota après ce long discours, et lui prit l'autre main aussi.

Toute la couchette fut secouée par un tremblement. Qui le gagna lui aussi. Immense et chaleureux. On aurait dit qu'elle pleurait. Pas des yeux mais de tout son corps. Comme un animal. Silencieusement.

Pour Anders c'était comme d'aller communier. Comme si l'on venait de lui faire un cadeau.

Pendant des années, il avait habité la même maison que quelqu'un qui n'avait jamais exprimé autre chose que colère et obstination. N'avait jamais montré de tendresse. Il lui apparut qu'ils en avaient tellement l'habitude qu'ils ne s'étonnaient même pas de si peu la connaître.

Il la tenait dans ses bras, et se ressaisissait. Cela lui donnait de la force.

Il pouvait maintenant naviguer sur toutes les mers, par n'importe quel temps qu'il plairait au Seigneur. Car il avait vu quelque chose qui en valait la peine.

Il eut envie de pleurer sur ses parents morts. Sur Niels. Sur sa propre obstination. Qui avait fait de lui le patron du caboteur de Reinsnes. Bien qu'il haïsse ce damné océan. Qui avait englouti ses parents et lui avait donné des cauchemars toute sa vie sur la grande vague qui les emporterait tous à la fin. Il eut envie de pleurer sur Dieu qui restait assis sur chaque coque de navire renversée, et ne sauvait que lui-même.

Mais il la tint dans ses bras jusqu'à ce que le tremblement cesse. Les bruits du pont venaient jusqu'à eux comme un écho lointain dépourvu de sens. Les mouettes étaient tranquilles au soleil d'août, dont les rayons bas atteignaient enfin le toit de la cabine.

« Tu m'évites le chemin de Canossa dans l'église, et des explications devant une commission », dit-elle amèrement.

« Oh, t'as mené ton combat toute seule. »

« La Stine y a tout juste échappé. Parce que c'était la deuxième fois. »

« Qui c'est qui compte les fois ? Tu peux m'dire, Seigneur, qui est assez pur pour compter les fois », dit Anders.

« L'Niels a nié. Alors ils pouvaient rien trouver contre lui. »

« L'Niels est mort maintenant, Dina. »

« La Stine vit avec sa honte ! »

« Personne s'en souvient maintenant. Pense pas à ça. C'est fini maintenant. »

« Y en a qui vont en prison aussi », continua-t-elle.

« Plus maintenant. »

« Si. La Kirsten Nilsdatter Gram, elle a eu trois ans de prison à Trondheim pour avoir tondu dix-neuf moutons du voisin, et s'être servie de viande salée et de farine... L'Niels avait caché une fortune... et laissait la honte à la Stine... »

Anders comprit qu'elle n'avait pas les idées très claires.

« Niels était le seul que j'avais... » murmura-t-il plutôt pour lui-même.

Elle reprit tout à coup ses esprits.

« Maintenant, c'est moi que tu as », dit-elle en serrant sa main avec une force inattendue.

« T'auras pas à regretter... rien, Anders ! »

Ils échangèrent un regard. Concluant un pacte.

Jusqu'à Tjelsund, personne n'avait osé les déranger. Il était arrivé à leur faire comprendre que la mort avait fait son apparition. Mais s'en était retournée.

Et le cuisinier, qui était le seul autorisé à monter avec

le bidon de soupe et l'eau, assurait bien volontiers que Dina était si malade qu'elle ne parlait à personne.

Les hommes passaient sur la pointe des pieds quand ils étaient aux alentours de la cabine. Les bavardages grossiers, et la joie de se retrouver dans leur pays, étaient sensiblement modérés. Ils discutaient comment transporter leur maîtresse à terre.

Anders l'avait aidée à s'asseoir sur la couchette, pour qu'elle puisse apercevoir un lambeau de terre.

Le paysage d'automne éclatait de fécondité. Dina était vide de toute fertilité.

Un entrepôt apparut tout à coup, se balançant sur ses pilotis, quelque part sur la mer.

« C'est la boutique et le quai du marchand Christensen. Il a expédié un paquet de construction démontable à l'exposition universelle à Paris ! Il est pas fou, le gars ! "Maison d'hiver du 68,5 degré nord", il a mis sur l'étiquette », raconta Anders.

Dina sourit faiblement.

Quand ils s'approchèrent de Sandtorv, Anders voulut aller à terre pour chercher le médecin. Mais Dina gronda.

« Il a tellement à faire qu'il a à peine le temps d'constater la maladie », dit-elle.

« Mais si tu en meurs, Dina ? Si tu as une nouvelle hémorragie ? »

« Alors c'est le destin », dit-elle.

« Tu dis des blasphèmes ! Il a pas l'droit de parler, lui qui est docteur, à c'que j'sais ? »

« Les gens disent plein de choses, qu'ils en aient le droit ou non. »

« T'es dure, Dina ! Tu penses pas à ta santé ? T'as pas peur de la mort ? »

« C'est une question plutôt idiote à c't'heure, Anders... »

Il était au milieu de la cabine et la regarda un moment. Au cas où elle changerait d'avis. Mais elle n'ouvrit même pas les yeux. A la fin, il sortit et referma la porte derrière lui.

Elle allait mieux quand ils traversèrent le Vågsfjord. Elle voulait rester assise. Mais les taches de fièvre ne disparaissaient pas. Et ses yeux étaient vitreux.

Les collines couvertes de bouleaux étaient encerclées de plages roussies par le soleil. Les îlots et les montagnes glissaient tranquillement. De petites vagues léchaient la coque.

Elle s'assoupit une fois ou deux. Mais la tête de Hjertrud avec son grand cri montait la garde, et la vapeur, épaisse et écœurante, enveloppait sa couchette, quand elle revenait à elle. Aussi essayait-elle de rester éveillée.

Je suis Dina, qui vois les nervures d'une feuille de bouleau nouvellement éclose. Mais c'est l'automne. Oline fait des conserves de mon sang, et le met en bouteilles. Elle les cachette bien avec de la cire et dit qu'il faut les descendre à la cave pour l'hiver. Les bouteilles vertes sont lourdes et pleines. Les servantes n'arrivent pas à en porter plus d'une à la fois.

L'équipage était de bonne humeur. Il faisait un beau temps de retrouvailles. Chacun était perdu dans ses pensées. La mer frisottait et le ciel était parsemé de taches de crème épaisse. La crème enrobait les montagnes sans pour cela empêcher un seul rayon de soleil de passer. Le long des criques et des pointes il y avait la forêt. D'un vert brillant après la pluie. Strandstedet, autour du cap Larsnesset, s'étirait paresseusement, et l'église était un géant blanc et familier dans tout ce vert et ce bleu.

Le drapeau flottait fièrement quand ils passèrent la pointe et aperçurent Reinsnes. On avait monté la garde et on les avait vus entrer dans le détroit.

Anders avait aidé Dina à se peigner les cheveux. Mais il avait dû abandonner. Ils les cachèrent sous le chapeau.

Les hommes voulaient la mettre sur une palette servant à transporter le poisson. Mais elle refusa.

Quand on la vit sortir chancelante de la cabine, le bras lourdement accroché au cou d'Anders, ils comprirent que cela avait été sérieux. Car personne n'avait vu Dina dans cet état.

Elle avait l'air d'un oiseau des mers qui venait de se libérer, après avoir été pris dans un filet – pendant longtemps. Son chapeau était de travers. Beaucoup trop grand et élégant pour supporter l'humiliation, quand sa propriétaire allait pour ainsi dire être portée dans la barque et déposée à terre comme un objet.

Il était évident qu'elle essayait de conserver toute sa dignité. Mais elle finit par défaillir. Les hommes se retournaient pour lui rendre les choses plus faciles.

Anders l'aida à passer les pierres glissantes recouvertes d'algues. Elle s'arrêta un instant au milieu de tous les gens silencieux qui la regardaient. Têtue comme une chèvre qui vient d'apercevoir trois brins d'herbe verte plus haut dans la caillasse. Puis elle continua à marcher.

Mère Karen lui faisait signe, d'un banc dans le jardin. Stine avait le visage tourné vers le soleil. Les mains brunes de Benjamin trouvèrent les plis de sa jupe. Anders était à ses côtés.

Mais Tomas resta dans l'écurie.

L'équipage alla à terre. Les cris de bienvenue fusaient par-dessus le bastingage. Mais quelque chose assombrissait l'atmosphère. Tous les regards étaient tournés vers Dina.

« Qu'est-ce qui s'était passé ? »

Anders donnait des explications. Sûr de lui. Comme s'il s'était exercé tout au long du chenal qui menait dans la baie. Les muscles de ses bras qui entouraient Dina tremblaient.

Alors on lui tendit les bras pour la recevoir. Stine. Les servantes. Ce fut comme si cela la rendait plus faible. Ses jambes ne voulaient plus la porter. Le varech qui couvrait les pierres poussa de légers soupirs quand elle tomba.

Elle était revenue chez elle.

Dina fut mise au lit sous la surveillance de Stine. Les hommes pouvaient enfin se détendre.

Anders sentit un poids glisser de ses épaules. Il avait été pesant. Il avait déjà traversé des tempêtes, et il avait sauvé des gens de la noyade et de la mort. Mais il n'avait jamais vécu pareille traversée.

Anders ne racontait jamais ses propres exploits, aussi cela ne lui coûta guère de taire celui-là. Au lieu de cela, il s'installa dans le rôle de commerçant et de patron de caboteur, à la place de Dina. Parce qu'elle en était empêchée, couchée comme elle était, dans l'annexe.

Il fit monter du débarcadère des cadeaux somptueux. Arrivés à bon port à travers la tempête. De Bergen et de Trondheim. Des paquets et des coffres.

La machine à coudre de Stine fut admirée. En fonte décorée, avec la marque *Willcox & Gibbs* et sur un plateau en fin noyer. Telle qu'elle l'avait vue dans une annonce, pour un prix de quatorze écus.

Stine était folle de joie. Traversait les pièces en battant des mains. Le visage enflammé, elle alla quatre fois chez Dina pour la remercier, disant que c'était beaucoup trop.

Les salons de Reinsnes étaient remplis d'un joyeux bourdonnement de bienvenue. De tintements de verres qui luisaient. De froissements de papier de soie, de déclics de serrures et de bruissements de fines étoffes.

Mélasse et café furent soigneusement goûtés. Foulards et châles à longues franges et roses rouges furent essayés, admirés et caressés. Anneaux et broches furent fixés, enlevés, et changés de place.

Le garçon de la métairie, qui avait fait son premier voyage, fut taquiné, parce qu'il avait pris de la barbe au menton pendant qu'il était à Bergen. Il rougit et voulut se sauver, mais les servantes le retenaient, essayant de fouiller ses poches pour trouver des bretzels.

Hanna serrait contre elle une poupée au visage blanc et triste. Elle avait une robe de velours rouge, une cape et un béguin. La tête et les membres en bois étaient mobiles. Ils cliquetaient gaiement sous les vêtements de poupée quand Hanna se déplaçait.

Le cadeau de Benjamin était une machine à vapeur fixée sur une planche de bois. Elle crachait la vapeur et la fumée dans la pièce sous la conduite d'Anders. Mais Benjamin n'était pas intéressé par une machine que Dina ne faisait pas marcher.

La boite de bretzels fit plusieurs tours, jusqu'à ce qu'elle soit vide. Dehors, dans la cour, on ouvrit la caisse qui contenait la cloche, et on la plaça sur la meule à aiguiser, juste pour en tester le son.

Benjamin la fit sonner à toute volée. Plusieurs fois. Tout le monde autour souriait. Mère Karen comme une nappe de dentelle à la fenêtre du salon. Flottant légèrement au-dessus de tout.

« Elle a le ton aigre », dit Oline pour montrer son scepticisme envers la cloche.

Anders prétendit que le son serait différent quand elle serait en place sur le toit du grenier. Elle sonne mieux quand elle est accrochée à une poutre en bois, dit-il.

Il jeta à ce moment-là un regard vers la chambre de Dina. La fenêtre était ouverte et tirait avec hésitation sur un rideau de dentelle blanche. Il s'accrocha aux planches rugueuses de l'extérieur, et semblait avoir du mal à se libérer.

Une curieuse pensée lui traversa l'esprit, que ce serait dommage pour le rideau si le vent le déchirait...

Ce jour-là, Tomas resta invisible. Il s'était préparé pendant des semaines. Cela ne lui faisait plus rien. En fait, ça avait toujours été la même chose pour lui, chaque fois que le caboteur revenait d'un long voyage.

Une grande ferme avait besoin d'hommes pendant la récolte, alors que certains autres s'en allaient. A Bergen et à Trondheim. Fallait voir comme ils plastronnaient, quand ils revenaient !

Tomas se trouva des occupations urgentes à l'étable et à l'écurie. Il ne raconta pas comment allait la ferme avant qu'on le lui demande. Et cela prit du temps.

Il l'avait vue au moment où elle rentrait dans sa maison. Tellement étrangère. Sans visage et sans regard. Un tas recroquevillé. Des griffes de fer et des hameçons s'agrippèrent à lui.

Tout le temps, pendant la cérémonie des retrouvailles, Tomas trouva des prétextes pour aller voir Stine. Pour lui demander comment ça allait. Qu'est-ce qui s'était passé. Si c'était vrai qu'elle avait eu le mal de mer et s'était déchiré l'estomac en vomissant.

Et Stine opinait du bonnet. C'était bien vrai. Le pire était passé. Elle allait donner à Dina des infusions de racines qu'elle venait de ramasser. Ça allait bien se cicatriser... petit à petit.

Ses yeux noirs et humides le transperçaient, sans le voir. Gardaient tout ce qu'elle pensait au plus profond d'elle-même.

Chapitre 11

**Voici, le juste reçoit sur la terre une rétribution ;
combien plus le méchant et le pécheur !**
(Proverbes, **11**, 31)

Les journées suivantes furent occupées à transporter les marchandises à terre, les distribuer à leurs destinataires, à entasser et ranger.

Anton resta quelques jours pour aider. Il devait du reste participer à la mise en cale sèche. Le caboteur ne servirait plus avant la pêche aux Lofoten. Mieux valait le mettre au sec tant qu'on avait assez d'hommes pour aider. Il n'était pas de bonne tradition de laisser le caboteur sur l'eau. Un bateau gorgé d'eau attirait vite la vermine. Et de toute façon, il n'était pas recommandé de laisser un caboteur à tous les vents qui ne le ménageraient certainement pas.

La mise en cale sèche prit deux jours cet automne-là. Avec l'aide de tous les hommes présents, et aussi d'eau-de-vie. Que le patron du caboteur ait droit à une plus grosse ration que les autres pendant un travail aussi important avait été décidé par feu le préfet Knagenhielm dès 1778. Mais Anders partageait tout ce qu'on lui donnait, fraternellement.

Il n'y eut pas de marée pour les aider, mais ils y arrivèrent quand même. En hâlant, en jurant et en s'encourageant. Aussi, bien sûr, à l'aide de certaines installations pratiques comme des palans, des cordages et des cabestans. Pas à pas.

Oline, de son côté, assurait la bonne chère. Elle ne les laissait pas dépérir en leur servant les biscuits du bateau ou les bretzels de plus en plus desséchés. Elle mit des casseroles de viande salée sur le feu et alluma le four dans la buanderie, pour faire du pain et aussi pour qu'ils puissent se laver.

Elle savait que la viande salée donnerait soif aux hommes. Mais ce n'était pas son rayon. Elle était généreuse avec la mélasse et le café.

Ils venaient à la rame, à cheval ou à pied. Tous ceux qui avaient expédié des marchandises à Bergen, ou qui, d'une manière ou d'une autre, pensaient qu'il était bon de donner une journée de travail à Reinsnes.

Cela pouvait être bien utile dans l'avenir. Et on risquait plutôt un jour ou l'autre de se repentir d'avoir été absent sans raison. C'était la coutume. De simples règles vieilles comme le monde.

Mais là n'était pas la question. C'était aussi une fête. On dansait sur le quai d'Andreas quand tout était fini.

Et puis les bons repas ! Les rires. Le chahut.

Les servantes à Reinsnes étaient particulières. Elles étaient mieux surveillées que d'autres. Mais douces et fondantes comme du beurre au soleil. Disait-on.

Anders allait et venait et était le chef d'équipe. Dina était couchée dans son lit de veuve nouvellement acheté.

Il régna une curieuse atmosphère quand il fut clair pour tout le monde qu'elle n'y participerait pas. Elle ne ferait pas de musique, ne lancerait pas de commandements pour tirer les poulies, elle ne froncerait pas les sourcils comme un vieux savetier quand un cordage craquerait.

C'était justement une des choses extraordinaires qu'on pouvait raconter quand on rencontrait des gens d'autres régions. Que cette grande femme, les poings sur les hanches, participait à tout. C'était ce qui faisait la différence entre cette ferme et toutes les autres.

La maladie de Dina avait beaucoup frappé Mère Karen. Chaque jour, elle traversait péniblement la cour, s'asseyait à son chevet, lui faisait la lecture à haute voix et la conversation pendant deux bonnes heures.

Dina s'y résignait avec une lueur de gaieté dans les yeux. Elle se plaignit à Mère Karen et à Stine de ne plus supporter le vin. Cela la rendait malade.

Stine prétendit que le seul fait d'y penser était déjà le signe qu'elle allait mieux. Mais Mère Karen dit que c'était un blasphème de se plaindre de cela, elle qui avait été tellement mal.

Oline la gavait de foie, de crème et de myrtilles fraîchement cueillies. Cela devait faire tomber la fièvre et lui donner du sang.

Mère Karen voulait faire venir le docteur, mais Dina refusait en riant. Elle avait maintenant surmonté la crise. Il suffisait d'avoir de la patience.

Stine l'aidait à se brosser les cheveux deux fois par jour, comme elle le faisait pour Mère Karen. Elle en savait plus sur la maladie de Dina que ce qu'elle voulait bien en dire. C'était comme si le seul fait de prononcer certains mots signifiait une sentence. La pièce, toutes les choses, avaient des oreilles.

Stine savait à qui elle devait d'être restée à Reinsnes. Elle jetait vers Dina des coup d'œil sous ses cils noirs et épais. Des coups d'œil comme des mûres jaunes à point sur les tourbières de septembre. Jaune ambre. Moelleuses.

Quand Dina lui demanda de lui apporter la collection de savonnettes conservées après les voyages en ville de Jacob, Stine alla chercher le carton et enleva le couvercle.

L'odeur du savon se répandit dans la pièce comme un champ de fleurs, et Stine arrangea les coussins et alla chercher du sirop de myrtilles dans l'ancien pichet en cristal.

Elle demanda à Oline de décorer le plateau avec des framboises sauvages confites. Et elle envoya Hanna dans l'enclos aux chevaux cueillir des fraises des bois. Qui furent enfilées sur une paille et qu'on lui présenta sur une assiette à filet d'or, accompagnées d'une serviette blanche et d'un verre de madère.

Dina avait découvert une servante au marché et l'avait ramenée avec elle, à cause de sa voix magnifique. Elle était restée pour aider Dina dans l'annexe.

Maintenant, la fille était soumise à la discipline d'Oline. Instinctivement, Stine avait compris que la présence d'une jeune femme robuste et saine serait difficile à supporter. Les odeurs de la fille, sa manière de se déplacer et sa lourde féminité emplissaient la pièce. C'était ce qu'il fallait éviter, quand Dina était dans cet état. Stine aérait la pièce après le passage de la fille.

Il ne restait dans la chambre que l'odeur des savonnettes de Jacob et l'odeur familière de Stine. Stine sentait la bruyère et les draps séchés à l'air, le savon noir et toutes sortes d'herbes aromatiques. Une sorte d'odeur que l'on remarque seulement quand elle a disparu.

Au bout de quelques jours, Dina fit venir Anders. Il entra en chaussettes dans sa chambre, et semblait tout à fait étranger. C'était comme s'il ne l'avait jamais vue autrement qu'installée dans le grand lit, aux rideaux et couvre-lit de dentelle allemande. Comme s'il ne l'avait jamais libérée d'un seul caillot de sang, ou essayé de la nettoyer après le déluge, pendant leur voyage de retour.

Il se tenait tête nue, les mains derrière le dos, pas très à son aise.

« Ça commence à aller mieux, la santé ? » demanda-t-il.

« Ça va bien, dit-elle en lui faisant signe d'approcher du lit. Assieds-toi, Anders ! M'faut parler affaires avec toi. »

Ses épaules retombèrent, de soulagement, il se dépêcha d'attraper une chaise, et s'assit, à distance convenable du lit. Puis il soupira et eut un large sourire.

« J'ai pas pu vérifier les comptes de la boutique depuis le voyage à Bergen. »

Il secoua la tête énergiquement, compréhensif.

« Tu peux y jeter un coup d'œil pour m'aider ? J'suis pas bonne à grand-chose encore, tu sais. »

Il opina du bonnet à nouveau. Ressemblant à l'automate du baromètre de Mère Karen, qui surgissait et secouait la tête de tout son corps pour annoncer le mauvais temps.

« J'serai bientôt sur pied pour reprendre tout en main. Mais faut faire des commandes pour l'hiver, et faut envoyer des avertissements à ceux qui doivent payer d'avance. Y en a pas tellement. Mais tu sais bien... »

Elle s'appuya sur ses coussins et lui lança un regard scrutateur, droit dans les yeux.

« Tu laisseras les métayers tranquilles, ou bien ils peuvent rembourser par des heures de travail pendant l'coup d'feu de Noël... »

Sa bouche trembla et ses yeux papillotèrent un instant. Elle tendit la main.

Il resta assis sans bouger, comme s'il n'était pas sûr de
la situation. Puis il approcha sa chaise et lui prit la
main.

« Anders ? » murmura-t-elle tout à coup.

« Oui », murmura-t-il en retour.

« J'ai besoin de toi, Anders ! »

Il avala sa salive et détourna son regard. Comme un
petit garçon au menton têtu, la mâchoire en avant et
aux graves yeux bleus. Qui pour la première fois découvrait l'autel paré de tous ses candélabres allumés.

« J'suis là », dit-il en serrant sa main entre les deux
siennes.

« Faut qu'tu fasses venir le commissaire. J'veux faire
mon testament. »

« Mais Dina, à quoi tu penses ? Tu penses quand
même pas à... Tu vas guérir maintenant, tu sais. »

« La mort a jamais choisi selon l'âge et la position
dans ces régions » , dit-elle.

« Dis pas des choses impies. »

« Sois tranquille. J'veux seulement mettre sur le papier
c'qui faut faire de mes biens. »

« Bon, bon... »

« Tu auras le *Mère Karen*, Anders. Le caboteur est à
toi ! Il nous survivra, et toi, et moi. »

Il aspira profondément plusieurs fois.

« C'est vraiment ta volonté ? » finit-il par dire après un
long moment.

« C'est clair, puisque je l'dis. »

La lumière tombait sur la cuvette et voilait d'une
brume légère le bord de roses peintes. Elle grimpait
dans la chevelure blonde et raide d'Anders. Et révélait
des cheveux blancs sur les tempes.

Il n'était plus l'automate prédisant le mauvais temps
du baromètre de Mère Karen. Il était le chérubin à la
torche sur le signet de Mère Karen !

« T'as rien entendu dire ? » demanda-t-elle après une
longue pause.

« Entendu dire ? Quoi donc ? »

« Y en a-t-il qui s'posent des questions ? dit-elle – des
questions sur la maladie de Dina ? »

Il retroussa sa lèvre inférieure.

« Non. Personne ! J'ai dit comment c'est venu. Comment ça s'est passé. Et combien de temps ça a duré. »

« Et si quand même ça devait passer en justice », murmura-t-elle en retenant son regard.

« Alors Anders apporterait son témoignage sous serment », dit-il résolument.

Elle s'assit tout à coup avec grande énergie. Puis elle se pencha en avant et prit sa tête de ses deux mains. Le tint serré contre elle, comme dans un étau, en le regardant dans les yeux.

Pendant un fol instant, tout vibra entre eux. Pour la deuxième fois, ils concluaient un pacte. Se comprenaient.

Puis tout rentra dans l'ordre.

Il remit ses snow-boots dans l'entrée et sortit dans le crépuscule.

Sa lèvre inférieure était pleine de douceur aujourd'hui. Il s'était rasé la barbe, comme il le faisait toujours après un long voyage. Et la partie de son visage qui n'était pas aussi tannée que le reste rougissait facilement.

Il tenait le dos remarquablement droit en traversant la cour.

Chapitre 12

La main des diligents dominera, mais la main lâche sera tributaire.

(Proverbes, **12**, 24)

À la fin octobre, il n'y avait plus une seule feuille sur les bouleaux. La neige était balayée dans la mer avant même de se poser, et le gel s'installa sur le grand baquet devant la buanderie. On allumait les poêles dès le matin, et on les entretenait jusqu'au moment d'aller se coucher. La saison pour la chasse était gâchée, et les airelles gelaient sur branche.

Mais Dina fut enfin remise sur pied.

Mère Karen reçut une lettre de Johan. Une lettre misérable. Johan ne se plaisait pas dans le Helgeland. Le presbytère était en mauvais état. La toiture fuyait, et il lui manquait le strict nécessaire. On n'arrivait pas à trouver de servantes, à moins de payer une fortune. Et les paroissiens étaient avares et peu engageants. Si Mère Karen pouvait lui prêter une somme, quelle qu'elle soit, en plus des rentes annuelles qu'il touchait venant de l'héritage de sa mère, afin qu'il puisse acheter une nouvelle chasuble et quelques draps.

Mère Karen alla voir Dina et lut la lettre à haute voix d'un air lamentable. Elle se tordit les mains et s'assit près du poêle de faïence blanche, le châle sur les épaules.

« Mère Karen est en train de perdre son chignon », remarqua Dina avec calme, en s'asseyant elle aussi.

Désemparée, Mère Karen essaya de mettre de l'ordre dans son chignon.

Les flammes léchaient l'intérieur du poêle, dont les portes étaient ouvertes. Toujours à l'affût de quelque chose à consumer.

« Il n'a pas eu de chance avec cette cure », dit Mère Karen tristement, implorant Dina du regard.

« Ça c'est sûr, dit Dina. Et maintenant il veut une partie des rentes de Mère Karen ? » ajouta-t-elle en regardant de côté la vieille dame.

« Je n'ai pas grand-chose à donner, dit-elle honteusement. Je lui ai donné presque tout quand il faisait ses études. C'était tellement cher à Copenhague. Si incroyablement cher... »

Elle se balançait d'avant en arrière et soupirait.

« Le savoir est certainement facile à porter, mais il est chèrement payé », ajouta-t-elle.

« Peut-être que Johan désire toucher encore une partie de son héritage », répliqua Dina, débonnaire.

« Oui, ce serait le mieux », dit Mère Karen, soulagée que Dina aille droit au fait et lui évite de mendier au nom de Johan.

« J'vais en parler au commissaire pour qu'il dresse un contrat en présence de témoins. »

« Est-ce bien nécessaire de faire les choses de manière si détaillée ? »

« Oui. On n'a jamais assez de détails quand il s'agit d'affaires d'héritage, Mère Karen. Il y a plusieurs héritiers à Reinsnes. »

Mère Karen lui jeta un regard rapide et dit avec incertitude :

« Je pensais qu'il était possible de lui donner un petit coup de main... sans faire de comptes. »

Dina l'épingla du regard et poussa la vieille dame dans ses derniers retranchements.

« C'est-il la volonté de Mère Karen que le Benjamin donne une partie de son héritage à son demi-frère qu'est adulte et ordonné prêtre ? » dit-elle d'une voix basse, mais très articulée.

Mère Karen s'affaissa. Le chignon blanc pointait doucement vers le haut. Des boucles argentées tremblaient sur les oreilles.

Elle tripotait la croix qu'elle portait toujours au cou.

« Non, non, ce n'est pas ce que je voulais dire », dit-elle en soupirant.

« C'est bien c'que j'pensais, on s'est seulement mal comprises, dit Dina avec légèreté. Alors je vais demander au commissaire de s'occuper des témoins et des signatures, pour qu'il ait un acompte sur son héritage, en plus de ce qu'il a eu jusqu'à présent. »

« Ce ne lui sera pas facile de morceler ainsi son patrimoine », dit la vieille dame tristement.

« C'est jamais facile de vivre au-dessus de ses moyens. En tout cas, pas après coup », coupa Dina.

« Mais chère Dina, Johan n'a pas... »

« C'est justement c'qu'il a fait ! coupa Dina. Il a touché une rente fixe pendant qu'il étudiait, et en plus tu lui as offert toute ta rente viagère ! »

Le silence se fit. La vieille dame restait assise comme si on l'avait battue. Elle levait les mains vers Dina. Pour se protéger. Puis elle les laissa retomber sur ses genoux. Elles tremblaient quand elle essaya de les croiser.

« Chère, chère Dina », dit-elle d'une voix enrouée.

« Chère, chère Mère Karen ! répondit Dina. Le Johan, il est temps qu'il se mette au travail, j'le dis carrément, même si j'l'aime bien. »

« Mais il a son travail de pasteur... »

« Et moi, j'avais la responsabilité de Reinsnes pendant qu'il se promenait ici et se concentrait sur ses voix intérieures et sur son appétit ! Sans même lever le petit doigt ! »

« Tu es devenue dure, Dina. Tu n'es plus la même qu'avant. »

« Avant quoi ? »

« Du temps où tu étais nouvelle mariée et préférais dormir toute la matinée, et ne faisais rien. »

« Y a beau temps de cela ! »

Mère Karen se leva tout à coup de son fauteuil et fit quelques pas chancelants vers la chaise de Dina. Se pencha sur elle, et lui caressa la tête.

« Tu as trop de soucis, Dina. Trop de responsabilités. C'est vrai, c'est bien vrai. Je devrais le savoir mieux que d'autres, moi qui t'ai connue autrefois... Tu devrais te remarier. Ce n'est pas bon de rester seule comme tu le fais. Tu es encore jeune... »

Dina rit fort, mais ne se retira pas.

« Tu connais peut-être un homme qui f'rait l'affaire ? » dit-elle en regardant en biais.

« Le voyageur russe ferait l'affaire », dit la vieille dame.

Dina rougit violemment.

« Qu'est-ce qui fait dire ça à Mère Karen ? »

« Parce que je t'ai vue courir sur le monticule pour scruter l'horizon, comme si tu attendais quelqu'un. Et parce que j'ai vu que le Russe faisait briller les yeux de Dina comme un arbre de Noël allumé. Parce que j'ai vu que tu es devenue méchante, s'il m'est permis de le dire carrément, dès que le Russe a disparu au printemps. »

Dina se mit à trembler.

« Mais oui... mais oui, murmura Mère Karen en continuant à lui caresser les cheveux. L'amour est une pure folie. Cela l'a toujours été. Il ne passe jamais. Il ne passe même pas quand il est mis à l'épreuve du quotidien et de la tempête. Il fait mal. Parfois... »

Elle semblait se parler à elle-même, ou au poêle de faïence. Ses yeux faisaient le tour de la pièce, tandis qu'elle faisait passer son poids sur un pied, pour essayer de reposer l'autre.

À la fin, elle s'écroula sur l'accoudoir.

Dina l'entoura alors de ses bras et l'attira dans son giron, tout en la berçant.

La vieille dame resta assise comme une petite fille sur les genoux généreux.

Elles se berçaient mutuellement. Tandis que leurs ombres dansaient sur le mur et que le feu s'éteignait lentement.

Mère Karen avait l'impression d'être jeune à nouveau, assise dans la chaloupe pour rejoindre le ketch qui allait l'amener pour la première fois en Allemagne avec son cher époux. Elle sentait l'odeur de la mer et des embruns, transportée à nouveau dans le fjord de Trondheim, en béguin et en tailleur de voyage.

« Il avait une bouche si sensible, mon époux », dit-elle rêveusement en se laissant bercer.

Elle avait les yeux fermés et les jambes pendantes.

« Il avait des boucles si blondes », ajouta-t-elle en souriant aux veines de l'intérieur de ses paupières. Elles donnaient à ses rêves des pulsions rouges.

« La première fois que je suis allée à Hambourg, j'étais enceinte de deux mois. Mais je n'avais rien dit à personne, de peur qu'on m'empêche de partir. On a pris les symptômes pour du mal de mer », dit-elle débordante de souvenirs et de rires.

Dina se nicha dans le cou de Mère Karen. La remonta

sur ses genoux, et la berça en cadence de ses robustes bras.

« Raconte, Mère Karen ! Raconte ! » dit-elle.

Il y eut une forte bourrasque autour de la maison. L'hiver était déjà là. L'ombre des deux silhouettes dans le fauteuil s'était lentement fondue dans l'obscurité du mur. Jacob attendait patiemment, mais ne semait pas la discorde.

Pendant que l'amour était en constante recherche sur les routes russes, dans les forêts russes et les grandes villes.

« Mais j'peux quand même pas me déclarer, Mère Karen ! » dit-elle tout à coup, désespérée, au milieu de l'histoire de leur arrivée à Hambourg et de la découverte de sa grossesse, et le père de Jacob l'avait lancée en l'air comme un sac de foin, et l'avait rattrapée comme une pièce de verre fin.

Mère Karen était perdue dans son monde à elle et cligna des yeux plusieurs fois.

« Te déclarer ? »

« Oui, si Léo revient ! »

« Mais bien sûr que la veuve de Jacob peut se déclarer à celui avec qui elle veut partager sa vie. Il ne manquerait plus que ça ! Bien sûr qu'elle le peut ! »

Cette déclaration inquiéta Jacob qui se retira dans le mur.

« Mais s'il dit non ? »

« Il ne dira pas non ! »

« Mais s'il le fait quand même ? »

« Alors, cet homme a de bonnes raisons que je ne connais pas », dit-elle.

Dina pencha sa tête vers elle.

« Tu penses qu'il faut que je l'trouve ? »

« Oui, on ne peut pas laisser l'amour se perdre sans lever un doigt. »

« Mais je l'ai cherché. »

« Où ? Je croyais que tu attendais un signe de vie. Que c'était pour cela que tu étais comme un lion en cage. »

« Je l'ai cherché et à Bergen et à Trondheim... » dit Dina misérablement.

« Tu aurais eu de la chance, si tu l'avais rencontré. »

« Oui... »

« Sais-tu où il peut être ? »

« Peut-être à la forteresse de Vardø, ou bien encore plus à l'est... »

« Qu'est-ce qu'il fait là ? »

« J'en sais rien. »

Il y eut un silence. Puis Mère Karen dit d'une voix ferme :

« Le Russe à la belle voix et au visage abîmé va revenir ! Je me demande d'où vient cette cicatrice ? »

Johan reçut une assez grosse somme. Un acompte sur son héritage. Soigneusement noté en présence de témoins.

Mère Karen écrivait des lettres. Dans le plus profond secret. Pour, si possible, trouver Léo Zjukovskij. Mais il était totalement introuvable.

Ce genre de travail de détective pour Dina et pour Reinsnes lui donnait l'impression d'être en bonne santé et d'avoir de l'importance. Elle se chargea même d'enseigner la lecture et l'écriture à Benjamin et à Hanna, et demanda à Dina de les suivre en calcul.

Ainsi se passa l'hiver, à travers les congères et les bougies allumées, les préparatifs de Noël et l'armement pour la pêche aux Lofoten.

Dina alla un jour dans l'écurie. Elle cherchait Tomas.

« Tu peux prendre du temps libre et partir aux Lofoten avec l'Anders cette année », dit-elle d'une manière inattendue.

Le givre recouvrait les fenêtres. La porte de l'écurie portait une dentelle de glace vers l'intérieur. Le vent soufflait sur les rondins des murs.

Mais Tomas ne voulait aller nulle part. Il planta un œil bleu et un œil brun dans ceux de Dina et donna à manger aux chevaux.

« Tomas ! dit-elle avec douceur, comme si elle était Mère Karen, tu peux pas gâcher ta vie à rester comme ça à Reinsnes ! »

« Dina pense comme ça que j'gâche ma vie ? »

« Tu vas nulle part. Tu vois rien... »

« J'devais aller à Bergen l'été passé. Ça s'est pas fait... »

« Et c'est pour ça que t'iras pas aux Lofoten ? »

« J'suis pas du genre à partir aux Lofoten. »

« Qui dit ça ? »

« Moi ! »

« Combien de temps vas-tu rester en colère parce que t'es pas parti à Bergen ? »

« J'suis pas en colère. Tout c'que j'veux, c'est pas être expédié quand tu m'trouves trop encombrant ! » murmura-t-il, à peine audible.

Elle sortit de l'écurie, le front ridé.

Dina était agitée quand Anders partit pour les Lofoten cette année-là. Elle déambulait, inquiète, dans l'annexe, n'ayant personne avec qui partager une carafe de vin et la fumée d'un cigare.

Elle se mit à se lever à l'aube pour travailler. Ou encore elle s'asseyait sous une lampe avec le livre de Hjertrud. Elle le lisait par à-coups. Comme on chasse les moutons pour les faire rentrer de la montagne en automne, ou comme on grimpe une montée raide, pour en avoir plus tôt fini.

Hjertrud venait rarement. Et quand elle venait, c'était avec son grand cri. Le vent traversait la chambre. Les rideaux étaient à l'horizontale et les vitres tremblaient. Alors, Dina s'habillait et descendait au quai d'Andreas pour consoler et se faire consoler.

Elle emportait avec elle le petit coquillage nacré. Le faisait lentement glisser entre ses doigts, tandis que la lanterne encerclait Hjertrud dans le coin à l'est. Là, pendaient des filets serrés côte à côte. Immuables comme des pensées sombres. Les vagues se soulevaient et léchaient le plancher en cadence.

Quelquefois elle s'installait sur la véranda vitrée et buvait du vin. Jusqu'à en tituber, à la pleine lune.

Quand le jour revint, Johan revint aussi. Il préférait être à Reinsnes et enseigner aux enfants, plutôt que se geler parmi des étrangers sans éducation et sans foi, disait-il. Mais sa bouche tremblait et il guettait Dina du regard.

Mère Karen fut effarée qu'il ait quitté son poste sans façons.

Johan prétendait qu'il en avait le droit. Il était malade.

Avait toussé plusieurs mois et ne pouvait pas continuer à habiter ce presbytère plein de courants d'air. Il y avait seulement un poêle qui marchait, il était à la cuisine. Devait-il se tenir à la cuisine avec les servantes pour écrire ses sermons ou faire son courrier ?

Mère Karen fut compréhensive. Elle écrivit à ce propos une lettre à l'évêque, que Johan signa.

Benjamin s'éloignait des adultes. Il prenait des airs menaçants. Il avait l'omniscience maussade, ce qui irritait Johan au-delà de toute limite. Mais il apprenait facilement et avait l'esprit éveillé quand il le voulait bien. Seulement trois personnes avaient droit à ses bonnes grâces. Stine, Oline et Hanna. Elles représentaient trois générations bonnes à différents usages, mais qui se complétaient.

Un jour, Stine le trouva, le souffle court, en train d'examiner certaines parties du corps d'Hanna avec intensité, tandis qu'Hanna était allongée, les yeux fermés, sur leur lit commun.

Il fut immédiatement décidé que Benjamin dormirait dans sa propre chambre. Il pleura amèrement sur cette séparation qu'on lui infligeait, bien plus que sur la honte qu'il aurait dû ressentir.

Stine ne donna aucune explication. Mais elle tint bon. Benjamin devrait dormir seul.

Dina ne fit visiblement pas attention à l'histoire et laissa Stine décider.

Tard, dans la même soirée, Dina rentrait du bureau. Au clair de lune, elle vit le gamin debout tout nu derrière le châssis de la fenêtre à l'étage.

La fenêtre était ouverte et les rideaux voltigeaient autour de lui comme des bannières. Elle monta dans sa chambre, se mit derrière lui et l'appela par son nom. Il ne voulait pas se coucher. Ni être consolé. Ni qu'on lui parle. Et pour une fois, il ne pleurait pas de rage, comme il en avait l'habitude.

Il avait arraché les semelles de ses meilleures chaussures, et découpé les étoiles et les feuilles de roses du couvre-lit au crochet.

« Pourquoi es-tu si furieux, Benjamin ? »

« J'veux dormir chez l'Hanna. J'l'ai toujours fait. »

« Mais tu lui fais des choses, à Hanna. »

« Quelles choses ? »

« Tu la déshabilles.

« Faut bien la déshabiller quand elle va s'coucher. J'l'ai toujours fait. Elle est si p'tite ! »

« Mais elle est trop grande pour ça maintenant. »

« Non ! »

« Benjamin, tu es trop grand pour dormir avec Hanna. Les gars n'ont pas l'habitude de dormir avec les bonnes femmes. »

« Le Johan a bien dormi chez la Dina ! »

Dina recula.

« Qu'est-ce que tu dis ? » dit-elle, la voix rauque.

« Je l'sais bien. Il aime pas être seul, lui non plus. »

« Tu dis des bêtises ! » dit-elle sévèrement. Et le tira par les cheveux les plus sensibles, sur la nuque, pour le faire descendre de la fenêtre.

« Non ! J'l'ai bien vu ! »

« Tais-toi ! Et va au lit avant que je te fiche une trempe ! »

Au son de sa voix, il resta debout, terrifié, au milieu de la pièce en la regardant. Il avait en un éclair levé ses deux bras au-dessus de sa tête, comme s'il s'attendait à un coup.

Elle le lâcha et quitta la pièce rapidement.

Il resta planté sans bouger à regarder l'annexe, derrière le châssis de la fenêtre pendant toute la soirée.

À la fin, elle remonta. Tira le corps tremblant de la fenêtre et le mit au lit. Puis elle ramassa ses jupes et s'allongea tranquillement près de lui.

Le lit pouvait servir à deux si nécessaire. Il devait paraître horriblement grand alors qu'il avait l'habitude de s'endormir à la chaleur du corps d'Hanna.

C'était la première fois depuis des années que Dina voyait Benjamin s'endormir. Elle caressa son front moite et se glissa hors de la chambre, dans l'escalier, dans la cour et rentra chez elle.

Hjertrud avait besoin d'elle cette nuit-là, si bien qu'elle déambula sur le plancher jusqu'à ce que le matin tire un voile gris sur la fenêtre.

Chapitre 13

Poussez des cris de guerre, peuples ! Et vous serez brisés ; prêtez l'oreille, vous tous qui habitez au loin ! Préparez-vous au combat, et vous serez brisés.

(Isaïe, **8**, 9)

La guerre de Crimée fut une période de conjoncture favorable pour la navigation, la marine marchande et la pêche. Mais elle fut la cause d'une rupture des relations commerciales ordinaires avec les Russes. La mer Blanche était restée bloquée la plus grande partie de l'été passé. Et il semblait bien que cela allait se répéter cette année aussi. Les bateaux russes n'arrivaient pas à sortir.

L'automne précédent, les bateaux de Tromsø avaient dû aller jusqu'à Arkhangelsk pour chercher du blé.

Anders aurait dû en réalité aller aussi vers l'est l'automne où Dina et lui étaient revenus de Bergen. Mais il dut s'occuper de l'armement pour la pêche aux Lofoten, et « faire ce qu'il était fait pour faire », comme il disait.

Dina suivit les événements dans les journaux, pendant tout le printemps, afin de savoir si la guerre obligerait à nouveau les bateaux de Tromsø à aller chercher du blé. Elle essaya d'entrer en relation avec des patrons de Tromsø qui accepteraient de fournir des provisions. Mais cela était aussi facile que de dépouiller une anguille vivante.

« Je devrais y aller moi-même pour obtenir un contrat ! » dit-elle un jour où Tomas et elle discutaient du problème avec Mère Karen.

Même si la dernière récolte avait donné vingt à vingt-cinq fois la semence, en plusieurs endroits dans la paroisse, ce qui était un record, ce n'était pas suffisant.

À Reinsnes on ne cultivait pas de blé. On avait seulement un petit bout de champ, parce que Mère Karen prétendait qu'il le fallait. Tomas trouvait que ça donnait plus de mal que de rendement. Il tempêtait chaque année en son for intérieur sur le champ de blé de Mère Karen.

Mais quand la bonne récolte arriva, cela donna à Mère Karen une bonne raison pour convaincre les autres d'agrandir le champ. Surtout quand la menace de blocus fut une réalité.

Ce jour-là, elle lut d'une voix triomphante pour Dina et Tomas, ce que le préfet Motzfeldt écrivait dans le journal : que la guerre avait été un réveil salutaire, rappelant aux gens qu'il ne suffisait pas de miser uniquement sur la mer. Il exhortait les gens à se passer des sacs de farine russe, et rappelait la nécessité de rationner le pain, et d'utiliser le plus possible le blé que l'on cultivait à la sueur de son front.

« C'est ce que j'ai toujours dit. Nous devrions semer plus de blé », dit Mère Karen.

« Reinsnes n'est pas le meilleur endroit pour cultiver le blé », rétorqua Tomas calmement.

« Mais on doit produire, autant que possible, suffisamment pour sa propre consommation. C'est ce que dit le préfet. »

Oline était venue à la porte. Elle cligna des yeux sur le journal et dit :

« L'Motzfeldt, il a pas besoin d'trimer pour la bouffe comme nous à Reinsnes ! »

« Personne ici n'a l'habitude de cultiver le blé, dit Dina, mais on peut toujours demander des conseils à la coopérative agricole, si vraiment Mère Karen pense qu'il faut agrandir nos champs. C'est à nous de décider. Mais alors faudra exiger plus de travail des métayers. Est-ce que Mère Karen trouve ça juste ? »

« On peut payer les gens ? » répondit Mère Karen, qui n'avait pas pensé au côté pratique.

« Faut penser à c'qui est profitable. On peut pas en même temps avoir assez de fourrage pour les bêtes et cultiver du blé. On sait que c'est seulement de temps en temps qu'on a une bonne récolte de blé ici dans le

Nord. C'qui n'empêche pas qu'on pourrait bien sûr avoir un champ un peu plus grand. On pourrait défricher au sud, bien que ce soit un peu trop exposé au vent de la mer. »

« Ça demande beaucoup d'travail si on veut que la terre soit rentable au-delà du bois de bouleaux », dit Tomas avec résignation.

« Reinsnes est un comptoir commercial. Tous les chiffres montrent que c'est ça qui est rentable, dit Dina. Mère Karen a de bonnes intentions, mais elle a jamais cultivé le blé, même s'il lui est arrivé une fois de rencontrer le préfet et de le trouver sympathique. »

« L'préfet comprend pas qu'on peut pas toujours compter sur un gel tardif ! » dit Oline.

Mère Karen ne sut que répondre, sans se fâcher pour autant.

Quand Anders revint des Lofoten avec son équipage et ses prises, à la fois dans la barque à cinq rameurs et dans le caboteur, Dina s'était trouvé une raison d'affaires pour partir à Tromsø.

Cette guerre semblant ne jamais finir, il fallait bien aller chercher la farine à Arkhangelsk, déclara-t-elle.

On n'allait pas, comme l'année auparavant, payer à prix d'or les marchands de Tromsø pour la farine russe qu'ils allaient chercher. Cette année, elle irait directement chercher l'ours dans sa tanière, et allait essayer d'en tirer sa part elle aussi.

Elle ne voulait pas encore un hiver être obligée de payer de quatre à six écus pour le seigle et trois à six écus pour l'orge. Anders était du même avis.

Ils passèrent en revue leurs relations d'affaires à Bergen et calculèrent les bénéfices que la pêche leur rapporterait. Finalement ils calculèrent combien de farine d'Arkhangelsk il était raisonnable d'acheter. Ils avaient largement la place de stocker.

Dina avait pour projet d'acheter plus de farine qu'il n'en était besoin pour l'armement des bateaux et la vente dans la boutique. Elle allait essayer de constituer une réserve pour la période maigre du printemps. L'abondance n'était garantie ni à Strandstedet ni le long de Tjeldsund.

Anders pensait que si elle pouvait fournir des capitaux

au moment même où les marchands de Tromsø en avaient besoin pour armer leurs bateaux, il serait plus facile de discuter du prix de la farine.

Il y en avait plusieurs qui transportaient du blé d'Arkhangelsk, avec succès. On pouvait commencer par les vieilles relations d'affaires. Il suffisait de prendre contact.

Il était sûr que Dina réussirait mieux que lui. Il fallait seulement qu'elle fasse attention à sa langue acerbe. Les marchands de Tromsø avaient plus de facilité à la comprendre que ceux de Bergen. Il fallait qu'elle s'en souvienne.

Cette mission arrivait à point. Elle ne disait mot de ses projets d'aller jusqu'à la forteresse de Vardø. Seule Mère Karen le savait. Comment elle irait de Hammerfest jusqu'à Vardø, elle n'en avait aucune idée. Mais elle trouverait bien un bateau allant vers l'est.

Le fait que Dina donnait à Anders un pourcentage sur le cabotage vers Bergen, et en plus lui laissait le commerce du flottage du bois à Namsos, était l'objet de nombreuses spéculations et de beaucoup d'envie.

Y avait-il quelque chose entre eux qu'on ignorait ? Et qui ne supportait pas le grand jour ?

Les rumeurs augmentèrent. Surtout après qu'Anders eut été roulé par un marchand de Namsos, et que Dina eut payé la note. Il avait payé des rondins qu'il avait rapportés le printemps auparavant, sans savoir que le vendeur avait fait faillite et vendait des rondins qui ne lui appartenaient plus. Anders reçut la facture du nouveau propriétaire. Étant donné qu'il n'avait aucun témoin, il n'y avait rien d'autre à faire que de payer une seconde fois.

Cette histoire était comme une bouse de vache au printemps. Les mouches bourdonnaient autour. Les gens y mettaient toute la fantaisie dont ils étaient capables.

Il devait y avoir quelque chose de bien spécial pour que Dina Grønelv, qui était si regardante en affaires, encaisse les pertes du patron de son caboteur. Et ce n'était pas tout : dans son testament, elle lui laissait son meilleur bateau.

Les rumeurs vinrent aux oreilles de Mère Karen. La vieille dame fit appeler Dina, se tordit les mains et lui demanda ce que cela signifiait.

« Et si cela était ? Qu'il y ait quelque chose de spécial. Qui est-ce que ça regarde ? »

Mais Mère Karen n'était pas satisfaite.

« Est-ce vrai que Dina avait l'intention d'épouser Anders ? »

Dina sursauta visiblement.

« Est-ce que Mère Karen veut que j'me marie avec deux hommes ? Tu m'as bien donné ta bénédiction pour partir chercher Léo ? »

« Tu dois comprendre que les ragots ne sont pas agréables, c'est pour cela que je demande. »

« Faut laisser les gens parler, quand ils n'ont rien de mieux à faire. »

Mais la pensée avait été formulée. Anders comme maître de Reinsnes.

Dina alla sous la poutre où Niels s'était pendu et évoqua son esprit.

Il était accommodant et plein d'explications. Mais elle ne les accepta pas. Elle le remit à sa place et lui donna une bourrade pour qu'il pende comme un balancier sans pendule.

Lui rappela qu'il ne devait être sûr de rien, même s'il ne vivait plus à Reinsnes. Car elle tenait sa renommée entre ses mains. Elle lui fit comprendre avant d'aller au lit que, s'il n'arrêtait pas immédiatement toutes ces rumeurs, elle le prendrait au mot. Se marierait avec Anders. Officiellement et en grande pompe.

Et Niels devint tout flasque et indifférent, et disparut complètement avec toutes ses histoires.

Même si Anders avait entendu les rumeurs, cela ne semblait pas le déranger, et il avait l'air aussi innocent qu'une belle journée ensoleillée.

Il lui donnait des conseils sur qui elle devait aller voir pour acheter de la farine, en y ajoutant le nom de ceux avec qui elle ne devait absolument pas faire d'affaires. Se penchait avec elle sur les listes de marchandises et les colonnes de chiffres. Frôlait sa main, sans y prêter attention.

Ils discutaient jusqu'où ils pouvaient aller pour la farine russe, sans être obligés de prendre un prix exorbitant dans la boutique pour couvrir les pertes. Ou bien quelle quantité il fallait avoir en réserve pour le printemps.

Ses mains s'enfouissaient dans son épaisse chevelure châtain et il hochait la tête énergiquement de temps à autre pour donner plus de force à ce qu'il disait. Ses yeux étaient brillants et largement ouverts. Il avait l'air de revenir de la messe et d'avoir obtenu le bon Dieu sans confession.

Quand ils eurent terminé, et qu'elle leur versait une goutte de rhum à chacun, Dina demanda carrément s'il était au courant des ragots.

Il sourit largement.

« J'ai entendu dire que les gens de Strandstedet et des métairies essaient de marier le vieux garçon de Reinsnes. Mais c'est pas nouveau. »

« Et qu'est-ce que tu en dis ? »

« J'fais attention d'n'avoir rien à en dire. »

« Tu laisses faire, comme ça ? » répliqua-t-elle.

Il la regarda avec étonnement. Puis il ferma le registre sans rien dire.

« Tu trouves ça drôle, ces ragots ? » demanda-t-elle au bout d'un moment.

« Non, dit-il finalement. Mais c'est pas triste non plus. »

Il la regardait, taquin. Alors elle ne put s'en empêcher. Ils se mirent à rire. Trinquèrent avec leurs verres de rhum et rirent. Mais il fut difficile ensuite de faire comme si cette conversation n'avait pas eu lieu.

« Le *Prinds Gustav* a l'air d'une bonne femme », déclara Benjamin pour lui-même, les mains sur ses bretelles, comme il avait vu Anders le faire.

« C'est seulement une figure de proue et pas le vrai prince Gustav », déclara Hanna en tendant le cou, curieuse comme un singe et ne voulant rien perdre.

Elle voulait tenir Benjamin par la main, mais il se dégagea et courut vers Dina qui se tenait sur l'embarcadère en costume de voyage.

« Le *Prinds Gustav,* c'est une bonne femme ! Tu vas partir avec une bonne femme ? » cria-t-il, furieux, à Dina en donnant un coup de pied dans une pierre qui passa juste à côté de la tête de Stine.

Dina ne dit rien.

Il n'arrêta pas, bien qu'il y ait beaucoup de monde venu lui dire au revoir.

« Tu vas revenir comme un oiseau plumé, cette fois encore ! » cria-t-il amèrement.

« Tais-toi maintenant », dit-elle d'une voix basse mais d'une dangereuse amabilité.

« La dernière fois, t'es restée au lit plusieurs semaines après ton retour. »

Il pleurait ouvertement maintenant.

« Ça sera différent cette fois. »

« Comment tu l'sais ? »

« Parce que ! »

Il se jeta sur elle et se lamenta à haute voix.

« Le Benjamin, il fait beaucoup de bruit ! » affirmat-elle en le prenant par la nuque.

« Pourquoi tu pars ? criait-il. Mère Karen dit que làbas c'est l'hiver toute l'année. Et plein de crottes de mouettes qui font du boucan », déclara-t-il triomphant.

« Parce que je le dois ! Et je le veux ! »

« Moi, j'veux pas ! »

« J'ai entendu. »

Il tira sur elle, pleura et se débattit jusqu'au moment où elle monta dans la barque et Tomas les fit s'éloigner de la rive en s'appuyant d'une rame sur un rocher.

« Ce gamin n'a pas honte de se donner en spectacle », dit-elle à Tomas.

« Il veut garder sa mère à la maison », dit Tomas sans la regarder.

« C'est évident. »

Dina tenait son chapeau pendant qu'il ramait à longs coups contre le vent et s'approchait du vapeur.

« Tu prends bien soin de tout ? » dit-elle aimable. Comme s'il était une vague connaissance à qui elle était obligée de demander un service.

« On fera c'qu'on peut. Mais c'est dur quand Anders

est parti pour Bergen et toi aussi t'es absente. Y a des tas de gens à placer... les foins et... »

« Tu y es arrivé avant », affirma-t-elle.

« Oui », dit-il brièvement.

« Je compte sur toi. Soigne bien le cheval, ajouta-t-elle brusquement. Monte-le de temps en temps. »

« L'animal s'laisse monter par personne d'autre que Dina. »

Elle ne répondit pas.

« C'est pas Mère Karen à la fenêtre de la salle ? » demanda-t-elle en agitant la main vers la ferme.

Le *Prinds Gustav*, bruyant et crachant la fumée, devait son nom au plus jeune fils du prince héritier Oscar. C'est pourquoi la figure de proue était affublée d'un visage poupin. Le nom du prince était peint sur les roues. D'une écriture gracieuse, surmonté d'une couronne.

Les roues se mirent en marche. A terre, les bonnets et les mouchoirs volèrent en l'air, comme sur un signal. On entendait un bourdonnement de voix venant de partout. Dina leva une main gantée de blanc.

Le grand merisier du jardin semblait se balancer çà et là, bien qu'il n'y ait pas le moindre vent.

Benjamin s'était installé là et hurlait. Hurlait et secouait l'arbre. Le maltraitait et le cassait. Piétinait des branches arrachées. Comme ça, elle le verrait et elle aurait du chagrin.

Dina ne faisait que sourire. Une faible brise du sud caressait les vaguelettes. Le vapeur mettait le cap vers le nord. Mère Karen avait donné sa bénédiction. Cela servirait-il ?

Elle alla saluer le commandant juste avant d'atteindre Havnviken. S'attendait à trouver l'homme aux énormes favoris poivre et sel que l'on appelait le commandant Lous.

Au lieu de cela, elle trouva un homme haut de taille, dont les traits et la manière de se déplacer lui rappelaient un cheval de travail. Son nez prenait une place énorme au milieu du long visage. Ses lèvres étaient comme un mufle. Charnues et toujours en mouvement, avec une fente sombre qui les séparait comme les seins d'une vieille femme. Deux yeux ronds débonnaires se cachaient derrière des sourcils en broussaille.

Il paraissait avoir de l'éducation, et s'excusa quand elle demanda à rencontrer l'ancien commandant. Il claqua des talons et lui tendit une main qui ne semblait pas appartenir au reste de sa personne. Mince et de forme élégante.

« David Christian Lysholm », se présenta-t-il en balayant un regard bleu sur toute sa personne.

Il lui fit visiter le bateau avec la mine d'un propriétaire. Il fit les louanges de la province comme si elle en était son hôtesse.

Ici, on en était encore au bon vieux temps. Les gens distingués avaient la possibilité de voyager dans des conditions dignes de leur position. Ce n'était pas le cas sur les mauvaises routes du sud, assurait-il.

Il caressait la rampe de cuivre astiqué et scandait ses propos de hochements de tête approbatifs. Demanda s'il était permis d'allumer une pipe en la présence de Madame.

Dina répliqua qu'elle n'avait vraiment rien contre. Elle en avait envie d'une elle-même. Il eut l'air ahuri et ne sut plus quoi dire. Dina abandonna l'idée d'aller chercher sa pipe dans la cabine. Il n'était pas nécessaire de se faire trop remarquer.

Ils se tenaient toujours du même côté de la rampe de cuivre, qui séparaient les premières classes des « autres voyageurs ».

On était placé selon son rang, et non selon son portefeuille, dit-il. Lui offrant son bras avec le plus grand naturel.

À Havnviken plusieurs barques pleines de jeunes gens vinrent à leur rencontre.

Le commandant redressa le dos et salua le seul passager qui montait à bord. Le bailli. Il enjamba le bastingage avec dignité, sa serviette en peau de porc à la main.

Les hommes se saluèrent en vieilles connaissances et Dina fut présentée.

Le maître de poste se tenait près de l'échelle de corde et discutait avec un commerçant local un affranchissement insuffisant sur deux lettres. Le tarif était de quatre shillings, insistait-il.

Le carillon retentit pour la troisième fois et les aubes commencèrent à travailler. Ils glissaient sur l'eau salée. Les gens devinrent des fourmis qui rejoignirent rapidement la terre et les montagnes flottaient les unes derrière les autres.

Les voyageurs s'épiaient quand ils ne se croyaient pas observés. Certains avec une mine fermée, d'autres curieux ou intéressés. Tout le monde avait une raison ou une autre de voyager.

« Qu'est-ce qui amenait le bailli vers le nord », voulait savoir le commandant.

Il se révéla que les Russes avaient passé la frontière qui séparait la Norvège de la Laponie russe à deux ou trois endroits. Certains colons du nord s'étaient plaints que les étrangers s'étaient installés sur le territoire norvégien. Oui, ils prétendaient même que le territoire était russe. Ils étaient arrivés jusqu'à Tana. Et l'ordre de déguerpir donné par les autorités locales n'avait visiblement eu aucun effet. C'était la raison pour laquelle le bailli était en route vers le nord.

« Ils sont agressifs ou paisibles ? » demanda Dina.

« Tout ce que je sais, c'est qu'ils s'accrochent comme des sangsues ! » répondit le bailli.

Le maître de poste s'était joint à eux et suçait pensivement sa moustache, la casquette rejetée en arrière. Il avait de source sûre entendu dire que les Russes se conduisaient comme si le pays là-bas au nord appartenait au tzar, et qu'il y avait même pas mal de Finnmarkiens qui auraient préféré qu'il en soit ainsi. Parce que les autorités de Christiania faisaient piètre figure dans l'affaire. C'étaient des diplomates russes expérimentés qui s'occupaient de tout. Et le gouvernement ne levait pas le petit doigt. Ils n'y connaissaient rien du reste. N'y avaient jamais mis les pieds pour voir.

Le maître de poste s'inclina trois fois devant le bailli pendant qu'il parlait. Comme s'il lui venait à l'esprit qu'il ne savait pas exactement de quel côté se trouvait le bailli, celui du gouvernement ou celui des Finnmarkiens. Mieux valait paraître poli tout en disant ce qu'on pensait.

Le commandant parut gêné. Mais pas le bailli. Il regarda le maître de poste avec bonhomie et dit :

« Il est long, ce pays. C'est difficile de se tenir au courant de tout. Le Hålogaland, et surtout le Finnmark, dépendent de leurs bonnes relations avec la Russie. Nous avons besoin de leur blé et de leurs cordes. Mais bien sûr : il y a des limites à tout. On ne peut pas se laisser envahir. »

Le bailli se tourna vers Dina et demanda comment cela allait dans sa région. Et des nouvelles de la santé de son père, le commissaire.

Dina répondit brièvement.

« L'commissaire a jamais été malade un seul jour, sauf qu'il a un cœur qui d'temps en temps fait des embardées. L'printemps a été un cauchemar de mauvais temps et de tempête. Mais c'est passé maintenant. »

Le bailli avait l'air amusé. Ses rides remontèrent son visage de manière seyante, et il la chargea de saluer le commissaire au cas où elle le rencontrerait avant lui.

« Et où ça en est des pirates qui ravageaient Rafsundet y a quelque temps ? » demanda Dina.

« Leur affaire va passer au tribunal cet automne. Mais ils sont déjà dans les fers à Trondheim. »

« C'est vrai qu'il y avait deux bonnes femmes avec eux ? » voulut-elle savoir.

« Oui, il y avait deux femmes. Deux romanichelles, paraît-il. »

« Comment vous arrivez à transporter des prisonniers aussi dangereux jusqu'à Trondheim ? »

« Il faut des gars costauds et des fers pour de tels transports », dit-il, étonné.

Elle ne dit plus rien, et les hommes se mirent, comme d'habitude, à discuter du temps.

À part les serveuses et deux jeunes sœurs qui voyageaient en troisième, Dina était la seule femme à bord.

Elle se retira dans la cabine de première classe réservée aux dames, qu'elle avait entièrement à sa disposition pour le moment. Ouvrit son sac de voyage et choisit soigneusement son costume et ses bijoux. Elle remonta même ses cheveux et mit un corset. Mais elle laissa son chapeau. Elle tourna sur elle-même et approuva sa silhouette de la tête.

Elle arriverait bien à se faire transporter vers l'est par le bailli ! Elle se prépara à la soirée comme à une partie d'échecs !

Il y avait deux pilotes à bord. Mais un seulement était sobre. Cela était bien suffisant, disait le commandant avec bonhomie. On avait mis l'autre à cuver son vin sous le pont. Avec un pilote sur la passerelle et un en dessous, on se sentait en sécurité.

Il y avait une confusion de langages. On parlait allemand, anglais et danois, en plus du norvégien.

En troisième classe, les passagers s'étaient groupés autour de la cheminée noire. Ils étaient assis sur des caisses et des malles. Certains sommeillaient au soleil. D'autres avaient installé leur boîte à provisions entre eux et mangeaient gravement leur casse-croûte.

La fumée de la cheminée descendait lentement sur eux, mais ils ne semblaient pas y faire attention. Une des jeunes filles, coiffée d'un foulard, était assise en train de tricoter sagement un vêtement brun. Elle avait des cheveux roux emmêlés qui sortaient sur son front.

Sa sœur montait la garde devant une caisse de pots de fleurs qu'elle avait fait monter à bord à l'aide d'une corde au milieu de beaucoup de cris stridents et de vacarme. Des touffes d'œillets et des géraniums. Les fleurs, qui pendaient à l'extérieur de la caisse, paraissaient étonnamment vigoureuses. D'un vert criard avec des grappes de fleurs rouges. La troisième classe prenait ainsi un air de balcon fleuri.

Dina resta un moment sur la passerelle à regarder. Puis elle descendit dans la salle à manger pour trouver la table prête. Il y avait du poisson au menu. De petits plats de saumon et de hareng. Puis du jambon, du fromage, du pain et du beurre. Comme boisson, du café, du thé et de la bière.

Une sympathique bouteille d'eau-de-vie de blé était placée au milieu de la table. Ils n'en avaient jamais à Reinsnes. Dina y avait goûté à Bergen. C'était trop sucré à son goût.

Deux serveurs et une serveuse se glissaient silencieusement, remplissaient les plats et échangeaient les bouteilles vides contre des pleines.

Dina hésita à la porte, juste assez. Le commandant se leva et l'invita à se mettre à sa table.

Elle se laissa conduire. Dépassant d'une demi-tête la

plupart des hommes. Ils se levèrent et restèrent au garde-à-vous jusqu'à ce qu'elle s'asseye.

Elle prit son temps. Jacob était là et lui murmurait à l'oreille ce qu'elle devait faire. Elle leur serra la main les uns après les autres, en les regardant droit dans les yeux.

Un Danois, avec trop de peau autour du visage, se présenta avec un titre de comte, et ne lâchait pas sa main. Il avait visiblement déjà goûté à la bouteille posée sur la table.

Sa pelisse était jetée nonchalamment sur la chaise à côté, et il avait des domestiques avec lui.

Dina fit remarquer qu'un vêtement d'une telle ampleur devait tenir chaud à cette saison.

Mais le Danois prétendait qu'un voyage en bateau dans le Grand Nord pouvait réserver des surprises. En un espace de temps record, il arriva à leur faire savoir qu'il était docteur ès Lettres et membre de « L'Association Littéraire de Copenhague ». Il trouvait les gens du Nord aimables et moins vulgaires qu'il ne l'avait craint. Mais il n'y avait pas grand monde ici avec qui on pouvait converser en anglais.

Il gesticulait avec ostentation, afin de montrer toutes ses bagues.

Le front de Dina était sillonné de rides comme un champ de pommes de terre nouvellement labouré, sans que cela inquiète l'homme qui retenait sa main.

Finalement, elle fut libérée par un homme âgé, au visage de gamin qui vient de jouer dans le froid toute la journée, parce qu'il lui tendait la main en s'inclinant.

Il était petit et carré et parlait allemand. Il avait le titre de chambellan et d'artiste, et montra de la tête le carnet d'esquisses qu'il avait posé à côté de lui. Il ne quitta pas Dina des yeux le reste de la soirée, quelle que fût la personne avec qui il conversait. Cela donnait à ce commerçant de Hambourg l'air de loucher. Il se montra par la suite plein de connaissances de toutes sortes.

Il y avait aussi un Anglais qui allait à la pêche au saumon. En réalité il était agent immobilier. Mais il raconta qu'il voyageait beaucoup.

Dina dit qu'elle croyait que les Anglais voyageaient beaucoup. Car on en rencontrait souvent le long de la côte.

Le commandant faisait l'interprète. L'agent immobilier rit à bouche close et opina du bonnet. Il avait regardé, avec un sourire en coin, les autres messieurs faire leur cour à Dina dans toutes les règles de l'art.

Le repas pouvait enfin commencer.

Je suis Dina. Je sens tous les plis de mes vêtements. Toutes les coutures. Tous les creux de mon corps. La force de mon squelette et l'élasticité de ma peau. Je sens la longueur de chacun de mes cheveux. Il y a si longtemps que j'ai eu l'occasion de m'évader de Reinsnes ! J'attire la mer à moi. Je porte Hjertrud avec moi à travers le vent et la fumée.

Tous les hommes s'adressèrent à elle pendant une bonne partie du repas. La conversation était un peu bigarrée. Mais tout le monde faisait son possible pour ne pas perdre le fil.

Le Danois, avec tous ses titres de noblesse, abandonna vite la partie. Simplement parce qu'il s'était endormi. Le bailli demanda à Dina s'il fallait se débarrasser de l'homme.

« Un type qui dort peut faire d'mal à personne », affirma Dina.

Ces messieurs furent visiblement soulagés que la dame voie la chose sous un jour aussi libéral. Ainsi la conversation pouvait continuer sans façons.

Le commandant commença à parler de la ville de Tromsø. Elle était animée, il y en avait pour tous les goûts. La meilleure de toute la côte à son avis. « Monsieur Holst, le vice-consul britannique, vaut vraiment la visite ! Ce Holst n'est pas sans fortune, ajouta-t-il avec sérieux. Il possède toute la vallée de l'autre côté du détroit... »

Tout le monde écoutait avec attention pour savoir qui valait la peine d'une visite une fois arrivés à Tromsø.

« Certains commerçants sont abonnés à des journaux anglais, continua-t-il en s'adressant à l'agent immobilier. Et l'hôtel Ludwigsen n'est pas sans confort, c'est certain. Il y a là une salle de billard ! » ajouta-t-il en regardant les autres, qui avaient peu de chances d'accéder à la résidence du vice-consul britannique.

« Ludwigsen est également commandant de bateau et parle l'anglais », raconta-t-il en favorisant l'Anglais à nouveau.

Les autres prirent la chose poliment, mais se mirent à parler à voix basse entre eux.

Le Danois fut réveillé par un petit coup sur le bras. Il regarda autour de lui, l'air honteux, et s'excusa en disant qu'il était allé sur le pont si tôt dans la nuit. Le soleil de minuit l'avait réveillé.

Dina répliqua qu'il s'agissait peut-être du soleil matinal. Mais le Danois prétendit sérieusement qu'il y avait eu le plus merveilleux soleil de minuit. Et il n'était que quatre heures du matin, et le monde avait été incroyable, avec une mer tranquille et brillante, et des îles qui miroitaient dans l'eau. Skål !

Tout le monde leva son verre, saluant d'un léger mouvement de tête.

Je suis Dina. Cette nuit, je les ai dans mon lit. Tous en même temps. Léo le plus près. Mais Tomas se glisse sous mon bras et veut repousser les autres. Je suis couchée les cuisses ouvertes et les bras écartés. Je ne les touche pas. Ils sont faits de toile d'araignée et de cendres.

Jacob est tellement humide que je commence à avoir froid. Anders est roulé en boule et se réchauffe dans mes cheveux. Il reste tranquille. Malgré cela, je sens la pression de ses hanches dures sur mon oreille.

Johan m'a tourné le dos, mais il s'approche de plus en plus en rampant. Finalement, nous avons peau et bras en commun. Il cache sa tête chez Léo et ne veut pas me regarder.

Pendant que les autres couchent avec moi, Anders est un oiseau qui a fait son nid dans mes cheveux. Sa respiration fait un bruissement léger.

Léo est tellement agité. Il veut probablement se sauver à nouveau. Je l'attrape. Le tiens solidement par les poils de sa poitrine.

Alors il rejette les autres et se couche sur moi comme un couvercle. Le rythme de son corps se répercute dans mes veines. A travers le lit. Si fort qu'Anders tombe de mes cheveux et que les autres se fanent comme des pétales de roses dans une coupe. Ils tombent silencieusement sur le pont.

Léo émet de la musique, comme un orgue. Monte et descend. Sa voix s'incruste dans ma peau comme un vent léger.

473

Glisse dans mes pores jusqu'au squelette. Je n'arrive pas à me défendre.

Le doyen est devant l'autel et toutes les statues en bois et les peintures m'encerclent – avec Léo. Dans l'orgue. Les cloches en airain sonnent.

Alors le soleil se lève dans la mer. Il y a une brume de gel. Et nous sommes des algues sur le rivage. Qui poussent sur les rochers et sur le mur de l'église. Envahissant les hautes fenêtres, à travers toutes les fissures.

Nous sommes encore en suspension en l'air, et en vie. Finalement, il ne reste de nous qu'une couleur. Rouge brun. De la terre et du fer.

Alors nous sommes dans les bras de Hjertrud.

Chapitre 14

Les grandes eaux ne peuvent éteindre l'amour et les fleuves ne le submergeraient pas ; quand un homme offrirait tous les biens de sa maison contre l'amour, il ne s'attirerait que le mépris.
(Cantique des Cantiques, **8**, 7)

Dina fixa solidement son chapeau avec deux épingles, car il y avait pas mal de vent dans le détroit de Tromsø. Elle avait serré son corset juste assez pour pouvoir respirer librement, mais aussi juste assez pour que sa poitrine ainsi avantagée puisse, en cas de besoin, faire dévier les discussions difficiles.

Elle resta un instant devant le petit miroir de la cabine.

Puis elle monta sur le pont et prit congé des passagers et des officiers de l'équipage.

Un matelot l'accompagna à terre, portant les bagages. Elle se retourna vers lui une ou deux fois, ayant l'air de vouloir aider la grêle silhouette à porter le fardeau.

Maintenant il s'agissait de chiffres, de manipulation et de tact. Une tête calculatrice sur un corps de femme allait au-devant d'un échec si elle ne maîtrisait pas ce genre de jeu.

Les jours passés à Bergen et à Trondheim n'avaient pas été perdus. Les ruses remontaient à la surface comme des seines bien remplies. Restait à faire le tri et à les employer à bon escient.

« En affaires, faut jamais dire plus que le nécessaire. Si on a rien à dire, on laisse l'autre parler. A un moment ou à un autre, il en dira trop. »

Ce furent les mots d'adieu d'Anders à Dina.

Tromsø se composait de plusieurs grappes de maisons blanches. Adroitement placées entre une quantité de ruisseaux gargouillant le long de pentes vertes. Tout en haut, il y avait un bois de bouleaux, vert et épais. Comme une image du paradis céleste.

Mais le paradis durait, ici comme ailleurs, jusqu'à ce que les humains s'y installent.

Dina loua une voiture pour s'orienter, par ce beau temps. Au sud de la ville, au bord de mer, il y avait la plage de Tromsø avec deux ou trois rangées de petites maisons. Elle posait des questions, et le jeune cocher au bonnet rouge tiré sur les oreilles répondait.

La route suivait la côte, en passant par la pointe appelée Prostneset, contournait le presbytère pour arriver à Sjøgata. Strandgata était la plus longue rue de la ville. La rue parallèle était Grønnegata. Mais elle s'arrêtait sur la place du Marché avec l'Hôtel de Ville, entre la pharmacie et la maison Holst.

Au sud de la pharmacie, un ruisseau traversait le pâté de maisons, et allait se jeter dans la mer en passant par la maison Pettersen. Il avait reçu le nom pompeux de « rivière de Pettersen ».

En contrebas de la pharmacie, il y avait une misérable digue. Le cocher racontait que lorsque les Pettersen donnaient un bal, les jeunes gens devaient porter de hautes bottes pour transporter les dames par-dessus la digue. Malgré cela, peut-être même justement à cause de cela, une invitation des Pettersen était très recherchée.

La digue était à sec cet été grâce au beau temps, et donc praticable.

Dina s'installa à l'hôtel du Nord, ou encore hôtel de Bellevue, chez Ludwigsen. Il était nettement réservé à la clientèle de condition aisée.

J.H. Ludwigsen portait le haut-de-forme et avait un parapluie en guise de canne. Il se tenait toujours à la disposition, dit-il en s'inclinant. Il avait un visage large aux favoris épais, qui inspirait confiance. Ses cheveux étaient brossés en une haute vague partant d'une raie à gauche irréprochable.

Il fit plusieurs fois remarquer que si Madame Dina Grønelv désirait quelque chose, elle n'avait qu'à le dire !

Dina fit porter un message à deux commerçants en demandant un rendez-vous. Anders lui avait recommandé de procéder ainsi.

Le lendemain, elle reçut un message sur une carte de visite, lui disant qu'on l'attendait au bureau de Pettersen. Et par une courte lettre, Monsieur Müller lui faisait savoir qu'il l'attendait aussi.

Monsieur Pettersen la reçut. Il se trouva qu'il était de belle humeur. Il venait d'être nommé vice-consul au Mecklembourg, et se préparait à aller assumer ses fonctions. Il emmenait son épouse avec lui, mais il avait aussi pensé faire des affaires. Il possédait des bateaux avec ses frères.

Dina le congratula, et lui posa des tas de questions sur cette nouvelle position honorifique.

L'homme était visiblement un négociant expérimenté derrière sa façade joviale.

Finalement, elle en arriva à l'objet de sa visite. Posa des questions sur les capitaux et l'armement. L'équipage. Le prorata. Le pourcentage de l'armateur. Son avis sur le prix qu'atteindrait la farine ? La quantité qu'il pouvait transporter sans dommages dans la cale ?

Monsieur Pettersen fit apporter du madère. Dina le laissa faire, mais refusa de la main quand la servante voulut lui verser un verre. Elle ne prenait rien si tôt dans la journée.

Pettersen en prit un verre, et commanda du thé pour Dina. Il était visiblement intéressé. Mais allait trop vite. Comme s'il essayait de la rassurer, avant même qu'elle l'eût demandé. Il ne pouvait du reste pas garantir le prix de la farine.

Elle lui lança un regard en biais, et fit remarquer qu'il était curieux qu'il ne soit pas au courant des prix, lui qui était vice-consul.

Il ne releva pas le ton, et demanda combien de temps elle allait rester. Car il pouvait certainement obtenir de meilleurs renseignements dans quelques jours. On attendait les chalutiers russes d'un moment à l'autre.

Elle laissa sa décision en suspens quand il lui proposa de venir habiter chez eux. Répondit qu'elle avait déjà un logis qu'il lui était difficile de quitter. Mais remercia quand même ! Elle lui ferait savoir si elle acceptait, sans prix fixé au préalable, sa proposition d'acheter et de transporter de la farine d'Arkhangelsk.

Hans Peter Müller était le deuxième nom sur la liste.

Dina alla le lendemain dans la maison cossue de Skippergata. Là, tout regorgeait de prospérité et d'abondance. De meubles en acajou et de porcelaines.

Une jeune femme maladive à l'accent de Trondheim vint au bureau saluer Dina. Ses yeux étaient aussi tristes que ceux du spectre enfantin de Helgeland. Elle glissait à travers les pièces. Comme si quelqu'un l'avait montée sur un socle à roulettes et la traînait par d'invisibles fils.

Le caboteur *L'Espoir* qui était ancré au quai de Müller, devait aller à Mourmansk avec de l'huile de foie de morue de sa propre fabrication. Müller fixa à Dina un prix maximum qu'il garantissait. Mais il ne cachait pas qu'il pouvait obtenir des prix plus avantageux pour son propre compte.

Dina lui donna une solide poignée de main. Le fait qu'il lui dévoilait ses calculs prouvait qu'elle était en pourparlers avec quelqu'un qui la considérait comme une partenaire. Elle n'avait pas besoin d'avoir recours aux avantages de sa poitrine pour la circonstance. Avec un homme qui avait déjà un ange dans sa maison, on pouvait parler affaires. Dina arrosa son accord avec lui.

L'air de la maison était bon à respirer. Elle accepta l'hospitalité qu'ils lui offraient de rester quelques jours.

Il se trouvait que ce Müller possédait aussi un cheval noir. Il était aussi luisant que l'acajou des meubles du salon. Il accepta les hanches et les cuisses de Dina comme s'ils étaient faits de la même pâte.

Elle s'entendit bien avec la jeune femme, Julie, native de Stjørdal. Celle-ci n'avait pas l'habitude de bavarder pour ne rien dire, et elle regardait les gens droit dans les yeux. Mais elle ne dit pas pourquoi elle avait des yeux si tristes.

Dina resta plus longtemps qu'elle ne l'avait prévu.

Le bailli avait depuis longtemps continué son voyage et il lui fallait trouver un autre moyen de transport. Müller pensait pouvoir lui trouver une place sur un bateau en route vers l'est dans le courant de la semaine.

Le premier jour que Dina passa chez les Müller, elle resta avec le maître de maison au salon pour fumer, tandis que Madame Julie se reposait.

Il parla de cet hiver difficile. De la glace qui avait bloqué le détroit et avait empêché le *Prinds Gustav* d'entrer. Le 10 mai, ils avaient scié dans la glace un chenal long de soixante aunes pour laisser passer le vapeur. Mais fort heureusement la marine à voile n'était pas affectée par la glace.

Deux des bateaux de Müller venaient justement de rentrer sains et saufs de l'océan arctique. Il avait aussi un bateau en route vers le sud, dit-il en passant. Comme s'il l'avait presque oublié.

Le problème, l'an passé, avait été de trouver des cartes utilisables pour naviguer sur Arkhangelsk. Les pilotes expérimentés étaient monnaie rare...

Dina raconta comme elle avait de la chance d'avoir Anton et Anders sur son caboteur. Mais les problèmes qu'ils pouvaient avoir sur la route de Bergen étaient des bagatelles comparés à ceux rencontrés sur la route d'Arkhangelsk.

Le maître de maison se déridait. Racontait que le vapeur était arrivé du sud le 17 mai avec presque toutes ses aubes abîmées. On avait dû le mettre en chantier pour le réparer. Cela avait donné du travail à beaucoup de gens, ce qui était une bénédiction malgré tout.

Lui-même avait perdu un ketch, le *Tordenskiold*, avec douze hommes et toute sa prise à l'est de Moffen. Malgré cela, il avait fait en quelques années un bénéfice brut de quatorze mille cinq cents écus sur la pêche dans l'arctique !

Dina opinait du bonnet et soufflait de savants nuages de fumée, qui entouraient sa tête comme un entonnoir.

Plus tard, il se mit à parler de tout ce qui avait changé en mieux après la mort du tzar Nicolas. Le commerce était reparti, bien mieux qu'on aurait pu le penser.

Dina croyait que cela était dû à la guerre plutôt qu'au tzar.

Müller déclara bon enfant que l'un n'allait pas sans l'autre.

Dina répliqua que c'était justement cette situation anormale, de guerre et de blocus, qui devait avoir été lucrative pour le commerce.

L'homme approuvait de la tête gravement, et n'était en aucune manière en désaccord. Mais il ne voulait pas en démordre quant au rôle du tzar.

Pendant ce temps-là, les meilleurs cigares du maître de maison partaient en fumée.

Dina se mit au rythme de la maison comme un chat qui vient de se trouver un rocher chaud de soleil. Curieusement, Madame Julie ne montrait aucun signe de jalousie envers cet être qui avait envahi la maison à sa manière, et s'était attiré les bonnes grâces de son époux. Au contraire, disait-elle ouvertement, ce n'était pas la peine que Dina se dépêche de partir vers l'est. Puisque c'était seulement un voyage d'agrément.

Dina se tenait au courant du mouvement des bateaux, à la fois ceux venant du sud et ceux venant de l'est.

Monsieur Müller lui demanda si elle ne s'était pas encore décidée pour aller à la forteresse de Vardø, puisqu'elle s'intéressait aux bateaux allant à la fois vers le nord et vers le sud.

Mais Madame Julie avait compris. « Dina attend quelqu'un », dit-elle.

Dina la fixa. Leurs yeux se rencontrèrent dans une sorte de compréhension mutuelle.

Je suis Dina. Julie est sûre d'elle. La mort est dans ses yeux. Elle commence toujours une question qu'elle n'arrive pas à terminer. Puis elle me regarde, pour que je réponde. Elle veut que je lui montre Hjertrud. Mais ce n'est pas le moment. Pas encore.

Dina montait le cheval noir, hors de la ville. Habillée des pantalons de cuir de Monsieur Müller.

Julie lui avait d'abord trouvé un élégant costume d'amazone avec une jupe noire en cachemire, une blouse blanche et des pantalons de tissu blanc à sous-pieds. Mais il ne lui allait pas.

Dina accepta de mettre une jupe par-dessus les pantalons d'homme en cuir. Elle était très large et fendue devant et derrière. Juste pour se couvrir, comme disait Julie.

Quand Dina revint, elle l'attendait avec un verre de bon madère avant d'aller se changer pour le dîner. Elle-même ne buvait que du thé.

Madame Julie décrivait Tromsø à sa manière, avec malice. N'étant pas originaire de la ville, elle voyait les choses clairement, comme de l'extérieur.

Dina n'avait pas besoin d'avoir peur de la vexer si elle s'étonnait ou s'amusait des gens et des coutumes.

Dina demanda qui était ce Ludwigsen.

« Il est riche et a l'air d'une gravure de mode », dit Julie, non sans chaleur et un certain intérêt.

Puis elles se mirent à ricaner ensemble comme des petites filles. Au beau milieu de beaux objets morts, dans un salon guindé.

Pendant la période de beuverie des années 40, alors que les mœurs à Tromsø étaient des plus relâchées, le conseil municipal avait réduit le nombre des débits de boissons, de telle sorte qu'il ne restait maintenant qu'un petit boutiquier et un marchand de spiritueux. Ces deux-là faisaient de belles affaires.

« Les gens bien vont chez Ludwigsen. Les gens y vont ouvertement, pour se montrer », racontait Julie.

Elle avait l'air d'un ange. Toujours habillée de satin clair, en coton ou en soie. Les boucles angéliques qui encadraient ses oreilles contrastaient cependant avec l'ironie des commissures de sa bouche et la gravité de ses yeux.

Elle parlait surtout de bals et de dîners dans la bourgeoisie ou chez les hauts fonctionnaires. D'épisodes amusants quand des gens de milieux différents se rencontraient à table. Elle avait de quoi faire, car les Müller étaient invités partout.

Dina inhalait tout cela, comme des épices inconnues venues de régions lointaines.

« Fais attention de ne pas faire connaissance trop vite ! dit Julie, parce qu'alors, ils seront après toi comme une horde. Il est impossible de faire marche arrière, ou de faire semblant de ne pas les connaître, une fois lancée. Les gens qui n'ont rien d'autre en commun que la bonne chère, on ne s'en débarrasse jamais. »

Dès le deuxième jour dans la maison, le nouveau médecin chef de l'hôpital vint en visite. Il avait la charge de l'hôpital et de l'asile provisoire. « La cage aux fous », comme les gens l'appelaient.

Dina montra de l'intérêt à la fois pour son travail et pour son établissement. Cela rendit l'homme tout feu tout flamme. Il parla des « soignants », comme il disait. Des améliorations continuelles pour les malheureux qui étaient totalement en dehors de la réalité.

Il raconta l'histoire d'un fanatique religieux qui était interné. Il avait perdu la tête quand Hætta et Somby avaient été exécutés en 52. La bouffée d'horreur qui avait entouré l'exécution, la légalité et l'Église, et les fanatiques du Læstadianisme, ne s'était pas dissipée. Les gens se repliaient sur eux-mêmes, terrorisés. La communauté était trop petite pour supporter deux condamnations à mort.[1]

« Certains ont même rompu avec l'Église de l'État », dit Julie.

« Nous avons maintenant un nouvel évêque pour remettre de l'ordre. Son épouse est à la fois bonne et pieuse, elle aussi », dit le docteur.

Les rides autour des commissures des lèvres de Julie étaient profondes et remontaient vers le haut. Il était clair que le docteur et elle avaient déjà discuté de la chose. Ils se complétaient l'un l'autre.

Müller restait silencieux.

« Est-il dangereux ? » demanda tout à coup Dina.

« Qui ? »

Le docteur était désorienté.

« Le fou fanatique. »

« Ah, lui... Il est dangereux pour lui-même. Il se tape la tête contre les murs jusqu'à s'en évanouir. On ne sait pas ce qu'il lui prend. Je dirais qu'il est violent. Il fait appel à Dieu et au Malin sans faire de distinction. »

« Mais pourquoi on l'a interné ? »

« Il a une attitude menaçante vis-à-vis de la famille et... »

« J'peux voir ton asile ? » demanda-t-elle.

Étonné d'un tel désir, l'homme répondit oui. Ce fut convenu.

Quatre cellules de chaque côté d'un couloir. Les mêmes bruits qu'à Trondheim, mais pas aussi assourdissants.

Aussi bien les fous que les prisonniers ordinaires étaient enfermés là. Pas exactement faits pour converser avec les dames, pensait le médecin.

Quelqu'un l'appela, semblant en grande détresse. Il s'excusa auprès de Dina. Puis il agita des clés, ouvrit et disparut.

L'infirmier appela quelqu'un du nom de Jentofte, à travers un guichet dans une porte.

Un bras de chemise sale en toile grossière et une tête rasée se montrèrent dans l'ouverture. L'homme clignait des yeux vers la lumière. Mais contrairement à ce qu'on pouvait attendre d'un individu en cage, il y avait de la vie dans ses yeux.

Ses mains, qu'il ne pouvait passer à travers les barreaux, agrippaient l'air qui entourait Dina.

Quand l'infirmier lui dit que Dina Grønelv voulait lui parler bien qu'il soit un idiot, il la bénit et fit le signe de croix.

« Dieu est bon ! » hurla-t-il, et l'infirmier essaya de le faire taire.

« Connais-tu Dieu ? » dit Dina rapidement en jetant un regard sur l'infirmier qui profitait de l'occasion pour faire des rangements sur une étagère dans le couloir.

« Oui ! et tous les saints ! »

« Connais-tu Hjertrud ? » demanda Dina avec insistance.

« Connais Hjertrud ! Dieu est bon ! Elle te ressemble ! Elle va venir ? »

« Elle est partout. Quelquefois elle me ressemble. D'autres fois on est très différentes. Comme tout le monde... »

« Tout le monde est pareil devant Dieu ! »

« Tu le crois ? »

« La Bible ! C'est dans la Bible ! » criait l'homme.

« Oui. C'est le livre de Hjertrud. »

« C'est le livre de tout le monde ! Alléluia ! On va les pousser vers la porte de perles, tous autant qu'ils sont.

On va les forcer à sortir du malheur et du péché ! Tous ceux qui résistent ! Tous tomberont sous l'épée s'ils ne se convertissent pas ! »

L'infirmier regarda Dina et lui demanda s'il n'était pas temps de mettre fin à la visite.

« Cette dame est venue pour te parler, Jentoft », dit-il en s'approchant.

« Les chérubins vont monter à l'assaut et les pourfendre. De la tête aux pieds ! Tous autant qu'ils sont ! La hache est déjà près de la racine de l'arbre... Dieu est bon ! » psalmodiait l'homme.

L'infirmier lança un regard plein d'excuses à Dina. Comme si l'homme était un objet personnel qui la dérangeait.

« Jentoft doit se calmer ! » dit-il sèchement en fermant le guichet sur le visage de l'homme excité.

« Ceux qui sont internés ne devraient pas rester enfermés avec eux-mêmes », dit Dina avec gravité.

L'infirmier lui jeta un regard impénétrable.

« Madame ne veut pas attendre le docteur ? » demanda-t-il.

« Non, transmettez-lui mes remerciements ! »

Les Müller donnèrent une réception en l'honneur de Dina.

On la présenta au libraire Urdal. On ne pouvait pas dire qu'il fût spécialement mondain. Mais il avait été domestique chez Henrik Wergeland[1] et tenu une librairie à Lillehammer, ce qui lui donnait les qualifications requises pour faire partie de la bonne société.

Il imprimait de vieilles chansons tristes. Faisait entrer les pêcheurs dans l'arrière-boutique et leur apprenait les mélodies. C'est ainsi que les chansons d'Urdal furent connues partout. Dina les connaissait aussi.

En attendant que le dîner soit servi, Dina joua du piano et le libraire chanta.

L'évêque et son épouse étaient également invités.

Quand on regardait dans les grands yeux gris de l'épouse de l'évêque, tout semblait reprendre ses justes proportions. Madame Henriette avait une racine de nez inhabituellement large et un grand nez puissant. Sa bouche était comme un arc que personne n'avait tendu. La fossette entre le nez et la bouche débordait de tristesse. Les cheveux sombres étaient séparés par une raie au milieu, impeccable sous la coiffe blanche. Un col de dentelle était sa seule parure, si l'on faisait abstraction de son alliance.

Chez elle toutes les femmes trouvaient asile, quels que soient leur famille ou leur rang, dit Julie.

Son regard les caressa tous les uns après les autres. On le ressentait comme une main fraîche posée sur un front fébrile. Rien dans son attitude ne faisait allusion à son rang. Cependant, sa présence à table regorgeait de dignité.

« Dina Grønelv est veuve depuis longtemps, malgré son jeune âge ? » demanda l'épouse de l'évêque avec douceur, en versant elle-même le café dans la tasse de Dina, comme si c'était elle qui était là pour servir tout le monde.

« Oui. »

« Et elle a la responsabilité de l'auberge et du transport maritime et de tous les gens à son service ? »

« Oui », murmura Dina. C'était cette voix. Ces yeux !

« Cela doit être lourd ? »

« Oui... »

« Elle n'a personne sur qui s'appuyer ? »

« Si. »

« Un frère ? Un père ? »

« Non, les gens de Reinsnes. »

« Mais personne de proche ? »

« Non. C'est-à-dire... Mère Karen... »

« Est-ce la mère de Dina ? »

« Non, la belle-mère. »

« Ce n'est quand même pas la même chose ? »

« Non. »

« Mais Dina a Dieu, je le vois ! »

Madame Julie parla d'une femme du voisinage qui avait envie de rendre visite à l'évêché, mais qui n'osait pas venir sans y être invitée.

La vieille dame se retourna lentement vers Julie tout en mettant – comme par hasard – sa main sur celle de Dina. Des doigts légers et frais.

Ce jour était comme un cadeau.

Le large visage de l'évêque s'adoucissait et ses yeux se remplissaient de larmes quand il regardait sa femme. Un réseau de fils ténus les reliait l'un à l'autre, enveloppant d'une tiède douceur le reste de la compagnie.

Dina s'abstint de fumer le cigare après le dîner et ne provoqua personne.

Elle ne ressentit aucune révolte pendant toute la journée du lendemain. Mais elle aurait eu la force d'aller à pied jusqu'à la forteresse de Vardø! Au lieu de cela, elle monta comme une enragée le cheval de son hôte. Grimpa sur un sommet. Contourna un lac. Galopa à travers les ronces et les arbustes. Cela sentait l'été, à en mettre tous les sens en éveil.

Chapitre 15

Les gardes qui font la ronde dans la ville m'ont rencontrée : avez-vous vu celui que mon cœur aime ?

À peine les avais-je passés, que j'ai trouvé celui que mon cœur aime ; je l'ai saisi et je ne l'ai point lâché jusqu'à ce que je l'aie amené dans la maison de ma mère, dans la chambre de celle qui m'a conçue.

(Cantique des Cantiques, **3**, 3 et 4)

Le jour où Müller avait organisé le départ de Dina pour la forteresse de Vardø, il se mit à souffler un très fort vent de sud-ouest. La baie était en ébullition.

Les bateaux qui, en fait, n'avaient pas l'intention de faire escale à Tromsø furent obligés d'y chercher abri. Les uns après les autres. Le port était rempli de mâts serrés les uns contre les autres, à tel point qu'on pouvait aller très loin dans la baie à pied sec. Si seulement il n'avait pas tellement plu !

À bord d'un chalutier en route vers le sud, vers Trondheim, il y avait quelqu'un qui se serait bien passé de l'escale à Tromsø. Il avait à faire ailleurs.

Il prit une chambre chez Ludwigsen, pour échapper à la promiscuité des marins à bord. Il portait son chapeau de feutre à larges bords et son pantalon de cuir. Après s'être installé dans sa chambre et avoir déclaré qu'il ne voulait la partager avec personne, il alla à la pharmacie pour soigner un panaris qui le faisait souffrir depuis Vardø.

Il était devant le comptoir et attendait son tour quand la clochette de la porte annonça un nouveau client. Sans se retourner, il remarqua que c'était quelqu'un en jupes.

La pluie s'était arrêtée, mais le vent s'engouffra par la porte ouverte et arracha son chapeau de sa tête.

C'était le 13 juillet 1855, trois jours après que Dina, à la table des Müller, eut vu ce qu'était l'amour.

Peut-être la bénédiction de l'épouse de l'évêque avait-elle pris trois jours pour être exaucée ? En tout cas, elle ramassa le chapeau de Léo et le soupesa dans sa main, tout en le regardant avec un intérêt concentré.

Le pharmacien se précipita pour refermer la porte derrière elle. La clochette semblait hors d'elle de fureur et les sons inégaux se répercutaient dans les murs.

Les yeux de Léo remontèrent en zigzag le long du manteau et du corps de Dina. Comme s'il n'osait pas encore affronter son visage.

Ils reprirent haleine en même temps et plantèrent leurs yeux l'un sur l'autre en une seconde. Puis restèrent immobiles à deux pas l'un de l'autre.

Elle, avec son chapeau, comme une menace. Lui, comme s'il venait de voir un cheval volant. Ce ne fut que lorsque le pharmacien dit « Je vous en prie ! » que Dina émit un son. Un rire. Perlé et soulagé.

« Voilà l'chapeau ! Je vous en prie ! »

La cicatrice était comme une nouvelle lune pâle sur un ciel sombre. Il lui tendit la main. Ils se retrouvèrent alors hors du temps et de l'espace. Il avait les doigts froids. Mais elle lui caressait le poignet de son index.

Ils sortirent dans le vent sans acheter les gouttes de Mère Karen ni la teinture d'iode et la gaze pour le doigt de Léo. L'aimable pharmacien resta bouche bée derrière son comptoir, écoutant les clochettes de la porte accompagner leur départ.

Ils marchèrent le long de ruelles boueuses. Des ouvriers étaient en train de construire un trottoir dans la partie basse de la rue.

Au début, ils restèrent silencieux. Il chercha son bras et le cala bien sous le sien. Puis il se mit enfin à parler. De sa voix profonde et grave qui était si sonore. Dont les mots étaient si distincts. Mais qui retenait toujours quelque chose.

À un endroit, elle glissa dans la boue. Il lui fallut faire un effort pour l'empêcher de tomber. Il la serra fort contre lui. Ses jupes balayaient la boue, parce qu'au lieu de les relever, elle retenait son chapeau.

Il n'en dit rien. Remarqua vaguement la boue qui s'accrochait aux bords de la jupe, à chaque pas, de plus en plus.

Ils montèrent sur la colline. Jusqu'à ce que la ville et la boue laissent la place aux champs et à la forêt de bouleaux. Ils allaient en tenant chacun leur chapeau. Puis Dina laissa le vent emporter le sien. Il se mit à courir derrière. Mais finit par abandonner la partie. Ils le virent s'envoler vers le nord avec ses rubans flottant. C'était magnifique.

Il lui planta son grand chapeau noir sur la tête, l'enfonçant jusqu'aux yeux.

La ville était en bas, mais elle ne la voyait pas. Car la bouche de Léo était rouge, entourée d'une gerçure brune. Le soleil l'avait maltraitée.

Elle s'arrêta et lui mit la main sur la bouche. Fit glisser ses doigts lentement sur la gerçure.

Il ferma les yeux tout en continuant à tenir son chapeau à deux mains sur sa tête.

« Grand merci pour les colis envoyés par le chalutier russe au printemps dernier ! » dit-elle.

« Les partitions ? A votre goût ? » dit-il, les yeux toujours fermés.

« Oui. Mille mercis ! Mais y avait aucun message. »

Il ouvrit alors les yeux.

« Non, c'était difficile... »

« C'était envoyé d'où ? »

« De Tromsø. »

« T'étais à Tromsø et t'es pas venu à Reinsnes ? »

« C'était impossible. Je suis parti pour la Finlande. »

« Qu'est-ce que t'allais y faire ? »

« Chercher l'aventure. »

« T'as plus envie de chercher l'aventure à Reinsnes ? »

Il rit tout bas, sans répondre. Il avait toujours ses deux bras autour de ses épaules. Pour avoir l'air de tenir le chapeau noir.

Proche et pesant. Il se courbait vers elle petit à petit.

« T'avais l'intention de v'nir bientôt à Reinsnes ? »

« Oui. »

« T'as toujours l'intention d'y aller ? »

Il la regarda longuement. Puis il resserra ses bras sur

elle et le chapeau.

« Serai-je toujours le bienvenu ? »

« Je l'imagine. »

« Tu n'es pas sûre ? »

« Si ! »

« Pourquoi es-tu si dure, Dina ? » murmura-t-il en se penchant plus près. Comme s'il avait peur que le vent emporte sa réponse.

« J'suis pas plus dure que nécessaire. C'est toi qu'es dur. Rien que promesses et mensonges. Tu viens pas quand t'as promis de venir. Tu laisses les gens dans l'incertitude. »

« Mais j'ai quand même envoyé des cadeaux. »

« Ah oui. Sans seulement un bout de papier avec le nom de l'expéditeur ! »

« C'était impossible juste à ce moment-là. »

« Très bien. Mais c'était dur ! »

« Pardonne-moi ! »

Il lui prit le menton avec sa main malade. Puis fut gêné de l'aspect peu appétissant de sa main et la laissa retomber.

« J'ai été à la maison de correction à Trondheim pour te chercher. Ils ont une lettre pour toi. »

« Quand y étais-tu ? » dit-il contre le vent.

« Y a un an. J'étais à Bergen aussi... Tu y étais pas ? »

« Non, j'étais coincé sur la côte finlandaise à regarder les Anglais jouer avec de la dynamite. »

« T'avais à faire là-bas ? »

« Oui », répondit-il avec honnêteté.

« T'as pensé quelquefois ? »

« Je ne fais que ça. »

« À quoi tu pensais ? »

« Par exemple à Dina. »

« Mais t'es pas venu ? »

« Non. »

« Y avait quelque chose de plus important ? »

« Oui. »

Elle lui pinça la joue avec fureur, le lâcha et donna un coup de pied dans une pierre qui rebondit sur le tibia de l'homme. Il ne fit mine de rien. Bougea seulement sa jambe. Et lui enleva le chapeau pour le remettre sur sa propre tête.

« J'crois que t'as des occupations mystérieuses ! »

Elle grondait comme un juge en butte à un accusé entêté. Il la regarda longuement. Avec attention. Mais avec un large sourire.

« Et qu'est-ce que Dina a l'intention de faire ? »

« Trouver la vérité ! » répliqua-t-elle.

Alors, sans transition, il commença à déclamer un poème qu'il lui avait traduit la dernière nuit passée à Reinsnes :

Elle se jette hurlante et furieuse comme un animal sauvage
Quand l'appât aperçu est derrière des barreaux de fer.
Elle se jette sur les bords, portée par les ailes de l'espoir,
Et lèche avec appétit chaque butte.
Mais sa faim ravageuse n'est jamais rassasiée.
Les rochers silencieux sont de menaçants obstacles.

Dina le considérait avec fureur.

« C'est la description d'une rivière, tu te souviens ? dit-il. Pouchkine avait suivi un régiment russe pendant la campagne de Turquie. Tu te souviens que je te l'ai raconté ? »

Elle le regardait en dessous. Mais approuva de la tête.

« Tu ressembles à une rivière sauvage, Dina ! »

« Tu te moques », dit-elle avec hargne.

« Non... J'essaie d'établir le contact. »

Je suis Dina. Le poème de Pouchkine n'est que bulles de savon qui sortent de la bouche de Léo. Sa voix les retient voltigeantes en l'air. Longtemps. Je compte lentement jusqu'à vingt et un. Alors elles éclatent et tombent à terre. Entretemps, il me faut tout repenser.

Ce n'est qu'en redescendant qu'elle lui demanda où il allait.

« Vers le sud à Trondheim », répondit-il.

« Sans t'arrêter en route ? »

« Sans m'arrêter en route. »

« Alors tu pourras aller à la prison chercher le livre rempli de phrases soulignées, dit-elle triomphante. Parce qu'il fait partie des choses mystérieuses dont tu peux pas parler. Quand tu envoies des cadeaux sans expéditeur. Quand personne à qui je demande sait qui tu es. »

« À qui as-tu demandé... ou parlé de moi ? »

« À des marins russes. A des marchands de Bergen. A ceux qui commandent à la prison et à la maison de correction à Trondheim. »

Il la dévisageait.

« Pourquoi cela ? » murmura-t-il.

« Parce que j'avais un livre que je voulais te rendre. »

« Et c'est pour cela que tu t'es donné tant de mal de Bergen à Trondheim ? »

« Oui. Et c'est pour ça que t'iras chercher le livre toi-même ! »

« Je peux toujours le faire, dit-il avec un calme contenu. A qui l'as-tu confié ? »

« Au directeur. »

Il fronça les sourcils un court instant.

« Pourquoi ? »

« Parce que j'ai plus envie de le garder. »

« Mais pourquoi l'avoir donné au directeur ? »

« À qui autrement ? Mais le paquet est cacheté à la cire », dit-elle, moqueuse.

« J'avais dit que tu pouvais le garder. »

« J'en voulais plus. Du reste, t'étais inquiet justement pour ce livre... »

« Qu'est-ce qui te fait penser cela ? »

« Tu fais semblant d'être indifférent. »

Il y eut un silence.

Il s'arrêta et la regarda un instant.

« Tu n'aurais pas dû faire cela », dit-il gravement.

« Et pourquoi ? »

« Je ne peux pas le dire, Dina. »

« T'es fâché avec ce directeur ? »

« Je ne pense pas qu'il soit la personne qu'il faut à Pouchkine... »

« Tu le connais ? »

« Non. Peux-tu maintenant arrêter cet interrogatoire, Dina ? »

Elle se retourna alors en un éclair, alla vers lui et lui donna une gifle à toute volée.

Il resta debout. Elle l'avait cloué aux graviers du chemin.

« Dina ne devrait pas frapper. On ne doit frapper ni homme ni bête. »

Lentement, il commença à descendre la pente. La

main droite retenant son chapeau. La gauche pendant comme un balancier à son côté.

Elle ne bougea pas. Il entendit le silence. Se retourna et dit son nom.

« T'es toujours plein de mystères, avec tout », cria-t-elle vers lui.

Elle avançait le cou comme une oie en train de se débattre. Son grand nez pointait en l'air comme un bec. Le soleil avait déchiré les nuages. Le vent devenait plus fort.

« Tu te promènes dans tout le pays et les gens s'attachent à toi. Et puis tu disparais sans donner signe de vie ! Mais qui es-tu donc ? Hein ? Quel est le jeu que tu joues ? Tu peux m'le dire ? »

« Viens donc, Dina ! Ne reste pas là à crier ! »

« J'fais c'que j'veux ! Viens donc, toi ! »

Et il remonta. Comme s'il se pliait à la volonté d'un enfant qui menacerait de se mettre à pleurer.

Ils descendirent la côte. Étroitement enlacés.

« Tu ne pleures pas souvent, toi, Dina ? »

« Ça ne te regarde pas ! »

« Quand as-tu pleuré, la dernière fois ? »

« Quand j'avais le mal de mer sur la mer de Folda, l'été dernier ! » dit-elle entre ses dents.

Il sourit faiblement.

« Ne serait-il pas temps d'arrêter la guerre ? »

« Pas avant que j'sache qui tu es et où tu vas. »

« Tu me vois ici, Dina ? »

« C'est pas assez ! »

Il lui serra le bras et dit simplement, comme si c'était une remarque sur le temps :

« Je t'aime, Dina Grønelv. »

Heureusement il se trouvait une borne, placée justement là quelques années auparavant. Sinon elle se serait assise dans la boue.

Dina sur la pierre. Tirant sur ses doigts comme si elle voulait s'en débarrasser.

« Qu'est-ce que ça veut dire ? qu'est-ce que ça veut dire ? qu'est-ce que ça veut dire ? » criait-elle.

Il accepta son hystérie. Avec un calme apparent.

« Est-ce que cela ne suffit pas, Dina ? »

« Pourquoi dis-tu des choses comme ça ? Pourquoi tu viens pas plus souvent à Reinsnes, au lieu de ça ? »

« La route est longue », dit-il seulement. Il se tenait indécis devant elle.

« Alors, raconte-moi ! »

« Un homme a quelquefois de bonnes raisons de se taire. »

« Plus que les femmes ? »

« Je n'en sais rien. Je ne t'oblige pas à raconter. »

Ils venaient de pousser trop avant.

« Tu crois comme ça que tu peux aller et venir à Reinsnes comme si de rien n'était... »

« Je vais et je viens comme je veux. Il faut absolument que tu cesses de me chercher pendant tes voyages. Je ne suis PERSONNE. Souviens-t'en ! »

Il était en colère.

Elle se releva et lui prit le bras. Et ils continuèrent à descendre. Il y avait toujours des champs et des arbres. Pas de maisons. Personne.

« À quoi tu t'occupes, en vérité ? » demanda-t-elle en s'appuyant sur lui avec confiance.

Il découvrit tout de suite sa technique. Cependant, il finit par répondre :

« De politique », dit-il de guerre lasse.

Elle scruta son visage de son regard, morceau par morceau. S'attarda aux yeux finalement.

« Y en a qui sont après toi. Et d'autres qui essaient de te couvrir. »

« C'est toi qui es après moi », plaisanta-t-il.

« Qu'est-ce que tu as fait de mal ? »

« Rien », répondit-il avec sérieux.

« Pour toi non, mais... »

« Pour toi non plus. »

« Laisse-moi juge. Raconte. »

Il leva les bras au ciel, découragé, enleva enfin son chapeau et le cala sous son bras. Le vent l'attaquait.

Puis il prit son élan et dit brutalement :

« Le monde est pire que ce que tu imagines. Du sang. Des potences. La pauvreté, la trahison et l'humiliation. »

« C'est dangereux ? » demanda-t-elle.

« Pas plus que prévu. Mais c'est plus terrible que ce qu'on imagine. Et cela fait que je suis quelqu'un qui n'existe pas ! »

« Qui n'existe pas ? »

« Oui. Un jour viendra où tout ira mieux. »

« Dans combien de temps ? »

« Je ne sais pas. »

« Tu viendras à Reinsnes alors ? »

« Oui ! dit-il fermement. Tu veux de moi, même si je passe sans m'arrêter et même si je suis une personne qui n'existe pas ? »

« J'peux pas m'marier avec quelqu'un qui n'existe pas. »

« Tu veux te marier avec moi ? »

« Oui. »

« Tu me l'as demandé ? »

« On a déjà été bénis. Ça suffit. »

« Qu'est-ce que je ferais à Reinsnes ? »

« Tu vivrais avec moi et donnerais un coup de main quand il le faut. »

« Tu crois que ça suffit à un homme ? »

« Ça suffisait à Jacob. Ça me suffit à moi. »

« Mais je ne suis ni toi ni Jacob. »

Ils se mesuraient du regard comme deux mâles qui marquent leur territoire. Il n'y avait pas ombre de flirt dans leurs regards.

Elle se rendit finalement. Baissa les yeux et dit doucement :

« Tu pourrais être patron d'un des caboteurs et aller où bon te semble. »

« Je ne suis pas fait pour être patron d'un caboteur », dit-il avec politesse. Il avait toujours son chapeau aplati sous le bras.

« J'peux pas être mariée à un homme qui se promène partout en Russie et ailleurs ! » cria-t-elle.

« Tu ne dois pas être mariée, Dina. Je ne crois pas que tu sois faite pour le mariage. »

« Mais qui je vais prendre alors ? »

« Tu me prendras, moi ! »

« Mais tu n'es jamais là ! »

« Je suis toujours là. Ne comprends-tu pas ? Je suis avec toi. Mais on ne peut pas barrer mes chemins. Tu ne peux pas être cette barrière. Il n'en sortirait que de la haine. »

« De la haine ? »

« Oui ! On ne peut pas enfermer les gens. Ou alors ils deviennent dangereux. C'est ce qu'on a fait avec le peuple russe. C'est pour cela que tout va bientôt exploser ! »

Des millions de brins d'herbe se courbaient sous le vent. Quelques campanules terrifiées tremblaient ici et là.

« On ne peut pas enfermer les gens derrière une barrière... alors ils deviennent dangereux... » murmura-t-elle comme si c'était une vérité qu'elle venait de découvrir à l'instant.

Ils n'avaient pas besoin de se toucher. Les liens entre eux étaient aussi forts que des amarres.

Le jour suivant, un garçon de courses apporta un paquet chez les Müller. Pour Dina.

C'était son chapeau. Il avait l'air d'avoir passé l'hiver dehors. Mais dans la calotte, il y avait une carte dans une enveloppe fermée.

« Même si tout semble impossible, je reviendrai toujours. »

C'était tout.

Elle prit le premier bateau qui partait vers le sud. Il avait deux jours d'avance. Il ne laissait aucune joie dans son sillage. Mais le calme était en quelque sorte un compagnon.

L'épouse de l'évêque avait montré que l'amour existait. Et Dina n'avait pas eu besoin d'aller à Vardø. C'était un endroit perdu et en plein vent, avec un cachot et une forteresse à l'intérieur de remparts en forme d'étoile, lui avait-on dit.

« On ne peut pas enfermer les gens derrière une barrière. Alors ils deviennent dangereux ! » marmonnait Dina pour elle-même, n'ayant pas grand-chose d'autre à faire que de compter les sommets des montagnes et les bras des fjords.

Les passagers à bord ne comptaient pas.

Chapitre 16

Aie pitié de moi, Éternel! Car je suis dans la détresse; j'ai le visage, l'âme et le corps usés par le chagrin.

(Psaumes, 31, 10)

Pendant que Dina était sur la route du retour, Mère Karen fut prise d'un malaise dans son fauteuil à oreillettes et perdit l'usage de la parole.

On envoya Tomas à cheval par la montagne chercher le docteur. Et Anders envoya par mer un message à Johan, qui était en visite chez le pasteur à Vågan.

Le docteur n'était pas chez lui, et même s'il était venu, il n'aurait pas pu faire grand-chose.

Johan fit sa valise et se mit en route pour assister sa grand-mère sur son lit de mort. Pour lui, comme pour tous les autres, l'immortalité de Mère Karen allait de soi.

Oline était dans tous ses états. Son inquiétude se ressentait jusque dans les plats qu'elle cuisinait. Tout ce qu'elle touchait devenait inutilisable ou fade. Son visage était rose et nu comme le derrière d'un singe.

Stine veillait la vieille dame. Faisait des infusions qu'elle lui donnait à la cuillère. Elle essuyait les sécrétions qui sortaient des orifices et des pores de la vieille dame. Nettoyait et saupoudrait de fécule de pomme de terre. Elle remplissait des sachets en toile d'herbes aromatiques et de pétales de roses pour rendre l'air plus respirable dans la chambre de la malade.

De temps en temps, Mère Karen croyait qu'elle était arrivée dans le jardin d'Éden, et qu'elle pouvait oublier la longue route qui lui restait à faire avant d'y parvenir.

Stine chauffait des chiffons de laine, dont elle enveloppait les membres flasques, secouait les oreillers et les édredons et entrouvrait la fenêtre. Juste à peine, pour laisser entrer un peu d'air frais.

Pendant ce temps, le soleil d'août se faisait chaud, les myrtilles mûrissaient et le reste du foin fut engrangé.

Benjamin et Hanna se faisaient invisibles et silencieux sur l'ordre d'Oline. Ils galopaient la plupart du temps le long du bord de mer et guettaient tous les bateaux qui pouvaient ramener Dina et les cadeaux qu'elle rapportait.

Benjamin avait compris que sa grand-mère était malade. Mais il prenait l'annonce de sa mort prochaine comme une des exagérations habituelles à Oline. Hanna, au contraire, tenait de Stine le sens de l'inévitable. Debout, nu-pieds dans la laisse de haute mer, empalant un crabe renversé sur une baguette, elle déclara un jour :

« Mère Karen, elle va sûrement mourir avant dimanche ! »

« Hein ? Pourquoi tu dis ça ? »

« Parce que ma maman, elle voit ça. Oui, elle voit ça chez Mère Karen aussi ! Les vieux, ils doivent mourir ! »

Benjamin devint furieux.

« Mère Karen, elle est pas vieille ! C'est seulement quelque chose que les gens croient... » ajouta-t-il plus accommodant.

« Elle est archi-vieille ! »

« Non ! Tête d'abrutie ! »

« Pourquoi tu dis non ? Elle a bien l'droit d'mourir sans que tu t'mettes en fureur ! »

« Oui, mais elle va pas mourir ! Tu entends ! »

Il lui attrapa les nattes et les tordit jusqu'à la racine des cheveux. Hors d'elle de fureur et de douleur, elle s'assit dans la marée montante, pleurant à chaudes larmes. La robe et les pantalons furent trempés jusqu'au haut du dos. Elle resta assise, les jambes écartées, le derrière dans l'eau. Les hurlements sortaient par à-coups de sa bouche grande ouverte.

Benjamin oublia qu'il était en colère. Du reste, il comprenait que s'il voulait éviter que Stine arrive en courant pour voir ce qui se passait, il fallait bien faire quelque chose. Finalement, après l'avoir contemplée avec résignation, il lui tendit les deux mains pour l'aider à se relever, tout en lui prodiguant des paroles de consolation.

Les vêtements mouillés furent enlevés, tordus et étalés à sécher sur les rochers chauds. Et pendant qu'ils étaient ainsi, ne sachant pas exactement s'ils étaient amis ou non, il se mit à l'examiner comme il avait l'habitude de le faire quand personne ne pouvait les voir. Elle s'allongea, encore fâchée, sur le rocher, chassa une fourmi de sa cuisse et le laissa faire avec condescendance, se faisant en quelque sorte consoler, tout en reniflant ses larmes.

Ils avaient oublié tous les deux que Mère Karen devait mourir avant dimanche.

Le jour suivant, Dina arriva par le vapeur. Elle emmena les enfants dans la chambre de Mère Karen. Ils restèrent près du lit, les bras raides et les yeux baissés.

Benjamin tremblait dans la chambre surchauffée. Il secoua la tête quand Stine lui demanda de prendre la main de sa grand-mère.

Alors Dina se pencha et toucha les mains de Mère Karen de ses deux mains. Puis elle fit signe de la tête à Benjamin.

Le petit garçon mit sa main dans celle de Dina qui la mit dans celle de la vieille dame. Puis elle tint leurs deux mains dans les siennes.

Un éclair traversa les yeux de Mère Karen. Son visage était en partie paralysé. Mais elle retroussa le coin gauche de sa bouche en un pauvre sourire. Et ses yeux se remplirent de larmes.

Les sachets d'herbes aromatiques de Stine se balançaient légèrement au-dessus du lit. Le rideau blanc caressait l'appui de la fenêtre.

C'est alors que Benjamin embrassa très fort Mère Karen, sans que personne ne le lui ait demandé.

Oline, Anders et les autres se tenaient dans la pièce. Ils étaient venus jusqu'à son lit chacun à son tour.

Mère Karen ne leur parla jamais plus. Mais elle les laissait caresser ses maigres mains. De grosses veines bleues s'enchevêtraient comme des arbres nus en automne sur le dos de la main. Ses yeux, quand ils étaient ouverts, les suivaient. Ils voyaient bien qu'elle entendait et comprenait tout.

Un grand calme s'installa dans la pièce. Les gens fondirent ensemble. En silence. Comme des branches de bruyère qui se redressent et s'emmêlent quand la neige a fondu.

Johan n'arriva pas à temps.

Le bateau qui transportait le cercueil était décoré de feuillage et de fougères. Des couronnes et des bouquets de fleurs étaient posés partout. Le cercueil en était complètement recouvert.

La responsabilité d'Oline était de faire en sorte que les invités soient convenablement traités et qu'ils ne repartent pas avec l'impression que l'on négligeait la cuisine à Reinsnes. On ne voulait pas de ce renom posthume pour le Reinsnes de Mère Karen !

Elle fit des miracles de cuisine, nuit et jour. Rien ne devait manquer le jour de l'enterrement. Et elle soupirait et pleurait tout le temps.

Benjamin n'en voyait pas la fin. Il devait l'aider en lui essuyant le nez afin que les larmes ne tombent pas dans les crêpes, les pâtés ou les tartines.

Johan était enfermé dans son chagrin. Ce qui était arrivé entre Dina et lui s'était installé comme des taches de pourriture. Et il n'en avait jamais obtenu l'absolution. La mort de Mère Karen était un terrible avertissement. Mais Dina existait ! Elle pouvait l'offenser et le briser rien qu'en traversant la pièce où il se trouvait. Il n'avait pas pu parler de son grand péché à Mère Karen, et maintenant elle était morte ! Et il ne pourrait jamais penser à son père sans que l'angoisse le tenaille.

Il y avait bien longtemps qu'il n'avait plus de contact avec Dieu. Il se tenait sur son îlot dénudé parmi ses paroissiens et avait essayé de se racheter. Même s'il se refusait à toucher son salaire, en versant le tout aux pauvres de la paroisse, rien n'y faisait.

Il se détestait à tel point qu'il ne supportait pas sa propre nudité. Oui, même en dormant, il ne pouvait pas se vider sans s'imaginer qu'il se noyait dans les cheveux de Dina. Ses cuisses blanches représentaient l'entrée de l'enfer. Il voyait les flammes s'approcher quand il se réveillait, et il s'obligeait à réciter toutes les prières qu'il avait apprises.

Mais il était clair que Notre Seigneur ne trouvait pas cela suffisant. Qu'il devrait confesser son péché à l'évêque de Nidaros ou de Tromsø.

Après l'enterrement, Johan repartit pour le Helgeland. Il avait évité Dina comme on évite les crevasses ouvertes sur la glace.

Dina donna l'ordre de nettoyer l'étable. D'astiquer les planchers de la boutique et du hangar à bateau.

Personne ne comprenait pourquoi. Mais on avait compris que c'était un ordre. Elle restait dans le bureau pendant de longues soirées d'automne, et utilisait du précieux pétrole à contrôler de précieux chiffres.

Elle ne déménageait pas dans la grande maison, et elle ne jouait pas du violoncelle. Ce qui inquiétait tout le monde.

Benjamin savait mieux que personne à quel point cette Dina pouvait être dangereuse. Il essaya de la rattraper avec les ruses qu'elle-même employait quand elle voulait arriver à ses fins.

Mais en réponse, Dina se contenta d'engager un précepteur. Il menait les enfants avec sévérité et sagesse, comme s'ils étaient deux batteuses dont il fallait tirer le maximum de rendement.

Anders allait et venait. Il était invisible même quand il était présent, car on savait qu'il allait bientôt repartir.

Mère Karen était couchée dans sa tombe, sans responsabilité pour ce qui arrivait. Cependant elle était plus inviolable que jamais.

Et sa renommée était aussi immaculée que les roses de glace sur les vitres de Dina. Mère Karen la tenait à l'écart. Elle ne venait pas à elle, sortant des coins sombres ou des nuages lourds pesant sur le détroit. Elle ne se mêlait pas de ce que Dina faisait ou ne faisait pas. Elle n'exigeait rien.

On avait l'impression qu'elle se complaisait dans la mort, et n'avait aucun désir de contact.

Quand le bruit se mit à courir qu'un ours avait été observé à Eidet de nouveau, Dina voulut emmener Tomas à la chasse. Mais il s'y refusa, il avait toujours autre chose à faire.

L'automne se passa ainsi.

L'hiver arriva brusquement, avec des chutes de neige et du froid dès octobre.

Dina recommença à jouer. Elle partageait son temps entre les comptes et le violoncelle.

Les sons. Des signes noirs sur de sévères lignes. Silencieux jusqu'à ce qu'elle fasse quelque chose – et leur donne vie. Quelquefois les sons sortaient eux-mêmes des notes, du violoncelle de Lorch, sans qu'elle joue. Ses mains pouvaient reposer sur l'instrument, et la mélodie en sortait quand même.

Les chiffres. Bleu sombre et soigneusement alignés. Silencieux, mais évidents. Pour les initiés. Ils avaient le même sens, toujours. Possédaient leur rythme saisonnier et leurs trésors cachés. Ou leurs pertes incontestables.

Chapitre 17

Amnon, fils de David, était tourmenté jusqu'à s'en rendre malade à cause de Tamar sa sœur... Il la saisit et lui dit : viens, couche avec moi, ma sœur...

Puis Amnon eut pour elle une forte aversion, plus forte que n'avait été son amour. Et il lui dit : lève-toi, va-t'en !

(Deuxième livre de Samuel, **13**, 2, 11 et 15)

Tomas s'était mis à guetter Dina chaque fois qu'elle était dans les communs ou dans l'écurie.

Elle se déplaçait avec nervosité quand il était dans les parages. Comme quand on évite un insecte. Il arrivait qu'elle lui lance un regard scrutateur. De préférence quand il était à bonne distance.

Un après-midi, il s'approcha tout près d'elle alors qu'elle s'apprêtait à rentrer dans l'annexe.

« Pourquoi le Tomas est-il toujours sur mon chemin ? » dit-elle avec colère.

L'œil brun et l'œil bleu lancèrent plusieurs éclairs. Et le regard s'aiguisa.

« Quand j'travaille à la ferme, j'suis bien obligé d'aller et venir. »

« Et quel travail t'amène sur mon perron ? »

« J'nettoie la neige autour des marches. Si c'est encore permis ? »

« Faudrait alors employer une pelle, non ? »

Il tourna les talons pour aller chercher une pelle dans la remise. Pendant des heures, ses coups de pelle retentirent autour de la maison.

Le lendemain, Dina fit venir Stine.

« Et si le Tomas et toi vous mariiez ? » dit-elle sans préambule.

Stine se laissa tomber sur la chaise la plus proche, mais se releva immédiatement.

« Comment la Dina peut-elle dire pareille chose ? » s'écria-t-elle.

« C'est une bonne solution. »

« À quoi ? »

« À tout. »

« Tu l'penses pas vraiment », dit-elle, timide, avec un regard désespéré vers Dina.

« Vous pourriez vivre ici, dans l'annexe, comme de braves gens. Moi j'retournerais dans la maison », dit Dina, aimable.

Stine cacha ses mains sous son tablier et baissa les yeux, sans répondre.

« Et qu'est-ce que t'en dis ? »

« Il voudra pas », dit-elle tranquillement.

« Pourquoi il voudrait pas ? »

« Dina devrait l'savoir. »

« Savoir quoi ? »

« C'est à une autre qu'il pense. »

« Et ça serait qui ? »

Stine se tortillait. Sa tête se baissa encore plus sur sa poitrine.

« La Dina est bien la seule à pas l'savoir. C'est dur de faire changer de sentiment. C'est pas toujours pour le mieux des gens... »

« La Stine, elle peut faire des miracles ! » interrompit Dina.

Stine allait lentement en quittant la maison de Dina. Ses yeux étaient presque noirs et regardaient droit devant eux. Elle avait oublié son châle sur la chaise. Mais ne retourna pas le chercher, bien qu'il fasse froid.

Elle resta longtemps devant l'entrée de service à regarder les glaçons qui pendaient du toit. Oline était au travail à l'intérieur, le dos tourné vers la fenêtre.

Dina envoya chercher Tomas et lui présenta les projets qu'elle avait faits pour son avenir.

Il se raidit, comme si quelqu'un l'avait cloué au sol. Son visage était complètement à nu.

« Ça peut pas être ton intention ! » murmura-t-il

« Pourquoi pas ? C'est une bonne solution. Vous pourrez vous installer ici, dans l'annexe, et vivre comme des princes ! »

« Dina ! » dit-il. Il essaya de la joindre du regard. Totalement à l'aveuglette.

« La Stine fait prospérer tout ce qu'elle touche », dit-elle.

« Non ! »

« Pourquoi non ? »

« Tu le sais bien. J'peux pas m'marier ! »

« Alors tu vas comme ça traîner dans la ferme comme un minus, toute ta vie ? »

Il sursauta, comme s'il avait reçu une gifle. Mais il ne dit rien.

« Tu fais trop de rêves, Tomas ! Je te propose un arrangement. Pour le bien de tous. »

« Ça t'dérange que j'aie levé les yeux sur toi », dit-il durement.

« Ça mène à rien d'lever les yeux sur moi. »

« Mais j'étais assez bon... avant ! »

« Personne ne parle d'AVANT ! » répliqua-t-elle.

« T'es mauvaise ! »

« C'est être mauvaise de faire une telle proposition ? »

« Oui », dit-il d'une voix rauque, en remettant son bonnet pour partir.

« C'est difficile pour toi de rester à Reinsnes sans être marié, tu comprends ? »

« Depuis quand c'est devenu difficile ? »

« Depuis que j'ai compris que tu m'épiais dans tous les coins », gronda-t-elle.

Il s'en alla, sans attendre d'être congédié.

Dina allait et venait sur le plancher tout l'après-midi, bien que du travail l'attende.

La servante arriva pour allumer le poêle dans la chambre. Mais Dina la renvoya en rugissant.

L'annexe se fit silencieuse et sombre.

Tomas était assis dans la cuisine d'Oline en train de manger sa bouillie du soir quand Stine vint chercher quelque chose.

Elle lui jeta un coup d'œil et rougit. Puis elle sortit précipitamment.

Le plancher brûlait sous les pieds de Tomas. Il fixait la

porte comme s'il n'avait jamais vu une porte se refermer sur quelqu'un.

Les épaules voûtées, Tomas mâchait sa bouillie avec application.

« Alors ? dit Oline. La bouillie est froide ? »

« Non, pas du tout, je t'en remercie », dit Tomas avec gêne.

« Pourquoi tu fais une tête d'enterrement ? »

« Moi ? »

« Et la Stine aussi ? Qu'est-ce qui se passe ? »

« La Dina, elle veut nous marier ! » Cela lui échappa avant qu'il ait eu le temps d'y réfléchir.

Oline pinça fortement la bouche. Comme si elle fermait les portes du poêle pour la nuit.

« L'un avec l'autre, ou chacun de votre côté », toussa-t-elle. Comme s'il s'agissait pour elle d'une nouvelle.

« L'un avec l'autre. »

« T'as fait des avances… ? »

« Mais non ! » dit-il, furieux.

« Ah bon… »

« On peut quand même pas marier les gens comme ça », murmura-t-il.

Oline se taisait en rangeant les tasses à grand bruit. Puis elle laissa tomber :

« Elle ressemble de plus en plus au commissaire ! »

« Ouais ! » dit Tomas. Et il retomba en contemplation.

« Elle veut pas d'toi ? La Stine ? »

« L'idée m'en est jamais venue », dit-il, désorienté.

« C'est si terrible que ça, alors ? »

« Terrible ? »

« Oui, ça pourrait être un bon arrangement, tu sais. »

Il repoussa sa tasse de café, attrapa son bonnet et se précipita vers la porte.

« J'me fous des bons arrangements de Reinsnes », gronda-t-il dans l'entrée.

Le lendemain matin, Tomas avait disparu. Personne ne savait où il était.

Le troisième jour, il revint à pied par la montagne, les vêtements en désordre et puant l'alcool.

Il se servit largement à boire et à manger à la cuisine, puis il alla se coucher et dormit une journée.

Il fut réveillé par Dina qui le secouait. Il crut d'abord rêver. Puis il écarquilla les yeux, et se redressa en position assise.

Au garde-à-vous devant Dina Grønelv, pensa-t-il avec amertume quand il comprit qui c'était. Pendant des années, il avait été à l'affût d'un regard, d'un geste, d'un mot.

« L'Tomas n'se gêne pas pour se saouler la gueule ! Et juste avant Noël, quand on a tant à faire ! » dit-elle calmement.

Cela entra à grand fracas dans les brumes de son crâne.

« Il n'a pas peur d'être mis à la porte ? »

« Non », dit-il fermement.

Elle cilla légèrement à cette réponse sans détours, mais se reprit.

« Alors dépêche-toi de te mettre au travail ! »

« Que désire la maîtresse de Reinsnes ? Que je la prenne par-devant ou par-derrière ? »

Dehors, on entendait le vent jouer avec un seau en fer-blanc.

Le coup partit. Violent. Quelques secondes passèrent avant que son nez se mette à saigner. Il resta assis dans son lit à la regarder. Le sang se mit à couler plus fort. Forma un ruisseau rouge et chaud sur ses lèvres et son menton. Tomba goutte à goutte sur sa chemise, après avoir coloré de rouge les poils dorés de sa poitrine.

Il ne s'essuyait pas. Restait tranquillement assis avec un mauvais sourire, et laissait couler.

Elle se racla la gorge. Les mots tombèrent comme un éboulis de pierres.

« Essuie-toi et va travailler ! »

« Essuie-moi, toi ! » dit-il d'une voix enrouée en se levant.

Il avait quelque chose de menaçant. Quelque chose de tout à fait étranger. Elle n'avait plus aucun pouvoir sur ses pensées.

« Et pourquoi je devrais t'essuyer ? »

« Parce que c'est toi qui m'as fait saigner ! »

« Ça, c'est vrai », dit-elle avec une amabilité inattendue, tout en cherchant des yeux dans la pièce. Trouvant une serviette, elle alla la chercher et la lui tendit avec un sourire en coin.

Il ne la prit pas. Alors elle s'approcha et l'essuya avec précaution. Cela prit du temps. Le sang continuait à couler.

C'est alors qu'il s'étendit entre eux ! Luisant comme la phosphorescence de la mer dans la pièce sombre sommairement meublée. Un désir aigu et brutal ! Proche de la haine et de la vengeance.

Il sentait la beuverie et l'écurie. Elle sentait l'encre, l'eau de rose et la transpiration.

Dina retira sa main, comme si elle s'était brûlée. Puis elle recula vers la porte, les narines dilatées.

« C'est toi qui m'as fait saigner ! » criait-il après elle avec fureur.

Le premier dimanche qui suivit le nouvel an, on publia les bans pour Stine et Tomas.

« Les rêves, ça sert à quoi ? demandait souvent Oline. Ou bien ils sont courts et finissent mal, ou bien tu les traînes toute ta vie. »

Dina ramena son violoncelle dans la salle. L'intermezzo de l'annexe était terminé.

Je suis Dina. Les gens existent. Je les rencontre. Tôt ou tard, les routes se séparent. C'est ce que je sais.

Une fois, j'ai vu quelque chose que je n'avais jamais vu. Entre deux personnes d'âge mûr, un évêque et sa femme. L'amour est une vague faite seulement pour la plage qu'elle rencontre. Je ne suis pas une plage. Je suis Dina. Je regarde ces vagues. Je ne peux pas me laisser submerger.

Benjamin avait pris l'habitude d'habiter dans la maison où Dina n'habitait pas. Il décida lui-même de déménager dans l'annexe. Préférant ainsi aller au-devant des décisions de Dina.

Il avait grandi, la dernière année. Mais il ne deviendrait jamais un géant. Silencieux et observateur. Posait des questions et répondait comme un oracle. Par quelques mots bien choisis. Il ne s'accrochait plus à

Dina. Quelque chose avait changé après le voyage de Dina à Tromsø. Ou était-ce après la mort de Mère Karen ?

Il ne montrait pas son chagrin, ni même qu'elle lui manquait. Mais il se glissait souvent, sans Hanna, dans la chambre de Mère Karen.

Là, tout était comme avant. Le lit était fait. Ses coussins brodés avaient été secoués et rangés à la tête du lit. Comme des ailes immobiles laissées par un ange disparu.

La bibliothèque était là, la clé sur la porte. Benjamin allait là et se perdait dans ses pensées jusqu'à ce qu'on l'appelle. Il ne venait plus dans la maison, sauf pour s'asseoir par terre en tailleur, et lire près de la bibliothèque de Mère Karen.

Il était doué et apprenait vite, mais se dérobait s'il le pouvait. Quand, pour une fois, il se trouvait dans la maison principale, c'était pour chercher des livres. Johan avait emporté les volumes philosophiques et religieux, mais il restait encore les romans.

Benjamin lisait à haute voix pour Hanna. Ils restaient des heures près du poêle en faïence blanc dans l'annexe, avec les livres de Mère Karen.

Stine n'était pas du genre à les harceler, tant qu'ils étaient tranquilles. De temps à autre elle disait :

« Il n'y a plus beaucoup de bois. – Ou bien : Le seau d'eau est vide. »

Et Benjamin savait que c'était à lui de donner un coup de main quand personne d'autre n'était dans les parages. Il lui arrivait d'être surpris, quand il revenait de la boutique ou de la plage, par la grande maison blanche qui se présentait à ses yeux. Il se dépêchait alors de porter son regard ailleurs, sur le pigeonnier au milieu de la cour, et de penser à autre chose.

De temps en temps il ressentait une douleur quelque part – dont il ignorait la cause.

Benjamin avait remarqué beaucoup de choses, sans trop y réfléchir. Comme par exemple le fait que Tomas avait toujours été la propriété personnelle de Dina. Juste comme Lucifer et son violoncelle. Et cela jusqu'à ce que Stine et Tomas se marient et déménagent dans l'annexe.

Il ne s'était pas passé beaucoup de soirées d'hiver près du poêle en faïence, chacun plongé dans ses occupations, avant que Benjamin comprenne que Tomas n'appartenait plus à Dina. Que Tomas n'appartenait pas non plus à Stine, même s'il dormait avec elle. Tomas était devenu son propre maître.

Mais le fait de n'appartenir à personne parce qu'on habitait l'annexe faisait peur à Benjamin. Dina et son violoncelle n'étaient que de lointains bruits dans la salle.

Benjamin habitait l'annexe pour apprendre à devenir son propre maître.

Chapitre 18

**Celui qui trouve une femme trouve le bonheur ;
c'est une grâce qu'il obtient de l'Éternel.**

(Proverbes, **18**, 22)

Anders partit aux Lofoten en janvier pour acheter du poisson. A peine rentré, il commença ses préparatifs pour le voyage à Bergen. Sa vie n'était qu'une continuelle course en mer. Et quand il restait à terre quelques semaines et commençait à ne plus tenir en place, il n'ennuyait personne pour autant.

Il arrivait que des voyageurs viennent avec le vapeur et demandent à se loger. Mais ce n'était plus aussi souvent que les années précédentes.

La boutique, par contre, était continuellement remplie de monde. La commande de farine d'Arkhangelsk était une idée géniale de Dina. Elle gagna de grosses sommes en réservant la farine pour la période maigre du printemps. Le bruit courait qu'à Reinsnes on pouvait obtenir de la farine, l'équipement pour la pêche et le strict nécessaire contre du stockfisch. De cette façon, Anders s'assura une solide livraison de poisson pour Bergen.

Stine ne mangeait plus dans la maison des maîtres. Elle préparait elle-même les repas pour son mari et les enfants. Mais elle avait les mêmes occupations qu'avant. Ses mouvements fluides et tenaces faisaient qu'on ne remarquait pas qu'elle travaillait du matin au soir.

Elle changea d'une manière imperceptible sur une longue période. Cela commença le jour où elle déménagea dans l'annexe les rares et misérables objets qu'elle possédait. Elle souriait tout en transportant les casseroles dans lesquelles elle faisait bouillir ses décoctions. Elle chantonnait dans la langue bizarre dont elle se servait rarement, portant les herbes médicinales d'une cave à l'autre.

Elle avait commencé par un grand nettoyage. Balayé et essuyé. Avait mis Benjamin et Hanna à découper artistiquement des bordures en papier de couleur pour les étagères. Avait aéré les duvets. Avait rempli les tiroirs et les armoires du trousseau que Dina lui avait donné.

Stine gardait sa porte ouverte, et laissait entrer tous ceux qui voulaient venir. Que ce soit par curiosité ou pour demander un remède contre un mal quelconque.

En quelque sorte, elle surpassait Oline. Finalement ils étaient plus nombreux ceux qui allaient voir Stine après être passés par la boutique, que ceux qui allaient vers la cuisine bleue de la ferme. Ils venaient surtout pour chercher des potions et des onguents. Mais aussi pour des raisons dont on ne parlait pas à haute voix.

Les mains de Stine étaient habiles et chaudes. Ses yeux pouvaient briller d'une joie sombre. Ce printemps, elle avait encore plus d'eiders que de coutume. Elle les nourrissait et ramassait leur duvet. Construisait des abris avec des planches et des caisses pour les protéger contre la pluie et le vent pendant qu'ils couvaient. Le temps venu, elle rassemblait les oisillons dans son tablier de grosse toile, et les amenait à la mer.

Plusieurs semaines après le mariage, Tomas resta comme un taureau à moitié assommé. Puis il ne put plus résister. Son visage se dérida lentement. Comme si Stine l'avait baigné matin et soir dans une décoction de plantes et d'eau de rose. Ou bien avait employé des forces mystérieuses.

Quand son ventre s'arrondit sous le tablier, Tomas commença à sourire. Avec précaution au début. Puis aussi radieux qu'un soleil, avec ses bras bronzés derrière la charrue.

Tomas pensait d'abord qu'elle lui avait jeté un sort. Parce qu'au fil des jours et des nuits, il était impossible de ne pas se laisser prendre. Il émanait d'elle de la chaleur.

Au début, elle n'essaya pas de le toucher. Elle entretenait ses vêtements, mettait les plats sur la table. Veillait sur son repos. Allait aux champs lui apporter du lait caillé dans un bidon. Le lui tendait avec un gentil sourire et s'en allait.

Elle n'avait jamais rien obtenu sans le payer. La nuit de noces, il l'avait prise rapidement et avec colère, tout en pensant qu'elle avait porté deux bâtards.

Juste avant de se vider, il imagina être entre les généreuses cuisses de Dina. Ensuite Stine remonta la couverture sur lui et lui souhaita bonne nuit. Mais Tomas n'arriva pas à dormir. Il regardait son visage dans la pénombre.

Il gelait alors, et il faisait un froid de loup. Il la vit tout à coup grelotter. Alors il se leva pour allumer le poêle. Pour lui faire plaisir. Parce que, tout à coup, il avait compris qu'elle était un être humain. Et qu'elle n'avait pas demandé à l'avoir dans son lit.

En peu de temps, il en arriva à se dire que s'il s'agissait d'un sortilège, il était bien content d'être ensorcelé.

Avec un plaisir timide il la recherchait de plus en plus souvent. Et miraculeusement : n'était jamais repoussé.

Il apprit très vite que plus il se montrait doux, plus elle se montrait chaude et empressée. Et bien que ses yeux étranges vivent leur propre vie, elle était avec lui. Jour et nuit.

Entre-temps, l'enfant grandissait en elle. Un enfant légitime avec un vrai père, autant en réalité que sur le papier. Même s'il n'était peut-être pas exactement l'homme de sa vie, elle n'en dit jamais rien. Et même si elle en avait hérité de sa maîtresse, comme elle héritait de ses sous-vêtements et de ses robes ou d'un morceau de savon parfumé, elle en fit sa chose.

Le jour où Stine lui dit qu'elle était enceinte, Tomas s'appuya sur elle et lui murmura des mots tendres. Sans pour cela en avoir honte. Il ne savait pas grand-chose de l'amour. A part qu'il s'était agi d'attendre un mot de Dina, un signe de Dina, une promenade à cheval de Dina, l'humeur de Dina, le désir dévorant de Dina. Cet amour l'avait brisé et l'avait obligé à se cacher pendant toute sa jeunesse. Il en était tout à coup libéré.

Il pouvait se passer plusieurs jours sans qu'il pense à qui appartenait Reinsnes. Des jours passés aux champs. Dans l'étable. Dans les bois. Car il travaillait pour Stine et pour l'enfant.

Chapitre 19

N'appelez pas conjuration tout ce que ce peuple appelle conjuration ; ne craignez pas ce qu'il craint, et ne soyez pas effrayés.

(Isaïe, **8**, 12)

Un jour, la chaloupe du commissaire accosta sans prévenir. Il avait la mine grise et sérieuse, et désirait parler à Dina en particulier.

« De quoi s'agit-il ? » dit-elle.

« On a arrêté un Russe à Trondheim », dit-il.

Dina sursauta.

« Quel Russe ? »

« Ce Léo Zjukovskij qui a été reçu à Reinsnes plusieurs fois. »

« Et la raison ? »

« Espionnage ! Et crime de lèse-majesté ! »

« Espionnage ? »

« Le bailli pense qu'on l'avait à l'œil depuis un moment. Il s'est même arrangé pour être arrêté dans l'enceinte de la prison. Où il venait chercher un paquet. Le directeur de la prison savait qu'il viendrait un jour ou l'autre. Le juge pense que c'est en fait l'ancien directeur qui servait de courrier à un mouvement d'agitation politique. Ce Léo Zjukovskij est tombé droit dans le piège. Le paquet était là depuis longtemps... Il renfermait même un code. »

Le commissaire parlait d'une voix basse et menaçante. Il lança sur un ton mordant :

« Et le directeur de la prison prétend que c'est Dina Grønelv de Reinsnes qui a transmis le paquet ! »

« Mais qu'est-ce que tout ça veut dire ? »

« Que ma fille peut être accusée d'avoir participé à un espionnage honteux ! Qu'elle a eu des rapports intimes avec un espion ! Et que cet homme a même dîné en compagnie du commissaire ! »

Le visage de Dina était fripé comme une vieille voile. Elle clignait des yeux nerveusement. Allant de la fenêtre au commissaire – et dans le sens inverse.

« Mais le livre, cher commissaire. Le livre que j'avais déposé, c'était seulement des poèmes de Pouchkine ! Léo et moi, on s'amusait à le lire ensemble. Mais il fallait bien sûr qu'il traduise, puisque j'sais pas l'russe. »

« Quelle est encore cette bêtise ! »

« Mais c'est vrai ! »

« Il faut dire que tu n'as pas apporté ce livre ! »

« Mais je l'ai apporté ! »

Le commissaire soupira et mit sa main sur son cœur.

« Pourquoi fais-tu de telles imbécillités, si c'est permis de le demander ? » cria-t-il.

« Les marques qu'on a mis dans le livre, c'est pas un code pour espions. C'est seulement des mots que j'ai essayé d'apprendre. »

« Mais il s'agit d'autres marques, tu comprends. Le code devait être là avant. »

Le commissaire, avec son cœur vacillant, avait du mal à supporter que sa fille soit mêlée à une pareille affaire. Tout d'abord il refusa de mettre dans son rapport qu'elle avait apporté le livre à Trondheim. Il regardait Dina à travers la broussaille blanche de ses sourcils. D'un froid de glace. Comme si elle l'avait offensé personnellement en affirmant avoir transmis ce malheureux paquet à la prison. Il ne voulait pas voir son nom mêlé à un scandale !

« Faut rappeler au commissaire que j'porte le nom de Jacob ! Et j'ai l'devoir de ne cacher aucun renseignement. Tu dois en savoir quelque chose ? »

Il s'affaissa brusquement, comme si l'on venait de lui donner un coup de massue sur la nuque. On avait même l'impression d'en entendre le bruit sourd, avant que sa tête ne retombe sur sa poitrine. Il attrapa les deux bouts de sa moustache et les pressa sur sa bouche avec un air contrit.

Il finit par battre en retraite, et se décida à utiliser cette histoire à son profit. Cela lui servirait à se rendre important aux yeux du bailli. Oui, même aux yeux de toute l'organisation judiciaire norvégienne !

C'est avec un vrai plaisir qu'il allait secouer tout cela, et démontrer qu'il ne s'agissait que d'un malentendu ridicule. Que cet homme était seulement un vagabond paresseux et inoffensif. Espion ! Ah ouiche ! La guerre et la mauvaise récolte avaient rendu les gens soupçonneux de tout ce qui venait de l'est. Tandis qu'Anglais et Français étaient audessus de tout soupçon, bien que ce soit eux qui étaient responsables de tout. Il s'en prit aux Allemands aussi, pour plus de sûreté. Bien au contraire, dans le Nord, les Russes n'ont jamais rien fait d'autre que de se saouler, chanter à plusieurs voix et transporter du blé !

Le commissaire rédigea un vigoureux rapport. Dina signa sa déposition.

Mais la guerre de Crimée continuait dans la tête de Dina. Le son du violoncelle ce soir-là montrait qu'elle essayait de chevaucher jusqu'à Trondheim.

Le commissaire pensait que son témoignage contribuerait à l'acquittement du type. Il ne manquerait plus que ça. Lui qui avait même aidé à éteindre un terrible incendie dans l'étable de Reinsnes. Grâce à son savoirfaire et son courage.

Dina fut convoquée à Ibestad pour faire sa déposition devant le juge cantonal. Sur ce malheureux recueil de poésies de Pouchkine et sur les marques que l'on prétendait être un code.

Le juge reçut Dina et le commissaire avec politesse. Un greffier et deux témoins étaient déjà en place. Alors comme introduction, il se mit à lire son document, après que Dina eut décliné ses noms et qualités.

Une traduction des mots qui étaient soulignés montrait que Léo Zjukovskij accusait Oscar Ier et le directeur de théâtre Knut Bonde, un respectable citoyen, d'être de connivence avec Napoléon III ! Ensuite qu'il essayait d'entraîner certaines personnes dont le nom était connu à soutenir un complot contre le roi de Suède !

Dina n'en pouvait plus de rire. Que le juge l'en excuse. Mais son respect pour le roi de Suède était fondé sur l'opinion de Mère Karen. Et cette dernière avait toujours exigé que les bateaux de Reinsnes restent sous pavillon danois !

Le commissaire avait honte. Mais en tant que père il était partie intéressée et ne pouvait heureusement rien dire. Et encore moins empêcher Dina de rire.

« La déposition sera rapportée mot pour mot et envoyée à Trondheim », prévint le juge.

« Pas besoin d'faire la leçon à la fille du commissaire. »

Avec calme, il commença son interrogatoire. Ses réponses étaient courtes et précises. Mais elles se terminaient presque chaque fois par une question.

Le juge tira sur sa moustache et se mit à tambouriner avec ses doigts sur la table.

« Voulez-vous dire qu'il ne s'agit que d'un jeu privé de lèse-majesté ? »

« Mais absolument ! »

« Mais le Russe ne l'a pas expliqué ainsi. Il ne nomme pas Dina Grønelv à propos des codes. Il avoue cependant qu'elle a probablement déposé ce livre de sa propre initiative, sans qu'il le sache. »

« Non, il veut probablement me tenir en dehors, je pense. »

« Connaissez-vous bien cet homme ? »

« Autant qu'on connaît les gens de passage une nuit ou deux. Y en beaucoup qui viennent à Reinsnes. »

« Mais vous assurez que cet homme a mis ces marques dans ledit livre au cours d'un soi-disant jeu de société ? »

« Oui. »

« Y avait-il des témoins ? »

« Non, malheureusement. »

« Où cela s'est-il passé ? »

« À Reinsnes. »

« Mais pourquoi avoir apporté le livre à cet endroit, à la prison ? »

« Parce que j'étais à Trondheim avec mon caboteur. Il avait oublié le livre, et j'savais qu'il devait y aller. »

« Comment le saviez-vous ? »

« J'crois qu'il en avait parlé. »

« Qu'est-ce qu'il allait y faire ? »

« On n'en a pas parlé. »

« Mais enfin, ce n'est pas un endroit agréable pour une dame ? »

« C'est pas un endroit plus agréable pour un homme ! »

« Mais pouvez-vous expliquer pourquoi ce livre avait tant d'importance pour cet homme ? »

« C'est son livre préféré. Le juge sait aussi bien que moi que les gens qu'aiment les livres, ils les emportent souvent avec eux. Dans l'temps, Mère Karen avait amené avec elle deux grandes bibliothèques à Reinsnes. Le Léo Zjukovskij, il connaissait Pouchkine. Il a toujours ses livres avec lui en voyage. Il l'a sûrement expliqué lui-même. »

Le juge toussota et se mit à regarder dans ses papiers. Puis il hocha la tête.

« Qui est ce Pouchkine ? »

« Celui qu'a écrit les poèmes, Monsieur le juge. Le livre ! »

« Oui, bien sûr ! Léo Zjukovskij n'a pas pu expliquer, d'une manière convaincante, d'où il venait et où il allait. Dina Grønelv a-t-elle un avis là-dessus ? »

Elle réfléchit. Puis secoua la tête.

« L'inculpé est-il venu à Reinsnes juste avant d'aller à Trondheim ? »

« Non. La dernière fois qu'il a été l'hôte de Reinsnes, c'était au printemps 1854. »

« Ce... cet album de poésies est resté tout ce temps à la prison ? »

« C'est au directeur de la prison que le juge doit le demander... Une chose est sûre en tout cas, c'est qu'ils ont brisé le cachet de cire de Dina Grønelv posé sur un paquet privé. »

« Hum... m... »

« N'est-ce pas une faute, Monsieur le juge ? »

« Ça dépend... »

« Mais Monsieur le juge ! avant de briser mon cachet, ils savaient pas c'qui y avait dans l'paquet. Et c'est bien contraire à la loi que de fouiller dans les affaires d'autrui ? »

« Je ne peux pas répondre dans ce cas-là. »

« Et la lettre ? Où elle est ? »

« La lettre ? » demanda le juge avec intérêt.

« Y avait une lettre dans le paquet. Pour Léo Zjukovskij. De moi. »

« C'est le juge qui pose les questions. Dina Grønelv

doit répondre. »

« Bien, Monsieur le juge. »

« Je n'ai entendu parler d'aucune lettre. Je vais faire des recherches. Qu'y avait-il dans cette lettre ? »

« C'était privé. »

« Mais ici c'est... un interrogatoire. »

« Y avait écrit : "Quand Mohammed ne vient pas à la montagne, la montagne va à Mohammed" – et "Il faut que Barabbas vienne à Reinsnes s'il veut éviter d'être crucifié à nouveau". »

« Qu'est-ce que cela signifie ? C'est un code ? »

« En tout cas, y'a pas grand-chose à voir avec le roi de Suède. »

« Il ne faut pas oublier qu'il s'agit du roi de Norvège et de Suède ! »

« Bien sûr ! »

« Alors qu'est-ce que ces mots signifient ? »

« C'était pour rappeler qu'on est toujours aussi hospitaliers à Reinsnes. »

« C'est tout ce qu'il y avait d'écrit ? »

« Oui. Et la signature. »

« Y avait-il entre ce Léo Zjukovskij et Dina Grønelv quelque... quelque amitié, à part des relations normales d'hospitalité ? »

Dina regarda le juge.

« Monsieur le juge pourrait-il expliquer exactement ce qu'il veut dire ? »

« Je veux dire, l'échange de lettres et de codes était-elle chose habituelle entre eux ? »

« Non. »

« On m'a raconté que Dina Grønelv a pas mal voyagé ces deux derniers étés... A la fois vers le nord et vers le sud. A-t-elle rencontré Léo Zjukovskij au cours de ces voyages ? »

Dina ne répondit pas immédiatement. Le commissaire tendait le cou dans son coin. Il ne se sentait pas bien.

« Non ! » dit-elle fermement.

« Est-ce que Dina Grønelv pense que cet homme est arrêté injustement ? »

« J'sais pas pourquoi on l'a arrêté. »

« Pour être en possession d'un livre en russe qui, après avoir été examiné par des experts, a démontré que les soupçons étaient justifiés. Les codes montrent une attitude hostile envers le roi et des citoyens respectables, et insinuent qu'ils ont formé un complot pour entraîner les pays nordiques dans la guerre de Crimée. »

« De quel côté ? »

« Cela n'a rien à voir, dit le juge, désorienté. Mais Napoléon III est notre allié. Voudriez-vous être assez aimable pour vous contenter de répondre, sans poser de questions ? »

« Ici, dans le nord, y a beau temps qu'on participe à la guerre. Le juge peut aussi bien arrêter Dina Grønelv pour les codes qui ont fait arrêter Léo Zjukovskij. »

« Que voulez-vous dire par "participer"? »

« On est allé à Arkhangelsk chercher du blé, pour ne pas mourir de faim. J'ai jamais entendu dire que le roi s'intéressait de savoir comment on vivait. Et maintenant il veut nous entraîner dans une guerre qui, à ce que j'sais, a lieu tout à fait ailleurs que sur la côte finlandaise. »

« Pouvez-vous vous en tenir aux faits ? »

« Oui, Monsieur le juge, si seulement je savais quels sont les faits. »

« Si je comprends bien, Dina Grønelv prétend avoir participé à la fabrication des codes. »

« C'est une manière amusante d'apprendre des mots russes. »

« Qu'est-ce qu'il y a dans ces... ces codes ? »

« Monsieur le juge l'a lu au début, mais j'm'en souviens plus exactement. On a parlé de tellement de choses entre-temps. Et il a coulé beaucoup d'eau dans la mer depuis que Léo Zjukovskij était à Reinsnes et m'apprenait le russe. »

« Vous n'êtes guère coopérante. »

« J'pense que c'est idiot d'arrêter un homme parce qu'il se moque du roi suédois, tandis qu'on ne lève pas le petit doigt pour réprimander ceux qui ont brisé le cachet de Dina Grønelv ! Et la guerre de Crimée, personne ne la gagnera ! Sauf ceux qui en profitent. »

Le juge finit par considérer l'interrogatoire comme terminé. On fit la lecture du protocole à haute voix. Elle l'accepta. Et tout fut fini.

« J'suis inculpée ? » demanda-t-elle.

« Non », répondit le juge. Il était visiblement fatigué.

« Quelle influence aura cet interrogatoire sur le sort de Léo Zjukovskij ? »

« C'est difficile à dire. Mais cette explication rend les preuves incertaines, je le vois bien. »

« Bon ! »

« Vous avez de la sympathie pour ce Russe ? »

« J'aime pas qu'on arrête mes invités parce qu'ils essaient de m'apprendre des mots russes, à titre amical. J'ai aucune raison de le cacher. »

Le juge, le commissaire et Dina se quittèrent bons amis.

Le commissaire était satisfait. Il avait l'impression que c'était lui qui avait tout arrangé ! Avait influencé et les uns et les autres. Avait donné des renseignements à la fois à Dina et au juge. Si bien que l'interrogatoire avait pu être rapide et rester décent.

Aujourd'hui, Dina était sa fille unique.

Il y avait un arc-en-ciel sur Reinsnes quand Dina revint d'Ibestad. Au fur et à mesure que la barque approchait, les bâtiments disparaissaient les uns après les autres dans la brume.

Finalement, l'arc-en-ciel partait du toit de l'annexe pour aller se perdre à Sundet.

Elle clignait des yeux vers la côte. Elle était seule aujourd'hui.

De la fenêtre de la salle, Dina regardait Stine et Tomas traverser la cour. Étroitement enlacés. C'était à la fin d'avril.

Personne ne se conduisait ainsi devant tout le monde. Personne !

Ils s'arrêtèrent devant le pigeonnier. Se tournèrent l'un vers l'autre et sourirent. Stine dit quelque chose que Dina ne pouvait entendre de sa fenêtre. Alors Tomas renversa la tête en arrière et se mit à rire.

Avait-on jamais entendu Tomas rire ?

Tomas prit Stine par la taille. Et ils avancèrent lentement dans la cour et entrèrent dans l'annexe.

La femme derrière ses rideaux laissa passer l'air entre ses dents. Cela sifflait.

Puis elle se retourna. Se mit à marcher sur le plancher. Vers le poêle, vers le violoncelle, de retour vers la fenêtre.

Il faisait de plus en plus sombre dans la pièce.

Les journaux parlaient de la paix conclue à Paris. La Russie léchait ses blessures sans grand honneur. L'Angleterre léchait les siennes sans grand profit. Et le royaume de Suède et Norvège n'avait pas besoin d'aller au secours des Finlandais. Napoléon III était le seul à triompher.

Un jour, Dina lut dans le journal que Julie Müller était morte. Elle envoya ses condoléances à Monsieur Müller. Et reçut une longue et triste lettre où il racontait qu'il allait tout vendre, y compris son cheval, et partir en Amérique.

Dina grimpait sur le monticule où l'on hissait le drapeau. Pendant ce temps, l'été s'étendait comme une bénédiction sur le Nordland.

Chapitre 20

Tu seras abaissée, ta parole viendra de terre, et les sons en seront étouffés par la poussière ; ta voix sortira de terre comme celle d'un spectre, et c'est de la poussière que tu murmureras tes discours.

(Isaïe, **29**, 4)

Lucifer avait une blessure sous la panse qui ne voulait pas se fermer. Personne ne savait comment c'était arrivé. On avait l'impression qu'il arrivait à se déchirer lui-même à l'écurie.

Tout ce que Tomas faisait pour l'empêcher de rouvrir la plaie à l'aide de ses dents jaunes et entêtées ne servait à rien.

Personne d'autre que Dina ne pouvait approcher l'animal blessé. Il était évident qu'il souffrait, car la plaie s'était infectée. Elle lui mit une muselière. Et chaque fois qu'il devait manger ou boire, elle restait à côté de lui pour l'empêcher de se mordre.

On entendait son hennissement sauvage et furieux nuit et jour. Et le bruit des sabots martelant l'écurie affolait hommes et bêtes.

Stine lui préparait des onguents. Et Oline apportait ses cataplasmes.

Mais au bout d'une semaine, le cheval se coucha sur le sol et ne voulut plus se relever. Il crachait de la bave sur Dina quand elle s'approchait, et montrait les dents à tout le monde.

La patte qui était proche de la blessure se dressait toute raide. Ses yeux étaient injectés de sang.

On avait interdit à Hanna et à Benjamin d'aller dans l'écurie.

Je suis Dina. Les humains sont tellement passifs. La nature est indifférente. Gaspille tout ce qui est vivant. N'endosse aucune responsabilité. Laisse tout s'accumuler comme de la boue à la surface. Comment de nouvelles vies arrivent-elles à naître de cette boue ? La boue engendre la boue à l'infini, sans que rien d'important n'arrive. Si seulement un seul être humain s'était relevé de cette boue et avait fait quelque chose de sa vie ! Un seul...

Les chiffres et les sons ne sont pas soumis à la boue. N'ont pas besoin de la science des hommes. Les lois qui régissent les chiffres existent, même si personne ne les met sur le papier. Les sons existeront toujours. Qu'on les entende ou pas.

Mais la nature est boue. Le sorbier. Le cheval. Les gens. Nés de la boue. Retourneront à la boue. Feront leur temps. Et seront noyés dans la boue.

Je suis Dina, seule avec une massue et un couteau. Et le cheval. Sais-je seulement où frapper ? Oui ! Parce que je le dois. Je suis Dina qui parle à Lucifer. Je suis Dina qui le prend par le col. Qui le regarde dans ses yeux fous. Longtemps. Je suis Dina qui frappe. Et enfonce le couteau ! Profondément !

C'est moi qui suis assise ici dans toute cette rougeur chaude et qui reçois le cheval dans mes bras. Moi ! Qui vois ses yeux lentement devenir vitreux et embrumés.

Tomas alla à l'écurie voir ce que devenait le cheval, car tout était bien silencieux.

Dans la pénombre, et de loin, on aurait pu croire que le visage et les vêtements de Dina étaient parsemés de pétales de roses fraîches et humides de pluie. Elle était assise sur le sol et tenait la tête du cheval dans ses bras. Le grand corps noir de l'animal reposait paisiblement, ses pattes sveltes et puissantes étendues deux par deux.

Le sang avait coulé à flots, par jets, partout. Le long des murs et sur le foin doré par terre.

« Seigneur ! » gémit Tomas. Puis il arracha son bonnet et s'assit près d'elle.

Elle ne sembla pas remarquer sa présence. Il resta là cependant. Jusqu'à ce que les dernières gouttes de sang se caillent dans la plaie profonde.

Alors elle se libéra lentement, posa la tête du cheval sur le sol et couvrit les yeux de l'animal avec sa crinière. Puis elle se releva et se passa la main sur le front. Comme une somnambule qui se réveille tout à coup.

Tomas se releva aussi.

Dina eut un mouvement de la main, comme pour se défendre. Puis elle traversa l'écurie et sortit sans fermer la porte derrière elle. Le bruit assourdi de ses talons ferrés frappant le sol couvert de foin résonnait dans toute l'écurie.

Puis le silence s'installa.

La massue et le couteau furent remis à leur place. L'écurie fut nettoyée. Les vêtements ensanglantés mis à tremper dans la rivière, sous de grosses pierres. Autrement, tout partirait dans la mer.

Dina alla à la buanderie et alluma la grande lessiveuse. S'assit sur un tabouret près du feu, jusqu'à ce que l'eau soit assez chaude et que la buée monte vers le plafond.

Alors elle se releva et traversa la pièce pour aller fermer la porte à clé. Alla chercher le grand baquet de zinc accroché au mur et le remplit. Puis elle se déshabilla lentement. Comme si elle s'adonnait à un rite.

Elle replia les taches sanglantes vers l'intérieur de chaque vêtement. Comme si elle les faisait disparaître en ne les voyant pas. Finalement, elle entra nue dans l'eau chaude.

Le cri commença quelque part, en dehors d'elle. Se rassembla dans sa gorge. Éclata, et cassa tout autour d'elle. Jusqu'à ce que Hjertrud arrive et remette en place les morceaux.

Chapitre 21

**J'entre dans mon jardin, ma sœur, ma fiancée ;
je cueille ma myrrhe avec mes aromates, je mange
mon rayon de miel avec mon miel, je bois mon vin
avec mon lait.
Mangez, amis, buvez, enivrez-vous d'amour !**
(Cantique des Cantiques, 5, 1)

Le jour où Dina était partie à Kvæfjord voir un cheval
qu'on lui avait proposé, Léo Zjukovskij débarqua de
Strandstedet. Il n'avait guère de bagages, seulement un
sac de marin et une sacoche. Peter, le commis de la
boutique, rencontra l'étranger sur le quai, c'était le soir
et il venait de fermer pour la journée.

Quand il comprit qu'il ne s'agissait pas d'un client tardif, mais de quelqu'un qui demandait un gîte pour la
nuit, il fit un geste de la main et l'invita à monter à la
ferme.

Léo resta à contempler l'allée de sorbiers. Elle était
lourde de baies rouge sang. Les feuilles avaient déjà été
emportées par le vent.

Puis il s'engagea dans l'allée. Il venait un léger bruissement des cimes nues. Il s'arrêta devant l'entrée principale. Puis il sembla changer d'avis. Il fit le tour de la
maison jusqu'à l'entrée de service. Après avoir laissé
tomber son sac et sa sacoche sur les marches, il frappa à
la porte. Il se retrouva tout de suite dans la cuisine
bleue.

Oline reconnut l'homme à la cicatrice. Tout d'abord,
elle se montra timide et formaliste, comme si elle n'avait
jamais reçu personne à Reinsnes. Elle l'invita à aller au
salon, mais il refusa. Si cela ne la dérangeait pas, il préférait rester avec elle.

Pendant un moment, elle garda les mains cachées sous son tablier, puis elle avança vers lui et lui tapa sur la poitrine.

« Grand merci pour le paquet ! J'ai pas reçu pareil cadeau depuis ma jeunesse ! Dieu te bénisse... »

Elle était si émue qu'elle frappait encore plus fort.

D'un geste inattendu, mais en riant, il l'embrassa sur les deux joues.

Confuse, elle se mit à tourner sur elle-même et à allumer le feu.

« Me faire cadeau d'un aussi beau col ! » dit-elle pendant que les brindilles enflammées illuminaient son visage penché sur l'âtre.

« Ce col a-t-il pu servir à Oline ? » demanda-t-il en la regardant.

« Oh, oui... c'est pas le problème. Mais j'sors plus beaucoup. Et ici, dans la cuisine, on peut pas être parée comme une châsse. »

« Mais on peut quand même faire un peu de toilette de temps en temps ? »

« Bien sûr », dit-elle en retenant sa respiration. Pour mettre fin à la discussion.

« À quelle occasion Oline a-t-elle porté le col pour la dernière fois ? »

« À la veillée de Noël. »

« Ça fait longtemps. »

« Oui, mais c'est bien pratique d'avoir en réserve quelque chose de frais et de neuf, tu sais. »

Il lui renvoya un regard chaleureux. Puis il commença à lui poser des questions sur Reinsnes.

Les servantes passaient la tête par la porte de l'office, les unes après les autres. Léo leur serra la main. Oline donna l'ordre de préparer la grande chambre. Par de courtes phrases. Des mots de passe. Qui montraient bien qu'on savait ce qu'il y avait à faire. Mais qu'en fait, il s'agissait plutôt de les éloigner de la cuisine.

Puis elle servit le café à la table de cuisine. Il alla chercher sa sacoche dehors sur l'escalier. Et lui offrit du rhum. Oline était tout épanouie. Jusqu'à ce qu'il demande à nouveau des nouvelles de Reinsnes.

« Mère Karen n'est plus des nôtres... » dit Oline en portant la main à ses yeux.

« Quand est-ce arrivé ? »

« L'automne passé. Quand la Dina elle est retournée de Tromsø. Oui, elle a été à Tromsø, commander la farine d'Arkhangelsk... Mais Monsieur Léo peut pas l'savoir. »

Oline raconta la mort de Mère Karen. Que Stine et Tomas étaient mariés et habitaient l'annexe et attendaient un héritier.

« Il semble que j'arrive toujours après un décès, murmura-t-il. Mais que Stine et Tomas... c'est une heureuse nouvelle. Bizarre que je ne m'en sois pas aperçu la dernière fois que j'étais là. Qu'il y avait anguille sous roche. »

Oline parut gênée. Mais finit par dire :

« Z'en savaient pas plus eux-mêmes. C'est la Dina qu'a pensé que ce s'rait une bonne chose. Alors c'est comme ça qu'ça s'est fait. Et ça a tout l'air d'être une providence pour toute la ferme. Mais c'est pas toutes les femmes de Reinsnes qu'ont cette chance... »

« Que voulez-vous dire par là ? »

« La maîtresse. Enfin, j'devrais rien dire. Elle est trop dure. Aussi avec elle-même. Elle a un nœud de fer quelque part en elle... Elle a pas eu beaucoup d'chance ! Et ça s'sent... Mais j'aurais pas dû dire ça... »

« Cela ne fait rien. Je crois que je comprends. »

« Elle a tué son cheval de ses propres mains ! »

« Pourquoi ? »

« Il était malade. Une plaie sous la panse, qu'a mal tourné. Il était vieux aussi, bien sûr. Mais qu'elle arrive... »

« Elle aimait ce cheval ? »

« Bien sûr. Mais le tuer elle-même... »

« Au fusil ? »

« Non, au couteau ! pouah ! »

« Mais un cheval ne se laisse pas tuer au couteau ! »

« Si, le cheval à Dina ! »

Le visage d'Oline se ferma tout à coup comme un mur sans portes ni fenêtres. Elle alla vers la cuisinière et la cafetière et leur versa une tasse à tous deux.

Puis elle se mit à remarquer qu'il avait l'air maigri et pâli.

Il eut un large sourire et demanda des nouvelles des enfants.

« Le Benjamin, il est avec sa mère pour une fois. Elle a

plus souvent besoin d'lui maintenant que l'cheval est mort. »

« Pour une fois ? »

« Oui, ce gosse, il est pas souvent en dehors de Reinsnes... Oui, ici y a beaucoup d'gens qui viennent, bien sûr. Mais un garçon comme lui, qu'aura la responsabilité de tant de choses, il devrait avoir plus d'expérience du monde ! »

« Il est encore bien petit », dit Léo en souriant.

« Oui, bien sûr... Et la Stine qui va avoir un bébé en novembre ? Ça fera trois enfants dans l'annexe. Mais aucun ici dans la maison. C'est pas juste que l'Benjamin reçoive pas l'éducation qui convient à sa condition. Mère Karen n'aurait pas approuvé. Elle l'aurait fait revenir dans la maison. »

« Benjamin n'habite pas avec sa mère ? » demanda Léo.

« Non, il veut pas... à c'qu'il paraît. »

Léo considérait la femme au tablier.

« Quelle embarcation ont-ils pris, Benjamin et Dina ? »

« Oh, elle est partie avec un des petits voiliers. Elle est tellement têtue. Si Mère Karen avait vécu, elle aurait pas permis qu'elle emmène le gamin en mer sans hommes à bord. »

« Et Dina l'aurait écoutée ? »

« Écoutée ou pas. J'sais pas trop. Mais l'aurait pas fait quand même. »

Oline se rendit compte tout à coup qu'elle racontait à cet étranger des choses difficiles à dire. Elle cligna des yeux plusieurs fois, ayant hâte d'en finir.

C'était probablement à cause de ce col de dentelle qu'il lui avait offert ? Ou bien parce qu'il posait tellement de questions ? Ou à cause de ses yeux ? Elle se trouva une excuse et s'occupa à remplir des plats de gâteaux et à brosser les miettes de la nappe brodée.

« Et Johan ? Comment va-t-il ? » demanda-t-il.

« Il a sa modeste cure au Helgeland. J'sais pas trop comment il va. Il écrit plus, depuis que Mère Karen est partie. Il est devenu tout étranger. Pour moi aussi. Mais la santé est meilleure, je crois... Il était pas bien à un moment. »

« Oline se fait du souci ? » demanda-t-il.

« Oh, oui, j'ai pas grand-chose d'autre à faire. »

« Oline travaille dur ? »

« Non, j'ai de bonnes aides... »

Il y eut un silence.

« Dina ? Quand l'attendez-vous ? » demanda-t-il.

« Pas avant demain, dit-elle en regardant l'homme du coin de l'œil. Mais Anders, il revient de Strandstedet ce soir. Il sera content que Monsieur Léo soit venu ! Anders, il était en train d'armer les caboteurs et la barque à cinq rameurs pour la pêche aux Lofoten. Il pense envoyer les deux caboteurs à Bergen au printemps. Il est entreprenant, j'dois l'dire. Après qu'il s'est fait construire une cabine sur la barque, il est installé comme un prince et il pêche lui-même. De temps en temps. L'an passé, il avait avec lui de l'équipement et des provisions qu'il a vendus aux pêcheurs des Lofoten. Et il est revenu avec plein d'poisson, de foie et de laitances. C'qu'il avait acheté en plus de c'qu'il avait pris. Chargé à bloc ! »

Il était rare que Dina parte seule en bateau. Cette fois-là, cela se trouva ainsi. Elle avait jeté des regards si noirs que personne ne demanda à partir avec elle, puisqu'elle ne le demandait pas. Elle avait Benjamin pour seule compagnie.

Il était assis sur le monticule au drapeau quand elle monta pour guetter l'arrivée du vapeur. Il l'avait saluée comme il aurait salué un visiteur quelconque qui venait passer la nuit ou qui sortait de la boutique pour prendre une tasse de café chez Stine.

Il posa ses yeux bleus sur elle. En les plissant légèrement, comme si elle était un mince nuage de poussière dans l'air. Son visage commençait à prendre forme. Les joues et le menton étaient marqués. Les cheveux avaient foncé la dernière année. Et ses membres étaient gauches et encombrants. Il avait la mauvaise habitude de pincer la bouche comme un trait.

« Tu guettes le bateau, toi aussi ? » demanda-t-elle.

« Oui. »

« Tu crois qu'on aura des visiteurs aujourd'hui ? »

« Non. »

« Alors pourquoi tu regardes ? »

« Il est tellement laid. »

« L'Benjamin regarde le bateau parce qu'il est laid ? »

« Oui. »

Dina s'assit sur la pierre plate au pied du mât. Le gamin se poussa poliment sur le côté pour lui faire place.

« Y a d'la place pour deux, Benjamin. »

Elle l'entoura tout à coup de son bras, mais il essaya de se dégager. Insensiblement, pour ne pas l'irriter.

« Tu veux aller avec moi à Kvæfjord voir un nouveau cheval ? » demanda-t-elle au moment où le bateau donnait un coup de sirène.

Il répondit quand le silence fut rétabli.

« Ça s'rait amusant », dit-il d'une voix qui se voulait neutre. Comme s'il avait peur que Dina change d'avis s'il montrait sa joie.

« Alors c'est décidé. On part demain. »

Ils restèrent un moment assis à regarder les garçons ramer jusqu'au bateau.

« Pourquoi t'as tué Lucifer ? » demanda-t-il brusquement.

« Il était malade. »

« Il pouvait pas guérir ? »

« Si. Mais il aurait jamais plus été l'même. »

« Ça f'sait qué'que chose ? »

« Oui. »

« Pourquoi ? Tu pouvais monter un aut'cheval. »

« Non. J'peux pas avoir un cheval qui reste à l'écurie pendant qu'j'en monte un autre. »

« Mais pourquoi tu l'as tué toi-même ? »

« Parce que c'était une chose grave. »

« Il aurait pu te tuer d'un coup de sabot ? »

« Oui. »

« Pourquoi Dina fait des choses pareilles ? »

« J'fais c'que j'dois faire », dit-elle en se relevant.

Dina l'avait consulté au sujet de l'achat du cheval. Ils se mirent d'accord, conformément à ses directives. Le cheval ne promettait guère. Il avait des yeux sournois et un poitrail étroit. Le fait qu'il s'était montré docile quand Dina l'avait monté n'était pas suffisant. Il ne fut pas acheté.

« Il aurait fallu qu'j'trouve quelqu'un pour te ramener à la maison dit Dina avec insouciance. Il était dit qu'on rentrerait ensemble, toi et moi. »

Ils avaient passé la nuit à la ferme du commissaire. Paisiblement et sans histoires.

Le commissaire avait reçu la dépêche du juge lui annonçant que Léo Zjukovskij venait d'être relâché.

Dina reçut la nouvelle, les yeux mi-clos. Puis elle se mit à parler avec Dagny des portraits de Hjertrud qu'elle désirait emporter à Reinsnes, ceux à cause desquels elle et Dagny s'étaient toujours disputées.

Dagny se déplaçait nerveusement. Mais elle fut d'accord. C'était une bonne solution.

« Et la broche. Celle de Hjertrud. Celle que tu mets quand tu te fais belle. J'la veux aussi », continua-t-elle.

Les garçons et le commissaire étaient sur des charbons ardents. Mais Benjamin ne semblait pas s'inquiéter du danger qui les guettait. Il les regardait les uns après les autres. Comme s'il venait de découvrir quelque chose d'intéressant dans un livre d'images.

Les choses s'arrangèrent. Comme un coup de vent subit qui oblige à changer de direction.

Dina repartit avec la broche et les portraits.

Il faisait un très beau temps d'automne. Avec juste ce qu'il fallait de vent.

Le gamin était fier comme un coq. Il avait tenu le gouvernail pendant une bonne partie de la traversée. Il n'avait pas été très loquace. Cependant il semblait content. Presque heureux. Ils parlèrent de tant de choses pendant le retour.

Dina le regardait ! Avait écouté ce qu'il avait à dire. Elle avait tout le temps répondu à ses questions avec le plus grand sérieux. Sur Mère Karen. Sur le cheval. Sur les études à faire pour devenir quelqu'un quand il serait grand. Sur qui était le chef à Reinsnes. Sur la raison pour laquelle Anders devrait hériter du caboteur si Dina mourait. Toutes les choses dont Benjamin avait eu vent, alors que les adultes avaient l'air de croire qu'il n'était pas pourvu d'oreilles comme tout le monde. Alors qu'ils évitaient de lui répondre quand il posait des questions.

Dina répondait. Souvent cela ne l'avançait guère. Mais c'était égal. Elle répondait.

Quelques rares fois, elle dit ne pas savoir. C'était quand il lui demanda s'il serait du voyage la prochaine fois qu'elle partirait. Ou bien quand il demanda si Johan reviendrait à Reinsnes.

« Ça m'est égal que Johan revienne ou pas », dit-il.

« Pourquoi ? »

« J'sais pas. »

Elle n'insista pas. Ne demanda plus rien.

Ils arrivèrent à la voile presque jusqu'au débarcadère.

« T'es aussi bon barreur que l'Anders », dit Dina quand la quille toucha le fond.

Benjamin rayonna de joie un court instant. Puis, virilement, il sauta à terre et tira le bateau contre une grosse pierre pour que Dina puisse en sortir sans se mouiller les pieds.

« La Dina, c'est un sacré marin », dit-il en se retournant vers elle pour recevoir les bagages qu'elle lui tendait.

Il lui faisait le rare cadeau de son sourire. Mais elle n'était plus à même de recevoir de cadeaux de Benjamin. Ses yeux étaient fixés quelque part vers la ferme.

Un homme au large chapeau de feutre noir descendait l'allée. Il leva la main en guise de salut.

Elle lâcha les bagages dans les algues. Puis elle se mit en route entre les pierres, lentement vers un but bien défini. Pataugeant dans la laisse de la marée. Entre les quais. Sur le gravier. Entre les arbres, là où l'allée montait la garde vers les maisons.

Le dernier bout de chemin, elle le fit en courant. S'arrêta à un pas. C'est alors qu'il ouvrit les bras. Et elle s'y jeta.

Le gamin sur la plage baissa la tête et se mit à tirer le bateau sur la rive.

Il était lourd.

Ils en étaient au dessert. L'obscurité de l'automne était refoulée dans les coins. Car on n'épargnait pas la lumière ce soir-là.

Le précepteur et Peter, le commis de boutique, restaient en dehors de la conversation. C'était surtout Anders et Léo qui parlaient. Les yeux de Dina étaient un brasier.

Stine n'était pas à table. Elle avait volontairement renoncé à ce privilège après son mariage avec Tomas. Car Tomas n'était jamais invité à la table des maîtres.

Ce jour-là, elle allait et venait. Veillait à ce que rien ne manque. Avec la dignité d'une gouvernante. Et malgré son gros ventre, elle se déplaçait rapidement et avec l'agilité d'un animal.

Léo l'avait saluée avec cordialité, comme faisant partie de la maison. Mais elle montrait une réserve polie. Comme si elle désirait éviter toute question.

Personne n'aborda le sujet de la prison et de l'espionnage. Mais on toucha à la guerre au cours de la conversation. Comme une nécessité.

« Sont-ils contents de leur nouveau tzar en Russie ? » demanda Anders.

« Les avis sont partagés. Mais il y a longtemps que je n'ai plus de nouvelles de Saint-Petersbourg. En fait, il a tiré le meilleur parti possible d'une défaite. Et il n'a pas eu une éducation uniquement militaire, comme son père. Au contraire, un des maîtres qui l'a suivi pendant toute son adolescence est le poète Vasilij Zjukovskij. »

« Un parent de Léo ? » demanda Dina immédiatement.

« Cela se pourrait bien », dit-il en souriant.

« Léo pense que les maîtres qu'on a sont importants ? » dit Dina en jetant un regard sur Angell, le précepteur.

« C'est probable. »

« Moi, j'ai Lorch », dit Dina pensivement.

« Celui qui vous a appris à jouer du violoncelle et du piano ? » demanda le précepteur.

« Oui. »

« Où est-il maintenant ? »

« Ici et là. »

Stine était entrée pour servir le café. A la réponse de Dina, elle se redressa un instant. Puis elle sortit tranquillement de la pièce. Anders avait visiblement l'air étonné. Mais il ne dit rien.

« On nous reconnaît une certaine importance, à ce que je comprends », dit le précepteur.

« Certainement », dit Léo.

« Pensez-vous que la guerre de Crimée ait été perdue d'avance, parce que les soldats ne savaient pas se battre ? » demanda l'instituteur avec intérêt.

« Une guerre qui n'a aucun sens pour ceux qui doivent se battre est toujours perdue d'avance. La guerre est l'ultime conséquence quand les gens ont si peur qu'ils cessent de parler. »

« C'est le côté éthique du problème », dit le précepteur.

« On ne peut pas éluder la question pour autant », répondit Léo.

« Le traité de paix est en quelque sorte une déclaration de dépendance pour les Russes ? » remarqua Anders.

« Un Russe qui pense est la personne la plus indépendante du monde, dit Léo avec bonhomie. Mais la Russie n'a pas qu'une voix. C'est un chœur ! » ajouta-t-il.

Anders aimait les desserts mais il reposa sa cuillère un instant.

Dina leur échappait. Elle regardait droit devant elle, sans remarquer les regards fixés sur elle. Finalement elle prit sa serviette et s'essuya la bouche.

« Oui, mais il doit bien y avoir une clé quelque part, dit-elle dans le vide. Seulement j'arrive pas à la voir... »

« Que pense Léo de la proposition scandinave de rassembler tous les pays nordiques sous le même drapeau ? » demanda le précepteur.

« Encore faut-il savoir ce que l'on veut dire par pays nordiques », répondit Léo évasivement.

« Tout ça, c'est qu'une mauvaise plaisanterie sur la carte. On peut pas fondre ensemble l'or et la cendre. Au premier gel, ça craquerait », dit Anders.

« Je ne suis pas sûr que tu aies raison. Les nations doivent voir plus loin que leurs frontières. Les gens qui ne pensent qu'à eux n'ont aucune chance », dit Léo lentement en regardant dans son assiette.

Dina le regarda avec étonnement, et se mit à rire. Les autres considéraient la nappe avec gêne.

« Madame Dina peut-elle faire une dernière faveur à un vieux Russe vaincu », demanda-t-il, affable.

« Ça dépend ! »

« Jouez quelques-uns des morceaux que je vous ai envoyés ! »

« D'accord, si vous m'accompagnez pour rechercher

l'ours qu'a tué deux moutons la semaine dernière au-dessus du ravin », répondit-elle vivement.

« C'est convenu ! Avez-vous des armes ? »

« Oui, c'est Tomas qui les a ! »

Dina se leva, rassembla ses jupes en pilou bleu foncé et se dirigea vers le piano.

Léo l'accompagna, tandis que les autres s'installaient dans le fumoir, toutes portes ouvertes. Leurs mains n'étaient que braises et épines quand elles se rencontraient.

« Tous les morceaux sont pas aussi faciles à jouer », dit-elle.

« Mais tu as eu le temps de t'exercer... »

« Oui, c'est pas ça qui m'a manqué », répondit-elle durement.

« Je peux émettre un désir ? »

« Oui. »

« Alors je veux entendre quelque chose pour un lunatique. La *Sonate au clair de lune* de Beethoven. »

« Celle-là, t'as oublié de l'envoyer. »

« Non, tu l'as reçue. C'est la sonate n°14 », dit-il.

« Tu t'trompes ! C'est pas l'nom d'la sonate n°14. S'appelle *Sonata quasi una fantasia* », dit-elle avec condescendance.

Il se plaça entre les hommes dans le fumoir et elle-même, pour se réserver ses yeux. Sa cicatrice était assez pâle ce soir-là. Ou bien cela tenait-il au fait que l'homme en entier avait pâli.

« On a raison tous les deux. Au début, la sonate portait le nom inscrit sur le cahier. Mais un écrivain l'a rebaptisée "*Sonate au clair de lune*". J'aime bien ce nom... C'est de la musique pour lunatique. »

« P't'être bien. Mais j'aime mieux la sonate n°23. "*Appassionata*". »

« Mais joue pour moi d'abord », dit-il à voix basse.

Elle ne répondit rien. Se contenta de trouver le cahier et de s'asseoir. Elle planta les premiers accords comme une protestation grinçante. Puis les sons envahirent la pièce comme des caresses.

Comme d'habitude, les portes de la cuisine et de l'office s'ouvrirent et les bruits ménagers se turent. Oline et les servantes passaient comme des ombres devant la porte.

Le visage de Dina était fermé. Mais ses doigts étaient comme des hermines glissant en costume hivernal. Ils jaillissaient des ruches de baptiste avec grande énergie.

Anders s'était installé de manière à voir Dina de profil. Le Russe se tenait derrière sa chaise. Sans pudeur, il avait les yeux fixés sur sa chevelure et les mains posées sur le dossier de sa chaise. Cela n'empêcha pas Anders de lever la main sans trembler pour allumer son cigare en silence. Son visage, fortement éclairé, se dessina sur le mur sombre. La ride entre les sourcils le rendait inaccessible. Il avait cependant l'air aimable.

Ses yeux rencontrèrent ceux de Léo une seconde. Largement ouverts. Puis il fit un imperceptible signe de tête. Comme s'ils avaient fait une partie d'échecs, qu'Anders venait de perdre, en toute amitié.

Anders avait toujours joué un rôle d'observateur. Autant dans sa propre vie que dans celle des autres. Il calcula mentalement les mois qui séparaient la dernière visite de Léo avec le fameux voyage sur la mer de Folda. Puis il baissa la tête et laissa ses pensées se perdre dans les poutres du plafond, avec la fumée.

ÉPILOGUE

Chapitre 22

Ne prenez pas garde à mon teint noir : c'est le soleil qui m'a brûlée. Les fils de ma mère se sont irrités contre moi, ils m'ont fait gardienne des vignes. Ma vigne à moi je ne l'ai pas gardée. Dis-moi, toi que mon cœur aime, où tu fais paître tes brebis, où tu les fais reposer à midi ; car pourquoi serais-je comme une égarée près des troupeaux de tes compagnons ?

(Cantique des Cantiques, **1**, 6 et 7)

Les lumières s'éteignirent dans la maison. L'une après l'autre. La faible flamme de deux chandelles plantées dans de solides chandeliers de fer forgé dansait dans le vestibule.

Dina et Léo firent une promenade tardive après que tout le monde fut parti se coucher. Les deux grands trembles à la barrière du jardin se dessinaient, déjà nus, sur le ciel violet. Le sable qui entourait la plate-bande préférée de Mère Karen était un océan de minuscules ossements au clair de lune. Cela sentait fortement l'automne.

Ils dirigèrent leurs pas vers le pavillon, comme par un accord tacite. L'odeur humide de renfermé les accueillit quand ils ouvrirent la mince porte. Les vitres brillèrent à la lueur de la lanterne de Dina. Elle portait un manteau de drap et un châle. Il n'était pas tellement couvert. Mais avait assez chaud pour l'instant.

Dès qu'elle eut placé la lanterne sur la table, il referma deux bras affamés sur elle.

« Merci ! » dit-il.

« De quoi ? »

« D'avoir fait un faux témoignage ! »

Leurs corps étaient deux arbres dans la tempête.

Condamnés à rester enchevêtrés. A se consumer, de plus en plus profondément à chaque bourrasque, sans avouer leur douleur.

« C'est pour ça qu'ils t'ont relâché ? »

« Ça y a contribué. Aussi le fait que le code était inoffensif. »

« Et il avait un tout autre sens ? »

« Il s'adressait à des gens qui comprennent le double sens des mots en russe. »

Il l'embrassait en lui tenant la tête entre ses mains.

Le toit du pavillon s'ouvrit et le ciel les recouvrit comme une colombe tachée de noir. Un éclair rouge frappa les vitres colorées. Et la lanterne s'éteignit d'elle-même. Une mouette entra par la fenêtre comme un spectre agile et la lune passait. Toute ronde et verdâtre.

« T'es venu ! » dit-elle quand elle reprit sa respiration.

« Tu as reçu le chapeau ? »

« Oui. »

« Et tu as douté ? »

« Oui. »

« J'ai tant langui…, murmura-t-il en enfouissant sa bouche dans son cou. Enfermé dans un cachot et languissant. »

« Comment c'était là-bas ? »

« On ne va pas en parler maintenant. »

« C'était la première fois ? »

« Non. »

« Où c'était la première fois ? »

« En Russie. »

« Pourquoi ? »

« Dina ! Faut-il t'embrasser tout le temps pour te faire taire ? »

« Oui ! Pourquoi t'es revenu, Léo ? »

« Parce que j'aime toujours une veuve d'armateur du nom de Dina Grønelv. »

Elle poussa un profond soupir. Comme un vieux laboureur qui enfin peut se reposer après une longue journée aux champs. Puis elle lui mordit la joue.

« Qu'est-ce que ça veut dire quand Léo Zjukovskij dit qu'il aime ? »

« Que je veux connaître ton âme. Et que je veux renouveler la bénédiction nuptiale reçue sous les orgues de l'église, pour l'éternité. »

Comme s'il lui avait donné le mot de passe, elle se leva et l'emmena.

Une lanterne éteinte resta sur la table.

Ils se dirigeaient droit vers leur bénédiction nuptiale.

À trois heures du matin, on entendit le violoncelle de Lorch dans la salle. Anders se retourna dans son lit. La lune reflétait sur lui l'ombre solitaire d'un croisement de fenêtre. Il avait décidé d'aller faire un tour à Namsos pour chercher des rondins, avant l'hiver. Mais il ne se rendormit pas avant le petit matin.

Benjamin avait aussi entendu le violoncelle de Lorch. Les tonalités traversaient la cour et arrivaient jusqu'aux chambres de l'annexe.

Il avait suivi le dîner à travers les fenêtres. Le grand homme brun à la vilaine cicatrice qui regardait Dina. Comme s'il la possédait.

Stine l'avait appelé à temps pour qu'il se change et prenne sa place à table.

Mais c'était le jour où Benjamin Grønelv était revenu de Fagernesset. Et avait été abandonné sur la rive.

Dina devait elle-même venir le chercher !

Il savait qu'elle ne le ferait pas.

Léo l'avait suivie dans la salle. Comme un chef de troupe qui enfin défile en triomphe après avoir conquis la capitale. Il lui avait déjà enlevé son manteau et ses chaussures dans le vestibule.

Un feu finissait de se consumer dans le poêle. Annette l'avait allumé tôt dans la soirée.

Dina alluma le candélabre sur la console et éteignit la lampe.

Il resta debout à la regarder se déshabiller. Quand elle enleva son corsage, il soupira, en lui caressant les épaules d'un mouvement circulaire.

Elle enleva le haut de son jupon et ses seins en jaillirent. Libérés de leur prison, entre ses mains. Luisants, chacun avec un bouton brun qui s'élargissait sous ses doigts. Il se pencha pour y boire.

Elle se débattait avec la fermeture de sa jupe. Puis il se fit un bruit mou d'étoffe. Tout un monceau d'étoffe. Finalement elle se retrouva en pantalons.

Il déplaça les mains vers ses hanches, et soupira à

nouveau. Il trouvait toutes les formes qu'il recherchait. La peau chaude à travers la plus fine percale. Cela le rendit fou. Et ils étaient encore debout l'un et l'autre.

Elle se libéra et lui enleva son gilet, en le regardant droit dans les yeux. Défit sa cravate et l'enleva. Sa chemise.

Il restait debout les yeux mi-clos, le visage marqué par la volupté. La large ceinture de cuir à boucle de laiton. Les pantalons de cuir. Elle se penchait sur lui, autour de lui. Ses doigts étaient calmes et chauds. Finalement, il se trouva nu devant elle.

Alors, elle tomba à genoux et cacha son visage contre son membre. Il était à elle et elle en prenait possession. Avec sa bouche et avec ses mains.

Il souleva la grande femme sur ses hanches. Ses bras tremblaient de l'effort fourni. Tout d'abord il ne fit que remuer faiblement.

Un mouvement roucoulant de jouissance. Un coq de bruyère avant l'accouplement. Puis il la pénétra lentement. L'enfila sur lui, comme un grand bouclier protégeant contre tout ce qui menaçait.

Elle lui répondit en le serrant entre ses bras et ses cuisses. Et en le tenant fort. Jusqu'à ce qu'il s'apaise. Puis elle souleva sa poitrine jusqu'à sa bouche et s'agrippa à lui de ses bras robustes.

Il était un cylindre dans une puissante machinerie. Glissant. Lourdement. Profondément.

Ils commencèrent leur chevauchée. Assoiffés et affamés.

De désir !

À la fin il la coucha sur le plancher. Attendait en la guettant.

Il avait des hanches si dures ! Une haleine si excitante ! Une lance si pénétrante ! Il la poussa à bout, forçant tous les tons à monter en crescendo.

Quand elle rejeta la tête en arrière pour tomber dans l'infini, il la prit par les hanches et chevaucha en elle.

Elle le reçut.

Leurs flancs tremblants ne faisaient plus qu'un. Portaient le poids l'un de l'autre en un nœud gordien devant le poêle noir léché de flammes rouges.

Prenez-nous les renards, les petits renards qui ravagent les vignes ; car nos vignes sont en fleur. Mon bien-aimé est à moi et je suis à lui ; il fait paître son troupeau parmi les lis.

(Cantique des Cantiques, 2, 15 et 16)

Quand Annette monta pour allumer le poêle, elle trouva la porte fermée à clé. Alla jusqu'à la chambre d'amis et y trouva un lit où personne n'avait dormi. Elle redescendit à la cuisine et resta embarrassée devant Oline, les mains sous son tablier.

« Qu'est-ce que t'as à rester plantée là ? dit Oline. T'as pas fini d'allumer. »

« C'est fermé dans la salle ! »

« Bon, mais alors va allumer dans l'autre chambre, et plus vite que ça ! L'Anders est déjà debout et dehors, t'as pas besoin de... »

« Y a personne dans l'aut'chambre ! »

Oline se retourna et planta ses yeux sur la fille. Derrière les globes ronds de ses yeux se pressaient des éclairs et des grondements d'orage.

« Tu peux chauffer même s'il y a personne ! T'as peur des revenants en plein jour peut-être ! »

« Mais... »

« Pas de mais ! » gronda Oline en poussant la cafetière sur la cuisinière, ce qui fit déborder le marc.

« Et qu'est-ce que j'fais avec le poêle de la salle ? »

« Qu'est-ce que j'fais, et qu'est-ce que j'fais ? contrefit Oline. T'as entendu dire qu'on peut allumer un poêle à travers une porte ? »

« Non. »

« Bon ! Tu vas te dépêcher de finir au lieu de rester là à glander ! Et pas un mot ! » Oline alla tout près de la fille et gronda :

« Pas un mot du lit vide à âme qui vive ! T'as compris ? »

« Oui... »

Benjamin guettait Dina quand elle sortit dans la cour.

« On va en bateau quelque part ? »

« Non, pas aujourd'hui, Benjamin. »

« Tu vas aller en bateau avec le Russe ? »

« Non. »

« Qu'est-ce que tu vas faire alors ? »

« J'vais à la chasse avec le Russe. »

« Les bonnes femmes vont pas à la chasse. »

« Si, Dina y va. »

« J'peux v'nir aussi ? »

« Non. »

« Pourquoi ? »

« On peut pas avoir des gosses dans les pattes quand on va chasser l'ours. »

« J'suis pas un gosse ! »

« Et qu'est-ce que t'es alors ? »

« J'suis l'Benjamin de Reinsnes. »

Dina sourit et le prit par la nuque.

« C'est vrai. J'vais bientôt t'apprendre à tirer avec le fusil lapon. »

« Aujourd'hui ? »

« Non, pas aujourd'hui. »

Il se retourna brusquement et la quitta pour courir vers les hangars à bateaux.

Dina entra dans l'écurie pour demander à Tomas de lui prêter son fusil.

Il la regarda longuement, sourit amèrement et lui fit un signe affirmatif. Puis il trouva la boîte à poudre et la gibecière et décrocha le fusil du mur.

« L'Russe prendra rien avec ça, lui qu'a seulement l'habitude du pistolet. »

« L'Tomas sait déjà de quelle sorte d'arme Monsieur Léo se sert ? »

« Non, mais il est sûrement pas habitué aux fusils lapons ! »

« Et l'Tomas, lui, il l'est ? »

« J'connais bien l'fusil de la ferme. L'est bon pour viser. »

Dina cherchait à s'en sortir.

« C'est pas sûr qu'on ait besoin d'tirer », dit-elle avec légèreté.

« Non, aller à la chasse ça peut suffire », dit-il.

« Qu'est-ce que tu veux dire ? »

Elle vint tout près de lui. Ils étaient seuls dans l'écurie.

« J'veux rien dire du tout. Seulement que la Dina s'inquiète pas trop de c'qu'elle touche quand elle va à la chasse. A la chasse au lièvre », ajouta-t-il en la regardant droit dans les yeux.

Elle attrapa l'arme et l'équipement et sortit.

Ils avançaient sur le sentier qui montait vers le bois de bouleaux. Elle allait devant. Se retournait tout le temps et souriait comme une jeune fille. Habillée d'une jupe de drap jusqu'aux chevilles et d'une veste courte. Ses cheveux étaient rassemblés sur la nuque par un ruban. Elle portait le fusil avec aisance, comme s'il était une plume dans sa main.

Il la regardait de dos. Elle brillait au soleil.

Le premier gel nocturne avait laissé des traces. Les touffes d'airelles avaient pris un ton rouille. Les baies rouges reposaient, juteuses, entre les feuilles cirées.

Ni l'un ni l'autre n'était à la recherche de l'ours. Ils ne virent pas non plus le petit garçon qui les suivait. Bien caché derrière des buissons de genièvre et des fourrés. Ils allaient là pour être seuls.

Elle déposa le fusil et l'attendit derrière une grosse pierre. Lui sauta dessus comme un lynx.

Il la reçut. Leur étreinte était comme de la poix sur un feu. Il prit le dessus. La dompta et la pressa sous lui sur la bruyère jusqu'à ce qu'elle gémisse et le morde au cou. Puis il s'enfonça en elle et se fit aussi lourd qu'un géant. Retroussa ses jupes et la trouva.

« Je t'aime, Dina ! » murmura-t-il du fond d'un étang. Où les nénuphars flottaient entre les roseaux. Un fort parfum de terre montait de l'eau trouble. Quelque part au bord de l'étang, un grand animal geignait.

« Tu m'écrases ! » dit-elle dans un hoquet, rassasiée.

« Je prends seulement ce que tu m'offres », dit-il, la voix rauque.

« T'en as pas eu assez cette nuit ? »

« Non. »

« T'en as jamais assez ? »

« Non. »

« Alors qu'est-ce qu'on va faire ? »

« Il faut que je revienne. Encore... et encore... »

Elle se raidit sous lui.

« Tu vas repartir ? »

« Pas aujourd'hui. »

Elle le rejeta avec une fureur aveugle. S'assit. Un grand chat qui s'appuyait sur ses pattes de devant et regardait sa proie droit dans les yeux.

« Quand ? »

« Par le prochain courrier. »

« Et tu m'dis ça maintenant ? »

« Oui. »

« Pourquoi tu l'as pas dit hier ? » cria-t-elle.

« Hier ? Comment ? »

« Et tu me le demandes ! »

« Dina... » appela-t-il à voix basse en voulant la prendre dans ses bras.

Elle le repoussa et se redressa sur les genoux dans la bruyère.

« Tu savais que je devais repartir », dit-il d'une voix suppliante.

« Non ! »

« Je te l'avais déjà dit à Tromsø! »

« T'as écrit que... t'allais venir, quoi qu'il arrive. T'es venu à Reinsnes pour y rester ! »

« Non, Dina, je ne le peux pas. »

« Pourquoi t'es là alors ? »

« Pour te voir. »

« Et tu crois qu'c'est assez pour la Dina de Reinsnes, qu'il y en ait un qui vienne pour la voir ! »

Sa voix était celle d'un loup affamé en pleine neige.

« Et tu crois comme ça que tu peux venir te servir ici, et repartir ? T'es si bête que ça ? » continua-t-elle.

Il la fixait.

« T'ai-je promis quelque chose, Dina ? On parlait de mariage, tu te souviens ? Ai-je promis quelque chose ? »

« Faut pas toujours s'fier aux mots ! » coupa-t-elle.

« Je croyais qu'on s'était compris. »

Elle ne répondit pas. Se releva et brossa sa jupe en la

griffant de ses doigts. Son visage était blême. Ses lèvres couvertes de givre. Ses yeux de glace.

Il se releva aussi. Prononça son nom plusieurs fois, comme une prière.

« Tu crois comme ça qu'on s'en va de Reinsnes contre ma volonté ? Tu crois qu'on peut venir comme ça à Reinsnes planter ses graines et puis s'en aller ? Tu crois que c'est si facile que ça ? »

Il ne répondit pas. Se retourna seulement à moitié et se rassit dans la bruyère. Comme s'il voulait la calmer en la laissant le dominer.

« Il faut que je retourne en Russie... Tu sais que je m'occupe de choses qu'il faut terminer. »

« Le Jacob, il voulait rester ici, dit-elle en l'air. Mais il a dû partir... J'l'ai ici. Toujours ! »

« Je n'ai pas l'intention de mourir, même si ton mari est mort. Et si tu es enceinte, eh bien je... »

Elle rit, d'un rire dur, prit le fusil et se mit en marche résolument dans le bois.

Il se leva et la suivit. Au bout d'un moment, il comprit qu'elle s'était mise à chasser. Elle était tendue et à l'affût. Comme si elle enfouissait sa fureur au plus profond de la concentration que la chasse demandait. Sans bruit, elle se glissait entre les arbres.

Il souriait.

Benjamin les avait guettés de sa cachette. Le grand tremble au-dessus des éboulis. Un moment il resta sans bouger et regarda l'étreinte derrière la grosse pierre. Il avait de profondes rides au front et la bouche ouverte. De temps à autre, un tic lui tirait la bouche.

Il ne pouvait pas entendre ce qu'ils disaient. Et quand ils eurent fini et se remirent en route, il les perdit de vue un moment.

Mais il se faufila derrière eux. Benjamin voulait tout voir, sans être vu.

Léo marchait tranquillement derrière Dina et contemplait son corps.

Il aspirait tous les rayons du soleil bas de l'automne et recherchait son ombre sur les troncs d'arbre et sur les touffes de bruyère.

Elle s'arrêta et se retourna quand ils arrivèrent au bord d'une clairière.

« Le Jacob, il a disparu dans le gouffre, parce qu'il savait pas qui j'étais. »

« Qu'est-ce que tu veux dire ? » demanda-t-il. Soulagé parce qu'elle lui parlait.

« Il fallait qu'il tombe. Parce que j'l'ai voulu. »

« Comment ? » murmura-t-il.

Elle recula de quelques pas. Lentement. Les bras ballants.

« J'ai lâché le traîneau. »

Il avala sa salive et voulut la rejoindre.

« Reste où tu es ! » commanda-t-elle.

Il resta planté dans la bruyère.

« Le Niels, il avait pas compris non plus. Mais lui, il l'a fait lui-même. »

« Dina ! »

« Le fœtus qu'j'ai perdu sur la mer de Folda, il est plus en sécurité chez Hjertrud... parce que t'es pas venu ! »

« Dina, viens ici ! Explique-moi ce que tu veux dire. Je t'en prie ! »

Elle lui tourna le dos à nouveau et commença à monter la pente.

« Tu vas repartir en Russie, toi ? » cria-t-elle tout en marchant.

« Je reviendrai. Qu'est-ce que c'est que cette histoire de fœtus qui... »

« Et si tu reviens pas ? »

« Alors tu auras eu mes dernières pensées. Raconte ce qui s'est passé sur la mer de Folda, Dina ! »

« Jacob et les autres, ils sont restés avec moi. Ils ont besoin de moi. »

« Mais ils sont morts. Tu ne peux pas prendre sur toi la responsabilité... »

« Qu'est-ce que tu en sais de la responsabilité ? »

« Un peu. J'ai tué plusieurs... »

Elle se retourna en un éclair. Resta à le regarder.

« Tu dis ça comme ça », dit-elle avec rage.

« Non, Dina. C'étaient des traîtres qui pouvaient entraîner la mort des autres. Malgré cela... je me sens fautif. »

« Des traîtres ! Tu sais à qui ils ressemblent ? »

« Ils ont plusieurs visages. Ils peuvent être comme

Dina Grønelv ! Qui veut obliger un homme à rester dans ses jupes. »

Je suis Dina qui vois Léo sortir de l'ombre. Il est barbu, plein de poux et habillé de haillons. Il tient le pistolet de Pouchkine devant lui pour que je croie que c'est un livre de poésie. Il me veut quelque chose. Mais je le tiens à distance. J'ai chargé le fusil pour aller à la chasse. Léo ne connaît pas son bonheur. Il veut raconter quelque chose sur le tzar Alexandre II. Mais je suis fatiguée. J'ai marché longtemps. Il me manque un cheval.

Je suis Dina qui dis au bandit : «Aujourd'hui tu vas rencontrer Hjertrud. Elle va te libérer de toutes craintes, tu n'auras pas besoin de te sauver comme un traître. »

Je montre Caïn du doigt et fais une marque à sa tête. Pour pouvoir le reconnaître. Car il est l'élu et le protégé. Pour l'éternité.

Je le couche dans la bruyère pour qu'il soit toujours en sécurité dans les bras de Hjertrud. Je le regarde. Une lueur brille encore dans ses yeux verts. Il me parle. Une belle raie coule de sa bouche sur mon bras. Je lui tiens la tête pour qu'il ne reste pas seul dans les ténèbres. Il a vu Hjertrud.

Tu m'entends, Barabbas ? Lorch va jouer du violoncelle pour toi. Non, du piano forte ! Va jouer la Sonata quasi una Fantasia. *Tu vois qui je suis ? Tu me reconnais ?*

Suis-je condamnée pour toujours à cela ?

Brusquement l'enfant apparut sur la pente. Son cri perçait le ciel. Les secondes se bousculaient dans le scintillement du soleil.

Je suis Dina qui vois Benjamin sortir du rocher. Né de toile d'araignée et de fer. Son visage éclate de douleur.

Je suis l'œil de Hjertrud, qui vois l'enfant, qui me vois moi-même. Je suis Dina – qui vois !

Herbjørg Wassmo

Fils de la Providence

2 volumes traduits du norvégien par Luce Hinsch
tome 1 – ISBN 2-910030-34-2, 288 pages, 16,61 €, août 1997
tome 2 – ISBN 2-910030-39-3, 352 pages, 16,61 €, août 1997

Benjamin, le fils de Dina, est témoin à 11 ans du dernier meurtre perpétré par sa mère. Témoin du drame et de la cruauté, il se rend coupable de silence. Petit garçon solitaire et tourmenté, Benjamin erre à Reinsnes, guette le retour des pêcheurs partis aux Lofoten, cherche à communiquer avec une Dina inaccessible, se choisit un père en la personne du mesuré Anders qui le reçoit comme un cadeau.

Voici donc l'histoire du fils de Dina, de son adolescence et de son passage à l'âge adulte, de son rapport difficile avec les femmes et une sexualité qu'il découvre débordante, aussi cruel et orgueilleux que sa mère, et pourtant tellement maladroit. Le parcours romanesque d'un jeune homme héritier de passions exclusives dans l'Europe du début du siècle dernier.

L'héritage de Karna

3 volumes traduits du norvégien par Luce Hinsch

1- Mon péché n'appartient qu'à moi

ISBN 2-910030-66-0, 288 pages, 15,09 €, mars 2000.

2- Le pire des silences

ISBN 2-910030-67-9, 240 pages, 15,09 €, mars 2000.

3- Les femmes si belles

ISBN 2-910030-68-7, 368 pages, 16,61 €, mars 2000.

L'extrême nord de la Norvège, à la fin du XIXᵉ siècle. Benjamin Grønelv rentre au pays après ses études de médecine à Copenhague. Les retrouvailles sont tumultueuses avec ce pays froid et désertiques, isolé entre la mer et les montagnes. Le comptoir de Reinsnes n'attire plus guère de monde, et les étagères de la boutique d'Anders restent vides depuis que le vapeur ne vient plus faire escale ici.

C'est un Benjamin adulte qui vient exercer dans ce coin retiré ses fonctions de médecin. Et il ne rentre pas seul : il débarque sur le quai avec un paquet gigotant et hurlant sous le bras, Karna, sa fille, fruit d'amours illicites avec une infirmière danoise morte en couches. Alors que Benjamin tente de réapprivoiser le domaine et son enfance, à travers l'ombre de sa mère Dina absente depuis tant d'années, et sous le regard farouche de Hanna, l'amie de tous les jeux d'enfance et d'adolescence, Karna grandit et s'invente un univers. Elle s'ouvre au monde qui l'entoure, découvre l'affection féminine auprès des domestiques, se débat dans les amours emmêlées de son père lorsque vient en visite une autre Anna, celle de Copenhague, et passe des heures au grenier en compagnie d'une grand-mère fantasmée.

Karna découvre la Norvège et s'éveille à la vie, et aux passions qui la déchirent.

> «Les initiées vont se ruer sur les trois derniers tomes de cette saga cultissime. Les autres, les veinardes, ont encore les cinq premiers à découvrir (…) Pour emporter le tout, un extraordinaire personnage féminin, Dina, qui – promis-juré – vous hantera pendant des années. (…) Étonnamment modernes, comme la langue de l'auteur, les héroïnes de Wassmo se posent les mêmes questions que nous. On vous défie de les lâcher avant la fin de l'été, ou on vous rembourse le supplément de bagages. »
>
> Marie-Odile Briet, *Biba*

Herbjørg Wassmo

La septième rencontre

roman traduit du norvégien par Luce Hinsch
ISBN 2-910030-90-3, 464 pages, 24,24 €, octobre 2001

À l'occasion d'un vernissage dans une galerie norvégienne, Gorm, anonyme, guette les apparitions de Rut, la peintre qui est ce jour-là à l'honneur. Derrière les apparats et les frasques des uns et des autres, il sait pourquoi il est là. Et se souvient.

Gorm naît dans une famille bourgeoise, au père souvent absent et à la mère dépressive et mystique. Réservé, il peine à trouver sa place, autant avec ses camarades de jeux que dans sa famille.

Rut ne vit pas sur le continent mais sur une île, dans un milieu modeste. Elle veille sur son frère Jørgen, son jumeau, marqué à vie par sa naissance retardée. Leur père est un prédicateur à succès, auquel la mère jette toutes les grossièretés dont elle est capable.

La première fois que Gorm et Rut se croisent, c'est le drame. Gorm blesse Rut par accident. Le souvenir de l'autre n'aura alors de cesse de les hanter. Et de les accompagner alors qu'ils grandissent, s'affranchissent de leur milieu, découvrent l'émoi. Ils se croiseront parfois. Se chercheront encore. Mais tous deux savent qu'ils sont l'un à l'autre, à jamais.

Aujourd'hui est le jour de leur septième rencontre.

De l'écriture tranchée et sensuelle qui a fait le succès du *Livre de Dina*, Herbjørg Wassmo nous plonge dans les turbulents méandres d'un lien indéfectible.

Herbjørg Wassmo

Voyages

nouvelles traduites du norvégien par Luce Hinsch
ISBN 2-910030-25-3, 208 pages, 18,14 €, novembre 1995.

Voici une invitation au voyage intérieur. Voyage de celle qui visite les appartements en vente pour retrouver les traces d'une rupture, les vestiges d'un homme ; voyage de celle qui, clouée par un cancer sur son lit glacé, acerbe mais émouvante de lucidité, voit virevolter autour d'elle les images de son enfance ; voyage de celle qui, partie s'évader dans l'Inde exotique et clinquante des touristes oisifs en revient toujours à l'absence de l'autre, celle qui l'a trahie, parce que son dépaysement la ramène sans merci à elle-même ; celui enfin de celle qui s'invente une vie et une souffrance, dialogue avec le fantôme de sa grand-mère, et tente de fixer au fusain sur le papier ce qui ne fut pas.

Un long chemin

roman traduit du norvégien par Luce Hinsch
ISBN 2-910030-51-2, 224 pages, 18,14 €, octobre 1998.

Hiver 44-45 dans l'extrême nord de la Norvège, à proximité de la frontière suédoise. Une famille norvégienne survit tant bien que mal sous l'occupation allemande. Les activités de résistant et de passeur du père sont soudain découvertes et la situation devient trop dangereuse pour lui, sa femme et son petit garçon de cinq ans. Ils sont contraints de fuir le pays au plus vite et ils décident d'essayer de gagner la Suède. Il leur faut, à leur tour, prendre le chemin des montagnes. Sans le moindre équipement pour être discrets, par une température de - 30°, avec simplement plusieurs épaisseurs de vêtements sur soi et quelques vivres périssables. C'est là le seul chemin de leur liberté, celui de la souffrance et du gel, du désespoir et de la folie.

Herbjørg Wassmo livre ici un récit intimiste, fait d'impressions et d'émotions, à la fois sensible et humble, sur le sort que la guerre réserve aux gens ordinaires.

Amalie Skram

Amalie skram (1846-1904) eut un parcours étonnant. Épouse d'un capitaine au long cours puis d'un écrivain, femme de lettres dans une société d'hommes, son destin hors du commun la mena sur les mers déchaînées, dans les cercles littéraires norvégiens et danois, dans des asiles psychiatriques aussi. Contemporaine de Zola et ardente partisane du roman naturaliste, elle privilégie les thèmes du couple, de la culpabilité, du poids de l'héritage, ou de l'impuissance de l'Église.

Les gens de Hellemyr – Vesle-Gabriel

roman traduit du norvégien par Luce Hinsch
ISBN 2-84720-007-X, 272 pages, 21 €, janvier 2003.

Sjur Gabriel et Oline vivent tant bien que mal dans les montagnes de Norvège. Le climat est rude, la ferme ne peut prospérer, les enfants sont trop nombreux et souvent malades. Pour fuir un quotidien difficile, Oline s'est réfugiée dans la boisson, troquant jupons contre litrons, et laisse à Sjur Gabriel les lourdes responsabilités. Celui-ci peine, bat sa femme, mais sait encore s'émerveiller aux joies de la vie. La naissance de Vesle-Gabriel, Petit-Gabriel, est un cadeau de Dieu.

Les gens de Hellemyr est la fresque réaliste de la Norvège de la fin du XIXe siècle, tour à tour dans sa campagne la plus reculée et le long des rues de la ville si particulière de Bergen. Ce premier volume décrit les origines de Sivert, personnage central du cycle, et comment, toute sa vie, pèsera sur ses épaules le poids de l'héritage : il ne peut oublier qui étaient ses grands-parents Sjur Gabriel et Oline, il ne peut oublier d'où il vient.

Buchi Emecheta

est née en 1944 à Lagos au Nigéria. Elle fait ses études chez les Méthodistes puis émigre à Londres à l'âge de 22 ans. Mère de cinq enfants, elle mène de front leur éducation et un doctorat tout en publiant une dizaine d'ouvrages, romans, livres pour enfants, autobiographie. Outre-Manche, ses livres font l'objet de constantes rééditions en poche. Son œuvre s'inspire de ses combats de femme et de mère. C'est sans doute pour cela que son écriture dépouillée nous va droit au cœur.

Citoyen de seconde zone

ISBN 2-910030-03-2, 272 pages, 19,66 €, janvier 1994.

Adah, à la mort soudaine de son père, est placée chez son oncle qui, comme le veut la coutume, hérite de la veuve et de ses enfants. Contrainte de subvenir aux besoins de la maisonnée alors qu'elle ne rêve que de faire des études et de partir en Grande-Bretagne, exploitée, elle se rebelle et décide de s'en sortir. Elle entreprend des études, trouve un emploi à l'ambassade des Etats-Unis, se marie et poursuit son rêve d'aller à Londres. Rêve réalisé, certes, mais vite désenchanté. Car si Adah parvient à y trouver un emploi, satisfaire son mari, élever ses enfants, elle s'y découvre aussi un cruel double handicap : être femme, être Noire. Pire encore : être la femme d'un Noir.

La cité de la Dèche

ISBN 2-910030-16-4, 192 pages, 16,61 €, avril 1995.

La suite des aventures d'Adah.

Romans traduits de l'anglais (Nigéria) par Maurice Pagnoux.

Buchi Emecheta

Les enfants sont une bénédiction

ISBN 2-910030-08-3, 336 pages, 21,19 €, août 1994.

Nnu Ego est la fille choyée d'un grand chef Ibo du village Ibuza et a vécu une enfance dorée dans le souvenir de sa mère tôt décédée. Aspirant à s'occuper d'un mari et de son propre foyer, elle est mariée par son père à un jeune homme de bonne famille. Mais les mois passent et elle ne donne pas d'enfant. Elle sera donc répudiée. Et vite remplacée par une nouvelle épouse plus fertile. De nouveau promise, plus tard, elle quitte Ibuza pour Lagos, la capitale. Mariée cette fois avec quelqu'un d'une classe défavorisée, elle aura sept enfants auxquels elle sacrifiera tout. Puis, usée, abandonnée, elle passera la fin de sa vie à attendre. Attendre en vain le retour de ses enfants pourtant bénis.

Buchi Emecheta

La dot

ISBN 2-910030-45-8, 256 pages, 19,66 €, septembre 1998.

Aku-nna est une jeune fille moderne qui vit à Lagos. Elle voit sa vie soudain bouleversée par la mort de son père. Restée seule avec son frère, elle ne peut continuer à vivre dans la capitale. Contrainte de retourner vivre au village des origines, elle y retrouve sa mère, et est recueillie par son oncle, comme le veut la coutume. Elle est vite prise en mains par la famille, les coutumes rurales et les traditions. Et si on lui laisse un temps poursuivre sa scolarité, sitôt devenue femme plus question de fréquenter n'importe quel garçon ni de rêver de devenir institutrice. Mais Aku-nna est tombée amoureuse. De l'instituteur certes, mais surtout du fils d'un ancien esclave, ultime affront aux tabous et à l'honneur de sa famille.

Gwendolen

ISBN 2-910030-74-1, 352 pages, 21,19 €, août 2000.

Gwendolen est une jolie et affectueuse petite fille qui vit dans un village de Jamaïque. Alors qu'elle a 8 ans, ses parents partent pour Londres, promettant de la faire venir bientôt. Mais le temps passe. Gwendolen grandit, soucieuse de causer le moins de soucis possible à sa grand-mère. Aussi, à neuf ans, lorsqu'Oncle Johnny, le vieil ami de la famille, vient lui rendre visite la nuit, elle ne trouve pas les mots pour dénoncer le viol, consciente qu'on lui reprochera à elle de l'avoir provoqué. Ses parents finissent par la réclamer à Londres et Gwendolen va alors faire connaissance avec le froid, du climat et des gens, avec l'indifférence et l'intolérance. Gwendolen entreprend de continuer à survivre.

Buchi Emecheta

Le double joug

ISBN 2-910030-93-6, 224 pages, 18 €, novembre 2001.

Ete Kamba et Nko sont deux jeunes étudiants de l'Université de Calabar, au Nigeria. Tous deux issus de familles modestes et de villages encore sous l'emprise d'une tradition patriarcale, ils sont amoureux, ambitieux, et pleins d'espoir dans la vie. Sur leur chemin : le conflit africain inévitable entre l'héritage de la tradition et les avancées de la modernité. Alors qu'Ete Kamba accorde comme il peut son exigence d'une épouse à la fois cultivée et soumise, son envie d'une fiancée vierge jusqu'au mariage mais qui réponde à ses avances, Nko porte un double joug. Elle se sent responsable envers ses parents et sa famille qui se sont sacrifiés pour qu'elle puisse faire des études, et elle sait qu'il lui faut construire son avenir afin de pouvoir subvenir à leurs besoins. Parallèlement, elle aimerait faire plaisir à Ete Kamba et devenir la femme discrète qu'il souhaite. Mais face aux propres contradictions d'Ete, face au peu de confiance qu'il lui accorde, a-t-elle d'autre choix que d'assumer son indépendance et d'user de toutes les armes dont dispose une femme ?

Le portrait brut d'une génération africaine en proie aux doutes et aux contradictions d'un héritage lourd à porter.

Romans traduits de l'anglais (Nigéria) par Maurice Pagnoux.

Bergljot Hobæk Haff

est une auteur marquante de la littérature norvégienne. Née en 1925, elle publie son premier livre en 1956 et suscite immédiatement une grande attention. Tous ses ouvrages se démarquent par les thèmes inhabituels et originaux qu'ils abordent et lui ont fait obtenir de nombreux prix. Bergljot Hobæk Haff mêle dans ses romans mythologie et réalisme et approche de façon très personnelle et peu orthodoxe l'ardeur religieuse. Elle donne toujours dans ses écrits la part belle aux opprimés, aux désaxés, aux exclus et aux persécutés.

La honte

roman traduit du norvégien par Bric Eydoux
ISBN 2-910030-78-4, 540 pages, 25,76 €, février 2001.

Une femme déséquilibrée, plusieurs fois internée, est hospitalisée et mise sous tutelle suite à une fugue en ville qui a donné lieu à de retentissantes frasques. Elle a publié des romans par le passé, et sur son lit d'asile, après avoir obtenu de quoi écrire, elle entreprend de raconter son histoire, l'histoire de sa famille. C'est toute l'histoire du XXe siècle qui défile, à travers le regard d'une femme qui cherche à comprendre qui elle est : quelle est son identité, quelle est son histoire, quelle est sa place dans cette famille marquée par la honte.

Andreas Sandane est jeune marin quand il débarque dans une ville côtière de Norvège dans les années 1910. Avide de réussite, il parvient à épouser la fille de l'armateur de la ville. Il fait fortune puis faillite, et ainsi de suite. Parmi les œuvres qu'il sèmera sur son chemin, une petite secte qui perdurera. La fille d'Andreas épouse le pasteur de la ville, qui échappe ainsi à la pauvreté et la condition paysanne de sa famille. Une famille lourde de tares et de honte, notamment en ces temps d'Occupation où l'engagement comme la neutralité sont passibles des foudres accusatrices. La génération suivante est celle de Idun, de son frère, homme d'affaires, et de sa sœur jumelle, psychologue.

Le récit de cette chronique est à multiples facettes, la description de la vie de la petite ville, de ses ruses et vertus, est émaillée par les éclats de folie ou de lucidité de la narratrice qui lutte avec la maladie mentale, avec sa peur d'elle-même, sa honte du passé et un lourd sentiment de culpabilité.

Bergljot Hobæk Haff

L'œil de la sorcière
roman traduit du norvégien par Bric Eydoux
ISBN 2-910030-52-0, 224 pages, 19,66 €, octobre 1998.

La narratrice de cet étrange roman au goût de soufre prononcé nous emmène en Norvège, au XVIᵉ siècle, dans un petit village anodin, sis dans une vallée presque paisible. Recueillie alors qu'elle n'était qu'une enfant, petite bohémienne à la traîne des troupes sauvages et redoutées errant sur les routes, elle est aujourd'hui une jeune femme instruite au service du pasteur de la paroisse et de sa jeune épouse. De ses origines tsiganes, seul la trahit son œil brun, venu faire du tort à son œil bleu, ainsi qu'une propension à porter intérêt à tout ce qui relève de la sorcellerie. Dans le souci de porter secours à sa jeune maîtresse, enceinte pour la troisième fois après deux enfants mort-nés, et de lever la malédiction qui pèse ainsi sur elle, elle s'enquiert des services de la guérisseuse du village, Hanna Homme. Mal lui en prend. De plus en plus mêlée aux affaires de celle dont on murmure volontiers qu'elle est une sorcière, la voilà dans la ligne de mire de tous les bien-pensants du village, devenue l'objet même des foudres d'un pasteur obsédé par le Malin sous toutes ses formes, la proie facile d'un comte avide de pouvoir.

Elle nous offre, de sa précieuse plume d'oie, le récit de sa vie : des tourments croissants de son existence au presbytère jusqu'aux châtiments ignobles de sa séquestration. Et ce qu'il advint d'elle ensuite.

L'œil de la sorcière est le récit imaginaire d'une vie. La vie d'une de celles que l'on convainquit de sorcellerie en ces siècles de superstitions, son regard amusé sur les motivations secrètes de ses persécuteurs, son cheminement intérieur pour échapper au destin qu'on lui dessine, et sa fuite éperdue vers un sort qu'elle finit par se jeter à elle-même.

Anne Marie Løn

est née en 1947 au Danemark. De formation journalistique, elle publie son premier livre en 1977. Auteur de recueils de poésie et de livres pour enfants ainsi que d'une biographie, c'est en tant que romancière qu'elle rencontrera le succès. Son propos privilégié est de s'attacher aux destinées humaines, à la fois uniques et universelles, jetant un éclairage révélateur sur les conditions fondamentales de l'existence.

La danse des nains

ISBN 2-910030-63-6, 464 pages, 22,71 €, octobre 1999.

Tyge, organiste à Copenhague, est le cadet d'une noble famille danoise au début du XXᵉ siècle. Tyge est nain. Grâce à la musique, grâce à l'amitié, il s'élève bien plus haut que tous les autres. Grâce à l'amour aussi. Un roman sensible sur l'exclusion, un hymne à la différence et à la vie.

> *« Un conte symphonique où la différence se rit de la bêtise et triomphe des humiliations. »*
>
> L'Événement du Jeudi

Noces tardives

ISBN 2-910030-79-2, 272 pages, 18,14 €, novembre 2000.

Un jour d'été, une femme âgée de 84 ans part se promener en forêt. Elle tombe et ne parvient pas à se relever. Six jours et six nuits passent avant qu'elle soit retrouvée. Un solide instinct de survie, et la mutation, petit à petit, de sa lutte face aux assauts de la nature, la sauvent, jour après jour, à mesure que la nature prend le dessus, et l'intègre. Parallèlement à cette acceptation de la situation – un début de décomposition physique – son esprit, par contre, gagne en lucidité, et elle revit toute son existence.

> *« Ce récit est un moment subtil de poésie et de sérénité. La beauté de l'écriture, mais aussi le regard sur le temps, la vie et la mort résonnent étrangement. L'auteur touche directement au cœur, mais aussi à cette peur enfouie qui surgit parfois : celle de la solitude et de l'abandon éternel. »*
>
> C.F., Télérama.

Romans traduits du danois par Inès Jorgensen

Hilary Mantel

est née dans le Derbyshire en 1952. Elle fait des études de droit qu'elle abandonne pour devenir assistante sociale. Pendant huit ans elle enseigne et écrit en Afrique et au Moyen-Orient. De 1982 à 1986, elle vit en Arabie Saoudite. Elle recevra le Shiva Naipaul Memorial Price en 1987 pour ses récits de voyage. Auteur d'une bonne demi-douzaine de romans, trouvant tous des échos élogieux dans la presse anglaise et souvent sélectionnés parmi les meilleurs livres de l'année par les plus grands journaux, Hilary Mantel est aussi critique de films pour The Spectator.

Changement de climat
ISBN 2-910030-31-8, 416 pages, 21,19 €, mars 1997.

Tour à tour dans la campagne grise du Norfolk et dans la chaleur tourmentée de l'Afrique du Sud, la chronique anglaise d'une famille anglicane humaniste mais désabusée. Par tableaux réalistes de ces vies quotidiennes, Hilary Mantel nous fait vivre l'émergence d'un trop lourd secret de famille, d'un drame venu bouleverser la conviction et la foi des plus dévoués. Une écriture sensible mise au service d'atmosphères intimistes saisissantes.

Fludd
ISBN 2-910030-43-1, 256 pages, 18,14 €, février 1998.

Au milieu des années 50 dans le nord de l'Angleterre, l'abbé Angwin, porté sur la bouteille et soucieux de conserver en l'état le paganisme de ses ouailles, reçoit la visite impromptue de son évêque. Un évêque « branché » qui prône le progrès dans les églises et menace l'abbé Angwin de l'affliger d'un vicaire espion. Et l'abbé Fludd ne tarde pas à arriver. S'il n'était l'envoyé de l'évêque, on jurerait la parfaite incarnation du Malin... S'inspirant pour son personnage d'un alchimiste du XVIe siècle, l'auteur nous surprend et nous enivre, dressant des portraits féroces et affectueux, relevant le tout d'un humour très *british*. A lire sans modération.

Romans traduits de l'anglais par Maurice Pagnoux.